世界文学名著宝库

World Literary Works Treasury

[法] 罗曼·罗兰

约翰·克利斯朵夫 上

杜志明 译

内蒙古人民出版社

图书在版编目（CIP）数据

世界文学名著宝库. 2/ 蔡磊编. － 呼和浩特：内蒙古人民出版社，
2001. 2

ISBN 7 － 204 － 05541 － 1

Ⅰ. 世… Ⅱ. 蔡… Ⅲ. 长篇小说 － 作品集 － 世界 － 近代 Ⅳ. I14

中国版本图书馆 CIP 数据核字（2000）第 87448 号

世界文学名著宝库（二）

蔡 磊 编

约翰·克利斯朵夫（上、下）

[法] 罗曼·罗兰　杜志明 译

内蒙古人民出版社出版发行

（呼和浩特市新城西街 20 号）

秦皇岛市晨欣彩色印刷有限责任公司印刷

开本：850×1168　1/32　印张：167.5　字数：4950 千

2001 年 2 月第一版　2001 年 2 月第 1 次印刷

2002 年 8 月第二版　2002 年 8 月第 1 次印刷

ISBN7 － 204 － 05541 － 1/I·1001

定价：256.00 元

目　　录

卷一

第一章

蒙蒙晨雾初开，

皓皓旭日东升……

——但丁《神曲·炼狱》第十七

江声浩荡，从屋后升起。雨水不停落在窗子上，挂在窗子上的水雾顺着玻璃的裂痕流了下来。天黑了，屋里更热了。初生的婴儿在摇篮里啼哭。老人走进了房间，母亲从床上探起头来抚慰他；老人摸索着点亮了灯，他以为孩子怕黑。灯光照亮了老人的脸，老约翰·米希尔脸膛发红，长着粗硬的白须，表情阴沉郁闷，双眼炯炯有神。他要走近小孩，可鲁意莎做着手势不让他靠近，她的头发有些像白色的，和善的脸上有了皱纹，上面还有雀斑，嘴唇很厚，笑起来就像胆小似的，迷惘的眼神，极小的眼珠是蓝色的，却透出无限的温柔，温情地看着自己的孩子。

孩子醒了，哭了起来。惊慌的眼睛在不停地乱转。太可怕啦！黑暗和强光在他脑子里产生了幻觉，包围着他的那个绵长的黑夜，在那个黑乎乎的阴影之中，好似强烈的光透出了一种刺激，使他像看见怪物似的惊慌失措，可他没力气逃走，也没有力气呼救。带点浮肿的大胖脸堆到了一起，变成可笑而又可怜的怪样子；露出来的皮肤是棕色的，还有的是暗红色的，上面有黄斑点。

"上帝啊！他太丑陋了！"老人语气很肯定地说。

他把灯拿到了桌子上。

鲁意莎像个受了气的小女孩，约翰·米希尔嘲讽地看着她笑道："你总不会让我说他好看吧？说了你也知道不是那样的。得了罢，这不关你的事，小孩都这样。"

孩子刚才有些迷迷糊糊，现在看着老人好像惊醒了，哭了起来。或许他觉得母亲眼中有些爱怜的意思，鼓励他诉苦。她对老人说："把孩子递给我吧。"

老人依旧又说了一遍："孩子哭就随他去吧。"

· 1 ·

可是他仍旧走过来，抱起婴儿，嘀咕着："还没见过比这更难看的孩子呢。"

鲁意莎欣喜地把孩子搂在怀中。她瞅着他，又惭愧又欢喜地笑了笑：

"哦，我的小宝贝儿，你简直太丑了，不过我会疼你的！"

约翰·米希尔去调理壁炉里的火，在他那沉闷的脸上透着笑意：

"你不要这么说，他还会变呢。无论美丑都没关系，我们只希望他永远做好事。"

婴儿到了母亲怀里就不再哭了，乖乖地吃奶，老人在椅子上舒服地一仰，又说道：

"只有做个好人才是最难得的。"

他停了一会儿，想着要不要把这意思重复一遍；可是再也找不到话，于是静默了半响，又很生气地问："为什么你的丈夫还不回来？"

"我想他看戏去了吧，"鲁意莎怯生生地回答，"他要去参加预演的。"

"戏院的门都关了，我刚刚经过，他又撒谎。"

"噢，别总是说他，大概我听错了。他或许在学生家里上课吧。"

"那也该回来了。"老人不高兴地说。

他犹豫了一会儿，很难为情地放低了声音：

"是不是他又……"

"不，你别乱猜。"鲁意莎抢着回答。

老人注视着她，她慌忙躲开了。

"哼，你欺骗了我。"

她默默地哭了。

"哎唷，上帝啊！"老人一边嚷一边踢了一下壁炉。拨火棒哗啦一声掉了下来，把母子俩都吓了一跳。

"父亲，算了吧，"鲁意莎说，"孩子要哭了。"

婴儿愣了一愣，不知道怎么做才好。

约翰·米希尔闷声闷气，恼怒地接着说："我做了什么孽，生下这个不孝之子？我这一辈子勤俭持家，真是够受了！……可是你，你就不能阻止他吗？这可是你应该做的事啊。如果没能把他留住的话……"

鲁意莎哭得更凶了。

"别怪我了，我已经很难过了！况且已经尽最大的努力了。你真不知道我自己在家的时候多害怕！好像总听见他的脚步声。我等着给他开门，心里琢磨着：天哪！不清楚他又是什么模样了？……想到这些我就难过死了。"

她在那里抽泣着。老人看着着急了，走过来把抖散的被单撩在她一直哆嗦的肩膀上，用他粗大的手抚摸着她的头："行啦，行啦，别怕，有我在这儿呢。"

为了孩子，她勉强静下来笑着："我不该跟您这么说话。"

老人盯着她，晃晃头："可怜的小媳妇，是我为难你了。"

"那只能怪我。他不应该娶我的。他肯定是后悔了。"

"有什么后悔的?"

"你清楚得很。当初您自己也因为我嫁了他很恼火。"

"别废话了。那也是事实。当时我确实有点伤心。像他这样一个男子——我这么说可不是怪你，——很有修养，又是优秀的音乐家，有能力的艺术家，——有能力攀一门体面的亲事，用不着追求像你这样什么也没有的人，既不门当户对，也不是音乐界中的人。姓克拉夫脱的一百多年来就从来没娶过一个不通晓音乐的媳妇! ——可是你知道我并不怪你;后来认识了你，我对你产生了兴趣。而且事情一经决定，也没有必要再翻什么旧账，只要乖乖地尽自已的本分就完了。"

他说完坐下来，过了一会儿，又严肃地补了一句，像平时说格言一样:

"人生最重要的是尽本分。"

他期待着对方提出问题，向壁炉吐了一口痰。母子俩也没什么表示，他想接着说下去，——但又没说出来。

他们不再说话了。约翰·米希尔在壁炉旁边坐着，鲁意莎坐在床上，都在那里默默地向往。老人嘴里说是一回事，心里还想着儿子的婚事，他非常懊丧。鲁意莎也在想此事不能怪自己，虽然没什么可怪的。

作为一个佣人，能嫁给约翰·希米尔的儿子曼希沃·克拉夫脱，令大家和她本人都感到吃惊。克拉夫脱家虽没有什么家产，但老人在莱茵河流域的小城中住了五十多年，是很受尊敬的。他们是音乐世家，从科隆到曼海姆一带，所有的内行人都知道他们。曼希沃在宫廷剧场有一份提琴师的工作;约翰·米希尔以前是大公爵的乐队指挥。老人受到了曼希沃的婚事的打击;他原来对儿子抱有极大的希望，企盼他能成为名人。不料儿子一时糊涂，把他的雄心给毁了。他先是大发雷霆，把曼希沃与鲁意莎大骂了一顿。他本是好人，当他知道她本质不错就对她有了慈父般的温情。

没有人知道曼希沃怎么会攀这么一门亲事——他自己也不知道。那当然不是因为鲁意莎长得漂亮。她身上没有一点儿令人喜欢的地方:个子矮小，没有血色，身体又弱，跟曼希沃和约翰·米希尔一比简直就是古怪的对照，他们俩都是又高又大，脸色红润的巨人，孔武有力，能吃能喝，喜欢粗声大气地笑着嚷着。她即将被他们压倒了;人家既不大关心她，她自己更尽量地躲藏。假如曼希沃是个心地仁厚的人，还可以说他看中的是鲁意莎的朴实比别的优点更可宝贵;然而他是最虚荣不过的。像他这样的人，长得十分华贵，而且自己也知道喜欢摆架子，具有非凡的才华，完全可以攀一门好亲——非常有钱的那种——可能像是他夸口的那样，在他教课的中产之家引诱个女学生……没想到他竟然选中了如此的又丑、又穷，没有教育没追求的她……他这样做像是在跟谁赌气呢！

这个世界有些人做事永远是出人意料的，有的连自己也肯定想不到，曼希沃便是这等人物。他们并不是没有先见之明：俗语说，一个有先见之明的人比得上两个凡人——他们自认不受欺骗，舵把子握得很紧，向着固定的目标驶去。但他们没考虑过自己，因为根本不认识自己。他们脑子里经常会一片空虚而舵把子就会被放下，事情一放手，它们马上狡猾无比地跟主人捣乱，毫无约束的船会向暗礁直冲过去。而足智多谋的曼希沃出人意料地娶了厨娘。和她定终身的那天，他很清醒，也很冷静，没有热情和冲动，那还差得远呢。

或许我们除了头脑、心灵、感官以外，另有一些神秘的力量，在别的力量偷偷熟睡的时候乘虚而入，做了我们的主宰。那一晚曼希沃、鲁意莎在河边偶遇，在芦苇丛中坐在她身旁，非常不清醒地跟她订婚的时候，他可能是在她望着他的双眼中间，遇到了神秘的力量。结婚不久，他就开始后悔。他在鲁意莎面前毫不隐瞒，而她便惶惑不安地向他赔不是。他的心并不坏，就大大方方地原谅了她；没过多长时间又后悔了，或是在朋友中间，或是在富有的女学生面前；她们此刻变得高傲了，由他纠正指法而碰到他手指的时刻也不再发抖了。——于是他拉长了脸回家，鲁意莎立刻辛酸地在他眼中看出那股怨气。再不然他呆在酒店里，想把对家人的怨恨遗忘，忘掉自己。如此的夜晚，他就笑着，大笑着回家，这笑使得她很难受，更甚于平时的那些怨恨。鲁意莎认为自己对这种放荡的行为要负主要的责任，他不但花费家中的钱，还把他仅有的一点才智逐渐消耗掉。曼希沃的思绪陷入泥淖里去了。以他的年纪，本应该用功发愤，尽量培养他的天份，他却毫无顾忌地任自己在下坡路上滑下去了，结果，位置被别人占了。

他毫不介意替他引诱金发女仆的神秘力量，它已经完成了它的使命；而小约翰·克利斯朵夫在命运的驱使下诞生了。

当天全黑了的时候，鲁意莎的声音把老约翰·米希尔从迷惘中惊醒，他对着炉火又勾起对过去的回忆。

"天色很晚了，爸爸。"少妇恳切地说。"您的归程不近呀！"

老人应着："等到曼希沃回来我再走。"

"爸爸，您还是走吧！"

"为什么让我走？"

老人目光凝在一点。

然而无人应答。

他又道："你难道自己不害怕吗？这可是你的要求。"

"这样做，结果会更糟的：您会生气的；我可不愿意。您还是回去吧，我求您!"

老人无可奈何地说："我走啦!"

他在脑门上拂了一下，问她可要点儿什么不要，然后把灯捻小了。屋子里黑的很，他被椅子撞了一下。他一边走一边想象儿子喝醉后回来的情形；在楼梯上他走走停停，想着儿子可能遭到的危险……

孩子在母亲的身边扭动着。在他体内深邃的地方，迸出一种难以名状的痛苦。他握着拳头，扭着身子，拧着眉头尽力地去抗拒着。痛苦变得越来越强烈，那种沉着的气势，表示它藐视一切的态度。他不知道这痛苦是什么，只觉得它十分强大渺无边际。于是他痛苦地哭了，因为觉得它始终在旁边，占据着、控制着他的身体。——大人的病痛是可以治疗的，因为知道它从哪儿来，可以从思想上感觉它在身体的哪一部分，加以医治，必要时还能把它割除；他可以固定它的范围，使它跟躯体分离。婴儿可没有这种自己欺骗自己的方法。他初次遭遇到的痛苦更残酷，更真切。他觉得痛苦无边无际，如同自己的生命，觉得它盘踞在他的胸中，压在他的心上，控制着他的皮肉。而结果的确如此，它要把肉体侵蚀完了才会离开。

母亲紧紧地抱着他，轻轻地哄着他说："得啦，得啦，别哭了，我的小耶稣，我的小金鱼……"

他老是断断续续地啼哭。似乎这尚未成形的无意识的躯体，对他命中注定的痛苦的生涯已经有了预感。他的心怎么也安定不下来……

圣·马丁寺的钟声在黑夜中缓缓地传来。严肃迟缓的声调，混着潮湿的空气慢慢地向四周散去，有如踏在苔藓上的轻轻的脚步。婴儿一声长久的啼哭突然之间就停止了，静得出奇。奇妙的音乐，像一道暖流在他胸中缓缓流过。黑夜迎来光明，空气柔和而温暖。他的痛苦渐渐褪去，他开心地笑了，继而轻轻地叹了口气，进入了梦乡。

庄严肃穆的钟声继续传来，向人们预告着明天的节日。鲁意莎听着钟声，也如痴如醉地回忆着她过去的苦难，想着睡在身旁的亲爱的婴儿的将来。她在床上已经躺了几小时，辗转反侧，不能入睡。手跟身体都在发烧；羽毛被使她觉得很沉重；黑暗压迫她，使她觉得喘不过气来；可是她不敢动弹。她望着婴儿。虽是在夜里，还能看出他疲惫的脸，像老人一样憔悴。她开始瞌睡了，杂乱的形象在她脑中闪过。她仿佛听到曼希沃开门，心不由得颤抖起来。浩荡的江水声在深夜中越来越大，有如野兽的怒嗥。窗上不时传来一两声的雨点。钟鸣慢慢地变缓；鲁意莎在婴儿旁边睡熟了。

这时，老约翰·米希尔冒着雨伫立在屋子门前，胡子上沾满了水雾。他等行为放荡的儿子回来；胡思乱想的头脑中总回忆着许多酗酒的惨剧，虽然他并不相信这些，但今晚如果不看到儿子回来，就是回到家也睡不着觉。钟声使他非常伤感，使他回想起幻灭的希望。他想到此刻冒雨伫立街头为的是什么，忍不住惭愧地哭了。

时光慢慢地消逝，昼夜交替，如同汪洋大海中的潮汐。几星期过去了，几个月过去了，周而复始，日日夜夜转瞬即逝。因为有了光明与黑暗交替的均衡规律，又因为有了儿童由小到大成长的节奏，才显出无尽无止漫长深远的岁月。——在摇篮中做梦的浑沌的生物，自有他急切的需要，其中有痛苦的，也有欢乐的；尽管这一切的存亡都随着昼夜的交替而往复，但实际上，他们的整齐的规律，反倒像是昼夜随着它们而往复。

生命的钟摆很沉重地晃动，每个生物都沉醉在这个缓慢的节奏之中。剩下的只是梦境，只是不成形的梦，纷纷扰扰的片断的梦，毫无规律的一片灰尘似的原子，令人发笑、令人作呕的眩目的旋风。再加上喧闹的声响，扭曲的阴影，丑态百出的形状，痛苦与欢乐，恐怖与惊诧，欢笑与祝福，梦，梦……一切都只是梦……而在这无穷无尽浑沌的梦境中，有友好的目光对他微笑，有充满欢乐的暖流从母体与饱含乳汁的乳房中流进他全身，使他内部的精力在逐渐积聚，庞大无比，无穷无尽；还有那形如沸腾的海洋一样的梦在婴儿的微躯中，轰轰作响。谁如能看透孩子的生命，就能看到沉没在阴影中的世界，看到正在聚积中的星云，正在酝酿的宇宙。新生婴儿的生命是无穷的，是新的开始，它就是一切……

岁月流逝。人生的大海中开始屹立起回忆的岛屿。先是一些若隐若现的小岛，只是一些在水面上探出头来的岩石。从它们的周围看去，波平浪静，一片汪洋的水在晨光微熹中向远方扩展开去。随后又是些新的小岛在阳光中显露出来。

深刻的形象由灵魂的深处慢慢勾画出来，异乎寻常的清晰。茫茫无际的日子，在伟大而单调的摆动中延续开去，永远没有分别，可是慢慢地显出一串颇有联系的岁月，它们的样子有些是愉悦的，有些是忧郁的。尽管时光的连续常会中断，但许多往事却能超越年月而相接在一起……

无穷无尽的江声……连绵不断的钟声……不论你回溯到如何久远，——不论你在深远的时间中想到你一生中的哪一刻，——它们熟悉而热情的声音总是在你的周围……

深夜中——半睡半醒的时候……一线苍白的微光照在窗上……江声浩荡，万籁俱寂，水声更显响亮了；它统驭万物，时而抚慰着他们，使他们能够慢慢地进入睡梦中，连它自己也快要在波涛声中入睡了；时而狂噪怒吼，好像一只噬人的疯兽。然后，它的咆哮静下来了：此时如同无限温存的细语，低鸣的银铃，清朗的钟声，儿童的欢笑，宛转的清歌，缭绕的音乐。

这就是伟大的母性之乐，它是永远不会停止的，永远前进运动的！它使这个孩子感到一丝困乏，正如同千百年以前的无数代的人被催眠一样，从他们出生走到他们死亡；它渗透他的思想，浸润他的幻梦，它的无穷无尽的音乐，如大氅一般把他裹着，一直到伴他躺在莱茵河畔的小公墓里的时候。

钟声复起……天已黎明！它们互相应答，语气中带点儿哀怨，带点儿凄凉，显得那么友好，那么静穆。温柔而平缓的声音起处，化出无数的梦境，往事，欲念，希望，对先人的怀念，——孩子们虽然不认识他们，但的确是他们的化身，因为他曾经在他们身上留守，而此刻他们又在他身上再生。钟声一直围绕在几百年的往事之中。多少悲欢离合！——他在卧室中听到这音乐的时候，仿佛看见柔美的波纹在清新的空气中荡漾，看到无拘无束的飞鸟掠过和暖的微风吹过。宛如一角青天在窗口微笑。一道阳光穿过帘帷，如瀑布般泻在他床上。孩子们所熟识的小天地，每天醒来在床上所能见到的一切，所有他花费了力气才认识和熟知的东西，都亮起来了。瞧，那是他吃饭的饭桌，那是他躲在里头玩耍的壁橱，那是他爬来爬去的菱形地砖，那是糊壁纸，经常扯着鬼脸给他讲许多滑稽的或是可怕的故事；那是时钟，总在滴滴答答讲着只有他懂得的话。室内的东西好多好多，他不完全认得。每天他去探索这个属于他的空间：——一切都是他的——都是与他有关系的东西：不论是一个人还是一只苍蝇，都有一样的价值，什么都一律平等地活在那里：如同猫，壁炉，桌子，以及在阳光中飞舞的尘埃。一室有如一国；一日有如一生。在这些固有的空间怎么能辨得出自己呢？世界竟然这么大！简直要让人们迷失方向，再加上那些面貌、姿态、动作、声音，在他周围简直是一阵永不消散的旋风！他累了，眼睛闭上了，睡熟了。甜蜜的深沉的睡意会把他牵走，随时，随地，在他母亲的膝上，在他喜欢躲藏的桌子底下……这一切是多么甜蜜，多么惬意……

这些生命开始的日子在他脑中活动，好像一阵微风吹过，云影掩映田野。

黑夜过去，朝阳上升，克利斯朵夫在迷宫中找到了他的道路。

早晨……父母还睡着。他躺在小床上，望着在天花板上跳跃的光线，真是其乐无穷。一会儿，他大声笑了，那是令人痛快的儿童的憨笑。母亲探出头来问："笑什么呀，小疯子？"于是他更加大笑起来，也许是因为有人听他笑才更加大笑。妈妈沉下脸来把手指搁在嘴上，叫他别把爸爸吵醒；但她困倦的眼睛也不由自主的跟着笑。他们俩你来我往……父亲突然凶巴巴地咕噜了一声，把他们都吓了一跳。妈妈佯装睡着。克利斯朵夫钻进被窝里不敢出气。……一片宁静。

不一会儿，小家伙从被窝里把头探了出来。屋顶上的定风针不断地在那儿打转，水斗也滴滴答答地叫。早祷的钟声响了，东风吹过，伴着村里钟声的呼应。成群的麻雀停在绕满长春藤的墙上叽叽喳喳地叫，像一群玩耍的孩子，其中必有三四个声音，而且总是那三四个，吵得比其他的更凶。一只鸽子在烟囱顶上咕咕地叫。孩子听着这种种声音入境了，轻轻地哼唱着，不知不觉哼得高了一些，不久便大叫起来，惹得父亲大叫："你这驴子老是不肯老实呆会儿！等着吧，让我来拧你的耳朵！"于是他又藏在被窝里，哭笑不得。他吓坏了，受了委屈，被骂成驴子又禁不住要笑出来。他在被窝里学着驴叫，这一下可挨揍了，他哭干了眼泪。他做错什么了？不过是想笑，想动！可是不准动。他们怎么能一直睡觉呢？什么时候才能不睡觉呢？有一天他无法克制了。他听见街上好像有一些奇怪的事。他从床上偷跑下来，光着小脚摇摆着在地砖上走过去，想下楼去看一看；可是房门关着。他爬上椅子去开门，结果连人带椅子滚了下来，摔得很疼，哇的一声叫起来；最后又挨了一顿打。他一直是挨打的！……

　　他一直跟着祖父在教堂里。他闷得慌，他很不自由。人家不准他动。那些人一齐有说有笑，不明白说些什么，然后又一齐静默了。他们都装出一副又庄严又沉闷的脸。这可不是他们平时的脸啊。看着他们，不免有些胆怯。邻居的老列娜坐在他旁边，装着很凶的样子，有时他连祖父也认不出了。他有点儿怕，后来也习惯了，便用各种方法来消遣。他摇摆身子，仰着脖子看天花板，做鬼脸，扯祖父衣角，研究椅子坐垫上的草秆，想用手指戳一个窟窿。他听着鸟叫，打哈欠时差点把下巴丢掉。

　　忽然传来一阵瀑布般的声音，管风琴响了。一阵寒意沿着他的脊梁直流下去。他转过身子，下巴放在椅背上，变得安静了。他完全不明白那是什么声音，也不懂它有什么意思，它只是发光，漩涡似地打转，什么都分别不清，可是听了多舒服！他仿佛不是在一座死气沉沉的旧屋子里，坐在一直使他浑身难受的椅子上了。他像是飘在半空的一只鸟；大河般的音乐在教堂里湍流，充塞着穿窿，撞击着四壁，他就跟着它一齐努力，振翼翔翔，飘来飘去，只要顺其自然就行。自由了，快乐了，到处都是阳光……他晕晕乎乎地睡着了。

　　祖父对他的行为很不满意，因为他在做弥撒的时候太不安分。

　　他躲在家里，在地上坐着，用手抓着脚。他决定把草毯当做船，把地砖当做河，他认为走出草毯就被淹死。其他人在屋里走过的时候完全不留意，使他又惊奇又生气。他扯着母亲的衣服说："你瞧。这是水！干吗不从桥上过？"——所谓桥是一道道的沟槽。——母亲毫不理睬，照旧走过了。

　　一会儿，他又把这些忘了。地砖不再是河流了。他身子躺在上面，下巴放在砖头上，哼着他自己编的曲子，一本正经地吸着大拇指，淌着口水。

他聚精会神地瞅着地砖中间的一条裂缝。菱形地砖的线条在那儿做着鬼脸。一个小得看不见的窟窿大起来，变成群峰围绕的山谷。一条蜈蚣在蠕动，仿佛与象一样大。

他不与其他人沟通。甚至草毯做的船，地砖上的岩穴和怪兽都没有用。他自己的身体已经足够了，够他快乐的了！他看着指甲，放声大笑，可以瞅上几个小时。它们的面貌各不相同，像他结识的那些人。他与他们一起谈话，跳舞，或是打架。——而且身体上还有好多部分！……他逐件逐件地仔细瞅过来。奇怪的东西真多啊！有的真是奇怪得很。

有时被人撞见了就得挨骂。

有些日子，趁母亲不注意他跑出屋子。开始人家追他，抓他回去；后来惯了，就让他单独出门，只要他不走得太远。他的家在城的边缘，过去就是田野。只要他能看见窗子，他总是一直地向前走，一步步地走得很稳，偶而用单只脚跳着走。等到拐了弯，杂树把家人的视线遮住之后，他马上改变了方法。他不走了，吮着手指，盘算今天讲哪桩故事；他满肚子都是呢。那些故事都很相似，每个故事都有好几种讲法。他便在其中挑选。通常他讲的是同一个故事，有时从隔天停下的地方接下去，有时从头开始，加一点变化；只要发现极小的事就能使他的思想在新的线索上延伸。

到处是材料。单凭一块木头或是在篱笆上断下来的树枝，就能玩出很多花样！那真是根神仙棒。要是又直又长的话，它便是一根矛或一把剑；随手一挥就能变出一队人马。克利斯朵夫是将军，他十分守纪，跑在前面，跑上山坡去攻击。如果是树枝柔软的话，便可做一条鞭子。克利斯朵夫骑着马跃过悬崖绝壁。有时马滑倒了，骑士倒在泥沟里，他便懊丧地瞅着弄脏了的手和流血的膝盖。要是那根棒很小，克利斯朵夫就充当乐队指挥；他是队长，也是乐队；他指挥，同时也就唱起来；之后他对灌木丛行礼。

他也是魔术师，大步走在田野上，挥动手臂。他指挥云彩："向右边去。"——但它们偏偏不那样做。于是他咒骂一阵，重申前令；一面窥视，心在胸中乱跳，看看有没有一小块云服从他；但它们还是无所顾忌地向左。于是他跺脚，用棍子威吓它们，非常生气地命令它们向左：这一次它们果然听话了。他对自己的威力非常自信。他对着花一点，吩咐它们变成金色四轮车，像童话似的；虽然这样的事从来没变成过现实，但他相信只要有耐性，成功是迟早的事儿。他找了一只蟋蟀，想叫它变成一匹马：他把棍子小心地放在它的背上，嘴里嘟嘟嚷嚷咒语。蟋蟀跳走了……他拦住它的去路。过了一会儿，他躺在地上，靠近着虫子，看着它。他忘了自己扮成了魔术师，只把可怜的虫子翻了个个，看它扭来扭去地扯动身子，开心地笑了。

他想出把一根旧绳子缠在他的魔术棍上，郑重其事地丢在河里，等鱼儿来咬。他明知鱼只会咬挂有饵的钓钩的绳，但他想它们至少会看在他的面子上而破一次例；他凭借无穷的自信，甚至拿条鞭子堵进街上下水道的盖子的裂缝中去钓鱼。他不时拉起鞭子，非常兴奋，觉得这一回绳子钓到了什么，或要拉起什么宝物来了，如同回到了祖父曾讲过的故事当中……

玩这些游戏的时候，他常常会呆呆地出神。周围的一切都消失了，他不知道自己在那里做了什么事，甚至把自己都忘了。这种情形来的时候总是出乎人们的意料的。时而在走路，时而在上楼，他忽然觉得空虚一片……好似什么思想都没有了。等到惊醒过来，他觉得似乎失去了什么，发觉自己还是在原来地方，在黑洞洞的楼梯上，在几步踏级之间，他似乎已经走过了人生之路。

祖父在黄昏散步的时候经常带着他一块儿去。孩子拉着老人的手在旁边匆匆忙忙地挪着步子。他们走乡下的路，穿过把松的田，闻到香浓沁腑的味道。蟋蟀叫着。个头巨大的乌鸦斜蹲在路上，远远地望着他们，只要他们一靠近就赶快拖着笨重的身子飞走了。

祖父咳了几声。克利斯朵夫心里明白这个意思。老人极想讲故事，但要孩子向他求情。克利斯朵夫立即凑上去。他们俩很合得来。老人非常喜欢孙子，愿意听他说话的人更使他感到生活的喜悦。他喜欢讲他自己从前的或是古今英雄人物的历史，那时他显得慷慨激昂；发抖的声音表示他如同孩子一般的快乐连压也压不下去。他自己听得十分高兴。可是逢到他要开口，总是找不到合适的词。那是他惯有的烦恼；只要他有了高谈阔论的兴趣，就说不出话来。但他事过即忘，永远不会放在心上。

他讲古罗马执政雷古卢斯，公元前的日耳曼族头目阿米奴斯，也讲到德国大将吕佐夫的爱将轻骑兵——诗人克尔纳，以及那个想刺死拿破仑皇帝的施塔普斯。他讲得十分尽兴，讲着那些前无古人，后无来者的壮烈事迹。他说出历史的名称，声调那么庄严，简直没法知晓；他自以为有本领使听的人在惊险关头耐不下心来，他停下来，装做要昏厥，大声的擤鼻涕；孩子急得嘎着嗓子问："后来呢，祖父？"那时，老人自豪心都要跳出来了。

后来克利斯朵夫长大了一些，渐渐摸透了祖父的脾气，就有心装作对故事的下文毫不在意，结果使老人很伤心。——但眼前他是完全给祖父的魔力吸引住的。听到让人兴奋的地方，他的血流得飞快。他不大明白讲的是谁，那些事发生在什么时期，不知祖父是否认识阿米奴斯，也不知雷古卢斯是否是——天知道什么原因——上星期日他在教堂里看到的那个他不认识的人，但英勇的故事使他和老人都自豪得兴高采烈，仿佛那些事就是他们自己做的；这是因为老的小的都充满孩子般天真浪漫的气息。

克利斯朵夫感觉不舒服的时候，就是祖父讲到悲烈的段落，常常要插一段让人难以忘怀的说教。那都是关于道德的训诫，劝人为善的老生常谈，例如"温善胜强暴"，——或是"光荣比生命更宝贵"，——或是"宁善毋恶"；——可是对他说来，含义并不十分清楚。祖父不怕年轻小子的批判，照例夸大其辞，颠来倒去说着同样的话，有时说不清句子的意思，有时说话之间把自己也弄糊涂了，就信口胡诌，来填补思想的间隙；他还用手势加强说话的力度，而手势的意思往往和内容相反。孩子认认真真地听着，以为祖父很有学问，只是空气沉闷了一点儿。

关于科西嘉人远征欧洲的慌谬传说，他们都喜欢常常提到的。爷爷认识那个小个子科西嘉人，差点和他打一架。但他说赏识敌人是极其伟大的，他唠叨过几十遍：他宁肯牺牲一条手臂，要是这样一个伟大的人才能够生在德国。可是天违人意：拿破仑却是法国人；于是祖父只得敬佩他。那场战斗，——就是说几乎和那个天才打仗。当时拿破仑离爷爷的阵地只有四十多里，上级派爷爷迎击，可是那一小队士兵忽然一阵慌乱，往树林里逃去，大家边跑边叫喊着："我们上当了!"据祖父说，他突然想收拾残兵，陡然跑在他们前面，威吓着，哭叫着；但他们像决堤的洪水一般把他簇拥着走了。第二天，离开战场已很远了，——祖父就是把战场说成是溃退的地方。——克利斯朵夫急于要他接着讲大人物的英雄事迹；他对那些在世界上追南逐北的奇迹出了神。他似乎看到拿破仑身后的百万军队，喊着爱戴他的口号，只要他挥动手臂，他们便狂奔着追击，而敌人是永远溃不成军的，这似乎是神话。祖父又锦上添花地加了一些，故事很生动，伟大的人不仅征服西班牙，还征服了英国。

老人在忘我地叙述中有时也不免对大英雄骂上几句。原来是激起了爱国之心，然而他的爱国热诚，也许在拿破仑惨败的时候比着耶—普鲁士大败的时候更高。他把话打断了，面对着莱茵河挥舞着老拳，蔑视地吐一口唾沫，找来高尚的词来大骂，——绝不会有失身份地说下流话。——他把拿破仑称作坏蛋，野兽，没有修养的人。如果祖父这种话是让儿童的正义感增加，那么不得不承认他并没有达到目的；因为幼稚的逻辑思维很容易认为"像这样的人物都没有修养，可见道德并不是特别重要的，还是做个大人物要紧"。老人怎么会想到孩子竟会如此去想。

他们俩都不说话了，各人凭着自己的一套想法回味那些神奇的故事，——除非祖父在路上碰到他贵族学生的监护人出来散步。那时他会远远地停下来，深深地鞠躬，说着长篇过分的客套话。孩子听着却无缘无故地脸红了。但祖父的内心深处是尊重当今的权势的，对当今的"成功人士"很尊重。他是那样敬重故事中的英雄，也许在他内心深处，地位、权势更为重要吧！克利斯朵夫坐在他旁边，坐的地方不是一堆摇晃的石子，就是一块界石，或是什么非常不方便的地方；两条小腿晃来晃去，一边哼着，一边想入非非。再不然他躺着，看着飞跑的云，觉得它们像巨人，像牛，像帽子，像老婆婆，像广漠无垠的风景。他和它们悄然谈心；或者出神地看着那块要被大云吞下去的小云；他怕那些飞得极快，或是黑得有点儿蓝的云。他觉得它们的地位很重要，怎么祖父跟母亲都不认真地想想呢？它们要凶起来一定非常可怕，幸亏它们跑过去了，呆头呆脑的，滑稽可笑的，也不歇歇脚。孩子看得眼花缭乱，手脚乱动，好像要从天上掉下来。他眨着眼皮，有点睡意了。……四下里很安静。树叶在阳光中慢慢颤动，一层淡薄的水汽飘荡在空气中，迷惘的苍蝇旋转飞舞，嗡嗡地乱成一片，像大风琴；青蛙最喜欢炎热的夏天，一个劲儿地狂叫，慢慢地一切都恢复平静……啄木鸟的叫声有种令人称奇的音色。平原上，远远的有个乡下人在对他的牛发威；马蹄在平坦的路上响着。克利斯朵夫睡着了。在他旁边，在树枝上，有只蚂蚁爬着。他迷惘了，……几个世纪过去了，醒过来的时候，蚂蚁还没有爬完那爬了几个世纪一般的小枝。

祖父有时睡得太久了，他的脸变得呆板板的，长鼻子显得更长了，嘴巴张得更大。克利斯朵夫不大放心地望着他，生怕他的头会变成一个难以分辨的样子。他想高声地唱，或者从石子堆上稀里哗啦地滚下来，想把祖父弄醒。有一天，他用几支松针扔在他的脸上，告诉他是从树上掉下来的。老人竟然相信了，克利斯朵夫心里觉得很好笑。他想再来一下；不料才举手就看见祖父眼睁睁地看着他。那真糟糕透啦。老人是讲究威严的，从不希望人家跟他开玩笑，对他失敬；为此，他们俩竟然一个多星期没有说话。

路愈难走，克利斯朵夫愈觉得美。他觉得每块石子的位置都有一种意义；而且所有石子的位置他都记得烂熟。车轮的印迹相当于地壳的变动，和陶努斯山脉基本上属于同一类。屋子周围二公里以内路上凹凸的样子，在他脑子里清清楚楚刻印着。所以每逢他把这些位置变化了一下，总以为自己的能力不下于带着一队工人的工程师；每当用脚跟把一大块干泥的尖顶踩平，把旁边的山谷填满的时候，便觉得这一天过得很充实。

有时在大路上碰到一个赶着马车的乡下人，他是认识祖父的。他们便上了车，坐在他旁边。这才是达到了自己的目的呢。马奔得飞快，克利斯朵夫高兴得直笑；要是遇到别的走路人，他就装出一副严肃的、似乎什么都没有发生过的神情，好像是经常坐车的样子；他心里自豪得不得了。祖父和赶车的人聊着天，不理会孩子。他坐在他们两人的中间，他们的大腿把他的膝盖都夹痛了，他只坐着那么一点儿位置，经常是完全没坐到，可他已经非常快活，大声说着话，不在乎有没有人回答。他瞧着马耳朵摇动的样子，哎哟，那些耳朵真奇怪哟！它们一会儿甩到左边，一会儿甩到右边，一下子向前，一下子又甩到侧面，一下子又向后倒，它们任何方向都会动，而且动得那么可笑，使他禁不住大笑。他拉拉祖父想让他注意。但祖父没有这种兴趣，把克利斯朵夫推开，让他老实一点。克利斯朵夫细细地想了想，明白了一个人长大之后，对任何事情都不以为奇了，对任何事都知道，都明白。于是他也装出大人的样子，把他的好奇心隐藏起来，做出毫无兴趣的样子。

他不作声了。车声隆隆，使他昏昏欲睡。马铃舞动：叮、当、咚、叮。音乐在空中弥散，老在银铃四周打转，像一群蜜蜂似的；它随着车轮的节拍，在那里慢慢地扩散开去；其中藏着无数的歌曲，一支又一支地总是唱不尽。克利斯朵夫觉得很好玩，中间有一支尤其美，他想吸引祖父的注意，于是他高声唱起来。可是他们没有留意，他便提高嗓音再唱，——接着又来一次，简直是大声嚷嚷了——于是老约翰·米希尔生了气："喂，闭嘴！你喇叭似的声音把人吵死了！"这一下他可没精神了，满脸通红，直红到鼻子尖，一肚子委屈似地不做声了。他气愤这两个老糊涂。对他那上感苍天的歌曲都不觉得美妙！他觉得他们很难看，留着八天不刮的胡子，身上有股好难闻的味。

他望着马的影子以此解闷。这又是一个不能理解的现象。黑黑的牲口侧躺在路旁飞快地跑着。有时，它把一部分草地掩盖住了，遇到一座草堆，影子爬上去，过后又回到原来的地方；口环变得很大，像个破漏的皮球；耳朵又大又尖，好比两只蜡烛。难道这真的是影子吗？还是另外一种活的生物？克利斯朵夫真不愿意在一个人的时候碰到它。他想跑在它的前面，像有时追着祖父的影子，立在他的头上踩几脚那样。——黄昏的夕阳下，树影也是令人深思的对象，那简直是一堵墙，像那些令人恐惧的幽灵，在那里说着："别再往前走啦。"令人厌烦的、单调的车轴声也在说着，"别走啦！"

祖父和赶车的总是有很多话说。他们常常提高声音，特别是讲起当地的政治，或是违犯公共道德的事。孩子中断了幻想，非常害怕地望着他们，以为他们俩打架了，怕他们动真格的。其实他们正为了同仇敌忾而谈得热火朝天。他们怎么会有怨愤，怎么会有激动的感情，聊到无关紧要的事也要大叫大嚷，——因为叫嚷就是平民取得快乐的方法。但克利斯朵夫不明白他们的谈话，认为他们大声的吵嚷，五官口鼻都扭做一团是不友好的表现，心里真的很着急，想道："他的神色多凶啊！肯定的，他们互相恨得要命。瞧他那叽里骨碌的眼睛！嘴巴张得老大！他气得快要死了，要杀死祖父了。"当车子停了，车夫喊道："到了"，他们握手。祖父先下来。乡下人把孩子放下来，加上一鞭，车子跑远了。祖孙俩来到了莱茵河畔低陷的路口上。太阳下山了。蜿蜒曲折的小路差不多和平静的水面一样。又密又软的草，倒在他们脚下。榛树轻俯在水面上，一半已没入水里。一群小苍蝇在打转。一条小船偷偷驶过，让安静的河流推送着。涟波推动柳枝，唧唧作响。雾霭朦胧空气清新，河水闪动着明亮的光。回到家里，妈妈用可爱的微笑来迎接他……

美好的回忆，亲切的形象好像美妙的乐章，会终生在心里吟唱！……至于昨日的征尘，虽有苍茫大海，虽有梦中美景，虽有佳人相伴，其令人难忘的程度，绝比不上这些儿时的散步。或是用小嘴把窗上哈满水汽，从这儿透过去看园林一角……

现在是人归各家的傍晚。家是可以抵挡恐惧的避难所，像将阴影，黑夜，恐怖，未知的可怕都被抵挡住了。没有一个坏人能跨进这大门……温暖的火炉，金黄的鹅，缓缓地在铁串上转动，油香充满房间。饱餐的喜悦快乐无比，那种对宗教似的热诚，手舞足蹈的喜悦！疲劳的白天，亲人的声音，使身体懒庸地麻痹了。食物消化的过程使他忘了自己：影子，脸庞，灯罩，壁炉里闪烁飞舞的火苗，一切都有令人兴奋的面貌。克利斯朵夫将盘子贴在脸上，体味感受这种愉悦的情调……

他睡在温暖的床上，令人费解他怎么上来的？浑身松快的疲劳控制了他。白天的印象和嘈杂的人声在他脑中回忆着。父亲小提琴响了起来，尖锐而柔和的声调在夜里萦回。但最美妙的事情是母亲过来握着似睡似醒的克利斯朵夫的手，趴在他身上，按他的意思哼一支歌词没有意义的老歌。父亲觉得是对音乐的不负责任；可是克利斯朵夫百听不厌。他屏住呼吸，想笑，想哭。他的心已经飘走了。他不知自己在哪里，只觉得很舒服，他用手臂抱着母亲。她笑道：

"噢！勒死我了！"

他反而抱得更紧，因为他爱她，爱这一切，包括人与物。一切都是美妙的，一切都是美好的……他睡熟了。蟋蟀在鸣叫。英雄的面貌，祖父的故事，在快乐的夜空中飘浮……要像英雄那样做一个英雄才好呢！……是的，他在未来将是个英雄！……但现在的他已经是了……生活太美好了……

过剩的精力在这小生命中涌动，充满骄傲与乐观！他的身心总是在跳动，飞舞盘旋，让他透不过气来。他像一只小壁虎昼夜在火焰中跳舞，带着一股永不倦息的热情，对一切都会兴奋的热情。一场狂乱的梦，一道飞涌的泉水。一片无穷的希望，一片开心的笑声，一首歌，一场永远不醒的沉醉。人生无法将他拴住；他随时躲了过去；他在无限的宇宙中遨游。他真幸福！他天生是幸福的！他全身心地相信幸福，拿出他所有的热情去追求幸福！……

可是人生将教会他服从。

第二章

天色已明，

黑夜仓皇飞遁，

远听犹如海涛汹涌……

——但丁《神曲·炼狱》第一

克利斯朵夫的祖籍是安特卫普邦，老约翰·米希尔少年时脾气十分暴躁，经常惹出乱子，最后逃离本乡。大约在五十年前，他在亲王驻扎的小城里安居下来。

他是个出色的音乐家，很快被内行人赏识，四十岁后，娶了王府乐队指挥的女儿克拉拉·萨多罗斯为妻，在当地生了根，接着继承了岳父的职位。克拉拉是个平时喜欢烹饪和音乐的文静的德国女子。她十分崇拜丈夫，只有她对父亲的敬爱可以相比，他也十分佩服妻子。他们和和睦睦地过了十五年，生了四个孩子。随后克拉拉死了；约翰·米希尔痛苦了一阵子之后，不久又娶了奥蒂丽·苏兹，这个二十岁的姑娘，腮帮通红，非常壮健，脸上老带着笑容。奥蒂丽的优点可以与克拉拉相提并论，而约翰·米希乐因此而更加爱她。结婚八年之后她也不幸地死去了，但已经生了七个孩子。先后诞生的十一个儿女，只有一个活了下来。他虽然很疼孩子，但那些接二连三的打击并没有使他的脾气变得郁闷。最残酷的打击是三年以前奥蒂丽的死，他当时的年纪已不可能再重建人生，营造家庭了。可是这惨痛的事实使老约翰·米希尔又下定了决心；任何灾难都不能使他的精神受到打击。

他是个感情丰富的人；但他最突出的一点是健康。他天生的不喜欢愁闷，具有佛兰德式的乐观。儿童般的天真烂漫的笑。不论有多么悲伤的事，他绝不少喝一杯，少吃一口，更是从来没有放弃过音乐。在他指挥之下，亲王的乐队在莱茵河地区很有些小名气，而约翰·米希尔如同运动员一样的体格与容易动怒的脾气，也是人人皆知。他总不能克制自己，虽然他已经尽了最大的努力，因为他是个性子暴烈的人，但胆子实在是太小，他生怕败坏名誉；他喜欢讲规矩，但怕人批评，然而他受着暴烈脾气支配：杀性起处，会突然之间暴躁起来，即使在乐队练习的时候，在音乐会中，有时也会当着亲王的面气愤地摔他的指挥棒，如同疯子一样地乱跳，狂叫怒吼，把一个乐师臭骂一顿。亲王虽看着好玩，但被骂的乐师却怀恨在心。约翰·米希尔事后觉得自己做得很不对，充满惭愧的心情，便通过过分的礼貌努力使人忘记；但一有机会他又马上发作了。随着年龄的增长，极端易怒的脾气也越发明显，终于使他的地位难以维持。他自己也记得，有一天他大发脾气之后，乐队几乎解散，他便提出辞呈，但心里却希望以多年的工作资格，让人家能挽留他。可事情并不像他想象的那样。他很高傲，不愿意妥协，只得把一切都归咎于别人，伤心地离开了。

自此以后，他就不知道怎样消磨时间。七十多岁的人还很健康，他每日依旧在工作，从早到晚在城里奔波，不是教课，就是聊天，任何事情都要过问。他头脑敏捷，想出种种方法来消遣：修理乐器，做许多有益的试验，有时也有一些会成功。他也作曲，拚命地作曲。以前他写过一部《弥撒祭乐》，那是他常常提及而为家庭增光的事情。他当时花了不少心血，差一点中风。但他心中却认为那是一部杰作，总感到每次写作的时候脑子里是多么空虚。他不敢再看原稿，因为每看一次，总会发现一些自以为独创的乐句其实是其他作家的片断，是他强拼硬凑起来的。这是他最大的痛苦。有时他有些想法，觉得很美，便满怀信心地奔向书桌，心里总认为这一回灵感终于被他抓住了，——但手里才拿起笔，头脑已变得空荡荡的，声音也没有了，他竭尽全力想把失踪的乐思给追回来，结果只想到门德尔松或勃拉姆斯那些被人们所熟悉的调子。

乔治·桑说过："有些天才的不幸表现为缺乏表现力，正如那个口吃的大人物姚弗洛哀·圣·伊兰尔所说的，他们把经过深思熟虑得来的秘密带到了坟墓里去。"约翰·米希尔便是这类人。他在语言的表现上还不如在音乐方面；但他总是一厢情愿：他真想说话，写作，做个大音乐家，大演说家！这是一种力不从心的隐痛，没有对任何人说过，自己也不敢承认，尽力地不去但不由自主地要想，而一想到就觉得没有信心。

老人真可怜！无论在哪方面，他都不能完全显露出他的本来面目：胸中充满许多美丽而养分充足的种子，却没法发芽成长；对于艺术的尊严，对于人生的价值，有着深入人心的信仰，但表现得往往是夸张而令人发笑的；他又那么高傲，但在现实生活中老是依附于上级，甚至还带点儿奴性；他非常想自己闯荡世界，结果却是惟命是听；自命为强者，实际上凡事迷信；既向往于英雄的精神，也拿得出真正的勇气，但为人却那么胆小怯懦！——那是一个只发展了一半的性格。

于是，米希尔便把希望寄托在儿子身上，而曼希沃最初也表现得很有希望。他从小极有音乐天赋，学的时候非常轻松，提琴的表演技术很快就成熟了，他的音乐很吸引大家，许多人把他当做偶像。他钢琴弹得也很好，还能玩别的乐器。他能言善辩，身体很好，虽然笨重一些，——却是德国人认为的那种古典美的典型：没有表情而又宽广的额角，粗线条的五官长得十分漂亮，留着卷曲的胡子，简直是莱茵河畔的朱庇特。老约翰·米希尔对儿子的声望很得意，看到演奏家的技艺已经炉火纯青不禁欣慰；老人自己从来就不懂得任何乐器。要曼希沃表现思想是毫不困难的，糟糕的是他根本没有什么思想；甚至不情愿去思想。他就像一个庸碌的喜剧演员，什么也不知道，只知道卖弄抑扬顿挫的音阶，只知道又焦急又虚荣地留神他的声音对听众的效果。

最奇怪的是，他虽然像约翰·米希尔一样讲究当众的态度，可终有磕磕碰碰的、不可思议的稀里糊涂的表现，使人产生一种他家人都有些疯癫的感觉。最初那还不算有什么害处；似乎这种古怪劲儿正是大家说他有天才的证据；因为在内行人看来，一个普通的艺术家决不会有如此性格。然而没过多久，大家看出了他的癫狂性质，主要的来源是杯中物。尼采说酒神是音乐的上帝，曼希沃渐渐也这么想；糟糕的是他的上帝是无情的：它非但不把他所缺少的思想赐给他，反而把余下的也拿走了。攀了那门众人以为荒唐的亲事以后，他愈来愈没有限度了。他不再努力，深信自己已经高人一等，结果把那点自认为高人一等的本领很快地丢了。与此同时别的演奏家接踵而到，被群众捧了出来；他感到十分寒心；但他并不继续努力，反倒更加灰心，和酒友一起对敌手进行报复。他凭着那种荒谬的骄傲，满以为能够代替父亲做乐队指挥；结果是任命了别人，他认为这是一种迫害，便装出怀才不遇的样子。凭着老克拉夫脱的声望，他在乐队里暂时保留了提琴师的职位；但其他差事全丢了。这固然伤害了他的自尊心，但更影响到他的财源。几年以来，因为时运不济，家庭的收入已经减少了许多。富足的日子结束了，窘境随之而来，而且一天一天地加剧。曼希沃毫不理会；并没有因此而少花钱。

他是一个比好人差一点的人，他生性懦弱，没有丝毫气魄，没有毅力，还自认为是慈父、孝子、贤夫、善人，或许事实真的如此。如果要做到这些，只要有种婆婆妈妈的好心，像动物那样把家人当做自己肉体的一部分。他也不能算是十分自私：他的个性还达不到这种程度。他到底是哪一种人呢？简直什么都不是。这种人真是人生中可怕的东西！好像一块挂在空中的没有生命的肉，他们要往下掉，非掉不可；而掉下来的时候把周围的一切都拉下来了。

小克利斯朵夫开始了解社会时，正是家境最艰难的时候。

那时，曼希沃的妻子每年生一个孩子。两个在很小的时候不幸死去了。

其余两个分别是三岁和四岁。曼希沃从来不照顾他们，鲁意莎要出门，两个小的便交给六岁的克利斯朵夫照管。

克利斯朵夫为母亲牺牲不小：下午他不能再到野外去痛痛快快地玩。不过人家拿他当大人看，他也很得意，于是一本正经地尽他的责任。他尽情地和小兄弟们一起玩耍，向他们展示自己的游戏，跟他们胡扯那些母亲和小娃娃说的话。学着大人的样子轮着抱那些孩子；他使劲但是受不了，他就下定决心，使劲把小兄弟搂在怀里，不让他掉下来。两个孩子总是想让人抱；克利斯朵夫抱不了的时候，他们便吵闹着。他们磨他，常常把他弄得狼狈不堪。克利斯朵夫不知道怎么样收拾——他们很脏。他们欺负他时，他真想揍他们一顿，可是又想："他们太小了，什么都不懂"，便毫不在乎地让他们打、挠、耍弄。恩斯德会无缘无故地叫嚷，跺脚，打滚：他是个神经质的孩子，鲁意莎嘱咐克利斯朵夫不能跟他打架。洛陶夫却像老鼠一样狡猾，老是趁克利斯朵夫怀里抱着恩斯德的时候，想尽办法捣乱，打碎玩具，弄翻水盆，弄脏衣服，捣乱壁橱，甚至把碟子掉在地下。

由于洛陶夫的恶作剧，往往使克利斯朵夫得不到母亲的夸奖，她经常对着战场般狼藉的家，乌云满面地说（虽然不是埋怨他）：

"我的小可怜，这一切太糟了。"

克利斯朵夫委屈得很，心里非常难过。

挣钱的机会那个厨娘从来都不肯放弃，她依旧出去干老本行——当然是在特殊的时候，有人家结婚或是小孩子受洗的时候，她去帮忙做饭。曼希沃睁一眼闭一眼，因为这会有伤他的虚荣心；但瞒着他去做，他也并不生气。小克利斯朵夫还不太清楚他将面临的艰辛，除了父母的管教外他从不受任何约束，而父母的管教也并不怎么严，他们差不多是自由成长的。他一心想长大成人，可以想干什么就干什么。一个人在生活旅途中所能遭遇的困难是他是想不到的；他更加想不到的是连父母也不能独立。他第一次看到人有治人与治于人的分别，他家的人是属于治于人那种的，他平生第一次受难时，他开始反抗。

母亲让他穿一件美丽、整洁的衣服，那是人家施舍的旧衣衫，由鲁意莎很有耐心地改过了的。照着她的意思，他到她工作的人家去接她。他一想到要独自去，不免有些心虚。一个差夫在门口闲荡，拦住了孩子用长辈的口吻问他来意。克利斯朵夫红着脸，依着妈妈的吩咐说"要找克拉夫脱太太"。

"克拉夫脱太太，找她干吗？"当差故意把"太太"两个字念得特别重。"她是你母亲吗？鲁意莎在厨房，你去吧，在走廊尽头。"

他去了，但脸通红；听见人家叫出母亲的小名，觉得很难为情，他窘极了，恨不得马上逃到令人想念的河边，躲到编故事的树底下。

一到厨房，仆人们便包围着他，吵吵嚷嚷地招呼他。母亲在里边朝他微笑着，又温又有些不好意思。他跑过去扑进她的怀里。她穿着一条雪白围的裙，手里举着一支大木匙。她抬起下巴，使人看到她的脸。叫他给所有人都行礼，这一下他可更加慌了。他不喜欢那样做，扭转身子朝着墙壁，脸藏在手中，但后来他逐渐胆子大了，把他的眼睛从指缝中露出，给人家一瞧又立刻躲起来。他窥视每个人。母亲那种非常忙碌的身影，他从来没见过；她尝遍所有锅子里的味道，发表意见，用肯定的口气说明烹调的秘诀，原来在那个人家当差的厨娘恭而敬之地听着。屋子很好看，摆着光耀四壁的铜器；孩子心里骄傲的是母亲在这里很受人尊敬。

谈话声戛然而止，厨房门打开后，一位太太走进来，穿得硬绷绷的衣服窸窣响着，一双不放心的眼睛环顾了一下四周。她年纪已经不轻，可还穿着件袖子肥大的浅色衣衫；衣摆抓在手里，怕被什么东西碰到。可是她仍旧蹲到灶前察看菜的情况，甚至还品尝味道。当她稍稍举起手臂的时候，袖子一滑，露出了后肘：克利斯朵夫觉得不仅难看，而且不雅。她朝鲁意莎讲话的口气十分刺耳，非常威严！而鲁意莎回答她又是那样的恭敬！克利斯朵夫看着愣住了。他想藏在角落里不给人家发现；但是不可能。太太查问这个男孩子的来历，鲁意莎拉他，要他去见太太，抓住了他的手，不让他把脸藏起来。克利斯朵夫虽想挣脱逃掉，可是他感到，这一回他无法抗拒。太太望着那张被吓坏的脸，很和气地对他微笑了一下，但立刻又拿出长辈的尊严，查问他的道德品行和宗教功课等等。他什么也不说。她还关心衣服怎么样；鲁意莎马上插话说好极了，随手整理他的上衣；克利斯朵夫觉得身上紧绷绷的，几乎要叫起来。他弄不懂为什么妈妈要向那个恶女人道谢。

太太拉着他的手，要带他去她孩子那里。克利斯朵夫希望得到母亲的救助，可是她对女主人那种像哈巴狗一样的神气使他感到没有希望，只好被人牵着走，像羔羊被牵入屠宰场。

太太把他带到花园，那里有一男一女两个孩子，年龄同克利斯朵夫相仿，好像正在赌气。两人见到克利斯朵夫便走拢来打量着他，彼此用肘子碰着，指指点点地笑。终于他们下了决心，问他是谁，来自哪里，父亲是干什么的。克利斯朵夫却一声不吭地傻站在那里，窘迫得差不多要哭了，他特别害臊是因为那个穿着短裙留着辫子的女孩。

他们玩了起来。他的心神刚安静下来，少爷突然在他面前站住，扯动着上衣："呦！这是我的"

这令他莫名其妙。听说他的衣服是别人的，他觉得非常愤怒，连连摇头否认。

那个男孩重复道"这就是我的上衣，还有块污迹呢。"

他细细打量着并用手指点，打量克利斯朵夫的脚，并且问他满是补丁的鞋头是怎么补的。克利斯朵夫的脸胀得通红。小姑娘露出蔑视的神情和她的兄弟耳语："他是个穷小子。"这一下克利斯朵夫终于说话了。他压低声音结结巴巴地说，他是曼希沃·克拉夫脱的儿子，厨娘是她的母亲，——他认为这是非常好的头衔，并且自己也具有一种理由。他以为这样一说，他们那种傲慢与偏见就给驳倒了。但是两个人虽然对这个新闻很感兴趣，可并没有因此而看得起他。相反，他们倒拿出大人们严肃的口气，问他将来会做什么差使，厨师或是马夫。他的心被刺痛了，他默不作声。两个阔家子弟，对这个穷小子起了反感，他的沉默使他们更加放肆，想用什么好玩的方法折磨他。小姑娘更加放肆，她看出克利斯朵夫穿着瘦小的衣服不能跑，便想出一个方法，一起做跳栅栏的游戏。他们把小凳放在一起当做栅栏，叫克利斯朵夫跳过去。可怜的孩子没有勇气说出不能跳的理由，憋足气力往前一冲，马上被绊倒在地，只听见一阵哈哈大笑。他们要他再来一次。他眼泪汪汪的，拼命一跃，居然跳过了。可是两个孩子还不满意，认为那些凳子并不很高，又把其他的东西加上去，做成了一座小山。克利斯朵夫想反抗，说不跳了。小姑娘便叫他胆小鬼，说他害怕了。克利斯朵夫听着很不服气，明知非跌倒不可，还是去跳了。他的脚碰到了障碍物，所有的东西都跟着他一齐落下。他擦破了手，差点儿把头砸破；而最倒楣的是，他的衣服在膝盖部分和其他地方都撕破了。他十分恼火，只听见两个孩子快乐地在旁边跳舞；他心里十分难过，觉得他们瞧不起他，恨他：为什么？为什么？他宁愿死了！——人生最大的痛苦就是儿童第一次看到别人的阴险：他认为全世界的人都在迫害他，没有一点儿依靠，真是一切都完了，完了！……克利斯朵夫想爬起来；男孩子把他一下推倒了；小姑娘还要用脚踢他。他重新再爬起来，两个孩子再一起向他扑上，坐在他背上，把他的脸按在地上。于是他心头火起：一个又一个的折磨怎么受得了！手疼得发烧，又撕破了华丽的衣衫，——那真是大祸临头了！——羞愧，悲伤，对暴力的愤懑，一股脑儿来的多少灾难，全都变成一股疯狂的怒气。他把手和膝盖撑在地下，跃起身来，像狗一样抖擞了一下，把两个敌人摔开了。等他们再扑上来时，他便直撞过去，打了小女孩一个嘴巴，又一拳把男孩子打倒在花坛中间。

然后是一阵叫嚷，孩子们喊着逃进屋子里去了。随后只听见哗啦啦的开门声，怒气冲冲的叫喊。太太出来了，拖着长裙，飞快地跑来。克利斯朵夫其实并不想逃；他被自己所做的事吓坏了：这是闯了大祸，犯了大罪；

但他并不后悔。他等着。他完了。不管了！他已经崩溃了。

太太直向他跑过来。他觉得挨了打，听见她狗吠一样地叫着，说了许多话，一句也听不懂。两个小冤家也来看热闹，看着他受侮辱，还扯着嗓子瞎叫。仆人们也跑出来看热闹，七嘴八舌地嚷成一片。为了彻底整治他，她把鲁意莎也给叫了来；母亲非但不保护他，反而不分对错就是几个嘴巴，还要他道歉。他愤怒地拒绝了。母亲用力地把他拉到太太和孩子面前，要他下跪。他不肯，咬了母亲的手，在仆人们的哄笑声中跑了。他带着极大的悲伤走了；受到欺辱，又挨了顿巴掌，脸上火辣辣地发烧。他尽全力不去想它，急急忙忙挪着脚步，因为不愿意在街上哭。他恨不得马上到家，用眼泪来洗刷一切；他浑身的血一起往上涌，他都快爆炸了。

终于到了家，跑上黑洞洞的楼梯，来到睡觉的地方。他气呼呼地躺倒在床上，眼泪像洪水决了口似的。他不知道为什么要哭，但不哭不行；第一阵的巨潮快退了，他接着又哭，因为他一肚子都是恨。想到父亲就要回来，他觉得苦难还没有完呢。他决心逃跑，再也不回来了。

不料他下楼的时候，正碰到父亲回家。

"你干吗，孩子？往哪儿去？"曼希沃奇怪地问。

他不做声。

"大概捅了什么娄子了吧，你做了什么事啊？"

克利斯朵夫依然不作声。

"你到底做了什么事？回答我呀！"

孩子哭了，曼希沃嚷了起来，引得鲁意莎急忙上楼来。她还像刚才一样地不安，一进来就大骂，又加上几个嘴巴。曼希沃听明白了，也帮着揍他（或许没有明白之前已经动手了），那股狠劲差不多可以打死一头牛。他们俩开始争吵。孩子嚎着。结果父母吵架了，火气都一样的大。曼希沃一边打孩子一边说孩子是没错的，说这是侍候别人的好处，他们仗着有钱，为所欲为。鲁意莎一边教训孩子一边骂丈夫太狠心了，说她不许他碰孩子，说他把孩子打伤了。确实，克利斯朵夫流了些鼻血。他自己并不在意，母亲手忙脚乱地用湿布堵住他鼻子，他并不感激，因为她还在骂他。最后，他们把他关在一间黑房中，不给他吃的东西。

他听见他们互相对骂，他不清楚更恨哪一个，可能是母亲，他没想到她会这么凶的。一天的苦难，一齐压在他那脆弱的心上：所有的不公，两个孩子的霸道，那太太的霸道，父母的霸道，——还有他即使不太明白，可是像剧烈的伤口一样使他感觉到的，是他引以自傲的父母竟然会向那些卑鄙可恶的恶人低头。这种卑躬屈膝的做法，他第一次隐隐约约地认识到，这简直是不知廉耻。他心中一切都改变了：对父母的敬重与钦佩，对人生的信念，希望爱人家、同时也得到人家爱的那种天真的需要，盲目而绝对的道德信仰，天崩地裂般都给推翻了。这是地覆天翻的总崩溃。他被暴力制服了，既没法自卫，也没法躲避。他憋住气，以为快不行了。在无奈的反抗中，他身子都僵硬了。他开始用拳，用头，用脚在墙上用力击打，大哭大叫，抽搐着，拼命地向家具上撞，很快便倒在了地上。

父母都赶过来，把他抱在怀里开始比着谁更温柔。母亲帮他脱了衣服，放倒在床上，坐在一旁，直等到他逐渐安静下来。但他一点儿不让步，一点儿不谅解，他假装睡着，不愿意和她拥抱。他认为母亲卑微下贱。他无法理解母亲为了一家的生活而不得不站在别人的立场上的苦衷。

等到孩子不再流泪的时候，母亲松了一口气。克利斯朵夫累极了，但是神经过于疲劳，还不能立刻睡着。他迷迷糊糊地觉得刚才的景物又开始活动了，尤其是那个小女孩，睁着漂亮的大眼睛，耸着小鼻子，一脸的傲气，肩上披着长头发，光着腿，说着那些幼稚而矫揉造作的话。他打了个冷战，好像又听到她的声音了。他记得自己在她面前出了丑，不由得恨死她了。他不能原谅她的侮辱，恨不得也把她整治一顿，教她哭一场。他想个办法，可一个都无法实现。看样子，她完全不把他放在心上。可是为了消除自己的怒火，他假定一切都能够如愿以偿。他把自己当做一个有权有势的人，而她又爱上了他。根据这个情节，他编造出一段荒唐的故事，结果他竟当成真的了。她为他得了相思病，可是他不理她。他在她门前走过，她躲在窗帘后面悄悄地看他；他明明知道，却装做不知，同人家有说有笑。甚至为了让她更加苦闷，他出门到远方去了。他干了很大的事业。——他从祖父的英雄故事中拿出几段做穿插。——那时她竟伤心得病了。她的母亲，那位高傲的太太来哀求："我可怜的女儿快不行了。我求你，请你来看看她吧！"于是他去了。她躺在那儿，面色苍白，瘦得不得了。她伸出手来。她说不出话，只顾捧着他的手亲着哭着。于是他很友善地看着她，嘱咐她保重身体，同意她爱他。故事编到这里，他为了自己更快乐些，便反复地回忆着那个情节，最后安静地睡着了。他醒来时，天已亮了，但新的一天没有了昨天的轻松：世界有了一点儿变化。克利斯朵夫已经尝到了人间的不平等。

有时家里很困难，而这种情况在不断增多。遇到这些日子，大家都得吃苦。感觉最深刻的要数克利斯朵夫。父亲是一点感觉不到。他第一个拿菜，尽可能地多拿。他咭哩呱啦地说话，自得其乐地大笑起来，完全没有留意到他的女人强作笑容，和看他拿菜的那种目光。盘子被递过来时，已经没有了一半。鲁意莎替孩子们分菜，每人分到两个马铃薯。轮到克利斯朵夫时，往往盘子里只剩下三个，而母亲还没拿。他早已知道，因为没轮到他就已经数过了。他便拿出勇气，装做不知道地说："只要一个，妈妈。"

她有点不忍心。

"和大家一样，拿两个吧。"

"不，我只要一个。"

"你难道不饿吗?"

"对呀! 我一点也不饿。"

可是她也只拿了一个。他们俩慢慢地削皮，分成小块慢慢地吃着。母亲留心地盯着他，等他吃完了，说: "喂，把这个也吃了吧!"

"不，妈妈。"

"你是不是病了?"

"不是的，我吃饱了。"

父亲怪他做难，把最后一个马铃薯充公自己拿去吃了。从此克利斯朵夫十分小心，把剩余的一个放在自己盘里，留给小兄弟恩斯德；他一向十分贪吃，早就盯着了，呆了一会儿就说: "你不吃就给我吧!"

哦! 克利斯朵夫太恨他父亲了，恨他只为自己着想，根本不知疼爱他们，甚至吃掉他们的那份食物。他肚子一饿，他就恨父亲，甚至想对他说出来；可是他又高傲地想起来，自己没有赚钱就没有权利说话。父亲吃多少面包，都是他自己挣来的。自己还一无所用，用大家的话说是个负担。将来他有权利说话，——要是还能挨到将来! 喔! 就怕等不到那一天早已饿死了……

这种残酷的挨饿的痛苦他的感受是最深的。他的健康的胃受着酷刑；有时他为之恐惧，头疼；胸口有个窟窿在打转，越转越大，仿佛有把锥子往里钻。可是他从来都不说，他觉得母亲在注意他，便装作什么事情也没发生似的。鲁意莎很寒心，隐隐约约地猜出儿子是为了让别人多吃一些；她设法丢开这念头，可总是丢不开。她不敢计较，不敢向克利斯朵夫询问真情；要是真的，她又能怎样呢? 她自己小时候挨饿惯了。既然没有办法，抱怨又有什么用? 的确，因为她身体衰弱，吃很少的东西，一想到孩子挨饿，她心里很难受。她从不与他沟通。有一两次，两个孩子在街上跑，曼希沃出去了，她要大儿子在身边替她做点儿小事。她绕线，让克利斯朵夫拿着线团。冷不防她丢下手里的活儿，热情冲动地把他搂到怀里，虽然他很重，还是抱他坐在膝上，紧紧地搂着他。他使劲搂她的脖子，母子俩无奈地拥抱在一起哭着。

"可怜的孩子! ……"

"妈妈，亲爱的妈妈! ……"

他们虽然一句话也没多说，但彼此心里都很明白。

克利斯朵夫过了好久才发觉父亲喝酒。曼希沃的酗酒并不超过某个限度，至少在开始，发酒疯的时候也并不太凶。大概总是过分的高兴。他说些不中听的话，不断地拍着桌子，直着喉咙唱歌；有时他死缠硬磨地要跟鲁意莎跳舞。克利斯朵夫明明看见母亲无精打采，躲得很远，低着头做活；她尽量地不看酒鬼；他要是说出使她害羞的野话，她就很柔和地叫他住嘴。但是克利斯朵夫不太明白；他多么渴望快乐，父亲非常高兴地回家，在他简直像过节一样的时候。家里却是那么凄凉，这种狂欢正好让他松弛一下。父亲那可笑的姿势，不正经的玩笑，使他连心都笑开了，他跟着一起歌唱，跳舞，听到母亲很生气的训斥他非常扫兴。这有什么地方不对，父亲不也在那样做吗？尽管他一向头脑聪明，把事情记得很牢，觉得父亲有好些行为都跟他真实的本性不相符合，可是他对父亲仍然很崇拜。这在儿童是一种自然的需要，也是自爱的一种。假如儿童自认为没有能力达到心中的愿望，满足自己的骄傲，他就拿这些去期望父母；而一个失败的成人，就拿这些去盼望儿女。在儿童心中，父母便是他们的偶像，是保卫他的人，代他出气的人；父母心中的儿女也是如此，不过现在不行，要等待将来。在这种"骄傲的寄托"中间，爱与自私便结合在一起，其奋不顾身的气势，极尽温存的情绪，都到了沉醉的地步。因此克利斯朵夫把他对父亲的一切仇恨都忘了，尽量找些敬仰他的理由：佩服他的身段，羡慕他结实的手臂，他的音容笑貌，他的兴致；听见人家称赞父亲的演技，或者父亲过甚其辞的说出人家对他的恭维话，克利斯朵夫就眉飞色舞，觉得很骄傲。他相信他的大话，他把父亲当做一个天才，当做祖父所讲的英雄之一。

一天晚上七点左右，他一个人呆在家里。小兄弟们跟着老祖父去散步了，母亲在河边洗衣服。门一开，曼希沃跑了进来；他光着头，衣衫褴褛，蹦蹦跳跳的，一进来便倒在椅子里。克利斯朵夫笑了，以为他又要玩把戏了，便跑上前去，但走近一看，他再也不笑了。曼希沃坐在那里，垂着手臂，眨巴着眼睛看着前面，脸色胀红，张着嘴，不时发出很滑稽的喔喔叫声。克利斯朵夫惊呆了。他开始以为父亲闹着玩，可是看他一动不动，便畏惧了。他叫着："爸爸！爸爸！"曼希沃仍像母鸡一样喔喔地叫。克利斯朵夫无奈地抓着他的胳膊，尽力地推他摇他："爸爸，好爸爸，你回答我啊！"曼希沃身子一软，差点倒下来；他脑袋向前，对着克利斯朵夫的头伸过来，盯着他，气哼哼地嘟囔着，根本说不成话。当克利斯朵夫的眼睛和他神色错乱的眼睛碰在一起的时候，孩子突然大吃一惊，慌忙逃到卧室的最里头，跪在床前，把脸埋在被窝里。这样过了好长时间。曼希沃在椅子上拼命地摇摆，傻笑。克利斯朵夫堵着耳朵不想听，打着哆嗦。他的心绪真是无法形容，只觉得昏天黑地，又害怕又痛苦，仿佛一个心爱的人死了。

没有人回家，只有父子两个；天黑下来了，克利斯朵夫的恐怖不断增加。他身不由己地伸着耳朵听，可是一听到那个可怕的声音，全身的血都凉了；瘸腿似的钟摆，替那胡闹的怪声打着拍子。他无法忍受，想逃了。可是要走出屋子必须从父亲面前经过；而克利斯朵夫害怕见到父亲的眼睛，仿佛会吓坏似的。没办法只好蹲在地下，手脚并用地爬到房门口。他不敢喘气，更不敢抬头望一眼，只从桌子底下看到父亲的脚有点小动作，他就停住，醉鬼似的腿在那里簌簌发抖。克利斯朵夫终于到了门口，笨拙的手也碰到了门钮，不料慌慌张张地一松手，门又突然关上了。曼希沃想转过身来看，他坐在摇摆的椅子里不小心失去了重心，叭的一声倒在了地下。克利斯朵夫吓得连跑出去的力气都没有了，靠在墙上盯着父亲躺在脚下；他开始喊救命了。

摔了一跤，曼希沃清醒了许多。他大声骂着把他摔在地上的椅子，踢了几脚，拼命地想站起来却又无法站起来后，他背靠着桌子坐定了，开始认出四周的环境，他发现克利斯朵夫大哭着，就喊他过去。克利斯朵夫想逃跑，可是动不了半步。曼希沃喊住他，看孩子站着不动就生了气，诅咒起来。克利斯朵夫只好浑身哆嗦地向前。曼希沃把他拉过去，让他坐在膝上，开始使劲拧着孩子的耳朵，结结巴巴地把孩子应该如何尊重父亲的话训斥了一顿。随后，他忽然改变了想法，一边说着傻话一边把克利斯朵夫抱在怀里摇摆，哈哈大笑。然后他又迅速地想起不快活的事，哀怜孩子，可怜自己，紧紧地抱着孩子，几乎让他透不过气来，把眼泪和亲吻布满孩子的脸；最后，他大声唱着"我从深处求告"摇晃着孩子为他催眠。克利斯朵夫吓昏了，一点不敢动。他在父亲怀里闷得快死了，闻到一股酒气，听着醉鬼打嗝儿，被恼人的泪水与亲吻的口水沾了一脸，他又害怕又恶心的在那里遭受苦难，他想喊，可是一点声音也发不出来。这可怕的情景仿佛长达一个世纪之久，——直到后来，房门一开，鲁意莎提着一篮子衣服进来了。她惊叫一声，把篮子摔在地下，拿出她从未有过的狠劲，狂奔过来从曼希沃怀里抢出了克利斯朵夫。

"哎哟！该死的酒鬼！"她叫着，眼里充满愤怒的火。

克利斯朵夫认为父亲要弄死母亲了。可是曼希沃却被他女人气势汹汹的态度吓傻了，一句话也没说，竟哭起来。他在地下乱滚，用头撞着家具，嘴里还叫喊说她是对的，他是一个十足的酒鬼，害得一家人受苦受难，对孩子们是一种罪过，他愿意马上去死。鲁意莎转过身子不理他，轻轻地把克利斯朵夫抱到旁边的屋里，尽量地安慰他。孩子还在发抖，对母亲的问话实在无法回答，接着他又痛哭起来。鲁意莎把他的脸浸在水里一会儿，拥抱他，对他说着轻柔的话，和他一起大哭。最终他们俩都渐渐安静下来。

她跪在地下，叫他做同样的动作。他们做了个祈祷，求上帝对父亲的恶习采取些办法，使他仍旧像从前一样和气。鲁意莎安排孩子睡下。他要她坐在那里握着他的手。那一夜，鲁意莎在发热的克利斯朵夫的床头坐了好久。酒鬼却在冰凉的地上打呼噜。

过了一年，克利斯朵夫上学了；他老看着屋顶的苍蝇，用拳头捶着旁边的孩子，把他们推倒在地下；他动个不停，笑个不停，从来不学习。有一天，克利斯朵夫摔倒了，恨他的老师便说了句刺耳的话隐射一个大家都知道的人，说他似乎要青出于蓝地走上那条路了。所有的孩子听着都笑了；有些同学还揭穿隐喻，加上一些清楚且有份量的注释。克利斯朵夫站起来，羞得满脸通红，拿起墨水瓶对准一个正在笑的孩子扔过去。老师冲上来就是一顿拳头，还用鞭子狠抽，罚他跪倒在地，加以重罚。

他铁青着脸，憋着气回到家，冷冷地喊到他再也不上学了。家里人并没把他的话当真。第二天早上，母亲提醒他该上学了，他却平静地回答，他早说再也不上学了。鲁意莎对他软骗硬吓都没用。他坐在房间的一角，不动地方。曼希沃揍他，他就大喊大叫；每次打完后再让他上学，他总是怒气更大地回答一声"不去"！家人要他说出原因来，他却倔强地死不开口。曼希沃抓着他硬送到学校交给老师。可是他一到座位上，就有计划地毁坏手头所有的东西：墨水瓶，笔，练习簿，书本，并且故意做得教人看见，带着挑战的意味望着老师。结果他被关进黑房。——过了一会儿，老师看到他将手帕绕在脖子上，拼命地拉紧：他要自杀！学校同意让他回家。

克利斯朵夫十分能吃苦，身体结实，这是家族的遗传，家里找不到一个体弱的人，生病也好，不生病也好，他们从不抱怨，没有什么能使克利斯朵夫父子的习惯有分毫的改变。他们不管天气怎样都出门，冬夏都一样，有时光着头，敞着怀，甚至几小时地淋着雨顶着太阳，由于疏忽或逞强，走上几十里路也不觉得累。可怜的鲁意莎默默地跟在后面，脸色苍白，两腿浮肿，心跳得非常快，只能走走停停，他们即可怜她又看不起她。克利斯朵夫也差不多要像他们那样轻视母亲了：他不知道一个人为什么会生病。他跌倒了，碰破了，烫坏了的时候，他是不会哭的，只对着使他痛苦的东西生气。他经常遭受父亲和小伙伴的打骂，街上的野孩子同他打架，所有这些把他磨炼得更结实。他不怕挨打，经常鼻青脸肿地回家。

有一天，他在这一类的打斗中，被对方压在身底下，使劲把他的头撞击街上的石板；他被救出来的时候，几乎要闷死了。他却认为这很平常，并预备拿这一套去回敬别人。然而他也有许多害怕的东西；虽然因为骄傲而不说，但他最苦恼的莫过于孩童时那些接连不断的恐吓。尤其有两三年的时间，它们像病魔一样地折磨着他。

他害怕藏在暗处的神秘的东西，害怕那些要害人性命的魔鬼，蠢动的妖魔，那是每个孩子的头脑里都存在着而且到处看得见的。一方面有原始动物遗传的因素；另一方面是初生的时候，生命与虚无还很接近，在母体中昏睡的记忆，从冥顽愚昧的物体演变而成为幼儿的感觉，仍然存在：这种种幻觉便是儿童害怕的根源。

他害怕那扇阁楼的门：阁楼的门正对着楼梯，它总是半开着。每次要经过的时候，心就怦怦地跳，于是壮着胆子跑过去，连看也不敢看一下。他总感觉门背后有什么人或什么东西。遇到阁楼门关上的时候，他从半开的猫洞里很清楚地听到门后的响动。这本来不奇怪，因为里边有很多大老鼠；但他的想象认为那是一个魔鬼：身上是一堆骨头架子，上面长着马头马脸，面目狰狞，一双吓死人的眼睛，总之是千奇百怪的形状。他害怕想它，但又不由自主地要想。他的手哆哆嗦嗦地去摸摸门闩是否插牢，摸过之后，走到半楼梯还要再三返回去看看。

他怕天黑。有时他在祖父那边呆时间长了，或是晚上被叫去有什么事。老克拉夫脱住的地方很远，差不多已经在城外，他的屋子后面便是通往科隆的大路。在这座屋子与市边上有灯火的窗子中间，大约隔着百米左右，克利斯朵夫却觉得有很远的路。有一段路弯曲的，什么都看不清楚。黄昏时的田野是荒凉的；地面都黑了，天上灰灰的好可怕。走过环绕大路的树丛，爬上山坡的时候还能看到天边昏黄微弱的光；但这种光并不发亮，反比黑夜更叫人难以忍受，黑的地方显得格外黑：那是一种垂死的光。云差不多与地面接上了，小树林变得特别大，在那儿摇晃。瘦削的树就像奇形怪状的老人。路旁界石上的反光，像青灰色的衣服。阴影似乎在晃动。土沟里有小矮人坐着，草里闪着亮光，空中有东西飞来飞去，十分可怕。还有不知从什么地方跑来的虫子，叫得那么恐怖刺耳。克利斯朵夫担心会出现可怕的事，他飞奔着，心几乎要跳出来了。

看见了祖父屋里的灯光，他才放心。但糟糕的是，老人经常还没回家，那才是最可怕的。田野里只有这一间老屋子，就是在白天，孩子已经非常害怕。要是祖父在家，他就忘了害怕；但有时老人会不声不响地丢下他出门去了，克利斯朵夫一点也不知道。屋子里非常安静。所有的东西对他都是很熟很气的。屋里有张白木大床，床头的搁板上放着一部厚厚的《圣经》，火炉架上的纸花中，供有两位太太和十一个孩子的照片，每张像片下面都注着他们出生和死去的年月。嵌在镜框里的祷文挂在墙壁上，挂着莫扎特和贝多芬粗糙的彩色肖像。屋角放着架小钢琴，另外一角放着一架大提琴；还有杂乱的书架，挂着的烟斗；窗口摆着几盆风茑草。屋子里的一切好像都是老人的朋友。老人在隔壁房里来回地走着；可以听见他在刨木头，敲钉子；或在自言自语，骂自己老糊涂；再不然就大声地唱着，把赞美诗，酒歌，伤感的歌，气势汹汹的进行曲，混在一起唱。在这种情况下，他感到很安全。克利斯朵夫坐在靠窗的大沙发中，正出神地看一本书中的图画。天渐渐地黑下来，他的眼睛模糊了，终于丢开书本，恍恍惚惚地胡思乱想起来。路上远远地传来车轮的响声，一条母牛在田间叫着，城里的钟不情愿地敲响了。茫然的想法，模糊的预感，在不得意的小孩子心里萌发了。

突然，克利斯朵夫心里一害怕，他醒了。睁开眼睛看了看，周围一片漆黑。他又仔细听听一点声音都没有，到处都是静悄悄的。祖父刚刚出去。他打了个寒噤，靠着窗口，还想看看他：路上很荒凉；万物都变得让人感觉害怕。天哪！要是有什么东西出现，可是这东西是什么呢？他却说不出来。反正是可怕的东西……屋子里的门都关不严。楼梯在格格作响，好像有人走过。孩子跳起来，他把一张沙发、两张椅子和一张桌子，摆到屋子里最安全的地方，把自己围起来：沙发靠着墙壁，左边一张椅子，右边一张椅子，中间布置一架双折的梯子，他爬到顶上，除了刚才看的书，又另外拿了几本抱在手里，当做被围受困时的防御物。于是他放心了，因为在孩子的想象中，敌人无论如何不能冲过栅栏的：那是禁止的。

但有时敌人会突然从书中跳出来。——在祖父不知从哪里买来的旧书里，有些插图，给孩子留下很深的印象。他又想看又害怕看，那全是些神奇古怪的幻境。例如《圣·安东尼的诱惑》，其中有鸟的骷髅在水瓶里下粪，无数的蛋在破开的青蛙肚子里像虫一般蠕动，没有身子的头在走路，屁股吹着喇叭，还有家用的器具和动物的尸身，裹着大氅，像老太婆一般，一边严肃地走着，一边行着礼。克利斯朵夫看着心惊肉跳，但因为很厌恶，反而经常想看。他老半天地瞪着它们，不时向四下里瞧一下。看是不是有什么东西在窗帘的皱折间晃动。——一本解剖书里有一幅人体图画特别使他憎恨。快到书中那个地方的时候，他哆嗦着翻着书页。那些五颜六色的怪模样对他有种特别强烈的吸引。而儿童的创造力把呆板的图画又加了一番色彩。他分不清这些古里古怪的图画跟现实有什么不同。而夜里做梦的时候，书中的图画反比白天看到活的形象对他的影响更大。

他害怕睡觉。有好多年，经常被恶梦吵醒：——有时，他在地窖里闲荡，忽然看见风洞里钻进那个解剖图上的人体对他挤眉弄眼。——有时，他一个人在一间屋里，听见外面有轻微的脚步声，他迅速跑过去关门，刚抓住门钮，外边的人已经在拉了；他锁不上门，没有力气了，只能大喊救命。他知道外边要进来的是谁。——有时，他和家里的人呆在一起；可是突然之间，他们的脸变了，做出许多癫三倒四的事。——有时，他很安静地在看书；突然觉得有一个看不见的幽灵在他四周。他想逃，可是被捆住了；他要喊，嘴巴给堵住了；脖子给紧紧地箍着。他上气不接下气地醒过来，牙齿格格地打战，直哆嗦很久；他无论如何也摆脱不了惊恐万状的感觉。

他的卧室在屋子里没有门窗的一角，门框上有根铁棒，挂着条破布帘子，就算跟父母的房间隔开了。混浊的空气使他喘不过气来。和他同睡一床的兄弟们经常用脚踢他。他脑子里乱哄哄的，白天想着的小事这时给格外地夸大了，变成各种各样的幻觉。在这种似梦非梦、精神高度紧张的情形之下，一点非常小的刺激都使他特别痛苦。地板上格格的响声使他惊恐不安。父亲的鼾声大得出奇，不像是人的呼吸，不停打着寒战，竟像是一头野兽睡在那里。夜把他笼罩了，简直是无休止的。克利斯朵夫觉得：他好像已经躺了好几个月一样，他喘着气，坐起来，用衬衫的袖子擦着额头上的汗。有时他推醒弟弟洛陶夫；可是他咕噜了几声，把所有的被一齐卷在身上又睡熟了。他这种胡思乱想又惊又怕的心情，一直要等到帘子下面的地板上透露一线鱼白色的时候，才算过去。这道黎明前微弱的亮光，使他一下子平静了。虽然谁也不能在阴影中分辨出来，他已经感觉到那道光线已经悄悄进了屋子：热度立刻退下去，呼吸也正常了，仿佛泛滥的河水重新回进了河床；全身的温度平均了，他那双由于失眠着而干涩的眼睛终于闭上了。

晚上快到睡觉的时候他特别害怕。他打定主意不打瞌睡，预备熬夜，免得做恶梦。可是疲倦还是把他给征服了，而且总在他最不留神的时候，那些魔鬼又出现了。

可怕的黑夜！大多数的孩子觉得美好，而一部分的孩子觉得多么可怕的黑夜！……他怕睡觉，又怕睡不着觉。睡着也好，醒着也好，那些鬼怪的形象总是出现在他眼前，幻想中的幽灵，还有那些母胎中的幼虫，在童年时代即将结束时的微光中飘动，好似在病魔的阴影中飘荡。但这些幻觉中的惊慌，不久被一个大的恐怖取代了。这大恐怖是蛀蚀一切人类的"死亡"，古往今来的哲人竭力要忘掉它，否定它，而终于无效地"死去"。

有一天，他在壁橱里胡乱翻的时候，找到一些不认识的东西：一件孩子的衣衫，一顶有条纹的小帽。他高兴地拿到母亲前面，她不但没有对他笑，反而板着脸叫他放回原处。他追问为什么；母亲没说话，把东西抢过来放在他拿不到的一格里去了。他更加奇怪，便一再地追问。她被逼不过，终于说出那是在他没有出世以前就早已死掉的一个小哥哥的衣服。他愣住了。他从来没听说过这件事。他沉默了一会儿，还想多问一些。可是母亲好像心不在焉，只说他也叫做克利斯朵夫，可是比他乖。他提出别的疑问，她却不愿意回答了，只说那个孩子在天上，为他们大家祝福。克利斯朵夫再也问不出什么；母亲叫他住嘴，让她安心干活。她似乎一心在那里缝东西，想着心事，也不看他一眼。过了一会儿，她看见他躲在一边生气，便对他笑笑，于是很温和地叫他到外边去玩。

这些话在克利斯朵夫的脑海里留下深刻印象。哦，原来有过一个孩子，跟自己取着同样的名字，差不多和他没有分别，可是已经死了！——死，他不明白死是怎么回事，大概是挺可怕的吧。——也从来没有人提到那个克利斯朵夫，他完全被遗忘了。那么如果自己死了，会不会也是这样？——晚上和大家一桌子吃饭，看他们有说有笑，谈着不相干的事，他心里还想着那个死去的孩子。他死了，敢情人家还会这样快活！嗳嗳！他一点也想不到母亲是这样的自私，儿子死了还能笑！他开始恨自己的父母，很想为自己痛哭一场，哭自己的死。同时他有好多问题要问，可是又不敢，他忘不了母亲叫他住嘴的口气。——终于他忍不住了，到睡觉的时候，母亲来拥抱他，他就问：

"妈妈，他是不是也睡在我的床上？"

可怜的母亲打了个哆嗦，勉强装出好像没什么事一样问："谁啊？"

"那孩子……那个死了的孩子。"克利斯朵夫压低了声音。

母亲突然一边把他紧紧地抱着，一边紧张地说："住嘴，住嘴。"

母亲的声音在颤抖。克利斯朵夫靠在母亲怀里，听着母亲的心跳。两人沉默了一会儿，随后她说：

"小宝贝，这种话以后不能再讲了，……放心睡觉吧……不，这不是他的床。"

母亲把他拥抱了一下；他以为母亲哭了，只希望是真的。他心里好受了些，原来她还是心痛的！但过了一会儿，听到母亲在隔壁屋里用那种平时听惯的声音，安静地说话，便又怀疑起来。究竟哪种声音是真的，现在的还是刚才的？——他在床上胡思乱想地想了好久，始终找不出答案。他非常希望母亲难过；当然，母亲不高兴他也要不高兴的；可是不管怎样那是对他的一种安慰，能减轻他的孤独之感。——然后他睡着了。明天，他不再想了。

过了一段时间，有个在街上和他一起玩耍的孩子，到了平时该来的时候竟没有来；有人说他病了；从此他不来玩也无人问起。事情已经很清楚，不是挺简单吗？——有一天晚上，克利斯朵夫很早就上床了，从他的一角看见父母屋里的灯还亮着。有人敲门，一位邻居的太太来聊天。他时不时地听一句，一边像往常一样编自己的故事，并没有全部听清他们的谈话。忽然邻人说了句"他死了"，克利斯朵夫全身僵住了：因为他知道说的是谁，于是就屏住气继续听。他的父母大声地叫着他。曼希沃扯着他的粗嗓子嚷道："克利斯朵夫，听见没有？可怜的弗理兹死了。"克利斯朵夫挣扎了一下，平静地回答："是的，爸爸。"他的气就像被堵住了。

可是曼希沃又补了一句："'是的，爸爸'，你就会说这一句吗？你不感到难过吗？"

鲁意莎很了解孩子，说道："别闹了！让他睡觉！"

于是他们压低了声音说话。可是克利斯朵夫竖起耳朵，想听清到底是怎么回事：什么伤寒，什么冷水浴，什么神志昏迷，什么父母的哀痛。听到最后，他喘不过气来，有什么东西塞住他的喉头，他浑身哆嗦，所有可怕的影子都印在脑子里。尤其是他们说那种病会传染，也就是说他可能像弗理兹一样的死去；想到这里，他吓得浑身像被冰冻住了一样：因为他记得最后一次看见弗理兹曾跟他握过手的，当天还曾在他屋里走过。——可是他忍着不说话，免得给人家逼着说话。在邻居走后父亲问他，"克利斯朵夫，你睡熟了么？"他不说话。于是他听见父亲对母亲说：

"这孩子没心没肺。"

母亲一句话不说；可是过了一会儿，她轻轻地来掀开帘子，向他的小床望了望。克利斯朵夫赶紧闭上眼睛，假装睡熟了。母亲悄悄走开了。他却恨不得留住她，告诉她，说他怎样害怕，求她救救他，至少得安慰他一下！但他又怕被人笑话，把他看做胆小鬼；而且他心里很明白，人家说什么也没用的。一连几小时，他非常痛苦，以为自己也染上了病，头很疼，胸口也不舒服，他特别恐惧地想道："完了完了，我病了，我要死了，我要死了！……"一会儿，他从床上坐起来，低声叫着母亲；可是他们睡得很熟，他不敢惊醒他们。

从那时起，死亡的念头把他童年的生活完全笼罩了。他的神经使他无缘无故地受着种种磨难，一会儿胸口受着压迫，一会儿一阵剧烈的痛苦，一会儿又是喘不过气来。凭着他的幻想，认为每种痛苦里都会有一些能吃人、能取人性命的野兽。他三番五次走在离母亲身旁只有几步路的地方，母亲也没发觉，他忍受着就要死去的痛苦。他尽管胆小，还是有勇气把他的恐惧藏起来，而这种勇气是许多情绪混合在一起的：一是傲气：使他不肯求助于人；二是羞耻心：使他不敢说出自己的害怕；三是体贴：不愿惊动打扰母亲。但心里总是在想："这一次我可是病了，病得非常重。这咽喉炎哪……"咽喉炎这名词是他偶然听到且记着的……"喔，上帝！放过我这一次吧！"

他有一些宗教思想，十分相信母亲的话，说灵魂在死后升到上帝面前，如果它是虔诚的，可以进入天堂。但他对于这个旅行非但不感兴趣，反倒惧怕。他一点也不羡慕那些孩子，在睡梦中毫无痛苦地被上帝召了去，照母亲说是上帝奖赏他们。他快睡熟的时候，不免胆战心惊，害怕上帝也把他召去。突然之间离开了温暖的床，被拉到空中，带到上帝面前，一定是挺可怕的。他害怕上帝，在他的印象中，上帝讲话的声音犹如雷鸣，上帝就像一颗巨大无比的太阳，真让他活受罪，耳朵，眼睛以及整个的灵魂，都受到了极大的惩罚；谁知道呢？……这些之外，还有多少恐怖的事，他虽然不清楚，但他从谈话中得知，身体将被装进一个匣子孤零零地躺在一个窟窿里，举目无亲……我的天哪！天哪！多惨啊！……

可是活着也不快乐，父亲每天喝醉了就打他，或受别的孩子欺负。大人们的怜悯又多么难堪，没有人理解，连自己的母亲在内。大家叫你受委屈，没有人爱你，孤零零的，孤零零的，一个人多么渺小！——是啊；但就因为这个他想活下去，他觉得自己的血液在沸腾，有种无形的力量，而这力量又是多么奇怪的东西！但它好像在特别远的地方，被什么东西围着，包着，僵在那里，他一点也不知道它要干什么，将来变做什么。但这股力量的确在他心中，那是他很清楚的，它在那里怒吼，骚动。明天，喔！明天，它也许会来报复哩！他有种很强的欲望要生存，为的是铲除暴力，主持正义，为的是惩罚恶人，为的是干一番伟大的事业。"喔！只要我活着……（他想了一下）只要能活到十八岁！"——有时他认为要活到二十一岁。他活了这么多年，相信足够统治世界了，那是最大极限的。他想起他仰慕的英雄，想起拿破仑，想起更古老而他最崇拜的亚历山大大帝。没有问题，他将来是同他们一样的伟大人物——只要再活上十二年……十年。他为此不再哀怜在三十岁上死掉的人。他们享受过人生了，已经老了……要是他们白活了一世，那只能怪他们自己。但现在就死，那可什么都完了！多可怜的人啊，那么年轻就死了，给大人们留下一个这样的印象，一个谁都可以埋怨的小孩子的印象，真惨！天啊，他大哭起来，哭得死去活来。

这些关于死亡的痛苦，让他在很小的时候受到许多磨难，——直到后来他憎恨人生的时候才摆脱掉。

在一刻浓似一刻的令人窒息的夜里，在这片沉闷的黑暗中，像一颗流星在潮湿的空间，开始闪现出照耀他一生的光明：音乐，神妙的音乐！……

不久以前，祖父把他的一个主顾预备扔掉而由他花了许多心血修理得像个样子的一架旧钢琴送给了孩子们。这件礼物并没有受到欢迎。鲁意莎觉得屋子里不再添东西已经很小了；曼希沃说爸爸米希尔没有破费，那不过是堆烧火用的木柴。惟有小克利斯朵夫不知为什么对这件新来的东西非常感兴趣。他认为这是一只神仙的匣子，里面装着好多神奇美妙的故事，好像祖父有时给他念几页能使两人都十分喜爱的《天方夜谭》。他听见父亲试音的时候，从中奏出一组轻快的音乐声，就好像一阵雨之后，暖和的微风把林间枝条上的雨珠吹落。他拍手叫着："再来一次！"可是父亲满脸瞧不起地合上琴盖，说它完全没用了。克利斯朵夫不敢再让父亲弹奏。可是老在乐器周围打转，只要人家一转身，他便掀开琴盖按一个键子，好像掀起一只虫的贝壳，想把关在里头的怪物放出来。有时，他忙乱中用力太大了，母亲就叫着："你不能安静一会儿吗？不准乱动东西！"有时他合上琴盖的时候不小心把手指给压痛了，就哭丧着脸放在嘴里吮着……

如今他最高兴的是母亲出去帮佣或上街买东西的时候。他听见母亲下楼出去走远了，只有他一个人了。于是他打开钢琴，搬过一张椅子，爬到上面，肩头刚到琴的键盘处就行了。他总是要等大人不在家的时候去玩，平时也没人不让他玩，只是不要把声音弄得太大了。但当着别人他不好意思，他不敢。而且他们说话，走动，把他的乐趣给打消了。没有人的时候才妙呢！……克利斯朵夫屏住呼吸，因为他希望四周更静一些，也因为他心里害怕好像要去开炮似的。他的手指按上琴键，心就跳了；有时他把一个键子按了一半就放手，再去按另外一个。他想着谁知道从这里出来的是什么？……忽然出来了声音，有些是低沉的，有些是尖锐的，有些当当地响着，有些低低地叫着。孩子一个又一个地听上老半天，听它们低下去，没有了；它们有如田野里的钟声，飘飘荡荡，随着风吹过来又吹远去；细听之下，远远地还有别的不同的声音交错回旋，仿佛羽虫飞舞；好像它们引你到遥远的地方，在那儿叫你……越来越远，直到那神秘的一角，它们沉下去了，埋进去了……喔，不！它们还在喃喃细语呢……还在轻轻地拍着翅膀呢……这一切多奇怪！这些鬼怪精灵。它们让人家关在这只破旧的箱子里，非常听话，他可弄不清楚了！

用两个手指在两个键上同时按下去是最美丽的，你永远不会知道是什么结果的。有时两个精灵是敌对的；它们彼此生气，扭打，怨恨，起哄，声音激昂，喊出声来。克利斯朵夫最爱这些，它们如同被缚的野兽，嘶咬着锁链撞着笼子的壁。——有些精灵却奉承你，诱骗你，其实它们也只想咬人，而且都是火辣辣的。克利斯朵夫不知它们要什么，它们勾引他，使他神摇意荡，差不多脸红了。——还有一些相亲相爱的音，在那儿互相搂抱，好似两个人的亲吻；它们是妩媚的、柔和的、善良的精灵，它们脸上没有一丝皱纹。它们喜欢小克利斯朵夫，小克利斯朵夫也喜欢它们。他含着眼泪弹着，一遍又一遍地的把它们叫回来。它们是他的朋友，亲爱的、温柔的朋友……

孩子觉得周围有无数陌生的力量，在森林中徘徊，呼唤他，窥视他，有一些是为了吞掉他，有一些是为了抚慰他。

那一天，父亲和他碰面了。粗声大气的说话声把吓得他浑身发抖。克利斯朵夫以为做了错事，双手捂着耳朵，防备猛烈的巴掌。但父亲非常高兴，没有责备他，并笑着说：

"嗯，你喜欢这个么，孩子？"他说着亲热地拍拍孩子的头。"要不要我教你弹？"

怎么不要呢？……他高兴极了，嘟囔着回答说要的。两人便一起坐在钢琴前面。这一次，克利斯朵夫坐在一大堆书上面，很专心地上课。他第一次听说这些咿咿唔唔的精灵都有奇怪的姓和名，中国式和单音节的，甚至是单字的。他感到很惊讶，他另外造出些美丽动人的名字，像神话里的公主一样。他不愿父亲提到它们时那种亲狎的态度。而且他召来的是以前的精灵；在他手指下面滚出来的都显得神情冷淡。但克利斯朵夫依然很高兴地学到了音与音的关系和等级，那些音阶好比一个国王统领着一队士兵，或是一队鱼贯而行的黑人。他非常惊异地发现，每个士兵或每个黑人都能轮流做王做领袖，领导相同的队伍，甚至他在键盘上能从下到上引出整个的联队。他乐意抓住那个支配它们的线索来玩。可是这比他早先发现的要幼稚多了，他再也没有找到那个迷人的森林。然而他非常用功，因为练琴并不沉闷。父亲的耐性让他很奇怪。曼希沃毫不厌烦地教他把相同的功课弹了一遍又一遍。克利斯朵夫不清楚父亲怎么肯这样费心，难道这是喜欢他的表现，他一边弹着一边想。

如果他明白其中的原因，他就不会这样高兴了。

从这天起，曼希沃把孩子带到邻居家参加音乐会。曼希沃当第一小提琴手，约翰·米希尔当大提琴手，另外一个银行职员和席勒街上的老钟表匠，有时候还有个药剂师挟着长笛也来加入。每天下午五点开始，九点散场。一曲完了，大家喝些啤酒，街坊上的人自由地进进出出靠墙壁站着，毫无声息地听着，随着拍节摇头顿足，抽的烟把屋子弄得乌烟瘴气。演奏的人一页又一页，一曲又复一曲地奏下去，从头到尾都是十分的耐心。他们不说话，全神贯注地拧着眉头，偶儿轻轻哼几句抒发感情，可是他们非但不能把曲子的美表现出来，更无法感觉出来。他们的演技既不非常准确也不十分按拍，但从来不越轨，非常忠实地按谱上的标识演奏。他们对于音乐，非常容易掌握，容易满足；而那种一般的成就，在这个号称世界上最富有音乐天才的民族中间是非常普遍的。他们贪多而并不挑剔品质；对于这般强健的胃口，一切音乐都是好的，分量重的更好，——他们既不把贝多芬与勃拉姆斯分开，也不知道其中有何差异，认为它们都是一样的原料做成的。

克利斯朵夫躲在钢琴后面，没人去打扰他，因为连他自己也要在地下爬着进去。里边黑洞洞的，刚好容得下他这个孩子，他蜷着身子躺在地板上。大人抽的烟直刺他的眼睛与喉咙；另外还有灰尘，一大球一大球的像羊毛；可是他一点也不在意，只是严肃地听着，像土耳其人般盘膝而坐，肮脏的小手指把琴后布上的那些窟窿越挖越大。所奏的音乐他并不喜欢，但绝对没有使他讨厌的东西；他从来不想说出什么意见来，因为他觉得自己年纪太小，什么都不懂。有些音乐使他瞌睡，有些使他惊醒；反正没有不入耳的。虽然他自己并不知道，可是使他兴奋的总是一些好音乐。他知道没有人看见他，就扮鬼脸，耸着鼻子，咬着牙齿，要不就吐出舌头，做出发怒的或慵懒的眼神，装着挑战的架势，他恨不得往前走，奋力捶打，把世界碾为齑粉。他骚动得如此厉害，终于钢琴顶上露出了一个人头，对他喊道："你疯啦，不准捣乱"把手拿出来行不？我要掐你的耳朵了！"——这一下他羞极了。为什么别人要来扫他的兴呢？我没有做错事。真的，人家老是跟他过不去！他的父亲又从中附和。人家说他吵闹，不喜欢音乐。最后就是他自己也相信这话了。——那些老老实实的公务员只会像机器一样奏些协奏曲；如果告诉他们，说在场的人之中对音乐最有天赋的只有那个小孩时，大家将会震惊。

如果人们要他安静，那为什么演奏让他激动的曲子？在那些乐章中，有狂奔的马，刀剑的搏杀，战争的呐喊，胜利的欢呼，别人让他跟他们一样摇头摆尾地打拍子！那他们只配演奏些平板的幻想曲，或是唠叨一阵子而一句话也没说的乐章就可以了。这类作品在音乐中有很多。例如戈尔德马克的那一段，刚才老钟表匠就高兴地说："这个很美。很细。全部的棱角都给修得圆圆的……"此时孩子无法理解，于是安静下来。他不知人家演奏什么，到后来就听不见了，但他很快乐、四肢舒展，浮想联翩。

他的思绪并不连贯而是没头没尾。他难得看到一个清楚的形态：母亲做着点心，用刀刮掉手指上的面糊；——或是离着很远看见在河里游动的一只水老鼠；——或者是他要用柳条做的那根鞭子……不晓得是什么原因，现在会想起这些！——他常常视而不见，可是明明感觉有无数的境界。那好比有很多极重要的事，不能说或不必说，原因是人尽皆知的，从古以来就是如此的。他们中有凄凉的，非常凄凉的；但绝对没有平时生活中遇到的那种难堪，也并没有像克利斯朵夫挨了父亲的巴掌，或是悲愤交加地想着为什么委屈的时候那种丑恶与屈辱：它们只是让他精神上感到安静。同时也有些光明的时候，散发出欢乐的激流，因此，克利斯朵夫想道："对啦，……我未来就应该是这样的。"他完全不知道之所以这样是怎么回事，也不清楚为什么会说这句话；可是他觉得非说不行，觉得那是显而易见的。他听到一片海洋的声音，就在他身边，只隔着一道砂堤。这片海洋是怎样的东西，要把他怎样安排，克利斯朵夫连一点想法都没有。他只感觉到这海洋要从堤岸上漫过来，那时……啊，那时才高兴呢。他可以彻底快乐了。只要听见它，给它宏大的声音催眠着，所有零星的悲痛与耻辱就都能安静下来；固然这些感觉还让他伤心，但已没有了可耻与侮辱的味道，一切都很自然，甜美。

平庸的音乐使得他如此地陶醉。写作这类东西的人是些可怜虫，一无想法。除了赚钱，或者想把他们空虚的人生编造成幻想，所以才按照一般的方式——或为标新立异起见而全然不照方式——把音符胡乱地堆砌起来。即便是一个凡夫俗子所配制的音乐，也有一股强烈的生命力，可以把不成熟的心灵激发出狂风骤雨。甚至由俗物引发起来的幻想，比那些使劲拖曳他的强有力的思想更神秘更自由：因为无用的动作和废话并不影响心灵自身的照看……

小孩子就这样藏在琴后忘掉了一切，——直到他突然觉得蚂蚁爬上他大腿的时候，才想起自己不过是个孩子，指甲乌黑，鼻子在墙上轻轻蹭着，双手抱着脚的小孩子。

曼希沃轻轻走进来，看见孩子坐在过高的键盘跟前，他把他仔细观察了一会儿，突然心中一亮："哦，神童！……怎么以前没有发现这些？……这是家庭的运气！"在此之前，他一向认为这孩子将来不过是乡下人，同他母亲一样。"可是试一下又不费什么事。喝，这是一个机遇！他以后可以带着他周游德国，也许还能到国外去。那不是愉快而高尚的生活吗？"——曼希沃总算在自己的行动中发现一点高尚的成分，而不发现的时候是很少的。

有了这样的信心，他咽下最后一口饭，立刻把孩子叫到钢琴前面，要他复习白天的功课，一直到他眼睛累得要闭上的时候。而后明天又是三次。后天又是三次。从此竟是天天这样。克利斯朵夫很快就厌烦了，后来竟腻了；最后有一天他终于支持不下去了，开始反抗。人家让他做的功课真无聊，只不过他的手在键盘上飞奔，越快越好，另外要把大拇指很快地偷渡过去，或中指和小指合拢的无名指练得婉转如意。这些都让他头痛；而且听起来一点也不优美。余音袅袅的美好境界，迷人的鬼怪，瞬间感觉到的梦一般的世界，……一切都完了……音阶之后还是练习，练习之后还是音阶，枯躁、单调、乏味，好像饭桌上的饭菜一样，并且老是那几样饭菜的话更乏味。孩子开始不用心听父亲教的东西了。被骂了一顿，他便用最恶劣的心情来反对。有一晚听见父亲在隔壁屋子说出他的想法，克利斯朵夫更生气了。哦，原来是为了把他训练成为一头玩把戏的动物拿到人们面前去卖弄，才这样的折磨他，硬要他全天去按动那些象牙键子！他去看心爱的大河的时间都被剥夺了。他们干吗要给他找麻烦呢？——他的骄傲与自由都受了打击，他愤慨极了。他下决心从此不沾音乐的边，他尽量地弹得不好，以便让父亲灰心。这对他来说没有好处，可是他要挽救他的自由。

从下一课开始，他的计划实施了。他专心地把音弹错，把装饰音弄得一踏糊涂。曼希沃叫着，之后是怒吼；戒尺像雨点一般掉下来。他有把粗大的戒尺，克利斯朵夫弹错一个音，就打一下手指；同时还在他耳边咆哮，几乎把他震聋。克利斯朵夫疼得将脸缩成一团，咬着嘴唇不让自己哭出来，忍着疼痛照旧一阵乱弹，感觉戒尺来了就把脑袋缩下去。但这不是个好办法，他短时间便发觉了。曼希沃和他一样顽固，他发誓哪怕两天两晚地挤下去，他也决不放过一个音符，直到他弹准为止。克利斯朵夫拚命注意要让自己每次都弹不对，曼希沃看见他每逢装饰音就故意耍小孩脾气，把小手重重地按打在旁边的键子上，不免怀疑他是故意这么做。戒尺的记数加了倍，克利斯朵夫的手指很快就不听使唤了。他一声不吭地，可怜巴巴地啜泣着，将泪水咽进肚里，他知道这样下去是没有好果子吃的，只能试试最后一招了。想起将要被打，浑身一阵发抖：

"父亲，我不想弹了。"他鼓足勇气说。

曼希沃气得上不来气

"什么！……什么！……"他喊道。

他摇着孩子那就要断了的手。克利斯朵夫越来越哆嗦，一边举着胳膊预防拳头，一边坚持说："我不愿意再弹。第一，因为我不想被打。而且……"

话未说完就被一巴掌打晕了。曼希沃嚷道："嘿！你不想挨打？你不想挨打？……"接下去拳头就像冰雹一样落下来。

克利斯朵夫大哭大叫地说："而且我不爱这音乐！……而且不爱这音乐！……"

他从凳子上掉了下来。曼希沃狠狠地把他再一次抱上去，抓着他的手腕往键盘上乱敲一气，嚷道："你必须得弹！"

克利斯朵夫喊着："我就不！"

曼希沃没办法，只好把他推出门外，说如果他不好好地弹他的练习，一个音都不能错，就一整天没有东西吃。又在他屁股上踢了一脚，然后将门关上。

克利斯朵夫被赶到楼梯上，那里又脏又暗，台阶被虫蛀了，天窗的破玻璃中透过风来，墙上湿漉漉的全是潮气。克利斯朵夫坐在台阶上，既愤怒又激动，心在胸中乱跳。他默默地咒骂父亲：

"混蛋！哼，对啦，你是混蛋！……小人……野兽！……我恨你，我恨你！……只希望你别烦我！"

他气极了，绝望地看着滑腻腻的楼梯，望着破玻璃窗上迎风飘荡的蜘蛛网。他觉得自己如同在苦海中孤独无助。他望着栏杆中间的空……要是跳下去呢？……或者从窗里跳呢？……是啊，要是用跳楼自杀来使他们受到惩罚，他们良心应是多么难过！他好像听见自己堕楼的声音。父母急忙开门，好不凄惨地喊起来："他跳下去了！跳下去了！一串脚步声从楼梯上滚下来。父亲母亲哭着扑到他身上。母亲哭着嚷着："都是你呀！是你害死他的！"父亲将手臂乱动了一阵，跪在地下，用脑袋撞着栏杆，喊着："是我的错！是我的错！"——想到这些，克利斯朵夫痛苦极了，差不多要哀怜哭他的人了；但转念一想，又认为他们活该，觉得自己出了一口气……

编完了故事，他发现自己还是在楼梯上头的黑影里；再向下面看一眼，跳楼的念头完全消失了；甚至还害怕掉下去赶紧退后了些。于是他像犯了罪一样，好像一只可怜的鸟给关在笼里，除了加倍努力绞尽脑汁以外，别无生路。他哭着，用肮脏的小手擦着眼睛，脸上弄得乱七八糟。他边哭边看四周的一切，这倒给了他一点儿消遣。哭声停了一会儿，他细看了看那只正在蠕动的蜘蛛。然后他又哭，不一会儿，又停了。他听着自己哭，尽管无意识地在那里哭着，可已经弄不清为什么要这样哭了。不久他站起来，窗子吸引了他。他坐在窗台上，小心地把身子紧靠着里头，斜着眼睛看他的蜘蛛。

莱茵河在奔流向前。人在楼梯的窗口眺望，好像悬在动荡的空中。克利斯朵夫平常一拐一拐下楼的时候总是对河瞧上一眼的，但从来没见到今天这样的美丽景色。悲伤使感觉格外敏锐，眼睛经过泪水的清洗，往事的遗迹不见了，一切在眼膜上显得更清晰了。在孩子心中，河好像是个有生命的东西，是个神奇的生物，比他所看到的一切都强得多！克利斯朵夫将身子往前探着，想看清楚；嘴巴鼻子都贴着玻璃。它上哪儿去呢？它好像对前途很有把握……什么也拦不住它，不论晴雨，不分昼夜，也不问屋里的人是悲是喜，它总是不停地向前奔流；一切都跟它没关系；它从来不知痛苦，只凭着它那股气魄向前。要能像它一样穿过草原，摸着柳枝，在细小晶莹的石子与砂砾上面流过，没有忧愁，自由自在，那多好呀！……

孩子全神贯注地看着，听着，好像自己跟着河一起去了……他闭上眼睛，能看到各种色彩，绿的、蓝的、黄的、红的；还有庞大的影子在飞驰，水流像阳光在倾泻……各种景象逐渐分明了。广阔的平原，微风挟着野草与薄荷的香味，把芦苇与庄稼吹得有如涟漪荡漾。矢车菊，紫罗兰，罂粟，到处都是花。啊，多么美呀！躺在又软又厚的草上多舒服啊！克利斯朵夫觉得高兴极了，好像过节的日子父亲在他的酒杯里倒了莱茵美酒……河流又往前走……换了风景……一些树木垂于水面之上，如小手似的叶片回旋于水中。河中倒映着林间的一座村庄。涟漪轻拍白墙，能够寻见杉树与公墓上的十字架……接着是悬崖，是起伏连绵的群山，山坡上生长着松树，葡萄，还有城堡遗迹古址。然后是庄稼，飞禽，日光，平原等等。绿色的水流浩荡地奔涌着，水面平整，绿得眩目。克利斯朵夫差不多见不到那片水了；他合拢双目试图听个明白。澎湃的连续不断的水声将他环绕，使他为之眩晕。他受着这持续的、控制一切的梦境之吸引。波涛汹涌，以迅捷的节奏又热烈又轻快地往前冲刺。而许多旋律又跟着那些节奏涌出来，像葡萄藤沿着树干一直攀升：其中有钢琴上清脆的琶音，有哀怨的凄凉的提琴，也有婉转缠绵的长笛……那些风景消散了。河流也逝去了。只有一片柔和的，充盈迷雾的气氛浮动其间。克利斯朵夫感动得心都为之颤抖了。那时又发现了些什么呢？哦，都是些可爱的脸！……一个幼稚的小姑娘在叫他，带着嘲弄与慵懒的神色……一个苍白脸色的男孩子，碧蓝的眼睛充满惆怅地望着他。……还有其他笑容其他眼睛，——有的是好奇而乱人心意的目光，简直把你瞧得羞赧极了——有的是亲切而痛苦的眼睛，如狗一样和善的目光，——有的目光带着傲慢，也有的眼睛充满忧郁……还有那张惨白的女人面孔，乌黑的头发，紧闭的嘴巴，眼睛仿佛占据了半个脸庞，充满恶意地瞪着他……而最可爱的是那张使他感到亲切的含笑的脸，眼睛淡灰，嘴巴微微张开，非常洁白的细牙……噢！温柔的慈悲的笑容！把他的心彻底融化了！他感到舒坦，无比地爱它！噢，重新来一次罢！再对我笑一下吧！你别走呀！——哎哟！它竟然消失了，然而他的内心已经留下一股充盈着温柔的难以言喻的感受，受其影响，那些痛苦不堪的事情消失得无影无踪了，什么都不存在了……惟独一场飘渺之梦，一段清爽的旋律，浮动在日光中……如同仙女座众星辉耀在夏夜星空中……然而刚刚那些是怎么回事啊？使孩子为之神往的众多景象又是什么呢？他从未见到过，然面分明认识它们。它们来自何方？从生命的哪一个神秘的深渊中来的？是属于哪一个时态呢？过去时还是将来时？……

但是，虚无笼罩了一切，一切形象全归于虚无……然后，好像一个人在高空，隔着弥漫的云雾，最后一次又看到那洋溢的河在田野里泛滥，那么迟缓那么威严地流着，简直像是静止的。而远远地仿佛有道灰白的微光，一线水波，一片汪洋在天边颤动，——那便是大海。河朝海流，海也向着河奔来。它们互相吸引。终于河流入海，汇成一片……音乐在那里打转回旋，舞曲的美妙节奏疯狂似地不断摆动；一切都卷入它们所向披靡的漩涡中去了……心灵自由地神游太空，有如为空气陶醉的飞燕，清脆地叫着翱翔天际……欢乐啊！欢乐啊！一切全消失殆尽！……无穷的幸福就从那里漫涌出来！……

与昼更替着，夜又来了，楼梯附近暗了下来。雨滴落入河面，产生许多涟漪。偶而有树的枝条，泛黑的树皮随波逐流。蜘蛛吞食了昆虫后隐藏于黑暗一隅——小克利斯朵夫沉浸于幸福的熟睡状态中。

第三章

曙光初现。

——但丁《神曲·炼狱》第三十

无奈之下他有所让步，顽强地抗争暂时告一断落。早晚各三个小时练习，对克利斯朵夫是极大的考验，虽然产生厌倦情绪，还得开动脑筋，眼泪扑簌簌地往下落，淌过两腮。在黑白琴键上移动的小手常被冻得通红。稍有不慎，就要挨戒尺的打，并且得听任老师的咆哮，这让他忍受不了。虽然他对音乐怀着愤恨之感，但他始终用功是因为祖父的教诲。老人说，艺术体现了人类的价值、尊严与命运，为之而献身是无上光荣的。

最主要的理由则在于，音乐所引发的一些情绪拨动了他的心弦，使他身不由己地热爱音乐事业，把一生奉献给这个他自己觉得深恶痛绝、拼力抗拒却无济于事的艺术。依照德国的惯例，城中设有戏院，可以上演歌剧，轻歌剧，喜歌剧，喜剧，话剧，杂耍，歌舞，和所有的只要是能够搬上舞台的节目，不限风格与类型。每周上演三次，从下午六时到九时。老约翰·米希尔逢演必到，对每个节目都兴趣盎然。一次他携其孙子一同前往。好几天以前，他先把情节认真讲解了一番。克利斯朵夫完全不明白，只记得有些恐怖的事；他一边急不可耐地想看，一边充满畏惧之心。他知道剧中有一场雷雨，他恰恰怕被霹雳打中。他知道剧中会发生战争，他就害怕被杀死。头天晚上，他彻夜难眠。到了上演之时，他几乎希望祖父因故延误。可是临近开演而祖父还没到，他又为之发愁，不时从窗户向外张望。老人出现了，他们俩动身了。他的心扑通直跳，口干舌燥，话都说不出来了。

他来到那幢怪异的房间，那是家里人不断提及的。约翰·米希尔在门口遇到了熟人，孩子牢牢抓住他的手，深怕把祖父丢了，他不理解此时他们如何可以镇定自若地谈笑风生。

祖父照例坐在习惯的位置上，在前一排紧靠乐队之处。他凭着栏杆迅速与低音提琴手绵绵不断地谈起话来。这里是他的天地了；凭他音乐方面的造诣，这里当然有人会听他说话了；他便利用进而滥用这种机会。克利斯朵夫一无所闻。看着这富丽堂皇的剧场，使他畏怯的众多观众，静候开演的心情，把他弄得神志不清了。他不敢掉转头去，以为所有的目光都会注视他一个人。他颤抖着把小鸭舌帽夹于膝盖中间，大睁双目望着那个怪异的帷幕。

音乐会总算开始了，祖父擤过鼻涕，取出脚本，那是他一字不肯放过的，有时倒忽视了正演着的戏文。乐队开始演奏，一听起始的几个和弦，克利斯朵夫即沉静下来，以音符组成的世界可是他的广阔天地了，从那以后，无论戏中的情节多么令人惊奇，难以想象，他不会认为难以想象不可理解，而认为那是很自然的事。

刚一开戏就是一些纸板糊起来的树，还有与这差不多一样假的东西。孩子张着口看得出神，觉得好玩极了，但毫不惊奇。戏剧的情节发生在他从未去过也没听过的想象中的东方，那是他连一点概念也没有的。如诗词一般的台词都是些无用的废话，使人捉摸不透。克利斯朵夫什么也看不清，把剧情都弄错了，把这个人当作那个人，拉着祖父的衣袖提出一些可笑的问题，说明他什么也没搞懂，不过他不但不厌烦，反倒看得出神。他根据那个有趣的剧本又创造了一个故事，和台上演的完全是两回事；眼前的情节与他的故事总是抵触，不得不随时修改，孩子并不着急。演员们发出不同的声音。他从中挑了几个他喜欢的人物，小心地注意他们的命运。他尤其为一个美人儿着迷。不老不少的年纪，金黄的长发，大得有点过分的眼睛，没有穿鞋。不合理的奇怪场面并没使他觉得刺眼。高大雕肿的演员的丑态，奇形怪状的合唱队两行分站，做着毫无意义的姿势，狂呼乱喊时的怪相，凌乱的假头发，男高音歌手的厚底靴，女主角的打扮，五颜六色的脸：儿童尖锐的眼睛对这些都没有注意到。他就像一个产生爱情的人，看不见爱人的真面目。儿童丰富想象的奇妙力量，能把不高兴的感觉变成他喜欢的方式发展。

这些奇迹的根源是音乐，是音乐使然。它把所有的东西蒙上一层薄雾，使一切都显得美丽、高尚、动人。音乐使心灵狂热地需要爱，使它认为四周是空虚的，然后又提供许多幽灵似的对象来填补这空虚。小克利斯朵夫情绪激动到极点。有些话，有些手势，有些乐句，把他变得很难受；他不敢继续看下去，不知道那是该看的还是不该看的，脸一会儿红一会儿白，脑门上冒着汗；他还怕别人发觉他的惊慌失措。歌剧演到第四幕，像别的戏一样，一件难以避免的祸事找上一对爱人，给他们一个机会，让男、女主角可以大声喊叫；谁知那孩子却差点儿昏过去，他像是得了感冒，双手掐着脖子，咽不下口水，眼里含着热泪。幸而祖父感动的程度也和他差不多。他对戏剧的兴趣，像儿童一样的天真。逢到惊心动魄的情节，他假装无声地轻咳，以掩饰心中的激动；可是克利斯朵夫看在眼里，觉得有趣。他热极了，昏昏欲睡，坐在那儿特别难受。但他一心一意地想着："是不是还有很长啊？希望它别结束呀！……"

可是，突然之间一切都结束了，他不明白为什么完了。帷幕一拉，大家都站起身子，幻想的世界顿时消失了。

一老一小的两个孩子在月夜里回家。多奇妙的夜！多恬静的月光！他们俩没人出声，反复地回忆剧情。终于老人发话道："你高兴吗？"

克利斯朵夫一下回答不上来，他还受着感情的控制，而且他不愿意说话，生怕把幻景惊跑；他勉强振作了一下，深深叹了一口气，小心谨慎地轻声回答说："哦！是的！"

老人笑了笑，隔了一会儿又说："你瞧，做个音乐家多伟大！创造出这些奇妙的场面，这种光荣有多了不起，就和上帝来到这里一样。"

孩子听了大吃一惊。什么人能创造出如此伟大的场面？他没有想到。他原来以为那是自然产生的，是天造地设的……原来是一个人，一个音乐家创造了这一切，就如同他以后也会成为的那种人，竟能创造出这样的作品！天啊！真希望自己将来也能有那么一天，即便是一天也好！过后……过后，怎么样都无所谓了！就是死也甘心了！他问："祖父，这是哪个人作的呢？"

祖父说作者名叫弗朗梭瓦·玛丽·哈斯莱，是个德国人，年龄不大，音乐家居住在柏林，而他以前认识他。克利斯朵夫竖起耳朵仔细听着，突然问道：

"那么您呢，祖父？"

老人哆嗦了一下。

"什么？"他问。

"您，您有没有创作过音乐？"

"当然。"老人显得有些不太高兴。

说完这几句，老人闭上嘴不吱声了。没走多远又叹了一口气，这是他一生的失意之处。他一直想写戏剧音乐，遗憾的是没有灵感。他确实留存着他写的几幕乐谱，但对它们信心不足，从不敢让人去评论一下。

一直到家，两人都没有再说话。两人都失眠了，老人是由于伤心，念着《圣经》安慰自己。克利斯朵夫在床上回想剧中的情形，连细微的情节，甚至一些小地方都记得，赤足女郎又在他面前出现了。临睡时，一句音乐忽然清晰地在耳边响起，好像乐队就在近旁；他不由得一慌，昏昏沉沉地靠着枕头想道："将来有一天，我也要写这种东西。唉！不知道我是不是能写？"

以后他只有一个欲望，那就是看戏。由于别人把看戏作为他工作的报酬，他对功课更感兴趣了。他老在想着歌剧：上半星期想着以前的戏，下半星期想着以后的戏。他甚至怕上演的那天害病；这种恐惧使他总有一种要发病的感觉。到了看戏那天，他吃饭都觉得没有味道，好像担着重大的心事，急躁不安，跑去对时钟看了几十次，生怕天不会黑了。最后他受不了了，在售票房开门以前一个钟点就出发，怕没位置；因为他来得太早，对着空荡荡的场子不免心慌意乱。祖父和他说过，有两三次因为看客不多，曾经发生过剧院退还票款而停演的事情，他注意数着来的人："23，24，25……唉！人数怎么还是不够呀！"当看到花楼或正厅里来了几个重要的人物，他的心又轻松了些，对自己说："这一个，他们没胆量让他回去吧？为了他，总得开演吧！"——可是仍旧没有把握，直到乐师们进了场才把悬着的心放下来。但他到最后一刻还有些不放心，不知道会不会开幕，会不会像某一晚那样临时宣布改戏。他山猫似的小眼睛盯着低音提琴手的乐谱架，看谱上的题目是不是当晚演的戏。好容易看明白了，过了两分钟又看一次，生怕刚才没看准……乐队指挥还没入场，一定是害病了……幕后有人乱做一堆，又是谈话声，又是急促的脚步声。是不是出了什么事？还好，声音没有了。指挥已经各就各位。明明一切都准备好了……还不开场！是怎么回事呢？……他吓坏了。——终于开演的信号响了。他的心跳了。乐队开始奏序曲；然后，克利斯朵夫好几个钟点在快乐的海洋中游荡，时浮时沉，惟一美中不足的就是这境界迟早是要结束的。

没过多久，一件音乐界发生的大事把克利斯朵夫刺激得更兴奋了。最初感动他的那出歌剧的作者，弗朗梭瓦·玛丽·哈斯莱要来这里。他要亲自指挥乐队演奏他的作品。全城都因为这件事轰动起来。年轻的大音乐家正在德国引起激烈的争论；十五天内，大家的话题只有他一个人。可是他到了城里，情况又变了。曼希沃和老约翰·米希尔的朋友总是谈论他的新闻，把音乐家的日常生活说得极富有传奇色彩；孩子非常热心地倾听着。想到大人物就在附近，就住在他的城里，呼吸着一样的空气，走着同样的街道，他心里紧张极了，只盼望能立刻看见他。哈斯莱被大公爵请进了他的府邸，除了去剧院准备演奏会，大音乐家很少出门，但到了预演的场合，克利斯朵夫是没有权利进去的。而且音乐家天生懒惰，每次出门都坐车，所以克利斯朵夫极少有看见他的机会；他只有一次看见他在路上过，而且仅仅看见车厢里的皮大氅，虽然他在路旁等了好几小时，用手肘费了不少力才在人堆中钻到第一排，还得想法不被他人挤掉。他又花了好多时间站在爵府外面，从别人口中弄清哪里是音乐家的卧室，他就隔着老远对那边张望，聊以自慰。他经常只能看见百叶窗，因为哈斯莱起得很晚，几乎整个上午窗子都不打开。因此消息灵通的人说哈斯莱怕见日光，只能过夜生活。

最后，克利斯朵夫终于能靠近他崇拜的偶像了。那是举行音乐会的那天。满城的人都出动了。大公爵还有他的家族占据了御用的包厢，上面悬着冠冕，由两个肥胖的小天使高高地举起。戏院的布置富丽华贵。台上扎着橡树的枝条还有带花的月桂。所有有些本领的音乐家，都以能参加乐队为荣。曼希沃位置不变，约翰·米希尔则比较荣幸地担任合唱队的指挥。

哈斯莱刚一出场，马上来了个满堂彩，妇女们还站起来想看个仔细。克利斯朵夫真希望能用眼睛把他活活地吃进肚里。哈斯莱的相貌看起来非常年轻且清秀，不过有些虚肿，疲倦；鬓脚已经掉光，在蜷曲的黄头发中间，头顶有点儿秃了。蓝色的眼睛，目光没有神。淡黄的短胡子下面，那张带有嘲弄意味的嘴巴，总是在那里微微颤动。他个子高大，好像总站不稳的样子，不过并不是因为局促，而是由于疲倦或是厌烦。他的指挥艺术灵活还稍微有些任性，整个高大并且脱节一般的身体不停地抖动，手势一会儿激烈一会儿柔和，就像他创作的音乐，可以看出他很神经质的，并且音乐与他的性格是一种类型。一向无精打采的乐队这时也感染了那种激烈高昂的气息。克利斯朵夫呼吸急促，虽然怕引起注意，还是没法平静地坐在那里；他焦躁不安，直起身子，音乐给了他那么剧烈那么突兀的刺激，搞得他摇头摆脑，手舞足蹈，使邻座的人大受威胁，只能尽量躲闪他的拳脚。而且全场的人都非常激动，音乐会的热闹场面比音乐本身更有吸引力。最后，掌声跟吹呼声像雷鸣似地响起来，乐队依照德国习惯把小号吹得震天响，以表示对作者的尊敬。克利斯朵夫得意之下，不由得浑身颤抖，仿佛那些荣誉是送给他的。他很高兴看见哈斯莱眉飞色舞，像儿童一样地洋洋得意；妇女们丢着鲜花，男人们挥着帽子，大批的听众像潮水一样向舞台拥过去。每个人都想亲自摸一摸大音乐家的手。克利斯朵夫看见一个激动的女人把他的手拿到唇边，另外一个去抢哈斯莱放在指挥台上的手帕。他莫名其妙地也想挤到台边，可是他如果真的到了哈斯莱身边，又会吓得马上逃开。他像一只羊羔那样低着头在别人的裙角与大腿之间乱钻，想走近哈斯莱，——但他太小了，挤不过去。

祖父在大门口找到了他，带他去参加献给哈斯莱的音乐会。当时天已黑了，点着火把。乐队全体人员到齐，所谈的仍然是刚才听到的神奇的作品。到了爵府大门口，大家静悄悄地在音乐家的窗下耐心等着。虽然哈斯莱跟众人一样早已知道，可是大家还好像非常神秘，在静静的夜里开始演奏哈斯莱作品中最著名的几段。亲王和哈斯莱出现在窗口，接受众人对他们的欢呼，并且对大家还礼。一个仆人被亲王派来，请乐师们到府里。他们穿过大厅，油画挂满墙壁，那上面绘着戴盔的裸体人物：深红的皮肤，做着挑战的姿势；大块的云在天上像海绵一般。还有男男女女的大理石雕像，短裙是铁片做的。地毯那么柔软，人走在上面没有一点声音。最后进入一间大厅，光亮如同白昼，桌上摆满着精美的食物和饮料。

大公爵就在那间屋里，不过克利斯朵夫没看见他，他心目中除了哈斯莱没有别人。哈斯莱走过来迎着乐师，向他们道谢，他一边说一边寻思下边该说什么，有时句子说到一半想不出下文，便插一句滑稽的俏皮话，逗得大家都笑起来。接着大家开始吃东西。哈斯莱将几个音乐家请到一起，包括克利斯朵夫的祖父，并且还对他恭维了一番，他没忘记首先演奏他作品的那些人里头就有约翰·米希尔；他们提到他常常听见一个朋友，还是祖父从前的学生，说他如何如何了不起。祖父举止失措地道谢，回答了几句奉承话，连极崇拜哈斯莱的克利斯朵夫听了也感到不好意思。但哈斯莱听了似乎没有什么反应。等到祖父不知所云地说了一大堆，没法接下去的时候，便把克利斯朵夫拉过去拜见哈斯莱。哈斯莱对克利斯朵夫笑了笑，摸了摸他的头；得知孩子喜欢他的音乐，因为想见到他已经好几晚睡不着觉，便抱起孩子，很亲热地跟他说了好几句话。克利斯朵夫高兴得满脸通红，紧张得话也不会说了，也不敢看四周。哈斯莱抓着他的下巴颏儿，硬要他抬起头来。克利斯朵夫悄悄地看了一下：哈斯莱眼睛笑眯眯的，非常和善，他马上跟着笑了。随之，他觉得在他心爱的大人物的臂弯里是那么幸福，眼泪竟然不争气地直掉下来。哈斯莱被这天真的爱感动了，对他更亲热，把他搂在怀里，像母亲一样轻声地对他讲话，还总找一些有趣的话，引他发笑。克利斯朵夫情不自禁地转哭为笑，一会儿就混得很熟，大胆地回答问话，同时贴着哈斯莱的耳朵讲出他心中的小计划，仿佛他们是老朋友；他说他如何想做一个像哈斯莱那样的伟大的音乐家，写出像哈斯莱那样美妙的作品，做一个大人物等等。从来怕羞的他居然毫无拘束地讲着，可不知道说些什么，他入迷了。哈斯莱听着他的唠叨笑开了，说："等你长大了，成为一个音乐家的时候，你得上柏林来看我，我可以帮你的忙。"

克利斯朵夫兴奋得忘了说话。哈斯莱便跟他开玩笑说："你不喜欢吗？"克利斯朵夫拚命摇头，摇了五六次，表示他非常乐意。"那么一言为定喽？"克利斯朵夫轻轻点点头。"那么你亲我一下啊！"克利斯朵夫用胳膊搭着哈斯莱的脖子，使劲地抱着他。"哎啊，小家伙，你弄湿了我！放手！你擤擤鼻子好吗？"哈斯莱一边乐一边亲自替又羞又喜的孩子擤鼻子。他把他放在地下，拉他到桌子旁边，在他的口袋装满糕饼，说道："再会了！别忘了你答应的话。"

克利斯朵夫高兴得飘飘欲仙。世界上一切都不存在了。他满腔热爱，不眨眼地盯着哈斯莱的一切表情，所有的动作。突然有句话让他非常奇怪。

哈斯莱举起杯子，脸色顿时紧张起来，说道："我们在这种欢乐的时光也不该忘记我们的敌人。那是永远不应该忘掉的。我们仍然能生活在这里没有被打倒不是我们的敌人手下留情，所以我们也没有必要心慈手软，要把他们消灭，所以我的祝愿对这些人是例外的！"

大家鼓掌为了这个古怪的祝酒词；哈斯莱也跟着大家一起笑，又恢复了兴高采烈。但克利斯朵夫心里不太舒服。虽然他崇拜哈斯莱，没胆量评论他的言语行为，但是他觉得今天晚上应当高高兴兴，没有其他想法才对，哈斯莱想到那些丑恶的事真的有些不太合适。可是这个印象是暂时的，而且很快就被少有的欢乐给冲得一干二净了，尤其是在喝了一点香槟酒之后。

回家的途中祖父还自言自语地讲个不停，哈斯莱对他的恭维使他太舒服了；他大声地说哈斯莱是个天才，一百年才会出一个的那种天才。克利斯朵夫不出声，把他像爱情那样的醉意都藏在心里：啊！我亲过他，抱过他！他多么伟大！

他在小床上热烈地抱着枕头想道："噢！为他去死我也乐意的！"

自从那个光亮的夜晚之后，克利斯朵夫精神上便留下不灭的影响。在他整个的少年时期，哈斯莱变成他的偶像，他下定决心要搞音乐创作。其实好久以前，他已经在不知不觉作曲了，在他还没觉察自己作曲的时候已经在作曲了。

对一个天生的音乐家来说一切都是音乐。只要是颤抖的，震荡的，有动感的东西，大太阳的夏天，刮风的夜里，闪动的光，闪烁的星空，雷雨，虫鸣，鸟语，树木的响声，可爱或可厌的人声，家里听惯的声响，吱吱作响的门，夜里在脉管里奔流的血，——世界上到处都是音乐，只要你去听，去感受。这种无所不在的音乐，克利斯朵夫都感受到了，他所闻所见的一切，都成为音乐创作的源泉，他就像乱嗡嗡的蜂房，没有人注意到，包括他自己。

与一切儿童一样，他从早到晚嘴巴不闲。无论什么时候，不管做什么事：——在路上又蹦又跳的时候，——躺在祖父屋子里的地板上，手捧着脑袋，翻看图画的时候，——在厨房里最黑的一角，落日时分坐在小椅子里迷迷糊糊的时候，——他的小嘴老是在那里叨咕个不停，闭着嘴，鼓着腮帮，卷动舌头。他会这样毫不厌倦的独自玩上几小时。母亲开始没有注意，然后不耐烦地叫起来了。后来这种恍惚状态使他厌烦了，他就想活动一下，闹些声音出来。于是他编点儿音乐，一个人直着嗓子唱。他为日常生活不同的节目编出各种各样的音乐。有的是为他早上像小鸭子一般在盆里洗脸时用的。有的是为他爬上圆凳坐在讨厌的乐器前面时用的，——还有为他从凳子上爬下来时用的（那可比爬上去时的音乐动听多了）。也有为妈妈准备餐点时用的，——那时他走在她前面奏着军乐。——他也有非常伟大的进行曲，一边哼一边很庄严地走向餐桌。

有时他趁此机会和两个小兄弟组织一个游行队伍：三人一个挨一个，一本正经地走着，演奏着各自的进行曲。当然，最美的一支是克利斯朵夫留给自己用的。哪里该用什么音乐都有严格的规定，克利斯朵夫从来不含糊。别人都会混淆，他可对其中微小的差别都分别得很清楚。

有一次，他在祖父家里转圈，踏脚，抬头，还腆着肚，无休无歇地转着，转着，直转得自己头晕，同时还哼着他的曲子，——老人正在刮胡子，停下来对他问："你唱什么，孩子?"

克利斯朵夫回答说不知道。"再试一回!"祖父说。

克利斯朵夫翻去覆来地试，可是再也找不到他刚才的调了，他很高兴祖父能留意到他，非常想借此机会卖弄他美妙的歌喉，特意唱了一段他喜欢的歌剧，但是老人并不想听这个。约翰·米希尔不作声了，似乎不再理会他。不过孩子在边上屋里玩耍的时候，他特意让房门半开着。

没隔几天，克利斯朵夫用椅子围成一个圆圈，模仿一出音乐喜剧，那是他回忆起戏剧里的片断而自己整理出来的；他像剧中人物一样，一本正经地跳着小步舞，对贝多芬像行注目礼。正当他用一只脚支撑转身的时候，才发现祖父在半开的门里探着头对他望着。他以为老人家在取笑他，马上害羞了，立刻停止了，跑到窗前把脸贴在玻璃上，似乎在看东西。老人一句话也不说，走过来拥抱他；克利斯朵夫这才发现，老人其实非常高兴。小小的自尊心开始活动起来，他很聪明，懂得别人是欣赏他的，不过，他搞不准在剧作家、舞蹈家、音乐家、歌唱家这些才能中间，祖父最赞赏他哪一项。他想应该是舞蹈家吧，他对自己这方面比较自信，洋洋得意。

过了有七八天，他已经把那件事完全忘记了，祖父却挺神秘地拿出一些东西给他看，原来是一本乐谱，让孩子弹。他奇怪地费力辨音。乐谱是手写的，是老人用他粗大的笔迹仔细写的。题目都用图画字。祖父坐在克利斯朵夫身边替他翻谱，过了一会儿问孩子奏的什么音乐。克利斯朵夫只顾演奏，没留神弹的东西，回答说不清楚。

"你好好想想，真的忘记了吗?"不错，这音乐非常熟悉，但就是记不起在什么地方听人演奏过……祖父笑道："再想想吧。"克利斯朵夫摇摇头说："我真的记不起来。"他忽然心中一亮，觉得这些调子……不过他不敢……不敢承认……"祖父，我不知道。"他脸红了。"哎，傻孩子，自己的作品都听不出来吗?"

是的，他清楚，不过给人家一提，倒不敢相信了，他嚷着："噢! 祖父!"老人兴高采烈地把那份谱解释给他听："你瞧，这是咏叹调，是你星期二躺在地下唱的。——这是进行曲，还记得吗？是我上星期要你再唱而你想不起来的。——这是小步舞曲，是你在我的安乐椅前面按着拍子跳舞的……你仔细看吧。"

纸上，用漂亮的图画字写着：

难忘的童年：咏叹调，小步舞曲，进行曲，圆舞曲。

约翰·克利斯朵夫·克拉夫脱一号作品。

克利斯朵夫惊呆了。他看到自己的名字，美丽的题目，大本的乐谱，他的作品！……他断断续续地说："噢！祖父！祖父！……"

老人把他拉到身边。他趴在老人腿上，头钻进老人怀中，快乐得不知说什么才好，老人比他还高兴，却装作没什么了不起的声调对他说（因为老人被感动得要受不了了）："当然，我按照音调补上了一些和声，还有伴奏，另外还有点三重奏，因为这是习惯，再说也没什么害处。"

他把那段三重奏重新弹了一遍。——克利斯朵夫由于能和祖父合作，非常高兴："那么，祖父，也得写上您的名字啊。""不用写。除了你也用不着别人知道。只要……"老人声音发颤，"等以后我离开这个世界以后，这些能让你想起我，你不会忘记祖父吧，孩子？"

可怜的老人没有把话说完，他能够想象到孙儿的作品一定会非常有名，不像他那样被埋没，无人知晓，因此，在自己那可怜的作品中挑一个藏进去，就这么点沾光的欲望，也非常谦卑非常动人，因为他只想以无名的方式加入到一缕思想中去，不让它完全消失。——克利斯朵夫感动极了，拚命亲吻他。老人越来越无法控制自己的感情，不停地亲着他的头发。

"你说，你不会忘了的，是不是？以后你成为一个伟大的音乐家，为国家，为艺术争光。那时，很有名了，你不会忘记是我第一个发现你的天才的吧！"

他把自己感动了，流出眼泪，却不希望被孩子发现，咳嗽几声，宝贝似地把乐谱藏起来，让孩子走了。

回到家中，克利斯朵夫高兴得飘飘欲仙，似乎路上的石子都在翩翩起舞。但家里人的态度让他伤心，他炫耀自己的音乐成绩时，母亲讥笑他，曼希沃埋怨老人没事做，与其哄小孩开心，还不如锻炼锻炼身体；至于克利斯朵夫，不许再去弄那些无用的玩艺儿，马上到琴上去练四个钟点。首先，应该把琴弹得像个样；至于作曲，还怕以后没有机会，等到无事可做的时候再去研究不迟。

这番理论猛一听似乎是曼希沃想防止儿童年纪轻轻就趾高气扬的危险，其实并非如此，而且他不久就会表示他的意思正相反。不过由于他自己从来没有什么思想需要在音乐上表现出来，而且也不需要表现什么思想，所以他凭着演奏家的看法，觉得作曲是次要的东西，只有依靠演奏家的艺术才可能显示出它的价值。当然，他对于像哈斯莱那样一流的大作曲家所引起的狂热也并非无动于衷；那些掌声雷动的盛况也使他肃然起敬（引起狂热的，他无不尊敬）；但他实际上是暗中忌妒，总是觉得作者抢掉了他演奏家应得的喝彩声。经验告诉他，人家给大演奏家捧场的时候肯定同样狂热，尤其是捧他个人的，这时候他会觉得更舒服更痛快。他假装极崇拜大音乐家的才华，但非常喜欢讲他们可笑的趣闻，使人家瞧不起他们。他认为在艺术上分类中演奏家是最伟大的一类，他还说，舌头是人身最高贵的器官，那么没有语言，还谈什么思想？没有演奏家，音乐从何而来？

不管用意如何，他的训诫对孩子精神上的进步终归是有益的，使它不致因祖父的夸耀而失去理智。虽然在这方面，他的训诫还不具有说服力。克利斯朵夫觉得父亲不如祖父那么聪明，虽然他还像往常那样练琴，但并没有真的在练，只不过像往常那样，边把手指在琴键上移动，边胡思乱想，他做着永远没有尽头的练习，耳边却有个声音在喊：“我是一个作曲家，一个优秀的作曲家。”

从那以后，就因为他是个作曲家，他便要作曲了。虽然连字都不认识多少，他开始在家用帐簿上撕下纸片，涂着蝌蚪似的音符。不过，为了作曲而苦苦思索自己有些什么思想，又该如何把这些思想表达出来，很奇怪，他反倒没有一点思想了，只明白自己应该有思想，他造句用词时也一样用心；但由于他是天生的音乐家，虽然言之无物，好歹总算达到了目的。然后他兴高采烈地把自己的作品拿给祖父去看，祖父快活得哭了，——他年纪越大越喜欢哭了，——还说非常好。

这是非常危险的。幸而他天性淳厚，再加一个从来不想影响别人的人影响了他。——那是鲁意莎的哥哥，就明白事理而论，他可以说是个模范。

他和鲁意莎一样又矮又瘦，稍微有些驼背。没人知道他准确的年纪，大概超过四十岁，但好像已经五十岁了，甚至五十开外了。小小的脸上布满皱纹，粉红的皮肤，和善的淡蓝眼睛如同有点枯萎的相思花。他由于怕冷，到什么地方都戴着他的鸭舌帽，如果脱下来，便露出一个小小的，粉红的、像个圆锥形状的脑袋，克利斯朵夫和小兄弟们看了直乐。他们总是拿这光脑袋淘气，问他把头发藏到什么地方去了，父亲在旁边说些粗俗的笑话，使孩子们胆子更加大起来，恐吓着要抽他的光头子。每次他都不发火，耐着性子让他们玩儿。他是个串街的，从这一村到那一村，背着个包裹，里边应有尽有：什么糖、盐、手帕、零食、纸张、围巾、靴子、罐头食品、流行歌曲的唱片、日历以及医用器物之类等等，只要你能说得出名，在他这里就会有。好几次有人希望他固定住处，替他盘下一家杂货店，开个针线铺什么的，可他总是不习惯。突然有一天，他夜里起来把一把钥匙放在门上走了。大家已经几个月看不见他；然后他又回来了，多半是黄昏时候，只听见轻轻敲了几下，门被推开了一半，他规规矩矩地摘着帽子，现出一个秃顶的小脑袋，一双善良的眼睛，一副害羞的笑容。他先说一声"大家好"；进来之前，他一直不忘了把脚下的灰土擦干净，再按年纪的大小向每个人招呼，然后挑屋里最隐僻的一角坐下。他点起烟斗，弯着背，大家照例一窝蜂地嘲笑他，他却静静地等那阵讽刺过去。克利斯朵夫的祖父跟父亲都瞧不起他，对他冷言冷语。他们认为这个丑家伙太荒唐了；行贩这个低微的地位又伤了他们的自尊心。这些他们都表现得明明白白；但他好似毫无知觉，照例很敬重他们，因此他们也心软了，尤其是把人家的敬意看得很重的老人。他们经常跟他说些过火的笑话，使鲁意莎都为之羞涩。她早已死心塌地认为克拉夫脱家里的人高人一等，相信丈夫和公公是对的；但她对哥哥抱有手足之情，而他不声不响地也特别爱她。本家已经没有亲属，兄妹俩都是谦和、忍让、被生活压倒的人，彼此的同情，暗中忍受的一样的苦难命运，使两人之间具有相依为命，生死与共的意味。克拉夫脱父子可身体结实，生性粗鲁，直叫直嚷，元气充足，喜欢把日子过得快快乐乐的；在他们当中，那一对好像老站在人生之外或人生边上的懦弱的好人，心心相印，同病相怜，相互间却从来不说出来。

克利斯朵夫跟祖父一样，对小贩存着瞧不起的心。他拿舅舅开心。把他当做一件可笑东西；他死乞白赖地捣乱，舅舅总是心安理得地忍受。克利斯朵夫心里很喜欢他，也清楚他喜欢舅舅的原因，第一因为他像一件听话的玩具，要他怎么就怎么。第二由于他总捎着点好东西来：糖果呀、地图啊或别的玩艺儿。这矮子不来便罢，只要一来，孩子们都很高兴，因为他总会带来一些新鲜事。他不论怎么穷，总是有办法给每人送一样小东西。家中人的命名节，他都会将其牢记在心的，总是及时赶到，从袋里掏出些可爱的，诚心诚意挑来的礼物。人家受惯了这些礼，不怎么想到要对他致谢；而他把能送点东西给人看作是一件可喜的事情。休息不好的克利斯朵夫，夜里常常想着白天的事，有时想起舅舅真好，对他有说不完的感激，可是在白天一点不向舅舅表示，因为那时，他只想捉弄他了。况且他年纪太小，还不懂得好心的可贵：在儿童的语言中，善与蠢差不多是同义字；高脱弗烈特舅舅不就是一个很好的证明吗？

一天晚上，曼希沃被请吃饭，高脱弗烈特独自呆在楼下，在鲁意莎的授意下，两个小的便上床睡了，他就出去坐在屋子附近的河边。克利斯朵夫没事，也跟在后面，照样像往常似地捉弄舅舅，直弄到自己喘不过气来滚在他脚下。他趴在地上，把鼻子钻在草里。喘息稍定，他又想出坏主意，想到之后又大声嚷着，腰都笑弯了，将脸置于泥土中。舅舅一声不吭。他觉得这静默有点儿古怪，便抬起头来准备重复一次，不料劈面看到舅舅难看的脸色。克利斯朵夫哑巴了。高脱弗烈特微微笑着，半阖着眼睛，半张着嘴巴，凄苦的脸容有种难以描述的严肃。克利斯朵夫用手托着下巴，眼睛盯着他。天黑了，舅舅的形象隐没了。万籁俱寂，天色清朗：星星在天空中眨着活泼的眼，河水轻柔地拍打着岸边。孩子入神了，不知不觉嘴里嚼着草梗。一只蟋蟀在身边低吟。他觉得自己快睡着了……忽然听见有人在黑暗里低声唱歌，是高脱弗烈特，声音很像是闷在心里，一二十步以内才能听见，但十分感人，真切，从中可以看到他的心。克利斯朵夫从来没听到这样的歌词和唱法，又慢，又简单，又天真。它仿佛来自远方，可不知往哪里去。清高的境界掩饰不了骚动的心情，恬静的外表印着苦难的哀伤。克利斯朵夫凝神屏气，不敢动弹，怕得浑身发冷。歌唱完了，他从地下爬过去，哑着嗓子叫了声："舅舅！……"

高脱弗烈特没有声音。

"舅舅！"孩子又叫了一声，将手与下颔全置于他膝盖上。

高脱弗烈特格外亲切地回了声："孩子。"

"您唱的是什么，告诉我，舅舅，那是什么呀？"

"我不知道。我说不出是什么，就是一支歌。"

"是您编的吗？""不，不是我编的！你提出的问题真是让人不可理解……那支歌有点苍桑与古老。"

"是您小时候的歌吗？"

"是什么时候的歌，我也不知道，总之是支老歌。在我出世以前，我父亲以前……在很远很远的时候就有了。"

"真奇怪，怎么我从来没有听说过，也没有听人唱过？

克利斯朵夫稍加思索，问他舅舅："您还可以唱一支其他的歌吗？"

"为什么再唱一支？唱一支就够了。我只在不能不唱的时候才唱，不能唱着玩儿。"

"人家演奏音乐之时不是来了一曲又一曲吗？"

"我唱的不是音乐。"

孩子愣住了。他很糊涂，可并不想要人说明。确实，那不是音乐，并非寻常的音乐。他又问："舅舅，您是否也编呢？"

"编什么？"

"编你唱的歌呀！"

"歌？噢！那是编不出来的，我怎么能编呢。"

孩子用他一向富于逻辑的方式追问说："可是，舅舅，反正从前是人家编的呀……"

高脱弗烈特固执地摇摇头："那是天生就有的，不是随意就能编出来的。"

孩子问道："可是，舅舅，难道就真的再也不能编出来一些新的歌吗？新鲜一些的、入耳动听的歌曲，这样不更好？"

"不编了，各种各样的歌都有了。有的是唱给你伤心的时候，有的唱给你快活的时候，有的唱给你远离家乡的时候，有的唱给你恨自己的时候，有的唱给你开头的时候，有的唱给你想哭的时候。一句话说完，你想唱什么样的歌就有什么歌，用得着你编吗？"

"为什么要编？因为要成为大人物啊！"孩子心灵深处全是祖父的教导和他天真的梦想。

高脱弗烈特温柔地笑着。克利斯朵夫有点儿生气了，他没好气地质问："你在取笑我？"

高脱弗烈特回答："噢！我啊，我是个非常普通的人。"

他抚摸着孩子的头，问："难道你要做大人物了？"

"是的，"克利斯朵夫挺高傲地回答。

他认为舅舅会夸他几句，孰料舅舅又问：

"为什么要做大人物？"

"为编些悦耳的歌呀！"

高脱弗烈特又笑起来："编歌做大人物，做大人物编歌，你倒像一条狗围绕着自己的尾巴转圈儿。"

克利斯朵夫听了很不高兴，如果在别的时候，他一定不肯让一贯被他嘲笑惯的舅舅反过来嘲笑他。另一方面，他做梦也没料到舅舅会如此聪明，一句话把他驳倒。他想找个借口或是什么放肆的话顶回去，可是怎么也找不到。高脱弗烈特随之说道："大人物有什么用？就算你像从这儿到科布伦茨一样大，你也作不了一支歌。"

克利斯朵夫不服气了："要是我想作呢？"

"你越想作越做不出，如果一定要作的话，就得跟它们一样。你听啊……"

月亮从田野后面悄悄升起，又圆又亮。地面上以及波光粼粼的水面上，浮动着一层银色的雾。青蛙们正在谈论，草地里的蛤蟆唱出悠扬的如笛子一样的声音。蟋蟀尖锐的颤音好像与星星闪动相和，微风吹拂着榛树的枝条，河后山岗上传来夜莺清脆的歌声……

高脱弗烈特半天没有说话，叹了口气，"还用得着你唱吗？它们唱的不是比你所能作的更好吗？"不知是对他自己讲还是对克利斯朵夫讲。

那些从黑暗中的隐密处传出来的声响，克利斯朵夫每天都能听到，可从来没有这样的感觉。真的！用不着唱。……他感到心里充满着柔情与哀伤。他真想拥抱河流，草原，以及那可爱的星星。他对舅舅爱到了极点，认为他是最美，最好，最聪明的人，以前自己把他完全看错了。自己不了解他，大概他很难过吧。他非常后悔，真想叫出来："舅舅，不要难过了，我以后不跟您淘气了！原谅我吧，我非常地爱您！"可是他不敢说。——突然，克利斯朵夫朝着他舅舅的怀中扑了过去，极热烈地拥抱着舅舅，没法说出心里的话，说了好几遍："我多爱您！"高脱弗烈特惊喜万分，亲着孩子，连声地嚷道："怎么啦？怎么啦？"然后他站起来拉着他的手说了声："该回去了。"克利斯朵夫很不高兴，认为舅舅没有明白他的意思。然而临近他们家的时候，高脱弗烈特对他说："以后，要是你愿意，我们可以在晚上再去听上帝的音乐，我再给你唱其他的歌。"克利斯朵夫万分感激地拥抱舅舅，准备去睡觉了，他看出舅舅是完全理解他的。

从那以后他们常常在晚上一起散步：默默地顺着河边走，或是穿过田垄。舅舅慢慢地抽着烟斗，克利斯朵夫拉着他的手，他对黑暗有点恐惧。他们坐在草上，沉默了一会儿之后，舅舅和他谈着星辰，云彩，教他如何辨别泥土，空气和水的气息，分辨着那些浮游跳跃、蠕动飞舞于黑暗之中的万物的叫声、歌声、响声，告诉他晴雨的征兆、夜间交响曲中的乐器。有时高脱弗烈特唱一些悲凉或快乐的歌，总是一个韵味，克利斯朵夫也总是一样地激动，他每晚只唱一支歌。克利斯朵夫发现，凡是要求他唱的，他总唱得很勉强；最好是要他自发想唱的时候。常常要等很长时间，每当克利斯朵夫想着："他今夜将不再唱了……"的时候，高脱弗烈特才唱起来。

一天晚上，正好舅舅不唱歌，他忽然想起把他费了许多心血，认为非常得意的作品，选一个唱给他听，他要显示自己是个了不起的艺术家。舅舅静静地听完了说："太难听了，可怜的克利斯朵夫！"克利斯朵夫懊丧得张口结舌。高脱弗烈特满怀同情的意味又说："为什么你要这样作呢？不堪入耳！又没人硬要你作。"

克利斯朵夫气得面红耳赤地辩解说："祖父可说我的音乐很不错呢。""啊！"舅舅缓缓地回答。"他是对的。他是个挺博学的人，对音乐是内行。我是外行……"

稍过片刻，他又接着说："可是我觉得不怎么好听。"

他很平静地看着克利斯朵夫，看见他又伤心又气恼，便笑着："你还作其他调子吗？或许我会喜欢其他调子。"

克利斯朵夫认为这想法不错，也许换一个调子可以去除刚才那一支的印象，于是把他作的全部唱了一遍。高脱弗烈特一声不出，等他唱完了，才摇摇头，非常肯定地说：

"这些一点也不比那个好听。"

孩子咬着嘴唇，气得浑身发抖，真想放声大哭，舅舅好像也非常失望似地坚持：

"哦！多难听！"

克利斯朵夫带着哭腔嚷道："你为什么说它难听呢?"舅舅正色地看着他，回答说："你问我为什么? ……我不知道, ……对了，因为它无聊，没有意思，所以难听，难道写的时候心里就没有什么可说的? 那么你为什么要写呢?"

"我不知道，"克利斯朵夫可怜巴巴地说。"我只想写一首好听的歌。"

"对啦，因为你为了写作而写作。你为了要做一个大音乐家，为叫人家佩服才写作的。所以你骄傲，你扯谎，因此你受了罚，你瞧! 如果有人要在音乐上骄傲，扯谎，总免不了受罚。音乐是要谦虚，真诚。要不是这样还成什么音乐呢? 那是对上帝的不敬呀? 亵渎上帝嘛。上帝赐给我们那些美丽的歌，都是说真话跟老实话的。"

他发觉孩子生气了，想拥抱他。可是孩子愤愤地躲开了：几天之内他对舅舅生了气。他恨舅舅。他多次对自己说："他是头驴子! 什么都不懂。比他聪明得多的祖父，可认为我的音乐很好呢。"但是他心里相信舅舅是对的。那些话深深地在他脑子里留有印象，他觉得自己扯谎很可耻。

由于他老是记恨，从此写音乐的时候总忘不了舅舅；因为想到舅舅看了要说什么，他常常把写的东西撕掉。每当不顾一切地写完了一个明知虚假的调子，便立刻小心地藏起来。他最怕舅舅的批评，只要高脱弗烈特对他某一个曲子说一声："嗯，总算还能够入耳……我喜欢这个……"他就高兴极了。

有时他为了出气，故意贬低名人，把名家的作品冒充自己的唱给他听，假如舅舅偶尔认为不好听，他就特别得意。但是舅舅并不着慌。看着身边拍着手、快活得直跳的孩子，他也真心地跟着笑，而且总是这样说："这也许是写得不错，可是没有一点内容。"他一向不愿听曼希沃他们那些小型音乐会，不论多美，他总是打呵欠，表示特别厌倦。过了一会儿，他支持不住，悄悄地溜了。他说：

"你瞧，孩子，你在屋子里写的那些，都不是音乐。房间中的音乐好比屋子里面的太阳。音乐是在外边，要呼吸到大自然新鲜的空气才有音乐。"

他老是讲起老天爷，因为他很虔诚，与那两位每周五守斋却自命不凡的克拉夫脱父子大不一样。

不知什么原因，曼希沃忽然改变了主意。他不但同意祖父把克利斯朵夫的灵感记录了下来，并且花了几晚时间亲自把乐稿抄了两三份，使克利斯朵夫大为惊异。人家无论怎样问他，他总一本正经地回答说："等着瞧吧……"或是一边搓着手一边笑，使劲摸着孩子的头算是和他开玩笑，再不然是兴高采烈地打他几下屁股。克利斯朵夫反感此类的亲热，可是他看到父亲确实很高兴，不知何故。

曼希沃跟约翰·米希尔常常在一起密谋着什么。一天晚上，克利斯朵夫很吃惊地听见说，他，克利斯朵夫，把《童年即兴》题献给雷沃博公爵殿下了。是这么回事：曼希沃先设法探听亲王的意思，亲王表示非常愿意接受这个敬意。因此曼希沃得意忘形地宣布，事不宜迟，应当马上按以下步骤进行：第一步备一份正式的申请书送呈亲王，第二步刊印作品，第三步组织一个音乐会演奏孩子的作品。

曼希沃和约翰·米希尔的意见不十分一致，终于又开了好几次长久的会议，紧接着还讨论了会议上的内容，直讨论两三晚也没有什么好结果，这样做也是不准别人来打搅他们的。曼希沃起稿，修改；修改，起稿。老人直着嗓子说话，仿佛在那里吟诗。他们有时争执，有时拍着桌子，因为无法找到适当的词。

之后，他们没办法，只好把克利斯朵夫叫来，安排他坐在桌子前面，拿着笔，右边站着父亲，左边站着祖父。祖父嘴里念叨几句，教孩子记下来。他完全不明白写的是什么，一是他每写一个字都得费很大劲，二是父亲在他耳边直叫喊，三是祖父把高低不平的音调特别加强，使克利斯朵夫听了就心慌意乱，再也顾不上去听它的意思。老人也跟孩子一样心慌，他没有办法来时刻看孩子写的那张纸。克利斯朵夫被两颗掩在背后的大脑袋吓晕了，吐着舌头，笔也抓不稳，眼睛也看不清楚，不是笔划的勾勒太长了，就是把写好的给弄得一塌糊涂了；——于是曼希沃狂叫，发怒，米希尔大发雷霆；——只好从头再写，过了一会儿又从头再写；等到快写完的时候，毫无斑点的纸上突然掉了一大滴墨水；——于是大家拧他的耳朵，他眼泪汪汪的，但是又不能哭出声音来或哭出眼泪来，由于怕弄湿了纸；——之后从第一行起再来过。孩子就以为那是一生都干不完的事情，好像是一辈子没有完的了。

最后终于完工了，简直叫人不敢相信；约翰·米希尔靠着壁炉架，把信再读一遍，高兴得连声音都发抖；曼希沃仰在椅子里，眼睛望着天花板，摇摇头晃脑地装做内行，细细咀嚼那封信的风格和意义：

高贵尊严的殿下：

　臣自四岁起，音乐即为臣儿童作业。自认为，文艺之神宠赐有加，屡降灵感。光阴似箭，倏届六龄，文艺之神频频以抒写胸臆为嘱。臣自知渺小幼弱，稚骓无知，愚笨又安敢轻于尝试。只是神给的命难违抗，不得不勉力以赴，乃成拙作，谨敢得罪于你，故慎谨行事为妙，于高贵尊严之殿下面前，以博一笑，仅凭殿下聪明才智、道德文艺，让四方才士都蒙有受恩泽之心。小小愚忱，应当邀请洞察明鉴之辨师为真人君子也。

臣约翰·克利斯朵夫·克拉夫脱真诚又愉快地敬叩其呈

克利斯朵夫怎么也不相信自己的耳朵，他可以把工作交代到那样让人高兴之极，生怕人家要他再来一遍，便赶快溜到野外去了。他对刚刚写的东西一点概念都没有，也完全不把它放在心上。但是老人念了一遍，又读一遍，想更深切的体味一番；念完之后，他与曼希沃一致认为是篇杰作。信和乐谱一经送上，大公爵也表示同样的意见。他叫人传话，说两者的风格都一样的感人。他同意了音乐会，下令把音乐研究院的大厅交给曼希沃支配，而且答应在将要举行音乐会那天召见一些少年儿童艺术家。

于是，曼希沃急忙组织音乐会，宫廷音乐联合会答应帮助。初步奔走的成功更加激发了他喜欢大场面的天性，便同时准备用精美的版本印《童年即兴》。他本来想在封面上加一张他和克利斯朵夫两个人的镂版像，孩子坐在钢琴的前面，他自己拿着提琴站在旁边。后来他放弃这个计划，并不是为了费用太高了，——那是曼希沃绝不考虑的，——而是因为时间实在来不及。于是他换了一幅象征性图画，画着一只摇篮，一支小号，一台鼓，一只木马，中间是架竖琴在那里放光。书名上有段精美的比较繁冗的献辞，亲王的名字印得异乎寻常地大，作者的签名是"约翰·克利斯朵夫·克拉夫脱，昔年六岁"（其实他已经七岁多了）。插图的镂版费很贵，为此祖父卖掉了一口十八世纪的雕有人像的柜子；那是老人向来不肯割爱的，虽然古董商华姆塞与他说过很多次想要买下来。可是曼希沃绝对充满信心，就凭他平时积蓄的一些乐谱知道，虽然出印以后的发售，往往为数极微，但发售预约的收入不但能抵销成本，而且还有盈余。

除了乐谱图书的发售外，另外还有一件要紧的事让他们忙碌，那就是克利斯朵夫在音乐会上穿的服装。他们为克利斯朵夫在音乐会中穿的服装而苦心设计，并且为此特意召开了一个家庭会议。曼希沃的想要孩子穿着短装，光着腿，仿佛一个四岁的孩子装扮。但是克利斯朵夫年纪虽然小，但已经长得很壮健；而且，大家认识他，也瞒不过人的眼睛。于是，曼希沃又想出一个十分得意的想法，决定穿燕尾服、扎白领结。鲁意莎心里明白，他们要叫可怜的孩子闹笑话了，但她的反对一点都没有用处。曼希沃猜透大家的心理，认为这种出人意料的着装一定能博个满堂彩。事情就这样决定了；裁缝给叫来量量这个小人物的尺寸，另外还得制作讲究的内衣和牛皮鞋，都是些贵得惊人的东西。克利斯朵夫穿着新装拘束不堪。为了让他习惯起见，别人要他穿了新衣把他的作品试奏了好几次，又教他怎么行礼。一个月来，克利斯朵夫经常坐在琴凳上没有一丝一毫的自由生活。他气愤之极，但是又不敢反抗：由于他想到自己要完成一件伟大的事业，他为之又骄傲又害怕。并且大家很疼爱他：怕他着凉，用围巾围着他的脖子；鞋子有人替他烘烤，怕他脚上受寒；饭桌上有他最喜爱吃的七八盘丰盛的菜肴。

时间一天一天地过去，一直到理发师为他准备的时候，那不寻常的一天终于来到了。理发匠来主持他的化妆，要把他倔强的头发烫得卷起来，直到头发给收拾得像羊毛一样服贴才算完事。家里的人一个个在他前面转了一转，说他漂亮极了。曼希沃把他左右前后仔细检查过后，拍了拍脑门，急忙摘了一大朵花拴在孩子衣襟上。但是鲁意莎一看见他，竟然举着胳膊非常难受地说："他现在的精神面貌像只猴子。"克利斯朵夫听说后，心里十分不是滋味，痛苦到了极点。他走到镜子前，左看右看，上看下看，但心里嘀咕着，不知对自己的这副怪模样的应该是称心如意还是觉得太荒唐。他只感觉窘极了。但是在音乐会中他更慌得厉害：在这个大可纪念的日子里，除了发窘以外，他根本没有别的感觉。

音乐会将要开始了，座位还空着一半，大公爵还没到。在这种场合，有一位消息灵通的热心朋友来报告，说府里正在开会，大公爵不会来了。这消息是从极可靠的方面传出来的。曼希沃听了十分丧气，魂不附体地蹀来蹀去，紧靠在窗棂上东张西望。老约翰·米希尔也着了急，但他是为孙子操心，把嘱咐的话絮絮叨叨地讲个不停。克利斯朵夫也被他们刺激得很紧张：他不想把弹的曲子放在心上，而是因要向大众行礼而心慌意乱，而且他越想心里越急。

但是非开场不可了，听众已经表示不耐烦了。乐队奏起《科里奥朗序曲》。孩子既不知道科里奥朗，也不知道贝多芬，他虽然经常听贝多芬的音乐，但是并不知道作者。他向来不关心听的作品是什么题目，却自己编出名字来称呼它们，自编一些很小的故事，幻想出一些纷繁的风景。他经常把音乐分作三类：水、火、土，其中当然还有很多细微的差别。莫扎特属于水的一类：他的作品是河畔的一片草原，在河上飘浮的一层透明的薄雾，一场春天的细雨，或者是一道五彩的虹。贝多芬却是火：有时仿佛一个烘炉，烈焰飞腾，浓烟缭绕；有时好像一个着火的森林，笼罩着浓厚的乌云，四面八方射出惊心动魄的霹雳；有时满天闪着辉光，在九月的朗夜亮起一颗星，缓缓地流过，缓缓地隐灭了，叫人看着心中颤动。这一次，那颗英雄的灵魂终于能出来为人服务，带着不可一世的热情，照旧使他身心如沸。最后没办法了，渐渐地他也被卷入了火海之中不能自拔。那么其他的一切事物都毁灭了，好像整个世界都没有一样，模糊地消失了，永远与他不相干似的，不知他心情会如何呢。哀声叹气的曼希沃，气急败坏的约翰·米希尔，那些忙乱的人，听众，大公爵，小克利斯朵夫：他与这些人有什么联系？他被那个如痴如醉的意志带走了。他跟着它，喘着气，噙着眼泪，四肢已变得呆板起来，从手指到脚趾都在不停地发抖；血在那里沸腾，身子在那里发抖……——他刚要静下来倾听而且是偷偷地在布景的支柱后面，这时心里猛然一动，原来乐队停止了演奏，刚停一会儿，铜管乐器和钹又奏起了激昂的军乐。两种音乐的转换，来得那么突然，克利斯朵夫不仅咬牙切齿，气得要命，对墙壁抡着拳头。可是曼希沃高兴得不得了，原来是亲王驾到，所以乐队奏着国歌向他致敬。约翰·米希尔声音颤巍巍地对孩子吩咐了一遍。

第一曲前奏又重复了一遍，这一次演奏得还算成功。之后就轮到克利斯朵夫。曼希沃把节目编排得很有趣，使他和儿子的技艺能同时表现出来：他们要合奏莫扎特的一阕钢琴与小提琴的奏鸣曲。为了增加美妙的结束曲，克利斯朵夫应当先出场。有人把他带到前台的进口的位置，指给他看放在台前的钢琴，又把一切的举动教了一遍，之后就像他已经学了多年似的把他推出后台。

他以前经常在戏院里走来走去，一个人或是多人的时候，所以现在上戏院觉得并不怎么害怕。但是独自站在台上，面对着几双眼睛，他突然胆小起来，情不自禁地往后一退，甚至想退回后台。当他看见父亲直瞪着他，做着手势，只好继续向前。而且这时台下的人已经看到他的表现了。他一边往前走，一边听见四下里乱七八糟的一片好奇声，又继之以笑声，渐渐地传遍全场。不出曼希沃所料，他精心设计的服饰穿戴在现场产生了他想要的戏剧效果。看到这肤色仿佛似波希米亚人般的小孩儿，系着长头发，穿着绅士式的晚礼服，胆怯地跨着小步，场子里的人都禁不住哈哈大笑，有的还站起身来想看个明白；不一会儿，不知是谁发出第一声大笑，之后几个人大笑，全堂都哄哄大笑起来。虽然一点没有恶意，但是，就连坐在台下幕后的伴奏员或者是在台上的表演演奏家也有点慌乱起来，心里渐渐不能平静了，只好走着瞧吧。笑声，目光，对准台上的手眼镜，把克利斯朵夫害怕得只想赶快走到钢琴那里，在他心目中，那就是大海中的一座岛屿。他低着头，目不转睛沿着台边加紧脚步；走到中间，也不按照预先说好的对大众行礼，却转过身去扑向钢琴。椅子太高了，没有父亲的帮助坐不上去，他并不等待，竟然慌慌张张地屈着膝盖爬上去了，台下的人看着好笑。但是克利斯朵夫非同寻常：只要一见到乐器或是站在乐器边他就一点都不惊慌了。

最后曼希沃也在戏台上出现，他得到十分热烈的掌声。奏鸣曲马上开始。小家伙弹得很有把握，一点都不慌张，他集中精神，紧抿着嘴，眼睛盯住键盘，两条小腿放在椅子下面。他越弹下去，越觉得惬意，仿佛置身于一些熟朋友中间。一阵热烈的赞美声传到他的耳边；他感到大家静静地在那儿听他，欣赏他，心里很快乐。可是曲子一完，他又害怕起来，众人的掌声让他只觉得害羞而不感到快乐。父亲拉着他的手到台边向大家敬礼的时候，他更不好意思了。他只好深深地，傻头傻脑地行着礼，面红耳赤，窘到极点，好像做了什么可笑而莫名其妙的事。

他只好再一次弹着钢琴，独奏他的《童年即兴》。结果全场为之轰动了。奏完一曲，大家热烈叫好，要求他再重奏一遍；他对自己的成功十分得意，对他们带有命令意味的喝彩却有点生气了。演奏完毕，全场的人站起来向他喝彩；大公爵又传令一致鼓掌。当时只有克利斯朵夫一个人在台上，坐在椅子里一点儿声音都没有，呆若木鸡。掌声愈来愈热烈，他的头越来越低，红着脸，羞得无法形容；他拼命扭着身子，对着后台。曼希沃便出来把他抱在怀里，让他向台下飞吻，把大公爵的包厢指给他瞧。克利斯朵夫只是不理睬。曼希沃拼命地紧紧地抓着他的手臂，在他耳边轻声地说些吓唬话。于是他无可奈何地做个手势，低着头，眯着眼睛，对任何一位观众都有点不好意思地看着，头也扭一边生怕熟人看见，觉得这样的结束场合实在是让他有点受罪感。他不知不觉有点害怕起来，当然主要是心里的痛苦没法表达但又不知来自何处，他只觉自尊心受到伤害，台下的听众令他厌恶起来。他们向他拍手也无济于事，他不能原谅他们轻视他，看着他的窘相觉得开心；他也不能原谅他们看到他这副可笑的姿态，悬在半空中传着飞吻；他差不多要憎恨他们的喝彩了。曼希沃刚把他放下地，他马上奔向后台；半路上有一位太太把一束紫罗兰抛上台，恰好打中了他的脸，他大吃一惊，愈加飞奔起来，竟把一张椅子给撞倒了。他越跑，人家越笑；别人对他大笑，他还是继续跑着他的路。

最后他到了前台出口的位置，一大堆人挤在那里看他，他却拼命低着头钻过去，一直跑到后台的尽头躲藏起来。祖父快活极了，对他说了一大堆好话。乐队里有的乐师见到这情景免不了大笑起来，还一迭声地夸奖他，但是他一点都不愿意看他们，也不向他们行礼。曼希沃听到台下掌声不绝，这意味着还想让克利斯朵夫再上前台。孩子坚决不肯，死拉着祖父的衣角，谁走过去，他就伸出脚来乱踢，接着又大哭起来，别人看他这样子，只好把他放下来，让他做自己的事了。

就在这时候，一位副官进来说，大公爵传唤两位艺术家到包厢里去。孩子这个样子怎么能见人呢？曼希沃非常生气。他一发怒，克利斯朵夫哭得更厉害了。为了不让他那股洪水流泻，祖父答应给他一磅巧克力糖，只要他不哭；贪嘴的克利斯朵夫立刻停止哭泣，噙着眼泪，让别人带走，可还要人家先赌个严肃的咒，保证不乘他不注意再把他送上台的。

刚走到亲王包厢的客室，迎面见到一位穿着便服的先生，心里惊奇他的模样，小哈叭狗式的脸蛋，上嘴唇留着一撮翘起的胡须，颔下留着细细的短须，身材矮小，脸色红润，有点儿胖，皮笑肉不笑地大声招呼他，用肥胖的手轻轻地拍他的腮帮，喊他"转世的莫扎特!"这便是大公爵。——他被介绍给公爵夫人，她的女儿，以及别的贵族人士。他心里害怕，有点发抖，可能是这些富贵女人长得太漂亮的缘故，他不敢用眼睛正视，只好低着头欣赏她们漂亮的穿着，从胸以下的部分到腰间，然后再到脚底。他坐在美丽的公主膝上，既不敢动弹，也不敢呼吸。她向他提了许多问题，都由曼希沃在旁恭恭敬敬地用呆板的套语回答；但是她根本不听曼希沃的话，只顾耍弄着孩子。他感到脸越来越红，又以为给每个人注意到了，只好找一些零言碎语去补充解释，之后深深地呼了口气，硬着性子，鼓起勇气说道：

"我热得脸都红了。"

公主听了这话大声笑起来。克利斯朵夫并不因此像刚才恨大众一样的恨她，因为那笑很好听；很乐意让她抱着他，久久地，使他心里阵阵发热。

就在这时候，他瞥见祖父又高兴又害羞地站在走廊包厢进口的位置；他很想进来说几句话，但是不敢，因为人家没招呼他，只好远远地享受孙儿的荣耀，暗中欢喜。克利斯朵夫突然动了感情，心里感到应当为可悲的老人家主持一个公道，让大家知道他的价值。于是他凑到新朋友耳边轻轻说：

"我现在要让你知道一些别人不知道的事。"

她笑着回答："什么秘密呀？"

"您明白，我的小步舞曲里那一段动听的特里奥，我刚才弹的，……你清楚吗？……——（他悄声地哼着）——嗳！那是祖父作的，不是我作的，别的调子都是我作的。但是那最美的一支是祖父作的。他不愿意别人说出来。您不会说的吧？……——（他指着老人）——看，祖父就在那边。我真高兴。他一向对我非常好。"

年轻的公主开怀大笑，说他确实是一个好宝贝，用力地亲他；但是她立刻把这件事当众说了出来，让克利斯朵夫跟老祖父全都大吃一惊。大家一齐笑了，当大公爵向老人表示祝贺时，他心里却乱得很，慌慌张张地不知所措，想让别人明白自己的意思，但又不知如何解释为妙，讲话时，前言不搭后语，好像有点自卑感，像做错了什么事似的。可是克利斯朵夫再也不对公主讲一言半语，虽然公主一个劲儿逗他，但他总是保持沉默，而且脸也是沉着的，他有点看不起公主，因为公主说话不算话。他对亲王们的印象也因为这件事而大受影响。他气愤到了极点，以至大家说的赞美之词，和亲王笑着称他为"宫廷钢琴家，宫廷音乐师"等等，一切他好像都没听见似的，只管想着自己的事。

他跟家里的人出来，从戏院的走廊一直走到街上，到处被人包围着，有的夸奖他，有的拥抱他，但是他有点不高兴；因为他不想让人拥抱，也受不了别人不经他的同意就随便摆布他。

终于，他们到了家，门一关上，曼希沃马上骂他"小混蛋"，由于他说出了特里奥不是他作的。孩子心里暗示他做的是一件不错的事，按道理应该赞扬而不应该批评，但还是装着忍不住反抗起来，讲一些无礼的言词。曼希沃懊恼之下，说要不是刚才弹得很好，他还得挨打呢；但是他做了桩傻事，把成功的音乐会给破坏了。克利斯朵夫很有正义感，坐在一边生气；他对父亲，公主，一切的人，都看不起。他觉得很不舒服，还有邻人们来对他的父母道喜，跟他们一起嘻嘻哈哈，仿佛是他的父母弹的琴，又好像他是他们以及他们这些人当中的一件物品，令他不知如何是好。

正在这时，爵府里一个仆人奉大公爵之命送来一只金表，漂亮的公主送他一匣精美的糖。克利斯朵夫看了这些礼物后，心里喜欢，但他不知道自己喜爱哪一件，又有点心情不好起来，渐渐地又生了气，眼睛看着糖果，心里想吃，又爱面子不知可否吃。他正不知所措，父亲要他马上坐到书桌前面，口授一封感谢信，教他记下来。那可是太过分了！或许是由于紧张了一天，或许是因为父亲要他写"殿下的贱仆，音乐家某某……"那些让人抬不起头的字眼，让人害羞的词句，他想来想去，越想越气，不由自主地哭起来。没有办法叫他写一个字。仆人嘴巴里一会说好一会儿说不好，站在一边焦急地等待。曼希沃只好自己来写，为此他无法原谅孩子，而且最糟糕的是克利斯朵夫把表掉在地下，摔坏了。咒骂仿佛冰雹似地落到他身上。曼希沃叫着要罚掉他的饭后点心。克利斯朵夫气愤地说偏要吃。为了惩罚他，母亲说要拿走他的糖果。克利斯朵夫气得哑口无言，说她没有这权利，那是他的东西，不是别人的，谁也不能抢走！他挨了一个大嘴巴。气愤之下，他把匣子从母亲手里抢过来，摔在地下一通乱踩。他被揍了一顿，气还未消，抱了一床被子跑到房里，并且脱了衣服躺到床上。

到了晚上，他听见父母跟朋友们享受丰盛的晚餐，那顿为了庆祝音乐会而八天以前就准备的晚餐。他被这种不公平的待遇，差点儿气死。他们大声笑着，相互碰杯。父母对客人说孩子累坏了，其实谁也没想到他。吃过晚饭，大家快告别的时候，有个人拖着沉重的脚步偷偷地溜进房间：老祖父在他床前弯下身子，十分感激地拥抱他，说着："我的好克利斯朵夫！……"一边把藏在袋里的几块糖果塞给了他，然后，仿佛十分不好意思似地悄悄地离开了，别的什么也没说。

克利斯朵夫觉得心里踏实多了，他感到了欣慰。但是他被白天那些紧张的情绪累死了，不好意思再去要祖父给的好东西。他显得很疲倦了，想躺在床上睡一会儿。

他整个晚上都没有睡好。他心神不安，经常忽然之间浑身抽搐，像触电似的。在梦里有一种粗犷的音乐跟他纠缠不休。他半夜里惊醒过来。白天也能听到贝多芬的序曲，在耳边轰轰鸣响，整个屋子全都弥漫着它急促的节奏。他在床上坐起来，揉了揉眼睛，搞不明白自己是不是睡着……不，他并没有睡。他知道这音乐，认得这愤怒的呼号，这疯狂的吼叫，他听到自己的心在胸中忐忑不安地跳着，血液在那里沸腾，忽然脸上觉得一阵阵的狂风吹来，好像风在鞭挞一切、扫荡一切似的，让人心生惧怕，又突然顿住，如同有那么一个气势磅礴的意志镇压住了风势。那极其强大的灵魂深入他内心，使其身心都充分地解放。他昂然屹立于天地之间。他如山似的抱负有阳刚之气，在狂风暴雨中保持威严。这样的人生真称得上是一个伟大的人生啊！……

他情不自禁地笑出声来，打破了静穆的现场气氛。父母还以为他是梦中发笑呢。周围一切又安静下来。音乐停止了，屋中响起一片匀称平缓的鼾声——那些同甘苦、共患难的人们，身不由己地被黑夜侵袭吞噬了。此情此景怎能不引发人对自身命运的庄严思索呢？

卷二

第一章

克利斯朵夫对音乐艺术有着天赐的敏锐感觉，他竟与那些光耀百代的世界第一流音乐大师，如巴赫、莫扎特、贝多芬等，在很多地方有着一致的审美力。而凡是具有出类拔萃之能力的人物，对于他的同时代都产生了或即将产生着震撼性的神奇效果，这一切在少年克利斯朵夫身上已经初露端倪。

如今年近十一岁的克利斯朵夫能够任意出入戏院与音乐会了。他广泛地学习各种乐器，尤其是拉小提琴的水平很不错。父亲试图为其在乐队谋取一个工作机会。他实习了数月，居然完全合格，便正式受命担任宫廷音乐联合会的第二小提琴手。他便如此地开始挣钱；而这也正是时候，因为家里的情形每况愈下。曼希沃嗜好杯中之物，而祖父也日益苍老了。

少年克利斯朵夫对于自己家庭中的惨况有深切的体会，因此而产生了早熟和许多心事的表情。他振作精神，刻苦做事；尽管对此兴味索然。夜里不免在乐队中打瞌睡。戏院再也引不起他幼年那样的情绪了。那时，——在四年前，——他最大的野心是坐上他现在这个位置。但别人吩咐他演奏的音乐，多数是他不喜欢的；尽管他不敢明说，私底下认为它们没意义；要是偶而演奏些美丽的乐曲，他又难以看顺其他人那种颟顸的态度；他最爱的作品，最后也像乐队里的同事们一样令人厌倦：他们在幕落下之后大口喘气，搔搔痒，然后喜逐颜开地抹着汗，悠闲地讲些废话，好似刚做了一个小时的热身活动。他从前热爱的人物，那个赤足金发的歌女，此时可以从近处看到了；稍事休息的间歇，他常常在餐厅里撞见她。她知道他幼时喜欢她，就很高兴地拥抱他；可是他一点不觉得愉快：她的打扮，身上的气味，粗大的手臂，虎咽狼吞的胃口，都招他厌烦，如今他彻底地反感她了。

对于大公爵来说，钢琴师是难以忘怀的：这并非说，以钢琴师的名义应有一点儿月俸可以按时支付，那是永远要去讨催的；但克利斯朵夫经常被召进府去，或者因为有哪个贵宾到了，或者因为爵爷们兴之所至要听他弹琴了，这种情况几乎总是在晚上，正值克利斯朵夫想独自清静一会儿的时候。他就得抛弃一切，急急忙忙赶去。有时，人家叫他在走廊里等着，因为他们还没有吃完晚饭。佣人们因为经常看到他，和他讲起话来挺随便。接着他被带进一间灯烛辉煌，镜子很多的客厅，那些饭饱酒醉的人毫无礼节地用好奇的眼睛瞧着他。他得走过非常油滑的地板去亲吻爵爷们的手；他可是越大越笨拙了，因为他感到自己可笑，他尽力维护自尊心不受到伤害。

然后他无奈地弹起了钢琴（他认为他们是笨蛋）。偶而，那种漠不关心的态度几乎让他无法忍受了，快要停下来。他缺乏空气，似乎要闷死了。演奏完以后人们随意地夸奖，把不相识的人介绍给他，他感到自己成了被展览的动物，如同亲王豢养的珍禽一样，全部歌颂的话几乎都冲着亲王。他认为自己被侮辱了，所以他的不满差不多成一种病态，由于不敢表现出来，因此更加痛苦。哪怕是人家最无心的行动，他也感觉有侮辱的成分：一些人在客厅的一角笑，那一定是笑他，笑的内容不知道，是笑他的服装还是笑他的举动，笑他的手足还是笑他的面貌。所有这些全都使人感到屈辱：人家不跟他谈话他感到屈辱；跟他谈话也感到屈辱，把他当做小孩子般给他糖果感到屈辱，倘若大公爵用贵族那种不拘小节的态度，给他一块金洋把他打发走，他格外难堪。他因为穷，因为被人看做穷而痛苦。某个晚上回家的时候，他手里拿的钱使他心里难过至极，甚至把它扔在地窖的风洞里。然而过了一会儿，他无奈地忍住傲气去捡回来，因为家里赊欠肉店的账已有数月了。

他的长辈却不曾考虑到这些为了自尊心所受的痛苦，反而由于他受到亲王的优遇而为之激动呢。儿子能在爵府里跟那些有身份的人物一起消磨夜晚，忠厚的鲁意莎无法设想出还有什么更美的事。至于曼希沃，那更是对友人不断夸耀的资料。然而最兴奋的还是老祖父。他表面上装做特立独行，说话毫无忌讳，看不上名衔地位，骨子里却是挺天真地仰慕权势，金钱，声望，荣誉，看见孙儿能攀附那些有财有势的人，他真得意极了，似乎孩子的光荣能直接投影在自己身上；他虽然装作无动于衷，却总掩不住脸上的光彩。只要是克利斯朵夫进爵府的晚上，老约翰·米希尔必定找理由呆在儿媳妇那里。他期待孙儿回来的心情，居然如儿童一般的不耐烦。克利斯朵夫一回家，他便装作毫不在乎的样子，提出些无关紧要的问题，诸如：

"噢，今天弹得还可以吧？"有时亲切地暗示道："小克利斯朵夫，又有什么趣事发生啊？"或者干脆对他加以恭维："你给我们家带来了荣耀！"

然而克利斯朵夫情绪低落，声音冷淡地回答着"您好"，就去坐在一旁生气。祖父不厌其烦地发问，提及若干比较实际的事，孩子的回答只有是与不是两种。家里别的人也凑热闹来问长问短，克利斯朵夫越来越心烦，一字一句几乎全得从他嘴里硬逼出来，最后约翰·米希尔恼火了，说出难听的话。克利斯朵夫也不大客气地顶回去，最后搞得大家都不高兴。老人砰地一声带上了门，一走了之。这些可怜虫的全部乐趣都被克利斯朵夫破坏了，可是他们根本不理解他恶劣的情绪。他们奴颜婢膝的精神，却不是他们的错误！他们完全想不到做人还可以与众不同。

克利斯朵夫变得深沉了；尽管对家人不下什么判断，他老认为自己跟他们隔着一道代沟。当然，他也喜欢这种隔膜的情形；因为他们未必了解他。但是父母与子女之间能完全地推心置腹，哪怕彼此都无比地相亲相爱，也极其困难：因为一方面孩子对父母抱有敬重的心理而不敢坦露心迹；一方面父母有自恃富有经验与年长的错误观念作梗，使得家长忽略儿童的心理，殊不知他们的心理有时和成人一样需要关照注意，并且几乎永远比成人的更真。克利斯朵夫在自己家中耳闻目睹的一切，使他与家庭中其他成员产生了距离。

曼希沃的友人大部分是乐队中的乐师，好酒的单身男人，并非恶人，然而很俗气；他们有时到他们家说话声和笑声使屋子都为之震动。他们喜欢音乐，但议论音乐时的信口开河的确令人生气。孩子的感情是含蓄的，而大人兴奋热烈的恶俗表现把他伤害了。碰上他们用这种态度来夸耀他所喜爱的乐曲，他似乎感到自己也受了侮辱，气得浑身发抖，脸色煞白，装出一副冰冷的神气，仿佛对音乐无动于衷；倘若可能，他竟要恨音乐了。曼希沃说："这家伙缺乏艺术细胞。不知他这种性格是怎么来的。"

他们有时合唱四部日耳曼歌，和声极平板，速度极慢，又一本正经，又笨重，同那些唱歌的人一样。克利斯朵夫便躲在最远的一间房里朝着墙骂不绝口。祖父也有他的朋友：钟表匠，地毯匠，管风琴师，低音提琴手，都是一些多嘴多舌的老头儿，永远说着无聊的笑话，毫不厌烦地讨论政治，艺术，或是当地世家的家谱，——他们的兴趣并不在于所谈论的话题，而在于谈话本身。

至于鲁意莎，她只与少数几位邻居的妇女交往，听街坊讲些闲言闲语；每隔一些时候，也有些"善心的太太"，说是关心她，跑来请她在下次宴会中帮忙，并且还关心得过分，询问起孩子们的宗教教育来了。

在那些客人当中，克利斯朵夫极其反感丹奥陶伯伯。他是约翰·米希尔前妻克拉拉祖母的前夫之子，与别人一起开设了一个做非洲与远东贸易的商号。他可以说是新式德国人中的一个典型：一方面对民族古老的理想主义不以为然地表示唾弃，一方面由于国家打了胜仗，崇拜成功与强权，而那种崇拜，正表示他们是暴发户，成功与强权的感觉他们也刚体验不久。但要改变上百年的民族性是不可能很快做到的，因此受压抑的理想主义，随时会从行为举止、生活习惯、日常用语中流露出来。那是混杂了利益与良知观念的古怪东西，也是一种很古怪的努力，试图将古老德国中产阶级的道德，与新潮商人的不顾廉耻统一综合：这种混合，总含有无法回避的虚伪气息，因为它最后将德国的利益，贪心，强权，作为所有权利，所有正义，所有真理的象征了。

克利斯朵夫秉性耿直，不能适应。他无法判断伯父是否有理；然而他看不上他，觉得他是敌人。祖父也不喜欢那种观念，反对那些理论；然而他很快就被驳倒了，因为丹奥陶很会讲话，老人淳朴宽宏的天真，在他嘴里即变成为幼稚可笑。于是约翰·米希尔也对自己的善良感到羞愧难当；甚至为表示他非如别人所想的那么落伍，也像丹奥陶的口吻说话，但他说来总不是味儿，自己也感到非常别扭。可是不管他心里如何想，丹奥陶总是威风得意；而老人对一个在实际工作中能干的人素来很尊敬，特别由于自己绝对没有如此才能，所以更羡慕不已。他希望孙儿之中也有一个能爬到那种地位。曼希沃也有相同的想法，决心要洛陶夫走伯父的路。所以全家人都去巴结这位有钱的亲戚，希望得到他的扶持。他知道别人需要他，便借此机会大模大样地摆架子：过问、批评所有的事，一点儿都不隐瞒他轻视艺术和艺术家的心理，甚至特意显露于脸上，羞辱那些穷亲戚。他嘴里无所顾忌地嘲笑他们，他们对此不以为然。

克利斯朵夫是被伯父重点讥讽的对象，他却无法忍耐。他不发一言，沉着脸，咬着牙。伯父又拿他这种沉默的脾气开玩笑。有一天，丹奥陶在饭桌上把他侮辱得忍无可忍了，克利斯朵夫心头火起，冲他面孔唾了一口。那可真是件骇人听闻的事了。伯父开始反应不过来，接着如泼妇骂街一般破口大骂。克利斯朵夫也感到后怕，对不断打在他身上的拳头丝毫没有感觉；可是家人硬逼他向伯父认错的时候，他就拼命挣扎，推开母亲，逃出屋外。他在田野里乱跑，直至气都喘不过来才终于停下。他听见远远地有呼唤他的声音，他暗自思忖：既不能把敌人摔在河里，也不能自己跳下去。他躺在田野睡了一夜。天亮了，他去敲祖父的门。祖父因为克利斯朵的失踪急坏了，一夜未曾合眼，没勇气再怪罪他。他送他回家，众人看他那么紧张，便不再提及昨天的事；同时还得尽量宽慰他，因为晚上要到爵府里去弹琴。只有曼希沃嘀咕了几星期，口气之间并不对准谁，只抱怨说，希望那些办不成大事的人，看到循礼守法、品行端庄的好榜样而觉悟，真是非常之不容易。至于丹奥陶伯伯，在街上遇见夫克利斯朵夫的时候，就回过身，掩着鼻子，以示痛心疾首之状。

在家里既得不到什么同情，他就尽可能呆在外面。不断加在他身上的各种约束使他格外苦恼：要他尊重的人与事太多了，又不许他探究原因；克利斯朵夫却是从来不知忌惮的。人家越想要他驯服，像德国小布尔乔亚一样老实，他越觉得需要摆脱羁绊。在乐队里或爵府里，一本正经地，无聊透顶地受够了罪，他只希望像马儿那样在草地里打滚，不管什么新衣服，就从绿草茵茵的山坡上直溜而下；或是跟街坊上的野孩子投石头打架。他很少如此玩，倒不是因为怕挨骂或挨打，而是因为没有同伴。他和别的孩子总不合群，连街上的野孩子都不喜欢跟他玩儿，其原因是他连做游戏都以认真的态度对待，出手过重。而他也孤独惯了。远远地躲开那些同龄的孩子，他因为自己游戏玩得差劲而不好意思，因此他故作冷漠，尽管内心极盼望别人邀他参与。然而谁都不向他打招呼，他只好假装不感兴趣，心里非常难过地离开。

在高脱弗烈特舅舅与他一起散步时，他的愁闷情绪才烟消云散。他越来越接近他了，很认同舅舅特立独行的性格。高脱弗烈特流浪四方，不肯定居一个地方的乐趣，如今他彻底明白了。他们俩常常在黄昏时散步于田野，漫无目的，只是一直地前走，因为高脱弗烈特没有时间概念，回去总是太晚，被家里人埋怨。最令他兴奋的是在夜里众人睡熟的时候溜出去。高脱弗烈特明知那是不可以的，可经不住克利斯朵夫向他苦苦哀求，而他自己也舍不得抛弃这种乐趣。半夜前后，他在房前按着约定的暗号打个口哨。和衣睡着的克利斯朵夫就悄悄地下床，手里拿着鞋子，屏住气，如野人似地灵活地爬到临街的厨房窗下。他爬上桌子，舅舅在外面以肩头接应。然后他们启程了，快活得几乎成了小学生。

偶尔他们还去找渔夫席莱米，高脱弗烈特的朋友。他们坐着他的小艇，缓慢地在月下荡出去。桨上滴下的水珠如同一组琴音，或是一连串的半音阶。河面上颤动着一层乳白色的水汽，群星在天空打着寒噤，两岸的鸡鸣声彼此相闻；偶而听到半空中云雀那种颤动不已的歌声，它们是看错了月光而从地上飞起来的。他们都沉默下来。高脱弗烈特温柔地唱着一支歌。席莱米讲着关于动物生活的离奇故事，像谜一样简短的话，使事情变得越发神秘。月亮被树林遮住了，小艇驶到了一片漆黑的岗峦下面。水天一色。河上涟漪不生。万籁俱寂。扁舟在黑夜里荡漾。不知道它是在漂浮着呢，荡漾着呢，还是呆在原地不动……摇曳着的芦苇，被风吹得四散着。他们轻轻地上岸，徒步往回走。

有时要到黎明方回家。他们顺着河边走。许多银白色的阿勃兰德鱼，像麦穗似的绿，又像宝石一般的蓝，在晨光熹微中纷至沓来；它们像墨杜萨头上的群蛇似地万头攒动，奋力追逐人家丢下去的面包，一边打圈儿一边没入水中，然后像一道闪光似地忽然不见。河水给反光染上葵花与粉红的色调。鸟儿慢慢地醒了。他们加紧步子赶回去。像出门时一样的谨慎，孩子爬进空气不好的卧室，爬上他的床，迅速入睡，身上带着田野里的泥土气息。

他如此地出入着，一点事儿都没有，能够一直不被人发觉，——若不是有一天小兄弟恩斯德告密的话。从此以后，这种事被限制了，克利斯朵夫也被监视了。可是他依然有法子溜出去。他看不上任何人，就喜欢与这个当行贩的舅舅及其朋友来往。家里的人为此无比恼火。曼希沃说他自甘堕落。老约翰·米希尔忌妒克利斯朵夫对高脱弗烈特的亲近；他埋怨孩子有了附庸上流让会，攀附贵人的机会，不该弃明投暗，去结交那些市井小人。他们认为克利斯朵夫不知道爱惜自己的身份。

尽管曼希沃的懒惰与纵酒使家里经济更加困难，但约翰·米希尔在世的时候，生活还能维持。首先，惟独他一个人还能对曼希沃有些影响，使他在往下滑的路上有所顾忌。而且老人的声望也令人忘了醉鬼的道德败坏；而且，家中缺少钱用的时候，他都极力相助。他有笔小小的恩俸，不断招收学生，替人家的钢琴校音，挣些零钱。这些进款几乎全给了媳妇。她虽然用种种方法瞒着，他照样看出她经济上拮据。鲁意莎为他的操劳深怀歉意。祖父一直都过着舒坦日子，维持这种生活开支需要，因此他的节省很可贵。偶尔他还更加节俭，譬如因为偿还急迫的债务，约翰·米希尔只好悄悄地变卖某件心爱的家具，或是纪念品，或是书籍。曼希沃发觉父亲悄悄拿钱给鲁意莎，就常常硬夺去。老人一了解这情形，——不是从鲁意莎那里，由于她的痛苦是一直隐瞒着他的，而是从任意一个孙子嘴里，——他就格外生气，而父子之间也便发生激烈冲突，使人看了直打哆嗦。他们俩的性格都超乎寻常地暴烈，不长时间就口出恶言，互相威吓，几乎要动手打架了。但即使在冲动至极之时，曼希沃也摆脱不了那蒂固根深的敬意；而且无论他醉得多厉害，最后还是向父亲屈服，并接受其谩骂。但是下次一有机会，他照样再来。约翰·米希尔一想到这里就为之寒心。

"值得同情的孩子们，"他和鲁意莎说，"我快告别人世了，你们怎么办？……还算幸运，"他拍了拍克利斯朵夫，"我还能熬到这孩子能养活你们的时候！"然而他计划错了，他行将就木。这当然是谁也没想到的。八十多岁的人，头发还没全白，白发中间夹杂着灰的，浓密的胡子也还带着黑色。牙齿虽然仅余十来颗，但咬嚼起来还劲头十足。要看他吃饭的神情才好笑呢。他胃口很好，尽管批评曼希沃纵酒，他自己喝起来却也较多。他特别喜欢摩泽尔河一带出产的白酒。至于苹果汁，葡萄酒，啤酒，凡是上帝创造的所有美味的东西，他都很欣赏。他可绝不含糊到把理性置于酒杯里，他是有节制的。固然，如他那般宽宏的尺度，换了稍脆弱的理性，也得在酒杯里陷于灭顶了。他身体很好，走路带风，精神饱满，清晨六时即起，梳洗穿戴讲究；他看重身份与礼数。他单独生活，大小事务全亲手操持，无须媳妇；他缝钮扣，煮咖啡，打扫卧室，修理，粘贴，敲打；光穿着件衬衣在屋里上下左右直窜，响亮的男低音嗓子一刻也不间歇，还不断打着歌剧的手势。——随后他出门了，无论是什么天气。他去办他的事，一件件记得很清楚，然而他却很不守时：不是在街头巷尾跟熟人嘀咕个没完，便是和他忽然记起了面貌的邻妇闲聊：因为他既不忘老朋友，也喜欢娇艳年轻的脸蛋。他如此地东呆一下，西留一下，永远不知道时间。然而他决不错过用餐的时刻：他在哪儿都吃饭，根本不用人家邀请。他要到夜幕降临了，把孙儿们看够了才回去。他躺在床上，在未曾入眠之前打开破旧的《圣经》来读上一页；半夜里——由于他每一觉仅睡一两个小时，——他起来拿一本小摊上买的旧书：不管什么文学，神学，历史，或科学，翻到何处便念儿页，也无论有趣没趣；他不理解书中的意义，可一字不肯放过，直念到泛起困意的时候。周日他上教堂去望弥撒，带着孩子们散步，玩游戏。——他一直未生病，除非脚指稍稍痛风，令他夜里在床上读《圣经》的时候咒骂几声。他仿佛可以活到一百岁，他觉得也没理由不超过一百岁；人家说他将来完全可以百岁而终，他可认为对于上帝的恩赐绝对不应当指定期限。惟独他的好流泪与更加暴躁的脾气，才显出他的老态。一旦稍有不耐烦，他便要暴跳如雷：红红的脸与短短的脖子都变成紫红色；他气愤至极地咆哮，直至气都喘不过来才停下。家庭医生是他的旧友，劝他爱惜身体，把脾气与胃口都节制一些。但他如其他老人一样固执，因为要显示大无畏精神，却越放纵了；他嘲笑医生，拒绝药物。他将死置之度外，还夸夸其谈，坚信自己定会长寿的。

　　一个酷热难耐的夏日，他纵酒了，还跟人吵了一架，回家后呆在园中。他一向爱好与泥土为伍。他光着头，顶着烈日，怒火未消，气愤地掘着地。克利斯朵夫拿着书在绿荫底下纳凉，可并不看：他听着催人入梦的蟋蟀的鸣声发呆，心不在焉地望着祖父的举止。老人背对着他，正弯腰拔草。克利斯朵夫猛地发现他站起来，手臂乱动了一阵，就如石头似地栽倒了。他当时竟想笑出来，可是看见老人一动不动，他大声叫他，跑过去用力摇他。渐渐地他害怕了。他蹲下身子，试图将倒在地下的大脑袋捧起来。然而它重得不得了，孩子浑身直打颤，完全无法挪动。最后他看见往上翻过去的颜色惨白，流着鲜血的眼睛，吓得身子冰凉了，马上大叫一声，手一松将祖父的头丢下，魂不附体地立起身子，往外奔逃，一边哭一边嚷。有个过路人问他什么事，克利斯朵夫一句话都说不出，仅指着院子，那人即进入大门，孩子也跟在后面。附近居住的人们闻讯赶来，顿时间园子里挤满了人。众人踩着花草，俯在老人身上议论不休。两三个男人把他从地下抬起。克利斯朵夫脸朝着墙，站在屋门里，以手遮脸；他怕看，又想看；大家抬着祖父走过的时候，他在指头缝里瞧见老人庞大的躯体如一团软绵绵的东西，一条胳膊垂在地下；脑袋依在一个扛抬的人膝上，抬的人每走一步，脑袋便跳一下；面部浮肿，淌着血，沾满了泥土，张着嘴，眼睛怪吓人。孩子看了又大叫一声，逃走了，像有人追逐似地，他一气奔回家中。凄厉地叫着，奔入厨房。母亲正在剥洗蔬菜。他扑上去，使劲搂住她向她求救，痛哭失声，脸扭做一团，话也不能说了。但他一开口，母亲便理解其意，很快脸色变白，手里的东西一下子全掉在地面，一声不吭地飞奔而出。

克利斯朵夫独倚柜子，不停地哭。小兄弟们尚不知情。他不明白刚刚发生了什么事，他也不想着祖父，仅念及那些恐怖的景象，惟恐别人要他回去再看。果然，时至黄昏，两个小兄弟在屋里顽皮够了，嚷着玩厌了，肚子饿了的时候，鲁意莎急匆匆地回家，拉住他们往祖父家里去。她走得飞快；恩斯德与洛陶夫照例唠叨；可是母亲吆喝的口气如此严厉，他们不敢出声。他们本能地觉得一种恐怖：进门之时全都哭了。天色还没完全黑，落日最后的微光洒进屋内，照在镜子上，门钮上，挂在外间微明微暗的壁上的小提琴上，变成一种异样的反光。祖父卧室燃着一支蜡烛，摇曳的火焰和惨淡的暮色相互交错，室内的阴影愈加使人窒息了。曼希沃坐在窗下放声而泣。医生弯着腰站在床前，挡住了床上的人。克利斯朵夫心痛欲裂了。鲁意莎叫孩子们跪于床侧。克利斯朵夫鼓起勇气看了一眼。在下午那一幕之后，他以为将要目睹一些更可怕的景象，所以一瞥之下他几乎松了口气。祖父纹丝不动地好似睡在那儿。孩子转念之间以为祖父痊愈了。但他耳闻急促的呼吸，细看之下又发现那张肿大的脸上带着跌得紫红的伤痕，才晓得祖父是快死了，而他又开始颤栗了。他一边照母亲的吩咐做祷告，祝愿祖父病好，一边却又默祷着，倘若祖父难以康复，那末希望他如此这般便算是死了。他对于随之而来的事恐怖到极点。

祖父自从跌倒之后便丧失了知觉。他的意识只恢复了一会儿，那一会儿恰好使他了解了自己的情形，而这真是残酷。神甫已经到场为他做着临终祷告。老人被扶起来靠着枕头；他艰难地睁那不听指挥的眼睛，急促地喘气，莫名惊诧地注视火光和众人的脸；接着他的表情猛地变得惨不忍睹了，把口张开了，结结巴巴地说："哦，那么，那么，我是活不了了吗？"那痛苦的音调克利斯朵夫听在耳中特别难受，使他永远难以忘记，老人不再说话了，如同一个婴儿哼哼叽叽。接着又昏死过去，呼吸更加困难了，他呻吟着，挣扎着，好像在抗争一个要他长眠不醒的睡眠，在昏迷的状态中，他叫了一声"妈妈"！

多么的难以忍受！与克利斯朵夫一样，老人竟会呼天喊地的喊他的母亲，喊他一直没提到过的母亲，这是面对生命中最大的恐惧作一次最强烈而又没有意义的呼吁吗？……他好像安静了一会儿，心中又闪出一道微光。在那双无力的眼睛里，瞳孔仿佛都散掉了，和孩子吓呆了的眼睛碰在一处，马上亮了起来。老人勉强着想笑，想说话。鲁意莎拉着克利斯朵夫靠近床边。约翰·米希尔动了动嘴唇，想用手摸孩子的头。但是他又立刻昏死，生命从此完结。

孩子们被驱逐到隔壁房里，大家很慌乱，没有时间照顾他们。克利斯朵夫因为愈怕愈想看的心理，站在半掩的门口偷觑着，看那张面无血色的脸仰倒在枕上，如同被一股残暴的力量紧紧掐着脖子……脸上的皮肉越来越僵硬了……生命逐渐地陷入虚无，如同有个气筒把它吸去……痰厥的声音叫人毛骨悚然，机械式的呼吸像在水面上爆开的气泡，这最后几口气显示灵魂已经破散而肉体还想硬撑着不死。——然后脑袋朝枕旁一滑，什么气息都没有了。

在最后的几分钟内，在痛哭声，祷告声，和死亡所引起的慌乱中，鲁意莎瞥见克利斯朵夫脸色发青，牙关紧闭，瞪大眼睛，握着门钮，身子在抽动。她奔过去，他立即在她怀里晕厥了。她把他抱走。克利斯朵夫什么也不知道了。等到苏醒时候，他发觉自己躺在床上，由于陪的人走开了一会儿，吓得大喊着再次发病，昏死过去。并且在当夜和第二天都在发烧。最后，他平静下来，到第二天晚上睡着了，一直睡到第三天下午。他感到有人在房里走动，母亲扑在床上亲吻他；又好像远远地有轻柔的钟声。可是他不愿意动弹，他如同在一个梦里。

他重新睁开眼睛的时候，发现高脱弗烈特舅舅在床前坐着。他疲惫极了，迷迷糊糊什么也记不起来。但过了一会儿，记忆又恢复了，他哭了。高脱弗烈特走过来拥抱他。

"怎么啦，孩子？怎么啦？"高脱弗烈特轻轻地说。

"哎哟！舅舅，舅舅！"克利斯朵夫紧紧地畏依在舅舅怀里，哼个不停。

"哭吧，"舅舅说，"你哭吧！"

高脱弗烈特也跟着哭了。

克利斯朵夫哭过以后心中轻松了一些，揉着眼睛，看着舅舅。舅舅明白他要问什么事了，于是把手指放在嘴上，说道："别问，别说话。说话对你不利，还是哭对你有好处。"

孩子坚持要问。

"没有用的。"舅舅回答。

"只问一件事，一件就够了！"

"什么呢？"

克利斯朵夫沉吟了片刻，说："哎，舅舅，约翰·米希尔现在在什么地方？"

"他在天堂里，孩子……"

但是，克利斯朵夫问的并不是他的灵魂。

"不，您理解我的意思。我是问他，他在哪儿？"

他指的是约翰·米希尔的尸体。

他又声音颤抖地补充说，"他的尸体还在屋子里面吗？"

"我那亲爱的人，今天早晨已经埋了，你难道没有听见教堂的钟声吗？"高脱弗烈特回答说。

克利斯朵夫这才放下心来。可是一想到从此再也看不见亲爱的祖父，他又特别伤心地哭了。

"可怜的孩子！"高脱弗烈特非常同情地望着他。

克利斯朵夫等着舅舅安慰他，但是他却无动于衷，因为他认为那是没有用的。"舅舅，"孩子问，"您果真不怕这个吗，您？"

他心里真渴望舅舅不怕，而且告诉他用什么方法才能不怕！

但高脱弗烈特好像心里有什么心事。

"嘘！"他嗓音也有点变了……

"怎么不怕呢？"他停了一会儿又说。"但是有什么办法？就是这么回事。只有忍受啊。"

克利斯朵夫摇摇头，一副不能接受的表情。

"只有忍受啊，孩子，"高脱弗烈特重复了一遍，"他要怎么样就得怎么样。他喜欢什么，他必须喜欢什么。"

"我恨他！"克利斯朵夫对天挥舞着拳头，愤愤地说。

高脱弗烈特大出意料，叫他住嘴。克利斯朵夫自己也对刚才说的话害怕起来，于是同着舅舅一同祷告。但他心里怀着一腔怒火，虽然振振有词地说着好听的话，可暗自对那可怕的妖魔似的主宰却恨到了极点，只想抗争。

很长时间过去了，多少个雨夜过去了，在近来翻动过的泥土底下，可怜的老约翰·米希尔孤独地躺着。当时，曼希沃几次三番地放声大哭，但是不到一星期，克利斯朵夫听见他又在兴高采烈地大笑了，当人们提到死者的名字时，他马上哭丧着脸，但用不了多久，又高高兴兴地说起话来，非常精神了，他伤心是真的，可不能总让自己的心情如此压抑。

胆小怕事的鲁意莎，对一切都是言听计从的，她一声不响地接受了这桩不幸。她在每天的祈祷中加了一段祷告，按着时间去打扫墓地，好像照看坟墓也是她家务中的一部分。

高脱弗烈特对于老人埋葬的那个地方的关心，真教人感动。他如果来的话，总带一件纪念物，不是亲手做的十字架，就是约翰·米希尔生前喜欢的什么花。这种事他记得十分清楚，并且老是背地里去做的。

鲁意莎有时和克利斯朵夫一起上公墓。那块肥沃的土地，阴森森地长着花草树木，在阳光中散发出一股浓烈的气味，和萧萧哀鸣的柏树的气息掺杂在一起。克利斯朵夫讨厌那块地，讨厌那些气味，可是不敢承认，原因是他觉得这显示自己怕死，同时对死者不敬。他特别苦闷。祖父的死总是压在他心上。很长时间以前他就明白什么叫做死，久已想到死，也久已恐惧死，但还没有见过死的长相。而一个人对于死只有亲眼目睹之后，才会明白自己原来什么也不知道，既不知所谓死，亦不知所谓生。一切都突然动摇了；理智也没有一点用处。你自以为活着，自认为有了些人生经验；这一下可发现自己什么都不明白，什么都没看见：原来你是在一个自己骗自己的幕后面生活，而那个幕是你精心编织起来，隐藏可怕的现实的。痛苦的看法，和一个人真正的流血受苦一点关系也没有。死的观念，和一直挣扎一路死去的灵肉的抽搐也毫不相干。人类全部的语言，所有的智慧，和现实的可怕场面相比之下，只是些木偶的把戏；而所有的人也只是行尸走肉，想尽办法延长他的生命，其实这生命时时刻刻都在腐烂。

克利斯朵夫每刻每时想着这个问题。祖父临终的景象总是在他记忆中，那可怕的呼吸，使整个天地都改变了，在他四周，好像布满了一片水雾，不论转向哪边，他总觉得那可怕的野兽在向他脸上吹着腥气，他感到有一种可以毁灭一切的力量在威胁着他而他又毫无办法。但这些念头不但压不倒他，反而激起他的愤怒与憎恨。他没有一点儿听天由命的性格，只知道低着头向"不可能"直冲过去。即使撞得头破血流，即使眼看自己不比敌人高强，他还是不停地反抗痛苦。从始至终，他的生活就是同命运做着长期的残酷的抗争，因为他不甘受那个命运的摆布。

正当死亡的念头困扰他的时候，困苦的生活又把他的思想转移了目标。家庭的衰落一直被老祖父撑着，他不在之后就一发不可收拾了。克拉夫脱一家最大的财源与老人一起不复存在了，贫穷和苦难一同走进家庭。

更可怕的是曼希沃还要火上加油。他不但不加紧工作，因为摆脱了惟一的管束，加深了嗜好。他差不多每天晚上都喝得烂醉，挣的钱也一分不向家里交。教课的工作几乎完全丢了。有一次，他醉得一塌糊涂地到一个女学生那里去上课；从那以后就再也没有一家让他去上课。至于乐队的工作，人家只是看在他故世的父亲情面上，才勉强让他保留着；但鲁意莎担心他随时都可能出点乱子，给人赶走。而且人家已经把赶走的话警告过他了，因为有几晚他在戏快演完的时候才赶到，还有两三次他忘得一干二净，根本没去。另一方面，他有时候发起酒疯来，禁不住地只想说些傻话或做些傻事。那时他任何事情都做得出。有一晚台上正演着《女武神》，他却私自拉起了小提琴协奏曲，大家好容易才把他拦住。并且在演戏的时候，因为戏文里或脑筋里忽然想起什么好笑事，他居然放声大笑，使周围的同事很烦心。大家怕他闹笑话，许多地方都谅解他。可是这种原谅比严厉的责备更难受。克利斯朵夫看了简直无地自容。

那时，孩子已经当了第一小提琴手。他设法照看父亲，必要时还代他工作。在他发酒疯的日子要他住嘴，那可不是件容易的事，最好还是不理他；如果醉鬼知道有人在注意他，就会做鬼脸，或是滔滔不绝地胡说一阵。克利斯朵夫只好掉过头去，惟恐看到他做出什么难以预测的事；他想专心做自己的工作，可难免听见父亲的瞎扯和旁人的哄笑。他急得眼泪都流出来了。那些乐师也是好人，发现了这情况，对孩子深表同情，便压低笑声，尽量不在克利斯朵夫面前讲述他的父亲。但克利斯朵夫觉得他们是可怜他，知道只要自己一走，大家立就会嘲笑父亲；他明白父亲已经成为全城的笑料。他因为无法阻止，好像受着刑罚一样。演出完毕，他陪着父亲回家：让父亲抓着自己的手臂，听着他的唠叨，想遮掉他的醉态。但是这样的遮掩又瞒得了谁呢？纵使想尽办法，他也不容易把父亲带回家里。到了街上墙角的地方，曼希沃就说和朋友们有个紧急的聚会，无论他怎么劝，他也一定要去。此时，克利斯朵夫知道还是小心一些，少说几句为妙，否则他拿出父亲的样子骂起来，必引得街坊们推开门窗来张望了。

家里所有的钱都让他拿走花掉了。曼希沃不仅拿自己挣来的钱去喝酒，而且把女人和儿子辛辛苦苦挣的钱也送到酒店里去。鲁意莎时常流泪，但自从丈夫狠毒地说家里没有一件东西是她的，她嫁过来本来没有带一个钱，她就不敢违抗。克利斯朵夫想反抗，曼希沃却打他嘴巴，把他当野孩子对待，把他手里的钱抢了去。虽然孩子不满十三岁，身体却十分健壮，对于这样的责打十分反感，可是他还不敢抗争，只好任凭父亲搜走。母子俩惟一的办法是把钱藏起来，但曼希沃特别机灵，他们不在家的时候，他一定会把钱找出来。

不久，仅仅搜刮家里的钱也不够了。他卖掉父亲遗留下来的东西。克利斯朵夫伤心地看着书籍，床，家具，音乐家的肖像，一件一件先后给卖掉。他一句话也不敢说。有一天，曼希沃被祖父的旧钢琴撞了一下，揉着膝盖，大声地咒骂，说家里好像没有转动的余地，全部的旧东西非出清不可；那时克利斯朵夫竟大声嚷起来了。不错，卖掉祖父的屋子，卖掉克利斯朵夫童年时代渡过了多少美妙的时光的屋子，把那边的家具搬过来以后，家里确实很挤。而那架声音发抖的旧钢琴也确实不值什么钱，克利斯朵夫早已不用，如今弹着亲王送的新琴了。但不论那琴怎么破旧，怎么老弱，一直是克利斯朵夫最好的朋友：它启示了音乐那个无穷的天地；音响的美妙是在它变黄的键盘上发现的；它也是祖父遗留的一个纪念，他花费好几个月为子孙后代修理完整：那是一件神圣的东西。因此克利斯朵夫说父亲没有权利卖掉它。曼希沃叫他住嘴，他却嚷得厉害，说琴是他的，谁也不能卖的。他这么说是准备挨打。但父亲冷笑着白了他一眼，一言不发。

次日，克利斯朵夫已经把这件事忘了。他回到家里觉得很累，但心绪很好。他发现小兄弟们的眼神好像在暗中笑他，未免惊讶。他们假装很认真看书，可是监视他，留神他的动作，要是被他瞪上一眼，就一起低下头去看书。他认为他们又在捣什么鬼了，但他习以为常，也就不动声色，决定等发觉的时候像平时一样把他们揍一顿。他不再追究，只管跟父亲谈话；坐在壁炉前的父亲装出出乎意料的关心，询问孩子当天的事。克利斯朵夫说话时发现父亲暗中向两个孩子挤眉弄眼，他心中十分难过，于是他走进自己的房间……钢琴不见了！他悲痛欲绝地叫了一声，又听见小兄弟俩在隔壁屋里偷偷地笑，他全身的血都涌上了头，马上冲到他们面前，嚷着：

"我的琴哪儿去了？"

曼希沃抬起头来，假装吃了一惊的神气，引得孩子们哄堂大笑。他看着克利斯朵夫的难过也忍不住扭过头去笑了。克利斯朵夫失去了理智，发疯一样扑向父亲。曼希沃仰在沙发里一点也没有防备，被孩子掐住了喉咙，同时听见他喊了一声：

"你这个贼！"

曼希沃马上挣扎一下，把用力掐着他的儿子摔在地砖上。克利斯朵夫脑袋撞到壁炉的铁架，爬起来跪着，大叫道：

"你这个贼！偷盗我和母亲，出卖祖父的贼……"

曼希沃站着，面对儿子的脑袋挥动拳头；孩子眼睛里充满了仇恨，瞪着父亲，气得浑身发抖。曼希沃害怕了，他坐了下去，用手捧着脸。两个小兄弟阴阳怪气地逃了。屋子里发泄了一阵，忽然平静下来。曼希沃唠叨着不知说些什么。克利斯朵夫倚在墙上，还在那里怒气冲天地用眼睛瞪着他。曼希沃开始骂自己了：

"没错，我是一个贼！我把家里的钱全部搜刮干净了。你们瞧不起我。还是死了好！？"

曼希沃嘟嚷完了，儿子依旧瞪着他，吭喝着问：

"钢琴在什么地方，告诉我。"

曼希沃连头也不抬地说："在华姆塞那里。"

"把钱交出来，"克利斯朵夫向前走一步说，失魂落魄的父亲从口袋掏出钱交给儿子，克利斯朵夫刚走出门，却听见父亲在叫他。

克利斯朵夫转过身子。曼希沃声音颤抖地又说：

"我的小克利斯朵夫！……别看不起我！"

克利斯朵夫扑上去搂住他的脖子，哭着叫道：

"爸爸，亲爱的父亲！我没有看不起你！唉，我真痛苦啊！"

他们俩放声大哭。曼希沃自怨自叹地说：

"这不是我的错，我并不是坏人。是不是，克利斯朵夫你说我是好人。"

他表示以后不喝酒了。克利斯朵夫摇摇头表示不信，而曼希沃也承认一旦手头有了钱就约束不住自己。克利斯朵夫考虑了一下，不好意思地说道：

"爸爸，您知道吗，我们应当……"他说不下去了。

"你说什么呀？"

"我实在是难以说出口……。"

"是不是为了我。"曼希沃像孩子一样天真地问道。

"是的，是为了您。"

父亲做了个鬼脸："没关系，你说吧。"

克利斯朵夫说，家里全部的钱，连父亲的工资在内，应该交给另外一个人，由他把曼希沃的零用按日或按星期支付他。曼希沃一心想讨好，——而且还带着点醉意，——觉得儿子的提议应当更进一步，他说要当面写个呈文给大公爵，请求自己的薪水按期由儿子代领。克利斯朵夫不同意这么办，觉得太丢人了。但曼希沃一定要作些牺牲，硬把呈文写好。他为自己的慷慨而感动，可是克利斯朵夫不想拿这封信，这件事情被刚回家的鲁意莎知道了，她说宁可去要饭，也不让丈夫丢这个脸。她又说她是信任他的，信任他为了爱他们一定能痛改前非。最后大家都感动了，互相亲热了一阵。曼希沃的信留在桌上，随后给扔进抽屉藏了起来。

过了几天，鲁意莎清理东西的时候发现了那封信；因为曼希沃故态复发，使鲁意莎特别难过，所以她不但不把信撕掉，而且放在一边。她把它保存了好几个月，虽然受尽苦难，还是几次三番把送出去的想法压了下去。可是，有一天她看见父亲又殴打儿子，夺走了孩子的钱，便再也忍不住了；直到只有跟哭哭啼啼的孩子两个人在家的时候，她才拿出信来交给他说："你送去吧！"

克利斯朵夫还犹豫不决，但是他明白家里已经一无所有了，要是想保留他们仅有的一些进款，只能这样做。他向爵府走去，二十分钟的路程却走了一个小时。这桩丢人的事触动他的心。想到如果公然揭破父亲的癖好，他最后几年孤独生活所养成的傲气就难以承受。他有一种奇怪的可是很自然的矛盾：一方面明知父亲的嗜好是众所周知的，一方面偏要自欺欺人，装作一无所知；他宁愿粉骨碎身，也不愿承认这个事实，现在却要由他自己去揭开了！……他几次想转身回去，在城里绕了两三圈，快到爵府了又退了出来。但这件事不仅仅跟他一个人有关，还涉及他的母亲和兄弟。既然父亲不管他们，他做大儿子的就应当出来帮助他们。再没有选择的余地，再没有推让的理由，羞愧耻辱，都得把它们埋在心底。他进了府邸，上了楼梯，又差点儿溜出来。他站在踏级上，一只手按着门铃，在楼梯上呆了几分钟，直到有人来了才走进去。

办公室里的人跟他都很熟悉。他求见哈曼·朗巴哈男爵。一个胖胖的秃着头，皮肤娇嫩，穿着白背心，戴着粉红领结的年轻办事员，和他亲切地握手，谈论着昨晚的歌剧。克利斯朵夫把来意重复了一遍。办事员回答说男爵没有时间，克利斯朵夫如果有呈文，可以拿出来，让他们跟别的要签字的文件一块儿递进去。克利斯朵夫把信交给他。办事员瞧了一眼，惊喜地叫道："哎！这才对啦！你们早该这么办了！他一生从没做过一件比这更好的事。是什么原因使这个酒鬼下这么大的决心的？"

他不敢再说下去了。克利斯朵夫把呈文一把抢回，气得脸都青了：

"我决不答应你这样侮辱我……我决不答应。"

办事员停住了："可是，亲爱的克利斯朵夫，没有人想侮辱你，我说的话明明是现实，即使是你自己也是这么想的。"

"不是这样的。"克利斯朵夫怒气冲天地大喊一声。

"难道你不是这样想的吗？你认为他不喝酒吗？"

"不，这是不能比的！"克利斯朵夫喊道，跺了跺脚。

办事员耸耸肩膀："那么，你为什么要写这封信呢？"

"因为……"克利斯朵夫无话可说，——（他不知怎么说好了），——"因为我每个月来领我的工资，可以顺便把父亲的也领了，省得他再跑一趟。"

他自己对这种荒唐的辩解也脸红起来。办事员瞧着他，神气之间有点儿不屑，也有点儿可怜。克利斯朵夫把信在手里揉着，想往外溜了。那办事员忽然站起来，抓着他的胳膊说："你等一会儿，我去想办法。"

他一边说一边走入总管的办公室，克利斯朵夫站在那里不知所措，别的办事员都望着他，他不知如何是好，想趁早溜掉。就在这时，门开了，那位殷勤的职员说：

"爵爷请你进去。"克利斯朵夫只好硬着头皮走了进去。

哈曼·朗巴哈男爵是个子矮小的老人，整齐清洁，留着鬓角跟小胡子，下巴剃得精光。他抬起眼睛从金丝边眼镜的上缘望了望克利斯朵夫，依旧写他的东西，也不理睬他局促的行礼。

"哦，"他慢吞吞说道，"克拉夫脱先生，你是请求……"

"爵爷，"克利斯朵夫急忙回答，"请原谅。我重新考虑过了，不想再请求了。"

老人并不追问他是什么原因使他改变了主意，只是更仔细地盯着克里斯朵夫，轻轻咳了几声，说道："还是把信交给我吧，克拉夫脱先生。"

克利斯朵夫发现总管的目光盯着他不由自主地还在那儿揉搓的信函。

"用不着了，爵爷，"他小声着说。"如今用不着了。"

"给我吧，"老人好像什么也没有发生似的又说了一遍，好像什么也没听见。

克利斯朵夫只好把揉作一团的信递给了他，嘴里还说着一大堆乱七八糟的话，伸着手准备收回他的信函。爵爷把纸团细心地展开来看过了，看着克利斯朵夫，听他糊里糊涂地说了一会儿，之后打断了他的话，眼睛一亮，带点儿讽刺的意味说："好吧，克拉夫脱先生，你的请求被批准了。"说完他招了招手，把孩子赶走了，重新写他的东西。

克利斯朵夫六神无主地走出来，路过公事房的时候，那位办事员亲切地和他说：

"请不要恨我呀，克拉夫脱先生。"

克利斯朵夫低着头，跟办事员握了握手。

他出了爵府，羞得浑身冰冷，回想起人家同他说的话来：他认为那些尊重他而又可怜他的人，可怜之中带有侮辱和讽刺的意味。

他回到家里，对母亲的询问只生气地回答几个字，仿佛为了刚才做的事而恨着她。他想到父亲，良心就受着责备，恨不得把事情全部告诉他，求他谅解。可是曼希沃不在家。克利斯朵夫眼睁睁地躺在床上等，一直等到半夜。他越想越委屈：把父亲的优点渲染了一番，认为他是个胆小的好人，被自己人出卖的可怜虫。一听见楼梯上的脚步声，他就爬起来，想迎上去扑在他怀里。可是，曼希沃那副烂醉如泥的样子，使克利斯朵夫一阵恶心，连走近他的胆量都没有了。他重新上了床，心酸地觉得自己太天真了。

过了几天，曼希沃发觉了这件事，马上大发雷霆。他不管克利斯朵夫如何地哀求，竟跑到爵府里去吵了一场。回来的时候他可是垂头丧气，对经历的情况一字不提。原因是人家对他很不客气，告诉他关于这件事他没有权力用这种口吻，——他还能有这份薪水，是靠儿子的面子，以后他再要胡闹，即使是一点儿小事，就得被开除了。因此，曼希沃立即接受了这个办法，还在家里得意扬扬地吹嘘，说这个牺牲的想法是他第一个想起的。因此，克利斯朵夫也觉得心安理得了。

另一方面曼希沃却在外边诉说辛苦，说他的钱给女人跟儿子搜刮完了，自己一生一世为他们卖命，最终倒给人家管制得连一点享用的权利都没有。他也想办法骗儿子的钱，说尽一切好话，想尽一切办法，使克利斯朵夫看了可笑，虽然他并没有笑的理由。但是克利斯朵夫决不退让，曼希沃也不想再抗争。这个十四岁的孩子把他看透了；曼希沃对儿子的那双严厉的眼睛感到害怕，他时常背地里找点麻烦作为报复。他上小酒店去痛饮，一个钱都不付，推说克利斯朵夫会来还的。克利斯朵夫怕丑事闹大了，不敢与人争论；他跟母亲俩想尽方法地去偿还曼希沃的酒钱。——而且曼希沃自己领不到薪水以后，更不在意乐队里的职务了，缺席的次数愈来愈多，最后给人家开了差，连儿子代他请求也没用。从此父亲与兄弟的生活，一家的开支，全部只靠孩子一个人。

于是，克利斯朵夫在十四岁时就对全家负责。

他毫不犹豫地挑起这副沉重的担子。他高傲的脾气不许他向别人求助。他发誓依靠自己一个人的力量去面对困难。母亲四下里求助，到处接受那些侮辱人格的帮助，他看了难受极了。逢到她从有钱的太太们家里，兴高彩烈地拿了些钱回来，母子之间肯定会吵一架。她并不认为人家的施舍有何恶意；并且这笔钱可以使儿子少辛苦一点，给简单的晚饭添个菜，她还认为挺快活呢。可是克利斯朵夫沉下了脸，整晚地不说话了，对那个添的菜一口也不吃。母亲看了很难过，还不知趣硬要儿子吃，而他又偏不吃；所以她生了气，说些难听的话，他也照样反击。最后他把餐巾往桌上一扔，跑出去了。父亲耸耸肩，讽刺他假清高；兄弟们讥笑他，把他的一份菜瓜分了。

可是总得想办法过日子。乐队里的薪水已经难以支付家里开支，他便开始教课。他的演奏的技能，他的人品，特别是亲王的器重，替他在有钱的中产阶级里招到很多学生。每天早上，从九点起，他去教女孩子们弹琴；学生的年纪往往比他大，卖弄风情的玩艺儿使他哭笑不得，弹得毫无韵律的琴使他懊恼。她们在音乐方面简直是笨得无法形容，而对可笑的事倒特别敏感；调皮的眼睛决不放过克利斯朵夫笨拙的举动。他真是难以忍受。坐在她们身边他面红耳赤，一本正经，心里特别生气，可是不敢动弹，尽力忍着，既怕说出傻话，也怕发出惹人发笑的声音。他勉强装做严厉的神态，却又发现人家在眼梢里偷看着他，便惊慌失措，在指点学生的时候心里突然慌起来，怕自己可笑，说真的是已经可笑了；最终他一阵冲动，不自主地骂人。学生要报复是挺容易的；她们绝不放过机会：看着他的时候，或向他提出一些简单的问话的时候，她们都有办法使他难堪，羞得他连眼睛都红了；要不就是，她们要求他做些小事情，——例如到一件家具上拿什么忘掉的东西：——那可把他害苦了，由于他必须在含讥带讽的目光之下走过房间，她们一点儿不漏的觑着他可笑的动作，拙笨的腿，生硬的手臂，由于不知所措而变得僵硬的身体。

上完了课，他得参加戏院的预习会。他常常顾不上吃饭，袋里带着些食物在休息时候吃。乐队指挥多皮阿·帕弗很关心孩子，经常教他代为主持乐队的预习，为了锻炼。并且他还得保持自己的音乐教育。跟着又有些教课的事，直忙到傍晚戏院开演的时候。演完戏以后，爵府里常常召他去弹一二个钟点的琴。公主自己认为懂音乐的，不分好坏，只是特别喜欢。她向克利斯朵夫提出些偏激的节目，把呆板的狂想曲与名家的好的作品放在一起。但她最喜欢要他当场作曲，出的都是肉麻的感伤的题目。

克利斯朵夫从爵府出来已是半夜，他累得要死，头发烧，肚子饿，浑身是汗，外面却下着雪或是寒气逼人的大雾，他必须绕过大半个城才能到家，一路打颤，瞌睡得要命，还得小心脚下的水坑，避免弄脏了他惟一的晚礼服。

终于回到家了，他向来与兄弟们合住卧房，空间浑浊，但可以暂时脱卸一下苦难的枷锁，但他感到特别孤独，感觉到生活的讨厌和没有希望。他几乎连脱衣服的勇气都没有了。幸运的是一上床，瞌睡马上使他失去了痛苦的感觉。

在夏季黎明刚到的时候，冬季远在天未亮的时候，他必须起身。他要做些自己的功课：只有五点到八点之间，他是可以休息的，可还得挤出一部分时间去应付公家的事，由于宫廷乐师的头衔和亲王的宠幸，使他必须为宫廷里的喜庆活动作些合适的乐曲。

所以他连生命的根本都受了毒害，就连想象也是不自由的。但束缚常常使人的梦想更有力量。行动要不受妨碍，心灵就缺少刺激，无法活跃了。谋生的苦恼，职业的枯躁，像牢笼一般把克利斯朵夫关得越紧，他那不安份的心越觉得自己的独立不羁。换了一种无忧无虑的生活，他也许随波逐流，得过且过。如今每天只有一二小时的自由，他的精力就在那一二小时之内全力迸射，像在岩石中间倾泻的急流一样。一个人的力量只有在严格的范围之内发展，对于艺术才是最好的锻炼。在这一点上，贫穷不但可以说是思想的导师，而且是风格的导师；它叫精神与肉体同样懂得淡泊。时间与言语受到限制，你就不会说废话，并且养成了只讲重点的习惯。因此在极少的时间内却有了双倍的生活。

克利斯朵夫的情况就是这样。他在独立不羁之下参透了自由的价值；他绝对不因无聊的行动与事务浪费宝贵的时间。他天生是多产的，兴之所至，常常下笔不能自己停止，思想虽然真诚，可是没有别的选择：现在他必须利用最短的时间写出最丰富的内容，许多缺点就给纠正了。这对他精神方面和艺术发展方面是最有影响的，远远胜过教师的教导和名作的榜样，在他个性逐渐成熟的几年内，他养成一种把音乐看成语言的习惯，每个音有每个音的意义，他痛恨那些言之无物的音乐家。

但是他当时所作的曲子谈不上自我表现，原因是他根本还没发现自我。教育把许多已有的感情灌输给儿童，成为他们的第二天性；他就在这一大堆现成的感情中摸索，想找出他自己。克利斯朵夫对自己真正的性格仅仅有一些直觉；青春期的热情，还没有像一声霹雳撕破天空的云雾一样，把他的个性从借鉴得来的衣服下面开发出来。在他心中，暧昧而强烈的预感，和一些摆脱不掉而与自己不相干的回忆混在一起。他憎恨这些谎言，因写出来的东西远比不上他所想的而苦恼。他甚至怀疑自己。但他又不肯在说不出原因的失败面前低头，发誓要写出更好的、更伟大的作品。不幸他总是失败。作曲的时候常常还有幻想，以为很好；过后又觉得一点也没有价值，把谱子撕掉，烧掉。而且令他最难堪的是，那些应时的曲子，他曲子中最坏的一部分，反而被人家保存起来，没法销毁。举个例子说，为庆祝亲王生日所作的协奏曲《王家的鹰》，为公主亚苔拉伊特婚礼所写的颂歌，全被人不惜工本地用细致的版本印出来，使那些俗不可耐的东西永垂后世。——因为他是确信后世的。……想到这样的耻羞，他竟哭了。

紧张难挨的年月！没有一刻停歇！辛苦的工作没有一丝乐趣。没有游戏，没有朋友。他是不可能有的。下午，别的孩子玩耍的时候，小克利斯朵夫正皱着眉头，集中精神，在尘土飞扬、光线不足的戏院里，坐在乐谱架前面。晚上，当他精疲力尽地瘫在椅子上的时候，别的孩子早已睡觉了。

他与兄弟们一点也不亲近，最小的恩斯德，只有十二岁，整天和一批和他一样的小无赖鬼混，学了许多坏习气和恶癖，这些克利斯朵夫一点也不知道，发现后他非常痛苦。他最喜欢洛陶夫，他规矩，安分，但是性情阴险。自以为比克利斯朵夫高明很多，不认为他在家里有什么权威，只认为吃他挣来的面包是理所当然。他跟着父亲伯父恨克利斯朵夫，学他们那样胡说八道。两兄弟都不爱好音乐；洛陶夫为了模仿丹奥陶伯伯，还假装瞧不起音乐。克利斯朵夫把家长的角色看得很认真，他的监护与告诫使小兄弟们感到拘束，想起来反抗；可是克利斯朵夫拳头又有力，对自己的权力又看得很清，把两个兄弟管理得服服贴贴。但是他们尽可拿他随意摆布，利用他的轻信设下的陷阱无不成功。他们骗取他的钱，扯着弥天大谎，再在背后嘲笑他。而克利斯朵夫没有一次不会上当的。他极需要人家的爱，听到一个亲热的话语就会怨气全消，得到一点儿感情就会谅解一切。有一次，小兄弟俩假惺惺地和他拥抱，使他感动得泪流满面；乘机把诞生已久的亲王送的金表骗到了手，又偷偷地笑他太傻；克利斯朵夫恰好听见了，禁不住信心大为动摇。他瞧不起他们，但由于天生的需要爱人家，相信人家，因此还是继续受骗。他也清楚地知道，他恨自己，更恨兄弟们。一发觉兄弟俩捉弄他，就把他们揍一顿。可是事情一过就没事了，如果他们再下什么饵，他依然会上钩的。

可是还有更难过的事呢。他从有心讨好的邻人那边，知道父亲说他坏话。曼希沃从前因为儿子而自豪得意，后来却不知廉耻地忌妒起来。他要想尽一切办法把孩子压倒。这简直是荒唐绝伦，惟有笑而置之，大可不必为此生气：因此曼希沃对自己做的事也莫名其妙，只是为了不得意而恼怒。克利斯朵夫一言不发，怕一开口就会说出特别难听的话，但心里却特别气愤。

大家一快吃晚饭的时候，一点家庭的乐趣也没有：围着灯光和斑斑污点的桌布，听着咀嚼声和无聊的谈话，克利斯朵夫觉得他们又可恨又可怜，而结果他还是禁不住地爱他们，他只想享受一点儿亲情。但鲁意莎和他一样整天地劳碌，到晚上已经毫无精神，几乎一句话也不愿说，晚饭以后在椅子上补着袜子就打瞌睡了。并且她那种好心使她对丈夫和三个孩子的热爱不加区别；她热烈地爱他们。因此克利斯朵夫不便把母亲当知己，虽然他特别需要一个知己。

他只能把一切都埋在心里，几天的不开口，一声不响做他那些单调而辛苦的工作。这种生活方式对儿童是很有害的，尤其在发育期间，身体的组织非常敏感，容易受到伤害且一辈子不能恢复。克利斯朵夫的健康因为这个原因大受影响。父母本来给他一副好筋骨，一个没有一点毛病的健康躯体。可是过度的劳累，小小年纪就得为生活担忧，等于在身上为痛苦开了一个窗口；而一朝有了这个窟窿，他的健壮的身体只能给痛苦添加养料。他很小就有神经不健全的预兆，小时候一不高兴就会发晕，抽风，呕吐。到七八岁在音乐会中露面的时期，他睡眠不实，说梦话，叫嚷，或是哭，或是笑；一旦他有了什么心事，这些病态的现象就会复发。接着是难以忍受的头疼，一会儿痛在颈窝或太阳穴里，一会儿头上像有顶铅帽子压着。眼睛也使他不好受：有时像针尖刺入眼窝，又时常眼花得不能看书，不得不停止几分钟。吃的东西不够，不卫生，没有规律，把他强健的胃搞坏了：不是肚子疼，就是泻肚子，把他搅得浑身无力。但使他最受不了的是心脏：它简直像发疯一般的没有规律，忽而咚咚地在胸中乱跳，仿佛要破裂了；忽而有气无力，好像要停下来了。夜里，孩子体温的猛降猛升更是怕人，它能从高烧一变而为贫血的低温度。他突然热得发烧，又突然冷得发抖，喉咙里好像打了结，有个核子塞在那里使他无法呼吸，他快要闷死了。他害怕到了极点，他不敢把这些告诉父母，自己偷着分析原因，越这样痛苦越加重，有时还弄出一些新痛苦。他把听见过的病名都轮流的加在自己身上：认为眼睛快要瞎了，又由于走路的时候偶然发晕，便以为立刻要倒下去死了。——每时每刻都有这种死亡的恐怖困扰他，压迫他，紧紧地跟着他。哎！要是他一定得死，至少不能现在就死，至少在他胜利之后再死！……

胜利……那个执著的想法老在他脑中闪现，虽然他并没意识到；而他筋疲力尽，不胜讨厌地在人生的泥沼中挣扎的时候，也总是那个念头在支持他！那是一种渺茫而强烈的感觉，感觉到他未来的成就和今天的成就……今天的成就？难道就是这么一个在乐队里拉着提琴和写些平常的协奏曲的神经质的孩子吗？——不是的。真正的他肯定不是这样一个孩子。那不过是个表面现象，是一个面目，决不是他的本体。而他的本体，同他目前的情况，目前的思想形式都没有关系。这一点他知道得很清楚。只要照一照镜子，他就认不出自己。这张红润的脸，浓厚的眉毛，深陷的小眼睛，下端肥大的短鼻子，突起的牙床骨，噘起的嘴巴，这整个丑恶的面具跟他全没有关系。而他自己的作品中也同样找不到自己。他批判自己，知道现在所作的作品和他现在的人都一点成就也没有。可是将来会变成怎样的人，能写出怎样的作品，他确实很有把握。有时他责备自己这种想法，以为那是自大的谎话，他要叫自己屈辱，叫自己痛苦，作为对自己的惩罚。但是信念永远不变，什么都不能使它动摇。不论他做什么，想什么，没有一宗思想，一桩行为，一件作品，有他自己在内，把自己表白出来的。他清楚这一点，他有一种奇异的感觉：真实的他不是今日的他，而是明日的他……没问题，将来自己一定能成功！……他心中充满了这种希望，并陶醉其中了。但愿不要把他中途拦住了，但愿自己不要掉入今天的陷阱之中！

他抱定这种信念，把他的一叶扁舟放在时间的长河中，他目视前方，巍然肃立，把着舵，眼睛望着彼岸。每当他在音乐队里和饶舌的乐师在一起时；每当在饭桌上和家人一起用饭时；每当在爵府，心不在焉地为贵族弹琴消遣时，他总是感到生活在一个随时被毁灭的境地中。

天色垂暮，日光将尽，他一个人在楼顶上对着破钢琴，用力地睁着眼睛读乐谱，直读到完天全黑的时候。以前的伟大的灵魂流露在纸上的深情，令他大为感动，连泪水都涌出来了。仿佛身后就站着个亲爱的人，脸上还能觉察到他呼出的气息，两条手臂快来搂住他的脖子了。他打了个冷颤转过身去。他清楚地觉得，清楚地知道不是孤独的。身边确实有一颗爱他的、也是他爱的灵魂。他由于没法抓住它而叹息。即使是这点儿苦闷，与他出神的境界交错之下，内心里还是舒服的。甚至那种惆怅也不是暗淡的。他想到这在音乐中再生的亲爱的大师，以前的天才。他抱着一腔激情，想到那种人间天上的欢乐。他幻想要和他们一样，播撒几道爱的光芒。他自己的灾难，不就是见到了神明的笑容得到安慰的吗？将来要轮到他来做神明了！做个欢乐的中心，做个生命的太阳！

但是，等到有一天他能和他敬爱的人们站在一起的时候，达到他希望的一片光明和欢乐的时刻，他发觉那种幻想消失了……

第二章

  一个星期日，克利斯朵夫被乐队指挥多皮阿·帕弗请到一个离城很远的乡间别墅吃饭。他搭乘莱茵河上的船，在船舱里，一个年纪和他相仿的少年很殷勤地给他让地方。当时，克利斯朵夫并没把他放在心上，过了一会儿，他觉得少年总是偷偷地看他，便也看了少年一眼。只见他金黄色的头发光溜溜地梳在一边，脸蛋儿红润，嘴唇上稍微有些短髭，虽然尽力装做绅士模样，仍脱不了大孩子神态。他衣着非常讲究：法兰绒服装，浅色手套，白皮鞋，浅蓝领带，还拿着一根很细的手杖。他用眼角偷看着克利斯朵夫，但并不转过头来，脖子直僵僵的像只母鸡。只要克利斯朵夫一望他，他就面红耳赤，从袋里掏出报纸，装做专心读报的样子。但是几分钟以后，他又争着把克利斯朵夫掉在地下的帽子给捡起来。克利斯朵夫对于这种殷勤的礼貌觉得奇怪，不禁又看了一他眼，他又脸红了；克利斯朵夫冷冷地谢了一声，因为他不喜欢这种过度的殷勤，不愿意人家管他的事。不过受到这样奉承，心里毕竟是非常高兴的。

  很快他把这些都忘了，只注意着一路的景色。他很长时间没有出城，因此尽量体味着刮在脸上的风声，船头的水声，浩荡的河面，岸上时刻变换的风景：平淡无奇的灰色崖岸，浸在水里一半的丛柳、金黄的葡萄藤，有很多传说的峭壁，矗立在城镇中的歌特式钟楼和黑烟缭绕的工厂烟囱，他正在出神地自言自语，邻座的少年却怯生生地哆着嗓子，穿插几句关于那些修葺完好、挂满了常春藤的废墟的故事。他说话好像对自己演讲似的。克利斯朵夫被他提起了兴致，于是向他问长问短。少年立即抢着回答，很高兴能够炫耀他的才学，说话时老是把他叫做宫廷提琴师先生。

  "你认得我吗?"克利斯朵夫问。

  "哦! 是的。"少年那天真的敬佩的口吻，克利斯朵夫听了特别高兴。

  他们就这样搭起话来。那少年在音乐会上看见过他，而人家所说的关于他的故事给他留下深刻的印象。少年并没有直接说明，但是克利斯朵夫感觉得到，而且还为此而惊喜交加。从来没有人对他如此的恭敬。他继续打听沿途一些城镇的故事，那少年就把所知道的知识全部讲出来，使克利斯朵夫大为钦佩。但这不过是他们的借题发挥：两人真正的兴趣是在于认识对方。他们不敢直截了当地提到正文，只有时提出一两句笨拙的问话。克利斯朵夫只知道这位新朋友叫做"奥多·狄哀纳先生"，是城里一个富商的儿子。经过一段时间的谈论，他们很快发现了共同的熟人，话逐渐多起来了。船到了克利斯朵夫要去的地方的时候，他们正谈得特别投机。奥多也在这里下船。如此巧合，他们觉得非常奇怪。克利斯朵夫建议在午餐以前随便散散步，于是两人就往田野里走去。克利斯朵夫亲热地拉着奥多的手臂，讲述他自己的计划，如同从小就认识他的似的。这许多年来，年龄差不多的同伴一个也没有，因此克利斯朵夫和对他表示好感、有教养、有知识的少年在一起，感到有一种难以描述的快乐。

克利斯朵夫早已忘记了时间。狄哀纳由于克利斯朵夫对他很信任而得意，也不敢提醒他该午餐了，最后到了非说不可的时候，克利斯朵夫正在树林中向山岗上爬去，回答他到了高处再说；而一到岗上，他又往草地上一躺，好像准备在那儿呆上一天似的。过了一刻钟，狄哀纳见他全没起来的迹象，就怯生生地又说了一遍："你的中饭怎么办呢?"

克利斯朵夫仰躺在那里，用手枕着头，毫不在意地回答说："管它呢!"

说完了他看着奥多，看到他吃惊的样子，便笑起来，补充了两句："这里太舒服了，我不去了。让他们等吧!"

他直起半个身子，接着又说："你有事吗? 没有，对不对? 我看这样吧: 咱们一起去吃饭。我熟悉一家乡村饭店。"

狄哀纳本想不同意，并不是有谁等着他，而是由于要他突然之间决定一件事有点儿为难: 他很有规矩，任何事都得事先有个准备。但是克利斯朵夫说话的口气简直不容许人家反对，他只好由他摆布。因此两人又谈下去了。

到了饭店，兴致就不如以前了。他们想着谁作东的问题，各人都要争着作东: 一个是因为有钱，一个是因为没有钱。他们嘴上不说，但狄哀纳点菜的时候，尽力装出很有派头的口气；克利斯朵夫看穿了他的用意，就点些更精美的菜表示要做主人，还装出一副坦然的样子。奥多又争着要酒，克利斯朵夫狠狠地瞪了他一眼，挑饭店里最贵的一瓶要来。

面对满桌丰盛的饭菜，他们都觉得心虚了，顿时话也没有了: 既不敢随便吃，动作也变得僵硬。他们突然想到对方是个生人，不得不加些小心，两人尽量找话说，但总是说不下去，开始半个小时真是窘极了，幸亏酒精起了作用，彼此的目光显示出有相当把握。特别是有机会这样大吃大喝的克利斯朵夫，说了很多的话。他说他生活很艰苦，而且经常感到痛苦；奥多也不再拘束，讲他生活并不快乐，他懦弱，没胆量，往往受别人的侮辱。他们讥笑他，由于他恨他们。——克利斯朵夫握着拳头，目光炯炯有神，胸脯挺拔，怒发冲冠，说要是给他看到了，他们必须得吃些苦。——奥多的父母不理解他，那种苦闷克利斯朵夫十分理解他们彼此同情对方。狄哀纳家里想要他做个商人，接父亲的班。

可他想做诗人，哪怕逃出本乡，尝遍千辛万苦，还是要做诗人（并且父亲的财产将来都是他的，也不是个小数目）！他红着脸不满意地说已经写过几首关于生活苦闷的诗，就是不敢念出来，即使克利斯朵夫强烈要求。最后，他终于激动得上气不接下气地吟了二三首。克利斯朵夫竖起大拇指称赞妙极了。他们彼此说出心中的目标：将来，他们一个要写歌曲，一个要写剧本。他们还彼此钦佩，除了克利斯朵夫音乐的名气，他胆识和魄力使奥多感到了不起。克利斯朵夫则佩服奥多的温文尔雅，落落大方，——在这个世界上一切原是相对的，——也佩服他的知识渊博，那是克利斯朵夫缺乏的而且是急切需要的。

他们吃过饭后，兴致勃勃地背靠着椅子，按顺序的讲着，聆听着，目光显得特别温和。大半个下午过去了，该走了。奥多作了最后一次冲刺去抢账单，给克利斯朵夫气愤的眼睛一瞪，心里发慌，手一软，就不敢坚持了。克利斯朵夫只想着一件事，怕身边的钱不够付账；他不想让奥多察觉，预备用表来付账。但是还没到这地步；那顿饭差不多花掉了他一个月工资。

两人一起沿着山坡走回去。松林里已经展开傍晚的阴影，树梢还在夕阳中庄严地摆动，发出一片松涛声；风沙弥漫在丛林中，遍地是紫色的松针，像地毯似的踏上去没有一点儿声响。夜静悄悄的，夜幕笼罩四周。他们彼此心照不宣，两颗心紧紧地相连着，相互不说一句话，很是默契。克利斯朵夫心里特别兴奋，有种异常的甜蜜感觉，他很高兴，想说点什么，可是欲言又止，奥多也没说什么。四下里万籁寂静。一群苍蝇在一道夕阳光中嗡嗡作响。一根枯枝掉在地下。克利斯朵夫抓着奥多的手，颤声地问："你愿意做我的朋友吗？"

奥多嘀咕道："愿意的。"

他们手握着手，心儿直跳，简直不敢互相看一眼。

过了一会儿，他们又向前走，彼此间相隔几步之远，让人一看，心与心，步与步都是相通的，步调是那么一致。把树林逛完了谁也没有说一句话：他们怕自己，怕心里那种神秘的感动，脚下走得很快，直走出了树林方才停下。他们定了定神，手挽着手，观赏着清明恬静的夜景，断断续续地说出只言片语。

两人上了船，坐在船头，在明亮的夜色中谈些无关紧要的话，可是谁都没有听，只觉得快乐极了：什么都不需要，也不需要握手，甚至也用不着互相望一望：他们不是已经心心相印了吗？

快上岸的时候，他们订下了下次见面的日期——星期日。克利斯朵夫将奥多一直送到家。在暗淡的煤气灯下，彼此害羞地笑了笑，很激动地、喃喃地说了声"再会"。两人别离之后都松了一口气，因为几小时以来，他们精神那么紧张，花费九牛二虎之力才能找出一言半语来打破沉默，把他们累得精疲力竭。

克利斯朵夫单独摸黑回去，心在欢唱着："我有个至友了，我有个朋友了！"他高兴得忘乎所以，什么都看不见了，什么都听不到了，什么也不想了。

回到家，他马上睡熟了，可是夜里醒了二三次，好像有个摆脱不掉的想法在那里不断地提醒他，他走到街上，逢人便说"我有个至友了，我有个朋友了"，说完又睡着了。

第二天一大早，他精神恍惚，昏昏沉沉，心里老觉得一切像是在梦中。为了说明所有这一切都不只是一种梦，他设法回忆昨天所经过的所有小事。教学生的时候他还在回想；下午在乐队里仍心不在焉，什么事也记不住，什么工作都忘在一边了。

回到家，他看见有封信在等着他。他压根儿就不去想是谁写的，就跑去关起房门细读。蓝色信纸字体工整，细长而且柔软。段落分明地写着：

"亲爱的克利斯朵夫先生，——让我称呼你为我最崇敬的朋友好吗？

"我铭记在心里的那天聚会，首先让我谢谢你的美意。我实在感激你对我做的一切：可爱的谈话，快乐的散步，还有丰盛的午餐！我只因为你破费了那么多钱而觉得抱歉。昨天过得真是太高兴了！只是你花费那么多钱，我真过意不去，我非常庆幸我们能够在快乐的昨日相遇。要不然我是不好意思了！

"亲爱的克利斯朵夫，你永远是我敬爱的；我永远是你的忠仆与朋友。

奥多·狄哀纳

"附笔：——下星期日请勿枉驾到陋室，我希望改至公园相见。"

克利斯朵夫含着泪读完了信，不停地吻着，躺在床上轻松了一下，立刻提笔写回信。一时竟不知道怎样显示他满腹的热情。笔尖戳破了信纸，墨水玷污了手指，他急得直跺脚。他吐着舌头换了好几次稿纸，终于用歪歪斜斜、高低不一的字体将信写成了，别字连篇是不用说的：

"我的灵魂！你为了让我爱你，说这么多感动的话。我不是告诉你，在认识你以前，我是多么的忧郁与孤独。世界上最宝贵的东西莫过于你的友谊。昨天是我有生以来最幸福的一天，有你的信，我快乐多了。相识是命运安排的：它要我们结为朋友，做一番大事业。朋友这个字多美好！哪里想得到我竟会有一个朋友？噢！你不会离开我吧？你对我是永远忠诚的吧？永远！永远！……一块儿工作，一块儿长大，我把我音乐的幻想，把在我脑子里翻来覆去的新鲜东西，把你惊人的智慧和才学，结合在一起，那才好呢！你知道的事情不少！我从来没见过像你这样能干的人。有时候我很着急：觉得不够资格当你的朋友。你这样高尚，这样有才学，居然肯爱我这样一个俗物，我真是荣幸之至！……啊，不！我刚才提到不可以说到感激两字！朋友之间谈不到恩德。我是不受别人施舍的！我们相爱，我们就是平等自由的。我恨不得早些看到你！就到此为止，你不愿意我上你家里去，我就不去，虽然我不大明白你干嘛要这样小心；——可是你比我聪明，你一定不会错的……

"还有一句话！千嘱咐万嘱咐，你永远不要说钱的事，因为我恨钱。虽然我没有钱，可还有资金款待我的朋友；为了朋友把所有的东西拿出来才是我的幸福。你不是也会如此的吗？只要我需要，你不是也会把你所有的家产给我吗？——可是这种情形是永远不会出现的！我有手，有脑子，不愁没有饭吃。——那好，到周末再会吧！——天哪！要跟你分开整整一星期！而两天以前，我还不认识你呢！我真不明白，没有你做朋友的时候，我怎么活了那么些年的！——我们的指挥想责备我。我可不在乎，你更不用担忧！那些人跟我有什么相干？无论何时，我都不在乎别人怎么说，怎么想，我始终是我。我心里不能没有你，你得爱我啊，我的灵魂！你得像我爱你那样热切爱我！我是你的，你的，浑身上下都永远是你的。

克利斯朵夫"

那整整一星期，克利斯朵夫都在焦急地等待着，心里难以平静。他特意走了好多路，来到奥多居住的地方，在周围来回走动，精神紧张，似乎他不想见到他本人，只见到他的家就足以让他不安。到星期四，他禁不住又写了第二封信，感情比第一封强烈得多。奥多的回信，也是一派多愁善感的情绪。

星期日终于来临，奥多按时到来。而克利斯朵夫已在公园大道上来回踱步快一个钟头了。他怕奥多生病，至于奥多会不会失约，他压根不敢有这个想法。他老是轻轻地念着："天哪！盼望他一定来呀！"他捡起走道上的小石子拿棍子敲着，暗暗地说，要是连敲三下敲不到，奥多就不会出现，敲着的话，奥多会立刻出现。要是他留神去敲，那玩艺儿并不难，他竟连着三下没敲着。正在那个时候，奥多脸色安祥地出现了：奥多在激动时也是不紧不慢的。克利斯朵夫跑过去，哑着嗓子招呼他："你好。"奥多相应地回应了一声："你好。"然后他们再也找不到话题，除非说些天气极好，此刻正是十时五分或六分，或者就是十点十分（由于爵府的大钟老是不准）一类的话。

他们到了车站，搭上火车到邻近的一个名胜区。路上他们说不到十句话，就想用情感丰富的眼神来补充表明，也没有什么效果。他们想从眼睛里表示两人是何等亲密的朋友，可是表示不出，只觉得在那里做戏。克利斯朵夫发现了这一点，心中非常难堪。他不懂：怎么一小时以前激动万分，如今不知道怎么说明，而且感觉不到了。奥多也许对如此境界还没深有体会，因为他没有克利斯朵夫那么认真，他比较看重自己，但他也感到失望。缘由是两个孩子的感情在分别后一星期内达到顶峰没法在现实生活中维持，而一旦再次相见之下，第一个印象便是发现各人想的全是虚幻的。与幻想分离才是最恰当的惟一方法，但他们一时很难断然接受这样一种观点，因此，放弃幻想就难以办到。

他们到处蹓跶，但没能摆脱不快的情绪。那天恰逢过节，客店和树林都挤满游客，热闹非凡。两个人的情绪渐渐低落，认为这些讨厌的人使他们没法再像上次那样的无拘无束。可是他们依然谈着，搜索枯肠地找出话来，担心没有话说。奥多拿出书本上的知识。克利斯朵夫提到小提琴演奏的技术问题。他们相互受罪，可照旧讲个不停，惟恐谈话中断：因为一静下来，不是冷冰冰地怠慢朋友了吗？克利斯朵夫几乎丢下朋友跑掉，因为他心里不好受，烦闷极了。

直到搭车回去前一个钟点，他们的精神才放松。树林深处传来狗的声音；克利斯朵夫建议躲在它路过的路上看看那被狗追逐的野兽。他们在丛林中乱跑。狗或远或近。他们或左或右，忽前忽后地跟着它。狗叫得更凶了，那种怒气冲冲的狂吠，表示它已经急得冒火；它向他们这边跑来了。小径里铺满了枯叶，克利斯朵夫和奥多伏在上面，屏着气。吠声听不见了；狗失掉了它的目标，远远地叫了一声之后，树林里顿时静下来。没有声音，只有许多生物一刻不停地运动着，摧毁森林的虫豸在神秘地蠕动。两个孩子听着想着呆着不动。正在他们灰心想站起来说一声"它不会来了，完啦"的时候，——突然一只野兔从密林中朝他们直窜过来。他们看到后，快活地喊起来。野兔猛地一跃，一个筋斗钻进灌木丛中；树叶一阵剧烈抖动，像水面上突然出现的波纹。他们因大吃一惊而懊悔，又因野兔被吓得魂不附体而暗自高兴，兴致未消，紧接着他们俩便在树林里滑稽地玩闹开了。奥多做野兔，克利斯朵夫做狗，彼此打闹，追逐，穿沟越篱。一个乡下人直着嗓子大嚷，因为他们窜进了麦田；克利斯朵夫学狗叫，那么的形象逼真，逗得奥多眼泪汪汪。最后，他们往下滚，他们打闹着，大喊大叫。他们兴奋极了，不恼自己了。因为这样一来他们不再扮什么生死之交的角色，只尽情地流露出了他们的本来面目，两个孩子的面目。他们手挽着手回去，唱着稀奇古怪的歌；然而快进城的时候，又想要装腔作势，把两人姓名的缩写，互相交错地刻在最后一株树上。幸而他们兴高采烈，把那套多情的玩艺儿给忘了，他们在回家的路上，还禁不住哈哈大笑，刚才的游戏使他们已经体验到什么叫做快乐了。刚过去那一幕，真让他们高兴。

他们又开始了巧妙而耐性的蜜蜂式的经营，单凭一些平淡无奇的琐细的追忆，居然把他们自己和彼此的友谊构成一幅美妙的图画。两人花了一星期时间把对方理想化，直到星期日见面，幻想与事实还是有很长一段距离，但他们已经看不见那个差别了。他们之间好像一个人，彼此为对方感到骄傲。截然相反的性格让他们彼此更接近。克利斯朵夫没见过比奥多更英俊的人物，纤巧的手，鲜艳的肤色，美丽的头发，羞怯的谈吐，彬彬有礼的举止，漂亮时髦的服装，都使克利斯朵夫喜爱。奥多却被克利斯朵夫充沛过人的精力和独立豪放的个性给征服了。几百年留传下来的家庭秉性一向对权势诚惶诚恐的他，和一个天生具有反判性格的伙伴在一起，他又惊又喜，听着克利斯朵夫批评贵族和模仿大公爵的举动，奥多有些发抖，有种恐怖的快感。克利斯朵夫一感到自己有这种魔力，便越发过火地拿出他嘻笑怒骂的脾气，像老革命党似的把社会的习俗和国家的法律，攻击得一文不值。奥多听着又害怕又高兴，大着胆子附和几句，但事先总得瞧瞧四周有没有人。

两人一起散步的时候，克利斯朵夫爱爬在人家墙上采果子，一看见栅栏上写着闲人莫入的字样，就偏要跳过去。奥多心惊胆战，但这些情绪当然有一种快感，而晚上回家之后还想当然英雄汉好。他战战兢兢地佩服克利斯朵夫，凡事只听朋友安排：他服从的本能却得到了满足。克利斯朵夫也一向不要他费心打主意：他决定替他安排一天的时间，甚至一辈子的时间，断然他为奥多定下将来的目标，像定他自己的一样。奥多听到克利斯朵夫处置他的财产，将来造一所别具一格的戏院，未免有些愤懑，可是也支持了。他朋友认为大商人奥多·狄哀纳先生所赚的钱，没有比这个更高尚的用途，说话时那种武断的口气，吓得奥多不敢有异议。而他那种坚定不移的态度，使奥多也相信了他的主张。克利斯朵夫想不到这个会改变奥多的意志。天生是独断的脾气，他不能想象朋友也许另外有个志愿。要是奥多显示出一个不同的欲望，他会毫不迟疑地牺牲自己，他还希望多牺牲一些呢。他极希望能为了朋友去冒险，有个机会显示一下他友谊的深度。他渴望散步的时候遇上危险，让他勇往直前去拼搏。为了奥多，即便是死也心甘情愿。目前他只能小心翼翼地侍候他，遇到难走的路，他会像搀着老奶奶一样细心照顾他，像搀小姑娘似地扶着他；他怕他累了，怕他热了，怕他冷了；他能感觉到他发抖，于是就毫不犹豫地把自己身上的上衣脱下披到他肩上；一同走路的时候，他很怜爱地瞅着他，他细心地呵护着他，爱抚着他，他已动了感情了。

他自己还不懂什么叫做爱情。但他们在一块儿的时候，觉得心荡神驰，身上发烧，头部发热，胸色发红。他怕了。两个孩子慌慌张张地走在路上，精神不定，极不自然，他们佯装在密林丛中找桑葚，其实是为了掩饰心中的慌乱。在他们的信中，这些感情表现得特别热烈，而且也不用怕和事实抵触，自欺欺人的幻想丝毫不受妨碍。他们每周要写两三封信表达强烈的爱慕之情，浪漫而温馨，只是晦涩的文句无法表达真实的问题，使他们常常从极度的兴奋变为绝望。他们互称为"我的希望，我的宝贝，我的我，我的爱"。他们滥用"灵魂"这个字眼，可歌可泣地书写命运和人生，一方面又因给朋友带来痛苦而难过。

"我很生气，亲爱的，"克利斯朵夫写道，"无论如何都是因为我给你带来了痛苦。你不应该痛苦，我不想看到你痛苦（他在这两句下面划了一道线，把信纸都划坏了）。你的痛苦犹如我的不幸，你的快乐才有我的勇气。你快乐了，我才会快乐。亲爱的！你快乐吧！我需要人家爱我。你的爱情之中含着暖气，给我生命。唉，你难道不知道我冷得发抖吗！我心里好像是寒风凛冽的冬天。噢！亲爱的，我拥抱你的灵魂。""我的思想亲吻你的思想。"奥多回答。

"我把你拥抱在怀里，"克利斯朵夫又写道，"我发誓凡是我嘴上未曾说过的，将来也不会说的，我所说的，都是我心灵的表达，你和我的爱是不可分离的。我拥抱你，像我爱你一样的热烈。请你相信我吧！我会用我的全部心血来搏得你的芳心，亲爱的，难道你不让我动心吗？"奥多假装怀疑他："你爱我，是不是像我爱你一样呢？"

"啊！上帝！"克利斯朵夫嚷道，"岂止一样，简直是十倍、百倍、千倍于你！怎么！难道你没有觉得吗？你要我怎么样才能感动你的心呢？""我们的爱情多美多高尚啊！"奥多叹道。"古往今来可有这样的感情吗？多新鲜，多甜蜜，跟梦一样。但愿它别消散了！要是你不爱我了，我怎么办呢？"

"亲爱的，你不是小孩子吧，"克利斯朵夫回答。"原谅我批评你，这种小心眼儿的担心使我愤慨。你怎么能说我会不爱你呢？对于我，活着就是为爱你。哪怕是死也阻挡不了我对你的爱。你要毁灭我对你的爱也办不到，既使你欺骗我，让我心碎肠断，我还是要祝福你，拿你感应于我的爱来祝福你。你这种忧伤是对不起我的，千万别再拿这些想法来使你自己痛苦，使我伤心！"

可是一星期后，他回信写道：

"许多天以来，我听不到你的一句话。我浑身发抖了。你把我忘了吗？我的血都凉了……对啦，你把我忘了……前天，我觉得你对我不热情。你不爱我了！你想抛弃我了！……我对你说：你不爱我，欺骗我，我会杀死你像杀条狗一样！"

"噢！亲爱的，你欺骗我，"奥多呻吟着说。"你使我心痛，我真是冤枉的。可是你想怎么办就怎么办吧。你对我可以不受拘束，甚至你消灭了我的灵魂，我还会留下一道光明来爱你！"

"英灵在上！"克利斯朵夫嚷了起来。"我使我的朋友心痛了！……打我吧！咒我吧！把我摔在地下吧！我该死！我不值得你爱！"（因为我这么地爱你，而让你伤心，让你落泪，假如是这样的话，我宁愿去死！）

他们的信的内容和邮票的贴法都与众不同，如信上的地址有特别的写法，邮票有不一般的粘法等，所有这些都显示出他们的不同凡响。孩子气的玩艺儿真是有一种神奇的力量，他跟爱情一样有魅力。

有那么一天，克利斯朵夫授课回来，在一条毗邻的街上发现奥多跟一个妙龄英俊的小伙子热情地谈着笑着。克利斯朵夫的脸涨白了，始终盯着他们，直到他们在拐角儿上不见了。他回到家里，脑子一片空白，仿佛太阳一下子变成了黑色。

下周日见面的时候，克利斯朵夫先只字不提。散步了半小时，他才小声哼哼地说："周三我在拐角儿街头看到你了。"

"哦！"奥多回答了一声，脸红了。

克利斯朵夫然后说："那天不只是你一个人呢。"

"不错，我跟别人在一起，我们在进行文化交流。"

克利斯朵夫咽了口唾沫，故作若无其事地问：

"谁和你在一起？"奥多紧接着自然地回答：

"我的表兄弟法朗兹。"

"哦！"此时此刻克利斯朵夫惊奇了一下。

克利斯朵夫眨一眨眼又说："你没跟我说过他。""他住在莱纳巴哈。""你跟他常常会面吗？""他偶尔上这边来的。""你也上他那里去吗？""偶尔也去。""哦！"克利斯朵夫又哼了一声。

奥多假装若无其事，经过一番盘问，心里踏实许多，不想露出马脚故又换个题目，把在树上啄食的一头鸟指给朋友看。奥多想尽办法阻止克利斯朵夫继续追问下去，他们便扯到别的事了。十分钟以后，聪明的克利斯朵夫不甘心就此罢休，心里嘀咕着，非要弄个水落石出不可。克利斯朵夫忽然又问："你们俩一直都很好吗?"奥多假装若无其事。

"你说谁啊?"奥多问。

(他心里很清楚说的是谁。)此时的奥多,心灵又受重重的一击,但面子又不得不使自己竭力地去掩盖真相。

"你跟你的表兄弟。"

"是的。你为什么要问呢?"奥多疑惑地问。

"不为什么。"克利斯朵夫糊里糊涂地回答。

奥多不大喜欢这位表兄弟,因为常常给他要弄。可是有种淘气的古怪的本能,多说了一句话:"他挺可爱的。"奥多心里自欺欺人,但碍于面子,他又不得不这么说。

"谁?"克利斯朵夫问。

(他也明白是谁。)

"法朗兹。"

奥多以为克利斯朵夫有话要说了;但他似乎没听见,但是很遗憾,奥多没能等到回答,只管在榛树上攀援树枝。

"他喜欢玩,总是有故事讲的。"奥多又说。

克利斯朵夫一边打着口哨,一边心不在焉。

奥多进一步说:"他又那么聪明……那么可爱!……"

克利斯朵夫耸耸肩,好像说:"这家伙跟我有什么关系?"

奥多因为说不出话来,还想继续说,克利斯朵夫却很不客气地把话岔开了,指着远处的一个目标提议跑过去。

整个下午,他们不再说话;可是相互很不热情,装出那种十分客套的礼貌,特别是在克利斯朵夫这方面。他的话老在喉咙口,终于他禁不住了,对着跟在后面五六步远的奥多转过身来,气势汹汹地抓着他的手,把话一古脑儿倒了出来:

"听我说,奥多!我不喜欢你跟法朗兹亲热,因为……因为我们是朋友;我不愿意你爱别人甚于爱我!我不喜欢!你不是知道的吗,你是我的一切。我的就是你的,我必须拥有你,你是我生命的一部分,是我力量的源泉,你不能……你不该……丢下我,假使没有了你,我只有死了!因为失去你,我的生命还有什么意义,如果没有你,我不知道自己会做会出些什么事来。我会杀死我,也会杀死你。噢!对不起!……"他的眼泪涌了出来。他真的太爱奥多了,他真的不能没有他。

克利斯朵夫简直就是爱情高手,甜言蜜语和花言巧语使奥多发誓他将永远地爱他,而不与其表兄弟见面,他终于如愿以偿。克利斯朵夫把这些话直咽到肚子里,他的心活过来了。他大声地喘着气,大声地笑着,热情洋溢地谢了奥多。克利斯朵夫对刚才那一幕很满意，因为它使他心中的沉重顿时荡然无存，他们俩的心又拉近了，融洽了。他们一声不响地踏上归途，然后又谈起话来，恢复了快乐的心情，感到相互更亲密了。

但这一类的吵架非但只此一遭。奥多自此以后，就摸清了他的脾气，他下定决定要玩弄他了，并试图去做他本不该做的事。并非他乐于看克利斯朵夫生气，他生起气来挺可怕的呢。但折磨克利斯朵夫等于证明自己的实力。他并不存心发坏，而是有些女孩子脾气。

因此他虽然许了愿，却照旧和法朗兹或什么别的同伴公然挽着手，故意拉拉扯扯，露出娇滴滴的笑。克利斯朵夫十分生气，他只是爱理不理。只要看到克利斯朵夫眼神变了，嘴唇擅抖，他才着了慌，换了声调，答应下次不再来了。可是第二天他还是这么一套。克利斯朵夫写些措辞偏激的信给他，称他为：

"坏蛋！但愿从今以后再也不会听到你的名字！我再也不认得你了。你去做婊子吧，与你同流合污之辈、狗杂种一齐去死吧！"

然而只要奥多一句恳求的言语，或是像有一次那样送一朵花去，表示他永远的忠诚，就能使克利斯朵夫惭愧有加地写道：

"我的天啊！我是个疯子。把我的可笑胡闹忘了吧。你是世界上最可爱的人。仅你的小指头就比整个的傻瓜克利斯朵夫有价值多了。你有那么丰富的情感，而且多么细腻，多么体贴！我含着泪吻着你的花。它在我的心上。我把它使劲地压入肌肤，希望它使我热血沸腾，使我对你的慈爱觉得更清楚些！……"

但是，他们逐渐地互相厌倦了。有人说小小的吵架可以维持友情，其实是错误的。克利斯朵夫恨奥多逼他做出那些偏激的行为。他静心地想了想，责备自己的霸气。他的忠诚不二与容易冲动的本能，第一次体验到爱情，就把自己整个儿给了人，要别人也完全地给他。他不答应有第三者来分享爱情。自己早就准备为朋友牺牲一切，所以要朋友为他牺牲一切不但是自然的，而且是必须的。可是他开始发觉：这个世界不是为配合他这种坚强的性格而创造的。于是他勉强压抑自己，很严厉地批判自己，认为自己自私自利，根本没有权利独占朋友的感情。他很忠诚地做了一番克己功夫，想让朋友完全自由，虽然那是他非常大的牺牲。他甚至为了侮辱自己，还劝奥多别冷落了法朗兹；他强迫自己相信，他很高兴奥多跟别的同伴来往，也希望奥多和旁人在一起觉得快乐。可是聪明的奥多偏偏听从了他劝告的时候，他又禁不住沉下脸来，突然之间脾气又发作了。

其实他只能谅解奥多和别的朋友交往，但他绝对不能容忍说谎。奥多既非虚伪，也非装腔作势，只是本能地不愿意说真话，仿佛哑巴的人不容易吐音咬字。他的话既非完全真，因为怯懦或是错误地判断自己的情感，说话时不容易干脆利落，总让人觉得模棱两可，使人糊涂，让人易混淆。无论什么事，他都故意隐藏着，像有什么秘密，不禁使克利斯朵夫心头火起。倘使被人揭发了，他不但不承认，反而竭力抵赖，胡扯一阵。有一天，克利斯朵夫气愤之下，打了他一个耳光。他以为他们的友情从此完了，他以为奥多不会原谅他。然而奥多却不计前仇，主动过来议和，他不仅不记恨，似乎心里有种快感。他既不满意克利斯朵夫轻意相信人的性格，同时还因此看不上克利斯朵夫，自认为比他有成就。在克利斯朵夫方面，他也不满意奥多受了侮辱毫无反抗。

他们不用初交时期的目光相看了。两人的短处都很鲜明的。克利斯朵夫在奥多心目中不再可敬可亲，他经常惹麻烦。不修边幅，脱去上衣，解开背心，撩起衣袖，把帽子顶在手杖上挂着，吹着风觉得很高兴。他走路时挥动手臂，打着唿哨，贵族气的奥多担心别人看见他跟乡巴老、土里土气的克利斯朵夫在一起。要是迎面碰上了车子，他便抓紧后退十几步，好像他只是一个人在那里漫步。

在回来的车厢或乡村客店里，克利斯朵夫的言谈举止，也一样的讨人厌。他总是大声嚷嚷，想到什么说什么，对奥多的狎习简直让人受不了，他嗜好漫无目的地评头论足，惹得奥多惊恐万分，但这些他却不以为然，奥多对他斜眼相看，做出惊恐的表情，克利斯朵夫却全不理会，照旧旁若无人地大谈特谈。奥多看见身边的人面带嘲笑的表情，感到无地自容，觉得克利斯朵夫俗不堪言，而他却被迷住，内心深感矛盾。

最不可思议的是，克利斯朵夫继续轻视所有的篱笆、城墙上挂的"不得通行、违者严惩"的牌示，和一切限制他的自由而保卫神圣的产业的措施。奥多不时地提心吊胆，劝告是白费的：克利斯朵夫为显示勇猛，反而捣乱得更凶。有一天，奥多跟在克利斯朵夫后面，没有顾及到（或正因为）墙上粘着的玻璃瓶碎片，爬进树林。他们正像在自己家里一样舒舒服服散步的时候，被一个守卫当场抓住了，大骂一阵，还恐吓着说要送去治罪，然后态度极恶劣地把他们赶了出来。在这个经历中，奥多一点男子气也没有：他以为已经进了监牢，一边啼哭，一边还傻乎乎辩解说，他是无意之间跟着克利斯朵夫进来的，没注意到是什么地方。出来以后，他也并不感到高兴，马上气呼呼地责备克利斯朵夫，说是他害了他。克利斯朵夫狠狠瞪了他一眼，叫他"胆小鬼！"他们很不礼貌地相互抢白了几句。奥多若是认得归路的话，早就与克利斯朵夫分手了；他无可奈何地跟着克利斯朵夫；他们像是要各奔东西。

天空酝酿着雷雨。他们因为心中有气，没有发觉。虫子在闷热的田里嘶嘶乱叫。忽然之间万籁俱寂。他们过了一会儿才发觉那种幽静：静得耳朵里响起嗡嗡之声。他们抬头一看：天上阴沉沉的，已经布满了大块的乌云，从四下里像千军万马般奔腾而来，好似有个魔窟吸引它们集中到一个地方。奥多心中又急又怕，只不敢和克利斯朵夫说；克利斯朵夫看了好玩，故意装做没看见。可是他们默不出声地彼此靠近了。田里没有一个人，也没有一丝风，仅仅有股热气偶尔使树上的小叶子轻轻摇摆。忽然一阵旋风吹动地下的灰尘，疯狂地敲打树木，把树干都吹弯了。奥多决心要说话了，他声音颤抖地说："暴雨就要来临，我们回去吧。"

克利斯朵夫不慌不忙地说："好吧，回去吧！"

可是已经太晚了。一道刺眼的猛烈的光一闪，天上发出阵阵响声，乌云吼起来了。突然，旋风把他们包围着，闪电使他们心惊胆战，雷声震耳欲聋，两人浑身都浸在倾盆大雨里，他们在远郊荒野中，几里之内没有人烟。大雨滂沱，黑暗笼罩，再加上一阵阵的霹雳发出殷红的光。他们想飞快地逃离，但雨水浸透的衣服粘在身上，没法迈步，鞋子发出咕吱咕吱的声音，身上的水像急流似的往下淌，浸湿了奥多的衣服和他的心，他恼羞成怒，大骂克利斯朵夫，但也没办法，只好等待雨停，克利斯朵夫一言不发，尽管往前走，风、雨、闪电，使他睁不开眼睛，阵阵的响声使他昏昏沉沉，他也有些慌了，只是不肯承认。猛然阵雨过去了，像来的时候一样突兀。但他们都已狼狈不堪。克利斯朵夫倒没什么，然而高贵的奥多深受打击。弄得他连生气的力气都没有了。克利斯朵夫看他可怜，就高高兴兴地和他谈话。奥多却气愤地瞪了他一眼。俩人在这场雨中的体会各不相同，俩人终于不欢而散，连手也没握。

自从出了那件胡闹的事，看似胡闹却是出于真情的他们，虽然有一个星期不见，但彼此心照不宣，批判在所难免。批判归批判，不见面心里还真难受，渐渐地寂寞难耐占了上风，怨恨也就消失了。克利斯朵夫照旧先凑上去，奥多竟然接受了。两人也就言归于好。

他们虽然有了裂痕，还是相互需要。他们有很多缺点，两人都很自私。但这种自私是天真的，不像成年人用计谋的自私那么讨厌，几乎是可爱的，并不影响他们的真心相受。他们多么需要牺牲，需要爱！小奥多编些自扮自演的义侠忠诚的故事，伏在枕上哭了；他想出动人的情节，把自己描写做顽强，英勇，呵护着自以为疼爱之极的克利斯朵夫。至于克利斯朵夫，只要看见或听见什么美妙或神奇的东西，就必然想："可惜奥多不在这儿！"他把朋友的形象和自己整个的生活混在一起；而这形象经过衬托，显得那么甜蜜，使他陶然欲醉，把真相完全给忘了。他又忆起好久以前奥多说过的某些话，拿来锦上添花地点缀了一番，感动得中心颤抖。他们彼此模仿。奥多学着克利斯朵夫的举动，态度，笔迹。克利斯朵夫看见朋友成为自己的影子，把自己的思想都当做是他的，不禁大为恼怒。可是他自己不经意间也在模仿奥多，学他的穿着、走路和某些字的读音，这简直是诱惑。他们互相感化，水乳交融，心中荡漾着温情，像泉水一般到处飞涌。各人都以为这种温情是被朋友激发起来的，却不知那是青春期的预兆。

毫无戒备之心的克利斯朵夫，一向是把纸张文件随便放置的。但羞怯的本性使他把写给奥多的信稿以及回信并不锁起来，夹在乐谱中间，以为那儿是决没有人去动的。他压根儿不会料到小兄弟们会拿此事捣乱。

近日，他感觉他们经常看着他一边笑一边窃窃耳语，咬着耳朵，幸灾乐祸，着实让克利斯朵夫有些不知所措。但他对此并没介意。日后，他才知道了原因。不久，他发觉兄们肯定偷看了他的信。恩斯特和洛陶夫互相称着"我的灵魂"，然肇事者却还满脸一本正经，等克利斯朵夫问他们时，他们却不知如何回答。克利斯朵夫大度难容之贵，既然别人已改正了错误，也就不追究。

接着有一天，坏蛋的恶习终未根除，小坏蛋恩斯德在母亲的抽屉里偷钱，碰巧被克利斯朵夫撞见了，对其大骂一顿，他随即把心里的话都说了出来，毫不客气地揭穿恩斯德的不少恶习。恩斯德听了不服，傲慢地回答说克利斯朵夫没有资格批评他，还对克利斯朵夫与奥多的友情说了许多难听的话。此时此刻，克利斯朵夫下决心要将事情弄个水落石出。恩斯特只是冷笑，看到克利斯朵夫气得脸色发青，他害怕了，不敢再开口。克利斯朵夫明白这样逼是没用的，便装做不屑答理的神气。恩斯德气极败坏，又来那一套下流的玩艺儿，他要叫哥哥出丑，说了一大堆不堪入耳的脏话。克利斯朵夫尽力忍着不发作，赶到明白了兄弟的意思，他油然起了杀性，从椅子上一跳而起。恩斯德连叫嚷也来不及，克利斯朵夫便扑在他身上，和他一起滚在地下，把他的头往地砖上乱撞。恩斯德的惨叫把曼希沃、鲁意莎和洛陶夫给引来了。当恩斯德被救出来时，已被打得浑身是伤。大家都骂克利斯朵夫是野兽，他也确实像野兽：眼睛暴突，咬牙切齿，一心想朝恩斯德扑过去。人家一问到缘故，他火气更大了，嚷着要杀死兄弟。克利斯朵夫一般是不发怒的，一旦被激怒后，将会一发不可收拾，直到把对方打倒，才肯罢休。恩期德对打架的原因也不肯说。

心中秘密却让人随意谈论，克利斯朵夫异常伤心，此时此刻，除了痛苦和泪水，还能有什么。克利斯朵夫像清教徒一样的严正，绝对不能忍受下流的事，而事实免不了一桩一桩被发现出来，使他痛心疾首。虽然生活很自由，本能很强烈，但是他在十五岁时还是天真未凿。纯洁的本性与紧张的工作，使他一点不受外界的污染。兄弟的话替他揭开了一个丑恶的魔窟。他从来没有料到人会有这种恶行的，现在一有这种看法，他被别人爱和爱人的乐趣完全给毁灭了。不但是他和奥多的友谊，而是一切的友谊都被践踏了。

更严重的是，几句冷嘲热讽的话使他认为（也许并没有这回事），小城里有些身怀歹意的人在那里注意他；尤其隔不多时，父亲对他和奥多散步的事也说了几句。父亲是无意的，但有了戒心的克利斯朵夫听到无论什么话都怀疑是说他的。他几乎以为真的做了坏事。同时，奥多也经历着同样的烦恼。

他们还偷偷地相会，但再没以前那种忘我的境界。光明磊落的友谊受了污染。两个孩子相亲相爱的感情一向是那么羞怯，连友爱的轻吻也不曾有过；最大的乐趣便是见见面，在一块儿体味他们的理想。被小人的猜疑玷污之后，他们甚至把最无邪的举动也自疑为不正当：抬起眼睛看一看，伸出手来握一握，他们都要脸红，都要想到不好的兆头。他们之间的友谊简直让他们受不了了。

两人并不明言，但自然而然地减少见面了。他们勉强通信，可老是注意着字句，写出来的话变得索然无味，大家失去信心了。克利斯朵夫因工作繁忙，而奥多也推言事多，渐渐地也就不联系了。不久，奥多到大学去念书。曾经伴随他们人生旅程中数月时光的友情至此结束了。

与此同时，克利斯朵夫的心灵世界已经为新的爱情准备了位置。与奥多的交往算是一次预演，为克利斯朵夫适应、迎接新的未来的爱情奠定了情感的基础。啊，对于一个艺术家来说，爱情是必不可少的滋润！

第三章

　　孀居的克里赫太太在这座莱茵河畔的小城里拥有一所带着大花园的住宅。那花园成了少年克利斯朵夫调神养性的好地方，他尤其喜爱里面繁茂的花草和静穆的气氛。克利斯朵夫从顶楼上的卧室里可以看到这一切。

　　克利斯朵夫悄悄地登上他的观景台，调动了所有的感觉器官，凝神地享受着愉悦的时光。虽然他观景时的姿势较难受，得踮起脚尖，下颔置于墙头。但这对他来说是有所失必有所得。黄昏将临，一片黄灿灿的柔光播散在草坪上，松树荫下映着似蓝非蓝的反光。他可以呆在那儿出神，除非路上有人走过。各种芳香的气息浓郁地飘散在深夜的花园四周，空气都使人陶醉。夏天就像是一朵浓艳的花，秋天就像是一片枯萎的落叶。克利斯朵夫深更半夜才从爵府回来，不管怎么累，他总是在门外站一小会儿，呼吸一下这股新鲜的气息，然后不胜厌恶地慢慢走进他臭味难闻的房间。克里赫家的门外有一小片空地，在石板缝里竟长满了小草，克利斯朵夫小时候就在这儿玩过。大门两旁有两株生长了百余年的老树，祖父经常坐在下面抽着烟斗，从栗树上落下来的一个个果子，可以给孩子们当做弹弓的子弹。

　　某一天的清晨，他慢慢地走在小路上，跟以前一样，爬上界石，不经意地望了一下。正想爬下来了，他忽然觉得有些不同的感觉：一看屋子，原来窗户开着，阳光从外面直接射到屋内；虽然不见一个人影，但屋子仿佛从十五年的长梦中睡醒了，露着笑容。克利斯朵夫回家后，心里难免会有些纳闷。

　　在餐桌上，父亲说起街坊上都议论的话题，克里赫太太和女儿一起回来了，行李非常多。栗树周围的空地上拥满了闲人，抢着看箱笼等行李从车上搬下来。这件新闻在克利斯朵夫眼界很窄的生活中就是桩大事；惊诧之余，他边上工，边根据父亲夸大的叙述，对那令人着迷的屋子里的主人空想了一会儿。随后他继续忙着工作，早把那些事忘在脑后。直到傍晚将要回家的时候，一切才在脑海中浮现出来；他出于好奇，很快爬上了望台，想看看围墙里头究竟发生了什么事。他只看见那些静静的小径，一动不动的树木好似在夕阳中熟睡着。看了没多久，他都忘了为什么爬上来的，只回味那片和平恬静的境界。这个奇怪的位置，——摇摇晃晃地站在界石顶上，——倒是他深思幻想最好的所在。在秋意迷人的小路尽头，四周都是漆黑一片，晒着阳光的花园自有一些神奇的色彩。那是令人向往的地方，他的思想在那里自由自在地飘荡，耳边有音乐的声音，他在这些迷人的乐声中就要睡着了。他睁着眼睛，张着嘴，幻想着，也不知道从什么时候开始幻想的，因为他没有看见。忽然他大吃一惊。在他前面，花园里一条小径拐弯的地方，有两个女人傻傻地望着他。一个穿孝服的妇人，面目姣好而端正，浅黄色的金发，个子非常高大，仪容典雅，懒洋洋地斜侧着头，用和善的眼神瞧着他。另外是个十五六岁的小姑娘，在妈妈背后站立着，也穿着重孝，脸上的表情活脱脱是想傻笑的孩子。母亲一边望着克利斯朵夫，一边做着手势叫小姑娘不要发出声音来；她用双手把嘴掩着，好似费了好大的劲才没笑出来。那是一张鲜艳的，红扑扑的圆脸；小鼻子太大了一些，小嘴巴太阔了一些，小小的下巴颏儿很丰满，眉毛细致，眼神清朗，一大堆金黄的头发编着辫子，盘成一个圈儿扎在头顶上，露出一个浑圆的颈窝与又光又白的脑门。总的来说，就像是在克拉纳赫画的脸庞。

克利斯朵夫意想不到地看到了这两个人，不禁呆住了，他并没有逃走，而是死死地钉在了他的位置上。直到年轻的太太假装又可爱又揶揄的神气，满带笑容地向他走近了几步，他被惊醒过来，从界石上不是跳下而是滚下来，把墙上的石灰抓去了一大块。他听见人家用和善的口气叫了他一声"孩子"，接着听见有一阵儿童的笑声，又明亮又清脆，就像鸟在唱歌。他趴在小路上，手和膝盖都着了地，稍微愣了一愣，便飞快地跑了过去，好像怕人追似的。他非常难为情，当他回到自己卧房独自一个人的时候，便更害羞了。从此他不敢再走那条小路，他很怕有人潜伏在那儿等他。要是非经过那屋子，他就靠着墙根，低着头，差不多飞奔地走过，决不敢回头瞧一眼。与此同时，他还是时时不能忘记那张可爱的脸。于是他爬上楼，脱了鞋子，——别人听不到他的脚步声，从天窗里向克里赫家望去，既使他明知道除了树和屋顶上的烟囱以外什么也看不见，还是在那张望。

一个月过后，在每周的音乐会上，他演奏了自己创作的作品。当他快要弹完的时候，无意中看见克里赫太太和她的女儿，在对面的座位上望着他。这是完全想不到的，他愣了一下，几乎错过了跟乐队应合的段落。跟着，他心不在焉地把协奏曲弹完了。弹完以后，他不敢看克里赫母女，仍不免看见她们的拍手，好像有心要他看到似的。他立刻下了台。快离开戏院的时候，他又看见克里赫太太站在过道里，好像特意等他经过。说他不看见她是不可能的：他却装作没看见似的，马上回转头，从戏院的边门急忙走了出去。事过后，他想自己不应该那样做，心里感到有些不舒服，因为他明明知道克里赫太太对他并没恶意。可是他明白，要是同样的情形再来一次的话，他一定会跟以前一样。他很怕在回去的路上遇到她，在远处，一看到有人就立刻改一条路，生怕是她。

最终她来找他。

有一天中午，他回家去吃饭，鲁意莎非常得意地告诉他，说有一个身穿制服的人送给他一封信。说着她递过一个信封，背面刻着克里赫家的爵徽。克利斯朵夫把信拆开，信的内容正是他怕知道的：

"今日下午五点半，邀请你光临茶叙，此致

　　宫廷乐师克利斯朵夫·克拉夫脱先生。

　　　　　　　约瑟芬·冯·克里赫夫人启"

"我不会去的。"克利斯朵夫生气地说。

"怎么了？我早就告诉人家了。"鲁意莎喊道。

克利斯朵夫不愿意听到与她有关的事，于是跟母亲吵了一架。

"仆人在等着回话，你今天不是有空吗？那时你老是说没事。"

虽然克利斯朵夫在生气，有难言之隐，也是无用的，这次他一定逃不过去。到了邀请时间，他脸上非常不高兴地开始穿扮，心中并不讨厌那事，因为把他制服了。

克里赫太太一眼就认出了他，那个乱发的孩子就是音乐会中的钢琴家。她和邻居问了问他的事，孩子的勇敢而艰苦的生活令她感动，于是她很想和他谈一谈。

克利斯朵夫莫名奇妙地穿着一件不合身的衣服，像是从乡下来的牧师，非常令人害怕。他不得不相信自己，克里赫母女当初第一次看见他的时候来不及看清他的面貌。穿过一条很长的甬道，走在地毯上一点也听不见脚步声，他被仆人领到一间有玻璃门直达花园的屋子。那天，正下着蒙蒙细雨，壁炉里的火生得很旺，从窗里可以模模糊糊望见烟雾迷蒙的树影。窗下坐着两位女人，克里赫太太膝上做着活，女儿在一边看一册书，克利斯朵夫进去时她正在朗诵。她俩看见他，就很快地交换了一下眼色。

克利斯朵夫发慌地想，她们把我认出来怎么办。

他小心地行了个礼。

克里赫太太边笑着边对他伸出手来。

她对邻居说："你好，我非常高兴见到你，自从那次相见后，我就想对你说，听了你的演奏，我感到很愉快。只有一个办法，那就是请你来，但愿你能原谅我的冒昧。"

听到这些平常的客套话里，还真有点真情实意，这让克利斯朵夫轻松了一下。

他心里想：没有认出我来，这可真好，真让我心宽。

克里赫小姐边合上书，边细细打量着克利斯朵夫，她的母亲指着她说："这个是我的女儿弥娜，她很早就想见你。"

"可是，妈妈，我不是第一次见到他"。

克利斯朵夫听到这，心里又发慌了，心想："他们早就认识我了。"

"对了，我们，搬来的时候，你曾经来看过我们，一定是你，不会错的。"克里赫太太边笑边说。

小姑娘听了之后，便放声大笑起来，而在一旁的克利斯朵夫的样子使得她忍不住地发笑。那是种疯笑，笑得眼泪不住地从眼眶中流了出来。克里赫太太想阻止她，可是自己也情不自禁地笑了；克利斯朵夫虽然不安，也不由得跟着笑。她们那种愉快是情不自禁的，无法让人生气。弥娜深喘了一口气，问克利斯朵夫在她们墙上可有什么事做的时候，他简直不知该怎么做。她看着他的惊慌失措觉得好玩，他却有点心慌意乱，结结巴巴的不知该怎样说。幸好克里赫太太让人端过一杯茶，把话题扯开了，才使他解脱了。

她问他的生活状况怎样，但他的心情还是难以轻松。他不知道怎么做，不知道怎么抓住那摇摆的茶杯；他以为每次人家替他冲水，加糖块，倒牛奶，捡点心，就得立刻站起，行礼道谢；而常礼服，硬领，领带，把他紧紧箍着，使他身子僵直像戴了个甲壳，不敢也不能把头向左右摇动一下。克里赫太太多次地问他并加以动作，使得他不知如何是好，弥娜的目光使他心里直发毛，似乎老是看着他的脸、手和一些动作，尤其是他的衣服。她们让他随便一点，所以克里赫太太不停地跟他说话，弥娜还经常向他抛媚眼，但他慌得不知如何是好。

最后她们终于明白，不管她们做什么，他都不笑，克里赫太太一个人说话，心里也有些烦了，于是就让他坐在钢琴旁。他为她们弹了莫扎特的一段柔和的乐曲，比对着音乐会里的听众更害羞。既是这种羞怯，又是给两位妇女挑起的那种惶惑，使他又快活又紧张又兴奋又激动，跟乐章里头的柔和与童贞的气息非常谐调，使音乐更显得像演奏者一样的可爱。克里赫太太听了大为激动，把心中的感觉从嘴中吐出来，语气之间难免显出上流人物惯有的态度，把他赞扬了一番，但她的真诚并没因之而减少一点；而过分的赞美出自可爱的人，也是听了非常舒服的。顽皮的弥娜不作声了，她惊奇地看着这个说话那么笨而手指那么富于表情的少年。克利斯朵夫感到了对他的同情，胆子变大了。他还在弹着，向弥娜悄悄转过身去，很不好意思地笑了，眼睛悄悄低垂着胆怯地说："这是我在你们的墙上所作的。"

他演奏了一段小乐曲，主题仍然是他喜欢的地方，看着花园时，所想到的，可并不是像他见到弥娜和克里赫太太的那晚，——（不知为了什么神秘的原因，他自己相信是那一晚！）——而是几天前的一个晚上。那段自由沉静的旋律里，多的是深远的印象，鸟儿友好唱歌，高高的大树下夕阳入睡。

母女俩听后，觉得非常高兴，当曲子弹完，克里赫太太立刻站起身子，激动地握住他的手，并热情地向他道谢。弥娜拍着手喊着"妙极了"，又说为了使他再作出些跟这个一样"登峰造极"的曲子，她要叫人靠墙放个梯子，让他能很好地工作。克里赫太太叫克利斯朵夫不必听弥娜讲的话，如果他喜欢这个花园，什么时候都可以来这里玩，没有必要和她们打招呼，他如果觉得很不好意思，便可这样做。

弥娜好奇地随着母亲说："你如果不来和我们打声招呼的话，你就要当心啊！"

她用她的手指点了几下，好像装出非常严厉的样子。

弥娜并不想让克利斯朵夫到她的家来，更不想勉强他什么礼节，不过，她爱给人家留一定的印象，她以为这样做挺有意思的。

克利斯朵夫高兴得满脸通红，这时克里赫太太又提起他的母亲，还说从前同他的祖父认识，这么一讲，克利斯朵夫好像真的被她们吸引了。母女俩的热情，诚恳，温暖了他的心；他感受着这种善良的好意和交际场中的殷勤，他一厢情愿地认为那是很深的友情。凭着天真好奇的自信，他把自己的打算和内心的痛苦都说了出来。他再也不觉得时间过得有多快，直到仆人来请用晚饭才大吃一惊。但克利斯朵夫的害羞立刻变为欣喜，因为女主人请他一块儿共用晚餐，认为大家现在已经是好朋友了。他坐在母女俩的中间，可是他在饭桌上的表现，远远比不上在钢琴旁那样讨人喜欢。饭桌上的礼仪从没有人教过他，于是他什么也不顾地吃了起来，非常爱干净的弥娜很不高兴地看着他。

人家以为他吃过晚饭就会走，但是他又跟着她们走进小客厅，坐在客厅里，再也不想走了。弥娜忍着好几次哈欠，向母亲示意，他并没有注意到这些，因为他太高兴了，以为别人也和他一样；——因为弥娜望着他的时候照旧眨着媚眼，——还有一个原因，那就是他一坐下就不知怎么来向她们告辞。如果不是克里赫太太用一份很随便的样子来把他送走，他会在她们家里坐上一夜。

他走了，克里赫太太和她的女儿弥娜的眼神中，都有一道爱怜的光深深地印在他的心上；就像是一朵花似的手指，并带有一种温暖的感觉印在他的手上，还有一股他从没闻过的清雅香气，令他差点晕了头。

过了两天，按照以前的约定，他再一次到她们家里做客，是为了教弥娜弹琴而去的。从那以后，每周早晨去两次，教她弹琴；晚上还要去与弥娜聊天。

聪明、慈爱的克里赫太太非常愿意与他见面。丈夫去世的时候，她刚三十五岁，虽然还很年轻，以前在交际场中非常活跃，如今却没有多少遗憾地退隐了。她的特别之处在于容易抛弃世俗，也许因为贵族般的生活已经享受够了，觉得她以前的那种美好的日子不能永久过下去。她不能忘记丈夫，并不是为了在结婚的几年中对他有过近乎爱的感情：她只想结识一位真诚的朋友就足够了，她很富有感情，并对感情有深刻的体会。

她一心想把女儿教导好，作为一个女人需要爱别人，更需要被别人来爱。只能以自己的孩子为目标的时候，母性必然会表现过度，甚至成为一种病态。可是克里赫太太在爱情方面有自己的方法，使她对儿女之爱更深刻了。她最疼爱弥娜，对她的脾气秉性了如指掌，绝不想掩盖女儿的缺点，正如她对自己也很了解一样。非常聪明，通达事理，她那神枪手似的眼光一瞥之间，就能看穿每个人的缺点与可爱之处：她只是感觉这很好玩，并没有半点恶意；她很宽容，又很爱戏弄人，两者是对等的；她一边嘲笑人家，一边热情地给人家以帮助。

小克利斯朵夫正好给她一个机会——把她友善与批评展示在大家面前的良机。她刚来到这座城镇时，为了守丧与外界不相联系，克利斯朵夫便成为她消愁解闷的对象。第一是为了他的才能。既使她不是一位音乐家，但很喜爱音乐，懒洋洋地在那个缠绵的境界中出神，身心得以满足。克利斯朵夫演奏时，她坐在炉火旁边做着事，迷迷糊糊地笑着，手指不停地运动，心中还对那些悲喜之事，抱有幻想，她深深地体会到这一点。

她对音乐家比对音乐更加着迷，她十分机敏，克利斯朵夫身上有一种少有的天赋，把她吸引住了，既使她不能识别出他真实的价值所在。眼看令人神奇的火焰在他心中冲了出来，她很好奇地观注它觉醒的过程。至于他性格的优点，他的刚直，勇敢，大无畏，以及在儿童身上体现格外动人的专心精神，都很快地受到她的赞扬。但她观察他的时候，还是一样的同情，还是用敏锐捉弄的目光。他的蠢样，丑陋，令人可笑的地方，她都觉得很好玩，她根本不把他完全当真。并且克利斯朵夫性格非常暴燥，脾气也非常奇怪，调皮的激烈的冲动，使她不得不认为他精神不太正常。他是一个地地道道的克拉夫脱，他们家都是非常老实重厚的人，而且还是一个非常优秀的音乐世家，但有时也带有点疯狂。

克利斯朵夫并没有注意到克里赫太太的戏弄态度，而是觉得她非常慈爱。他总是得不到别人的温情！虽说宫廷里的工作使他每天和上流社会的人物打交道，可怜的克利斯朵夫自始至终是个野孩子，既没有文化修养，又缺乏智慧。自私的贵人们对他的关切，只为了利用他的才能，根本不想在任何方面帮助他。他到爵府里去，钢琴弹完了就走，从来没人肯和他谈谈，除非是偶尔的表扬几句。从祖父去世以后，不论在家里还是在外边，没有一个人想到真正帮助他求点学问，学点处世之道，使他以后能很好地做一个人。缺乏教养和行动粗野，使他受累不浅。他用尽心思，弄得满头大汗，想把自己培养起来，可是没有成功。书籍，谈话，榜样，什么都不具备。他很希望把这种心中的苦闷告诉一个朋友，却总下不了最后的决定。而在克里赫太太面前，他显得十分随便，不用他要求，她主动地指出，这是该做的，那是不应做的。

教他生活中所有的事，例如：衣服怎样穿，如何吃饭、走路以及如何讲话；在兴趣与语言习惯等一切方面所犯的错误，她一点一滴都不放过；而且她对孩子多疑的自尊心处理得那么轻巧那么在意，使他无法生气。她还让他受点文学教育，表面上好像是不在意的；他非常的无知，她绝对不在乎，但一有机会就指出他的错误，她随随便便的，若无其事的，好像克利斯朵夫犯的错是随便的；她并不用沉闷的书本知识压抑他，只利用晚上在一块儿的时候，提一些历史上的或是德国的，或是外国的诗人的美丽的文章，教弥娜或克利斯朵夫大声朗读，她把他当做一个亲属的孩子一样看待，亲热的态度带些保护人的味道，那是克利斯朵夫感觉不到的。她甚至管他穿什么衣服，给他更换新的，织一条白色毛线围巾，给他一些打扮用的小东西，同时又那么亲切，使他并不感到难堪地收下礼物。总之，她对他差不多像慈母似的处处关照，事事关心。只要是本性善良的妇女，对一个信任她的孩子都有这种本能，不必对孩子有很深刻的感情。

但是，克里赫太太对他这份温情使他非常激动，也非常感激，使他有时有些过于冲动的行为表露出来。太太看了很逗乐，可是心里面很踏实。

与弥娜之间的关系是一种说不出的感觉，在克利斯朵夫给她上第一堂课时，前天的追忆和小姑娘的媚眼还使他充满了迷迷糊糊的感觉。不料一去就看到个和前天不大一样的，装扮成大人气派的女孩子，不由得呆住了。她连看都不看他，也不很注意他的说话，偶尔向他抬起眼睛，那副冰冷的神色又使他吓了一大跳。他寻思了一会儿，想知道什么地方得罪了她。那天她对他热情有加，无非是卖弄风骚的个性，总喜欢试一试自己的那种力量，哪怕是怪模样，好排解一下郁闷的心情。可是到了第二天，对这个太容易驯服的俘虏，她已经全无兴趣。她把克利斯朵夫很严肃地看了一遍，认为他是个很丑很穷，又没家教的男孩子，琴弹得很不错，可是手脏得不成样子，饭桌上拿叉的样子简直太不好看了，吃鱼的时候还用刀子！所以在她的眼里他没有一点可爱之处。她情愿跟他学琴，甚至也愿意和他玩儿，因为现在没有别的伙伴；而且她虽然想装成大人，她喜欢用疯狂的手段来发泄积压很久的过盛的精力，而这个精力和她母亲没有两样，由于在家守孝的关系，更憋得慌。她关心家畜与关心克利斯朵夫差不多。她在最悲痛的日子里还向他挤眉弄眼，那真真正正是得意忘形，由于心里想着别的事情，——或者是一种改不掉的习惯。可是给她这么瞧上一眼，克利斯朵夫的心会剧烈地跳起来。实际上她连看也不大看到他：她总是自己欺骗自己。这少女正处在一个用愉快而得意的梦境来迷惑自己的芳龄。她无时无刻不想着爱情，那种痴迷般的兴趣和刨根问底的好奇，要不是因为她愚蠢，简直可以说是天真无邪了。并且，她是一个大家闺秀的身份，只能用婚姻的方式去理解爱情。在想象中哪一种人可以做她的对象，有的时候想和军官结婚，有时想嫁给像席勒那样的伟大而真正的诗人。她总是拿老的计划来替换新的计划。每个计划来的时候，她总是很认真，信念总是坚定。不管是什么样的理想，只要接触到现实就会马上退让。因为那种有传奇特色性格的少女，一旦看到一个十分理想的，但比较符合实际的真正人物迈进了她的圈子，极容易忘掉她们的梦想了。

现在，痴情的弥娜还那样痴情。虽然有个贵族的姓氏和世家的这个称号她很自豪，骨子里她的思想跟正处在青春期的德国女仆的那一套根本没有什么区别。

女孩子心理的这些不寻常的变化，克利斯朵夫是难以理解的，——并且表面更复杂。他经常被两位女朋友的态度弄糊涂了；但他能够爱她们是那么快活，甚至把她们的使他困惑使他有些难过的表情都相信了，只有这样，他才能完全相信她们对他的感情和他对她们的一模一样。只要听到热情的一言半语，或者是看到可爱的眼神，他就快乐到了极点，甚至感动得流出眼泪。

他在洁静的小客厅里面对着桌子坐着，旁边克里赫太太在灯下缝补着东西……（弥娜在桌子上面看着书；他们一点动静都没有：从半开的花园侧门里，可以看到小径上的细小的沙砾在月光下闪烁；一阵轻微的喁语从树上传了出来……）——他觉得特别愉快，便突然无缘无故地从椅子上跳起来，跪倒在克里赫太太面前，捧着她的手狂吻，全然不顾她手里有没有针；他一面哭着一面把他的嘴，他的腮帮，他的眼睛贴放在她的手面上。弥娜从书上抬起那双眼睛，耸了耸肩，抿一抿嘴。克里赫太太微笑着，看着这个跪在她脚下大孩子般的人，用那只空闲的手抚摸他的头，又用她那种特别慈祥与好听同时又带有点讥笑的口气说：

"嘿，傻小子，你干吗呢?"

噢！多好听啊！这声音，既宁静又安逸。这微妙的气氛，没有很大的嘈杂，没有太大的冲突，没有烦恼，在坎坷的人生旅途中间，——还有普照着那万物生灵的耀眼的曙光，——念着大诗人哥德，席勒、莎士比亚等老一辈的诗句而联想的——微妙的世界，力量的洪流，爱情和痛苦的浪潮。

弥娜全神贯注地低声诵读着，兴奋的说话使她脸上泛起了红晕，清脆的声音偶尔把音念错了，朗读到战士与帝王的对话，她总是扮成很严肃的语调。有的时候，克里赫太太自己拿起书本，遇到悲壮的语段就加入她那种温柔的、富于人情的韵味。她平常特别爱仰躺在安乐椅上倾听，膝上放着永不离身的女红，陷于沉思的微笑之中：——因为在全部的作品里，她总能找到自己的影子。

克利斯朵夫也在试着念，过了一会儿他就中断：结结巴巴地跳过了句子，好像不知说的是什么意思，碰到感人的语句连眼泪都要流出来了，没有办法读下去。于是他很气恼地把书扔在桌上，把两位朋友都逗乐了……噢！他喜欢她们！他到哪儿都看到她们两人的身影，把她们和莎士比亚与歌德的人物放在一起，差不多分不开了。诗人某句隽永的格言，把他的深情从心底里挑动起来的名字，与初次读给他可爱的嘴巴是分不出来的。二十年后，他又一次读《哀格蒙特》与《罗密欧》，或者观看这些剧目的时候，在一些诗句中总会联想到安静的黄昏，美好的梦境，与可爱的克里赫太太和弥娜的容貌。

他总是看着她们，在她们晚上读书的时候——深夜，躺在床上睁着眼睛浮想的时候——白天，在乐队里无精打彩地演奏，面对放着乐谱的架子半闭着眼睛呆想的时候，他对两人都有一种纯洁无瑕的深情。虽然不了解什么是爱情，他自以为动了爱情。但是并不知道爱的是女儿还是母亲。他认认真真地想了一番，无法做出选择。可是他觉得既然非有所选择不可，他就选了克里赫太太。一旦下定决心后，他突然发现他爱的真是她。他爱她美丽的眼睛，爱她那副嘴巴张着一点笑容，爱她年轻漂亮的前额，爱她美丽而蓬松的头发，爱她略有点儿轻咳的好像蒙着一层什么的声音，爱她修长的手，爱她大方的举动与那隐秘的灵魂。她坐在他旁边，那么和气地给他解释一段好文字的时候，他乐得全身乱动，她的手搭在克利斯朵夫肩上，他觉得她手指的余温，脸上有她呼吸的气息，能闻到她身上那股甜蜜的芳香。他愣愣地听着，并没想到书本，也完全没有听懂。她发觉他心不在焉，便要他重复一遍：他半个字都说不出；她就笑着生气了，把他鼻子按到书上，说这样持续下去他只能永远做头小毛驴。他回答说那也没有关系，只要能做"她的"小毛驴而不被她赶走。她装做不高兴的样子，又说了一声，虽然他是一匹又蠢又坏的小驴子，除了善良本性以外没有一点儿用处，她不是很愿意把他留下，或许能喜欢他。于是他们都开心地笑了，而他是最快乐的。

克利斯朵夫爱上克里赫太太以后，就疏远了弥娜。她的傲慢冷漠，已经使他很不平静；而且和她经常见面，他的胆子也就渐渐地大了起来，不再约束行动，公然表示他的不痛快了。她非常喜欢招惹他，他也不留情面地给予回击，彼此说一些不好听的话，克里赫太太听了大笑起来。克利斯朵夫拙嘴笨腮斗不过弥娜，有许多次他走的时候气愤不已，心中十分忌恨弥娜。为了克里赫太太的原故，他还得去她们家。

每个星期两次，从早晨九点到十点，他仍旧教她弹琴，并督促她弹音阶与别的一些必要的练习。上课的屋子是弥娜的书房，一切摆设都很真实地映衬出小姑娘天真烂漫的思想。

有一组塑像摆在桌子上，是一群猫在玩弄乐器，有些在拉小提琴，有些在拉大提琴，俨然一个乐队。此外有面随身可带的小镜子，一些化妆品和文具之类，整整齐齐地排放着。古董架上摆着小型的音乐家塑像：有贝多芬在疾首蹙额，有头戴便帽的瓦格纳，还有贝尔凡特的阿波罗。壁炉架上放了一只抽烟斗的青蛙，一把纸扇上面画着拜罗特剧院一角。书架一共是两格，放了一些鲁布克、蒙森、席勒、儒勒·凡尔纳、蒙丹等人的著作。墙上挂着《圣母与西施丁》和海高玛的巨大作品照片；周围镶着蓝的、绿的丝制的带子。此外还有一幅瑞士旅馆的风景镶在银色的蓟木框里；最特别的是各式各样的像片粘在室内，有军官的，有放声歌唱的男高音歌手的，有一些乐队指挥的，有自己女朋友的，上面都写着诗句，或至少在德国被公认为诗句似的文字。在屋子的中间，一个胡髭满腮的勃拉姆斯的塑像放在大理石做的圆柱头上。在钢琴的一头上，挂着一些用丝绒做的猴子和在舞会上得的纪念品，在那里飘来飘去。

迟到的总是弥娜，睡得眼睛有一点儿红肿，一脸不大自在的神气。她向克利斯朵夫微微一伸手，不冷不热地说了一声好，便没有声音的庄严地坐在钢琴旁边。在没有别人的时候，喜欢无休止地弹音阶，因为这样可以懒散地把迷迷糊糊的思想境界与胡思乱想尽拖下去。但克利斯朵夫坚持要她反复弹奏那些困难的练习，她为了报复，便有意弹得不好。她有相当高的音乐天才但并不喜欢音乐，——正像许多德国女子一样。但是她也像许多德国女子一样公认为应当喜欢；所以她对功课还算很用心，除非有时为了故意捣鬼而激怒老师。而老师最承受不了的是她冰冷的态度。要是遇到乐曲中富于感情的一节，她认为应该把自己的心灵全部放进去的时候，那就糟透了：因为她变得特别柔情，而事实上她对音乐一无所知。

坐在身旁的小克利斯朵夫对她很没礼貌，他从来不夸赞她：他认为她差得很远呢。但她为此特别忌恨，他指责一句，她顶一句。凡是他说的话，她总得反驳回去；要是弹得不对，她硬说是照着谱弹的。他翻脸了，两人吵了起来。她眼睛看着键盘偷觑着克利斯朵夫，看到他生气的样子，心里特别高兴。为了解闷，她闹出许多荒唐的小把戏，目的无非是停下课程，叫克利斯朵夫下不了台。她假装勒住自己的喉咙，使别人注意到自己；或者是一连串的咳嗽，或者是有什么要紧事儿要吩咐女仆。克利斯朵夫当然知道她是做戏；弥娜也知道克利斯朵夫明白，她正在玩弄游戏，可是她仍然自以为乐，因为克利斯朵夫不敢把心里的话说出来，揭穿她的阴谋。

有一天，她正做这种游戏，有气无力地咳着，用手帕蒙着整张脸，好似要昏过去的样子，眼梢里觑着恼怒的克利斯朵夫，她忽然灵机一动，把手帕扔在地下，克利斯朵夫不得不弯腰为她捡起来，还很不高兴。然后她假装成贵妇人的口气说了一声"谢谢"，他听了差点儿气死。

她觉得这种游戏太好玩了，她想再玩一次。第二次她又依第一次的方法去做了。克利斯朵夫却很生气，脸上浮出一丝怒意，故意不理她。她等了一会儿，哀声说道：

"你能把我的手帕捡起来吗，可以吗？"

克利斯朵夫怒气冲冲地说：

"我又不是你雇来的仆人，你自己不会捡吗！"

弥娜听了他的申斥，猛然站了起来，把琴凳都撞倒了。

"嘿！这是什么话！"她气愤地把键盘敲了一下，走了出去。

克利斯朵夫耐心等着，可是她并没有回来。他对自己的做法很惭愧，觉得自己太粗暴了。同时他也无法忍受了，因为她把他愚弄得太没有面子了。他害怕弥娜告诉她的妈妈，使他永远失去克里赫太太的欢心。他一时不知道怎么办才好：虽然很后悔自己的粗野，他却怎么也不情愿说对不起。

第二天他由老天做主义去了，心里在想弥娜也许不会再来上课了。但是弥娜心气很高，绝不会告诉母亲，何况她自己也得承担少许一点儿责任，所以让他比平时多等了五分钟后才出来，直挺挺地坐在钢琴前，既不把头转过来，也不说一句话，好像根本没有克利斯朵夫这个人。她今天来上课，以后也会继续上他的课，因为她很清楚克利斯朵夫在音乐方面是有才能的，而自己也应该把琴弹得像个样，如果她想做一个全面发展的大家闺秀的话。她不是自命为这种人吗？

她是多么的烦恼啊！他比她更烦恼！

在三月里的一个早晨，天气白蒙蒙的而且还飘着一些既像小雪球又像羽毛般的小雪，他们俩在书房里，天色很灰暗，弥娜又弹错了一个音，而且又依照上次说法是谱子写错了。克利斯朵夫知道她在撒谎，但还是故意探了一下身子，想把她弹错的地方仔细看一下，她的一只手放在乐谱架子上面，没有拿开的意思。他的嘴巴跟她的手掌靠得很近。他想看谱而没看到，原来他看到另外的一样东西，——那娇嫩的，白得透明的，像花瓣似的东西。突然之间，不知道怎么搞的，他把嘴唇很用力地压在那只小白手上。

他们俩都吓了一大跳。他往后一退，她把手往回一缩，——两人的脸红得发烫。互相一声不出，望也不敢望。慌慌张张地安静了一会儿，她重新弹起琴，胸部起起伏伏，像受到压迫似的，同时又接二连三地弹错好几个音。他可没有发觉，他比她慌得更厉害，太阳穴里跳个不停，什么都听不到了。为了把沉默打破，他哑着嗓子，瞎挑了几个错。他在弥娜的心目中从此完蛋了，对自己的作为悔恨不已，觉得又荒唐又庸俗。课上完了，他和弥娜分别的时候连瞧也不敢瞧，就连祝福都给忘了。她竟然没有恨他，再也不认为克利斯朵夫没有函养了；刚才她弹错许多音，是因为她暗自瞅着他，心里特别奇怪，而且史无前例地第一次对他有了好感。

他走后，她并没有像往常那样立即去找自己母亲，而是把自己关在屋里推敲那件难忘的事。她两手托着腮帮，面对着镜子，发现眼睛又亮又温柔。她咬着嘴唇在那儿静静思索。一边得意忘形地瞧着自己活泼可爱的脸，一边回想到刚才的情景，她红着脸笑个不停。吃饭的时候她很愉快，兴致十足，饭后也不愿意到外面散步，大半个下午都呆在客厅里，手里拿着针线活，还没做到十针就弄错了，她全然不顾这些。她坐在屋子的一个角落，背对着母亲，轻轻笑着；或是为了轻松一下而在屋子里又蹦又跳，放开嗓子唱歌。克里赫太太吓了一跳，还说她疯了。弥娜笑得前仰后合，搂着母亲的脖子深情地吻，使她喘不过气来。

好不容易到了晚上，很快就进入房间里，许久之后她才上床。她总是面对着镜子追忆，可是因为这一次总想着一样事情，最后竟什么都没想起来。她慢条斯理地脱下衣服，随时停下来，坐在床上回想克利斯朵夫的面貌，脑子里总是出现一些相当完美的符合自己想象中的克利斯朵夫，同时她也不觉得他丑陋了。她睡下了，熄灭了灯。过了十分钟，早上的情景忽然又浮现在脑海里，她笑得出了声，而且还很大。母亲轻轻地坐起来，推开门，以为她偷偷躲在床上看书，最后发觉弥娜静悄悄地躺着，在夜晚昏暗的灯光下半睁着眼睛。

"你发什么神经病？"她好奇地问。"什么事让你这么快乐？"

"没有什么事。"弥娜很正经地回答。"我只是胡思乱想。"

"你倒很快乐，自个儿会消遣。现在可以睡觉了吗？"

"是，妈妈，"弥娜不大情愿地回答。

可是她心里却嘟囔着说："你走罢！赶快走罢！"一直嘀咕到房门重新

关上，她重新回味了一遍那梦一般的情景。她懒懒散散地出神了，快要睡着的时候，又快乐地醒过来：

"噢！爱我吧……多快乐啊！他会很爱我，可见他是多么的好！……我也真的爱他！"

她把枕头搂到怀里，拥抱了一会儿便渐渐地睡着了。

两个少年又一次见面的时候，克利斯朵夫没想到弥娜很热情，不禁大为吃惊。除了例行打招呼以外，她还用那甜美的声音问好，然后像一个天使一样，安安分分端端正正地坐在琴位上。她不再有顽皮捣乱的想法，而极认真地聆听着克利斯朵夫的教导，承认他说得有道理；一但有弹错的地方，她自己就吃惊地喊叫起来，随后用心改正。克利斯朵夫给她弄得没有办法。在这么短的时间内她竟有那么大的进步，不仅弹得相当好，而且说明她是喜欢音乐的。就连最不会夸奖人的克利斯朵夫，也不得不把她夸奖了一番，她很高兴，用那清澈见底的大眼睛看了他一眼，表示感谢。从那以后，她为他尽心打扮，扎些色调特别好看的丝带；她笑盈盈的，装做不胜忧虑的眼神看着克利斯朵夫，并使他又恶心又气恼，同时也觉得心旷神怡。现在反倒是她找一些话来说了，可是她的话没有一点儿孩子的气质：态度很严肃，用作势装腔的口气套用诗人的名言。他听着很不舒服，只觉得烦燥不安：对这个变了样的弥娜，他感到好奇又迷惑不解。

她老是注意看他。她在等着……等什么呢？……她自己不明白吗？……她等他重新来一次。——他却防着自己，认为上一次的举动简直像个粗野的孩子；他根本不敢提到那件事。但她开始不耐烦了。有一天，他正安静地坐在那里，跟那具有危险的小手隔着相当大的距离，她突然烦躁不安起来了，做了一个相当快的动作，连想也来不及想，就把手飞送过去贴在他的嘴上。他先是被吓了一跳，接着又恼又很害羞，但他还是吻了她的手，而且特别热烈。这种天真的放浪的举动使他十分愤慨，差不多想丢下弥娜立刻跑掉。

可是他无力办到。他已经被她轻轻地抓住了。一阵烦乱的思潮在胸中翻来翻去，使他几乎摸不着头脑。像山谷里的水汽一样，那些思想从心底里浮了起来。他在爱情的氛围中到处乱闯，闯来闯去，总是在一个执著的、愚昧的念头中打转，在一种不知名的、又可怕又讨人喜欢的欲望中飞转，像飞蛾扑火的样子。那些盲目的有力的情感忽然烦燥不安而且骚动起来了。

他们正在经历一个痛苦的时期：相互猜测，心存欲望，可又互相惧怕。他们都烦躁不安起来，两人之间仍然有一些微小的敌意与怄气的事情发生，可以说没有往常那样的无拘无束了，他们再也不出声。两个人都在一片沉静中忙着培养他们自己的爱情。

对于从前的种种经历，爱情往往能产生一种很神奇的作用。克利斯朵夫一发现自己已经深深地爱上了弥娜，当然也就觉察出了在他内心中，其实很早就喜欢上她了。三个月以来，他们差不多天天见面，他可从来都没料想到会产生爱情；但既然已经爱了她，就应该是从古至今一直深爱着她的。

能够发现爱的是谁，对他来说也算是一种特别的安慰了。他已经想了好久，只不知道世界上到底哪一个是他该爱的人！现在他轻松了，那情景就好像一个不知道病在什么地方，只觉得浑身上下有说不出的难受的病人，忽然知道那说不出的病变成了一种极端的刺痛而被局限在某一个部位。没有方向的爱是最磨人的，它耗费一个人的精神，使它解体。虽然，对象分明的热情能使思想过于紧张而疲惫不堪，但至少你是知道原因的。其实人什么都可以忍受，却忍受不了空虚，因为它能瓦解人们的心灵！

虽然弥娜的表白能使克利斯朵夫产生自信，她并非将他看成陌生人，但他仍免不了暗自神伤，认为她看不起他。两人之间从来没有明确的想法，但这想法也从来没有现在这样繁乱；那是一大堆不相连续的、古怪的想象，摆放在一起没办法融合的；因为他们会从这边的极端一下子蹦到了那边的极端，一会儿认为对方有某些优点，——那是在没有相见的时候，——一会儿又认为对方有很多缺点，——那是在相见的时候。——当然，这些所谓的优点和缺陷，全都是凭空想象出来的。

他们不清楚自己到底想要一些什么。在克利斯朵夫这方，他的爱情是一种感情的饥渴，蛮横而又无理，并且是生来就有的了，他要求别人想方设法来满足他的饥渴，恨不得要威胁他们。他需要把自己，把其他人，——或许尤其是其他人，——完全牺牲；而这蛮横的欲望中间，有时还夹杂着些许冲动，都是些强暴、暧昧、自己也完全莫名其妙的欲念，令他感觉昏昏沉沉。至于弥娜，好奇心尤其重，有了这个风度翩翩的俊俏佳人的故事很是兴奋不已，只想让虚荣心和多愁善感的情绪尽情发泄一下；她存心欺骗自己，认为拥有了真正的爱情。其实他们的爱情一大半是凭空想象来的。他们幻想着读过的小说，将小说中主人公的感情据为己有。

而将要来临的一个时期，这些谎言，这些个自私自利，都将在爱的神光下消失。这个时期或是一天，或是一小时，或是永恒的几秒钟……它的到来又是那么的意想不到……

一天夜里，只有他们俩人在那儿交谈，客厅里暗下来了。话题也变得严峻起来。他们提到"贫穷"，"生命"，"死亡"，这些事物比他们的热情深邃得多。弥娜在感叹自己的寂寞，克利斯朵夫听后，回答说她并没有那么的寂寞，无奈。

"不对，"她摇着头，"这些都是空话。人们只管自己，没人理你，也没有一个人爱你。"

两个人都沉默了。然后，克利斯朵夫胀得脸色发红，突然说了句：

"那我呢?"

兴奋异常的少女突然跳起来，抓住他的手。

这时门开了，两个人同时退了一步。原来是克里赫太太闯了进来。克利斯朵夫随手抓起一本书装着悠闲的样子看着，连拿颠倒了都没觉察。弥娜低着头做活，针戳了手指都浑然不知。

整个夜晚他们再没有单独相处的机会，他们害怕这种机会的到来。克里赫太太站起来想到隔壁屋子拿些东西，一向对母亲不理不睬的弥娜这回竟抢着替母亲去拿；而她一出屋，克利斯朵夫就走了，那根本就是不辞而别。

第二日，他们又相见了，而且还想继续昨天被打断的谈话，可是不成，没有机会。他们尾随着克里赫太太去散步的时候，自由交谈的机会简直是太多了。但克利斯朵夫都没开口，他为之后悔极了，于是路上故意躲开弥娜。她装作没注意到这种无礼的举动，可心里却很不是滋味，并在脸上表现出来。等到克利斯朵夫非说几句话不可的时候，她却冷着脸，面无表情地听着，使他几乎丧失勇气把话说完。散步结束了，时间过去了；他由于不知是否已被嫌弃而灰心丧气。

就这样一个星期过去了。他们认为误解了对方的感情，甚至竟不敢说那天晚上是不是在做梦。弥娜恼怒克利斯朵夫，克利斯朵夫也怕单独和弥娜相见。他们之间从没出现过这样的情景。

终于有一天，从早上一直到下午都阴雨不止。他们坐在屋子里，一句话不说，只是看书，打呵欠，望望窗外；两人都很烦闷。四点左右，天渐渐晴朗了。他们奔进花园，倚靠着花坛，眺望眼底那片一直伸展到河边的草坪。一片烟雾从地下涌出，一缕温暖的水汽在阳光中缓缓上升；纤弱的雨点在草地里像金子一样发着光；潮湿的泥土味和百花的香味混在一起；一群勤劳的蜜蜂在四周打转。他们将身子靠得很近，可是谁也不理谁；他们想打破沉默，却又无能为力。一只蜜蜂跌跌撞撞地停在满是雨水的紫藤上，把水珠溅了她一身。两个人一起乐了起来，而就在这一笑之下，他们马上发觉谁也不烦谁了，仍然是好朋友了，但还是不敢相互对视。

突然，她头也不回地抓住了他的手说了一句：

"跟我来!"

她牵着他那大而有力的手疯狂般地奔进了小树林。那里有些曲曲折折的小路，两旁种着黄杨，树林中间是一块突起的高地。他们奔上小坡，浸透了雨的泥土使他们前翻后仰，湿漉漉的树好像故意地把枝条向他身上乱抖。快到坡顶，她停下脚步喘着粗气。

"等一下……等一会儿……"她上气不接下气地说着，想把呼吸缓和一下。

他出神地望着她。她却故意望向别处，微微笑着，嘴半张着，吐出缕缕少女特有的幽香，她的手在克利斯朵夫的手里颤抖。他们觉得手掌与手指中间，血流得很快。周围异常的寂静。树上的嫩芽在阳光中嬉戏；一阵细雨从树叶上飘下，那么轻灵；空中的燕子在愉快地尖叫着。

她向他转过头来像闪电一样，飞快地搂住他的脖子，他扑入她的怀抱之中。

"弥娜！弥娜！亲爱的弥娜！"

"亲爱的克利斯朵夫，我真的好爱你！"

他俩端坐在一条湿漉漉的石凳上。两人都被爱情浸透了，甜蜜的、深邃的、荒唐的爱情。其余的一切都消失了。自私、自大、诡计，全没有了。灵魂中的阴影，被爱情的神光一扫而空。笑眯眯含着泪水的眼睛好像在诉说着："爱啊，爱吧。"这冷漠而风骚的小姑娘，这骄傲的男子汉，都有股强烈的欲望，需要倾心相许，需要为对方受苦，需要牺牲自己。他们这时已经达到忘我的境界，什么都变了：他们的心交织在一起，照出慈爱与温情的光。短暂的几分钟之内，只有纯洁，舍身，忘我；那是一生中从没有过的境界！

他们彼此倾心地交谈了一会儿，发了矢志不渝的誓，一边亲吻，一边聊了些无头无尾的、让人发狂的话，他们发觉时间过得真快，便手挽着手奔回去，在狭窄的小路上几乎摔倒，可是什么也没觉得，他们快活得忘记了一切，他们陶醉了。

和弥娜分手之后，克利斯朵夫并不急于回家，到家也是睡不着的。他出了城，在野外摸黑乱走。空气新鲜，田野里一片荒凉，漆黑一片。一只猫头鹰寒瑟瑟地高声叫着。他像梦游似的走着，从葡萄藤中爬上山岗。城中微弱的灯光在原野上一闪一闪的，群星在阴沉的天空中悠闲地打闹着。他呆靠在路边的矮墙上，突然之间，几滴晶莹的泪珠从面颊上滑落下来，不知道为什么他觉得自己太幸福了，而这泪水正是悲与喜剧烈地交织在一起而形成的。他一方面对自己偶得的爱情而欣慰，一方面对那些失意的人抱着同情，因而他的欢乐既有"好景不长"的感叹，也有"人生无奈"的醉意。他哭得心畅神怡，不知不觉地又睡着了。醒来时，天已经微明。白蒙蒙的晓雾飘浮在河上，笼罩在城中，正在熟睡着地疲倦的弥娜，她的心被幸福之神的笑容照亮了。

早晨，他们又在昨天邂逅的花园中相遇了，把对彼此的爱慕之情重复了一遍，但已很不自然了。她好像舞台上扮演情人的女演员在背台词。他虽然比较洒脱，却也好不到哪里去。两人谈到未来的生活。他对自己的贫穷很是恼怒。她表示出慷慨豪爽，同时为自己的豪爽很是得意。她自以为瞧不起金钱，这倒是真的：因为她还不知道何为金钱，也不知道没有钱意味着什么。他向她许愿，要成为一个知名的大艺术家，她觉得挺有意思，很美，像名著中提到的一样。她觉得一举一动非做得像个真正的情人那样不可。她读着美妙的诗歌，显得很是温柔、体贴。他也被感染了，开始注意自己的修饰，装扮得滑稽可笑，也讲究谈吐的方式，满嘴文诌诌的。克里赫太太看着他这副神态不由得笑出声来，心里奇怪是什么事把他弄成这样。

但他们有时也会诗意盎然，在平淡的日子中突放异彩，好比乌云中透过来的闪电。一瞥一视，一举一动，一个别无他意的字眼，都会使他们沉湎在幸福当中而不能自拔；深夜在黑漆漆的楼梯上说的"再见"，眼睛在半明半暗若隐若现中的相探，肌肤相碰的刺激，言语的颤抖，这些无卿的小事儿，等到夜晚，——在耳听着每小时的钟声就会猛然惊醒的轻浅的梦幻中，心头像溪水的潺潺细语般唱着"我爱你"的时候，——又会一点儿一点儿地回想起开始时的热恋。

他们惊奇地发现了宇宙万物的美丽。春天的笑容似行云流水一样温暖着每个人的心灵。天空之中散播光华，大气之中存在柔情，这是他们从未领略过的。整个城市，腥红色的屋顶，古老的城墙，高低不平的街道，都显得亲切可爱，使得克利斯朵夫内心感动不已。夜里，大家正在熟睡的时候，弥娜会从床上爬起来，倚窗遐想，骚动不已。下午他离去之后，她坐在秋千上，膝上放着本书，半闭着眼睛出神，懒洋洋地似睡非睡，身与心合而为一在春天的气息中飘荡。她还长时间地坐在钢琴前面，翻来覆去总弹着一些和弦和某些段落，叫人听后厌倦不已，可她却感动得脸色苍白，身上发冷。忽然她听着舒曼的音乐哭了。她觉得对世界上所有的人都抱着侧隐之心，他和她是相通的。在半路上偶遇穷苦的人，他们都不自觉地给点儿钱，然后同情地彼此望一下，为自己拥有这样慈悲的心而感到快乐。

他们的善心也不是经常的，弥娜突然发现，在她母亲小时候就来这里干活的老妈子弗列达，过的那种低微的、为人尽心尽力的生活是多么可怜，便跑到厨房里，将正在缝补衣服的女仆搂着脖子亲热一番，却让老人大吃一惊。可是不久以后她对弗列达说话又改变了神态，因为她听到招呼没有马上来。至于克里斯朵夫，尽管对人类抱有热爱之情，尽管为了怕踩死一条虫而绕道而行，对自己家里的人可就冷淡极了。由于这种奇怪的心理反应，他对待别人越热情，对家人就越冷漠、越无情：他从不想起他们，对他们讲话非常粗暴，见到他们就心烦。弥娜和他的慈悲心原来只是来源于过剩的爱情，一经泛滥起来，随便碰到每一个人就会发泄出来，不管是谁。在这种情况以外，他们反而比平时更自私，因为心中仅有一个念头，必须为这个念头付出自己的行动。

少女在克利斯朵夫的生活中占据了绝对重要的位置！当他在花园里找她而远远的瞥见那件小小的白衣衫的时候，在戏院里听见楼厅的门开了，传来熟悉快乐的声音的时候，在别人的闲话中听到克里赫这可爱的姓氏的时候：他多么激动！他脸上白一阵红一阵，几分钟之内，什么都看不见了，什么都听不见了。沸腾的血液在体内翻滚，巨大的力量在胸中激荡。

这美丽可爱的德国姑娘经常想出些稀奇古怪的玩艺儿。她把戒指放在面粉上，而后两人轮流用牙齿衔起而鼻子不沾白粉。或者用根线穿着饼干，每个人咬着线的一端，还得一边咬着线一边以尽最快的速度咬到饼干。他们的脸接近了，气息交融了，嘴唇碰到了，勉强嘻嘻哈哈地笑着，可是手都凉了。克利斯朵夫很想咬她的嘴唇让她疼一下，便突然往后倒退，她还在那儿强笑。两人假意装着冷淡，都转过头去，暗里却偷偷地注视对方。

这些稀奇古怪的游戏，既吸引他们又使他们心里发慌。克利斯朵夫浑身直哆嗦，他宁可同克里赫太太或别人在一起，觉得拘束也无所谓。无论当着谁的面，两颗动了感情的心照旧息息相通，而且越是受到外来的制约，心的交融越来得热烈而甜蜜。那个时候，他们之间的一切都有了无穷的价值：只要说一句话，一抿嘴，一个眼神，就能在日常生活的面幕之下，把双方内心生活丰富多彩的宝藏重新显露出来，而只有他们俩才能看到，至少他们相信这样。于是他们会心地相视而笑，对这些小小的神秘挺得意。旁人听起来，他们所说的无非是些普通得不能再普通的谈话；但在他们俩竟好比唱着永远没有终结的恋歌。笑貌声音之间瞬息万变的表情，他们都看得非常清楚，像本打开的书；甚至他们闭上眼睛也能看到：只要听听自己的心，也就能听到朋友心中的回声。他们对幸福，对人生，对自己，都抱着无穷的希望，无穷的信心。他们爱着人，也有人爱着他们，多么快乐，没有一点阴影，没有一点疑心，没有一点对前途的担心害怕！惟有春天才有这种清幽恬静的境界！天空没有一片云。那种元气充沛的信仰，仿佛永远也不会枯萎。那么丰满的欢乐似乎永远也不会枯竭。他们是活着吗？是做梦吗？当然是做梦。他们的梦境人生与现实的人生没有一点相像的地方。如果要是有的话，那就是他们自己变了一个梦：他们的生命融化了，在一个不可思议的时刻。

不久，克里赫太太就发现了这个他们自以为隐蔽得很巧妙的秘密。一天，弥娜和克利斯朵夫说话的时候身子靠得太紧了些，她母亲出其不意地闯进来，两人慌里慌张地闪开了。从此弥娜起了疑心，认为母亲好像发现了。可是克里赫太太装做若无其事，使弥娜差不多失望了。弥娜为了使他们的爱情像小说里的一样，真想跟母亲试探一下。

　　克里赫太太非常聪明，她决不为这事操心，偏不给弥娜机会。她只在弥娜面前用挖苦的口气提到克利斯朵夫，毫不留情地讽刺他的愚蠢，几句话就把他毁了。她并非是有计划的这么做，只凭着本能，像女人保护自己的贞洁一样，施展出天生的坏招数。弥娜只无力地反抗，生气，顶嘴，拼命说母亲的批评没有根据，其实她心里明白母亲批评得太中肯了。而且克里赫太太非常机敏，每句话都一针见血。克利斯朵夫又大又旧的鞋子，难看的衣服，脏兮兮的帽子，内地人的口音，可笑的行礼，粗声粗气的嗓子，凡是足以损伤弥娜自尊心的缺点，全都不放过。她说的时候好像是随便提到的，一点没有存心挑剔的意味；愤怒的弥娜刚想反驳，母亲已经轻描淡写地把话扯开。弥娜受到这样的打击，已经受伤了。

　　她看克利斯朵夫的目光变了，再也不像从前那么宽容了。他隐隐约约地有点儿察觉，就怀着不安的心情问："你为什么这样看着我?"

　　她回答说："不为什么。"

　　不一会儿，她看到克利斯朵夫挺快活，又埋怨他笑得太响，使他大为失望。他万万想不到在她面前连笑也得小心翼翼：满心的高兴马上被破坏了。——或是他说话说得完全出神的时候，她忽然漫不经心地对他的衣著打扮来一句不客气的批评，或者吹毛求疵地挑剔他用字不雅。他简直再没有开口的勇气，有时竟为之而生气了。但他转念一想，又认为那些使他难堪的言词正表明弥娜对他的关心；而弥娜也认为如此。就这样他想竭尽全力地检点一下自己；可她并不满意，因为他不能真正做到。

　　他根本察觉不了弥娜心中的变化。不久，弥娜要和母亲到住在魏玛的亲戚家去过复活节。

　　在要出发的前一个星期，他们又开始亲密起来。除了偶然有点儿急躁之外，弥娜比什么时候都更亲热。动身前夜，他们在花园中散步了许久。她拉着克利斯朵夫到小树林里，把一只小香囊挂在他的颈上，里面藏着她的一绺头发。他们把海誓山盟的话又重复了一遍，约定每天通信。他们在天上指定了一颗星，为了在夜晚两人能在两地同时眺望。

　　分别的那一天终于到了。夜里他再三想着："明天她能在哪里呢?"这时他又想道："啊，是今天了。早上她还在这里，可是晚上……"还没到八点，他就去了。她还没起床。他勉强到花园里蹓跶了一下，觉得支持不住，只得回到屋里。走廊里堆满了乱七八糟的箱笼包裹；他在一间房里拣了个角儿坐下，只留神开门的声音和楼板的响动，克里赫太太只微微带着点笑意，和他俏皮地招呼了一声，停也没停地走过去了。弥娜终于出现了，脸色苍白，眼睛浮肿，她昨夜并没比他睡得好。她做出很忙的神态对仆人发号施令，一边同克利斯朵夫握手，一边和老弗列达继续谈话。她准备出发了。克里赫太太又进来，母女俩讨论着帽笼的事。弥娜好像没注意到克利斯朵夫：他站在钢琴的旁边，可怜巴巴的样子，谁也不理会他。她跟着母亲一会儿出去，一会儿又进来；克利斯朵夫在门口同克里赫太太说了几句，然后把门带上。这时只有他们两个了。她奔过来抓住他的手，然后把他拉到隔壁百叶窗已经关上的客厅去。突然弥娜把脸贴在他的脸上，并使劲地拥抱他，边哭边问：

"你会永远爱我吗？"

两颗心融在了一块，他们再也抑制不住内心的痛苦，伤心地哭了。一有脚步声，他们赶紧分开。弥娜在仆人面前仍然装出一副俨然的神气，不再让自己哭，可那声音有点儿发抖。

他偷偷地把她那浸透眼泪又脏又皱的小手帕抢了去。

他坐她们的车送她们到站上。两个孩子面对面坐着，彼此连望也不敢望，怕忍不住眼泪。他们的手互相摸索，用力握着，把手都掐痛了。她的母亲装做没看见。

时间终于到了。克利斯朵夫站在车厢门口，车子一发动，他就跟着跑，眼睛老盯着弥娜，一路和站上的员工乱撞，一会儿便落在列车后面。他还是跑着，直到什么都看不见了方才上气不接下气地停下来，和一些不相干的人站在月台上。回到了他的家，家里一个人也没有，全都出去了，他哭了整整一个上午。

所有爱人最受不了这种离别的悲痛折磨，他初次体验到了。人生，世界，一切都空虚了，不能呼吸了。那是致命的苦闷。尤其是爱人的踪迹老在你周围的时候，眼睛看到的没有一样不叫你想起她，眼前的环境又是两人共同生活过的环境，而他还要去重游旧地，竭力去追寻往日的欢愉：那时好比脚下开了个大大的窟窿，你探着身子看，觉得头晕，仿佛就要掉下窟窿，而真的就往下掉了。你以为跟死亡照了面。不错，你真的见到了死亡，因为离别就是它的一个面具。我的最心爱的人走了：从此生命也随之消灭，眼前只剩下一个黑洞，一片虚无。

他特意到他们曾经相爱过的地方走了一遍，为的是让自己痛苦。克里赫太太把花园的钥匙留给了他，使他依旧可以去散步。他当天就匆匆地去了，痛苦使得他差点儿闷死。他去的时候以为能找到一点儿离人的痕迹：哪知这种痕迹太多，每一处的草坪上都有她的影子在飘浮；每条小路的拐弯的地方，他都想等她出现，虽然明知不可能，但硬要相信可能；他竭力去找他爱情的遗迹：那些迷离曲折的小路，挂着紫藤的花坛，小林子里的石凳，还总对自己说着："八天以前……三天以前……昨天，只不过是昨天，她还在这里……今天早上还在这里……"他把这些念头在胸中翻来覆去地想个不停，直到快窒息了才抛开。——他除了哀伤之外，还有对自己的憎恨，因为他虚度了太多的良辰，没有加以充分地利用。多少时间，多少光阴，他有那么大的福份看到她，把她当做空气，当做养料，而他竟不知利用那福份！他只能任由时间的流逝，再也不能把它分分秒秒地咀嚼……现在……现在都迟了……再也不能挽救了！不能挽救了！

在家里，他只觉得家人讨厌：这些同昨天或者前几天，她在的时候完全一样的谈话，此时此刻，他听了如同无稽之谈，那些丑陋的脸，那些笨拙的举止他也无法忍受。他们过着照常习惯的生活，仿佛根本没有他这件不幸的事存在。城里的居民也同样丝毫没有察觉，大家只顾着自己的营生，嚷着，笑着，蟋蟀照旧忙着唱歌，太阳照旧发光。他恨他们，觉得他们被普天之下的自私压倒了。他哪里知道他一个人比整个宇宙都更自私。在他心目中一切都没有价值了。现在他再也没有同情心，也不再对任何人给予帮助。

从此以后，他的生活里没有欢乐，只是机械地忙碌，像个机器那样运转着，没有一点生气。

有天晚上，当他正闷着头和家里的人一同吃饭的时候，邮差送来了一封信。还没来得及看笔迹，他就心知肚明了。四个人眼睛直盯着他，用着很不知趣的、好奇的态度等他看信，希望他们无聊的生活得到点儿消遣。克利斯朵夫把信放在自己盘子旁边，强忍着不拆，还逍遥自在地说信的内容早已知道了。但两个兄弟绝对不信，继续在暗中留神，使他吃那顿饭的时候受尽了罪。他吃完了一生中最难吃的那顿饭后，才把自己关在房里。他心儿乱跳，拆信的时候差点把信纸撕破。他擅抖着双手打开了信，阴沉沉的脸慢慢地有了点笑容。那是弥娜偷偷地写给他的一封很动情的短信。她称他为"亲爱的克利斯德兰"，说她自己哭了好几回，每晚都望着天上那颗星星。她到过法兰克福，那是一个了不起的大城市，有华丽的大商店，但对什么都不感兴趣，因为心里只想着他。她叫他别忘了忠贞不渝的诺言，说她不在的时候谁都不见，只想念她一个人。她希望他在她出门的这段时期，把精力全用在工作上面，使他成名，她也跟着成名。最后她告诉他，在那小客厅里，她的精神永远留在那儿，他随便哪天早上去，她依旧用同样的态度和他告别。她签名的时候自称为"永远永远是你的……"。在信结束的时候，她又多写了几句，劝他别再戴那顶丑陋的呢帽，改戴一顶平边的草帽：——"平边的粗草帽再配上一条洋气的蓝丝带：在这里所有的绅士都是这样戴的。"

这封信他反复念了四遍才算完全理解。他迷迷糊糊，连高兴的气力都没有了，顿时他困乏到极点，只能上床睡觉，把信翻来覆去地吻着，念着，藏在枕头底下，老是用手去摸，看看是否还安静地躺在那里。一阵无法形容的快感在他心中泛滥起来。这一夜他睡了一个安稳觉。

现在的他，感觉生活是多么的美好。弥娜忠贞不渝的精神老在周围飘荡。他着手准备写回信，但没有权利随意抒发自己的情感，要把真情隐藏起来，那是十分痛苦而极难做到的。他难受极了，他最讨厌用那过分客套的话，但此时此刻他还得用这些套话来笨拙地掩盖他的爱情。

信刚放进邮筒，他就开始了焦急而漫长的等待，现在他生活的全部内容就是等信了。为了缓解焦躁的情绪，他勉强去看书，散步。但他只想着弥娜，像精神病似的嘴里老念着她的名字，把她当做圣女，甚至拿一册莱辛的著作藏在口袋里，因为其中有弥娜这个名字。他焦急的想念到了极点，每天他为了看到招牌上 Minna 五个心爱的字母，从戏院出来时，特意绕着远路走过一家针线铺。

他深感自己不应荒废时光，每当他想起弥娜的嘱托的时候，那种嘱托中所蕴含的期待和对他的信心，令他激动。为了不辜负她的期望，他决定写一部不但是题赠给她而且是真正为她写的作品。况且这时他也没有别的事可做。计划刚想好，他就觉得快乐无比，好比蓄水池中积聚了几个月的水，一下子决破大堤，奔泻出来。为这个伟大的计划，他开始行动了，他不让任何人进房，他也不出去，在房间里呆了八天，一日三餐也只能放在门外。

他写了一阕弦乐器单簧管的五重奏。第一部是青春的希望与欲念的歌；最后一部是喁喁的情话，其中夹杂有克利斯朵夫那带点儿粗野的诙谐。作品的中心是第二部轻快的快广板，描写一颗热情天真的心，暗含弥娜的身影。那是谁也不会认得的，她自己更认不得，重要的是他能够认得清清楚楚。他自以为把爱人的灵魂整个儿抓住了，快乐得全身颤抖。没有一件工作比作曲更愉快更直接。离别以来郁结在他胸中的过度的爱情，在此有了发泄的地方；同时，创造艺术作品的艰辛工作，为抒发热情所做的努力，把炽热的爱情归结在一个清晰美丽的形式之中的全过程，使他精神更加健全，各种器官得到平衡；因而体内充溢着一种畅快的感觉。这是所有的艺术家都能得到的最大的愉快。创作的时候，他不再受痛苦与欲念的奴役，而能控制它们了；凡是能使他快乐的，使他痛苦的因素，他认为都是他意志的自由游戏。悲哀的是灵感暴发的时间太短暂：因为从那以后，他依旧被禁锢在现实的枷锁中，而且更加沉重。

当他为工作忙碌的时候，好像弥娜就在眼前，弥娜和他生活在一起。弥娜不在弥娜身上，而整个儿在他心上。完成了作品以后，他感到更孤独更没精神。掐指一算，信寄走了两星期还没有回音。

他又给弥娜写了一封感情热烈而奔放的信。他埋怨弥娜把他忘了，用的是说笑的口吻，因为他并不真的相信。他笑她懒惰，很亲热地挑逗了她几句。他藏头露尾地提起自己的工作，故意刺激她的好奇心，同时也想让她回来以后出其不意地兴奋一下。他把新买的帽子描写得很仔细；又说为了服从小王后的指令，——他把她每句话都当真的，——始终守在家里，对一切邀请都托病谢绝；并补上一句，说他跟大公爵都冷淡了，因为某次爵府里有晚会邀请他，他竟没去。全封信都表示他快活得忘乎所以，自以为高明，写了一些情人们顶喜欢的心照不宣的话，而且把应该用爱情的地方全用友谊代替。

写完后，他欣慰地哭了：首先因为好像与弥娜面谈了一次；其次是因为他坚信弥娜很快就有回音。所以他三天之内很有耐性，这是预算信件一来一往必需的时间。可是过了第四天，他又觉得活着是件十分痛苦的事儿，一点精神也没有，对什么事也不感兴趣，除了每次邮班以前的那段时间。那时他焦急得浑身发抖，他变得非常迷信，为了知道有没有信来，到处找些占卜的征兆，譬如偶然听到的什么话，或是灶膛里木柴的爆裂声。时间一过，他又垂头丧气，既不散步，也不工作，生活惟一的目标就是等下次的邮班，而他还得用尽全力来撑到那个时间。到了傍晚，当天的希望断绝之后，他消沉到极点：似乎怎么样也活不到明天的样子。他坐在桌子前面几小时，话也不说，动也不动，甚至去睡觉的气力也没有，直要最后迸出一些残余的意志才能上床。他在床上翻来覆去，难以入睡，迷迷糊糊做着怪梦，那一夜对他来说简直就是过了漫长的一个世纪。

他每天都生活在这样的等待中，最终病倒了。克利斯朵夫竟疑心他的兄弟，父亲，甚至邮差，把他的信藏起来了。一肚子的惶恐把他折磨得痛苦不堪。至于弥娜的忠贞，他没有一刻怀疑过。他认为她不写信来一定是害了病，或许已经死了。他抓起笔来赶紧写了第三封信，那是悲痛之极的几行，感情，字迹，什么都不顾虑了。他乱涂一阵，邮班的时间快到了，信纸翻过来的时候把字弄模糊了，封口的时候把信封弄脏了，管它！他绝不能等下一次的邮班。他连奔带跑地把信送到了邮局，便凄怆欲绝的开始再等。第二天的夜晚，他非常清楚地看到弥娜病倒了，在那里呼唤他的名字；他迅速爬起来，想马上动身去找她。想马上见到她。可她究竟在哪里呢？上哪里去找她呢？

终于有了结果，盼望已久的弥娜的信来了。在第四天早上，克利斯朵夫拿到那只有半页纸的信，口气又冷淡又傲慢。她说不懂他这种荒唐的恐惧是从哪里来的，她身体很好，只是没有空写信，她语气肯定地阻止他告知她通信，并让他以后别这样恐惧。

他伤心极了。他不怀疑弥娜的忠诚，只埋怨自己，觉得弥娜恼他那些荒谬而冒昧的信是很对的，认为自己愚蠢，用拳头敲着自己的脑袋。一切都无济于事，最终他明白了弥娜对他的爱不如他对弥娜的爱。

接连几天的沉闷使他喘不过气来。虚无是没法描写的。他现在惟一的乐趣已被剥夺了，他只能像机器人那样活着，他做的惟一的事，就是把日历划去一天。

弥娜回家的日子过了，一星期以前她就该到了。克利斯朵夫从失魂落魄的阶段转到狂热的骚动。弥娜临走答应把归期和时刻先通知他。他急切地等待，一切准备就绪，打算去迎接，他想了各种各样的念头来猜测她迟到的原因。独自在那里苦闷的克利斯朵夫，眼看最后一次的邮差过后，正想上楼睡觉，忽然听见一句话使他打了个寒颤。费休说明天清早要上克里赫家去挂窗帘，克利斯朵夫愣了一愣，问道：

"她们回来了吗？"

"别开玩笑了吧！你还不跟我一样的明白？"费休老头唠叨着说。"早回来了！她们前天就回来了。"克利斯朵夫什么都听不见了。他走出房间，整理好衣衫，准备出门。母亲暗中已留意了他一会儿，尾随到甬道里胆怯地问他去哪里。他不发一言，自顾自地走了，心里很难受。

他跑到克里赫家，已经是夜里九点钟了。母女俩都在客厅里，看他来了似乎不感到惊讶，很平常地招呼他。弥娜一边写信一边从桌上伸过手来，心不在焉地向他问好。她为不能把信搁下来表示抱歉，装作很注意听他的话，但又时不时扯开去向母亲问点儿事。他本来准备好了一番动人的措辞，说她们不在的时候他多么痛苦；但他嘟嘟囔囔半天却只说出了几个字，因为没有人在意，也就没理由往下说了：他自己也觉得不顺耳。

弥娜写完信，拿着活儿坐在一边，开始讲旅行的经历，谈那快乐的几个星期，什么骑着马出去玩儿啦，古堡中的生活啦，有趣的人物啦。她慢慢地兴奋起来，说到某些故事，某些人，都是克利斯朵夫不知道的，但她们俩回想之下都笑了。克利斯朵夫听着这些话，感到自己是个外人；他不知道采取什么态度好，只能很勉强地陪着她们笑，眼睛总是盯着弥娜，但求她对自己望一眼。弥娜说话多半是对着母亲的，时不时望着他，眼神也跟声音一样，虽然和气，却冷淡得很。她是不是为了母亲而这样留神呢？他很希望和她单独谈一谈，可是克里赫太太老呆在这里。他想办法把话扯到自己身上，谈他的工作，谈他的计划，他觉得弥娜毫不关心，便努力引起她对自己的兴趣。果然她非常注意地听着，常常插几个不同的惊叹辞，虽然有时不很恰当，口气倒表现出很关切。正当弥娜可爱地笑了笑，使他心里飘飘然又存着希望的时候，她拿小手掩着嘴巴打了个哈欠。他马上把话打住。她很礼貌地道歉，说是累了。他站起身子，以为人家会挽留他的，但是并没有。他一边行礼一边拖延时间，盼望她们请他明天再来。但谁也不说这个话。他非走不可了。弥娜并没打算送他，只是冷冷地很随意地与他握了握手。他便在客厅中央跟她分别了。

他回到家里，心中只觉得害怕。两个月以前的弥娜，他深爱的弥娜，连一点踪迹也没有了。怎么回事呢？她怎么变了一个人呢？世界上多少心灵原来不是独立的，整个的，而是很多不同的心灵，一个接着一个，一个代替一个地凑合起来的。所以人的心会不断地变化，会整个儿的消失，会面目全非。可怜克利斯朵夫还从来没碰到过这种现象，一朝看到了简单的事实，就觉得太残酷了，不愿意相信。并且他很是惊骇地排斥这种念头，硬以为自己看错了，弥娜还是当初的弥娜。他准备明天早上再去，无论如何要与她谈谈。

他听着自鸣钟报时，却怎么也睡不着。天一亮，他就在克里赫家四周打转，等到能进去就马上进去。他碰见的并非弥娜，而是克里赫太太。她素来起得早，好动。当时她正在玻璃棚下提着水壶浇花，一看到克利斯朵夫，就开玩笑似地叫了起来：

"哦！是你！……来得刚好，我正有话跟你谈。请等一等……"

她进去放下水壶，擦干了手出来，望着克利斯朵夫局促不安的脸色笑了笑。他已经感觉到大祸临头了。

"我们到花园里去吧，可以清静些。"她说。

他跟着克里赫太太往花园里走，那里到处有他爱情的纪念。她看着孩子的慌乱感到好玩，并不马上开口。

"我们就在这儿坐吧。"她终于说了一句。

他们坐在分别前夜弥娜把嘴唇凑过来的那条石凳上。

"我要说的话，你也许明白了吧，"克里赫太太装出严肃的神气，使孩子更窘了。"我可不敢相信，克利斯朵夫。过去我以为你是个诚实的小孩，一直很信任你。哪里会想到你竟然利用我的信任，把我女儿弄得神魂颠倒。我只是请求你照顾她的。你该尊重她，尊重我，也尊重你自己。"

她语气中含有玩笑的意思，她对这种儿童的爱情并不当真；——但克利斯朵夫感觉不到；他向来把什么事都看得十分严重，当然觉得那些埋怨很不得了，立刻就激动起来。

"可是，太太……太太……"他含着眼泪结结巴巴地说，"我从来没随便利用您的信任……请您别那么想，……我可以发誓，我不是一个坏人，……我爱弥娜小姐，我一心一意地爱她，而且我是要娶她的。"

克里赫太太微微一笑。

"不，可怜的孩子，"她所表现出来的怜爱骨子里却是鄙视，这一点克利斯朵夫也看出来了。"那是不可能的，你这话太幼稚了。"

"为什么？为什么？"他问。

他抓着她的手，不相信她说的是真话，而那种特殊婉转的声音差不多使他放心了。她继续笑着说："因为……"

他一再追问。她就衡量着用半真半假的态度（她并不把他完全当真），说他没有财产，弥娜还喜欢很多别的东西。他表示不服，说那也没什么大不了，地位，金钱，名誉，凡是弥娜所要的，将来他都会有的。克里赫太太装着怀疑的神气，看他如此自信觉得好玩，只对他摇摇头。他却一味地固执己见。

"不，克利斯朵夫，"她口气非常坚决，"我们用不着讨论，这是不可能的。不仅仅是金钱一项，还有很多问题！……譬如门第……"

不用她说完，这句话好像一根针一般一直刺到他心里。他眼睛总算睁开了。他看出友好的笑容原来是嘲讽，温和的目光原来是冷淡。他突然明白了他和她之间的差距，虽然他像儿子一样地爱着她，虽然她也似乎像母亲一样地待他。他寻思出来，她那种亲热的感情有的是高傲与瞧不起人的意味。他脸色苍白地站了起来。克里赫太太还在那里声音亲切的和他说着，但是一切都完了。他再也不觉得那些话说得多么悦耳，只感到她慈祥外表下的心多么冷酷。他一句话都答不出来。他离开了，周围的一切都在转动。

他回到自己屋里，倒在床上，如儿时一样，愤怒与傲气使他全身抽搐。他咬着枕头，用手帕堵着嘴，怕人家听见他叫嚷。他恨克里赫太太，恨弥娜，对她们痛恨致极。他仿佛挨了一掌，羞愤交集地抖个不停。非报复她们不可，而且要立即报复。如果不能出这口气，他会死的。

他爬起来，写了一封又荒谬又激烈的信：

"太太，我不知是否如你所说，你错看了我。我只知道
我看错了你，吃了大亏。我以为你们是我的朋友。你也这么

说，表面上也做得好像真是我的朋友，而我爱你们远远超过我的生命。现在我知道这些都是假的，你对我的亲热完全是骗人：你利用我，把我当玩偶，替你们摆弄音乐，——我是你们的仆人。哼，我并不是你们的奴才！也不是任何人的奴才！

"你如此狠心地让我知道，我没有资格爱你的女儿。可是我的心要爱什么人，世界上不管什么也阻止不了；即使我没有你说的门第，可是我和你一样高贵。惟有心才能使人高贵：尽管我不是一个伯爵，但我的品德也许超过许多伯爵的品德。无论是当差的，还是伯爵，只要侮辱了我，"我都看不起他。凡是自命高贵却没有高贵心灵的人，我都把他看做一块污泥。

"再见吧！你错看了我，还欺骗我。我很是看不起你。

"我不管你怎么说，我始终深爱弥娜小姐直到死。——因为她是我的，没有什么能把她从我心里夺走的。"

他刚刚把信放进邮筒，马上就害怕起来。他想抛弃这念头，但有些句子记得清清楚楚。一想到克里赫太太读到这些疯话，他连冷汗都吓出来了。开始还有一腔怒意支持他，但到了第二天，他知道那封信除了使他跟弥娜完全断绝以外决不会有别的后果：那可是他最怕出现的结局了。他还希望克里赫太太知道他脾气暴躁，不至于当真，只把他训斥一顿完事；何况，谁知道，或许他真诚的热情还能把她感动呢。他等着，只要来一句话，他就会去跪在她脚下。他等了五天，最后来了一封信：

"亲爱的先生，既然你觉得我们之间有了误会，那么最好不要将误会延伸下去。你觉得我们的关系使你痛苦，那我决不敢勉强。在这种情况之下大家不再来往，想必你觉得很自然吧。希望你将来有别的朋友，能照你的心意了解你。我相信你前程远大，我会远远地很同情地关心你的音乐历程。

约瑟芬·冯·克里赫"

最严重的训斥也不至于如此残忍。克利斯朵夫眼看自己完了。诬蔑你的人是容易对付的，但对于这种礼貌周全的冷淡，又有什么办法？他吓坏了。想到从今以后见不到弥娜，永远见不到弥娜，他真是受不了的。他认为跟爱情相比——即使是一点儿的爱情，世界上所有的傲气都算不得什么。他完全忘了自尊，变得毫无骨气，又写了几封请求原谅的信，像他发疯一般闹脾气的信一样荒唐。没有音讯，一切都结束了。

他差点儿死了。他想要自杀，也想要杀人，他恨不得杀人放火。有些孩子的爱与恨的高潮是大家意想不到的，而那种极端的爱与恨侵蚀孩子的心灵；这是他童年最凶险的难关。过了这一关，他的童年就将结束，意志受到磨炼，可是也险些被整个摧残死掉。

他不能活下去了。几小时地靠着窗子，望着院子里的砖地，像小时候一样，他想到有个办法可以逃避人生的苦难。方法就在这里，在他眼睛底下，……而且是立刻见效的……立刻？谁知道？……也许先要受几小时残酷的痛苦……这几小时不等于几世纪吗？……孩子的绝望已经到了如此地步，在死亡的边缘徘徊。

鲁意莎看出了他的痛苦，尽管猜不出他想些什么，但凭着直觉已经有了危险的预感。她竭力去接近儿子，想知道他的痛苦，为的是要安慰他。但可怜的女人早就无法跟克利斯朵夫进行感情沟通了。很多年来，他老是把思想压在心里；而她为了家庭生活的烦恼，也没有时间去想儿子的事，现在想来帮助他，却不知从何下手。她在他四周来来去去，像个在地狱中受难的幽灵；她只希望能找到一些安慰他的话，可是不敢开口，生怕惹恼了他。并且她虽然非常留神，她的举动，甚至只要她一露面，他都觉得生气；因为她一向不大伶俐，而他也不十分宽容。他的确爱着母亲，母亲也爱着他。但只需要那么一点儿小事就能使两个相爱的人各奔东西。例如一句过火的话，一些笨拙的动作，无意之间眨一眨眼睛，拧一拧鼻子，或是吃饭、走路、笑的方式，或是没缘由的一种生理上的不畅快……尽管大家心里认为不值一提，实际却有数不清说不明的意义。而常常就是在这些小节上，便足够让母子、兄弟、朋友许多亲近的人永远成为陌路人。

克利斯朵夫在难关中无法从母亲那里得到安慰。何况自私的爱情只明白有情欲，别人的好意对它而言并没有什么好处。

一天夜里，家人都睡了，他坐在房里不思想也不动弹，只是迷迷糊糊地沉迷于那些危险的想法之中。静悄悄的小街上忽然响起一阵脚步声，紧跟着大门上敲了一下，把他从迷惘中惊醒了，听到有些模糊的说话声。他记起父亲还没回家，愤愤地想大概又是喝醉了被人送回来，像上星期别人发现他倒在街上那样。曼希沃这时已经毫无节制，他不顾一切地纵酒与胡闹，换了别人早已没命了，而他体育健儿一样的身体却是毫无影响。他一个人吃的抵得上几个人，喝起酒来非烂醉不可，淋着冷雨在外边过夜，打架时被别人揍个半死，第二天却照旧嘻嘻哈哈，还想要别人与他一起快活。

鲁意莎跑到院子里，慌慌张张去开门。克利斯朵夫纹丝不动，捂着耳朵，不愿听父亲醉后的嘟囔，以及邻居叽哩呱啦的埋怨……

突然有种说不出的凄凉感觉揪住了他的心：他害怕出了什么事……突然一阵惨叫声使他抬起头来，他向门外冲去……

黑漆漆的过道里，只有一盏摇曳不定的灯笼的微光，在一群低声说话的人中间，像当年的祖父一样，担架上躺着个湿淋淋的纹丝不动的躯体。鲁意莎扑在他颈上痛哭。邻居在磨坊旁边的小沟里，发现了曼希沃的尸体。

　　克利斯朵夫惨叫了一声。世界上所有的一切都消失了，其他的悲痛都一扫而光。他趴在父亲身上，唤着母亲，他们俩一起哭着。

　　曼希沃脸上的表情变得庄重、肃穆，克利斯朵夫坐在床头守着长眠的父亲，觉得亡人那股阴森沉郁的气息浸透了他的心。儿童的热情，像热病的高潮一般退尽了，坟墓里的冷气把什么都吹掉了。什么弥娜，什么骄傲，什么爱情，唉！多可怜！在惟一的现实——死亡——面前，一切都无足轻重了。任你怎么痛苦，希望，躁动，最终还不是死吗？难道还值得去痛苦，希望，躁动吗？……

　　他看着睡去的父亲，觉得无限哀伤。他生前的慈爱与温情，哪怕是一桩极小的事，克利斯朵夫也记起来了。虽然他有许多缺点，曼希沃并不是个凶横的人，也有许多好的品性。他爱家里的人，他诚实，他有些克拉夫脱刚强正直的家风：凡是跟道德与名誉有关的，决不容许随意曲解，而上流社会不十分当真的某些丑事，他绝不容忍。他也很勇敢，碰到任何危险的关头会很乐意地挺身而出。固然他很会花钱，但对别人也一样的豪爽：看见人家发愁，他是受不了的；随便遇上什么穷人，他会倾其所有的——连非他所有的在内，一齐送掉。这一切优点，此刻在克利斯朵夫眼前都显现出来：他还把它们夸大。他觉得自己错看了父亲，没有好好地爱他。他知道父亲是被人生打败的，这颗不幸的灵魂随波逐流地被拖下了水，没有一点儿反抗的勇气，此刻仿佛对着虚度的一生在那里呻吟哀叹。他好像又听到了那次父亲的请求，当时使他心碎的口吻。

　　"克利斯朵夫！别瞧不起我！"

　　他悔恨交加地扑在床上，一边哭，一边吻着死者的脸，像以前一样地一再嚷着：

　　"亲爱的爸爸，我没有瞧不起您，我爱您！原谅我吧！"

　　但是耳朵里那个哀号的声音并没停下来，仍旧在惨痛地叫着：

　　"别瞧不起我！别瞧不起我！……"

　　突然之间，克利斯朵夫仿佛看到躺在那里的不是父亲而是自己，那可怕的话语就从自己嘴里说出来；而虚度了一生，无可挽回地虚度了一生的痛苦，就压在自己心上。于是他非常惊恐地想道："宁可受尽世界上的痛苦，受尽世界上的灾难，可千万不能到这个地步！"……他不是险些到了这一步吗？他不是想摧毁自己的生命，毫无血气地逃避他的痛苦吗？以死来蔑视自己，出卖自己，否决自己的信仰，但世界上最大的惩罚，最大的犯罪，与这个罪行相比，一切痛苦与欺骗，也只不过是儿童的悲伤？

他终于明白人生是一场无情、无休、无止的战斗，倘若要做个真正的人，必须无时无刻不向无形的敌人作战：本能中那些致人死命的力量，乱人心意的欲望，暧昧的念头，使你堕落使你自行毁灭的念头，都是这一类的顽敌。他看到自己差点儿堕入深渊，也看到幸福与爱情只是一时的儿戏，为的是叫你精神解体，自暴自弃。于是，这十五岁的清教徒听见了上帝的声音：

"往前啊，往前啊，永远不要停下来。"

"可是主啊，上哪里去呢？不论我干些什么，无论我上哪里，结局不都是一样，不是早就摆在那里了吗？"

"啊，死去吧，你们这些本就应该死的人！受苦去吧，你们这些该受苦的人！人不是因为快乐而存在，而是为了服从的我意志而生的。死吧！痛苦吧！但是不要忘了你的责任是做个人。——你就必须做个人。"

卷三

第一章

　　自从父亲死后，家里变得异常的冷清，好像一切事物都沉寂了。曼希沃的大嗓门消失后，整天都能听到令人厌恶的河水的哗哗声。

　　一气之下，克利斯朵夫开始努力工作了。他由于贪恋幸福而恨自己，要惩罚自己。人家安慰他，或是跟他说些亲近的话，他都逗着傲气不予理睬。他认真干着他的日常工作，冷漠地专心教课。知道他遇到不幸的学生，觉得他的举动实在是没有人情味。但年龄大点且受到过灾难的，明白一个人这种冷淡，事实上埋着很大的悲伤，便觉得他可怜。他并不接受他们的怜悯，即使是音乐也不能给他什么安慰，而只是他的一门功课。他对一切都提不起兴趣，或者自认为毫无兴趣，故意要把生活搞得毫无乐趣却继续活着，好像如此他心里才舒畅一些。

　　两兄弟看见家里遇了丧事变得十分安静，十分恐惧，急忙逃走了。洛陶夫进了丹沃陶伯父的铺子，住宿在那里。恩斯德做过了两三种行业的学徒，最后上船当了水手，在莱茵河上美因茨和科隆的航线航行，他只有在用钱的时候才回来一次。家里只剩下克利斯朵夫和母亲，屋子显得太大了；因经济拮据，以及父亲死后发现的债务，使他们只能忍痛去找一个更简陋更便宜的住房。

　　他们在莱市街上找到了一个只有两三间房的三层楼面，地点在城中心，十分嘈杂，与河流，树木，一切亲切的地方都隔得很远。但此时应当听从理智，不能由感情作主。克利斯朵夫在这里又找到了一个好机会叫自己受些委屈。屋子的主人、法院的老书记官于莱，和祖父是朋友，跟他们都熟悉的，这一点就可以使鲁意莎打定主意。她守着空落落的老家太寂寞了，只想靠近那些不会忘记她心爱的家属的朋友们。

　　他们决定要搬家。在那所叫人又爱又恨、从此永别的老屋里，他们呆了最后几天，深深感受着那种凄凉的滋味。由于害羞或害怕，他们竟不敢彼此诉说痛苦。两人都认为不应该把自己的悲伤向对方表白。护窗板关了一半，房里阴森森的，两人在饭桌上匆忙地吃着饭，说话也不敢高声，彼此也不敢相互望一眼，生怕隐瞒不住心中的慌乱。他们吃完饭就分手：克利斯朵夫出门去做他的事，但一有时间就回来，悄悄地溜进家里，踮着足尖走进他的卧房或是阁楼，关上门，坐在屋角的一口旧箱子上或是窗槛上，不思不想的呆在那里，而一走路就会东响一下西响一下的老屋子，有种无法言语地嗡嗡声填满他的耳朵。他的心跟屋子一样地颤动。他战战兢兢地注意着屋内外的声响：楼板的响声，和许多细小莫辨而熟悉的声音——那是他一听就知道的。他迷失了知觉，满脑子过去的影象，一直到圣·马丁寺的大钟提醒他该上工了的时候才会醒过神来。

鲁意莎在楼下轻轻地来回走着。忽然间脚步声听不见了，她可以几小时的没有声音。克利斯朵夫竖着耳朵细听，不大放心地走下来。一个人遭遇了灾难之后，就会长时期的这样动辄心焦。他把门推开一半：母亲背朝着他，坐在壁橱前面，四周堆满着很多东西：破布，旧东西，零零碎碎的杂物，都是她为整理而搬出来的。但是她没有力气收拾，每件东西都使她回忆起一些往事；她把它们翻过来转过去，胡思乱想起来；东西从手里掉下来了，她垂下手臂，有气无力地躺在椅子上，长时间沉浸于痛苦、麻木的状态中。

如今，可怜的鲁意莎只靠回忆生活——回忆她那苦多于乐的从前。但她习惯了受苦，只要人家回报她一点儿好意就感激不尽。几道仅有的微光已足够照亮她的一生。曼希沃给她的痛楚已经完全忘记，她只记得他的好处。结婚的经历是她生平最了不起的一件事。曼希沃虽然是由于一时冲动而很快就后悔了，她却是全心全意把自己交给他的，总认为人家爱她也跟她爱人家一样，所以很感激曼希沃。关于丈夫以后的改变，她根本不想去了解，也不能看到事实的真相。她只知道凭着谦卑与勇敢的本性去面对现实；像她这样的妇女是用不着了解人生就可以活下去的。凡是自己弄不明白的，她都让上帝去解释。一种特殊的虔诚，使她把从丈夫与旁人那里受到的委屈，全都当做上帝的意志，而只把人家对她的好意算在人家头上。所以她那种悲惨的生活并没给她留下辛酸的回忆，她只感觉到衰弱的身体因为长期的饥劳而搞坏了。

曼希沃离去了，两个儿子也弃她而去，剩下的一个好像也不需要她了。如今，她恰似一具行尸走肉一般，没有生气，没有思想，也没有意志。如许多遇到很大打击的老年人一样，她患了神经衰弱。她打不起精神把袜子完工，也没有精力去整理抽屉，就连窗户也懒得去关。她就那样神情呆滞地坐在那里，任思绪飘荡。她竭力不让儿子发觉自己因年老体弱而脸红；克利斯朵夫也不曾觉察到，只是沉浸于自己的悲痛之中。他对母亲说话日益缓慢并不经意，有时甚至很不耐烦。

有一天他看见母亲手里、膝上、脚下、地板上都有各种各样的破布，才破天荒首次惊异起来。她伸着脖子，探着头，呆着脸，看见他进来不禁吓了一跳，苍白的腮帮上泛起红晕，情不自禁地做了一个举动，一边想把手里的东西藏起来，一边勉强笑了笑，嘟囔着：

"你瞧，我整理东西来着……"

可悲的母亲对着从前的物什出神的模样，他看了很伤心，很同情。但他故意用稍微粗鲁而埋怨的口吻，想使她振作起来：

"喂！妈妈，您可不能这样啊！屋子关得严严实实的，总是呆在那些灰尘中间，太不卫生了。加点儿劲吧，赶紧把东西整理好。"

"好吧。"她很温顺地回答。

她勉强站起身子，想把东西还原到抽屉里去，但又立即坐了下来，垂头丧气地让手里的东西掉在地上。"噢！不行，不行，我简直受不了！"她说着哭起来了。

他吓坏了，弯下身子摸着她的头："哎，妈妈，怎么啦？要不要我帮忙？您病了吗？"

她不回答，只一个劲儿地抽抽搭搭。他握着她的手，跪在她前面，想在这间黑洞洞的屋子里把她看个仔细。

"妈妈！"他有点痛心了。

鲁意莎把头靠在他的肩上，眼泪哗哗淌个没完。

"孩子，我的孩子！"她把他紧紧地搂着，"你不会离开我吧？你答应我，决不离开我！"

他听了心都碎了："不会的，妈妈，我不会离开您的。您从哪里来的这种念头？"

"我真烦恼！他们全把我抛弃了，扔了……"她指着四周围的东西，却不知她说的是那些东西，还是她的儿子和死了的人。

"你会一直陪着我吗？永远不离开我吗？……如果你也走了，我该怎么办呢？"

"我不会走的。咱们住在一起。不要哭啦。我答应您就是了。"

她仍旧哭着，无法停下来。他拿手帕替她擦拭着眼泪。

"您心里到底想什么啊，好妈妈？您十分难过吗？"

"我不知道，我不清楚是怎么回事。"她竭力平静下来装出笑脸。

"我想得再明白也没用：因为一点儿小事就会哭起来……你看，我又来了……原谅我吧。我真傻。我老了，没精神了，觉得什么都没意思，我不中用了。我真想把自己和这些东西一起埋掉算了。"

他把她像孩子一般紧紧地搂在怀里。

"别难过啦，您休息一下吧，不要胡思乱想了……"

她慢慢地安静下来。

"真荒唐，我自己也觉得不好意思……可是怎么会这样的呢？怎么会这样的呢？"

这位一生勤劳的老太太，搞不清楚自己的体力为什么会衰退的，心里很难受。克利斯朵夫装作不知道。

"妈妈，您大概是累了吧，"他努力装出毫不在意的口吻。"没什么大不了的，您瞧着吧。"

但他到底还是担心了。他从小习惯了母亲的勇敢，隐忍，对所有的磨难都不声不响地承受过来。这一回的精神崩溃使他惧怕了。

克利斯朵夫帮母亲整理散落在地上的东西。母亲往往舍不得丢下手中的东西，他便轻轻地从她手里取出，她也顺从了。

从这以后，他总是抽空多跟母亲呆在一起。一下班，他不再把自己关在房里而来陪她。他觉得她如此寂寞，又不能坚强承受寂寞；把她这样抛在一边实在危险。

晚上，他靠着临街的窗坐在母亲身边。田野渐渐黑下来了，人们陆陆续续地都在回家。远远的屋子里，亮起微弱的灯光。这些景象，他们见过无数次，可是很快就要看不到了。两人间断地谈着话，互相指出黄昏时那些熟悉的、早就预料到的小事，觉得很新鲜。他们往往半天不出一声。鲁意莎莫名其妙地提起突然想起的一件往事，一些片断的回忆。现在身旁有了一颗怜爱她的心，她舌头比较松动了。她费了很大的力想说话，可是很困难：因为平时在家老躲在一边，以为丈夫儿子都太聪明了，和她谈不上话的，她从来不敢在他们之间插一句嘴。如今克利斯朵夫这种孝顺而殷勤的态度，对她完全是陌生的，使她很快慰也很胆怯。她搜索枯肠仍然表达不出心中的意思，句子都是有头无尾、不明不白的。有时她对自己所说的也难为情起来，看着儿子，一件事讲了一半就停住了。他握着她的手，她才放下了心。他对于这颗孩子般的慈母的心不胜怜爱，那是他儿时的避难所，而此刻倒是它来向他找依靠了。他又高兴又悲伤地听着那些无聊的，除了他以外谁也不感兴趣的唠叨，听着那普通而没有欢乐的、微不足道的、但鲁意莎认为极宝贵的往事。他有时拿别的话打断她，怕她因回想而伤心，劝她睡觉。她明白他的意思，便用感激的眼神望着他说："真的，这样一来我心里倒舒服多了，咱们再呆一会儿吧。"

他们一直呆到午夜，等街坊都睡熟了才分手。她因为胸中郁积的愁闷发泄了一部分，觉得松畅了很多；但由于精神上多了一副重担，有些郁郁不乐。

搬家的日期到了。头天晚上，他们在没有灯光的房间里比往常呆得更久，什么话也不说。每隔一些时候，鲁意莎叹一声"唉！天哪！"的时候，克利斯朵夫便提到明天搬家的许多细节，想使母亲分心。她不想睡觉，克利斯朵夫很温和地催她去睡。但他回到自己房里，也隔了好久才上床。靠着窗子，他努力透过黑暗，对屋子底下黑洞洞的河面最后望了一阵。他听到弥娜花园里大树之间的风声，天上很黑，街上没有一个行人。一阵冷雨开始下起来了。定风针咯咯地响着。隔壁屋里有个孩子在啼哭。黑夜压在地面上，阴森森的叫人不敢出气。破裂的钟声报出单调的时刻，一点，半点，一刻，在沉闷静寂的空气中叮叮咚咚，和屋顶上的雨声交错在一起。

等到克利斯朵夫打着寒噤终于准备睡觉的时候，听见楼下有关窗的声音。上了床，他想到穷人缅怀过去真是件可悲的事：因为他们没有资格像有钱的人一样拥有幸福的过去，他们没有一个像样的家，世界上没有一个角落能够让他们收藏自己的从前。他们的欢乐、苦恼，他们所有的岁月，最后都随风飘流四散。

第二天，他们冒着大雨把破旧的家具搬到新居。老地毯匠费休借给他们一辆小车和一匹小马，自己也过来帮忙。但他们不能把全部的家具带走，新租的房子比老屋小得多。克利斯朵夫只好劝母亲把一些最旧最无用的丢掉。而这也费了不少口舌，她对那些无用的小东西都认为很有价值：一张摆不平的桌子，一把破椅子，什么也不愿意丢弃。直到费休拿出他跟祖父老朋友的身分，帮克利斯朵夫一边劝一边埋怨；而这好人也了解她的痛苦，答应把这些破东西存一部分在他家里，等他们以后去拿时，她才答应把它们留下。

很早就通知两兄弟搬家的事，但恩斯德头一天回来说他很忙，不能到场。洛陶夫只在中午出现了一下，他看着装家具，发表一些建议，也匆忙地走了。

他们在泥泞的街道上出发了。克利斯朵夫拉着缰绳，马车在泥泞的街面上滑来滑去。鲁意莎靠着儿子身边走，替他撑着伞。然后他们在潮湿的新居里把东西安顿下来。天上云层很低，半明半暗的日色使房子更阴暗了。要没有房东的照顾，他们简直心灰意冷，坚持不住。等到车子走了，家具乱七八糟地堆了一地，天已经快黑了。克利斯朵夫母子俩累得没了力气，一个倒在箱子上，一个倒在布包上，突然听见楼梯上一声干咳，有人敲门了。进来的是于莱老头，他先一本正经地表示打搅了他亲爱的房客很抱歉，又请他们下去一起吃晚饭，庆祝他们的乔迁之喜。满腹辛酸的鲁意莎想回绝，克利斯朵夫也不大愿意参加那种家庭的集会。但老人再三邀请，克利斯朵夫又认为母亲第一晚搬进新居不能总想不愉快的事，便强求她答应了。

他们来到楼下，看到于莱全家都在：除老人外，还有他的女儿，女婿伏奇尔，两个外孙，一男一女，年龄比克利斯朵夫要小。大家争着上前，说着欢迎的话，问他们是否累了，对屋子是否满意，是否需要什么。一连串的问题把克利斯朵夫搞晕了，一句话也没听进去，因为他们都是七嘴八舌同时说话的。晚餐端了出来，他们便坐上桌子，但喧闹的声音还是照旧。于莱的女儿阿玛利亚立刻把街坊上所有的琐事儿告诉鲁意莎，比如近处有哪几条街道，她家里有哪些习惯哪些方便，送牛奶的几点钟来，她自己几点钟起床，买东西上哪几家铺子，她平时给的是什么价钱。她直到把什么都解释清楚了才肯放松鲁意莎。鲁意莎糊里糊涂地努力装着很注意这些话，但她随便接了几句，表明她根本没有懂，阿玛利亚大惊小怪地叫起来，从头再说一遍。于莱老人却在那里对克利斯朵夫说明音乐家的前途如何艰苦。克利斯朵夫的另一边坐着阿玛利亚的女儿洛莎，从晚餐开始就没有停过说话，滔滔不绝，连喘气的功夫都没有。她一句话说到一半，气透不过来了，但又马上接了下去。无精打采的伏奇尔对着饭菜咕噜。这下引起了一场热烈的辩论，对红焖肉太咸还是太淡的问题争论不停。他们你问我，我问你，可没有一个人的意见和旁人的相同。每人都觉得别人的口味不对，只有他自己的才是健全而合理的。他们由此竟可以辩论到最后之审判。

最后，大家在感叹人生残酷这一点上统一了意见。他们对鲁意莎和克利斯朵夫的不幸很亲热地说了些让人感动的话，表示同情，还赞扬他们的勇敢。除了客人的不幸之外，他们又提到自己的，朋友的，所有认识的人的不幸。他们一致同意，说好人永远倒霉，只有自私的人和坏人才有快乐。他们得出一个结论，认为人生是悲惨的，虚无的，要不是上帝要大家活着受罪，简直不如死了。由于这些想法与克利斯朵夫悲观的心理很接近，就很看重房东一家，而对他们小小的缺点不予理睬了。

当他和母亲回到凌乱的房间时，两人感到又疲倦又抑郁，但不像以前那样寂寞了。克利斯朵夫在黑暗里睁着眼睛，因为疲劳过度和街上吵闹而睡不着觉。沉重的车子在外边经过，墙壁都为之震动，房东全家都睡了，有人在打鼻鼾，他一边听着，一边以为在这儿跟这些好人在一起，即使不能快乐，也可以减少些苦恼，——虽然他们有点讨人厌，但和他受着同样的痛苦，似乎是了解他而他也觉得理解他们的。

他终于迷迷糊糊睡去，可是天刚刚亮就被邻人吵醒了，他们已经开始争论，还有人用力抬着水桶打水，准备刷洗院子和楼道。

乌斯多斯·于莱是个又矮又驼背的小老头，眼睛里透露出不安和忧郁的神情，脸红红的，满脸皱纹，牙都掉光了，胡子非常凌乱，因为他总用手乱拈。他心地善良，为人正直，非常讲义气，从前和祖父也还投机。他们被人称为双胞胎。确实，他们是同辈又在相同的礼教下成长，但他没有约翰·米希尔那样结实的身体，换言之，尽管有许多地方两人意见相投，实际是完全不同的；因为造成一个人的特点的，性情脾气比思想更重要。虽然人与人间因智愚的关系而多少有差别，但最大的类型只有两种：一种是身体强壮的人，一种是身体柔弱的人。于莱老人不是第一种。他像米希尔那样讲做人之道，但讲的是另外一套；他没有米希尔那样好的胃口，那样的肺量，那种神采奕奕的脸色。他和他的家属，不管哪方面都比较狭小。做了四十年公务员而退休之后，特别无聊，而在那种提前为老年准备好一种内心生活的老人，这是最不能容忍的。一切先天的，后天的，还有在职业方面养成的习惯，都使他有种患得患失和苦闷的心情，他的孩子跟他差不多。

他有一个五十岁上下的女婿伏奇尔，是爵府秘书处的工作人员。他魁梧、结实、光头，还戴一副眼镜，气色很好，自以为闹着病；大概这倒是事实，尽管病没有像他所想的那么多，可是平淡的工作使他变得特别暴躁，终日伏案的生活把身体也磨得不大行了。他做事很勤快，为人冷漠，甚至还相当教条，只是被无聊的现代生活吞噬了。像其他员工那样，他变得神经质。这就是歌德所说的"郁闷而非希腊式的幻想病者"，他很可怜这样的人，但是常常避开他。

阿玛利亚做人跟其他人不一样。强壮，活泼，粗嗓子，她绝不可怜丈夫的唉声叹气，经常不客气地埋怨他。

但两人既然老在一起生活，总免不了受到影响；夫妇之间只要有一个神经衰弱，用不了几年两人很可能都变成神经衰弱。阿玛利亚虽然喝阻伏奇尔的叹息，过了一会儿她罗嗦得比他自己更厉害；这种从指责一变而为帮着诉苦的态度，对丈夫全无益处；他的无病呻吟被她一闹，痛苦加重了十倍。她不但使伏奇尔看到他的诉苦引起了额外的反响而害怕，并且她的心绪也乱了。结果她对自己强健的身体，对父亲的，对儿子的，对女儿的，也发愁了。那简直成了一种病：因为嘴里唠叨，她竟然相信。极轻微的伤风感冒就被看得很严重，无论什么都可以成为闹心的题目。大家身体没事的时候，她还是要着急，因为想到了日后的病。所以她永远过着不平静的日子。可是大家的健康不见得因之而坏，仿佛那种不断的诉苦倒是维系众人健康的良药。每人照常吃喝，睡觉，工作，家庭生活也并不因之松弛下来。阿玛利亚光是从早到晚楼上楼下地活动还嫌不够，一定要每个人跟着她一块儿拚命；不是把家具弄翻，就是不停的扫地擦地板，总是不停地干活，永不停息。

她的两个孩子，被她弄得麻木了，谁也不让自由的淫威压倒了，只有听她的话才是对的。男孩子莱沃那，脸长得漂亮而呆板，一举一动都很不自然。女孩子洛莎，金黄头发，温和而亲切的蓝眼睛，相当好看；要不是又高又蠢的鼻子使面貌显得笨重带点儿呆板的表情的话，她细腻娇嫩的皮肤跟那副亲切的表情，特别讨人爱。她让你想起瑞士巴塞尔美术馆中霍尔朋的少女像；画的那个曼哀市长的女儿，低着眼睛寂静地坐着，手放在膝盖，肩上披着淡黄略带卷曲的头发，为了她难看的鼻子神态有些发僵。洛莎可不在乎这一点，她的永不停息的唠叨丝毫不受影响。人家只听见她不停地用尖锐的嗓音乱说——老是上气不接下气的，好像没有时间把话说完，老是那么一团高兴，不管母亲、父亲、外祖父气恼之下把她怎样指责；而他们的气恼并非为了她烦躁不休，而是因为妨碍了他们的聒噪。这样正直、忠诚朴实中的精华，所有的都齐备了，只是少了一种使生活有点情趣的德性。

克利斯朵夫现在已和以前不一样了，忧患把他暴躁的脾气改了许多，变得很有耐心。和那些高雅大方而冷酷无情的人来往过后，他对那些毫无风趣、装腔作势、高傲冷酷的富人非常厌恶，但对人生抱着严肃态度的好人，更体验到他们的可贵。因为他们过着毫无乐趣的生活，他就以为他们没有向厄运屈服。一旦认为他们是个好人，认为自己应当喜欢他们之后，他就凭他的德国人性格，硬要相信自己确实喜欢他们了。可是他失败了，原因是这样的：日耳曼民族有种一厢情愿的心理，凡是看了厌烦的事一概不愿意看见，也不会看见；因为一个人早已把事情判断定了，精神上平平淡淡的非常安静，决不想让事实来破坏这种安静，妨碍生活的乐趣。克利斯朵夫是不会有这种本事的，恰恰相反他在心爱的人身上更容易发现缺点，因为他要把他们整个儿的爱全部据为己有，绝对没有保留：这是一种无意识的高尚的对人的忠诚，对真理的渴求，使他对越喜欢的人越苛求，越看得清楚。所以很快他对房东们的缺点特别气愤。他们也不想掩饰自己的缺点，只把那些令人厌恶的地方全暴露在外面，而最好的部分却隐藏起来。克利斯朵夫想起自己的不公平，并一直埋怨，努力丢开最初的印象，去探寻他们刻意深藏的优点。

他急于跟于莱说话，那是于莱一直想要的。为了纪念从前喜欢他而夸奖他的祖父，他暗地里对于莱很有兴趣。虽然只是有关天真的约翰·米希尔的近于漫画式的褪色的影子，和一些毫无意义的断片的谈话。每当于莱提到他的时候，第一句话总是老调重谈："就像我对你可怜的祖父说的……"于莱只记得当年自己说的话。

约翰·米希尔从前也是这样。大多数的友谊，往往只是为了要找个对手说说自己，痛快一下。但约翰·米希尔虽然那么天真的只想找机会海阔天空，至少还有同情心，准备随时发泄，不管得当与否。他对一切都感到兴趣，恨自己不是十五岁的少年，看不见下一代的奇妙发明，不能和他们沟通。他有人生最可宝贵的一个品性：一种永远的好奇心，不会因为时间的冲淡而减少。他没有相当的才华来利用这天赋，但多少有才华的人会羡慕他这种天赋！大半的人在二十岁或三十岁上就死了，一过这个年龄，他们就变成自己的影子；以后的生命不过是用来克隆自己，重复着以前所说的所做的所想的，并且方式特别机械，脱腔走调。

老于莱以前的真正生活的时代已经过去了。那时他没有生气，留下的只有贫弱。他只知道他从前的那一行和他的家庭生活，其他的他什么都不知道。他少年时代对所有的事情都抱着现成的见解。他自以为懂得艺术，却只知道几个偶像的名字，提到它们就搬出一套自诩的滥调；余下的都被认为有等于无，难以启齿。人家和他说起现代艺术家，他一般是不听的，或者顾左右而言他。他非常喜欢音乐，要克利斯朵夫弹琴。克利斯朵夫上过一二次当，音乐刚开始，老人和他就说起别的事情，对此无暇一顾。克利斯朵夫当时不等曲子弹完就站起来。只有三四个老曲子，有极美的，也有极低俗的，但都是大家喜欢的，才能使他们比较安静一些，表示完全赞成。那时，老人听了最初几个音就入神了。眼泪流出了，而这种感动，与其说是由于现在体会到的乐趣，还不如说是由于从前体会过的乐趣。这些老歌曲也有克利斯朵夫喜爱的，例如贝多芬的《阿台拉伊特》。很快他就觉得讨厌了：老人经常拿着这些音乐和近代音乐相比较，认为这些音乐才叫音乐，确实他对现代音乐一无所知。

他女婿是个有知识的人，知道艺术界的潮流，但他下判断时永远要压低别人。他既聪明又有鉴赏力，但不愿意欣赏一切现代的东西。倘若莫扎特和贝多芬是和他同时代的，他一样会瞧不起。天生孤独的脾气，使他不肯承认他活着的时候会有什么活着的大人物：这是他受不了的。他由于白白地浪费了一生，便必须认为别人也白活一辈子。如果有人和他的意见相反，那么这种人就是傻瓜。

所以，他总是带着尖刻挖苦的口吻说话，新兴名流只要他看一下就会发现人家的可笑和弱点。凡是陌生的名字都使他产生疑问，对某个艺术家还一无所知的时候，他已经准备批评了，——惟一的理由是否认知道这个艺术家。他对克利斯朵夫的好感，是因为相信这个孩子像他一样觉得人生险恶，而且也没有什么天才。一般神经质、怨天尤人的可怜虫，彼此会接近的最大的原因，是能够相依为命，在一块儿哀叹。他们自己不快乐而否认别人的快乐。但正是这批俗物与懦弱者的无聊的悲观主义，最容易使健康的人发觉健康之可贵。克利斯朵夫就是这样的。伏奇尔那种压抑的念头，原来他是很熟悉的，可是他很奇怪竟会在伏奇尔那里听到，而且无法辨认。他非常生气，因为他讨厌那些思想。

阿玛利亚的作风也使克利斯朵夫气恼，其实这忠厚的女人不过把克利斯朵夫关于尽职的理论付诸行动罢了。她无论提到什么事，总把尽职二字挂在嘴上。她永不停息地做活，要别人也跟她一样的做活。而工作的目的不是为增加自己和别人的快乐，恰恰相反，她仿佛要拿工作来叫大家受罪，使生活变得枯躁无味——否则生活就谈不上圣洁了。她无论如何不肯把神圣的家务放下一分钟，那是多少妇女用来代替别的道德与别的社会义务的。要是不在同日同时抹地板、洗地砖、把门钮擦得雪亮，使劲地拍地毯，搬动桌子、椅子、柜子，那她简直以为自己堕落了。她还对那些事大有夸张的意图，当做荣誉攸关的问题。许多妇女就是用这种方式对此加以保护，她们的荣誉，就是一件光彩四射的家具，或是上足油蜡、又冷又硬、滑得叫人摔跤的地板。

伏奇尔太太还是和以前一样并不因为尽了责任而有丝毫的改变。她拚命干着繁杂无聊的家务，像是上帝派下来的使命。她瞧不起不像她一样死干的人，喜欢把工作放在一边而体味一番人生的人。她甚至闯到鲁意莎的屋里，因为她总是停下工作出神。鲁意莎见了她叹口气，然后害羞地笑了笑，终于向她屈服了。幸而克利斯朵夫根本不知道这件事：阿玛利亚总在他出去之后才往他们家里闯。到现在为止，她还没有直接去惹克利斯朵夫，否则他是肯定受不了的。他冥冥中觉得和她处于敌对状态，尤其不能原谅她的吵闹：他为之头都疼了。一个人躲在卧房里，——个靠着院子的低矮的小房间，——不顾房子里面的空气污浊而把窗子关得很紧，只求不要听到屋子里乱七八糟的响声，可是没用。他不由自主地要特别留神，他甚至注意楼下极小的声音。等到短时间地安静了一会儿，当楼板后面的粗嗓子又嚷起来的时候，他真是火了，一边跺脚一边大骂。可是屋子里一片嘈杂，人家根本没有发觉，还以为他哼着调子作曲呢。他诅咒伏奇尔太太进地狱，所有的顾虑和尊敬都没什么作用了。当时，他认为即使最要不得的荡妇只要不说话，也比大叫的大家闺秀强的多。

克利斯朵夫接近莱沃那是因为他太恨吵闹了。全家的人都忙做一团，惟有这年轻的孩子永远不吱声，从不提高嗓子说话。他说话很有分寸，每个字都经过推敲，而且从容不迫。阿玛利亚不耐烦听他把话说完，全家都被他的慢性子气得直嚷。他可是不动声色，什么也扰乱不了他心平气和与恭敬有礼的态度。因为莱沃那预备进教会，所以克利斯朵夫对他感到特别好奇。

克利斯朵夫对宗教的立场是很古怪的，并且他自己也弄不太清楚，他没有一点时间去思考。学识不够是一方面，谋生的艰难占据了他的精力，他没有时间分析自己，整理自己的思想。以他暴躁的脾气，他会从这一个极端跳到另一个极端，从完全的信仰变成绝对的不信仰，也不知道也不矛盾。快乐的时候，他一点想不到上帝，但相信上帝。不快活的时候，他想到上帝，可不大相信：上帝会允许这种苦难与不公平的事存在，这是不可能的。但他并不把这些难题看得过重。其实他是宗教情绪太浓了，用不着去多想上帝。他就生活在上帝身上，毋须再信上帝。信仰只是为软弱萎靡贫血的人！他们依赖于上帝，有如植物向往于太阳。惟有生命危在旦夕的人才留恋生命。而自己心中有着太阳、有着生命的人就不需要到身边去找。

　　如果克利斯朵夫过着与世隔绝的生活，那么他永远想不到这个问题。但社会生活的束缚，使他对这等幼稚而无谓的题目不得不集中精神想一想，表一个态：因为它们在社会上占有一个很高地位，你随处都会碰上它们。仿佛一颗健全的、抱着一腔热爱的心灵，除了关心上帝是否存在以外，没有成千上万更急迫的事要做！……倘若只要相信上帝，倒还罢了！可是还得相信一个某种大小、形状、色彩、某个种族的上帝！关于这些，克利斯朵夫根本就不想。耶稣在他的思想中根本就没有地位。并且他不爱耶稣，他想到耶稣的时候是爱他的，问题是他一点都不想他。有时他因此指责自己，觉得很不高兴，弄不懂为什么他不多关心一些。但他对仪式是奉行的，家里的人都奉行的，祖父还经常读《圣经》；他自己也去做弥撒，还可以说参加陪祭，因为他是大风琴师，而且他尽心尽职可以作为模范。可是从教堂里出来，他说不清刚才想些什么。他尽可能叫自己对《圣经》感兴趣，甚至感到愉快，但不过把它当做美妙的奇书，谁也不知为什么把它叫做圣书的。事实上，他对耶稣固然抱着好感，但对贝多芬更有好感。星期日他为圣·弗洛里昂教堂的弥撒祭弹管风琴，每逢演奏巴赫的日子，比演奏门德尔松的日子宗教情绪更浓。有些祭礼他特别热衷。可是他爱的究竟是上帝还是音乐呢？有一天一个懵懂的神甫就这样打趣似的问过他，根本没想到这句带刺的话会惹起孩子多少不开心。如果别人是不会把它放在心上的，也决不会因之而改变生活方式，——（不知道自己想些什么而毫不在意的人，世界上不知有多少！）——但克利斯朵夫的需要真诚已经到了极点，使他做任何事都要求良心平安。如果做不到他将永远不安下去。他非常恼恨，以为自己的行为有骗人的嫌疑。他到底信不信上帝呢？……可怜他在物质与精神两方面都没有能力回答，那是既要闲暇，又要知识的。如果对这个问题不解答让他随风而去，那是不可能的，他永远做不到。

　　他小心谨慎地去探问其他人，但大家都非常自然。克利斯朵夫急于想知道他们的理由，没有任何结果。差不多永远没有一个人给他明确的回答，他们说的都是闲文。有些人把他当做自豪，告诉他这些事没有换回的余地，成百万比他聪明而善良的人都不加讨论地相信了上帝，他只要接受他们的榜样就行了。其中有些人很生气，好像是对他们的羞辱：他对自己的信仰毫无把握。另外一些人却耸耸肩膀，笑着说："噢！你不相信是没有什么好处的……"克利斯朵夫对这些人是瞧不起的。

让他失望的是，他没有把这些苦闷告诉上帝。对方尽管很殷切，仍不免在闲聊中使人感到他和克利斯朵夫不平等；神甫的大前提是：他的高人一等的地位与知识是毫无疑问的，所有的议论不能超过他指定的界限，否则便是有失体面……这完全是不痛不痒的装点门面的把戏。等到克利斯朵夫想超出界限，提出那个尊严的人物不愿意回答的问题，他就想法敷衍了事，先用长辈对小辈的神气笑了笑，背几句拉丁文，像父亲一般责令他祈祷，祈祷，求上帝来指引他，——克利斯朵夫在这番谈话之后，觉得神甫那种有礼貌而自命清高的口吻，叫人屈辱得厉害。不管自己有理没理，他是不愿意去请教神甫了。他承认这些人物在聪明与神圣的名衔上比他高，但无论在什么时候都不应该分什么等级，重要的是真理，人在真理之前完全是平等的。

他之所以高兴是因为他找到了一个知心并且年龄相仿的朋友，他自己也只求信仰，只希望莱沃那给他信仰的依据。他向他表示好感。莱沃那态度很温柔，可并不怎么热心，他对什么事都很冷漠。因为家里老是有阿玛利亚或老人打岔，没法把话说完，克利斯朵夫便提议在晚饭后一同去散步。莱沃那很懂礼貌，不能拒绝，虽然心里不愿意，但他沉稳安静的性格，怕一切费事的事情。

克利斯朵夫不知以什么方式开始谈话。说了两三句闲话，很快地扯到他最关心的问题。问他是否真的想去做教士，他对此是否感兴趣。莱沃那停了一下，不安地看了他一眼，认为克利斯朵夫没有什么恶意，才非常安心地说："对啊，不然的话又能为了什么呢?"

"唉！"克利斯朵夫叹了一声，"你太幸福了！"

莱沃那听到克利斯朵夫羡慕的口气，心里特别痛快。他突然改变了态度，脸上露出幸福的笑容，"啊！我多么幸福。""你是怎么到达这一步的。"克利斯朵夫不解地问。

莱沃那没有回答他的问题，只是提议在圣·马丁寺的回廊下找个比较僻静的地方，坐下。那里可以看见种着刺球树的广场的一角，还有远远的笼罩在暮色中的田野。莱茵河在小山脚下流过，野草湮没的公墓静得出奇。

莱沃那正准备说话。他眼睛里闪着得意的神情，说能够逃避人生，找到一个可以隐居，永远不受灾难危害的地方是多么幸福。克利斯朵夫最近的创伤还没愈合，特别需要遗忘与休息；可是心中还有些遗憾。他叹了一口气，问：

"可是，让你放弃人生所有乐趣，你不觉得可惜吗？"

"噢！"莱沃那平静地回答，"有什么可惜的？人生中悲惨和丑恶多于欢乐和美好。"

"可也有些美妙绝伦的事物啊。"克利斯朵夫一边望着暮色一边说着。

"这些美丽的地方是很少的。但这很少的一部分，对我还是觉得很多的。"

"噢！得了吧，只要你心中清楚些，事情就非常简单明了。一方面是一些的好处和不多不少的坏处；另一方面是既不好又不坏，而这还不过是在活着的时候；以后可是有无止境的幸福。两者之间是没有疑问的。"

克利斯朵夫不讨厌这种观点。他认为这样比较着生活太苦了，但他认为这就是智慧。

"那么，"他带着一点讽刺的口气问，"你敢保证不至于被片刻的欢愉诱惑吗？"

"既然知道欢愉是暂时的，而以后的时间却是很长的，你自己还会这么笨吗？"

"你是否觉得死后的时间是无止境的？"

"当然。"

克利斯朵夫便认真地问他。他抱着一线的希望，特别冲动。要是莱沃那能给他真实的证据使他信仰上帝的话，他要用满腔的热情去跟着他皈依上帝，把世界上的一切丢在脑后！

莱沃那对自己扮演的角色非常满意，认为克利斯朵夫是能够信服他的；他便搬出《圣经》，福音书，奇迹和传统等等。但克利斯朵夫听了一会儿便打断他的话，说这是拿问题来回答问题，他所要求的不是把他心中怀疑的对象加以演绎，而是指示他解决疑难的方法。这样一来，莱沃那就沉下了脸，认为克利斯朵夫的病比他想象的严重，居然表示只有用理性才能使他服从。然而他还以为克利斯朵夫喜欢标新立异，——他想不到一个人的不肯随俗竟会是出于真诚的，——所以他并不失望，他仗着最新的学问，运用学校里的知识，将上帝存在与灵魂永不灭的问题，把许多玄学的论证一齐端了出来，而说话的方式是命令的口气。克利斯朵夫神情紧张，紧皱眉头仔细地听着，觉得非常吃力；他要莱沃那把话重新说了几次，用力想理解其中的意义，让自己的脑子全部记住，一步一步跟着他推理的线索。终于他叫起来，说这是跟他开玩笑，是思想的游戏，是能说会道的打趣，信口雌黄，话中有话。莱沃那同他反驳，竭力为经典的作者辩护，说他们是真诚的。克利斯朵夫不以为然地说这些人都是滑稽大家，卖弄笔头的该死的文人，证据应该在其他方面。

等到莱沃那猛然发觉克利斯朵夫的中毒已经到了无可救药的地步，就对他不再发生兴趣了。他记得人家的叮嘱，说不要浪费时间去和没有信仰的人争辩，——至少在他们一味固执，不愿意相信的时候。那既不会使对方得到好处，反而会把自己也弄糊涂了。最好让这种可怜虫听上帝的指挥；要是上帝愿意的话，自然告诉他的；要是上帝不愿意，那就谁也没有办法了！于是莱沃那停止了辩论。他只和蔼地说目前是没办法了，一个人要决定不肯睁开眼来，那么任何人都不能给他指示方向；他要求克利斯朵夫祈祷上帝，得到上帝恩宠，并从内心深处信仰上帝。

从内心深处！克利斯朵夫痛苦地想道。那末，只要我心里有上帝存在，上帝就在我心中了！只要不承认，死就不存在了！……唉！……为那些不需要看到真理的人，能够心里想要怎么样的真理就看到怎么样的真理的人，能造出些满意的梦而去松软地躺在里面的人，生活真是简单了！克利斯朵夫在这种床上是永远睡不着的。

莱沃那一直说着他喜欢的话题，说他们生活是多么的美好。在这个毫无危险的境地上，他又永不停歇了。他用着枯燥无味快乐得发抖的声音，说皈依上帝的生活是多么美好，可以远离世界，远离喧嚣（他说到这里口气非常怨恨，他几乎和克利斯朵夫一样的讨厌吵闹），远离强暴，远离讽刺，远离那些微小的灾难，每天守着信仰那个又温暖又安全的地方，对遥远的不相干的世界上的苦恼，只平静地采取静观的态度。克利斯朵夫一边听着一边认识到这种信仰的自私。莱沃那也觉得他在猜疑，便着急地解释。平静的生活并非懒散的生活！然而，那是以祈祷来代替行动的生活；世界上如果没有祈祷，还成什么世界！我们是在上帝面前替人们寻求出路。

克利斯朵夫静静地听着，愈来愈愤慨了。他觉得莱沃那的理论明明是虚伪的，他并不那么不公平，把一切有信仰的人都认为虚伪。他明白，舍弃人生的行为在一小部分人是无法生活，是非常惨痛的，是求死的表示；——而在更少数的一部分人，是一种高尚的境界……（这境界能维持多久是另一问题）……一般人，逃避现实则是冷酷无情的计策，是不顾别人的幸福或真理，而只顾着自己的安宁。如果信徒知道或觉察了，他将要为了自己的理想受到的亵渎而痛苦……

满心高兴的莱沃那，此刻正在述说世界的美与和谐，他仿佛站在神光照耀的云端里望出来：下面的一切都是黑暗，痛苦；上面的一切变得明亮，光明，整齐；世界有如一座时钟，什么都是那么的有条不紊……

克利斯朵夫不知道他究竟是否有信仰，他只是漫不经心地听着。可是他自己对信仰的强烈的渴望和追求，并没因之变动。莱沃那这样庸俗的心灵，贫弱的论证，是无法损害的……

夜色渐渐地黑了下来。他们坐的凳子已经埋在阴影里，天上的星星特别明亮，一层白雾从河上升起。蟋蟀在墓园的树底下唱着小曲。圣·马丁寺的大钟开始奏鸣：先是一个高昂的音，特别孤单，像一头哀鸣的鸟向苍天提问；接着响起第二个音，比前一个低三度，和高音的哀吟混合在一起；然后是最低的一个五度音，仿佛是对前两个音的回答。三个音交织在一起。在钟楼底下，竟是一个巨大无比的蜂房里的合唱。空气和人的心都为之震动。克利斯朵夫屏住呼吸，心里想：音乐家的音乐，和这个成千上万的生灵一齐欢唱的音乐海洋相比，真是多么可悲啊；这是音响的自由世界，不是由人类的智慧分门别类，粘好标签，安排得井然有序的世界所能比拟。他在这没有边际的音响中痴迷了……

等到那气势磅礴的喁语静默了，最后的颤动在空气中缓缓消失，克利斯朵夫清醒过来，猛然向四周瞧了瞧……什么都不认识了。所有的一切都变了。上帝没有了……

不管信仰是否得到都是一种天意，理智与此是毫不相干的；只要很小的一点儿什么：一句话，一刹那的停止，一声钟响，已经足够了。在你散步，梦想，完全不准备有什么事的时候，突然之间一切都完了：旁边只剩下一片狼藉。你特别孤独，根本不再信仰任何东西。

克利斯朵夫非常吃惊，不知道那是什么原因，怎么会发生的。那真像河水的春汛一样……

莱沃那仍然在那里喋喋不休，声音比蟋蟀的鸣叫更无聊。克利斯朵夫什么也听不见了。周围已经一片漆黑。莱沃那不吱声了。克利斯朵夫呆着不动，他感到不可思议，又怕时间太晚，便提议回去。克利斯朵夫还是不说话。莱沃那去拉他的手臂，克利斯朵夫向前一跳，用无神的眼睛瞪着莱沃那。

"克利斯朵夫，我们回去啦！"莱沃那说。

"见鬼去吧！"克利斯朵夫非常气愤地回答。

"哎唷，我的天！我没有得罪你啊，克利斯朵夫？"莱沃那说话的神气很让人害怕，他被克利斯朵夫吓呆了。

克利斯朵夫停了一下。

"确实，你说得对，"他口气平静了些，"我不知道说些什么。见上帝去吧！见上帝去吧！"

他一个人留下，心里苦闷到极点。

"啊！天哪！天哪！"他喊着，扭着手，心情激动地仰望着漆黑的天空。"为什么我没有信仰呢？为什么我不能再有信仰呢？我心中有了些什么事呢？……"

他信仰的破灭是跟任何人都没有关系的：这番谈话不能成为他信仰破灭的理由，正如阿玛利亚的叫嚣和她家人的可悲，不能成为他近来道德心动摇的原因。那不过是借口而已。怀疑不是从外面，而是从他内心来的。他觉得有些不熟悉的妖魔在心中蠢动，他害怕对自己的思想仔细分析，不敢正面去瞧一瞧他的病……他的病？这是一种病？他只知道有种恹恹无力的感觉，有股朦胧的醉意，有种痛快的悲怆，把他的心伤透了。他自己决定不了。他想鼓起勇气，恢复昨天那种坚韧不拔的精神，可是没用。一切都在瞬间崩溃了。他突然感觉到有个毫无边际的世界，灼热的，野蛮的，不可衡量的……超越上帝的世界！……

这是很短暂的。但从此他就失去了以前生活中的平衡。

克利斯朵夫完全没注意到于莱家里的那个女孩子洛莎。她长得很难看；而自己也根本谈不上英俊的克利斯朵夫，对别人的容貌倒很苛求。他有种年轻人的冷酷，把长得丑的女人根本不当做人，除非她的岁数已经到了不会牵动柔情，只能叫人有些严肃的，恬静的，近乎虔诚的感情的阶段。而且洛莎既不聪明，又毫无特殊的天赋，而她的喋喋不休更使克利斯朵夫避之惟恐不及。所以他不愿费力去理解她，以为她没什么可以理解的，充其量只是偶尔看一眼。

但她比许多姑娘强得多，最少远胜过他热恋过的弥娜。她是个老实的女孩子，没有虚荣，不卖弄风情，在克利斯朵夫住进来之前，向来没有发觉自己的丑，或者是不把这一点放在心里，因为她四周的人不是很在意这些事。假如外祖父或母亲议论她长得非常难看，她只是笑笑，并不认为是真的，或者认为无关紧要；而他们也很少操心。多少其他女人，和她一样或更不好看的，还不是照样有人爱吗？德国人对体格的缺陷特别能宽容：他们会视而不见，甚至能化丑为美，凭着一相情愿的幻想，不管什么脸都能够与非常出名的美女典型意外地套上关系。于莱老人用不着别人如何鼓励，就会说他外孙女的鼻子就像吕杜维齐的于侬雕像上的鼻子。幸而他总是叽哩咕噜的脾气讨厌说人好话；而毫不在意鼻子模样的洛莎，只知道依照习惯做法把家务做得好好的才值得自己骄傲。人家传授她什么，她就当做福音书那样接受。很少出门，没有人给她作对比，她很天真地佩服自己的长辈，完全信任他们的话。与生俱来的喜欢表现真情，不知道猜疑，很容易满足，她可尽力学着家里人哀叹的口气，把听到的悲观论调照式照样放在嘴边。她非常热心，老是想到他人，设法讨人喜欢，替人分担忧愁，迎合人家的心意，需要待人好而不求回报。她这种好心当然被家里人利用，虽然他们心地不坏，对她表示喜欢；但人们总不免瞒用那些听凭摆布的人的好意。大家认为她的殷勤是应该做的事情，所以并不特别对她满意；不管她如何好，人家总要她更好。而且她手脚麻利，性情急迫，动作莽撞像男人一样，又过分地流露感情，常常因之闯祸：不是打坏杯子，就是倒翻水瓶，而且把门关得太猛了，使家里的人对她很生气。不断地挨着骂，她只能躲在一边哭。过一会儿就好了，又笑嘻嘻地同以前一样不记仇。

克利斯朵夫的到来是她生命中的大事。她常常听人提到他。克利斯朵夫因为有些名气，在城里也是大家谈论的话题。于莱一家常常提到，尤其是老约翰·米希尔活着的时候，喜欢对所有认识的人夸他的孙子。洛莎在音乐会中也见到过一两次本领不大的音乐家。知道他要搬到这儿，她不禁连连拍手。为了这有失体统的行为受了一顿严厉地训斥，她非常过意不去。可是她不觉得有什么不好的地方。她过着那样单调的生活，来个新房客当然是种未料到的消遣。他搬来的前几天，她等得心烦死了。她害怕他不喜欢她们的屋子，便尽量想法要它显得可爱。搬来时，她在壁炉架上放了一小束花，表示欢迎。对于她自己，绝对没想到装扮得漂亮点；克利斯朵夫一瞥之下就断定她人既很丑，衣服又穿得不好看。她对他的看法可不是这样，虽然她有理由判定他难看；因为那天克利斯朵夫又忙又累，衣服不整齐，比平时更加难看了。但洛莎对谁都不会批评的，以为她的父亲，母亲，外祖父，全是很漂亮的人，因此觉得克利斯朵夫的长相跟她想象中的完全一样，而专心地钦佩他了。在饭桌上和他坐在一块使她非常害怕，而不幸她的胆怯是用唠叨不停的说话来表现的，使她很快失掉了克利斯朵夫的好感。她可并没发现，这第一晚倒还给她留下一个美好的回忆呢。等到新房客到楼上来，自己在睡房中里听到他们在上面走动的时候，她觉得那些声音很好听，屋子里似乎充满了生机。

第二天，她有生以来头一回，不大放心地仔细看了看镜子；虽然还不知道将来有多大的不幸，但她已经有点预感了。她想把自己的面貌审查一遍，可是办不到。她颇有些怀疑的心理，深深地叹着气，想改变改变装饰，不料把自己弄得更难看了。她还想出许多不好的想法，竭力去讨好克利斯朵夫。天真地只想每时每刻看到新朋友，为他们做些事，她在楼梯上来回地忙个不停：不是给他们无用的东西，就是硬要帮他们的忙，并且大声笑着，嚷着。只是听见母亲不耐烦的声音叫唤她了，她的热心和絮叨才会停下来。克利斯朵夫板着脸，要不是竭力忍耐的话，早已爆发过几十次了。他忍耐了两天，到第三天把门上了锁。洛莎敲敲门，喊了几句，心里明白后，便不好意思地下楼去，不再来了。他碰到她的时候，借口因为要赶工作，不能来开门。她慌忙道歉。她明明看出来自己这种天真的巴结毫无用处：本意是想跟人家套近乎，结果却适得其反，把克利斯朵夫吓跑了。他总是不容避讳地对她不高兴，连话也不愿意听她说，掩饰不了心中的烦躁。她觉得自己说话太多招他厌，下着决心在晚上安静一些；可是说的劲比她的想法更强烈，突然之间又来发作了。克利斯朵夫不等她一句话说完，就躲到一边去了，她不恨他，只恨她自己，知道自己糊涂，可厌，可笑，觉得这些缺点非常有害，非改不可。可试过两次都失败了，就很灰心，认为改不掉这个毛病了，自己没有力量改的了。可是她还是试着去改变。

但还有其他她无能为力的缺点：她长得丑有什么办法呢？现在这是确信无疑的了。有一天，她照着镜子忽然感觉这个不幸的时候，差不多像晴天霹雳。不如说，她还要夸大自己的缺陷，把鼻子看上去比实际大了十倍，似乎占据了整个面部；她不愿意再露面了，恨不得去死。但少年人活下去的力量那么强，极端失望的时间是不多的；她紧跟着以为自己看得不对，叫自己相信早先的确是看错了，甚至觉得鼻子跟普通人的一样，还可以说长得很好呢。于是她凭着原来的能力，很笨拙地想出一些幼稚的手段，例如用头发多遮盖一部分脑门，使面部的不合适不至于太明显。其中并没有卖弄风情的想法；她脑子里从来没有爱情的念头，也许她没有认识到。她所要求的很少，只是很少的一点儿友谊；就这一点来说，克利斯朵夫就对她毫无意思。洛莎觉得，只要他们见面的时候，他能心平气和、友好地道一声好，她就会非常快乐了。但克利斯朵夫的目光平常总如此冷淡，如此无情！她不由得灰心了。他并没对她说什么不受听的话，她却宁愿受几句埋怨而不要这种冷酷的沉默。

有天夜里，克利斯朵夫在弹琴。他在阁楼上安排了一个小房间，在屋子最高的地方，避免听到人家吵闹。洛莎在下面非常激动地听着。她热爱音乐，虽然没有受过训练而品味很低级。只要母亲在家，她便呆在房间的一角干活，看上去像很认真，但她的心总是牵挂着楼上的琴声。幸而母亲到外面买什么东西去了，洛莎马上活跃起来，丢下活计，心里激动地一直爬到阁楼门口。她偷偷地将耳朵贴在门上，直到母亲回家了才蹑手蹑脚地下楼，不让自己弄出响声。可是她举动虽利落，却永远是匆匆忙忙的，结果差点从楼梯摔下来。有一回她弯着身子，腮帮子贴在锁孔上听，一不小心使身体失衡，额角撞在门上。她吓得喘不上气来。琴声马上停止：她连逃跑的气力也没有。她站起身，房门开了。克利斯朵夫瞧见是她，便恶狠狠地看她一眼，也不开口说话，粗暴地把她推过一边，气愤地奔下楼梯，出去了。直到吃饭时才回来，也不弹琴了。洛莎很难过，认为克利斯朵夫一定恨她。

尽管如此，她还存着希望。只要克利斯朵夫有点注意到她，好像在听她说话，或是握手亲热一些，她就觉得很舒服。

最后，家人的几句气话使她做了一场空梦。

全家的人都对克利斯朵夫感兴趣。这个十六岁的大孩子，孤独，严肃，把责任看得很重，使人们产生敬意。他有个坏脾气，就是不开口，他有些生闷气，他的莽撞的行动，在这样一个家庭里是绝没有感觉不对的。连把一切艺术家当成笨蛋的伏奇尔太太，也不能有意怨恨他傍晚倚在阁楼的窗上对着院子呆望，直到天黑下来：因为所有的人都知道他白天的工作已经很累了；而且大家和别人一样敷衍着他。

洛莎和克利斯朵夫谈话时，常常发现父母在窃窃私语地谈论着什么。她感到奇怪，想问一问，但又不敢。

一天晚上，她踏凳子去解开拴在两株树上晾衣服的绳子，下来时正跟克利斯朵夫撞了一下，这时她发现外祖父和父亲在使眼色；于莱和伏尔奇说："多好的一对。"伏奇尔发现女儿在那里听着，便用手肘把老人撞一下，于莱便好像要周围的人都听见一样，大声的"嗯！嗯！"了两下，自以为把他的话很巧妙地瞒过去了。克利斯朵夫转过身，完全没觉得；但洛莎听了心里一怔，脚下没有站稳。要不是克利斯朵夫一边怨她老是这么笨，一边把她扶住，她早已摔倒了。她的脚扭得非常痛，但是没出声，她顾不上痛而只想到他们的话。她向自己屋里走去，硬撑着不让人家发觉。她心里有种甜甜的骚动。她在床前的一张椅子上倒下，放在被单上。脸上热烘烘的，眼里流着泪，她笑了。羞得几乎想钻下地去，没法想问题，只觉得太阳穴里乱蹦，脚踝骨疼得厉害，美好的境界使她忘掉了一切。她隐约听见外边的声音和街上孩子的声音，外祖父的话还在耳边响着；她轻轻笑着，往被窝里钻；她既是祷告，又是感谢，又有欲望，又感觉害怕，——她动了情了。

她听见母亲喊她，勉强站起来，谁知跨了一步便痛得受不了，觉得头昏昏沉沉地乱转。她认为自己要死了，她真希望就这样死了，但又在极力挣扎，为了那个已经许给她的幸福。终于母亲跑来了，家里的人都很着急。照例受了顿埋怨，包扎好了，在床上躺着，她被肉体的痛苦与内心的喜悦刺激得精神恍惚。多么美好的一夜！……这似睡非睡的夜里最琐碎的事，也成了将来美好的回忆。她并不想克利斯朵夫，不知道想什么。反正她感觉非常幸福。

第二天，克利斯朵夫自以为对这件事应该负些责任，便来问她怎么样了，他破天荒第一次对她表现出一些热情。她心里感激得很，甚至希望自己再痛苦些。她愿意忍受痛苦，为的是终身能感受这种快乐。——她躺了好几天，在床上只顾翻来覆去地回想着外祖父的话，还要加以思索，因为她起了疑心，不知道他说的未来"是……"呢，还是"或者是……"呢？

并且他究竟说这些话了么？——说过的，他是说过，她清楚得很……可是怎么！难道他们不知道她会难过，不觉得克利斯朵夫很讨厌她吗？……然而能有个希望毕竟是甜蜜的！她甚至以为自己错了，或许她并不像自己所想的那么丑；她在椅子上把身体直起来，端详着挂在对面的镜子：不知怎么好了。总之，外祖父跟父亲的判断比她准确：自己的判断是靠不住的……天哪！要是那样的话！……要是碰巧……要是她真的长得好看而自己不清楚！……可能她把克利斯朵夫厌恶的感情给夸大了。没有问题，这个男孩子在出事的第二天跑来表示关切，以后再也不把她放在心上，也不来看她了；但洛莎是原谅他的；他也许忙呀！怎么能想到她呢？我们不能批评一个艺术家像批评平常人一样。

无论她怎么忍受，当克利斯朵夫走过的时候，仍不由自主要忐忑不安地等着，希望听到一些好言好语……只要一个字，一个眼神就够了……其余的自有她的幻想来弥补。初期的爱情只需要很少的养料！只要能彼此见到，走过的时候轻轻碰一下，心中就会产生一股幻想的力量，创造出奇妙的爱情；一点儿极小的事就能使她心魂不定：将来她因为逐渐得到了满足而逐渐变得苛求的时候，终于把欲望的目标得到后，可就没有这种心境了。——那时，洛莎杜撰了一个故事，让自己整个儿生活在故事里面，别人不知道。故事是这样的：克利斯朵夫偷偷地爱着她，却不敢说，因为胆小，或是为了别的什么原因，才子佳人式的，总之是这个多情的小姑娘找出来的原因。她据此编成无穷尽的故事，完全是不着边际的；她也知道荒谬，却任凭自己荒谬下去；她拿着活计可以整天地对自己扯谎。她竟然忘了说话：平日说不完的话向心里倒流，好似一条河忽然隐没到地下去了。在她心里，多嘴的脾气可是要赶紧发泄的：多少的长篇故事！无声的唠叨！有时人家看见她蠕动嘴唇，好像有些人看书的时候轻轻地念着字音。

她知道事实并不像她自己所想的那样美妙；但这些梦给她留下一道幸福的光环，使她回到实际生活的时候增加了信心。而她对于得到克利斯朵夫的爱是不会失去信心的。

她准备进攻了，完全是无意识的。凡是热烈的感情需要行动的时候，希望的本能就会萌发：笨拙的小姑娘，居然也会想方设法打动朋友的心。她不直截了当，而是迂回间接进行。等到脚完全好了，能在屋子里走动了，她便去接近鲁意莎。只要有一点儿借口就可以。她想出无数的事帮鲁意莎的忙：上街的时候替她代买东西，使鲁意莎不用再上菜市和商贩论价，也不用到院子里的水龙头上去打水；甚至一部分的家务，像洗地砖、抹地板等等也由洛莎代替了，鲁意莎虽然拦阻也没用，而老人家精神不好，也没有再拒绝别人的能力。克利斯朵夫整天在外，鲁意莎很孤独，有这样一个乐观向上的小姑娘为伴也好受一点。后来洛莎竟不想回家了，呆在她家里，拿了活计来跟鲁意莎谈天。她用些并不很聪明的小手段把话扯到克利斯朵夫的身上。听见人家说起他，洛莎就觉得快活，手指哆嗦，连眼睛也不敢抬起来。鲁意莎非常高兴谈她儿子，讲他小时候的很多好玩的，可笑的，无聊的事情；但洛莎决不这么认为。想到童年时代的克利斯朵夫，做着那个年龄上的惹人怜爱的事儿，洛莎简直快乐死了；任何一个女子都有的母性，在她心中有另一种柔情结合在了一起，愈加美好了；她笑得眼睛都湿了。鲁意莎看到洛莎这样大为感动，便猜到女孩子的心事，但她心里非常喜欢，因为在这间屋子里那么多人中，惟有她懂得这个姑娘的心是那么的好。有时她说着说着忽然停住，洛莎发觉没有声音了，奇怪地抬起头来。鲁意莎正冲着她微微笑着。于是洛莎就扑在了她的怀里，把脸依偎在她胸前。然后她们又和原来一样一边谈一边做活。

到了晚上，克利斯朵夫回家了，鲁意莎很感激洛莎，想到自己要实行的计划，便对邻家的孩子赞不绝口。克利斯朵夫也被洛莎感动了，知道这对母亲很有好处：他向她道谢，洛莎没说几句就溜了，恐怕露出自己的慌乱。克利斯朵夫觉得，她这样做比跟他说话聪明而且可爱多了。他看她的目光也不像原来那样怀着非常深的成见了，并且明确流露出来：想不到她身上竟有许多出乎意料的优点。洛莎也有所感觉了，对他的好感也与日俱增，以为这点好感也许正在升华。她比以前更喜欢梦想了。凭着年轻人浪漫的推想，她相信只要专心追求就一定会成功——更何况她的追求没有不对的地方。克利斯朵夫对于她的好心，对于她乐于助人的本性，不是应该比其他的人更容易察觉吗？

但克利斯朵夫根本没有其他想法，对她只是敬重而已。在他的心里，她没有什么地位。他经历了感情上的磨炼，已经完全变了，他已不认得自己了，他的生命已经颠倒了。

克利斯朵夫觉得很厌烦，并且焦躁。他毫无原因地没有了气力，脑袋很沉重，耳朵、眼睛、所有的器官好像全睡着了，在那里嗡嗡作响。思想从这个题目跳到那个题目，不停地走，快累死他了。五光十色的形象旋转不已，他的头都大了。他原以为是春天的原因，但春天过去了，他的病情仍不好。

这也许就是青春期的困惑吧，情窦初开的少年，爱欲在年轻的体内觉醒。在诗人们看来，这全身再生、死亡、动摇的关头，行动、思想、信仰，所有的生活准备在痛苦与欢乐中挣扎重塑的全过程，这仅是小孩的胡闹。

他又厌恶又惊奇地看着这个变化，毫无力量挣扎。他不明白这究竟是怎么回事。他的生活开始变了，他的生命解体了，整天无所事事，一点精神都没有。夜里的睡眠是断断续续的，作些奇形怪状的梦，各种欲望在心中乱窜，满脑子都是邪恶的念头。浑身灼热，热汗直流，他对自己只感到讨厌，他努力想摆脱那些邪恶的念头，有时他疑心自己疯了。

白天，他也逃不脱这些邪念的折磨。他觉得现在正在向灵魂的黑暗中下沉，没有什么抓得住，没有什么藩篱能挡住那种闹腾。任何的盔甲，所有据以自卫的坚固的壁垒：他的主，他的艺术，他的清高，他的道德信仰，全都垮台了，崩溃了。他看到自己光着身子，被捆绑着，躺在地下，一动也不能动，像一个腐烂的尸体。有时他用尽全力反抗了几下：他的意志在哪里呢？他集中意志，意志也不来：正如一个人在梦中知道作着梦，竭尽全力想醒而醒不过来一样。最后他觉得不去挣扎还能减少一些痛苦，便只好听其自然了。

他正常的生命遭到了破坏。那种激流有时跑得没了踪影，有时却突然出现。从不间断的时间也会中断，设置陷阱，让你陷进去。克利斯朵夫觉得这种情形，仿佛跟自己没关系。所有的一切，——连他自己在内，——和他都没关系。他照常工作生活，可完全是无意识的；他认为生命的机器已经有了毛病，随时可以中止。和母亲与房东们坐在饭桌上，在乐队里，在所有人中间，头脑会忽然变成一片空白：他静静地望着在他周围晃动的脸，什么都搞不清了。他问自己："这些人和……有什么关系呢？"他竟然不敢说出"这些人和我"。因为他已经不知道自己是否还活着。他说完后，声音仿佛是从其他人身上发出来的。做什么动作，他又像在远处，高处，塔顶上，看到自己的动作。他惊慌失措，用手抓住脑袋，差点做一些糊涂事。

尤其是在众多人面前，他自己格外注意的时候，就更容易出现这种情况。譬如有一些晚会中间，或是他当众演奏的时候，突然做个鬼脸，向大公爵吐吐舌头，或是冲着太太的屁股踢上一下。有一次，他挣扎了一个晚上，因为他在指挥乐队的时候竟想当众脱衣服，而他越是压制这念头，越是被它缠着，直到使出全身之力才克制住。在这种荒唐可笑的斗争后，他浑身是汗，觉得脑子里空空如也。他真是受不了了。他不想做哪件事，哪件事就像魔鬼一样缠着他。

于是他的生活完全混乱了。所有这些就像一阵狂风，这种疯狂又是怎么来的呢？扭他的头脑的欲望，扭他的四肢的欲望，从哪个窟窿里冒出来的呢？他就像是一张弓，一张快被拉断了的弓，——不知因为什么，——过后又被抛在一边，像无用的枯枝一样。他不敢再想了，只觉得打了个败仗，非常屈辱，又不敢面对自己的失败。他疲惫不堪，一点儿力气都没有了。那些不愿意看到这种情况的人，从前他是瞧不起的，现在他了解了。在这些无所作为的日子里，一想起浪费的光阴，丢掉的工作，他吓得浑身冰冷。但他并没有振作起来，只承认虚无的力量，而饶恕自己的无能。他觉得委身于这种情况下的快感，就好像一条快要沉下去的船。挣扎有什么用？美，善，生命，上帝，无论什么生物，都是空的。在街上走的时候，他觉得身体好像飘起来了，既没有天，也没有地，也没有他，什么都没有了。他已经头重脚轻了，他能撑到现在已很不容易了，他想他就快倒下了，被雷劈了。他以为自己已经死了……

克利斯朵夫正在脱胎换骨，正在重塑灵魂。他只看见童年时代那颗衰败凋落的心灵掉下来，却不知道正在蜕化出一颗新的、更有生命的年轻灵魂。一个人在生命的某一阶段，更换躯壳的同时，也换了一颗心；而这种蜕变并不是一两天慢慢的完成：它可以在几小时的剧变中完成，瞬间一切都变了，老的躯壳脱下来了。在那些苦闷的时间里，总认为一切都完了，殊不知一切还都刚刚开始呢。一个生命死了，另一个同时产生了。

有一天晚上，他独自面对烛光坐在桌前。他并不工作，他不能工作。一切都在他脑袋里打转。宗教，道德，艺术，整个的人生，一切都成了难题。思想既然崩溃了，就谈不上条理和方法；他只在祖父留下的或是伏奇尔的杂书中乱翻上几本看看：神学书，科学书，哲学书，他都看不懂，因为每样都得从头学起；而且他从来没有把一本书看完，只是翻翻这个，看看那个，把自己弄得稀里糊涂，疲倦不堪。

全屋子的人都睡了。窗子开着，院子里没有一丝风。天上堆满了密云，克利斯朵夫像傻子一般，坐着发呆，望着蜡烛慢慢的烧到烛台底。他没法入睡，只觉得那空虚越来越深，在那里吸引他。他拼命不去看那个窟窿，却又不能自制。在窟窿里骚然蠢动的是混乱，是黑暗。一阵苦闷直冲心里，背脊里打了个冷颤，他毛骨悚然，扶住桌子怕跌下去。他颤巍巍地等着将要发生的事，等着奇迹出现……

就在这时候，天空像开了水闸一般，一场倾盆大雨直泻而下。静止不动的空气颤抖着。雨点打在干燥坚硬的泥土上，如钟声一般。像野兽那样暖烘烘的土地上，在疯狂与愉快中冒起水泡，升腾起一股泥土味，一股花香，果子香，被爱情唤起的肉香。克利斯朵夫心神不宁，全身紧张，连心都颤抖了……幕拉开了。简直令人目眩神迷。在闪烁的电光中，黑暗的深处，他看到了——看到了上帝，看到自己就是上帝，上帝就在他自己心中：它透过卧室的屋顶，透过四面的墙壁；它充塞于天地之间，宇宙之间，虚无之间。世界如飞瀑一样猛冲到他面前，克利斯朵夫吓傻了，出神了；旋风把自然界的规则扫荡完了，克利斯朵夫也被吹倒了，被带走了。他无法呼吸，倒在了上帝身上，他醉了……高深莫测的上帝就是生命之火，生命的飓风，求生的疯狂，——没有目的和节制，只为了轰轰烈烈的生活！

精神上的巨大冲击过后，他昏沉沉地入睡了。第二天醒来，他头脑沉重，四肢无力，像喝过了酒。昨夜使他惊骇万状的阴森而强烈的光，在他心中还剩下一些余辉。他想追逐那道亮光，却无法做到。而且他愈追求愈无法找到。从此，没有结果。

然而这种神秘的狂乱状态，并非一次，以后又发生了好几次，但都不像第一回那么剧烈。它总是在克利斯朵夫最意想不到的时候出现，时间很短，出其不意，甚至抬一抬眼，举一举手就过去了，想都没法想这是幻象，事后还怀疑是作梦。第一晚是一块烈焰飞腾的陨石在黑暗中燃烧，以后只是一簇微光，几小点稍纵即逝的微光，肉眼只能瞥见一下就消失了。但它们出现的次数愈来愈多，终于把克利斯朵夫包围在一个连续而模糊的梦幻世界中，使他的精神都溶解在里头。凡是要驱散这种朦胧的意境的，他都恼恨。他没法工作，甚至也想不到工作。他讨厌有人在他身边，尤其是亲近的人，连母亲在内，因为他们自以为有权控制他的精神。

他常常跑到外面去消磨时光，到很晚才回家。他渴望田野里的清幽，为了能称心如意地像疯子一般，把自己完全都交给那些执著的想法。——但在荡涤尘埃的空旷中，在和大地接触之下，那种纠缠变得松懈了，那些想法也没有幽灵一般的性质了。他的狂热一点也没有减少，反倒加强，但已经不是危险的精神错乱，而是整个健全的生命的醉意：肉体和灵魂都为了自己的变化而得意。

他仿佛第一次发现了这个世界。这是童年以后的又一个童年。似乎整个世界都被一个奇妙的咒语点化了。大自然迸发出璀璨的火花，太阳在沸腾，天空像海水一样湛蓝，像河流一般缓缓流着。大地咕噜作响，吐出沉醉的气息。生命的烈焰在空中旋转飞腾：动物，植物，所有生物，都是晶莹闪烁的火舌。一切都在欢呼呐喊。

而这种奔涌的无比的欢乐就是他的快乐，这种力量便是他的力量。他和万物分不开了。到此为止，便是在儿童时代的快乐时分，怀着欢快而激动的好奇心看着大自然的时候，他也觉得所有的生物都只是些与世隔绝的小天地，或是可怕的或是可笑的，都与他毫不相干，他也无从了解。连它们是否是活着的是否在世界上生存，他也不大清楚，只认为是古怪的机器而已。凭着孩子们无恶意的却很残酷的想法，克利斯朵夫曾经把一些弱小可怜的小动物扯得四分五裂，看着它们古怪可怜的身体的扭曲觉得好玩，根本没想到它们的痛苦。平时那么冷静的高脱弗烈特舅舅看到他折磨一只苍蝇，忍不住气冲冲地把它从他手里夺下来。孩子先想笑，后来被舅舅的气色感动了。此时他才明白，他的俘虏和他一样也有生命，而他是刽子手。从此以后，他虽然不再伤害动物，可也不去同情它们；在旁边走过的时候，他从来没想到去体会一下，那些小小的躯壳里头有些什么在骚动；他像做恶梦一般不敢想起。——可是现在一切都显得清晰明了。那些暧昧的生物也放出光明来了。

躺在万物滋生的草地上，在昆虫嗡嗡作响的树荫底下，克利斯朵夫看着忙忙碌碌的蚂蚁，走路像跳舞般的长脚蜘蛛，活蹦乱跳的蚱蜢，笨重而匆忙的甲虫，还有光滑的、粉红色的、印着白斑、身体柔软的虫。有时他枕着手臂，闭着眼睛，听那个看不见的乐队合奏：一道阳光底下，一群飞虫绕着散发着香味的柏树发狂似地打转，苍蝇嗡嗡地奏着军乐，黄蜂的声音像大风琴，大队的野蜜蜂好比在树林上面飘过的钟声，摇曳的树在那里偷偷谈话，迎风招展的枝条在低声细语，水浪般的青草互相轻拂，有如微风在明静的湖上吹起丝丝的涟漪，又像爱人窸窸窣窣的脚步从身边走过，然后又轻轻地走向远方。

他用心灵感受这些声音，这些呼喊。这些生物，从最小的到最大的，内部都流着同一条生命的血液：克利斯朵夫也受着它的浸润。他和千千万万的生灵原是同一血统，它们的欢乐在他心中也有友好的回应；它们的力和他的力交融在一起，像一条河被无数的小溪充盈着。他就浸在这些小溪里面。强烈的空气冲进他窒息的心房，胸腔快要爆炸了。而这个变化是突如其来的：正当他只注意自己的生命，觉得它像雨水般完全溶解而到处一片迷茫之后，一旦他想在宇宙中忘掉自己，就能体会到生命是无处不在的了。他仿佛死而复生。生命的巨潮泛滥洋溢地流动，他不胜喜悦地在其中游泳，让巨流冲走他，以为自己完全自由了。殊不知他更不自由了。世界上的万事万物，连同控制宇宙的法则都不是自由的——死，才是真的自由解放。

蛹刚到新的躯壳中只知道快快活活地伸展，并不知道进入新的牢笼。

日复一日，新的一周又开始了。光明灿烂的日子，如醉如狂的日子，那么神奇，像小时候初次把一件件的东西发现出来一样。从早到晚，天亮了又黑了，他老是过着空中楼阁的生活，正事都忘记了。细心的孩子，很长时间以来便是生病也没缺过一课，在乐队的预奏中也没缺席一回，此刻竟会找出种种借口来躲避工作。他不害怕说谎，也不觉得羞愧。过去他爱用来压制自己的刻苦精神：责任，道德，如今都显得苍白了。它们那种专制的淫威，在人类的天性面前被砸得粉碎，惟有健全的，强壮的，自由的天性，才是完全的道德标准，其他的一切都是空话！那些谨慎小心的繁文缛节，道德规范，一般人称之为道德而以为能拘囚生命的：真是太可怜了！在生命的威力之下，这些东西不配称为牢笼，一切都能被推倒。

克利斯朵夫精力过于充沛，疯狂地想用盲目的暴力行为，把那股使他窒息的力量彻底摧毁。这种兴奋的结果往往是突然之间的松弛；他哭着，扑到地上亲着泥土，把手和牙齿都陷了进去，恨不得把泥土吞到肚子里去，情欲与烦闷使他浑身颤抖。

一个晴朗的下午，他在树林旁边的小路上散步，阳光照得他有些醉意，但他的精神异常兴奋，眼前的一切都是另外一副面目。和缓的晚霞使万物增添了一种神密的色彩。紫红与金黄的阳光在栗树底下游荡。草原上仿佛放出一些磷火似的微光。天色像人的眼睛一样漂亮。不远处的草地上有个少女正在割草。穿着衣服，露着脖子跟手臂，她抓起干草，堆在一处。她头上包着一块手帕，微黑的皮肤给太阳晒得通红，仿佛在尽量吸收傍晚的日光。

她让克利斯朵夫动心，靠在一株榉树上，他看见她向林边走来。她并没留神，只是不经意地抬了抬头：他看见她黑色的脸上长着一对蓝眼睛。越走越近，甚至弯下腰捡草的时候，他从她半开的衣服里看见了身上那些淡黄的毛。郁积在他胸中的兽欲突然爆发了。他从后面扑上去，搂住了她的脖子和腰，把她的头往后扳着，用嘴紧紧压在她半开的嘴里，吻着她那干燥的嘴唇，碰到了她放肆咬着的牙齿。他的手在她身上乱摸。她想摆脱，但他把她抱得更紧，几乎想掐死她。她终于挣脱了，吐着口水，用手抹着嘴大叫大嚷，没有缘由地骂他。他一松手向田里逃去。她在身后扔着石子，不住地用脏话骂他。他面红耳赤，倒不是因为被她当做或说做是什么样的人，只是为了自己所做的行为。这个突然的无意识的行动，使他感到恐惧。他刚才做了些什么？准备做些什么呢？他所能想象到的只能让自己心烦。而他竟想去做这样丑陋的事。他跟自己抗拒着，并不明白哪一方面才是真的自我。一股盲目的力量在进攻他，他努力地逃也逃不掉：那等于回避自己了。那股力量要把他怎么样呢？明天，一个钟点以内，……在他穿过田垄走上大路的时间内，他又会做出些什么呢？甚至不能走上大路也说不准。会不会退回去再追那个姑娘呢？以后该怎么办呢？……他记起了掐住她喉咙的疯狂的一瞬间。他不是什么事都会做出来吗？甚至可能犯罪！……是的，可能犯罪……心中的骚乱让他窒息。到了大路上，他停下来喘口气。姑娘在那边跟一个听见她叫喊而奔过来的少女谈着话；他们挥拳，跺脚，望着他哈哈大笑。

他回家以后，几天不敢出去走动，既使在城里，不得已才出去一次。他避免着一切走出城门，去往乡间的机会，战战兢兢地害怕遇到自己那股疯狂的气息，像暴雨来前的狂风一样，吹燃他心中的欲望。他以为城墙可以阻挡却想不到在紧闭的窗户里，露出一线看也看不见的、仅仅容得下一双眼睛的空隙，敌人就会溜进来。

第二章

在院子的另一边，屋子的陪房部分，住着房东于莱老人的另一位房客，萨皮纳·费洛哀列克太太和一个女孩子，她住着临街的铺面和靠院子的两间房，还有一个方形的小花园，和于莱家只用一道绕满藤萝的铁丝网隔开。她难得在园子里，只有孩子一天到晚一个人在那里扒着泥土。自生自发的园子有点杂乱，老于莱看了很不愉快，他喜欢把小路耙得很平整，使自然界显得井井有条。就这一点，他曾经对房客说过几次；也许就为了这个原因她根本不到园子里来了，而园子也并没因此收拾得像个样。

费洛哀列克太太自己有一个小针线铺，在商业繁盛的街上，生意本可以很红火，但她对铺子并不比对花园更关心。按伏奇尔太太的说法，一个爱面子的女人，应当自己动手做家务活，——特别是在没有相当的财产容许她游逛的时候，更没有闲荡的理由，——可是那位太太雇了个十五岁的女孩子，每天早晨来做一段时间零活，打扫屋子，看守铺子，以至于她自己可以赖在床上或是把时间用在梳洗打扮上。

透过玻璃窗，克利斯朵夫可以看到她赤着脚，拖着长长的睡衣在屋里来回走动，或是坐在镜子前面发呆几个小时；因为她满不在乎，连窗帘都忘了放下，即便发觉了也不愿意走过去动一动手。克利斯朵夫倒怕羞，连忙从窗子旁边离开，省得让她难堪。但她那边的诱惑力实在太大了：他红着脸，偷偷地看了一眼她那清瘦的裸露的胳膊，懒散的头发，两手勾搭着抱着颈窝；她就是像现在这样的出神了，直要等到胳膊酸麻了才放下来。克利斯朵夫相信自己看到这幕景象完全是不自觉的，而他脑子里想着音乐时，并不因此而慌乱；可是他上了瘾，结果他花费了同样多的时间来看萨皮纳梳妆。她并非卖弄风情，平时倒是很随和，对衣着还不及洛莎或阿玛利亚那么仔细周到。她总照镜子就因为懒惰；每插一支针也像花费了很大的力气，必须停下来歇一歇，对镜子扮一个受苦受累的鬼脸。白天快完了，她还没完全穿扮好。

女仆已经走了，她还没梳妆完，而顾客却在门外打铃了。她听到铃响，等别人叫了几声以后，才从椅子上站起，笑眯眯的，从容不迫地去找东西，——要是找不到，或是要花一些气力，要挪动一下梯子才能取到的货，——她就可以说那东西已经卖完了；待添好卖缺的货，顾客们不是等不急了，就是又光顾别的铺子去了。可是他们并不埋怨她。这女人可爱温柔，对什么都是不慌不忙的，跟她生哪门子的气呢？无论你说什么，反正对她无所谓，人家心里很明白，即使话已说出口，也没勇气再说下去；他们要走了，对她可爱的笑容也回报一个笑容，然而从此再不上门来买东西了。她并不因此着慌。她总是笑嘻嘻的。

她有着一副佛罗伦萨少女的脸庞。眉毛向上，长得很好看；灰色的眼睛只睁开一半。眼袋有些松弛，眼角有细微的皱纹。玲珑的小鼻子，下端稍稍地向上翘着；在鼻尖和嘴唇中间有斜曲线。嘴巴张开着一点，上嘴唇往上吊起，下嘴唇有点厚；脸盘的下部是圆的，是那种又天真又严肃的神气。皮肤不是很白，头发是浅褐色的，打卷的部分很乱。细身材，小骨骼，动作非常的慵懒。穿扮不太讲究，——件敞开着的短褂，脚下拖着双破烂的旧鞋子，——但她青春的风韵，天真的娇媚，温和的气息，自有那种让人怜爱的魔力。她站在铺子门口换换空气的时候，过路的那些小青年总爱看她；她虽然不把他们放在心上，却也注意到了，眼中流露出一些感激的喜悦；妇女被人好意相看之下，都会留露出这种表情，意思仿佛是说："多谢多谢！……再来一下吧！再看我一眼吧！……"

虽然她觉得能讨人喜欢是一种快乐，但懒惰的天性使她从来不刻意做些什么讨人喜欢的事。

在于莱和伏奇尔这些人眼里，她是一个令人反感的人物。她的一切都让他们愤慨：家里的杂乱，她的无精打采，衣着的随便，永远的微笑，非常客气地听着他们的那种批评而一点也不在乎，对于丈夫的死，营业的衰落，孩子的病，日常生活中大大小小的烦恼，都若无其事地觉得没什么，任何事也改变不了她的懒散的习惯和游手好闲的脾气，——她的一切都令他们气愤；而最糟的是这样一个人，居然会有人喜欢。这是伏奇尔太太所不能承受的。仿佛萨皮纳故意用这种行为来嘲弄根深蒂固的传统，真正的人生之道，一板一眼的责任，没有乐趣的工作，取笑那些闹哄，忙乱，哀叹，吵架，和有益身心的悲观主人；而这些主义便是于莱一家的，也是所有的规矩人生存的内容，使他们的生活成为补赎罪恶。

如果一个女人整日游手好闲，把日子糟蹋完了，竟然不动声色地看不起人，别人却像囚犯一样忙得很，——而结果大家还是认同了她，这算什么道理？若守本分的人怎么能不灰心呢？……幸而，谢谢上帝！世界上还有明辨事非的人，能使伏奇尔太太和他们一块得到些安慰。他们从百叶窗外偷看小寡妇，每天议论她。吃晚饭时，这些闲话使全家的人都嘻嘻哈哈地乐个半死。克利斯朵夫心不在焉地听着。伏尔奇夫妇素来喜欢批评邻居们的行为，他已经无所谓了，没有兴趣了。况且他对萨皮纳的认识仅限于脖子和裸露的手臂，尽管觉得可爱，但对她的人，还没有了十分确切的了解。但是他觉得自己对她很不错，而且他也愿意让萨皮纳叫伏奇尔太太生气。

天气很热的时候，吃过晚饭，院子里根本没法呆，因为，那里整个下午晒着太阳，整个晚上都很闷热。只有临街的一边还能让人觉得舒服。有时于莱跟伏奇尔和鲁意莎在门口坐一下。伏奇尔太太和洛莎不过露一露脸：她们忙着做家务；而伏奇尔太太还要争面子，特别表示她没有时间闲逛；为了希望别人听到，她高声地说，所有在这儿靠着屋门昏昏欲睡，手不肯动一动的人，都叫她头疼。既然她不能逼迫他们作事（那是她觉得非常遗憾的），她惟有眼不见心不烦，回到屋里去拼命地为自己做事。洛莎自以为应当学她的样子。而于莱与伏奇尔，觉得到处阴风惨惨，因为怕着凉，也上楼去了。他们睡得特别早，并且哪怕你请他们做皇帝，也不能叫他们改变一点儿习惯。九点以后就只有鲁意莎和克利斯朵夫在外面了。鲁意莎整天不出屋；晚上，克利斯朵夫一有空闲就陪着她，硬要她呼吸一下新鲜空气。她独自一人是绝不会出来的，她害怕街上的声音。孩子们尖叫着追来追去，街上所有的狗都跟着汪汪乱叫一气同他们呼应。还有钢琴声，远处又有单簧管声，紧临的街上又有人吹着短号。四周都有此起彼伏、前呼后应的声音。三三两两的人来来往往，在屋子前走过。在这样嘈杂的环境中，鲁意莎根本不知怎么办；和儿子在一起，她差不多对这些感兴趣了。声音渐渐地静下去。孩子和狗最先睡着。一群一群的人也各自回家。空气更新鲜，夜也更静了。鲁意莎压低声讲着阿玛利亚或洛莎告诉她的新闻。她并不觉得很有意思，但一方面不知道跟儿子说点什么，一方面又需要和他接近，找些话来谈谈。克利斯朵夫感觉到她的用意，假装听着心里却是迷迷糊糊地想着白天的事情。

一天晚上，母亲正还在那样说着，他看见邻居针线铺的门开了。一个女人的影子轻轻地走出来，坐在街上，同鲁意莎的椅子只差几步远。克利斯朵夫尽管看不见她的脸，可已经认得是什么人了。他恢复了元气。空气仿佛更甜美清新了。鲁意莎没有觉察萨皮纳在场，依然轻轻地说着闲话。克利斯朵夫听得比较留神了，甚至认为需要发表一些看法，或许还要让旁人听见。瘦小的影子静止不动，很疲乏的模样，两腿交叉着，双手叠在一块平放在膝上。她向前看着，似乎什么都没听到的样子。鲁意莎想睡觉了，走进屋子。克利斯朵夫说他还想呆一会儿。

时间快到十点的时候，街上纳凉的人几乎都回去了。几个邻居陆续都进了屋子，只听见关门的声音。玻璃窗内的灯眨了眨眼睛，熄了。还有一两处点着的，接着也熄掉了。四下里静悄悄的听不到什么声音……只有他们两人，相互却并不看一眼，都屏住呼吸，似乎不知道每人身边还有一个人。远处的田野传来一阵新近割过的草地的香味，邻家的平台上飘来种在盆里的丁香花的香味。空气静止。天河慢慢地转动着。在烟囱的上面，大熊星和小熊星的车轴在不停地转着；天空中群星闪烁，像一只只会说话的眼睛。本区教堂的大钟敲着十一点，其他的教堂环绕在四周，有些清脆，有些迟钝，每家每户的时钟也传出重浊的音调，还夹杂着鹧鸪那难听的声音。

他们终于冲出了幻想，同时站起，刚要走进门来，一声不响的向对方点了点头。克利斯朵夫回到楼上，把蜡烛点燃，坐在桌子前面，用手支头，眼睛茫然地望着前方。然后他叹了一口气，睡了。他一大早起来就不自觉地走到窗口，对着萨皮纳的房间那边看了一下。窗帘拉得严严实实。上午就这样过去了。从此再也没有变过。

到了第二天的傍晚，克利斯朵夫对母亲建议到门前再坐一会儿，他显然有了乘凉的习惯。鲁意莎觉得很舒心，从前他一吃完晚饭就把自己关在房间里，把所有窗户一齐关上，她很担心。——小影子也不哼一声地坐了出来，坐在原来的地方。他们很快地点了点头，鲁意莎没有看到。克利斯朵夫和母亲还在聊天。萨皮纳对孩子们开心地笑着，看她在路边玩；到九点，萨皮纳带她去睡了，之后又悄悄地退了回来。她如果在屋里多呆一会儿，克利斯朵夫就觉得她不会回来了。他静静地觉察着房子，听着不肯睡觉的孩子们的笑声；萨皮纳还没有来到铺门口，他就听到衣服抖动，便把头转过来，极其兴奋地和母亲谈着话。有时他感觉萨皮纳正偷偷地看着他，他也不经意地瞟她几眼。但是他们从来没有同时看到碰到过。

最后孩子成了他们的导线，她在街上和别的儿童一起玩耍。一条淘气的小狗打盹时，他们去逗它，小狗就被激怒了，"汪汪"地叫了几声，将孩子们吓跑了一半，边跑边乐。女孩子尖叫着，不时回头看着身后，好像被狗追着似的，朝鲁意莎这边直扑过来，鲁意莎吃吃直笑。她拉住了孩子问长问短，并不时地与萨皮纳说话。克利斯朵夫并不理会。他不跟萨皮纳说话，萨皮纳也不搭理他。两人心照不宣的，都表现得不去理会对方。但她们说的每句话，他都没有拉下。鲁意莎觉得他的不开口仿佛没有什么好心。萨皮纳并不这样想；但他使她害怕，回答鲁意莎的话因此而有些慌张，没有一会儿，她便走了。萨皮纳很不自在，不住地亲吻女儿。克利斯朵夫不知所措，不知道该怎么办。那的确不好办；他们虽没直接谈过话，鲁意莎早已介绍他们认识。他想说出一两句话来，谁知喉咙像卡了东西似的发不出声音。庆幸的是女孩又来给他们解围了。她玩着游戏，围着克利斯朵夫的椅子转圈，他把她拦住吻了一下。他一向不喜欢小孩，但拥抱这一个的时候有种怪怪的感觉。孩子竭力挣脱。克利斯朵夫硬拉她，孩子咬了他一口，克利斯朵夫只得把她放走了。萨皮纳笑了起来。他们一边说话一边看着孩子。随后，克利斯朵夫想多说一点，可是实在没什么可说的。而萨皮纳也不知该怎么办，只把他说的重复一遍：

"今晚天气很舒服。" "是的，天气真的很好。"

"院子里闷得人要死。"

"是的，闷得上不来气。"

再也没有什么可说的了，萨皮纳觉得孩子该睡觉了，便抱着孩子进了屋，不再出来了。

克利斯朵夫怕以后她会因此而不出来，他们就不能单独在一起了。其实这种担心是多余的。第二天，萨皮纳又出来了，并与他说话。她并不感到说话有什么乐趣。她觉得自己费了很大的劲才知道了该说什么，可她觉得很无聊：不论说什么，都会停住。克利斯朵夫想起与奥多的会面；但和萨皮纳的谈天，更不知道说什么了，而她更没有耐心，十几天下来，她就放弃了：谈话太费力，她绝不去干，她们互相都不说话了。

往后，所有的一切又变得很美好。黑夜依旧安静，心灵依旧悠闲。萨皮纳摇摆着遐想着，克利斯朵夫也在一旁出神。时间过去了半个小时，一阵薰风将醉人的香味从装着杨梅的小车上吹过来，克利斯朵夫不自觉地轻轻地自言自语，萨皮纳顺便地搭上两句。随后他俩又不作声了，宁静地体味着那些不相干的话。他们作着同样的梦，他们各自沉思着闭着眼睛都在思想着，十一点时，两人互相笑了笑分开了。

过了一天，他们谁也不说话，静静地呆着，半天才说一句二句，证明他们原来都想着同样的事。萨皮纳笑着说："不勉强自己好多了！你以为该找点儿话来说，多不自在呀！"

"唉！"克利斯朵夫非常感动地说，"如果大家都像你一样想那才好呢！"两人一齐笑了。他们同时想起了伏奇尔太太。

"唉，这个可怜的女人真令人头疼！"萨皮纳说。

"她从来不觉得，"克利斯朵夫表示很痛心。

萨皮纳看了看克利斯朵夫，笑了起来。"你觉得有趣吗？"他说。"你不用受这个罪，所以你才不在乎。"

"是的，我将自己锁在家里。"

她无声地笑了一笑。克利斯朵夫在恬静的夜里跟她在一起很高兴，他畅快地吸了口新鲜的空气。

"啊！不说话真舒服！"他说着伸了个懒腰。"是的。"她回答。

"我们是很默契的！"

两人都不作声，在黑夜里彼此笑着。

他们之间彼此还不怎么认识和了解，他们有同样的感受，有天晚上，克利斯朵夫问她：

"你喜欢歌吗？""不，"她真实的回答。"我听了不舒服，一点儿都不懂。"

他喜欢这种真实。有人听音乐其实很烦，可还要装做喜欢。克利斯朵夫讨厌这种谎话，所以有人能老实说不爱音乐，他觉得是种德性了。他又问萨皮纳看书不看。不，她根本就没有书。

他要把他的书借给她。

"是什么书？"她问。

她喜欢什么书呢？他可以借她诗集看。

"那是正经书吧！"

"那么小说吧？"她不想看。

这个她也不喜欢吗？

小说还是喜欢的，可有的太长，看了开头就没有耐心了，隔三差五，最后还是什么也弄不清楚。"原来这就是兴趣！"

"哦，对于故事，有这点儿足够了。一个人在书本外的其他方面也会有兴趣的""那是看戏。"

"不是。"

"你不去戏院吗？"

"戏院里太热，人又多，灯光又太亮，戏又难看，还不如呆在家里舒服呢！"

他同意她的看法。但戏院里还有别的东西，譬如那些戏文还可以学习。

"是的，"她不在意的回答。"但我没时间。"

"你一天都忙什么？"她笑了笑："事情多呢！""是的，你的铺子。"

"哦，"她慢慢地说，"为铺子我也不怎么忙。"

"那么是你的女孩子占用你的时间？"

"也不是的，我可怜的孩子很乖，会自己玩的。""那么忙什么呢？"

他对自己的冒昧既歉意又着迷。"事情多着呢，多得很！"

"是什么?"

她也不知道自己忙什么,从早晨起床,到晚饭后,无穷无尽的事情都在缠着她,她觉得自己应该有空余的时间。

"你觉得无聊吗?"

"不觉得。"

"什么都不做时,也不吗?"

"就是那样我不会无聊;倒是做事时,我心里堵得难过。"他们互相笑着望着。

"你真幸福!"克利斯朵夫说。"我可不能闲着。"

"你会的。""我这几天才知道我也会不做事。"

"那么你会继续下去的。"

他跟她谈话觉得很安静,他只要看见她就行了。他不再烦躁和不安。他跟她说话的时候,想到她的时候,心很安静。他虽然不敢承认,但一接近她,自己就好像被麻痹了。

这些夜晚是他睡得最好的夜晚了。

该回家的时候,克利斯朵夫总朝屋里看一眼。他总看得见萨皮纳的,他们微笑点点头。有时她站在门边,两人就谈几句话;要不然他会叫小孩子把糖拿了送给她。

这天,他走进铺子说要买颗钮扣。她找了可怎么也找不到他所要的。钮扣全放在一块分不清了。她因为被他看到东西这么乱,有点儿不自然。他倒很有意思,低下头去看个仔细。

"不要看!"她用手赶快遮着抽屉,"你不能看! 简直是糟透了。"

她又开始寻找。但有些不好意思,她一气之下,把抽屉一推,说道:"不找了。你到隔壁街上李齐铺子去买吧。她一定有。她那里很全的。"他对她这种做买卖的作风笑了。

"你就是这样给她介绍顾客吗?"

"我就是这样的。"她满不在乎地回答。

"可还是不自在。"

"我老是嫌麻烦,不去整理它们,可我明天一定得开始了。"

"我可以帮你吗?"

她不要他帮忙,她心里很想,可怕别人说闲话。

他们又开始谈着话,过了一会儿,她说:"你丢了扣子怎么办? 不上李齐那边去买吗?"

"我不会去的,"克利斯朵夫说。"等你把东西整好了我买你的。"

"噢!"萨皮纳回答,她已经忘了自己说的话,"但愿时间不会太长。"他们同时为这句话笑了。

克利斯朵夫走向刚才被翻的抽屉。

"我自己找行吗?"

她想拦他,不想让他自己找。

"我会找到的。"

他一下就找到自己所要的钮扣,想再找几颗,可她却赌气地抢过了匣子,自己来找。

天黑下来了,光线很暗了,她拿了匣子走近窗口继续找。克利斯朵夫坐在一旁,离得很近。女孩子调皮地爬在他的膝上,他佯装听着孩子胡扯,无心地回答着。其实他正看着萨皮纳,萨皮纳也知道他瞧着她。她低着头在匣子里找。他看着她,他们的脸都红了。

孩子老是在讲话,可没有人听她的。萨皮纳不动了。克利斯朵夫看不清她,但知道她没做什么,甚至也没找钮扣。两人不说话,孩子觉得奇怪,从克利斯朵夫的膝上滑了下来,问:"你们怎么了?"

萨皮纳突然抱住了她。匣子掉在地下,钮扣散了一地;孩子快活得直叫,赶紧去捡掉落的钮扣。萨皮纳回到窗子前面,出神地望着外面。

克利斯朵夫不知所措地说了声"再见"。

她也无动于衷地轻轻地应了一声"再见"。

星期日的下午,屋子全空了。全家老少都上教堂去做晚祷。萨皮纳从来都不去。钟声响个不停,好似催她去的时候,克利斯朵夫看见她悠闲地坐着,便开玩笑似地责备她。她也笑着回答说,一定要去的只有弥撒祭,而不是晚祷;这些根本用不着,并且还有些讨厌;她认为上帝只会为她不去做晚祷而高兴。

"你以为上帝跟你一样呀。"克利斯朵夫说。

"我最讨厌那样仪式了!"她坚定地说。

"你要做了上帝,你会管别人的事吗?"

"我但愿他不要管我的事。"

"那倒不一定不好。"克利斯朵夫说。

"别说了,"萨皮纳叫起来,"这些都是亵渎的话。"

"这些不见得有什么亵渎。"

"不要再说了。"萨皮纳生气地说。她怕上帝要生气了,便赶快扯上别的话:"再说,只有这时候,能够美美地欣赏一下园子。"

"对啦,他们都不在。"他们彼此望了一眼。

"真舒服!"萨皮纳又说。"我们这是在哪儿呀?"

"嘿!"克利斯朵夫愤愤地叫起来,"有时候我真想把她勒死!"

他们都知道在说谁。

"别人呢?"萨皮纳笑着问。

"对,"克利斯朵夫懊丧地说。"还有洛莎。""可怜的小姑娘!"

他们不说话了。然后克利斯朵夫又道:

"一直这样谈多好呀……"

她笑眯眯地把眼睛眨了一下。他发觉她正在做活:

"你在干活吗?"

他和她隔着两个花园之间绕满长春藤的铁丝网。

她举起碗说:"我在剥青豆。"

她叹了口气。

"这工作并不讨厌。"他笑着说。

"噢!天天做饭,麻烦死了!"

"我敢说,要是可能,你会为了不做饭,而不去吃饭。"

"当然!"

"我会帮你的。"

他跨过铁丝网,来到她身边。

她在屋门口坐在椅子上,他便坐在她脚下的石阶上。从她的衣兜里,拿出一把豆荚,然后把剥好的小豆倒在萨皮纳膝间的碗里。他看到她的脚和踝骨被她的丝袜勾勒得很清楚。他不敢抬起头来看她。

天气闷热。天上云层又白又低,一丝风都没有,没有一张树叶抖动。园子给圈在高墙里头:世界就是这么小。

邻家的妇人带走了孩子,屋子里只剩他们两个。什么话也不说,也不好再说什么。他只知道低着头剥豆荚;碰到她身子,她就激动,有一回在鲜润光滑的豆荚中他们的手碰在了一块。他们剥不下去了。两人都愣着不动,谁也不看谁:她仰在椅子里,微微张着嘴巴,低垂着手;他靠着她,觉得沿着肩膀有些暖气。他们都有些上不来气。克利斯朵夫想把手放在石阶上降温:可手却碰到了萨皮纳伸在鞋子外边的脚,便放在上面,拿不开了。他们都有些发抖,像要发晕似的。克利斯朵夫的手紧紧抓着萨皮纳的小脚趾放不开手。萨皮纳流着冷汗,不知所措中向克利斯朵夫弯下身子……

熟悉的声音传来,把他俩吓了一跳。克利斯朵夫一下跳过铁丝网,萨皮纳把豆荚撩在衣兜里进了屋子。他在院子中看着她,她回望了一下他,彼此眼光交织在一起。下雨了，其他人都回来了……他也回去了。

天渐渐地黑了，被阵雨淹没了的时候，他站了起来，有股禁不住的力量支持着他；他奔到关着的窗户前面，向着对面的窗伸出手臂。这时候，对面的玻璃窗里，在乌黑的室内，他看见——茫然地感觉到——萨皮纳也在伸出手臂。

他匆忙闯出来，下了楼梯，冲进园子。冒着被人看见的危险，他刚想跨过铁丝网，可是看了一下，她刚才出现的窗子，窗户却死死地关着，屋子似乎睡着了。他犹豫了一下。于莱老人经过他身边，还跟他打了招呼。他返回家中，好像自己做了一场梦。

洛莎很快就发现了周边的情况。她从来也不怀疑，还不知道什么叫做妒忌。她准备全心全意地投入，不求酬报。她虽然痛心地忍受了克利斯朵夫的置之不理，可也从来没想到会有别人被克利斯朵夫看上。

这天傍晚，吃过了饭，她将做好的挑绣收拾好放了起来，觉得很快活，想活动一下，去跟克利斯朵夫聊聊天。趁母亲不注意的时候，她偷偷地跑了出去。克利斯朵夫不喜欢她，说她那个活儿是永远做不完的，如今她很兴奋能够反驳他了。克利斯朵夫对她的感情，洛莎自己心里很明白；她自以为看到别人感到愉快，别人看到她也是一样。

她去找克利斯朵夫。克利斯朵夫和萨皮纳坐在门前。洛莎心里很不是滋味，可并没把所看到的往心里去，依然高高兴兴地招呼着克利斯朵夫。在安静的夜里，她那尖叫的噪音让克利斯朵夫心里很难受。他在椅子里猛地抖了一下，气得把脸扭做一团。洛莎忘形地把挑绣一直送到他眼前，克利斯朵夫不耐烦地把它推开了。

"我做完了。"洛莎盯着他说。"那你就再继续织一条吧！"克利斯朵夫冰冷地回答。

洛莎呆住了，她的兴奋被一扫而光。

克利斯朵夫还接着挖苦她："等到你织了三十条，人也老了的时候，你会觉得你这辈子活得很辉煌！"

洛莎真想哭出来，大喊着："天哪！你的话说得真刻薄，克利斯朵夫！"

克利斯朵夫心里有些过意不去，和她聊了些家常。她是只要一点儿鼓励就会满足而沾沾自喜的，于是立刻尖着嗓子唠叨：她不能小点声音说话，养成了大叫大嚷的习惯。克利斯朵夫竭力压制自己，可仍改不了极差的心绪。他刚开始还气呼呼地回答一句半句，后来竟不理睬她了，自顾自地扭来扭去，听着她的叫嚣咬牙切齿。洛莎已经看出他不耐烦，并且知道应该住嘴了，可是她反而叫嚣得更厉害。萨皮纳默不作声，和他们只隔几步路，坐在黑暗处，默默地在那里冷眼旁观。后来她看烦了，觉得这一晚是完了，便转身走了。克利斯朵夫直到她走了好长时间才发觉，也马上站起身子，不客气地说了声再会就回家了。

洛莎独自在街上，非常狼狈，望着他回家的大门。她含着眼泪飞快地跑回家，默默的，免得吵醒母亲；她急急忙忙脱下衣服，用被蒙着头嚎啕大哭。她并不去思考刚才的情形，也没想到克利斯朵夫与萨皮纳之间的感情，克利斯朵夫和萨皮纳是不是讨厌她；她只知道克利斯朵夫已经不爱她了，活着没意思了，死了算了。

第二天早上，她又凭着那种骄傲，自信，转起念头来了。想到昨天的事，她觉得没那么严重。虽然克利斯朵夫不爱她，她也没办法；但心里有个想法（虽然自己不愿承认），认为自己早晚会被他所爱。可是她是从哪儿看出他和萨皮纳之间的端倪来的？像他那样精明的人，怎么会爱一个平凡的女子？那些缺点不是大家都有目共睹吗？这样一想，她的心平静了——可是并不因这个原因不监视克利斯朵夫。白天她没看到什么，即使没发生什么事，但克利斯朵夫看见她整天围着他转，又不说出原因，不禁大动肝火。让他不高兴的是，晚上她老是不厌其烦到街上来坐在他们旁边，他们在演昨晚的事：洛莎一个人说着话。萨皮纳不等多久便进去了；克利斯朵夫也在学她的模样。洛莎不得不承认自己的出场是错误的，但可怜的姑娘就是不承认。但最糟的是她非让人来理睬她、招呼她。而以她那种不高明的手段，以后几个晚上她还是那样。

第三天，洛莎紧盯着克利斯朵夫，让萨皮纳空等了一场。

第四天，洛莎一个人在，他们俩都不愿意再这样僵持下去。可是她除了克利斯朵夫的憎恨以外，什么也没得到。他把她恨之入骨，因为黄昏时那一段时间是他惟一快乐的时间，而现在他也没有了。再加克利斯朵夫一心只想着自己的感情，从来不愿去体会洛莎的心事，所以更无法原谅她。

萨皮纳早猜透洛莎的心事，她对自己是否爱上了他还没弄清楚，就知道洛莎忌妒她，但却什么也不说；并且像所有漂亮妇女一样，她有种天生的自负，因为知道自己一定会胜利，就不动声色看着她的情敌白浪费感情。

洛莎胜利了，对着她的成果非常丧气地考虑了一番。为她，最好是别只用一个办法，别和克利斯朵夫去死缠烂打，至少在目前：她没用过这个办法，不应该跟他提到萨皮纳：而这就是她所用的心计。

为了暗试克利斯朵夫的心思，她忐忑不安地和他说了句萨皮纳长得漂亮。克利斯朵夫非常冷淡地回答说她的确很漂亮。虽然答案早在心中，她仍觉得心上挨了一拳。她知道萨皮纳漂亮，可从来没真正看过，如今是用了克利斯朵夫的眼光第一次去打量她，她看到萨皮纳面色清秀，身体苗条，体态丰韵。她看了很不高兴！……要能有这样的身材面貌，我愿牺牲一切，人家为什么不爱她而爱萨皮纳，她知道答案了！……她的身体！……她怎么会长得这样完美呢？这使她精神上受到很大的打击！她觉得她很丑，很讨厌！无法摆脱这个躯壳！……她太高傲，同时也太自卑，决不愿承认得不到人家的爱而怨叹：她没有这个权利；她想让自己更高尚一点。但她的本质无法改变……不，这太不公平了！……为什么自己这么丑，而她那么美呢？……萨皮纳得到他的爱，她是用什么方法得到的呢？……洛莎用冷傲的眼光看她，觉得她懒惰，随便，自私，对谁都不愿理睬，她什么都不会做，一事无成，却能讨人喜欢……讨那个严厉的她最尊敬的人的喜欢！哎哟！这可太不公平了！太残酷了！……克利斯朵夫怎么会没看见她的缺点呢？——她禁不住在他面前时常说几句萨皮纳的坏话。她是不想说的，但没办法不说。她非常后悔，因为她心地善良，从不愿说别人的坏话。让她更后悔的是她的话引起了克利斯朵夫的严厉的反击，这显示了他对萨皮纳有着深厚的感情。他在感情上受到了伤害，于是他便想让别人也尝尝感情上受到的伤害。洛莎一声不响地走了，垂头丧气地，差点哭出来。她认为这是自己的错，是自作自受，因为她伤害了克利斯朵夫的爱人让他难过。

她这种耐性是她母亲所没有的。精明的伏奇尔太太和老于莱一样，不失时机地也观察到了他们的交谈：要猜到其中的情节是容易的。他们想偷偷地把洛莎嫁给克利斯朵夫的计划落空了；他们认为，这是克利斯朵夫对他们的一种伤害，虽然他并没有征求洛莎的意见就自作主张。阿玛利亚那种蛮横的性格，她的思想是和别人不一样的，虽然她看不起萨皮纳，但让她和萨皮纳亲近，更让她反胃。

她总是对克利斯朵夫不厌其烦地唠叨。只要他在场，她总故意扯到萨皮纳身上，想让她难堪，让克利斯朵夫听了心里难受；像她那样大胆的观点和谈吐，是很容易做到的。在伤害人或讨好人的意念中，女子的本能是超过男人；萨皮纳的不清洁，比起她的懒惰和道德缺点更让阿玛利亚受不了。她用那放肆窥探的眼神，透过玻璃窗，一直瞄到卧室里头，在萨皮纳的梳妆台上搜查证据，然后再一件一件地说给别人听，有的话不言于齿，她就暗示别人，叫人懂。

克利斯朵夫义愤填膺嘴唇都气得抖起来了。洛莎眼看事情不好了，央求母亲不要再说，甚至说萨皮纳的好话，但这使阿玛利亚说得更厉害。

突然，克利斯朵夫从椅上跳了起来，说这样议论一个女子，暗地里说她的坏话是卑鄙的。一个人真要恶毒到极点，才会去拼命地说一个女人的坏话。如果这样能让她吃亏，那就错了：那反倒更让别人觉得她的好，她的重要。

阿玛利亚觉得自己太过火了，但听了这顿教训恼羞成怒，把争论换了方向，改为这样就可以把什么都一笔勾销吗？哼！不帮助一个人，不尽自己的责任，只要不做一件事，就能被认为善良，那是不可能的！

但愿上帝保佑我们，不要像碰到瘟疫一样的碰到这一类人，这一种责任！……大家越争越激烈。克利斯朵夫也一点不饶人。阿玛利亚变得非常不客气了。而最明显的是，从此克利斯朵夫故意跟萨皮纳老在一起。他去敲她的门，愉快地说笑，还有意等阿玛利亚与洛莎看的时候这样做，阿玛利亚说些气愤的话来报复。可是幼稚的洛莎让这种残忍的手段折磨得心都碎了。就这样，克利斯朵夫也学会了气别人。

过了几天，萨皮纳的哥哥给自己的男孩洗礼。他是面粉师，住在十几里以外的一个叫做朗台格的村子上。萨皮纳是可爱的孩子的教母。她也请了克利斯朵夫。他不喜欢这种喜庆的场面，但为了让伏奇尔一家扫兴，同时又有跟萨皮纳在一起的机会，也就很高兴地答应了。

萨皮纳故意开玩笑，也邀请了阿玛利亚与洛莎，明知她们是不会答应的。这本是她意料中的事。洛莎很想应邀请去，她并不讨厌萨皮纳，只是因为克利斯朵夫喜欢她，才有些敌意。有时对她的感情也不错，甚至想跟她亲近一下，把自己的心里话告诉她。可是，在她母亲的榜样面前，只得婉言谢绝了。等到他们出去以后，想到他们快活地在美丽的七月下午散步，而她却在房里缝补一大堆衣服，母亲又在旁边唠叨，她都快闷死了，她恨自己刚才太傻了。啊！要是还可以的话……要是还可以的话，她也能一样去快乐地玩一下……

面粉师派了一辆马车来接克利斯朵夫和萨皮纳，还接了几位别的客人。天气凉却很干燥，鲜红的太阳把红樱桃照得发亮。萨皮纳微笑着，她苍白的脸，和着新鲜空气升起粉红的云霞。克利斯朵夫抱着女孩。他们沉默着，但他们都和旁边所有的人闲聊，不管什么问题，他们很高兴听到对方的声音，很高兴能坐在一辆车里。他们都流露出快活的目光，共同欣赏着两旁的一切。萨皮纳向往农村，但从来不去，因为懒得出去散步；她不出城快一年了，所有的一切都那么新鲜，但对克利斯朵夫说不上新鲜；但他爱着萨皮纳，在情人眼中，他同她激动的感觉一起跳动，并将升华到更高。和爱人在精神上合而为一的时候，他把自己的一切同她联系在一起。

到了磨坊，乡亲们在院子里招呼他们，欢叫着，把人耳朵都震聋了。

鸡，鸭，狗，也来凑热闹。面粉师贝尔多浑身黄毛，身材魁梧，个子高大肥胖，而萨皮纳显得那么渺小。他抱起妹子，慢慢地放在地上，仿佛怕她会碰坏了似的。一下看出来，小妹妹一直是对她高大的哥哥百依百顺，尽管他说一些她不喜欢的话，还时常挖苦她，照旧对他百依百顺。她一切都习惯了，还挺自然，对什么也不以为奇。她不想去讨人喜欢，只觉得有人更是很平常的事；要不然她也不会在意；因为这样，才倍受人爱。

克利斯朵夫发现一个不愉快的事情，原来洗礼不但要有一个教母，而且还有一个教父，教父对教母还有些特权，他不会放弃年轻漂亮的教母。一个佃户，金黄卷发，耳上戴着环子，走近萨皮纳，笑着亲了亲她的脸。克利斯朵夫看了才记得那个风俗。他并没有想到是自己糊涂，更让他生气的是自己太糊涂了。他反而对萨皮纳生起气来，像故意把他带进圈套。在以后的仪式中和萨皮纳分离的时候，他心情更糟。大家在草场上缓缓前进，萨皮纳有时也会从队伍中回头看他一眼。他假装看不见。她知道他在生气，也猜到生什么气；但她并不着急，只觉得好玩。虽然她跟自己心爱的人吵架，心里甚为难受，但永远也不想花些心思去解除误会，那太浪费精力了。只要顺其自然，每样事都会迎刃而解的……

吃饭的时候，克利斯朵夫被一个脸颊通红的大胖姑娘和面粉师的太太夹在中间。刚才他曾经陪着胖姑娘去望弥撒，连看都不看她一眼，这时他对她瞧了瞧，认为还凑合，便当替身，闹哄着向她大献殷勤，以此来引起萨皮纳的注意。他显然成功了；但萨皮纳对什么事什么人都不会放在心上的：只要人家喜欢她，她决不计较人家同时喜欢着别人；因此她非但没有气恼，反倒以为克利斯朵夫有了消遣而很高兴。她从饭桌的那一头，温柔地看着克利斯朵夫。克利斯朵夫可是慌了，他觉得萨皮纳根本没把他放在心上；他便自己生闷气，无论人家是跟他开玩笑还是灌酒，自始至终不开口。他憋着一肚子的气，弄不明白自己干吗要跑来吃这顿没完没了的饭；后来他有些恍惚了，居然没听到面粉师坐着船去玩儿的提议，顺手把有些客人送回庄子。他也没有去注意萨皮纳向他示意，和她坐在一起。等他回过神来，别的位置都满了，只能上另一条船。这点小小的不如意可能会使他心绪更坏，如果不是他马上发觉几乎所有的同伴都要在半路上下去，这时他才舒了心，对大家和颜悦色。况且天气很好，在水上玩一个下午，划着船，荡着水，看那些老实的乡下人相互逗乐，他恶劣的心绪也很快烟消云散了。萨皮纳没跟他在一起，他不再注意自己，只管跟别人痛痛快快地玩一场了。

他们坐着的三条船互相争着，前后衔接，兴奋地撞来撞去。船靠近的时候，克利斯朵夫看见萨皮纳看着他，笑眯眯的，也向她笑了笑，意思是讲和了，因为他清楚等会儿下了船，他们是要一道回去的。

大家开始唱欢乐的歌曲，每个小组担任一部，唱到重复的歌词就来个合唱。几条船稀稀拉拉散开着，遥相呼应。声音清脆地在水面上滑过。不时有条船靠岸，让一两个乡下人上去，他们向远去的船挥着手。人们几乎全都下完了，乐队的人也越来越少，最后只剩下了三个人——克利斯朵夫，萨皮纳和面粉师。

他们共同坐在一条船上，顺着河漂流而下。克利斯朵夫和贝尔多拿着桨，他们并没有划。萨皮纳正对着克利斯朵夫坐在船尾，一边和哥哥谈话，眼睛却望着克利斯朵夫，这样的情景使他们能彼此心平气和地静静思考。如果不是靠那些胡言乱语，他们就不会到这个地步。嘴里好像说："我不是在看你。"但两人的眼睛是表示："对，我是爱你的，可你是谁呢？……不管你是谁，我是爱你的，可是你到底是谁呢？……"

突然天上布满了云，雾从草原上升起来，水汽从河里冒了出来，太阳给吞没了。萨皮纳冻得用小披肩裹紧了自己。她好像很累。船滑到垂柳底下的时候，她闭上眼睛，小小的脸庞白得像纸，抿着嘴，纹丝不动，好像很痛苦，——好像受过了痛苦，已经死了。克利斯朵夫心里很担心，微微地靠向她。她睁开眼来，看见克利斯朵夫一副很担心的样子，就对他微微一笑。他很开心，他低声问：

"你是不是病了？"

她摇摇头说："我只是有点冷。"

两件外衣同时披在了她的身上，将她的脚、腿全包了起来，像是睡在床上的孩子。她一动不动，只拿眼睛来表示感谢。雨下起来了，天很冷。他们拿起桨来急急忙忙划回去。天空一片乌黑，河面开始卷起浪花。田野里，零零星星的灯光闪亮着。没多久，已经大雨倾盆，而萨皮纳已被浇成了落汤鸡。

大家都围着厨房里的旺火，等阵雨过去。但雨越下越大，再加狂风袭击。他们进城还有十几里路要走。面粉师说一定不能让萨皮纳在这么恶劣的天气中动身，劝他们两个在庄子上暂住一夜。克利斯朵夫不敢自己答应，想征求萨皮纳的意见。但她总是看着灶膛里的火不说话，好像在说克利斯朵夫你自己决定吧。可是当克利斯朵夫一答应，她就把红红的脸——（是不是被火光照着的缘故呢？）——转过来对着他，看得出她也同意他的决定。

一个美好的晚上……外面依然下着飘泼大雨。烟囱的上面冒着一簇簇的金星。大家围成了一圈，墙上便映出了奇奇怪怪的人影。面粉师教萨皮纳的孩子看他用手做出各种各样的影子。孩子笑着，可不大放心。萨皮纳对着火弯下身子，用根笨重的铁棒随手拨弄。她有点儿困了，脸上带着微笑，不知在想些什么。嫂子跟她聊天，她只点点头，其实根本没有听到。克利斯朵夫坐在一片黑影里，靠近面粉师，用手抚弄着孩子的头发，微笑地望着萨皮纳。她知道他望着她。他知道她向他笑着。他们在整个晚上谁也没有去向对方主动说一句话或是看上一眼，而他们却有着心灵的相通。

他们早早地休息了。两间卧房并排，里头有扇门相通。克利斯朵夫无意中看了看门，知道萨皮纳那边已经锁上了。他上床竭力想使自己睡着。雨无情地下着，风无情地刮着。楼上有扇门在那里摇摇摆摆地发出令人讨厌的声音。窗外一株白杨忽忽啦啦地一阵乱响。克利斯朵夫失眠了。他想到自己和萨皮纳只几步之遥，在一个屋顶之下，只隔着一堵壁。他并没有听见萨皮纳的屋里有任何声音，但他总感觉能看到她，便在床上抬起身子，轻轻地呼唤她，跟她说了许多缠绵的话。他好像听到那个他向往的声音在回答他，跟他说着同样的话也在呼唤他；他弄不清是自问自答呢，还是真的她在说话。他有点像在幻觉中，有一声叫得更响了些，他终于忍不住了，飞快跳下床，摸到了门边，他想打开门，而又因为它锁着而为自己庆幸。可是门居然开了，而他不自觉地抓到了门钮。

他愣了一愣，矛盾地将门关了又开，开了又关上。刚才不是上了锁的吗？对，的确是锁着的。那么是谁开的呢？……他心跳得很快，靠在床上，喘着粗气。情欲让他不能自已，浑身发抖不能移动。盼望了几个月的，从来没有这样，现在，什么阻碍都没有了，可是他反而怕起来。这个充满热情的少年，对着一朝实现的欲望突然感到惊恐，厌恶。他觉得自己的想法太无聊，为他想要去做的行为感到可耻。他爱得太深了，甚至不敢享受他的所爱，反倒害怕了，竟想逃离面前的一切。爱情，爱情，难道没有更深远的爱的方式吗？……

他又回到门口，爱情让他不知所措，拿不定主意，不知该怎么办。

门的另一边，冰冷的地面，打着哆嗦的身体，萨皮纳也站在那里。

他们这样地迟疑了很久，不知过了多长时间？………他们不知道自己在做些什么，却又清清楚楚。他们彼此伸着手臂，——他强烈地压抑着自己，——她同样也很矛盾……而当他决意进去的时候，她强迫自己锁上了门。

他觉得自己疯了。他将嘴贴在锁孔上轻声地呼唤哀求：

"萨皮纳，开门，好吗？"

他呼唤着萨皮纳，她感觉到了他的气息。她站在门旁，冰冷的身体，纹丝不动，浑身冰冷，牙齿在打颤，不能自己，也不知自己该做什么。

狂风继续抽打着树木，所有的一切好像都被吹得砰砰嘣嘣……他们各自回到床上，身心疲惫，各自心里充满着苦闷。黎明就要到来了。东方微微地泛着白光，白光中，隐约可见满布水雾的窗子，黎明更近了。

克利斯朵夫早早地起了身，到厨房里跟人闲聊。他想自己先走，不敢见到萨皮纳。主妇说萨皮纳病了，昨天在外边着了凉，今天不能回去了。他听了终于放下了一颗悬着的心。

孤独的返程。他心里很烦，便独自走回去。田里湿透了，大地笼罩着死气沉沉的颜色，村舍，树木，生命也像消失了，一切都那么黯然。他自己也像掉了魂似的。

他回去看见每个人脸上都有些微怒。他和萨皮纳在外边过夜，谁能证明他们是清白的，大家为之非常气愤。他埋头工作不再看任何人。第二天，萨皮纳回来，也不去见任何人。他们刻意地躲着不去见对方。天气很冷，雨不停地下着，两人都不出门。他们只能从模糊的玻璃窗中看到对方。萨皮纳裹着厚厚的衣服，不知在想些什么。克利斯朵夫被纸堆淹没了。两人隔着窗子各自地思索着体会着。他们不大明白此刻的自己，只是互相恼恨，恼恨自己做过的一切。农庄上那夜的事已经烟消云散了，他们不愿去想，可不知道是为了他们的情欲而脸红，还是为了没有向情欲低头而脸红。他们沉思并且想不通，他们觉得见面非常不自在，因为谁也不想提起那件事，便齐了心躲在自己屋里，随着时间的流失而忘掉它。但那是不可能的，他们还为了彼此的敌意而难过。萨皮纳脸上的表情，克利斯朵夫看了永远也忘不掉。她对这些想法也一样的痛苦，想把它们忘掉，抹去它们，可是不行，她无论如何忘不掉。其中还有羞愧的成分，因为她的想法被克利斯朵夫看出来了，也因为自己曾经有过的错误想法而惭愧。

有人请克利斯朵夫到科隆与杜塞尔多夫两处去参加几场演奏会，他立刻同意了，很愿意能出门两三个星期。为了筹备音乐会，又要重作一个完美的曲子到会去演奏，克利斯朵夫把全副精神拿了出来，忘掉了那让人不高兴的事情。萨皮纳也恢复平常那种恍恍惚惚的生活，以前的事慢慢地被忘掉了。两人想到对方的时候，甚至可以没有这件事情存在。他们真的相爱过吗？竟有些怀疑了。克利斯朵夫快要出去演出了，根本没有向萨皮纳说一声。

离开的前一天，鬼使神差他们又有了见面的机会。那是全家都出去的一个星期日的下午。克利斯朵夫正在为旅行做最后的准备也出去了。萨皮纳坐在老地方晒太阳。克利斯朵夫回来路过，匆匆忙忙的，看到她表示了一下就想走了。但就在快要离开的时候，不知为什么他站住了：是为了萨皮纳脸色不好看，还是为了很矛盾的心理，悔恨，温情，恐惧？……他转过脸，靠在铁丝网上对萨皮纳说了句话。她不出声，把手伸向他。她的笑容非常温柔，——他一直没见过这样。她伸出手来的意思仿佛是说："我原谅你了……"他在铁丝网上抓住了她的手，弯下身去亲吻，她也没有收回她的手。他真想扑在她脚下和她说："我爱你"……两人默不作声地互相瞧着，可并没说什么。过了一会儿，她把手拿开了，转过身去。他也掉过头去，遮掩心中的慌乱。然后，他们又互相望着对方，眼神都显得安定了。落日西下，晚霞将空气的颜色映得万紫千红，很是怡人。萨皮纳习惯地裹了裹披肩。

"你近来怎么样？"他问。

他稍稍地闭了闭嘴，觉得这种问题大家应该能够看到。他们还在那里相互看着，非常快乐：好像又找回了刚开始相恋的感觉……

最后他终于说话了，说道："我明天要离开了。"

萨皮纳吃了一惊："你要去多久？"

"噢，也不过二十天左右。"

"两三个星期！"他不知所以然了。

他说他是出去为别人演奏，回来后便再也不离开了。

"冬天，"她说，"那是个什么时候呀？"

"噢！那已经没有多长时间了。"

她眼睛看着远方，摇摇头，停了片刻又说："我们什么时候能再见面呢？"

他被问糊涂了，他不是早已说明白了吗？

"我们很快就能见面，不过是半个月，不超过二十天。"

她神气还是那么颓丧。他想逗她开心。

"这时间对你来说不会太长的，一转眼就到了。"

"应该是吧。"

她不知自己是怎么了，好像是在发抖。

"克利斯朵夫！……"她突然向他转过身体，喊了一声。

她说话之间有些悲伤的音调，似乎不愿让克利斯朵夫离开，"别走啊！……"

他抓住她温柔的手，看着她，不懂为什么这点时间对于她这么重要；但只要她让他留一下，他就会马上回答："好，我留下了……"

她刚要开口的时候，大门被推开了，洛莎回来了。萨皮纳抽出了放在

• 172 •

克利斯朵夫手中的自己的手，飞快地跑进屋里。在屋门口，她又转身看了他一下，——后来就消失了。

克利斯朵夫回去想晚上再约萨皮纳见一次。但伏奇尔一家盯着他，母亲与他寸步不离，行装也没有装好，他竟抽不出时间跑出屋子。

第二天，他早早地就要离开。路过萨皮纳的门口，他很想走过去，敲她的窗子，觉得没有和她说再见而离开很伤心；——昨天他还没有来得及说更多的话，就给洛莎打断了。但他想到这时她还没有醒来，把她叫醒会令她不愉快。即使叫醒了也不知该怎么去说？要取消旅行已经太迟了；而假使她要求他取消又怎办呢？……最后，他觉得考验一下自己在她心中的地位，——必要时甚至让她痛苦一下，——这还不错。他并不把萨皮纳和他分开的痛苦当成一回事；只觉得如果她真的爱他，那么这次短时间的分离会让她更加思念他。

他来到车站。不管怎么样，他总有些不舒服。可是车子一动，这一切都没有了。他觉得心中有股热流。古城中的屋顶和钟楼给朝阳染上了漂亮的颜色，他愉快地和它们作别，又用着离开家门那种无挂无虑的心思，对着古城的一切，就把它们丢开了。

他来到科隆与杜塞尔多夫的一段时间，从来没想到萨皮纳。整天忙着演奏会，宴会，音乐会，谈话，他只注意着没有听到过的事，演奏的效果使他非常得意，根本没时间想起过去的事。只有一次，离家以后的第五天的晚上，他被突如其来的恶梦惊醒了，发觉自己在睡梦中见到她，而他就是因为想到她而被惊醒的，但他记不起是怎么样想到她的。他心里一阵难过，可是这并没有什么，他晚上的表演又成功了。之后别人又请他吃饭，这件事很快被他忘记了。晚上，他又睡不着了，便爬起来。老是有段音乐在脑中纠缠不清。他以为是由于脑中这段曲子的原因而令他睡不着，于是便将它写了下来，看了以后，很是惊诧，因为他写的时候并不悲伤。但他有几回真的伤心的时候，写出的音乐倒都是欢乐的，为此他很生自己的气。所以他并没有多想什么。内心的这种反常的表现，他虽然不知所措，已经习惯了。他很快睡着了，把这一切都忘光了。

他把回家的日子推迟了三四天。那是他一时得意，因为他知道如果自己愿意，就能马上回去，但他并没有立刻回家。直到踏上归途的车厢，这时候他才又想起了萨皮纳。他根本没有想过她，并写信给她，而且那样地不放在心上，连去邮局也懒得去。他对自己这种毫无声息的态度暗暗地觉得痛快，因为知道家里会有人等他，有人爱他……他仔细想了想，很疑惑？他们从来没有向对方这么说过。不用担心，两人都知道这一点，用不着说的。不过还有什么比得到对方的爱更宝贵的呢？可是他们迟迟不说，每次他们正要互诉衷情的时候，老是有倒楣的事，不如意的事，将他们分开。怎么会这样呢？他们浪费了多少时间！……他心急地想把心爱的话说给她听。在空旷的车厢里，他高声大喊了几遍，路途越近，他心越急，竟变成一种悲怆的苦闷了……火车快点吧，很快他就可以和她见面了！

他到家是凌晨六点半。大家还都在睡觉。萨皮纳的窗户紧闭着，他轻轻地溜过院子，不让她听见，想要叫她出其不意地惊喜一下，开心一下。他跑到自家楼上，家人都睡着。他悄悄地洗了脸，肚子开始"咕咕"叫了，到食橱里去找东西又怕吵醒母亲。他听到院子里有声音，轻轻地把窗户打开，看见了早起的洛莎，便叫了一声。洛莎刚开始又惊又喜，可又不作声了，但他兴致很好，便下楼问她：

"洛莎，洛莎，"他声音很愉快的说，"快给我些东西吃，要不然就把你吃了！我饿死了！"

洛莎笑了笑，把他领到厨房，一边弄早饭，一边问他旅行的事。他很乐意回答，因为到了家他很高兴，连洛莎也忍受了。可是洛莎在说话时候突然停住，表情难看地、说话也开始断断续续。终于他注意到了，问："你怎么啦，洛莎？还生我的气吗？"

她突然转过身，急忙接着说不是，突然两手抓住了他的胳膊，说："噢！克利斯朵夫！"

他吓了一跳，手里的面包掉在地下："怎么了！怎么了？"

她接着说："噢！克利斯朵夫！……出了大事了……"

他推开桌子，结结巴巴地问："是在这里吗？"

她用手指向萨皮纳的屋子。

他叫道："噢！萨皮纳！"洛莎哭着说："她死了。"

克利斯朵夫几乎晕厥了，桌上的东西都倒了，他的心像被什么东西绞着，终于呕吐起来。

洛莎惊呆了，捧着他的头，哭了。

稍稍定了定神，他说："你是在骗我！"

他想以此来改变萨皮纳已死的事实。一看到洛莎泪流满颊，他相信了，不由得嚎啕大哭。洛莎抬起头来喊了一句："克利斯朵夫！"

他将整个脸蒙了起来。她向他探着身子："克利斯朵夫！……妈妈来了！……"

克利斯朵夫站起来："噢！不，我不想见到她。"

他晃动着，眼睛被一片雾水蒙住了。她将他带到一间柴房里，屋里很黑，因为她把门关上了，他们席地而坐。外面的声音在这儿已经听不大清；他完全可以大叫大嚷，不用怕人听到。他禁不住大声哭泣。洛莎以为他根本不会哭，她只知道女孩子才会哭，一个男人的绝望使她又是惊奇又哀怜。她对克利斯朵夫抱着满腔热情，而这种爱全是无私的，可以为他牺牲，为他吃苦，为他受罪。她用母爱的柔情把手臂绕着他，说："好克利斯朵夫，别哭了！"

克利斯朵夫掉过头去，回答说："我也不想活了！"

洛莎合着手："不要再说傻话了，克利斯朵夫！"

"我真的不想活了。我活不下去了……活不下去了……没有了萨皮纳，我活着干吗？"

"克利斯朵夫，我的小克利斯朵夫！你并不孤独，这世上还有人爱你……"

"这跟我毫无关系，我只爱萨皮纳，没有了她，我的存在已没有意义了。"

他更加伤心了。洛莎不再说什么了，她以为痛苦可以让她有机会接近他，可是反而隔得更远了。她也伤心地哭了。

过了一会儿，克利斯朵夫止住了哭声，问："这究竟是怎么回事？怎么回事呢？……"

洛莎知道他问的是她怎么死的，回答说："你走的那晚，她害了流行性感冒，就死了……"

"天哪！……为什么不写信告诉我？"他抽嗒着问。

"我写了信，可你又没告诉我地址。我到戏院去问，他们也不知道。"

他知道她是怕羞的，这已经够让她为难的了。

"是她让你写的吗？"他又问。

她摇摇头："不。是我自己要写的……"

他心里很感谢她，洛莎的心融化了："可怜的……可怜的克利斯朵夫！"

她哭着抱着他。克利斯朵夫揣摸到这种纯洁的感情多么可贵。他这时很需要别人的安慰，便把她拥抱了："你真好，这说明你也喜欢她的，是吗？"

她挣开他的怀抱，向他热情地望了一眼，默不作声，哭了。

这一眼使他明白了，那就等于说："我爱的是你……"

克利斯朵夫几个月来不知道——不愿成为现实的，终于看到了：她爱着他。

"不要出声，有人在叫我。"

他们听到是阿玛利亚在喊叫。

"你想回去吗?"洛莎问。

"不,我现在还不能走,我不要跟母亲说……等一会儿再看……"

"那你呆在这里,我一会儿就回来。"

他呆在黑暗的柴房里,阳光从结着蜘蛛网的小洞中射进来,外面是嘈杂的世界,一切都仿佛很灰暗。克利斯朵夫发觉了洛莎的心事并不高兴,总是心神不定的。他从前想不开的事现在全想开了。从来不在意的小事,都给回想起来,显得很简洁。他很奇怪为什么会这样,又觉得让自己离开痛苦,哪怕是一分钟也是不对的。然而这现实太悲哀了,保卫生命的本能比他的爱情更强,强迫他去想洛莎,那好比人都是自私的,在生命受到损害时,任何可抓的东都不会放过。并且因为此刻他正在心痛,所以能感觉到另外一个人的痛苦,只是为了他。他明白了刚才她流的那些眼泪,是为他而流的。他觉得洛莎可怜,也想到从前自己对他的所做所为多么残忍,——可以后还是会这样。因为他不爱她。这可怜的小姑娘,她爱他有什么用呢?可怜的小姑娘!……他从心底对自己说她心很好(她刚才已经给他证明了),但这跟他无关,她的生命也跟他无关……

他想:"为什么死的是萨皮纳而不是她呢?"

他又想:"她活着,她爱我,她可以随时跟我说爱我,明天可以对我说,她一辈子都可以对我说;——可是萨皮纳,我惟一爱的一个,她从来没有对我说她爱我,我也没有跟她说我爱她,我再也听不到了,她也永远听不到我对她说了……"

他又想起了分前别的最后一个晚上,他记得他们正要说话的时候,被洛莎打断了。于是他恨洛莎。

洛莎进来了。洛莎低声叫着克利斯朵夫,在黑暗的屋子里找他,她抓住他的手。他一碰到就觉得恶心:他埋怨自己不应该这样,可是没用,他控制不了自己。

洛莎默默地站着。她的深深的同情居然使她学会了静默。克利斯朵夫很高兴她不用无聊的话来烦他。可是他很想从她嘴里得知……只有她才能讲起她。他低声问:

"她什么时候走的……?" "快十天了。"

他突然想起了一件事,他问:"是在夜里吗?"

洛莎惊异地望着他:"是的,在夜里两三点钟的时候。"

他想起了他写的悲凉的曲子。

"她走时痛苦吗?"他哆嗦着问。

"不，不，谢谢上帝，告诉你，好克利斯朵夫，她差不多没有什么痛苦，她软弱得一点也没动。我们马上看出她是不行了。"

"可是她，她自己是什么感觉？""不知道，我相信……"

"她最后说什么了？"

"没有，一句也没有。她只是一直叫苦。"

"你也在场吗？"

"是的，在她哥哥没来之前，都是我一个人在照顾她。"

他感激之下，紧紧握着她的手："谢谢你。"

她觉得自己的心在扑扑地乱跳。

沉寂了好一会儿，他吞吞吐吐地问出那句他一直想问的话："她没有留下什么话……要对我说的吗？"

她伤心地摇摇头。她真想编出他心里期待着的话，只恨自己不会扯谎。她安慰他说："她已经昏迷了。"

"她还能说话吗？"

"她说得声音很小，我们听不清。"

"孩子送到哪里了？"

"舅舅带走了。"

"她呢？"

"她在上星期一已经被带走了。"

他们俩又抱头痛哭。

外边，伏奇尔太太又在寻找洛莎。克利斯朵夫一个人在柴房里感受着那可怕的日子。八天！已经八天了……唉！天哪！她现在是什么样子？八天之中下了这么多的雨！……而这个时候他还在笑，他还在快活。

他摸到了口袋里的一个纸包，是鞋上用的一副银扣子，他买来准备送她的。他想起那天令他全身充满暖气的夜晚，那只纤小的脚现在还在吗？肯定很冷！……他又想到，那个温暖的感觉是他对她肉体的惟一的回忆。他从来不敢触摸她的身体，把它抱在怀里。现在她去了，他已经很陌生。关于她的一切，他都一无所知。她的外表，她的爱情，她的生命，他没有一点纪念……她的爱情吗？……他有什么可以证明？她什么也没留下，——什么也没有。她的爱在哪里才能找到呀！空空的一片！除了他对她的爱，除了他自己，她已经什么都没有了……他不想承认现实，他还在幻想着她是存在的。

"……我没有死，我只是搬到了别的地方；

　　我在你心中常住，你是我永远爱着的人。

被爱者化身为爱人的灵魂。"

他从来没读过的名言；但它们早已刻在他的心底。每个人都会有最艰难的时候，每个人都有最痛苦的时候，但都要抱有希望，每个人也都会死去。

他将自己整天关在家，不去看对面。他避着伏奇尔家里的人，他讨厌他们。其实他们并没有可以责备的地方。这些人都很老实，绝不会再说出他们对死人的感想。他们知道克利斯朵夫很痛苦，不管心里以为如何，面上总是尊重他的痛苦，在他面前从来不提萨皮纳的名字。但他们是她生前的敌人，这一点他就要以他们为敌。

并且，他们大吵大嚷的作风并没改变，即便他们的同情是真诚的，而且时间很短，他们也不以为然，——那很自然，——甚至暗地觉得拔去了眼中钉也难说。至少克利斯朵夫是这么认为。因为伏奇尔一家对他的用心现在被他看破了，他更加相信事实。其实他们对他并不在乎，他倒自己看出了自己。他相信萨皮纳的死既然给房东们的计划抹掉了一重障碍，他们觉得洛莎一定有很大希望了。因此他讨厌洛莎。无论是谁——（不管是伏奇尔夫妇，是鲁意莎，是洛莎）——在一旁支配他，他就不管什么情况，一定和人家硬要他爱的人疏远不可。每逢他的神圣的自由好像受到侵犯的时候，他就会发怒。而且这件重大的事不只跟他一个人有关。旁人一意孤行地替他作主，不但侵犯了他的权利，同时也损害了他与心爱的人被爱的权利。所以他竭力要加以捍卫，虽然并没有人表面上去侵犯那些权利。他从心底敌对洛莎的好意，因为她看着他痛苦而痛苦，经常来敲他的门，想用话安慰他，和他谈谈外面的一切。他并不反对，他需要周围的人能提起萨皮纳，打听一切和她病中有关的情况。但他并不因之感谢洛莎，以为她的好心是有目的的。她一家所有的人，连阿玛利亚在内，让她跑来跟他长时间的谈话，要是阿玛利亚自己没有利益，会同意洛莎这样做吗？洛莎跟家里也没有什么默契？他觉得她的同情有真诚的同时，也夹杂着几许私心。

她当然是有私心的。洛莎是真的哀怜克利斯朵夫，她努力想使自己对萨皮纳好一些，想从克利斯朵夫身上去爱萨皮纳，她从内心埋怨自己从前不该对死者抱有恶感，甚至在祷告中会暗暗祈求萨皮纳宽恕。可是她，她是真实存在的，每天时时刻刻看到克利斯朵夫，她爱着他，没有人会再与她争抢，另外一个已经消灭了，她的一切也会消灭，现在只有她一个人了，也许有那么一天……——这些念头，洛莎一定已经想到，固然朋友的痛苦对她也会痛苦，但在她痛苦的时候，她根本就像突然之间冒起来的快乐与非分的希望压下去，接着她马上责怪自己。而那些念头也经常是一过而逝。可是足够了，克利斯朵夫已经能够感觉到了。他眼睛一瞪，她心里就会突然凉下来，看出他的恨意；萨皮纳死了而她活着，他就恨死的是萨皮纳而不是她。

面粉师赶了车来搬萨皮纳家中的东西。克利斯朵夫教课回来，看见门前和街上，放着一张床，一口橱，被褥，衣裳，全都是她用过的东西，所有她留下的东西。他心里真难过了，慌忙地想走开，不料却被贝尔多拦住了。

"啊！亲爱的，"他兴奋地握着克利斯朵夫的手，"我们那天在一起的时候哪想得到？多么快乐！但是她的确是从那次致死的淋雨后病的。唉，不要再说了，怨也没用！现在她去世了。以后就该轮到我们了。这就叫做人生……你，你身体怎么样？我吗，我很好，感谢老天！"

他脸很红，满头是汗，并有酒气。一想到他是她的哥哥，可以随便提及她的事，克利斯朵夫觉得很不好意思。面粉师可是很高兴遇到一个朋友能够说说萨皮纳，他不理解克利斯朵夫的冷淡。他一出现就让人突然之间想到农庄上的那一天，又鲁莽地谈起美好的往事，一边说着，一边踢着萨皮纳的可怜的遗物：这种情形会勾起克利斯朵夫不少痛苦，而面粉师是万万想不到的。当他提到萨皮纳的名字时，克利斯朵夫心都碎了。他总想找个时候让贝尔多住嘴。他走上楼梯，然而面粉师总盯着他不放，在台阶上挡住了他喋喋不休。一些人，特别是乡下人，谈到疾病就有滋有味；面粉师便是这个脾气，他仔仔细细的描摹萨皮纳的情况，克利斯朵夫忍不住了，他忍耐着，使得自己不至于叫出来，他不客气地打断了贝尔多的话，冷冷地说：

"抱歉，少陪了。"

他道别的话未说完就走了。

这种冷酷无情使面粉师大为气愤。他并不是没猜到妹子跟克利斯朵夫暗中相恋的情形。而克利斯朵夫竟这样的不关痛痒，真叫他觉得行同禽兽，认为克利斯朵夫毫无心肝。

克利斯朵夫跑进屋里，气都上不来了。这段时间，他不敢出门，他躲在一角，躲在窗帘后面，瞧着爱人零零碎碎的衣服都给搬走。那时他真想大喊："留给我吧！别把它们带走啊！"他想求别人留给他一点东西，哪怕一点点，别都带走。但他怎么敢向人家要求呢？他的爱，连她本人都不知道：他怎么敢向别人说呢？而且即使他开口，只要说出一个字，他就会忍不住嚎啕大哭的……绝能眼看她彻底消亡，沉入海底，没法抢救出一点点……

等完事之后，整个屋子搬空了，大门关上了，车轮把玻璃震动着，远去了，听不见了，他就扑倒在地，一滴眼泪都没掉，连痛苦的念头、挣扎的念头也没有，像死一样全身冰冷。

有人敲门，他不动。又敲了几下。他忘了把门上锁：洛莎开门进来了，看见他躺在那里，不由得惊叫了一声，愣住了。克利斯朵夫大怒，抬起头来说：

"不要打搅我！"

她迟疑不决地呆在那里，嘴里不停地叫着：

"克利斯朵夫！……"

他不吱声地爬起来，觉得很难为情。他扑着身上的灰尘，不高兴地问："哦，你要什么？"

她怯生生地说："对不起……我来……我给你拿……克利斯朵夫……"他看见她手里拿着一件东西。"你瞧，"她把手伸过来。"我向贝尔多要了一件纪念品。我想你可能喜欢……"

那是一面小镜子，克利斯朵夫一把抓在手里：

"噢！亲爱的洛莎！……"

他被她感动了，也为了自己不公平地待她感到难过。他一冲动，向她跪下来，不停地亲吻她的手："对不起……对不起……"

她莫名其妙，马上明白了，脸一红，哭了。克利斯朵夫说道：

"要是我不爱你……对不起，对不起，要是我不公平……对不起，要是我不能……不能爱你，如果我一直不爱你！……"

她一直被他吻着，但他俩始终各自想着自己的心事。

两人这样一直哭着。

她挣脱了他，他还在低低的说："对不起！……"

他站起来。两人不声不响地拥抱在一起，嘴里都有眼泪的酸涩味道。

"我们会永远是好朋友的。"他低声地说。

她点点头，走了，一句话都没说。

他们都觉得爱情太奇怪了，能叫人欢乐，也能叫人痛苦。

克利斯朵夫没别的办法，又开始往外逃了。更让人难受的是，老于莱很快就把底层出租了。一天，克利斯朵夫看见萨皮纳的房里有些生人，熟悉的最后一点儿迹象也没有了。他简直不能呆在这里，整天在外边闲荡，直到夜里才回来。他到乡下闲逛，在贝尔多的农庄外徘徊。可是他就是不敢走进去。他在一个山岗上找到了个地方，正好靠近那里，他就把这地方作为日常散步的目的地。

在这里，他的目光跟着弯曲的河流望去，一直可以看见柳树，可是他在萨皮纳脸上看到的却是不祥的地方。他也认出他们俩整晚不睡的两间房的窗户：在那里，两人之间只隔了一扇门。他也能在山岗上向下看公墓，可犹豫着不敢进去。从小他就讨厌这些霉烂的土地，从来不愿意把他心上人的影子跟它相连。但从高处往下看，这墓园并不恐怖，而是非常寂静，在阳光底下舒适地睡着，她太喜欢睡啊！……这里什么也不会来打搅她了。田野里啼声不断。庄子上传来石磨声，鸡鸭的聒噪声，孩子们的吵闹声。他看见萨皮纳的女儿，还能听得出她的声音呢。有一回，接近庄子的大门，他躲在围墙盆形的小路上，等她跑过来便把她挡住了，深情地亲吻她。女孩子非常恐惧，差不多认不得他了。他问：

"你在这里高兴吗？"

"高兴……"

"你想回去吗？"

"回去！"

他放开她，小孩子对他的冷漠令他伤心。可怜的萨皮纳！……但孩子肯定是她的没错……虽然是那么一点儿！孩子和母亲不像，她明明是从母腹中诞生的，但那隐秘的逗留只给她稍微有点儿母亲的气息，稍微有点儿声音的抑扬顿挫，和她习惯的模样。其余的部分都是另外一个人，而这另外一个和萨皮纳混合起来的人，使克利斯朵夫非常厌恶，尽管他没有全部承认。

克利斯朵夫仅仅在自己心中留有萨皮纳，她到处跟着他；但他只有寂寞的时候才觉得她的真实存在。她和他最接近的地方就是那个山岗，远离着大家，无事可做就是她的本性，到处都有她往常的痕迹。他不惜赶了多少里路到这儿来，一边奔跑一边激动地爬上岗去，仿佛赴什么约会似的；那确实可以算是个约会。他一下躺在地下，——那地方她曾经躺过的；他闭上眼睛，她就占据了他整个儿心。他并不重视她的外貌和声音，她占据了他心，把他抓住了，相反他也把她占有了。在这种火热的冲动中，除了和她同在以外，什么知觉都没有了。

可是即使是这样，时间也长不了。——说实在的，自然而然来的幻觉只体验到一次，第二天便是他刻意做的。从那以后虽然克利斯朵夫想办法让它重现也没用。那时他就开始想起要把萨皮纳真切的形象重视出来；以前他可从没这样想过。有些时候他居然成功了，像闪电一样，使他突然一振。但那需要几小时的等待，熬过很长时间的黑暗才能出现的。

"可怜的萨皮纳！"他想道：他们都把你忘了，只有我爱着你，永远把你放在心上，噢！我的宝贝！我决不会让你逃走！……

他这样讲着，说明她早就离开了：她在他的脑海里像液体一样流动，渐渐地消失了。他经常在那里赴她的约会。他想念她时，就合上眼睛。大约过半小时，一小时，以至于两小时，他觉察出自己什么都没有想。

山谷里的声音，闸口下面哗哗的流水，在坡上吃草的两头山羊的低吟声，在他头上的树枝间的风声，这些都透进他柔和的脑海，仿佛海绵放在水中一般。他针对自己的思想发令，一定要它服从意志，仔细地看清死者的形象；一会儿，他累了，吐了一口气，又让思想被外来的感觉催眠了。

他又重新提起精神，在大地上跑来跑去，寻觅萨皮纳的影子。他到镜子里去找，那是留下过她的笑容的。他到河边寻觅，那是她的手以前在水中停留过的。但镜子和水只反射出他自己的身影。走路的感觉，清新的气息，沸腾涌动的血，唤起了他心中的共鸣。既然寻觅不到她，不如换一种方式吧。

"啊！萨皮纳！……"他哀吟了一声。

他把许多歌送给她，尽量让爱和苦并存在内……虽然它们存在了，但对萨皮纳来说，是并不能感觉得到的。爱与恨是一直向前而不是重返过去的，克利斯朵夫无法抗拒她的魅力。生命的火花又燃起新的火炬，在他胸中迸发了。他的悲伤，他的悔恨，他的高尚的真挚的浓烈的爱情，他积在心中的对性的渴望，把他的疯狂煽动起来了。即使哀痛，他的心却是跳得那么轻快激昂，悦耳的歌声悠扬地响着；一切都是为了伟大的生命，悲哀与悔恨也挟着庆祝的意味，克利斯朵夫太清楚了，不能总是骗着自己；他知道自己并不在想念爱人，就贬低自己。但生命之火在给他动力；灵魂被死气包围而肉体充满活力，他只能很悲哀地听凭那再生的活力和生活中没有目标的狂欢掌握他；那些像死一样的苦闷——痛苦，悲哀，绝望，无法弥补的损失的创伤，对于幸存的人无非是一种强烈的刺激，把勇敢的生命力刺激得更加活跃了。

克利斯朵夫也懂得，在他的内心深处存在一个坚实的秘密的地方，永远保留着萨皮纳的身影。它是生命的波涛冲不走的。任何人的内心都存在着一座留藏爱人的城堡。她们在里面永远地驻留着，任何事物都无法打扰她们。但是终有一天，——我们会明白的，——城堡的门会打开。她们会走出来，用失去颜色的唇向爱人微笑的；因为她们在爱人的心中，像婴儿睡在母腹中一般。

第三章

    过了雨水较多的夏天，就进入凉爽怡人的秋季。这是一个收获的季节，在果园里各式各样的果实挂在树枝上，苹果红得像火球一般，深秋把树木渲染成另一种颜色：那五彩缤纷的颜色，果实的美色，甜瓜成熟的颜色，橙子和柠檬的色彩，奇珍异宝的颜色，引人食欲的颜色。果林里简直是了流光异彩。傲秀的野花在草地上盛开，像焰火一样。

    大约在礼拜天的午后，他从山坡上迈着较大的步子走来，因是下坡几乎是跑下来的。他哼着歌，那旋律在开始散步的时候就充盈在脑海里。面部赤红，敞开着衣服，他一边走一边挥着手臂，眼睛在不停地向四周看着。在路上拐弯的地方，突然，他看见一个骑在一堵墙上的身材美好的金发姑娘，在用力拉着一根巨大的粗枝，摘着紫色的枣子美美地吃着。他们俩一见之下都愣住了。她含着满嘴的东西，呆呆地对他望了一会儿，大声笑了。他随着也笑了。她的模样看上去非常可爱：饱满红润的脸颊嵌在金黄的卷发之中，一双蓝蓝的大眼睛，高挺的鼻梁，鼻头向上用着力，红红的小嘴，藏着一排雪白的牙齿，最显眼的是两对小虎牙，还有丰满的下巴颏儿，均匀的身材，非常的健康美丽。克利斯朵夫向她喊道：

    "喂，你慢用吧！"

    说完他想继续赶路，可是被她叫住了：

    "先生！先生！我很需要您帮我下来，可以吗？我没法……"

    他回头看了看，问她是怎样上去的。

    "用我的手脚，不过爬上墙是很轻松的……"

    "并且在挂满香甜的果子的时候……"

    "是啊……可是吃饱了就没有勇气了，不知道怎么下地了。"

    他看着她骑在墙上，说："这样不是很自在吗？还是舒舒服服呆在这里吧。我明天再来看你。再见了。"

    他并没有动，一动不动地站在下面。

    她装作害怕似地哀求他不要丢下她。他们一边笑一边你看我，我看你。她指着手中的树枝问："你也来一点儿吧？"

    克利斯朵夫在与奥多相处的时候起，一直不知道敬重他人的财产。而她也就活泼地把枣子往他身上大把地丢下来。等他吃过以后，她又说："现在我可以下来了吧？……"

他又顽皮地让她等了一会儿。她在墙上等得不耐烦了，最后他说："好，来吧！"他一边说一边向她张开手臂。

当她要跳下来的时候又说："请你略等一会儿，让我再多摘一些带走！"

她尽力把能采到的枣都采下来，装满上衣的衣兜，然后慎重地说："小心，我下来的时候别把它们压坏了！"

他有意想把它们压坏。

她从墙上纵身一跃，冲进他的怀抱中，他虽然很强壮，在她的猛烈碰撞下也差点儿站不稳脚跟。他们个子一样高，脸贴在了一起。他吻了她满是枣子汁的嘴唇，她则慷慨地还了他一吻。

"你到什么地方去？"他问。

"我也不清楚。"

"你是一个人出来散心的吗？"

"不，还有伙伴呢。可是我自己走丢了……唉！喂！"她突然大声叫起来。没有人答应，她毫不在意，两人默默地向前走去。

"你呢，你上哪里去？"她问。

"我根本不知道。"

"太好啦，我们一起走吧。"

她从上衣兜里掏出枣子吃起来了。

"你会吃出病的。"他说。

"才不会呢！我每天都吃的。"

从衣服的隙缝里，他看到了她的内衣。

"你看，枣被我弄热了。"她说。

"是吗？"

她微笑着递了几个枣给他。他接过去吃了。她像婴儿般吮着枣子，并用眼角余光偷偷地看着他。他不知道这桩奇遇等会儿将怎么结束。可现在她预先有些感觉了。她等待着。

"哎！喂！"有人在树林里呼唤着。

她回应了一声："哎！喂！"接着对克利斯朵夫说："原来他们在那里，我真高兴！"

其实她心里觉得倒霉，但女人是不能袒露心中真实想法的……感谢上帝！要不然世界上就没有伦理道德了……

找她的人已很近了，她的伙伴们快走到大路上来了。她忽然身子一闪，跳过路旁的土沟，跑上土堆，躲进树林里面。他看着她这种举动觉得奇怪。这时她用力地摆着手要他一起过去，于是他也闪躲了进去。当她的伙伴们走远了，她又喊起来：

"哎！喂！……"接着面对克利斯朵夫解释："一定要让他们来找我。"

伙伴们停下来，寻找声音的来源。他们回应着，也进了树林。她就一会儿往东、一会儿往西地乱窜。她的伙伴们拼命地叫喊她，后来终于不耐烦了，决定不再找了，就喊道："好了，希望你玩得愉快。"说完他们径自走了。

伙伴们对她竟然不放在心上，对此她非常生气。她的确想摆脱他们，可这样对她不公平。克利斯朵夫看着呆住了：和一个陌生女孩玩捉迷藏，他并不感兴趣，他也不想利用只有他们两个人的机会。她什么也不想，一气之下，她忘记了一切。

"噢！好大的胆子！"她拍了拍手说，"竟然敢轻视我。"

"这不是你自找的吗？"克利斯朵夫说。

"不是的！"

"难道不是你自己藏起来的？"

"我躲开是我的事，跟他们没有关系。他们应该寻找到我。我要是丢失了怎么办呢？……"

她想象着走丢后的情形，不禁悲伤起来，要是……要是碰到了跟刚才相反的情况又怎么办呢！

"哼！我一定要教训他们一顿。"

她迈开大步，向大路上奔去。

刚到路上，她想起了克利斯朵夫，回头看着他，——一切都不一样了。她笑了出来，刚才在她心里的不高兴已经飞走了。在另外一个主意还没来到以前，克利斯朵夫并不重要。而且她觉得肚子已经空了，她想起已经到吃晚餐的时间，马上要到旅店去与伙伴们会合。她抓着克利斯朵夫的手臂，把自己整个身体的重量压在他的胳膊上，哼唧着说没有气力了。但是她却把克利斯朵夫拖着发疯般飞似地跑下山坡。

他们通过谈话了解着对方，她知道了他的名字，可她从未听说过他的名字，并且对音乐家的称呼不以为然，觉得没什么了不起。他知道了她是大街上一家商店里的女店员，名字叫阿苔艾特，——朋友都叫她阿达。今天一同出来玩的有一个女同事和两个本份的小伙子，一个是惠莱银行的员工，一个是时髦布店的伙计。他们约好在星期日出来到勃洛希游玩并在旅店吃晚饭，原因是在那里可以饱览莱茵河上迷人的风光，然后坐船回去。

克利斯朵夫与阿达回到客店时，三个伙伴已经等了好久了。阿达对朋友们发了一阵牢骚，抱怨他们不该不管她，接着把克利斯朵夫介绍给他们，还说是他帮助她的。他们完全不把她的怨叹当真，但他们知道克利斯朵夫：银行职员崇拜他的大名，布店伙计听过他的几个曲子，他马上哼了一段。他们对他的崇敬打动了两个姑娘的好奇心。阿达的女友，弥拉，——本名叫做耶娜，——有一头暗黄头发的女孩子，眼睛眨个不停，高突的额头，头发很硬，脸形像中国女人，健康的黄颜色，与众不同，颇有动人之处。她马上对克利斯朵夫大献殷勤，热情邀请他与他们共进晚餐。

他从没有受到如此的尊敬，两个姑娘彼此不伤和气地争着要博取他的欢心。她们俩都在追求他：弥拉用的方法是特别周到的礼貌，羞涩地在桌子底下碰他的腿；阿达表现得更直接，她用眼睛、嘴巴和漂亮的身材，一切吸引人的魅力一齐施展出来。这种奇特的卖弄风情，使克利斯朵夫产生出心神慌乱、心里没底的感觉。但这两个爽朗的女子，和他家里那些讨厌的人比较，真有天地之别。他认为弥拉很不一般，比阿达聪明；可是她那种过分的羞涩和含蓄的笑容使他又爱又烦。他更喜欢阿达朝气蓬勃的魅力；而弥拉也很明白这一点，知道不可能了，就不再坚持，照旧微笑着，耐心等着，等着下一次机会。至于阿达，看到自己能够左右大局了，也不再展示；她刚才的举动，主要是为跟她的女友竞争；这一点成功，她已经感到满足。但她已经陷进去了。她在克利斯朵夫的眼中看出了爱火，而这火也在她胸中点燃了。她不作声了，没有任何动作，一切都停止了；他俩你望着我，我望着你，嘴上都还有那个亲吻的余味。他们时常突然之间附和别人的说笑，欢闹一阵；随后又不出一声，彼此偷偷地瞧着。最后他们都不看对方，怕伤害对方一样，他们在各自培养着一种感情。

吃过了饭，他们要回去了。阿达第一个站起来，克利斯朵夫跟在后面站起来。他们在门口的台阶上等着后面的人。两人默默地并肩站着，客店门前的孤灯透过浓雾射出一丝光亮……

阿达拉着他的手，走进园中黑暗的地方。在一座挂满葡萄的平台底下，他们坐下来。周围一片漆黑，他们彼此看不见。柏树的梢头被风吹得摇曳。阿达紧紧地握着他的手，他感到很温暖，她身上的葵花香气扑面而至。

他被阿达猛然拥进怀里，他的嘴碰到她的头发；他吻着她的眼，鼻，脸，一直吻到了唇，然后粘在那里了。

后面的人出来了，叫着："阿达！……"

他们没有作声，紧紧地拥抱着，仿佛一切都停止了。

他们听见弥拉解释说："他们已经走了。"

同伴们消失在黑暗之中。他们俩搂得更紧了，轻轻地吐出真挚的话语。

远远地传来村里大钟的声音。他们分开了，是必须走的时候了。两人什么也没有说，挽着胳膊，握着手，迈开脚步上路，——走得急促而坚决。路上很荒凉，田野里没有一个人，周围看不见什么东西。在这样可爱的良夜，他们平稳安祥地走着，感觉不到地下的石子。因为已经落后，他们就走小路。曲折的小道在葡萄园中崎岖不平，然后又一段山路。他们在浓雾中听见河水的流动声，轮船靠岸时的机器声，便离开了正路，往田间斜刺里奔去，终于到了莱茵河畔的码头上，但离船还有一定距离。两人并没有一点急迫。阿达忘了晚间的疲倦。他们希望在无人的草地上，不明的月光和浓湿的雾气中永远地走下去。这时船笛响了，那个庞然大物在夜色中离开了。

　　"好吧，咱们等下一班再走吧。"他们笑着说。

　　一排水浪冲上河边的沙滩，在他们的脚下分散消退。

　　码头上渔民告诉他们："刚才是最后一班轮船。"

　　克利斯朵夫的心猛地抖动了一下。阿达把他的胳膊紧抓在手中。

　　"这样吧，"她说，"坐明天的船走吧。"

　　旁边不远处，有几点微光在浓雾中闪烁，原来是一家临河的客栈。

　　他们在沙土窸窣的响声中，摸索着来到客栈的梯子前，进门的时候，店里已经熄灯了。阿达挽着克利斯朵夫的胳膊，说订一间房。店家把他们领进一间靠着园子的卧室。克利斯朵夫靠在窗前，看着河中闪动不停的水光和豆一般的灯光，巨大的蚊虫张着翅膀向挂灯的玻璃上猛扑，房门关上了。阿达坐在床上微笑。他没有勇气瞧她。她也不瞧他，但下意识地留神着克利斯朵夫所有的动作。每走一步，楼板就会格格地响，客栈里静得出奇。他们在床上一声不响地紧紧地抱在一起了。

　　园子里摇摆不定的灯光熄灭了，一切都安静下来了，……

　　夜已深，仿佛一切都消失了，只有生命的欢歌。强烈的刺激。痛快淋漓的欢乐。像空隙吸引石子一般吸引生命的欢乐。情欲的巨潮把理智卷走了。慌乱的狂躁的世界陶醉在混沌的黑夜中。

　　他们的呼吸和身体都融在一起，陷进欢乐的深渊……时间慢得像停滞了……他们做着同一个梦，闭着眼睛说话，朦胧中互相探索的脚碰到了又分开了，他们悲伤欢乐；一切消失了，他们相爱着，共同体验着睡眠那个虚无的境界，体验那些脑海中骚乱的形象，黑夜的幻觉……莱茵河在屋旁小湾中哗哗作响；水流在远处撞着礁石，仿佛雨点落在沙土上。泊船的浮埠随着水流震荡，发出轻轻的呻吟声。系着浮埠的铁索一松一紧，发出叮咚声。水声一直飘进卧室里。睡的床好比一条小船。他们偎倚着在不定的波浪中浮沉，——又像盘旋的飞鸟一般在空中飞翔，黑夜变得更黑了，世界变得更空虚了。他们紧紧地拥抱着，阿达流着泪，克利斯朵夫麻木了，两人被黑夜的狂涛淹没了。

黑夜恰似死亡……——为什么要再生？……

潮湿的窗上透着微微的曙光。两个疲惫的肉体中重新燃起生命的曙光。他醒了。阿达的眼睛在看着他。昨夜他们共枕一个枕头，相互拥抱着，相互亲吻着，一个人的一生在短暂的瞬间过去了，阳光灿烂的日子，严肃宁静的时间……

"我在哪里呢？我是变成两个人吗？我还是我吗？我再也不知道我的本体。周围只有空虚。我就像石像，睁着巨大的安静的眼睛，心里是平和的虚空……"

他们又堕入深沉的睡梦中去了。轻幽的远钟，缓缓掠过的一只小船，桨上滚落下来的水珠，行路人的脚步，一切黎明时分应有的声音都无法吵醒他们，只有他们知道自己活在那里，抚摩着他们朦胧的幸福，使他们更感到意味深长……

克利斯朵夫被轮船的声音惊醒，他们原定七点动身回去。他小声问："你听见了吗？"

她闭着眼笑了笑，轻轻地吻了他一下，一头倒在克利斯朵夫的肩上了……他从玻璃窗中望见船上的烟囱，没有人的跳板，巨大的浓烟飘在空中。他又昏睡过去了……

一小时过去了，他一点儿也不知道，听到钟响才惊醒过来。

"阿达！阿达！……"他轻声地在她耳边叫，"已经八点了。"

她闭着眼睛，皱了一下眉，撇了撇嘴，一副难过的样子。"噢！再睡一会儿嘛。"她说。

她离开了他的手臂，非常疲倦地吐了一口气，转过背去又睡了。

他们的身体缠绕在一起，他的思维乱了，血流加快了。所有的感官都很灵敏，连一点儿小小的印象都发现和感受得到。他对自己的精力与强壮觉得很愉快，为自己成为男人而骄傲。他对得到的幸福微笑，觉得很孤独，孤独永远伴着他，但那是毫无悲戚而与神明相通的孤独。一切都无所畏惧。一切都映在他清澈的心上，他仰着头，对着窗，看见耀眼的雾，微笑着：

"活着多美好啊！……"

哦！活着！他想起死去的人，想起以前的船，他们以前曾经同舟共济？他——她…………是她吗？……不可能是睡在身边的这一个。——可是那惟一的爱人，可怜的爱人，已经死了的她？但眼前这一个是怎么回事呢？她是什么呢？他们为什么会到这间房里，这床上的？他望着她，可不明白：她是个陌生人；昨天清晨，他心中还没有她。他关于她又知道些什么呢？——只知道她并不聪明，并不和善，也知道她此刻并不好看：凭她这张丑陋的脸，低低的额角，张着嘴在那里呼吸，不性感的嘴唇显出一副蠢相。他清楚自己并不爱她。他可怜地想到：一开始他就亲吻了这对陌生的嘴唇，相遇的晚上就占有了这个不相干的肉体，——至于他所爱的，眼看在旁边死去，可从来没有敢动过她的头发，而且也从此不可能再闻到她身上的香味。一切都不存在了。大地把她夺走了，他无力留下她⋯⋯

他俯在阿达无邪的睡熟的身体上，仔细地看清她的脸，狠狠地盯着她。她感觉到了，被他瞧得心慌起来，使劲撑起沉重的眼皮对他笑着，像小孩子醒来的时候一样含糊不清地说："不许看我，我难看得很⋯⋯"

她累得要命，笑着说："噢！我真困得很啊。"接着又回到她的梦里去了。

他听后笑出了声来，吻着她那小嘴儿和鼻子，又看了一会儿，从她身上跨过，一声不响地起床了。他一离开，她就轻松地叹了口气，舒展开手脚躺个满床。他一边洗脸一边留神着怕吵醒她，其实她绝不会醒的；他梳洗完毕，坐在靠窗的椅子里，眺望雾气缭绕像流着冰块的江面；他朦胧地沉入深深的联想，感到一支凄凉的乡音在耳边萦绕。

她不时把眼睁开一半，茫然地望着他，过了一会儿才认出来，对他笑着，又从这个梦转到另一个梦里去了。她问他现在是几点钟了。

"上午九点十五分。"

她犹豫地想了想："九点过一刻，我才不管呢。"

到九点半，她四肢伸展了几下，叹了口气，说要起床了。

敲了十点，她还没有动，可很不高兴地说："啊，该死的钟！⋯⋯时间过得真快⋯⋯"

他笑着走到她身边坐下，她用手搂着他脖子，说她的梦，他总是打断她的话，她却叫他仔细地听着。

大公爵与她一起吃饭，弥拉是一只卷毛的羊，为他们服务⋯⋯她能在空中走、跳、卧。哦，那是非常自在的；你只要这样做⋯⋯你瞧⋯⋯那就可以了⋯⋯

克利斯朵夫取笑她，她也笑了，但对他的笑很不满意。她耸耸肩说："噢！你是个大笨蛋⋯⋯"

他们在床上吃了早饭，用的是同一只碗，同一只羹匙。

她起来了，先露出雪白的脚，丰满的腿，然后滑到床前地毯上，坐在那里。她赶他出去他不肯走，她用力把他推了出去。

她把自己的身体仔细地看了一遍，哼着歌。临走又在花园里摘了一支美丽的玫瑰，他们俩终于上船了。雾还没有散，可是阳光已经透出来了，两人在乳白色的光中蠕动。阿达和克利斯朵夫坐在船的后面，她依旧是没有精神与不乐的模样，诅咒说阳光刺着她的眼睛，一定要整天闹头疼了。

克利斯朵夫并不相信她的话，她便沉着脸不出声，眼睛半开半阖，那样子就像个才睡醒的孩子。船开到下一个码头，一个美丽的女子上船，与他们坐在一起；阿达马上和克利斯朵夫说起温柔的情话，语言既礼貌又文雅。

克利斯朵夫正在想着她该用什么理由向女店主解释她的晚归。可是她并不在乎：

"噢，这又不是第一回。"

"什么第一回？"

"我晚回去啊！"她对他的问话有点生气。

他没有勇气追问她以前晚回去的原因。

"这一回你想怎么说呢？"

"说我妈妈去世了……我也不知道应该怎么说呢？"

这种轻薄的口气使他听了极其不高兴。

"我不想让你说谎。"

她不高兴地说："告诉您吧，第一我从来不说假话……第二，我总不能对她说……"

"怎么不能？"他半真半假地问。

她耸了耸肩，笑了，说他没有礼貌，没有教养，并且先请他别对她这么"你呀你呀"地称呼。

"难道我没有这个自由吗？"

"永远没有。"

"凭你我之间感情也不成吗？"

"我们并没有感情。"

她带着轻蔑的神气，眼睛盯着他笑了；虽然她是说笑，可是他觉得，要她认真地这样说，甚至真的这样想，她也不会有什么事。接着好像想起了什么开心的事一样，她突然看着克利斯朵夫哈哈大笑，把他拥抱着亲吻他，旁若无人，而周围的人一点反应也没有。

从这以后，他每次出来散步都有一些低俗的职员和店员陪着，克利斯朵夫总想在路上有意走开，可阿达高兴与人纠缠，不喜欢走开。逢到下雨或是因为别的事情而不出城，克利斯朵夫就带阿达上剧院，逛美术馆，蹓花园；因为她非要和他一起不可，甚至还要他陪着去作礼拜；使他真诚到近乎不可思议的境界，他没有信心，以后不肯再踏进教堂，连管风琴师的职位也早已借故辞掉；并且他的宗教心理又非常地浓重了，他认为阿达的作法是种亵渎的行为。

夜里他总在她家里遇到弥拉。弥拉对他没有变化，照旧伸出软绵绵的饱含抚爱意味的手，谈些无关紧要的事，然后很识趣地溜开了。照理两个女人在那种情形之下不可能很亲密，但她们反倒显得交情更深，而且寸步不离。阿达把什么都讲给她，说的和听的都很投入。

克利斯朵夫在她们之间极不自在，她们的举止言谈，尤其是弥拉对事情的态度和见解非常大胆，——（在他面前已经好多了，但那些背后的谈话自有阿达告诉给他听），——她们不顾一切的好奇心，老是涉及无聊的或是淫猥的题目，所有那些野兽般的放荡气氛，使克利斯朵夫无法接受，同时又极有兴趣，因为他从来不知道。一对小野兽似的女人说着无用的瞎话，傻笑，讲到低俗的故事高兴得连眼睛都发亮：克利斯朵夫听得头都晕了。弥拉一走开，他才松了口气。两个女人在一起如同一个世界，他对于这个世界十分陌生，他无法认识，也无法理解。

他们俩单独在一起时，仍然说着两种不同的语言；但至少他们努力想彼此了解。其实，他越了解她，往往越感到迷惑。克利斯朵夫在她身上才第一次知道女人。虽然萨皮纳可以算是他认识的，但他对她一无所知：她只是他心上的一个梦。是阿达弥补了那个错失的时间。他也竭力想解决女人的谜，但女人也只能对那些想在她们身上找什么的人才是个谜。

阿达很笨，这还只是其中一小部分。如果她有自知之明，克利斯朵夫也就无所谓了。然而她只知道一些无聊的事，却非常清高自命不凡，很有自信地评论一切。她谈论音乐，对克利斯朵夫解释他最清楚明白的事情，而她的意见必然是正确的。他绝对无法把她说服，她对任何事都有主张，都能明白，自视甚高，自命不凡，极其虚荣，对什么都固执已见，不肯去了解真相！当她真实地面对自己时，克利斯朵夫则非常喜欢她。

现实中，她绝对不用脑，她在意的是怎样能让自己舒服。她渴望快活，要是她真能快活也很不错了。可是虽然拥有了一切快活的条件：好吃懒做，情欲很强，还有那种使克利斯朵夫无法理喻的单纯无邪的自私，总之，凡是能使自己觉得生活有趣的坏习气全部具备，——（也许朋友们不认为她的陋习会使人生更可爱，但一张愉快的脸，只要长得好看，总还能让周围的人感受到些许快乐！）——虽然她有很多很多的理由应该对人生满足，阿达却没有这点儿知足者常乐的聪明。这个漂亮强壮的姑娘，又娇美，又活泼，气色那么健康，兴致高昂，胃口旺盛，居然为自己的身心担忧，她一个人要吃许多许多的食物，并且连声抱怨身体不好。总是说苦呀痛的：一会儿是脚动不了啦，一会儿是不能呼吸啦，一会儿又是头痛啦，腰痛啦，眼睛痛啦，胃痛啦，再不然是魂不守舍地害了心病。她对任何东西都害怕，迷信得像个疯女人，认为到处都有预兆：吃饭的时候，刀子的位置，交错的叉子，同桌的人数，倒翻的盐瓶等等，全与祝福有关，必须用一些方法来化解开。散步的时候，她研究着乌鸦，看是从哪个方向飞来的；她走在路上总是盯着地面，如果上午看见一只蜘蛛爬过，就要担心，就要回头走了；他想劝她继续散步，只有叫她相信时间已经过了中午，这样，她就认为是好兆而不是坏兆了。她惧怕做梦，一刻不停地讲给克利斯朵夫听；如果记不起什么细节，她会一直到想起来为止；她要把所有情节都告诉克利斯朵夫，而那些梦总是许多无聊的事，牵涉到古怪的婚姻，逝世的人，或是什么女裁缝，亲王，全是些荒诞无稽的故事。克利斯朵夫不得不听她的，还得说说看法。往往会给这些胡闹的梦境纠缠上好几天。她觉得生不逢时，老在克利斯朵夫前面嘀嘀咕咕地诉苦。克利斯朵夫躲开了她，又遇到了他的对头。

她在闷闷不乐时，会突然兴奋起来，一阵胡闹。那时她就没有原因地，没完没了地笑，在田里乱跑，为所欲为地胡闹，玩着小孩子的游戏，扒着泥土，弄着不干净的玩意，捉着动物，折磨蜘蛛、蚂蚁、虫，使它们彼此残杀，拿小鸟给猫吃，拿虫给鸡吃，拿蜘蛛给蚂蚁吃，她没恶意，只由于无心的作恶剧的本能，由于好奇，由于闲着没事。她有种需要永远不满足，总要说些傻话，把毫无意思的事说上几十遍，要胡闹，惹人发怒，要撒一阵野。路上看到任何人，——不管是谁，——她都要展示自己，精神百倍地说起话来，喜怒无常，装着鬼脸，让人看她，拿腔做势地做出种种强烈的动作。克利斯朵夫心惊胆颤地预感到她要说出不平常的话来。——而她果然变得多情了，并且又毫无节制，像在其他方面一样：她大声叫喊着说她的心里话。克利斯朵夫听了无法忍受，恨不得把她揍一顿。他最不能原谅的是她的不真诚。他还不明白真诚是跟聪明与美貌一样不多见的天赋，而硬要所有的人真诚也是绝对不可能的。他受不了人家扯谎，而阿达偏偏这样愿意这样做。她永不停地，泰然自若地，面对着事实说谎。她最容易忘记让他不高兴的事，以至也忘了让他高兴的事，像一切糊涂麻木的女人一样。

即使这样，他们还是彼此爱着，执著地相爱着。克利斯朵夫的爱并不比阿达多。即使没有精神上的共鸣作基础，他们的爱并不影响一点真实性，而且不可以跟低级的情欲相提并论。这是青春萌动时期的绝妙的爱：虽然充满性欲，绝对不是粗俗的，因为其中一切都很清纯；这样的爱是天真的，几乎是贞洁的，经受过简单热烈的快感洗礼。阿达尽管在爱情方面远不如克利斯朵夫那么一无所知，但还保持着一颗年轻的心，一个无瑕的身体，像溪水一样新鲜，明净，活泼，能给人一个纯洁的幻象，那是任何东西所不能替代的。在日常生活中，她即使自私，平庸，不真诚，爱情可使她变得纯朴，真实，甚至是善良了；她居然能懂得可以为别人牺牲自己的快乐。于是克利斯朵夫看着她，觉得如醉如痴，以至于可以为她而死：一颗真正动了爱情的心，发挥出爱的力量能创造出多少可笑又动人的幻觉，没有人能说得清楚。克利斯朵夫因为具有艺术家天生的幻想力，因此在恋爱时幻觉更无穷无尽。阿达的一举一动对于他意义无穷，亲热的一言半语简直是她善良的显现。他爱她，他已融入她的身体，她已融入他的灵魂，他们在爱之极时都哭了。

他们两人不仅是为欢娱而结合，还有一些往事与梦境，无法用语言表达的诗的意境，是他们自己的往事与梦幻？还是他们以前恋爱过的人，生在他们以前而现在活在他们身上的人的往事与梦幻？他们林中相遇的一瞬间，耳鬓厮磨的最初几天，最初几晚，躺在一起的酣睡，沉溺于爱情的急流中，沉迷于不声不响体会欢乐的急流中……这些刚开始的魅惑沉醉，他们彼此无法表达出来，也许自己没有发觉，可是一定保存在心里。突然之间显现出来的许多场景，许多形状，许多想法，只要在脑海中迅速闪过，他们就会在暗中变色，浑身酥软，朦胧得好像周围有撩人的嗡嗡之声。热烈而温柔的光……令人迷醉的境界使他们的心停止了跳动，声息全无……这是狂热以后的困倦与静默，大地在春天的阳光底下一边颤抖一边懒懒地微笑……他们俩人对肉体的渴欲，像春天的早晨一样明媚，尔后又会像朝露一样消失。这是把青春献给太阳的祭礼。

克利斯朵夫和阿达关系又加深了一步，不像别人批判他们时所持的意见。

他们刚刚相识的第二天，邻居们就知道了。阿达毫不在意，甚至有些得意的炫耀。克利斯朵夫本想小心一点，虽然不愿被大家用好奇的目光盯着，但他又不愿意躲藏，便索性和阿达一起露面了，小城里顿时议论纷纷，乐队里的人用玩笑的口气恭维他，他置之不理，认为自己的私事想怎样就怎样。在爵府里，他有失体统的行为也受到了批评，批评最厉害的是中产阶级。他失去了一部分家庭教课的工作。还有一部分家庭，在克利斯朵夫上课的时候都由母亲用心地在旁监视，好像他会把那些可爱的小母鸡抢走似的。小姐们表面上装得一无所知，实际上什么事都知道，于是有人认为克利斯朵夫眼光太低，而对他表示冷淡，有人却想多知道些这件事情的详细情况。克利斯朵夫本来只有在小商人和职员阶级中走红。但恭维与毁谤让他一样气恼；因为没法对付毁谤，他便想办法不受恭维：这当然是很容易的。大众的爱管闲事使他非常的愤怒。

于莱老人和伏奇尔一家对他最为气愤。克利斯朵夫的不检点行为是对他们的侮辱。其实他们并没当真想招他做女婿，他们——特别是伏奇尔太太，——从来不放心那种艺术家性格。但他们本性忧郁，老是以为受着命运捉弄，所以一发觉克利斯朵夫和洛莎的结合没有了希望，就确信自己以前的确是希望那件婚事成功的，然而这个打击又证实他们碰来碰去都是不顺心的事。照理，如果他们的不顺心应当归于上帝的话，那么就跟克利斯朵夫没有关系了；但伏奇尔夫妇的推论，只会使他们找出更多的理由来怨天怨地。所以他们肯定，克利斯朵夫的行为恶劣不单是为了自己寻找快乐，并且是故意伤害他们。除此以外，他们对克利斯朵夫的行为不检深恶痛绝。凡是像他们如此虔诚，守礼，有教养的人，一般认为肉体的罪恶是所有的罪恶中最可恶的，最严重的，差不多是万恶之源，因此也是最可怕的，——善良的百姓决不会偷抢或杀人，因此这两桩根本不用提。克利斯朵夫骨子里绝对不是好人，这种观点是他们的结论，从此对他改变了态度。他们摆出一副冰冷的脸孔，遇到他就掉过头去，克利斯朵夫本不在乎和他们谈话，对他们的装腔作势只耸耸肩膀。阿玛利亚为了把心里话对他说出来，一方面要和他搭讪，另一方面又装出看不起的样子，但克利斯朵夫装做看不见。

只有洛莎的态度让他真正动心。这女孩子对他的敌意比她的双亲更甚。不是因为克利斯朵夫新的恋情把她最后的机会打消了，她早就知道那根本就是没有希望的事，——（虽然她心里也许还抱有希望……她是永远在那里希望的！）——而是因为克利斯朵夫是她最崇拜的人，而这尊偶像现在倒下来了。在她无邪的心里，这是最大的痛苦，比受他看不起更残忍更心痛。从小受着清教徒式的教育，习惯了她非常相信的所谓道德，她一朝得悉了克利斯朵夫的行为，不但为他可惜，而且为他痛苦。他爱萨皮纳的时候，她已经很痛苦，她崇拜的人在她的心目中失掉了一部分光环。克利斯朵夫竟会喜欢一个如此平庸的人，她觉得是不可思议的，不光彩的。但至少这段爱情是纯洁的，而萨皮纳也没有违背这纯洁的爱情。何况死神的降临把一切都变得纯洁了……但经过了那一场波折，克利斯朵夫立刻喜欢上别的女人，——而且是这样的一个女人！——那真是一种人所不齿的堕落！洛莎甚至为死者抱不平了。她不能原谅他忘掉萨皮纳……——其实他对于这一点比她想得更多；一颗热情的心同时喜欢两个女人，她简直没法想象；她认为一个人要忠实"以往"，就必须牺牲"现在"不可。她清纯，冷静，对于人生，对于克利斯朵夫，都没有一点儿邪念。在她的骨子里，一切都应当像她一样的圣洁，偏狭，守本分。她的为人与心胸尽管很谦虚，可也有一桩自傲，就是纯洁，她对己对人都要求圣洁。克利斯朵夫如此自暴自弃，她永远不能原谅。

克利斯朵夫认为对一个清教徒式的女孩子，无法解释什么，不想跟她交谈也不想向她声明。他很愿意告诉她，他还是她的朋友，很注重她对他的敬佩，而他还有爱这敬意的资格。洛莎不出声，冷冷地、远远地躲着他，分明是看不起他。

他对这个行为又伤心又恼恨，自以为不该受此轻视；但他的心情终于给搅乱了，认为自己错了。而最残酷最难以忍受的乃是在想起萨皮纳的时候对自己的责备。他痛苦地想道：

"天哪，怎么会这样呢？……我怎么会变成这副样子呢……"

然而冲击他的巨浪太强大了，令他抵挡不住。他想到人生是罪恶的，便闭上眼睛不去看它，而只管活着。他非常需要活，需要爱，需要幸福！……他的恋爱没有一点可恶的地方！他知道喜欢阿达可能是他的不明智，没有见识，甚至也不十分愉快；可是这种爱绝对谈不到可耻。即使——（他努力使自己怀疑）——阿达在精神方面没有多大益处，为什么他对于阿达的爱情就会因此而减少它的圣洁呢？爱是在爱的人的心里，而不是在被爱的人的心里。凡是纯洁的人，身体健康、身材魁梧的人，一切都是圣洁的。爱情使有些鸟呈现它们身上最漂亮的颜色，表现在最高尚成份的，只有诚实的心灵。因为一个人只愿意给爱人看到自己最有价值的面目，所以他所赞美的灵魂与行为，必须是跟爱情雕塑的美好的形象结合的，那种青春的甘露是浸润心灵的，神圣的、力与欢乐的光芒，所有这一切，都是美的，都会使一个人的心胸伟大且有益于健康。

朋友们误会他固然使他伤心，但最糟糕的是他的母亲也开始露出不满。

伏奇尔一家把做人的道理看得那么狭隘，但是这个忠厚的女人并不像他们一样。很多真正的痛苦，她都亲身经历过，不会再想去自找麻烦。她生来是个谦虚自卑的人，受尽人生的挫折，没享受到人生的快乐，更不苟求快乐，随遇而安，也不想去了解她的种种经历，绝对不敢批评或责怪别人，她认为没有这权利。要是旁人的思想跟她的不同，她从不敢说别人是不对的，是蠢笨的，是错误的；她觉得硬要他人遵循自己在道德与信仰方面的古板的教条是可笑的。而且，她的道德与信仰完全出于本能：她只顾自己的圣洁与虔诚，全不管别人的态度，这正是一般老百姓容忍某些弱点的行为。这也是当年约翰·米希尔不赞成的一点：在体面的与不体面的两种人中，她不大加以区分；在街上或菜市上，她不怕停下来跟街坊上人人都知道而正派妇女视而不见的那些可爱的女人交谈。她觉得分别丑美，决定惩罚或宽恕，都是命运的事。她所要求别人的只有一点儿亲切的同情，为的是减轻彼此生活的重担，这是必不可少的。其余的都不重要，一个人心地好，是最最主要的。

大家逐渐地改变她的性格，搬进伏奇尔的屋子时，她已经振作不起来，没有力气反抗，所以房东一家喜欢中伤别人的脾性更容易把她控制。先是阿玛利亚逮住了她；从早到晚一起干活，而只有阿玛利亚一个人开口的情况之下，温柔而颓丧的鲁意莎，无意中也染上了批判一切断定一切的坏习惯。伏奇尔太太当然不会不说出她对克利斯朵夫的行为的看法。鲁意莎的纹丝不动使她很愤怒。她觉得鲁意莎对他们那么慷慨的事不加过问，简直和礼法背道而驰；她直到把鲁意莎说得心都乱了才满意。克利斯朵夫也注意到这一点。母亲虽不敢批评他，但每天总是非常害怕的，不大放心的，唠唠叨叨地说几句；既使他听心烦了，把话顶回去，她不再开口，但眼神还是那么忧愁。有时他出去了一次回来，看出她是哭过了。他知道那些烦恼不是从他母亲心里来的，因为他对自己母亲的性格非常清楚。

他下定决心要改变这种局面。一天晚上，鲁意莎哭了起来，晚饭只吃了一半就走了，还不让克利斯朵夫知道。他飞快地跑下楼去，敲响伏奇尔家的门。他气愤极了。伏奇尔太太挑拨他的母亲怨恨他，教唆洛莎跟他不和，中伤萨皮纳，他几个月来忍耐着这一切，他要痛痛快快地报复一下，他胸中的怨气已经到了非发泄不可的地步了。

他闯入伏奇尔太太家里，用勉强装做冷淡又忍不住气得发颤的声音，问她向母亲说了些什么，把她弄成这个样子。

阿玛利亚说她用不着把自己的所做所为向别人报告，她爱说什么就说什么，对他一点都不客气。

她把自己已经准备好的话一股脑地说了出来，还说要是他母亲苦闷，用不着再找旁的理由，他自己的行为就是原因，他的行为对大众是件丑事，对于他更是最大的羞耻。

克利斯朵夫非常希望她先来攻击，这样他就可以发起反攻。他气势汹汹地嚷着说，他的行为是他自己的事，决不管伏奇尔太太高兴不高兴；她要抱怨，向他埋怨就是，她爱怎么说都可以，那不过像下一阵雨。可是他阻止她打扰他的母亲，——（听见没有？）——侵犯一个又老又病的可怜的女人是卑鄙可耻的，所以他禁止她跟自己的母亲说话。

伏奇尔太太高声大叫起来。从来没有一个人敢对她用这种口气说话。她说一个野孩子的教训她是不接受的——并且还在她自己家里！——她极力地羞辱他。

大家听到吵架的声音都跑来了，不过伏奇尔对于可能妨害他健康的事，一向躲得很远，所以他没有来。气极了的阿玛利亚把情况告诉了老于莱，老于莱严厉地请克利斯朵夫以后少发表意见，更不必找上门来。他说他们知道怎么做人，怎么尽职责，过去如此，将来也一样，用不着克利斯朵夫来教训他们。

克利斯朵夫说他要走了，以后不会再来他们家了。可是他必须把关于这该死的责任的话——（此刻这责任几乎成为他的敌人了）——痛痛快快说完了才肯走。他说这个责任反而会使他喜欢丑恶。他们竭力把"善"弄得令人讨厌，使人不愿意为善。与他们对比之下，那些虽然下贱但很可爱的人更有种魅力。到处滥用责任这个词，无聊的苦差事也名之为责任，无足轻重的行为也名之为责任，还要把责任应用得那么呆板，专制，那非但毒害了人生，并且亵渎了责任。责任是例外的，只有在真正需要牺牲的时候才用得着，绝对不能把自己可恶的心情和跟人过不去的愿望叫做责任。一个人不能因为自己愚昧或失意而痛心疾首，就要全世界的人跟他一同悲苦愁闷，跟他一样过那种残疾人的生活。最重要的品性是心情愉快。品性应该有一副愉快的，无忧无虑的，毫不勉强的面目！为善的人应该觉得自己快乐才对！但那个经常说的责任，老师式的专制，大叫大嚷的音调，无聊的争吵，讨厌的、渺小的、无中生有的吵架，那种嘈杂，那种毫无风趣的态度，没有趣味、没有礼貌、没有静默的生活，竭力使人生变得没有色彩、鄙陋的悲观主义，觉得轻视别人比了解别人更容易的、傲慢的愚蠢。布尔乔亚道德是有害处的，不健全的，它们是不成器的，没有幸福与美感，反而使邪恶显得比德性更近人情。

克利斯朵夫这样想着，只顾对伤害他的人发泄，并没有发现自己和他们一样的不公平。

毫无疑问，他心目中的可怜虫和他们差不多，但这不是他们的错：那种可恶的面目，态度，思想，都是没有人情味的人生造成的。苦难把他们折磨得变了形，——并非什么飞来横祸，陷害生命或改变一个面目的大灾难，——而是循环不已的灾难，从生命之初到生命末日，一点一滴积累的灾难……那真是可悲可叹的事！正是在他们这些外表之下，隐藏着许许多多善良、正直的心与默默无声的精神！……隐藏着整个民族的生命力。

克利斯朵夫认为责任和爱情都是例外的东西。一切都是例外的。一切有点儿用处的东西，它的最可怕的敌人，并非是坏的东西，——（连坏习惯有时也有价值），——而是它自身成了习惯性。心灵的最大的敌人，乃是时间的磨蚀。

阿达开始厌倦了。她不够聪明，不知道在一个像克利斯朵夫那样生机蓬勃的人身上，去使她的爱情与日俱增。在这次恋情中间，她所有的乐趣都被感官和虚荣给榨取了。现在她只剩下一桩乐趣就是消灭爱情。她有一种暧昧的本性，为多少女子（包括善良的在内）多少男人（包括聪明的在内）所共有的。——他们不能在人生中有所发明，子女，事业，什么都不能，但还有许多的生命力，受不了自己的一无是处。他们但愿别人跟自己一样的没用，便拼命想到这一点。有时候这是无心的；他们一发现这种恶毒的欲望，就大义凛然地把它打消。但多数的时候，他们鼓励这种欲望，尽量把一切活着的，喜欢活着的，有资格活着的加以毁灭；而摧毁的程度当然要看他们的力量怎么样。有些较小的目标，仅仅以左右相邻的人作对象；有些是大举进攻，以广大的群众为目标。以引诱爱人堕落为快的女孩子和把伟大人物的思想拉下来、拉得跟自己水平一样高低的批评家，是两种性质相同的恶兽。

因此阿达极想把克利斯朵夫腐化一下，使他屈辱。其实她还没有这个力量。她那点聪明，腐化人家是不够的，她怀恨克利斯朵夫，因为她的爱情没有力量伤害他。她不承认有伤害他的企图，要是能阻止自己，也许她还不会这么做。但她认为想伤害他而办不到未免太没有道理。如果一个女人没有一种幻想，使她觉得能完全驾驭爱她的那个人，给他不论是好是坏的影响，那就是这个男人爱她不够深，她下决心非要试一下自己的力量。克利斯朵夫没有注意到这些，因此阿达以玩笑的口吻问他：

"你为了我能把音乐丢掉吗？"（其实她不是这么想）。

他却实事求是地回答：

"噢！这个吗，不论什么人都是无济于事的。我一辈子放弃不了音乐。"

"哼！亏你还说是爱我呢！"她愤愤地说。

对于音乐，她完全不懂，而且找不到一个空隙来攻击，来伤害它。克利斯朵夫对音乐充满热情，她因此非常地根音乐。如果她用轻视的口吻谈论音乐，或是瞧不起地批判克利斯朵夫的曲子，他只是哈哈大笑；阿达虽然恼怒到了极点，最终还是闭上了嘴，知道自己对音乐的无知，自己的可笑。

她发现了道德信仰是克利斯朵夫的另一个弱点，觉得更容易下手。他虽然和伏奇尔一家闹崩了，虽然青年期的心情使他陶醉了，可依旧保持着他那种精神上的洁癖，而自己一点不知道，一个像阿达般的女人看了十分惊异，继而着迷，继而可笑，继而不耐烦，最后终于愤怒起来。她不从正面进攻，只是狡猾地问：

"你到底爱不爱我？"

"当然。"

"你爱我爱到什么地步？"

"尽我自己能够爱的程度。"

"那不能算多……你说，你能帮我什么忙？"

"你要什么就是什么。"

"我如果叫你做件坏事，你肯做吗？"

"要用这种方式来爱你，这太古怪，太不可思议了！"

"古怪倒不是什么大问题。只是你到底干不干？"

"那根本不需要，而且永远不需要。"

"但是如果有一天我需要呢？"

"那就错了，肯定是你。"

"可能是我不对吗？……你到底干不干呀？"

他非常想拥抱她，但她不服从。

"你到底要不要干，说句话成不成？"

"我是不会干的，小宝贝。"

她转过身子非常快而且很愤怒。

"你懂什么叫爱吗？而且你根本不爱我。"

"也许是吧。"他大笑起来说。

他也会做傻事，在自己热情冲动的时候不管是好事或是坏事。——更进一步的事；但他认为很镇静地说出来以此自豪是羞耻的，而说给阿达听是危险的。他本能地感到他那个喜欢的敌人在旁等待，只要他泄露一点儿口风便乘机而入；他不希望让别人捉住小辫子。

有几次，她又回到老问题上来攻击了：

"是因为你爱我才会爱我的，或者因我爱你所以才爱我？"

"因为我爱你而爱你。"

"那么即使我不喜欢你了，你还是会爱我的？"

"是的"。

"如果我爱了别人，我永远是你的惟一吗？"

"啊！我从来不知道这个……我想不会吧……总之我是不会再喜欢别的人了。"

"我爱上其他人，情况又有什么不同？"

"哦，差异可就大了。我可能会变，你是一定会变的。"

"我会不会改掉现在这个样子？那有什么妨碍吗？"

"当然关系很大。我爱你现在的样子。你要变了，我不敢保证再爱你。"

"噢！你根本不爱我！这么多无聊的话语是什么意思？一个人要就爱，要就不爱。假使你爱我，你就该爱我，爱我如今所拥有的，也不论我做些什么，一直得爱下去。"

"如此地爱你，不是把你当做牺牲口了吗？"

"我喜欢你这样的爱。"

"那么你看走眼了，"他开玩笑似地说，"我不是你心目中那样的人。我即使乐意这样做也未必做得到。而且我也不愿意。"

"你认为你自己很聪明！你爱你的聪明超过爱我。"

"我爱的明明是你，你这个没良心的！我爱你比你爱自己还深，你越漂亮，心越好，我越爱你。"

"你倒是个老学究。"她气恼地说。

"你认为我该怎么办呢？我就是爱美，恨丑。""就是我身上的丑也讨厌吗？"

"特别是在你身上的。"

她气恼地跺着脚："我不乐意受到批评。"

"那么你尽管埋怨吧，抱怨我批评你，抱怨我爱你。"他温柔地说着，想安慰她。

她笑着躺在他怀里，接受他的亲吻。但过了一会儿，他认为她已经忘了，她又担心地问："你认为我的丑是什么呢？"

他不敢让她知道，只是很胆怯地回答："我不觉得你有什么丑的地方。"

她犹豫了一下，笑着说："你说你最不喜欢撒谎的，是不是？"

"那是我最最讨厌的。"

"当然，我也讨厌。我一向不说假话，所以在这方面我不用担心。"

他看了她一下，认为她说的是实在话。对自己不足之处这样一点儿不知道，他看了心软了。

"那么，"她双手搂着他，"如果有一天我爱上了别人而告诉了你，你会讨厌我吗？"

"别总是麻烦我。"

"我麻烦你；我不告诉你我现在爱了别人；当然也能告诉你现在不爱别人……如果以后我爱了……"

"我们不必担心这个。"

"我总是要想的……那时你不恨我吗？总不能恨我吧？"

"我不讨厌你，只是离开你。"

"你能告诉我离开我的原因吗？如果我还爱着你呢？……"

"你脚踏两只船是吗？"

"当然啦，也许会那样。"

"当然可不会对我们有这样的事情。"

"你告诉我原因好吗？"

"因为你爱上别人的时候，我再不会喜欢你，一定不再爱你了。"

"刚才你还说：'可能……'可现在……你根本已不爱我了！"

"这样对你更好。"

"为什么？"

"因为你爱着别人的时候我依然会爱你，那么最后对你，对我，对其他人都是没有好处的。"

"哦！……你是不是疯了。那么我必须跟你一辈子不可吗？"

"你不必焦虑不安，你是无拘无束的。你愿意什么时候离开我就什么时候走。但是那时候不是再会而是不会再见面了。"

"如果我一直喜欢你呢？"

"爱是必须彼此付出的。"

"只有你付出了！"

他对她这种自私忍不住笑了起来了；她也笑了。

"单方面的付出只能造成片面的爱。"他说。

"当然不会的，它能造成双方的爱。假使你为我而牺牲，我只有更加喜欢你。你想想吧，在你一方面，如果能为我牺牲，就表示你非常爱我，因此你也许很幸福。"

他们笑了，很乐意能够这样认真地谈一谈彼此的看法。

他微笑地看着她。其实她的确像她所说的，绝无意思此刻就离开克利斯朵夫；即使他常常使她腻烦，使她愤怒，她也知道像他这样的忠心是多么难得；而且她也并不爱别人。她刚才的话是说着玩的，一半因为知道他不乐意听这样的话，一半因为觉得玩弄这些危险而模模糊糊的思想自有一种乐趣，像小男孩喜欢搅弄污水一样。他知道这点，并不讨厌她。但对于这一类不健全的辨难，对于跟这个猜测不透而心神不安的女子的争斗，他觉得厌倦了：为了要无中生有地，在她身上寻找优点来骗自己而花那么大的劲，他也厌烦了，有时竟厌倦得哭了。他想："为什么她要这样呢，一个人为什么要这样呢？人生无彩无姿！"……同时他微微笑着，望着俯在他身上的那张美丽脸庞，蓝的眼睛，花一般的皮色，爱笑爱唠叨而带点笨拙的嘴巴，半开半阖的、露着舌头与滋润的牙齿的嘴唇。他们接吻了；可是她仿佛是远远地看着他，非常遥远，像从另一个世界上望过来；他眼看她慢慢地远去，湮没在云雾里了……随后他竟望不见她了，听不见她了。他忘了一切，想着音乐和梦，想着跟阿达完全无关的事。他听见一支调子。他沉静地忧郁地坐在那里作曲……啊！美好的动人的美妙之弦！……使人痛苦欲绝！可又是温柔的，慈爱的……啊！美妙极了！……可不是？可不是？……除此之外，世界上所有一切是假的。

他的手臂动了几下，听见有人叫：

"你为什么这样看着我，你是不是疯了？"

他又看到了那双看着他的眼睛。是什么人？……——啊！是的……他深深地叹息。

他认真地看着她，想知道她葫芦里卖的什么药。她不清楚，只觉得自己白费气力，想把他抓住，根本不可能，他总是有办法逃的。她只有生气的份。

有一次她把他从这样着迷的境界中叫回来，问："你为什么哭呀？"

他擦了擦眼睛，才觉得湿了。

"我根本不知道有这么回事。"他讲道。

"干吗你不回答？我问了你很多遍了。"

"你要什么呢？"他心平气和地问。

她又开始说那些不着边际的论题，他做出一个厌烦的手势。

"别急，"她说，"我马上要完。"

可是她又口若悬河地说下去。

他气得跳起来："你别跟我说了。"

"我开玩笑。"

"那么找些正经一点儿的题目！"

"最起码你得跟我商量一下，说一下你不喜欢的原因。"

"还有什么可说的！例如垃圾发臭，难道还得讨论它发臭的原因吗？它发臭，那就完了，只好捂着鼻子走开。"

他气愤地走了，迈着大步，呼吸着外边冷冷的空气。

可是她又来了，一次，两次，十次。凡能损害他身心的，使他难堪的，她全部搬出来摆在他面前。

他以为这不过是一个精神病女子的病态的玩艺儿，喜欢把折磨人当做娱乐。他耸耸肩膀，装作听不见她的话，并不拿她当真。但他有时仍不免想把她从窗里扔出去：因为神精不正常的人都对他不是味儿。

只要她离开一会儿，他就会忘掉所有的事。他又抱着新的希望新的幻象回到阿达身边去了。他是爱她的。爱情是一种永恒的信仰。一个人信仰，就因为他信仰，上帝存在与否是没有关系的。只要一个人心中充满爱，是用不着有什么理由的。

他和伏奇尔一家吵架后，就另找了一所屋子，搬走了。

有一天，克利斯朵夫的小兄弟，没有消息的恩斯德突然回家了。他什么活都干过，最后没人要他干活。丢了差事，身无分文，身体也搞坏了，他认为还是回家疗养一下的好。

恩斯德的两个哥哥看不起他，可是他不恨他们。他们也不恨他，因为恨他也是徒劳。人家无论对他说什么都等于是耳旁风。他带着巴结的眼神笑着，装做后悔的样子，心想着别处，嘴里可是诺诺连声，说着感激的话，结果总在两个哥哥身上诈取一些钱。克利斯朵夫对这个讨厌的坏蛋，不知不觉产生了好感。他从外表看起来更像他们的父亲曼希沃。和克利斯朵夫一样的身材槐梧，眉清目秀，给人很爽快的印象，眼神清朗，高高的鼻子，嘴巴带着笑意，牙齿整洁，动作优雅。克利斯朵夫一看见他心就软了，原先准备好要责备他的话，连一半都没说出来；他心里对这个少年很宠爱，而且和他同一血统，在体格上能争一点面子。他认为这兄弟心并不坏，再加上恩斯德一点儿也不傻。他即使没受过教育，也不平庸，甚至对陶冶性情的活动很感到兴趣。他听着音乐觉得非常有韵味，尽管不懂哥哥的作品，可仍好奇地听着。家里人很少关心克利斯朵夫，所以在音乐会上看到小兄弟他非常兴奋。

恩斯德认识和利用哥哥是他的主要本领。克利斯朵夫知道恩斯德的自私自利，知道他只有用得着母兄的时候才想到他们，但他照旧受他好言的欺骗，难得会不答应他的请求。他对他比对另一个兄弟洛陶夫要好得多。洛陶夫安分守己，做事认真，很讲道义，不向人要钱，也不拿钱给人，每七天来看母亲一次，呆上好长一会儿，老讲着自己的事，自吹自擂地述说他的商店和有关他的一切，一向不问别人的事，一点儿不表示关心，时间观念很强，时间一到立即就走，认为责任已尽。他不能和哥哥相处因为他忌恨克利斯朵夫：他看不起艺术家，对克利斯朵夫的名誉，从来不跟母亲或克利斯朵夫提到，表面上认为哥哥没什么名望。反之，只要克利斯朵夫出了点不痛快的事，哪怕是极小的，他都幸灾乐祸。克利斯朵夫轻视这些小气的行为，只装做不知道；但他从来没想到（要是发觉了，他肯定受不了的），他的不利消息洛陶夫都知道，一部分是从恩斯德那里得来的。这小东西把克利斯朵夫跟洛陶夫不一样的地方看得很清楚：当然他承认克利斯朵夫是优秀的，或许还对他的诚实表示同情。但他利用克利斯朵夫的戆直；另一方面，他尽管轻视洛陶夫的恶毒，也照旧不顾羞耻地利用他那种心地。他迎合洛陶夫的虚荣和嫉妒，洗耳恭听他的埋怨，把城里的不光彩的事尤其是关于克利斯朵夫的事告诉他，——恩斯德对于克利斯朵夫的事知道得特别详细。洛陶夫也和克利斯朵夫一样，让他把钱掠走了，即使他很吝啬。

就这样，恩斯德不仅利用他们，而且讥讽他们。而他们两个却都很喜欢他。

恩斯德到了老家可怜透顶。他从慕尼黑来，在那儿他失掉最后一个工作，照例他是谋到一个事马上就会丢了的。他冒着大雨在街上流浪，无处安身。浑身泥巴，衣衫褴褛，简直像个乞丐，咳嗽得非常厉害，因为在路上害了严重哮喘。看见他这副模样回来，鲁意莎吓坏了，克利斯朵夫十分怜爱地迎上前去。恩斯德泪流满面动了真情实感，三个人哭做一团。

克利斯朵夫和大家把可怜的病人安置好，睡下。鲁意莎和克利斯朵夫轮流在床边看护，又请医生又买药，张罗了许多事。

他身上的衣服早已破烂不堪。鲁意莎和克利斯朵夫满头大汗地到处去设法弄钱，为他置办新装。这时他们手头很拮据：新近搬了家，屋子虽然不怎么样，租金倒挺贵；克利斯朵夫减少了教课，支出可增长了许多。他们一向仅仅弄到一个收支相抵，现在更千方百计地找钱。当然，克利斯朵夫也可以向洛陶夫要钱，但他想独自救济小兄弟，暗暗下决心，一定要争气。他认为这是自己的责任，因为他是长兄，特别因为他是克利斯朵夫。半个月以前，有人同他商谈，说一个有权势的业余音乐家乐意出高额巨资收买一部作品用自己的名字出版，克利斯朵夫当时毅然回绝了，现在不得不忍着羞辱答应下来，而且还是自己去请求的。鲁意莎出去做散工，替人家缝补衣服。他们彼此隐瞒钱的来源，总是说谎。

　　恩斯德在火炉旁坐着，边咳边说自己的债务。结果他们都替他还清了，没有一句怨言。对一个生病的回头浪子，说一些责备的话是根本无济于事的。恩斯德也好像因吃过苦而有所改变。他含着眼泪讲起以前的错误；鲁意莎紧紧搂着他，劝他没有必要再想别的。他有一套软功夫，很会哄骗母亲，克利斯朵夫虽然生气，但又觉得最年轻最弱小的儿子当然应该最受疼爱。他虽然和恩斯德年龄相差不多，却把他当成儿子，而不是兄弟。恩斯德对他非常敬佩，有时还提起克利斯朵夫肩上的担子很重，所做的各种牺牲……克利斯朵夫不让他说下去，恩斯德便用谦虚的亲切的眼神表示感谢。对克利斯朵夫的忠告，他洗耳恭听，一再表示等到身体康复以后，重新作人。

　　他养息了很长的时间病才好。他从前把身体糟蹋得太厉害，医生让他好好地休养一段时间。因此他继续住在母亲身边，和克利斯朵夫睡在一起，心情愉快地吃着哥哥赚钱买来的面包和母亲给他预备的好菜。他从不说要走，鲁意莎与克利斯朵夫也不跟他提。恩斯德能够回来，鲁意莎和克利斯朵夫都非常快乐。

　　克利斯朵夫和恩斯德越来越谈得来。他需要跟人说些心里话。恩斯德很聪明，脑子灵活，只要一言半语就懂得，所以跟他谈话是非常投机的。可是克利斯朵夫还不敢说出心中的秘密，——他的爱情，似乎说出来就是亵渎。恩斯德假装什么都不知道。

　　这一天，复原的恩斯德沿河边散步。离城不远，有所热闹的乡村客店，星期日人们都到这儿来喝酒跳舞。恩斯德看见克利斯朵夫和阿达与弥拉占着一张桌子，正在嘻嘻哈哈地打闹。两兄弟相互看了，但恩斯德没说话就走过去了。

　　克利斯朵夫跟那些人在一起，被兄弟撞见不仅难堪，而且还有些惭愧，非但是因为从此失掉了指责兄弟的资本，而且也因为他对长兄的责任看得很重，抱着很天真，有点儿过时的，在许多人看来未免可笑的观念；他觉得自己在逐渐的堕落。

　　在卧室里他等着他先开口讲。恩斯德偏偏很小心地不出声，也在那里等着。等到脱衣服的时候，克利斯朵夫才试着和兄弟提到他的爱情。他心跳剧烈，简直不敢看恩斯德；又因为害羞，故意装出很随意的口吻。恩斯德一点儿不帮他忙；他不动声色，也不对哥哥瞧一眼，可是把什么都看得很清：克利斯朵夫所有可爱的地方，他都看到了。克利斯朵夫竟不敢说出阿达的名字；他所描会的她的形象，可以适合于所有的爱人。但他描绘着他的爱，逐渐地整个心被爱情所陶醉，说爱情给人多少快乐，他在黑夜中没有遇到这道光明以前是多么苦恼，没有一场刻骨铭心的爱情，人生等于虚度一样。恩斯德静静地听着，未说一句话，只是激动地握了一下手。他们交换着关于恋爱与人生的意见。克利斯朵夫看到兄弟能这样的理解他，欣慰极了。他们互相拥抱着睡了。

克利斯朵夫在这位兄弟面前常提他的爱情，很放心他的谨慎和识趣，但依然很胆怯。他也表示出对阿达的怀疑，但从来不指责阿达，只埋怨自己。失掉她，他简直活不成，他哭着说。

同时他也在阿达面前提起恩斯德，说他怎么美貌，怎么聪明。

恩斯德没有熟人，关在房里不出来。克利斯朵夫觉得自己不应该每星期日和阿达到乡间去玩，把他一个人丢在家里；另一方面他觉得要是不能和恋人单独相处也非常难受；他责备自己自私，邀请恩斯德一起玩。

他把兄弟介绍给阿达。恩斯德和阿达很客气地行了礼，阿达走了出来，后边跟着那个形影不离的弥拉。她一看见恩斯德就惊奇地叫了一声。恩斯德无动于衷地接受了弥拉的拥抱，嘴上含笑。

"怎么！你们以前认识吗？"克利斯朵夫很惊讶地问。

"那是一定的。"弥拉笑了起来。

"从什么时候认识的？"

"很久以前的事。"

"噢！你也知道？"克利斯朵夫问阿达，"为什么不告诉我？""你以为我认识弥拉所有的情人吗？"阿达耸了一耸肩膀。

弥拉对阿达的话并没有真的生气。克利斯朵夫所能知道的就是这些。他很不快活，觉得恩斯德、弥拉、阿达，都不坦诚，即使实际上不能说他撒谎；但是说事事不瞒阿达的弥拉只把这一件瞒着阿达是难以置信的，说恩斯德和阿达以前不相识也不符合事实。他开始注意他们。他只谈了几句极平常的话，而以后一起散步的时候，恩斯德只关心着弥拉。她比平时更和气地和克利斯朵夫谈话。

从那以后，恩斯德便参加每次集会。克利斯朵夫很想摆脱他，可又不敢说。他的目的单单是因为觉得不应该把兄弟引做作乐的伙伴，绝对没有怀疑的意思。恩斯德的行动毫无可疑之处：他只倾心于弥拉，对阿达怀着一种有礼的差不多是过分敬重的态度，似乎他要把对于哥哥的敬佩分一些给哥哥的情妇。阿达觉得所有这些都合乎情理，只是处处小心谨慎了一些。

他们经常做长时间的散步。两兄弟走在前面，阿达与弥拉在后面又是笑又是唧唧喳喳。她们停在路中间长谈，克利斯朵夫与恩斯德停下来等她们。最后克利斯朵夫不耐烦了，独自向前走了；可是不久，他听恩斯德和两个多嘴的姑娘有说有笑，就懊悔地走回来，很想知道他们说些什么。可他一靠近，他们就不出声了。

"你们总是在一起探讨什么秘密呀？"他问

他们用一句笑话把他骗过去了。他们非常投缘，无话不说，像市场上的小团伙一样。

不久，克利斯朵夫和阿达吵了一架。从起床开始他们就生气了。平常，在这种场合里，阿达总要装出一副一本正经又十分恼怒的样子，极端的令人讨厌，用来报复。但这次她只装得好像没有克利斯朵夫这个人，而对其余的两个同伴依然说说笑笑。好像对于这次吵架她特别高兴似的。

与之相反，克利斯朵夫极希望和解，此时，他比任何时候都显得热情了。除了心中的温暖以外，他还感激爱情赐予他的幸福，后悔以前那些无聊的争论浪费了太多光阴，还有一种令人莫名其妙的恐惧，他觉得他们的爱情似乎快要完了。阿达装作看不见他，和别人快乐地笑着；他十分忧伤地看着她那俊美的脸，不由想起以前许多宝贵的回忆；有时这张脸（现在就是的）显得非常善良，笑得非常纯洁，甚至克利斯朵夫不由得问自己，为什么他们没能够相处得更好，为什么他们不懂得珍惜幸福的时光，为什么她要努力忘掉那些美好的记忆，为什么她要把自己的善良和诚实掩盖起来，为什么她总是把侮辱他们之间纯洁的爱情作为乐事。他觉得一定要相信他所爱的对象，他竭力再次创造一次幻象。他觉得自己对她太不公平，认为自己缺少宽容心。

他主动去跟她说话，但她只是冷淡地回答了几句，便不再理他，丝毫没有讲和的意思。他缠着她，扒在她耳朵边要求她暂时和别人分开一会儿，单独听他说几句话。她很不愉快地跟着他。等到他们落在后边几步，弥拉与恩斯德都不会看见他们时，他突然抓住她的手，跪在枯叶上面恳求她原谅。他说他不可能再这样跟她吵了架以后而又继续活下去；那些散步，还有美丽的风光，不管什么在他看来都没有乐趣了；他需要她的爱情。他有时很不公平，脾气太坏，总令人感到不快；他希望她原谅，说这种缺点就是恋爱后才有的，因为只要是平庸的，和他们珍贵的感情不相配的，他都无法忍受。他提起他们过去的那些事，提起他们的初遇，他说他将会永远那样深情地爱她，不管将来怎样他都将会永远那样爱她，只是希望她永远都别离开她！他无法忍受那样的生活！她永远都是他的全部……

阿达听着他的诉说，露出了微笑，她觉得心怦怦乱跳，心软了下来。她的眼睛看上去好像很温柔，表示他们将继续相爱，不再闹别扭。他们紧紧地拥抱着，紧紧依偎在一起，朝着萧萧落叶的树林中走去。她认为克利斯朵夫太可爱了；他温柔的话听来让人很高兴；可是她满脑子的坏念头，一个都没有放弃。她有些犹豫，不像以前那样坚决了，但胸中的计划并没有丢开。为什么？谁知道呢？谁说得清呢？……就因为她早已打定主意去做，因此非做不可吗？……谁知道？也许她觉得，在这一天里她欺骗朋友来向他证明，向自己证明她不愿受拘束会更有意思。其实她并不想放弃克利斯朵夫，她不愿意这样的事发生。此时，她满心以为她对他真控制了。

他们来到一片空旷的地方，那里有两条路通向他们要去的山岗。克利斯朵夫选择其中的一条，恩斯德认为这条路远，选择走另外一条。阿达同意恩斯德的意见。克利斯朵夫由于常从这里经过，坚持说他们选错了。他们不相信。最后大家决定实地试一试，各人都坚持说自己会先到。阿达和恩斯德一块走。弥拉跟着克利斯朵夫，她表示相信克利斯朵夫一定是对的，还补充着说他永远都不会错。克利斯朵夫很认真，所以不愿意输了，他走得非常快，弥拉说他走得太快了，根本没有必要走那么快。

"你为什么急呢？我的朋友，"她口气听来既悠闲又带些讥讽味道，"我们肯定会先到的。"

听她这么一说，他也认为自己不太对："是的，我走得有些快了；其实我们没必要这么着急。"

他把脚步放慢下来又说："但我知道他们的脾气，肯定连奔带跑地希望超过我们，赶在我们的前面先到。"

弥拉放声大笑："你放心，他们肯定不会跑。"

她双手拉着他的胳膊，身子紧紧地偎着他。她个头比克利斯朵夫稍微矮一点，边走边抬起了她那美丽聪明而又带点撒娇的眼睛望着他。她确实很美，很迷人。他几乎都不认识她了：她真是千变万化，令人琢磨不透。平常她的脸苍白中带点虚肿；但只要稍微有点儿令人感到刺激，或是什么快乐的想法，或是想讨人喜欢的欲望，脸部便红润润的，神彩飞扬起来，这是阿达所没有的。克利斯朵夫觉得她的变化奇怪极了；他转过身去，此时他觉得有点意乱神迷。他局促不安，不听她的话，也不说话，或是语无伦次：他想着——逼着自己只去想阿达。他想起了她刚才那双温柔的眼睛，心中感到温暖异常。弥拉拉着他欣赏林木的美，纤小的枝条映在清朗的天空……一切都是那么美：乌云散开了，阿达重新回到他怀抱里来了，他们之间的障碍已消除，已经烟消云散了；他们又相爱了，又和好了。他感到呼吸流畅，空气清新，浑身轻松！阿达重新回到他怀抱里来了……一切都使他想念她……天气很湿润，她不会着凉吧？……美丽的树上结着美丽的冰花，可惜她不在这里！……忽然他记起所有打赌的事，因此加快了步伐，注意着不让自己迷路，一到目的地，便高兴采烈地叫起来："太好了，我们先到达了！"

他像孩子似地挥动着帽子。弥拉温柔地笑着注视他，充满了慈爱。

他们所到的地方是树林中间一片狭长的峭壁。这块山顶上的平地，周围种满胡桃树和矮小的橡树。底下是苍莽的山坡，松树的上面浮着一层淡淡的紫色云雾，莱茵河像一条长长的带子，躺在幽静的山谷里。万籁俱静，没有一点声音，哪怕是一丝风影都没有。这是冬季那种宁静的日子，它仿佛胆怯地在朦胧暗淡的阳光底下取暖。从山坳里飞驰而过的火车，远远地传过来一声短促的鸣笛。克利斯朵夫高兴地看着这美丽的景色，弥拉目不转睛地望着克利斯朵夫。

他把身子转向她，高兴地说道："嘿！那两个懒家伙，我早就告诉过他们的，他们偏不听……看吧，现在只能等他们了……"

他在干裂的地上躺了下来，开始晒太阳。

"对啦，咱们等着吧……"弥拉抖着头发说道。

她语气充满嘲讽，克利斯朵夫不由得抬起身子望着她。

"怎么啦？"她一本正经地问。

"刚才你说什么意思？"

"我说咱们慢慢等吧。没有必要让我跑得那么快的。"

"对啦。"

他们俩躺在凹凸不平的地上。弥拉哼着曲子，克利斯朵夫随着唱了几句，但他不时停下来倾听，说道："好像听到他们说话了。"

弥拉不理睬他，继续唱自己的歌。

"你能不能静一会。"

弥拉停下来开始听。

"噢，什么声音都没有。"

她又接着开始哼歌。克利斯朵夫坐了起来，很不安："他们可能迷了路。"

"迷路？不可能。恩斯德对这里的路特别熟悉。"

克利斯朵夫突然生出一个怪念头："要是他们先到了这儿又向前出发了呢？"

弥拉仰面朝天，唱歌唱到一半突然大笑起来，差点儿连气都闭住了。克利斯朵夫坚持要回车站，说他们肯定在那里了。弥拉这时才决意开口：

"这样才好呢！……我们又没说到车站，约好在这里见面的。"

他又坐在了她身边，她看着他着急的样子很好玩。他也发觉她的目光充满嘲弄的意味，但他却担心起来，——不是怀疑他们而是担心是否有什么意外发生。他站起来，说要回到树林里去找他们，叫他们。弥拉轻笑了一声，从袋里拿出针线剪刀，慢慢腾腾地拆开帽上的羽毛又重新缝好它，那样子好像要在这里呆上一天。

"别忙，傻瓜，"她说。"他们要是愿意来，自己会来的。"

他感到浑身一震，回过身来看着她。她可不看他，一心一意做着自己的工作。他走上前叫着：

"弥拉!"

"干什么?"她一边答应一边依旧做事。

他仔细地看着她，又唤了一声："弥拉!"

"你这是怎么啦?"她抬起眼睛，笑着望着他，"什么事?"

她看着他惊慌不安的样子不禁露出嘲讽的神情。

"弥拉!"他用低哑的声音说，"告诉我这是怎么回事。"

她不说话，只笑了笑，又开始去做活了。

他拉开她做活的手，拿开被缝的帽子："别做了，别做了，你说实话呀……"

她抬起头，望着，她看见克利斯朵夫急得发抖，心不由得软了。

"你以为，"他声音低的几乎听不见了，"恩斯德和阿达……"

她笑了起来："嘿! 嘿!"

他看着她笑，气得一下子跳了起来："不! 不! 那是绝对不可能的! 你绝不会这样想的! ……不! 不!"

她亲切地按住他的肩，笑道："哎啊! 亲爱的，你多傻! 你太可爱了!"

他气愤地使劲摇着她："别笑! 你干吗笑? 如果真是这样，你就不会笑了。我知道，你很爱恩斯德的……"

她仍在大笑着，同时热情地拥抱他，他情不自禁地还了她一吻。但他一碰到她的嘴唇，似乎感觉到还有他兄弟亲吻的气息，就退出她的怀抱，捧着她的头，隔着相当的距离，问：

"你们早就商量好了，是吗?"

她边笑边说："是的。"

克利斯朵夫没有嚷，也没有发怒。他张着嘴仿佛不能呼吸了，紧紧闭上眼睛，双手紧紧地压着胸部，心快要气炸了。他在地上重新躺下，紧紧抱着头，由于极度愤恨而抽搐着。

弥拉觉得他很可怜，她凭着女性特有的温情，俯在他身上，和他说一些亲热的话，拿出提神醒脑的盐来要他闻一闻。他极度厌恶地把她推开了，猛地站起身子，吓了她一跳。他浑身无力，丝毫没有报复的想法。他痛苦地望着她。

"你这个混蛋,"他绝望地说,"你不知道你害得人多苦……"

　　她去拉他,可是他跑进林中。想到他们这些无耻的勾当,污浊的心灵,和他们想拖他下水的乱伦的淫猥,极度厌恶。他哭着,哆嗦着,又恨又怒,大喊大叫。他讨厌他们,厌恶他们,同时也厌恶自己,厌恶自己的肉体与心灵。他心中涌起一股蔑视的大潮,那是早已有的;对于这种卑鄙的思想,下流的做法,他在其中混了几个月的污浊的空气,他早已心存憎恨;只因为他需要爱情,需要把爱人弄成幻象,才没有发作。现在突然爆发了,这样反而更好。一股清纯的气流,一阵冰冷的寒风,把所有的污秽扫清。他心中充满对阿达的厌恶与憎恨。

　　阿达如果想要通过这件事,能够进一步控制克利斯朵夫,那就表明她太愚蠢,不了解她的爱人。嫉妒,能够使不清白的人更加依依不舍,但对于克利斯朵夫那样年轻而又纯洁高傲的性格,只会使他更加反抗。他尤其不能并且永远都不会原谅的是,这次的行为在阿达既不是因为热情冲动,也不是因为女人的理智无法抗拒的情况下发生的。是的,——他终于明白了,——她的用意就是让他丢人,出丑,使他蒙受羞辱,因为他在道德方面和她抗衡,因为他的信仰与她的不一致而要惩罚他,想把他的人格降低到跟普通人一样,想牢牢控制住他,使他感觉到自己邪恶的力量。他不明白:为什么很多人把玷污自己和别人具有的纯洁作为快乐?为什么这些猪狗都不如的家伙,快乐而不知疲倦地在垃圾中滚来滚去,以至全身没有干净的地方也感到快活?……

　　阿达认为克利斯朵夫一定会迁就她,去求她,过了两天她见没有任何反映,便着急了,写了一封热情的短信,根本没提过去的事。克利斯朵夫对此并没有理睬。他对阿达痛恨极了,简直无法用言语来形容。他让她从此不再出现在他的生活中。在他的心里再没有这个人。

　　虽然克利斯朵夫摆脱了阿达的纠缠,但还没有挣脱他自己。

　　他徒然对自己作各种各样的想象,想回到从前那种纯洁,坚强,安静的境界。但没有人能完全回到过去,只能继续向前。回头是无用的,除非看到你曾经过过的地方,和住过的房屋的屋顶上的炊烟,沉浸在往事中不能自拔。然而把我们和昔日的心情隔离得最远的,却是几个月的热情。就像大路拐了一个弯,周围景色已面目全非,以前的一切和我们永别了。

　　克利斯朵夫绝不愿承认这点。他向后看着过去,非要他从前那纯洁和高傲的精神复活过来不可。但是这精神已经不存在了。情欲所具有的危险性不在于情欲本身,而完全在于它破坏的结果。尽管克利斯朵夫此时不再有爱情,甚至暂时还讨厌爱情,也是没用;他深深受到了爱情的伤害,心中产生了必须想法填补的空虚。对柔情与快感的需要非常强烈,使尝过一次滋味的人永远都会受到它的侵蚀：如果没有了这个疯魔，就会有别种疯魔来替代，哪怕是跟以前相反的，就像"憎恶一切"的疯魔，还有那种"高傲的纯洁"的疯魔，"信仰道德"的疯魔。——而所有这一切还不能满足他的饥渴，顶多是暂时的。他的生活产生剧烈的反动，——从这一个极端换到另一个极端。一会儿他想实行不近人情的禁欲主义：什么都不吃，只喝清水，用走路，疲劳，熬夜等方法折磨肉体，不让它快乐。时而他坚信对他那一类的人，真正的道德应当是力量，他又到处寻欢作乐。禁欲也罢，纵欲也罢，都是烦恼的体现。他不满意孤独下去，却又不得不这样。

惟一可以救他的就是真正的友情，——也许像洛莎的那一种，那他肯定会感到安慰的。问题是两家之间已经完全闹翻，连面都不见。克利斯朵夫只见过洛莎一次。她望了弥撒从教堂里出来。他犹豫着是否上前；她一见之下似乎想迎着他走过来；但当他从潮水般的信徒堆里向她挤过去时，她的头转向了别处；而他靠近的时候，她只是很冷淡地行了个礼就走了。他觉得这姑娘对他极端的冷漠与鄙视，却不知道她始终爱着他，非常想告诉他这件事；但她又因之埋怨自己，仿佛现在再爱他是一桩罪过，因为克利斯朵夫行为不端，已经堕落，跟她简直是天壤之别。这样，他们就永远不会再见面了。而这对于两人也许都是有利的。虽然心地善良，她可没有闲工夫了解他。他虽然极需要温情与敬意，也受不了平凡的，闭塞的，死气沉沉没有活力的生活。他们俩一定非常痛苦的，——为了叫对方痛苦而痛苦。所以使他们俩不能在一起的不幸的原因，倒成了不幸中的万幸，那对一般能把握而又刚强的人都是这样的。

在当时来说，尤其是对克利斯朵夫，这种情形是极不幸与苦恼的。一个品德好的人这样的不容忍，这样的心胸狭窄与偏狭，把最聪明的人变成傻子，把最慈悲的人变得凶恶与偏狭，使克利斯朵夫很生气，觉得受了侮辱，致使他极端放纵自己。

他和阿达一有空就到郊外酒店去闲坐时，结识了几个过一天算一天的年轻光棍；他们无忧无虑的心情与无拘无束的态度，倒也并不使他心烦。其中有一个叫弗烈特曼的音乐家，当地的管风琴师，技艺水平不错，很聪明的三十上下的年轻人，但品行却很低劣，懒得宁愿饿死也不振作起来。他为了给自己的放纵解嘲，常常说为人生忙碌的人的坏话；他那些毫无风趣的讥讽，叫人听了好笑。他比他的同伴们更放肆，不怕——可是还非常胆小，大半出之以作鬼脸的措辞——讽刺掌权的人，甚至对音乐也敢不接受公认的见解，把时下徒有虚名的大人物暗中加以挞伐。他对女人也不留余地，专门喜欢在说话的时候，引用讨厌女性的某名士的名言："女人的灵魂是死的。"克利斯朵夫非常欣赏这句尖刻辛辣的名言。

心乱如麻的克利斯朵夫觉得和弗烈特曼聊天是种发泄。他把他的为人看得一清二楚，对那种粗俗的挖苦人的脾气也不会长久喜欢的；蔑视和永远认为自己对的个性，很快叫人厌恶，只显出说话的人无能；但其态度毕竟和市侩们自认为自己工作的鄙俗不同。克利斯朵夫尽管常和他混在一起，但它根本瞧不起这个朋友，跟费烈特曼一起鬼混的朋友，比费烈特曼更无聊：整夜地泡在赌场、酒店里边。克利斯朵夫经常被令人作呕的烟草味与残肴剩菜的味道惊醒。呆呆地瞪着周围的人，不认得他们了，只是痛苦地想道：

"这都是什么人？我怎么没见过呢，怎么和他们在一起呢？"

他们的谈话使他讨厌，但他怕回家，怕跟他的欲望与悔恨相对，他没有勇气离开。他知道自己走上了歧途：他在弗烈特曼身上寻找，而且看得一清二楚，他有朝一日可能变成的那副丢人的嘴脸；但他丧失了信念，碰到挫折的时候非但不振作反而更加萎顿了。

如果有可能，他是步入了歧途。幸而像他那一类的人，自有别人所没有的元气与内力，能够抵抗毁灭：第一是他的精力，他的求生的本能，不肯束手被擒的本能，以智慧战胜欲念聪明，以强毅战胜意志的本能。并且他虽然自己不这样认为，还有艺术家的那种独特的好胜心，那种热烈的客观态度，是一切真有创造天赋的人所持有的。他尽管恋爱，痛苦，让热情把自己整个儿地带走，而他并不是没有目标的，还是能看到那些热情。在他们心中的并不是他。在他的灵魂中，有上万个的小灵魂暗中向着一个固定的，陌生的，但实在的目标扑过去，像整个行星的体系在太空中受着一个神秘的窟窿吸引。这种永远没有尽头的，不自觉的自我分化的境界，往往发生在头晕脑胀的时候，正当日常生活陷于麻木状态，在睡眠的深渊中射出神秘的目光，显出生命的各种各样面目的时候。一年多来，克利斯朵夫总是在做梦中有一种幻觉，仿佛自己变成了不同的几个人，而这几个人还相隔很远，好像差几个世纪的距离。

醒了以后，他只有梦境留下来的一种骚乱和疑惑不解的感觉，但是却一点也记不起为什么会造成了这种让人疑惑不安的情绪。那感觉就好比一个坚持着不曾想改变的念头消灭以后而给你带来的困倦；念头的烙印却像那永不能除去似地留在那儿，你无法除去。一方面他的灵魂在无着落的岁月的泥沼中苦苦挣扎，而另一方面却有一颗明亮宁静而又充满热情的灵魂，在他心中看着他奋力挣扎之后却丝毫没有成果。说实在的他瞧不见这另外一颗灵魂，但它那道潜在的缕缕微光还照耀着他。那灵魂对这些男男女女，对这个世界，这些情欲，这些思想，不管是折磨人的，还是平庸的，或者是下贱的，都极需要怀着好奇心去感受，去观察，去了解，并愿为之受苦；——而只凭这一点就会让那些思想与人物感染到它的光明，并把克里斯朵夫从人们的迟迟疑疑怀疑不安中引渡出来。也许是这二重心灵使他感到自己并不完全孤立而无依靠。他什么都要经过尝试，才能够认识，并且在极有破坏性的情欲前面筑起一座不能打倒的城堡。

虽然另一颗心灵能够使克利斯朵夫的头从深水中浮起，但还不能使他只是单靠自己的力量从深水中拯救出来。他还不能把握自己，不能迷途知返，重新崛起。什么工作都无法让他集中全部心思去做。他精神上正在过一道极有危险性而又是关键的关卡，结果是令人欣慰的：——他未来的一切都在这个转变中生根长大；——但这种永不被更改的永恒的财富，目前却除了极端放荡之外，而别无表现了。这样极其强盛的生命力在当时所能产生的结果，跟最赢弱的心灵其实毫无差别。克利斯朵夫在生命的波涛中随波逐流着。他所有的一切都在被这巨大的无可比拟的力量所推动着，成长着，长得太快了，而且是同时并进的。可怕的是他的意志却没有迅速地长成，反而被这些吓坏了。他的身心已经分离开了。可是这个让人无法抵御的精神上的剧变，别人是无论如何也看不到的。克利斯朵夫自己也感觉到没有了意志，再也无力创造，无力生存。而那些可怕的欲念，本能，思想，却像波浪般地先后涌了出来，宛如硫磺的浓烟从火山口喷了出来，于是他开始埋怨自己了：

"我真的不知道自己还会冒出些什么来？我究竟要成个什么样子？难道我真的是无可救药了吗？那么一定是上帝要将我收回去了，因为我怕我会真的，真的一事无成？"

就这样，他那与生俱来的恶习，现在又占了上风，完全表现出来。他开始拚命地喝酒了。

他已经完全堕落了，他经常喝得醉醺醺之后，才回到家里。

而那可怜的鲁意莎对他望了望，叹着气，一句话也不说，只能对天祈祷，让他早日恢复正常，别再这样了。

一天晚上，当他从酒店出来时看见了驮着背包的高脱弗烈特舅舅。这矮子已经有好几个月不到本地来，在外边流浪的时间越来越长了。克利斯朵夫非常热情地从老远就叫他。给包袱压得弯着身子的高脱弗烈特听到声音，回过头来瞧见克利斯朵夫，于是便坐在路旁界石上等他，克利斯朵夫连蹦带跳地来到了高脱弗烈特面前，亲热地握着舅舅的手摇个不停，十分亲热。但高脱弗烈特却漫不经心地看着他说：

"曼希沃，近来过得怎么样？"

克利斯朵夫听了他的称呼，禁不住笑了起来，这个可怜的老人，都记不清人了。

他说的没错，高脱弗烈特看上去不但老了许多，他的脸皱巴巴的，而且个头更瘦小了,他连说话出气都很费劲。克利斯朵夫还在那里说个没完。高脱弗烈特把包裹重新驮在肩上,不作声地走了。他们俩肩并肩地一同回家,却只有克利斯朵夫在指手划脚地说着话。而高脱弗烈特却只咳了几下,从不曾开口,当他不得不回答的时候,似乎还是把他当做曼希沃而交谈。

他终于再也忍不住了,于是问他:"你真不认识我吗?我是克利斯朵夫呀!你看好了,我不是曼希沃。"高脱弗烈特根本不去看他,只是冷冷地对他说:

"开什么玩笑,你分明就是曼希沃,我难道不认识你?"

听到他口气肯定地说,克利斯朵夫心里也害怕了。高脱弗烈特不管不顾地只是迈着小步走着,克利斯朵夫不敢再说什么了,只是在后面跟着。他的酒彻底醒了。走过一家有音乐的咖啡店门口时,门上的那片昏暗的镜子折射着冷清的街灯,当克利斯朵夫向镜子里看去,竟然看到了父亲的面目,这一看把他吓得失魂落魄,匆忙地回到家里。

他一夜不曾入睡,思前想后地想了个透。现在他终于明白了。不错,他看清并检讨了自己这段时间的不务正业,对此心生悔恨。他想起在父亲棺木前守灵的情景,想起当时对父亲说的话,又把自己从那天起到以后的日子里所做的种种不好的事彻头彻尾想了一遍,发觉每件事都违背了他的诺言。你问这一年以来自己都做了些什么?为他真诚的上帝,为他的高雅的艺术,以及他的灵魂,都做了些什么?为他曾认为不朽的生命又是怎么做的呢?没有一天不是白白地流失就是被他糟蹋掉了,就是给玷污了。没有写过一件像样的作品,也没有转过一个真心的念头,更没有做过一次长久的努力。只有一大堆混乱的欲念纷至沓来,互相毁灭。狂风,尘埃,虚无……长此以往,那些愿望又怎能实现呢?你应该做的一件也不曾做到,而本不该出现在他身上的却全有了,这又算什么呢?这就是他的全部生活,简直荒唐极了。

又是一个无眠的长夜。早上六点,天还没有亮,他就听见舅舅已在准备动身了。——因为高脱弗烈特不愿在这里多耽搁。他只是中途经过这里,不放心来看一下的,不便久留。

高脱弗烈特见克利斯朵夫轻轻地走了下来,再一看他脸色特别不好,知道他已经意识到自己不对了。于是向克利斯朵夫亲热地笑了,问他可愿意送他一程。天还没有破晓,他们就出发了。两个人只是彼此扶着,走着,并不曾多言,但是他们知道彼此的心声,此时真可谓无声胜有声。走过公墓的时候,高脱弗烈特问:

"你可愿意陪我进去一下?"

他每次到城里来,总会去看约翰·米希尔和曼希沃的,这次当然也不例外,当他们来到曼希沃的墓前时,他跪下来说道:

"我们大家都好了,你也就别来找我们了,就此安息吧!

克利斯朵夫感到奇怪的是他有时极有见识，但同时又特别迷信，但他这一回他完全理解了。直到他们出了公墓，自始至终，谁也没有多说一句话。

两人关上铁门，顺着墙根继续走着，田野里寒风刺骨，那伸出墙外的柏树上的积雪纷纷下落。克利斯朵夫哭了。

"啊！舅舅，"他说，"我真的痛苦极了，我都要无法忍受了。"

他当然不能说他是因为爱情才变成这样的，只是说他是那么的没用，那么令人失望。

"舅舅，我该怎么办呢？我曾有过宏大的志向并奋斗过，可是过了一年，没有一点成效，甚至连守住原位也办不到！我不能不退步。也许我没有出息，真的没有出息！我把自己给毁了。"

当时他们站在一个山岗上，望着下面的城市，高脱弗烈特鼓励他说：

"孩子，记住还有下次呢？人是不能要怎么就怎么的。愿望和生活根本是两件事，有些不能相提并论的。别难过了。最要紧的是不要气馁，继续为你的理想奋斗。失败与成功就不再那么重要了。"

但克利斯朵夫却仍然说个没完："我没有遵守自己的诺言。"

鸡开始鸣啼。

"就连它们也在为我们叫，提醒我们这些许了愿却实现不了的人，告诉我们违背了诺言。"

"你如果这样想，那也没办法。但你要知道它们有一天不再叫了，那就是它们死了，没有了时间。如果到了那一天，你又怎么办呢？

"不，别这么悲伤，明天会永远都有的。"

"但你知道，我曾许下了愿，可我就是去努力奋斗了，又怎么样，到头来还不是没实现吗？"

"所以说，无论如何你要努力，要祈祷。"

"不会了，我不会再祈祷了，因为我已没有信仰了。"

高脱弗烈特笑了：

"别傻了，我的孩子，你有信仰的，否则你就活不了，世界上还不存在没有信仰的人。"

"那你说我该祈祷什么呢？"

高脱弗烈特指着东方刚刚爬升的太阳说道：

"你现在就只对每天新生的太阳祈祷，去想你今天该怎么办？以后的事就不要想了。只想到今天。把你的理论全部丢开。那理论即便是关于道德的，那也是不好的，是愚蠢的，它们都是对人有害处的。不要用暴力去强迫人生。先过了今天再说。对每一天都抱着充满希望的态度，你必须去爱它，去尊敬它，绝对不能污辱它，不让欺骗它的想法滋长。像今天这样灰暗愁闷的日子，你也得去爱。你不用着急，现在只是冬天，一切还未苏醒。将来大地会醒来的，所以你要跟大地一样，有耐性就是了。你要虔诚，你要等待。当你特别顺利特别好的时候，你要高兴。而当你不成功不能胜任的时候，你还是应当快乐。因为那表示你不能再进一步，于是你会产生更多的希望。一个人不应该为了一件不能实现的事情就感到生不如死。一个人应该去做他喜欢做的事，并且全力以赴去做。"

"噢，你说的也许很对，但是这也太少了点吧！"克利斯朵夫并没有得到理想答案，不快地说：

高脱弗烈特很和善地笑了：

"你说这还太少，但我问你，你到目前为止，看见谁做到这点了？你很傲慢，你要做成就大事的英雄，所以你就只会做出些傻事或生出许多的苦恼……英雄！我真不知道什么叫做英雄，可是最起码知道，一个所谓的英雄，就是把他能做的事做得更好，这一点我们普通人却是做不到的。"

"啊，"克利斯朵夫无奈地叹了口气，"那照你这么说，生活还有什么意义呢，我曾听人说道：'愿即是能！'"

高脱弗烈特又亲切地笑了："别听他们的，如果真的是那样的话，孩子，他们一定是在说谎。否则他们就是根本没有志愿的人……"

他们走到岗上，彼此亲热地拥抱了一下，然后小贩拖着缓慢的步子走了。望着舅舅远去的背影，克利斯朵夫沉思着，他在想他留下的那句话：

"全力以赴地去做。"

他想了好半天终于笑了："……全力以赴……我就先从这里做起，不去想别的了。"

他向着来时的路回去了，冰冻的雪被踩得咯咯直响。冬天刺骨的寒风，把山岗上那些赤裸裸的树枝吹得直抖。他的脸被吹得通红，似乎要被吹裂了，皮肤干冷干冷的，血流似乎凝固了，山岗底下，红色的屋顶正迎着寒冷而明亮的阳光微笑。空气清洌而新鲜，冰冻的土地精神抖擞地好似充满了激情，克利斯朵夫的心同它一样特别地兴奋，他在想：

"我终于苏醒了，重新振作了。"

想到这里泪水不自觉地流了出来。他用手背轻轻抹掉了，望着远方天边的旭日，他笑了。深灰色的云在城的上空飘过，他对乌云抽抽鼻子表示轻视。冰冷的风还在山谷里呼啸着……

"你狂啸吧，今天的我再也不怕你了，而且从今以后，你拿我也没有办法了，不信，你就试一试。……我已经知道了自己的目标。"

当你见到克利斯朵夫的时候，是你将死而不死的时候。

（古教堂门前圣者克利斯朵夫像下的拉丁文铭文）

卷四

第一章

一切全都成了历史，他终于摆脱了一年多来束缚他的太累又太久的情欲，让那一切都成为过眼烟云，一去再不复返。生活就是这样，特别是青年时期，人生、社会……好多事情都在不断地变化，虽然有时也难免沉沦，难免有些不快乐，可一旦你想通了，一旦渡过了危机，那种顽强不息，英勇无畏的天性总会有时机出现。

克利斯朵夫觉得现在活得舒畅极了，他感到全身充满力量，可为什么会变成这样，他也不明白，其实用不着明白了。他送走高脱弗烈特回来之后，凛冽的旋风在城门洞里不停地打转。行人看了，都绕过去走了。上工的姑娘气得要死，怎么那该死的风就非得往裙子里钻呢？冻死人了，她们停下来喘着气，鼻子和腮帮早已被吹得通红，脸上露着凄凉的神色，真像要被冻哭了似的。克利斯朵夫看着她们笑了。他所嘲笑的并不是眼前的这场风暴，而是他好不容易摆脱掉的精神上的风暴。他看着冬日的天气，布满雪的城市，一边挣扎一边走路的人们；他看看周围，再想想自己，全身没有了往昔的压力。他是自由的，孤独的，多快乐啊，独立不羁，完全解放了，多自由啊，挣脱了生活与情感的压抑，去除了困绕许久的枷锁，能不自由，能不快乐吗？他要快乐地生活，绝不为自由生话所累，顽强地做生活的主人……

他高兴地回到家里，一如往日，用力地抖掉身上的雪。母亲在走廊里扫地，他经过她身边，猛地将她抱了起来，嘴里唧唧哝哝地亲热地叫着，那样子就像小娃娃一样。他身上全被融化的雪弄湿了；已上了年纪的鲁意莎被儿子强壮的手臂搂抱着，她笑了，开心极了，她叫他"这个小坏蛋"。

克利斯朵夫放下母亲后又欢乐地跑到了卧室里，天还是有点暗，镜子里照不太清自己。可是他心里却快活极了。这又矮又黑、小得都难于转身的卧房，就是他自己的王国。他锁上门，心满意足地笑了。啊，他还是把自己找到了！不知误入歧途已经有多少天了，现在的他，只是急于想让自己再好好地快乐一回，好好地思想一下。如今，他觉得自己的思想像一条潺潺流淌的小溪，到了远方跟金色的阳光融于一体了。发了一夜的烧，置身于岸旁，全身顿觉湖水的凉气，就似那夏日的晨风吹拂着身体。他扑通跳下去，不管也不在乎游到哪儿，他只是想好好地随风漂流尽情地享受一下而已。他一声不出，倾听着心中无言的声音，就像有无数兴奋的因子在心里蠢动。他闭上眼睛，什么也不去想了，只体验着一种目眩神迷的幸福。他很高兴能感觉到这些无名的幸福，可是他还不急于去奋斗，去做事情，他只想迷迷糊糊地体味这个快乐而又陶醉的境界，他的心里洋溢的全是激情和快乐，心里那封冻很久的坚冰融化了，化成了甘露滋润着心田。

母亲敲门叫他去吃饭，他迷迷糊糊地下楼，好似在野外拾回了什么宝贝似的，脸上闪着光采，以至鲁意莎连声问他有什么喜事。他笑着不回答，搂着她的腰围着桌子跳舞，而汤钵却留在桌上冒气。鲁意莎高兴地大喘着气喊他疯子，接着又拍着手嚷起来。

"天啊，"她十分担心地嚷道，"难道你又看上了什么姑娘。"

克利斯朵夫听了放声大笑，把饭巾抛向空中。

"又看上了什么姑娘，"他喊道："啊！天！……不，不！你说的不对，以后再也不会发生了，以前的也都结束了。"

说吧，咕咚咕咚喝下一大杯凉水。

鲁意莎温和地看着他，笑了，她不所措地摇摇头说："你不过是说的好听罢了。你的话谁还敢相信，过一会儿就会旧病复发了。"

"既使能有这么一天，也是很美的，不是吗？"他很高兴地回答。

"也是的，可是究竟什么事让你乐成这样呢？"

"我就是乐，没有什么理由。"

然后他让母亲坐下来，自己端坐在她对面，一五一十地把事情讲给她听。她又高兴又不大相信地听着，不时地提醒他汤凉了。他知道她并没有完全相信，可他并不介意，因为他是说给自己听。

她没有听清他的话，但是看着他笑了。虽然她为有这样一个很有天赋的儿子而得意，但却并不十分重视他艺术方面的能力，她惟一的要求只要他能快活，那就行了。他一边对自己的计划飘飘然，一边望着母亲的脸，她裹着黑巾，头发全白了，浑浊的眼睛不胜怜爱地瞧着他，神态是那样的安静而又慈祥。他完全了解她的心情。

"我对你讲的这些话，你都没有听进去，是不是？"他带着开玩笑的口气问。

"没有，没有，我听进去了。"

他上前去拥抱着她说："怎么不是，怎么不是！得了吧！用不着骗你的儿子。你这么做也没错，只要爱我就行了。我不需要人家了解我，既不要你了解，也不要别人了解，我现在什么都不在乎，因为我心里什么都有。"

"啊，"鲁意莎笑着说，"知道你现在又要搞什么，只要你高兴就行了。"

他让自己沉浸在思想的漫游中，心里感到恬静和快乐，就似有那种微风拂过胸膛，又似沐浴在阳光下，全身心舒服极了。在他躺着的身子底下，在摇摆的小船底下，他去感受那水中的湿润，他懒懒地似无意把手浸在水里。又抬起身子让下巴搁在船沿边上，像童年时一样看着湖水流过。他看见水中映出了许多奇怪的生灵，却又像闪电般飞逝……一批又一批，却没有雷同的。他对着眼前这种奇幻笑了，对着自己的思想笑了；他根本就不需要固定他的思想。要挑选吗？为什么非得选一种活法呢，他再也不想让任何事物捆绑住自己的思想，他现在不去思考将来的事，到将来再去思索吧！

小船随着水流缓缓地向前驶进，河水被温暖明媚的阳光照得暖暖的，很舒服，世界一片寂静。

他慢慢地撒下了网，想网住那些奇幻的影子，你看他站在船上，神情专注地看着网沉下去。过了一会儿，他从容不迫地把网拉起，觉得越拉越沉；就在要从水中提出的时候，他停下来喘了一口气。他敢肯定这一网收获不小，喘气只是让心沉浸在那收获的乐趣中。

终于收网了，可真收获不小，大大小小的鱼挤被破网了。他好不诧异地瞧着，拿手指去拨动，想挑出一条最出色的放在手里鉴赏；但才把它们提出水面，变化无穷的色彩就黯淡了，鱼全都从他的手里溜掉了。他重新把它们放进水里，又重新撒网。他不要它们浮出水面，他要它们在湖水中自由遨游，而他只在感受捞起时的快乐……

于是他的脑海里又出现了更多的幻象，但一个比一个荒诞，他的思想已经积累了很长时间而没有用过，心中装满的神奇想法快要膨胀得爆炸开来。可是一切都乱七八糟没有头绪；他的思想好比一个杂货栈，或是犹太人的古董店；那里有稀有的宝物，还有珍奇的布帛，连同那些废铜旧铁，破烂衣服，统统堆在一间屋里。他一时分辨不出哪些是有价值的，哪些是无用的，只觉得全都有趣。其中有的是互相撞击着的和弦，像钟一般奏响了悦耳的乐章，像蜜蜂般嗡嗡叫的和声，像多情的嘴唇哼出的调子。有的是幻想的风景，容貌，以及各种感情，各种不同的心灵和各种性格，以及那文学的或哲学的思想。有的是一生都将无法实现的愿望：什么四部剧，十部剧，想用音乐描绘所看所想的世界，包括各式各样的人与物。还有（而且是最多的）那种暧昧的，触electron般的感觉，都是在突然之间没有来由激发起来的；路上的行人，说话的声音，滴答的雨声，内心的节奏，都可成为音乐的一部分。——许多这一类的计划却只有一个题目，而且很短，也就只有一二行，可是已经足够了。他像个孩子似的，以为幻想都能实现，都能达到了。

但是一个人却不能总生活在幻想中，一味地想象不能使他满足。虚幻的成功，他觉得厌倦了，他要抓住梦里的一切东西。——可是他该怎么去抓呢？这就是问题的关键。他翻来覆去地思索，一会儿这样，一会儿又那样……不，可是不能像过去的，它已经不是原来的样子了，一个梦也绝不让你连抓到两次；它随时随地都在变，就在他手里，在他眼前，在他眼睁睁地瞧着的时候其实它早已经变了。还是快点行动吧，他却又不行；工作的速度使他惶惑。他恨不得一天之中把什么都做完，但却连完成最小的工作都困难得很。最糟的是他才开始工作却又厌倦了工作。他的梦过去了，他自己也过去了。当他做着这件事时，心里却在懊恼没有做另外那件。说也奇怪，他刚选定题目却突然间对它兴趣皆无了。因此他所有的想法都成了空想，没有意义了。他的思想在他不去碰它的时候才有生命，凡是他能抓到的都已经死了。这真是令人遗憾的悲哀：分明看上去很美的东西，怎么到头来却是一场空。

如果说荒废得久了，一时没有了创意，再回去看看往日的佳作吧，但一看竟让人更后悔，真是一蹋糊涂。怎么！这不伦不类的东西，这乏味的音乐，便是他自认不错的作品吗？——他把自己过去的曲子又重新看了一遍，心里说不出的恼怒：他感到莫名其妙，这难道就是他当初写出来的。他自己都感到脸红了。有一次，看到最无聊的一页，他甚至回头去看看室内有没有人，然后把脸埋在枕上，好像做了坏事而见不得人似的。还有几次，他看完觉得可笑极了，谁这么蠢，竟然写这东西骗人……

"嘿！该死的！"他大声骂道，笑弯了腰。

最让他受不了的是他自认为抒发喜悦和痛苦的爱情曲。看着看着他从椅子上跳了起来，仿佛被马蜂蜇了一下似的，用拳头敲着桌子，敲着脑门，愤怒得直叫，用粗话来骂自己，把自己称做蠢猪，混蛋，畜牲，小丑。直到最后，他声嘶力竭地站在镜子前面，托着自己的脸说："你瞧，你瞧，你这蠢东西，你也不看一看，就这副嘴脸，还扯皮，简直是讨厌死了，你真的该投河去死了，先生！"

他被气得发疯了，冲到脸盆前，把整个头浸在水里，想清醒一下，他的脸色紫红，眼睛发直，不顾脸上的水流下来，冲向桌边，然后抓起那些纸，气冲冲地撕掉了，嘴里还叫着："去死吧，快去死吧，你这可恶的东西。"

发泄完之后，他这才松了口气。

这些作品让他无法忍受的就是说假话，没有一点东西是出自真正的内心感受。只是陈辞烂调乱拼原作，就像小学生的作文：他描绘的爱情，就像瞎子在谈论颜色，全是人云亦云的俗话。而且不只是爱情，一切的热情都被他当做高谈阔论的题目。——固然，他一向是力求真实的，但光是想要真实还不够，问题是要真能做到；但是，一个人对人生毫无认识毫无体验的时候，又怎么能真实地反映呢？靠了最近六个月的经历，他才能发觉这些作品的虚伪，他发现自己现在和过去之间突然出现了一条鸿沟。只有走出幻想，真正品味了生活，才能写出真正有价值的东西，才能体现他的思想。

既然痛恨从前没有认清生活就写下来的作品，再加上他盛气凌人的脾气，他打定主意，从此再也不在热情驱使下写作。不用一味捕获自己的思想，除非有了真正的创作欲望，有了真实材料，否则，他将放弃音乐了。

他之所以这么说，因为他看到暴风雨快来了。

所谓打雷，他是什么时候奏唱就什么时候打响。但在高处或许更容易触发，有些地方——有些灵魂——竟是贮存雷雨的仓库：它们会制造雷雨，在天上把所有的雷云吸引过来；一年之中有几个月是打雷下雨的季节，当然了，人生中也有雷雨季节，虽然它不能让人随心所欲，但是它是有季节的。

整个人都绷得紧紧的，雷雨一天一天地酝酿着。白茫茫的天上布满着灼热的云，没有一丝风，凝集不动的空气在发酵，似乎要沸腾了。大地寂静无声，似乎麻木了。头在发烧，嗡嗡地响个不停；整个宇宙等待那愈积愈厚的力的爆发，等待那沉甸甸的高举着的锤子打在乌云上面的雷声。又大又热的阴影移过之后，一阵火辣辣的风吹过之后，神经就像树叶般瑟瑟发抖……随后又是一片寂静。天空继续酝酿着雷电……

这样的等待让人心焦却又充满了刺激，虽然你时刻在提心吊胆，时刻准备着，可是你的整个身心都处于紧张而又热烈的氛围之中。陶醉的灵魂在锅炉里沸腾跳动，像埋在酒桶里的葡萄一样。千千万万的生与死的种子都在心中萌动生芽，结果会是什么样子的呢？……就像即将临盆的妇女一样，在焦急地等待着自己的孩子降生。

有时也难免会失望，白等了。烟消云散了，什么也没有爆发；你惊醒过来，脑袋觉得沉甸甸的，充满了失望、烦躁和说不出的懊恼。但这不过是延期而已；雷雨是迟早要来的；今天没有，并不能预示着明天没有，一个事物，酝酿的时间越长就越容易爆发得猛烈……

你看，它终于降临了，人也一样，在生命中总会有部分乌云升起。一堆堆蓝得发黑的东西，不时给狂暴的闪电撕破；——它们飞逝的迅速使人措手不及，从四面八方来包围心灵；但过后，它们却又消逝得无影无踪，突然之间从天空直扑下来，那真是如癫如狂的感觉呀！……激奋达到极点的元素，平时在自然界里所孕育的规律——维持精神的平衡而使万物得以生存的规律——被幽禁在那牢笼里，此时又突围而出，在你意识消失的一刹那已统治一切，并显得巨大无比，不可想象。你痛苦至极。于是你对生命再也不充满希望了，你现在静静地等待死亡的来临……

闪电快来了，雷声也将响起。

克利斯朵夫快乐得狂叫了。

如果你真想体验那如痴如醉的感觉，你就去创造吧，因为只有创造，才有快感，而只要有了快感，快乐才会来临。惟有创造的生灵才是生灵。其余的都是些与生命无关而在地下飘浮不定的影子。人生所有的欢乐都是在创造中获得的欢乐：爱情，天才，行动，——全靠了创造这一团烈火燃烧迸射出来的。既便是那些在巨大的火焰旁边没有丝毫地位的野心家，自私的人，一事无成的浪子，平日里他们不被谁看起，现在——也想借一点黯淡的光辉取暖。

创造，无论是肉体的还是精神的，都要冲破躯壳牢笼的束缚，而卷进生命的狂澜里去拼搏，你没听说创造就是消灭死亡。

让人可怜的是那些一生中没有一点创造的人，他们只在生命中等待死亡，而不去争取。可怜的是自知不能创造的灵魂，永远不能像开满了春花的树一般满载着生命与爱情的光环！尽管他也没有痛苦，但他却只是一个行尸走肉的躯壳罢了。

太阳的灼光照到了克利斯朵夫身上，就似电流穿过。那好像在黑夜茫茫的大海中突然发现了陆地，又好像在人堆里忽然看到一双深沉的眼睛静静地看了他一下。这种情形往往是在几个小时的神思遐想，意气消沉之后发生的，尤其在想着别的事，或是和人谈话散步的时候。倘若在街上，他因为顾虑大家而不敢高声狂叫表示他的快乐；但是，在家里可什么都拦不住他了。他手舞足蹈，扯着嗓子哼一支欢呼胜利的曲子。母亲早已听惯了这种音乐，也明白了它的意义。她和克利斯朵夫说，他活像一只下了蛋的母鸡一样，在炫耀自己的胜利。

他完全被乐思控制了：有时是为单独而完整的一句；更多的时候是被包裹着整部作品的大片星云：曲子的结构，整体的线条，都在一个大屏幕上映了出来；幕上还有那些光华四射的句子，在阴暗中璀璨发亮，跟雕像一样清晰。有时像一道闪电；有时是接踵而至的好几道闪电；值得一提的是，每一道闪电都在黑暗中照出一些新的天地来。但让人无法掌握的东西，有时却一连几天沉寂不动，只是残留下光明之后的遐想。

当克利斯朵夫品尝了这种刺激的灵感乐趣之后，对别的也提不起精神来了。有经验的艺术家谁都知道灵感是难得的，凡是凭直觉感应的作品则必须靠智力去完成；所以他有时尽量地去埋头苦思冥想，绞尽脑汁去做。——可是克利斯朵夫年纪太轻，而且他充满自信，不免就轻视这些手段。他只抱着一个目标，那就是靠灵感来创造些自然流露的真实的东西来。要是他有心不去想事实，他不难发觉他的想法实在太荒谬。毫无疑问，那时正是他精神上最富有的时期，绝对没有失去思想的时刻。对于这源源不绝的灵感，无论什么都可以谱成曲子：眼中见到的，耳中听到的，在日常生活中接触到的；一闻一看，片言半语，都可以在心中触发一些奇想来。在他浩无边际的思想海洋中，布满了千千万万的明星。——但就是在这种状态下，也会有灯熄夜暗的时候。是的，虽然灵感仍旧有可能重来，但要等到什么时候他却不知道。——傲慢的个性使他不愿意去想这些，他对自己说："这力量就是我。一旦它消失了，我也不存在了，我会自杀的。"于是他经常处于心惊胆战的状态中，这反倒使他感到快乐。

灵感总是有的，但他也意识到只凭这些灵感将无法创造出最美的佳作来。思想出现的时候差不多总是很模糊的，必须费很大的劲把它们整理好。然而它们老是断断续续，忽起忽落地出现；倘若要它们连贯起来，必需经过自己仔细的选择和认真的考虑，才能锤炼成一个新生命、新作品。克利斯朵夫假使是一个天生的艺术家，他当然会做这些功夫；只是他无论如何也不承认，而认准了自己只是在如实地描写自己心中的感受，其实他早已将它们改变了不少。——不仅如此，他有时也会误解思想的含义。因为灵感的来得太猛烈了，他根本就没时间体会出其中的含义来。它闯入心灵的时候，还远在意识领域之外，而这种猛烈的力又超出了一般的认识规律，意识一时也无法辨认，使自己骚动而集中注意的究竟是什么，它所肯定的感情又是哪一种：欢乐，痛苦，似乎都是独一无二的，因为它同超出智力而显得秘不可解的热情混在一起。可是了解也罢，不了解也罢，智慧究竟要给这种力一个什么样的名字，才能够让它与人的大脑中的思想有了一个恰当的融合呢？

但是无论如何他都确信，这种力在他的内心深处同意志是一致的。从深邃的潜意识中跳跃出来的自由的本能，受着理性的压迫，不得不和那些条理清晰而实际上跟它毫不思想干的相融合。在这种情形之下，作品也不过是把两种东西勉强堆放在一起：一方面是克利斯朵夫心中所规划出的一个伟大的题材，而从另一个方面来说，克利斯朵夫也不知从什么地方来的力量。

于是他在矛盾中探索着，不断地前进，从而在撞击的旋流中，在破碎的作品中体验生命力，感受着快乐。

他终于认清了自己有足够的精力，因而对于平日里那令人反感的东西，崇拜的东西敢于正视，敢于面对了；——并且立刻毫无顾忌地加以批判。整个秘密揭穿了，所有的真实也全露了出来，你会看到德国人的虚伪。

无论什么样的民族，什么样的艺术，其间都有虚伪存在。人类的精神意识大半是谎言，真理只有极少的一点。人的精神无比的脆弱，担当不起纯粹的真正的真理；从而在他的宗教，道德，政治，诗人，艺术世界，总之在真理之外包上一层漂亮的谎言。这些谎言因为民族不同而全然不同了：各民族之间所以那么难于互相沟通，那么容易彼此蔑视伤害，就因为有这些谎言在其间。真理对大家都是一样的，但不同的民族有不同的谎言，而且还把它们叫做理想；一个人从生到死都依赖着那些谎言，谎言成为生命存在的条件之一；也只有那些真正做到无所畏惧的人，才敢于在自己所处的环境中独立，而摆脱掉种种束缚。

在一个偶然的时机，克利斯朵夫发现了谎言也存在于德国艺术中。他早先不知道，不明白，并非因为他没有时机去发现，而是因为其间没有距离，没有退步的关系。而现在则不然了，距离拉开了，它立在了他的眼前，不能视而不见了。

他去参加市立音乐厅举办的音乐会。大厅摆着十多行咖啡桌，——大概有二三百张。乐队设在大厅尽头的台上。克利斯朵夫周围坐的全都是一些军官，穿着紧绷在身上的深色长外套，——胡子剃得光溜溜，阔大的胖脸，既恶心又俗气；有些附庸风雅的妇人，过分装做纯真而潇洒；天真的女孩子们张着大嘴微笑；胡髭满面，戴着眼镜的臃肿的男人，活像眼睛滚圆的孩子玩的圆球。他们每喝一杯酒总得站起来向随便某个人装模作样祝贺健康，态度非常恭敬，虔诚，那张张胖脸与说话的调子真让人恶心：好似诵着没感情的经文，他们强装庄严而可笑的样子互相敬酒。音乐在此毫无作用。可是大家却自认为把声音压得很低了。乐队指挥是个身材挺拔的花白胡子的老人，下巴上的胡须看上去像条狗尾巴，往下弯的长鼻子架着眼镜，神情举止颇像一个语言学家。——这些俗气的人物，克利斯朵夫看得太多了。但这一天，他奇怪地用着漫画似的眼光看他们。这些俗艳的东西，不论什么时间都有可能闯入我们的视野中。

音乐会演奏了好多名人作品，而且表演得相当精彩，动听。轮到《汤豪塞巡礼罗马》鸣奏的时候，台下传来开启瓶子的声音。克利斯朵夫右边的那个男人，按着俗不可耐的《风流女人》的音乐打拍子，而且嘻皮笑脸地扮着福斯塔夫的姿势。一位身材发福的妇人，穿着天蓝色的衣衫，腰上束着一条白带子，扁鼻梁上还夹着一副金边眼镜，肤色红润的胳膊，滚圆的腰围，用嚎叫的嗓子唱着舒曼和勃拉姆斯的早已跑调的歌。她扬着眉毛，做着媚眼，不时眨着眼皮，忽左忽右地摇头摆尾，满月似的脸上挂着无人理睬的笑容，旁若无人地做着哑剧：要没有那副神情老成的气息，简直像咖啡店里的卖唱女。这位儿孙满堂的老妇人，居然还扮情窦初开的姑娘，想表现青春，表现浪漫；而舒曼的歌也就无形中成了逗弄小娃娃的玩艺儿。大家都听得聚精会神。可是南德合唱班的人马登台的时候，听众的注意力简直到了无懈可击的程度。合唱班一会儿叽叽喳喳的，一会儿像野兽般大声叫唤，唱了几支自认很有水平的歌。四十个人的声音到头也不过四个人，似乎他们存心这样摆脱合唱的风格，只表现一些旋律的效果，他们自以为表演得绘声绘色，极有品味，但谁不知这简直就是噪音。

"我来扮演个狮子吧。我的歌喉有时简直比白鸽还要悦耳，你听了一定会赞赏的。"这是莎士比亚剧中的台词。

克利斯朵夫一听十分奇怪。这些情形对他绝对不再新奇了。这些音乐会，这些乐队，这些听众，他都熟而又熟。于是他明白了一切是那么虚伪。全部都是，连他最心爱的《哀格蒙特序曲》在内，那种无意义的骚动，有板有眼的激昂慷慨，这时都显得那么虚伪了。如果他没说错的话，他所听到的并非贝多芬和舒曼的作品，而是贝多芬和舒曼的无理的代言，是没礼貌的群众用他们的愚蠢当作掩盖物包围着的作品。——不仅这样，作品中间，甚至那最优秀的作品中间，也有点儿让人反胃的成分，这是克利斯朵夫从来没想到的……究竟是怎么回事呢？他不敢去想象，以为这是对自己尊敬的人的亵渎。他不愿意知道，可是已经看到了，而且还继续忍受着看下去；但他却只能偷看了。

这就是所谓的德国艺术。不论是优秀的还是平庸的，所有的艺术家都俗不可耐、令人作呕，把他们的灵魂尽量显现出来。有的丰富的感情，高尚的品质，而且真情流露，把心都感化了；日耳曼民族的风情万种冲破了堤岸，最坚强的灵魂给冲得支离破碎，懦弱的就给沉沦在了灰色的水波之下：这简直是害人的洪水；德国人的思想彻底腐朽了。像门德尔松，勃拉姆斯，舒曼，以及那些让人无法理解的浮夸感伤的歌曲的小作曲家，不知什么地方来的陈旧思想！完全是沙土，没有一块岩石。只是有点潮湿的，但却无论如何形不成的黏土……这一切真是太让人失望了，克利斯朵夫不相信听众会浑然不知。但他向周围仔细地看去，只看见一些安然恬静的脸，怎么他们所听到的一定是悦耳的动听的，一定是有趣的。他们怎么就没有感到呢？对于这些著名人物的名字，他们是非常尊敬的。并且有什么理由敢不尊敬呢？对他们的音乐节目，对他们的豪华宴会，对他们本人，都怀有特别的尊敬和崇拜。凡是跟他们有关系的事物，人们都会心怀敬意。

克利斯朵夫觉得无论怎么看，这些观众与那不伦不类的作品都很相配。克利斯朵夫再也受不了了，不断装着鬼脸。等到合唱班板着脸唱起一个多情少女所特有的羞惭的《自白》时，他再也控制不住了，竟自大声地笑了。四下里立刻响起一片愤怒的反对声。邻座的人也讨厌地望着他，而他到这时只能更发狂地笑，甚至把眼泪都笑飞了。这一下大家可气死了，大声叫："滚出去！"他站起来走了，耸耸肩膀无所谓似地，笑得浑身发颤。全场的人看着气坏了。于是克利斯朵夫也就从人群中孤立起来了。

回来以后，他把平日里声望极高的作曲家的作品又看了一篇，结果他大为失望，因为就是这些受人敬重的大师也在说谎。他竭力否认，以为自己误会了。——但他骗不了自己，这么高雅的艺术里也有谎言，有骗局，看来值得推崇的佳作实在太少了。

从那以后，每看到别人的精品时，他都提心吊胆，害怕旧戏重演。他对某些大师简直心灰意冷，仿佛失掉了一个最珍贵的东西，又仿佛突然发觉自己曾那么信任的朋友都骗了他。他为之痛心不已，夜不能眠，痛心极了。他问过自己好多次，是不是自己弄错了，但是事实终归是事实，他的内心感受绝对骗不了自己。

但他不敢虚张声势，只怕破坏了他心中的圣人。他真怕自己对他们的信心消失殆尽。但一个对人对事认真的灵魂，本能上对一切都要刨根问底，看透真相，即使再让人失望也在所不顾：对这种认真的本能，是没有什么方法可以抗拒的——于是他终于还是看了，看看他认为最完美的最后一批精华……不料才看了几眼，就发现它们跟以前的没什么两样。他没有勇气继续看了。他把它们藏起来，惟恐再度伤心了。

从此，他对那些作品失去了兴趣。他恨不得用此去换身，不让他神圣的幻象消失。他心里难受极了。幸而元气还很充足，使他对艺术的信仰没有丧失。凭着年轻人敢作敢为的心理，他似乎认为以前不曾有的东西，必将由他重新创造。因为沉醉于自己新的灵感中，他认为——（也许并非没有理由）——除了极少的偶然，在活生生的情感和艺术所表现的热情之间，什么联系也没有。他自信自己表现的时候更成功更真实，那可大错而特错了。因为他充满着激情，所以在自己的作品中不难发现他的狂热；但除了他以外，没有人再能在那些作品中看出来。他所指责的艺术家多数正是这样的。他们心中存在着的东西，写出来之后，就全部都改变了，变质了。

克利斯朵夫并没这样想，他认为对的绝对不会改变。他拿出青年人的专横无理的脾气，来看待他对过去的艺术家的不满。最高贵圣洁的灵魂也被他赤裸裸地揭开了，所有细节的地方都没有放过。而所谓谎言可笑，在门德尔松是那种过分的伤感，高雅的幻想，枯燥肃静，言之无物；在韦伯是虚幻的内心，枯萎的思想，用头脑假定的感情；李斯特是个贵族的教士，又是个马戏班里的骑师，而且是新古典派，拥有江湖气，高贵的成分真假各半，一方面是脱俗的理想色彩，而另一方面又是令人讨厌的做作；至于舒伯特，是被多愁善感的忧伤给淹没了，仿佛沉在几里路长的深海水底里。既便是英雄时代的宿将，封建教师，教会的长老，也难免虚伪。甚至伟大的巴赫，三百年才出的人物，跨世纪的祖师，——也脱不了诳言，脱不了流行的废话与学究式的无聊。在克利斯朵夫的心里，这位见过上帝的人物，他的宗教思想有时是没有精神的，加着虚幻的宗教，而他的风格是琐碎细腻的。他的大合唱中，有的则是柔情伤感的调子，仿佛灵魂在不断向耶稣谈情，克利斯朵夫简直为之恶心极了，似乎看到了胖墩墩的爱神飞舞大腿。并且，他一直认为这位天才的歌唱教师一直是闭门创作的，作品有股太封闭的气息，根本就不像贝多芬或亨德尔有那么一股风潮强劲旋律，——他们以音乐家的声名来讲可能不及他出名，可是更富于人情味。克利斯朵夫对一般古典派的大师是看不上眼的，还因为他们的作品缺少他认为该有的灵动的气息，而差不多全部是"堆砌"起来的：有时看上去只是音乐修辞学的滥调加以改造的；表现的只是一种简单的节奏，一种用来装修的素描，翻来覆去，用机械的方式循环往复。这简直是对称的，叠床架屋的结构，——奏鸣曲还有那交响乐——使克利斯朵夫听了为之气竭，因为他对于这大型规模而又深思熟虑的结构之美，全然不能领会。这简直就不算是什么音乐。

对于音乐中的浪漫也不过如此。怪就怪在，他最受不了的倒是那般自命为最不平凡的，最少用"建筑"功夫的作曲家，像舒曼或其他在很多的精典作品里把生命的点点滴滴地全部灌注进去的人。他讨厌他们，因为在他们身上他早已看到了自己少年时代的灵魂，和所有他立志要摆脱的那些无聊东西。当然，虚伪的罪名决不能强加在古朴的舒曼身上：他几乎从来没有说过不是真正体味的话。然而他的一举一动正好使克利斯朵夫知道了，德国艺术最厌恶的虚伪还不在于艺术家想体会到的那个情感，倒是在于他们想表现出来的情操，——因为这些情操本身就是不可取信。音乐是反映内心生活的，是铁面无情的心灵镜子。一个德国音乐家如果越天真越质朴，越暴露出人们的弱点，就会产生犹疑不定的心境，婆婆妈妈的感情，缺少真情实感，看不见自己，不敢正视自己。而这虚伪的一切皆是那些最大的宗师——连瓦格纳在内——的疮疤。克利斯朵夫再看他的作品时，不禁万般悲伤。《洛恩格林》于他显然是更大的谎言了。他恨这种不着边际的传奇，毫无诚意的虔诚，恨这个无所畏惧的，没心没肺的主角，简直是无情无义自私冷酷的化身，只知道自我欣赏，感觉什么都没自己好。这等人物在现实中不乏其人：有的是这种德国道学家的典型，漂亮却没有韵味，无懈可击而无情无义，把自己看得高于一切，不惜牺牲别人来抬高自己。《漂泊的荷兰人》的浓厚的忧伤，使克利斯朵夫一样无法忍受。《四部曲》中那些颓废的野人，在爱情方面是那样枯躁乏味令人反胃。西格蒙特抢走弱妹的时候，居然用男高音在客厅里大唱情歌。在《神界的黄昏》里，西格弗里德和布仑希尔德以最恩爱的夫妻形象，在众人面前尤其在有地位人面前，夸耀他们俗不可耐的热情。各方面的谎言都集中在这些作品里：虚伪的完美主义，虚伪的基督教义，虚伪的幻想色彩，虚伪的传说，天上的神，地下的凡人，无一不虚伪。在这些自认为破除一切陈规的表演之中，炫耀得最显著的就是陈规。眼睛，头脑，心，决不会对此一无所知的，除非它们自愿。——而它们心甘情愿受骗。但是你看德国人对这所谓的艺术却崇拜得五体投地。

但他内心的厌恶是没有用的，每当乐曲响起时，他和别人一样充满了激情。他笑着，哆嗦着，脸上感到胀热，心中群马在奔腾；于是他知道了，那些具有风暴般的威力的人是无所顾忌的。他在害怕幻想突然破灭而心战胆寒地打开神圣的作品时，发现自己的情绪居然还跟当年一样激动，什么也没有破坏掉作品的纯洁，他高兴地叫了起来。这是他在狂风暴雨中挽救下来的遗物。多幸运啊！他似乎把自己也拯救了。而这怎么也不会是他的？他所痛恨的那些著名的德国人，不也是他的同胞，是他最珍爱的生命吗？他所以对他们那么严厉，因为他对自己同样的无情。还有谁比他更爱他们呢？舒伯特的和蔼，海顿的单纯，莫扎特的柔情，贝多芬的苍凉悲壮，谁能比他感受得更深刻呢？韦伯使他神游于树林中，巴赫使他置身于教堂的阴影里面，顶上是阴沉沉的灰色天空，四周是望不见头的原野，大寺的塔尖直冲云霄……在这些境界中有没有人比他更虔诚呢？——然而他们过早定下结论使他痛苦，并永生难忘。他把谎言归咎于民族性，认为只有伟大才是他们独有的。可他错了。伟大与缺点全都是属于这个民族，——它的豪迈而又不安的情思，汇成一条用音乐与诗歌组成的最大河流，滋润着整个欧罗巴……更不用说那善良纯真了，他无论在哪都不会发现的。

可他不想这些。仿佛一个被娇宠着的孩子，他无情无义地用从母亲手里得到的武器还击给了母亲。将来，只有将来他才会发觉受到她的诸多好处，发觉她多么难能可贵……

这个时候的他正处在推翻儿时偶象的时期。他恨自己，也恨他们，因为当初他那样虔诚地相信了他们。——而这种反抗也是合乎规律的。人生有个时段应当敢不公平，敢批评别人佩服的敬重的东西——不管是真理还是谎言——统统一律对待，敢于把自己认为是正确的东西统统否认。儿童时期的教育，真理和谎言夹杂在一起，一切全是混乱的，他要把它们重新整理，使自己成熟健全起来。

克利斯朵夫正处于建立自身理念逐渐成熟的成长期，他会把儿时认为正确的东西全甩掉的。

首先他得改掉多愁善感的情绪，这种德国人们身上遗留着的、发霉的习气。来点儿阳光吧！来点儿营养吧！像雨点一样多的歌，连续不断地流出德国人的心情，散发乌烟瘴气，必须来一阵干燥的风把它们清除才好。

歌的题材永远离不了什么欲望，思乡，怀念，请问，为什么？敬月，敬星，献给母亲，献给春天，献给太阳；或是什么春之歌，夏之梦，秋之夜，春夜，春讯；或是爱情的呼唤，爱情的诗意等等；或是花之歌，花之敬礼，花讯；或是我思念你思念，我心已乱，我眼已花；还有跟蔷薇，溪水，斑鸠，燕子等来一阵天真而浪漫的对白；再不然就是那些可笑的问话：——"要是野蔷薇没有刺的话"，——"燕子筑巢的时候，她的配偶是老的呢还是新结合的？"——总而言之，全是春花秋月，见物思情，无病呻吟的陈辞滥调。多少美妙的东西给亵渎了，多少高尚的感情被践踏了！陣最糟的是那些无用的诳语，老在公众前面把自己的心赤裸裸地显现出来，只想亲吻的、无意义的，向人们倾述心声。明明没事可干却又装腔作势。这些唠叨难道没有终止的时候吗？——喂！可恶的青蛙你们别再叫了。

克利斯朵夫觉得最难堪的，莫过于描绘爱情时的谎言，因为他更有资格拿它和事实相比。那套如泣如诉、陈年老调的情歌，跟男子的情欲与女人的爱情毫不相干。可是爱情这回事，作曲的人或许都感受过，一生中最少也有过一次的！难道他们就是这样依书本上的去恋爱的吗？不，不，他们是扯谎，没有实际根据的扯谎，对自己扯谎；他们想要把自己的恋情浪漫话……而所谓理想化就是不敢面对现实，不敢看事情的本来面目——到处是夸那种虚伪，没有光明磊落的气度。到处是扮演的热情，过分夸大的戏剧式的庄严，不论是为了爱国，为了吃喝玩乐，为了宗教，全都是一样。所谓饮酒歌，只是把描绘人的方法用到酒和杯子方面，例如"你，高贵的酒杯啊……"等等。至于说到信仰，应该像泉水一般从内心不加思索地飞涌出来的，这里却是制造者制造出来的。爱国的歌曲像是一群绵羊按着节拍咩咩的乱叫乱嚷……哎！你们大声地狂乐吧！……怎么！难道你们愿永远说谎吗？——永远地去幻想，——连喝醉的时候，快要死的时候，疯狂的时候也要扯谎幻想吗？……

克利斯朵夫讨厌什么理想主义。他以为这种谎言还不如坦坦荡荡地说出来好。——骨子里他的浪漫思潮比谁都浓厚，但他宁信残酷的现实也不要害你。

但他也有糊涂的时候。缥缈的雾，荒唐的谎言，"没有灵魂的幽灵式的思想"，使他全身冰凉了。他全部的生命力都渴望太阳。他凭着青年人的血气，完全瞧不起那些虚伪或是他假想的荒谬；他没看到民族的真实在那里逐渐造成一些伟大的理想，把野蛮的本能加以驯服并为之利用。要使一个民族的精神面貌彻底改变，不是只凭简单的道理，凭道德的宗教的规律能办到的，不是立法者或政治家、教士或哲学家所能胜任：人只有经过了磨练，方能体味人生。

就这样，克利斯朵夫继续审视，而他认为别人的缺点在他的作品中也经常出现。因为创作对他来说是无法克制的，不肯服从大脑的支配。一个人创作的动机并不是事先就知道的，而是突发灵感。——并且，尽管把大多数的虚构的谎言都认出来了，仍不足以使自己不去再犯，那还得靠长时期艰苦的努力。在现代社会里，大家养成了懒惰的习惯之后，就更不容易守真返朴。但是好多人办不到，他们总克制不了自己，该说不说不该讲却说个没完。

　　克利斯朵夫就是那样的人，他不知道什么时间该沉默了。由于秉承了父亲的遗传，他总喜欢大声讲话。他自己也知道，拚命想改掉——但一切全白费了。此外，他还从他外祖父那里得到一个遗传，就是要准准确确地把自己表现出来相当难。他是演奏家的儿子，卖弄技巧对他有很大诱惑，当然也是危险的——那是纯粹属于肉体方面的快感，能够灵活运作的快感，克服困难，卖弄本领，迷惑群众，一个人掌握好多人情趣的快感。虽然追求这种快感对一个青年人是可理解的，但对艺术对于心灵那就是个致命伤疤了。他也清楚地知道，但却改不掉。

　　就这样，先天遗传的本能和他后天形成的风格一直向他进攻，而不退却，生活的阴影又不曾让步，但他又不得不前进，就这样，他一步步走向从前他所痛恨的境界里去。他当时所有的作品，全是真实与虚伪，热情的朝气与含糊的胡话的混合品。这使他的个性很难从前人的束缚中解放出来。

　　而且他还很孤独。没有人帮助他逃离泥沼。他自以为快摆脱的时候，实际却是陷得更深了。他暗中努力，屡次尝试，屡次失败，枉然浪费了许多精力与时间。酸甜苦辣他都尝过了，创作的骚动使他坐卧不安，也根本找不出自己的作品中哪些是有价值的。他想着那些不着边际的计划，规模很大而且有哲理的交响诗，把自己难住了。可是他又过于认真，不能用这些妄想来骗自己；他还没有动手去写什么，已经十分厌恶地把那些计划抛开。有时他想把最初感到无法下手的诗歌重新谱成序曲，于是他在那个并不被自己主宰的园地中迷失了自己。等到他动手写脚本的时候——因为他自以为已万事俱备，但那完全是不可理喻的东西；他又想模仿歌德·克莱斯特，赫贝尔，或莎士比亚的名著，可是却把原作的意义全给误解了。这倒不是因为他愚蠢无知，而是缺少判断能力；他不理解别人，只是一味欣赏自己；他只看见自己那天真浪漫飘浮不定的心灵。

　　在没办法的情况下他又把刹那间的情感写成了小品和情歌。在这儿，跟别的地方并没有区别，他竭力反对往常的习惯。他重新采用别人已经谱成音乐的著名的诗篇，就胆大妄为地要跟舒曼与舒伯特一比高低。有时他把歌德笔下的富有情感的幽默人物，如迷娘或《威廉·迈斯特》中的竖琴师等等，描写他们明确不安的个性。有时他也创作一些有关爱情的歌，灌输那些粗野的性欲，把艺术家与群众向来无法沟通的东西蒙上了一层感伤色彩。总而言之，他就是要人物与热情为了他们本身而存在，决不让它们成了德国人的玩偶。

然而，他又觉得诗人太过于附庸文雅了，因而他总是改变他们的原意，加上一些世俗、活泼的手法。或者他利用一些古老的成语，甚至随便的几句话，以及民众的简单对白，儿童的纯真感想；然而就是这些东西，反而在他不知不觉中，使作品深刻了很多。

无论好也罢坏也罢，总之，他的作品充满了活力。当然不是全部新鲜的东西，那还差得多。克利斯朵夫往往就因为过于真诚而乏味了，有时他不惜运用人家早已抛弃的形式，因为他觉得只有这形式能够准确无误表现他的思想，而且因为他的感觉又的确如此，他不管怎么都不愿意求新招，以为只有无聊的人才操心这种问题。他只要讲出自己的感觉，而不在乎别的。他很骄傲地相信，这才是求奇特的办法；世界上再也不会出现另一个克利斯朵夫了，凭着狂妄自大的特点，他认为古往今来还没一件事情可以永留于世：一切还有待于他的创作与发明。觉得这样一来内心才会充实，人生才会有意义，他处在得意忘形的，激动不安的境界，时时刻刻都在自我陶醉。这种心态根本用不着快乐来支配，便是悲哀他也能够承受：他的创作欲望是欢欣鼓舞的源泉，当然也是一切幸福、一切德性之母。生活吧，无所顾及地生活吧！……凡是感觉不到自己应该有这种心情，这种欣喜若狂的欢欣（哪怕是极痛苦的生活）的人，便不是艺术家，而只是一块试金石。只有那些把欢乐与痛苦都能看作为创作素材的，才是真正的艺术家。前辈作曲家就像迷漫的雾，从不曾这样震撼灵魂。

克利斯朵夫却拥有了这种能力，他时刻让快乐充满人间。他不觉得这种举动有什么不妥，只是想让旁人一块分享他的快乐，他绝没料到这种快乐会刺激那些生活郁闷的人。同时他也不管别人的感受，他自以为是地认为把自己的感受告诉大家是很自然的。他把自己的丰富构想和一般音符制造家的枯燥无味作了一个比较，觉得要人家承认他是优秀的太容易了。只要去表现就行。

于是他就只管去表现了。

大家静静地等待着。

克利斯朵夫也不满意他的一切。自从知道了德国人的虚伪民族性，从来就不喜欢以揭露感情的真相去评价一个作品的好坏。又因为他做什么事都特别爱钻死角，难免说出许多荒唐的话令人闻所未闻。而他的小孩子脾气也真是见少。只要碰到一个人，他就赶上前对人家说他的诸多感受，好似一个人有了众人都需知的见解一样，不愿留秘独守。别人听了也许特别的反感，那是他无论怎么也想不到的。一发觉什么名作里头有不合乎实际的地方，他就一心要把这个问题向别人讲明，不管听的对象是干什么职业的。他总不断讲述他的怪论。旁人先还不当真，听了他的胡说八道只是笑笑而已。可是不久他们发觉他总是那么说，一味坚持的作风真让人讨厌。克利斯朵夫的那些怪论，很明显不是嘴上说说而是确信无疑的，不久大家就都厌恶了。而且他还喜欢肆无忌惮地到处乱攻击那些负有盛名的艺术家，公然在音乐会上大肆谩骂。

小城不大，什么样的消息都传得很快，就克利斯朵夫一事，不久就不胫而走了，谁都知道了。他去年的行为已经让公众气愤不已，大家没有忘掉他和阿达那种招摇过市的行动。他自己倒是忘记了：岁月流逝，往事都成烟云了，现在的他和从前的他已经没有丝毫联系了。但别人却替他一一记着：所有的小城市自有一部分人把街坊邻舍的过失与污点，悲惨的、丑恶的、不愉快的事件，全部牢牢记在心，仿佛这是他们应尽的义务一样。克利斯朵夫的档案中，除了过去的污点之外，如今又加上一个新的话题。两相对照，事情披露得更明显了。从前是触犯礼教，现在又伤害了艺术家的文雅。大家全把他当成了疯子。

更让人不堪忍受的是克利斯朵夫竟然在他就职的宫廷中对那些公爵所敬重的大作曲家攻击个没完没了。大公爵冷冷地回答说："如果不是你所说的话，我真怀疑你不是德国人。"

用不了多久这些事便在小城里传遍了。凡是妒忌克利斯朵夫的人，或为了其他的私仇而敌视他的人，就会无中生有地加一句，他的确不是一个纯正的德国人。有人记得他父亲曾是佛兰德族，作为外方来的移民攻击摧残他所在国的荣誉并没有什么奇怪的。当他说这些话时，不仅攻击了克利斯朵夫，也同时提高了日耳曼民族的名气。

尽管大家都在攻击他，但他却仍坚持着自认为的真理。一个人在被人攻击的时候再去进攻别人，是最不明智的事。换了一个明智一点的艺术家，一定会对老前辈们保持缄默。但克利斯朵夫则不然，他就坚持真理，看不起别人的庸俗，自己的做法是正确的，没有理由因为他人的轻视就把它藏在肚里，而让他们去得意忘形。最近一些时候，他憋得极需发泄。他一个人承受不了那么多欢乐，而需要分一些给别人，否则他会爆裂的。然而他没有朋友，他把乐队里的一个青年同事名字叫西格蒙·奥赫的当做心腹。他是魏登贝格人，在乐队里充当一名副指挥：脾气很好，心事很重，对克利斯朵夫一向很尊敬。他对这位同事也不加以设防；他怎么会想到把自己的快乐告诉一个与自己无关的人有什么不妥呢？他们反而应该感谢他的。有快乐大家一块分享。殊不知天下的难事莫过于让人去接受一件新事，他们那么喜欢旧的东西，因为他们所需要的是一种早已习惯了几百年的食物。一想到这个幸福是别人送来的，他们就受不了。对于人们来说那是有伤于自尊的，只在万不得已才会接受，而且还要报答于人家。

不管克利斯朵夫的话别人怎么讨厌，但对于西格蒙·奥赫却很欢迎。乐队指挥多皮阿·帕弗不久将退休了，克利斯朵夫年龄不大但是大有继承的机会。奥赫可是纯粹的德国人，当然承认克利斯朵夫有这个资格，既然宫廷方面对他那么好，可是奥赫却自以为是地认为只要宫廷方面多了解他一点，自己更有资格当指挥。当看到克利斯朵夫满脸笑容却强作镇定地跑进戏院的时候，他脸上堆满了笑容，欲倾听克利斯朵夫的心腹话。

"哦，"他走上前去说，"又有什么重大发现吗?"

克利斯朵夫一把抓住他的手臂激动地说："啊! 朋友! 这一件作品真是高雅极了……要是你听到的话……真的，简直太美了! 唉，将来如果真的经常听到它，死也甘心。"

死人是不会听的。奥赫并不否认，也不去取笑这种幼稚的狂热。克利斯朵夫的脾气是假如有人说他可笑，他自己就会先笑的。可是奥赫假装听得聚精会神，逗克利斯朵夫多说一些没用的傻话。等他走了之后，就赶快添油加醋地把这些话传播出去。大家先在音乐家的小范围内把他挖苦一阵，然后焦急地等待那些可怜的作品。而那些作品，来不及出世就被判处死刑。

作品最后还是终于露面了。

克利斯朵夫从一大堆稿子里，选了一首他认为最不错的作品，既有赫贝尔的豪壮，又粗犷有力（可是他已经讨厌这作品，认为赫贝尔老是太爱做作炫耀自己了。）还有一阕借用了鲍格林的交响曲，题目叫做"人生的梦"，又加上一句小副标题"人生是一场短促的梦"。另外还有一组歌和几阕古典作品，并且还是用了奥赫的一支欢乐进行曲。克利斯朵夫嫌他平庸本不想用，但为了烘托气氛才加上的。

预奏会顺利地通过了。虽然乐队根本就不了解所奏的作品，各人心里对这古怪的新音乐感到惊讶，但还没有什么意见；尤其在群众没有鉴赏评价的情况下，他们绝不能有任何态度。看到克利斯朵夫那么自信，他们也就勉强地接受了。一般音乐师都很有修养，有道德，跟德国优秀乐队一样。惟一的问题出在女歌唱家方面，也就是那个上次音乐厅中穿蓝衣服的太太，她在德国颇有声望，曾经在德累斯顿和拜罗伊特扮演瓦格纳剧中的主要人物，她的嗓音太大了。她虽然学会了瓦格纳派最值得一提的咬音的艺术，把辅音唱得高扬，元音唱得沉重像击锤一样，可是即便这样，她也根本不知艺术的性质。她一个字、一个字地把所有的音唱得特别响亮，每个音节都向后拖，像哭丧一样。克利斯朵夫要求她把戏剧化的表演再减弱一些。开始她还听从，可是天生笨重的声音和极力卖弄的习惯使她无法改正。克利斯朵夫变得不耐烦了，告诉这位可敬的太太，说人们喜爱的是悦耳歌声，而不是听巨龙法弗奈吹小号。她听了这些刺耳的话很不高兴，快快不乐说，她清楚地知道什么叫做歌唱，她也曾经很荣幸地唱过勃拉姆斯的歌，清楚的人还说她唱得不错。

"那可实在不妙了。"克利斯朵夫喊道。

她相当傲气，有些听不懂，于是就非让他解释清楚不可。他回答说勃拉姆斯一辈子也没有弄清什么是自然，他的称赞简直是最大的讽刺了，他自己虽然不懂礼貌，但是比勃拉姆斯还是好多了。

两人各抒己见，互不相让，最后实在无法了，克利斯朵夫决定不表演他的节目，不表演也不能被她污染了。当时已经到了音乐会的前夜；而且大家知道其中有他的新作品，她自己早已告诉了许多人；并且还有她的优点。克利斯朵夫临时改变节目等于对她的侮辱。而她想到明天的音乐会也许会决定这些青年人的前程，也就不愿意跟这颗将升的明星伤了和气。所以她让步了，在最后一次预奏会中，她完全依照了克利斯朵夫的全部意思。可她心里却在想，音乐会上她仍然按她原有的风格唱。

那一天终于到了。克利斯朵夫一点也不慌张，他脑子里装着的都是自己的音乐，没法加以评判。他知道他的作品可能会遭人耻笑，可那又有什么呢？一个人怕被人笑话，就写不出永恒的东西。要求作品有新意，必需有胆量把传统，礼貌，怕羞，和压抑心灵的社会谎言，统统抛开了。假如没有一个人感到惊奇，你只能一辈子做个平庸的人，做一些被人理解的平庸的作品，你永远踏不进永垂不朽的人群中。真要能把这些顾虑踩在脚下的时候，一个人才能成就伟大的事业。克利斯朵夫这样做了。大家可能笑他，他有能力让他们安静并逐渐接受他。每当他想到熟人们对曲子里那些大胆的部分所装出来的嘴脸，暗暗觉得很有趣。他早已作好了接受尖刻批评的准备，先在肚里好笑了。无论如何，除非是聋子，他作品中的力量大家都会承认的，——至于这力能否让人满意那还得另论。并且那有什么关系？……讨人喜欢！讨人喜欢！……只要他有办法，就什么事都好办了。让它像莱茵河一样把一切都带向很远的地方。

大公爵不到场是他遇到的第一件不顺心的事。爵府的包厢里没几个相干的人，府里无非是随从的太太们。克利斯朵夫很生气地想道："这混蛋跟我过不去，他不知道对我的作品怎样评价：他不来就是怕为难。"他的肩膀耸耸，好像对这些无聊的事漠不关心似的。但在别人看来，这对克利斯朵夫的前程有很大的影响，也是对他的第一个教训。

听众很少，有很多位子空着。克利斯朵夫不由得心酸地想起他童年音乐会的盛况。要是他有一点经验，肯定知道演奏上品音乐的时候，听众的数目自然比不上演奏一般音乐的时候：因为大部分人是对音乐家而非是对音乐感兴趣；况且是一个平常的音乐家，显然不及一个穿着短裤的儿童音乐家那么有趣，那么动人，只有傻瓜才会开心。

克利斯朵夫白白等了半天，最后决意开场了。他自己认为这样更好，以为"虽然朋友少，但都是知心朋友"。可怜他这种好心情没有保持太久。

曲子接连不断地继续下去，场子里鸦雀无声。有一种寂静无声是因为大家感情冲动到极点，以致每个人的心都快跳出来了。但眼前这份寂静使观众都想睡觉，每一句音乐都掉在辽无边际的深渊里。克利斯朵夫背对着听众，集中精力对付着乐队，可是仍能感觉到场子里的情形。凡是真正的艺术家都有一种精神上的触觉，能够感知他演奏的乐曲能否在听众心里引起共鸣。他依旧打着拍子，兴奋异常，他的心很快便被从池子和包厢里来的沉闷空气冲凉了。

《序曲》奏完后，大家有礼貌地豪无感情地拍了一阵手，就静下来了。克利斯朵夫宁愿受人训斥一顿……即使怪叫一声也好！至少得有点儿生命的表示，对他的作品有点评价……他看看听众，群众也彼此看看，他们互相看看脸色，又找不到答案，装出漠不关心的样子。

音乐继续演奏，那支交响曲开始了。克利斯朵夫几乎等不到曲终，屡次想丢下指挥棒，掉头就走。他被观众的麻木传染了，也不知自己在做什么；他明明觉得掉入了黑暗的深渊，连他预先想到在某些段落上群众会交头接耳说的俏皮话也没有听到，大家都在细心地翻阅节目单。克利斯朵夫听见众人不约而同地翻纸张的声音，紧接着就是一片沉默，直到曲子完了；然后又是一阵掌声表示懂得一曲已经奏完。只有几下零星的掌声，因为没有响应便尴尬地停止了，听众似乎非常厌烦。

克利斯朵夫夹在乐队中不敢四处张望，他真想哭，同时也气得浑身发抖。他真想站起来大喊一声"你们简直不像话，给我滚吧！……"

听众在耐心等待女歌唱家出场，那是他们听惯而捧惯的。刚才的新作品像没有指南针的航行，非常彷徨；她可是稳固的陆地，一点都没有使人迷失的危险。克利斯朵夫看出大家的想法，蔑视地笑了笑。女歌唱家也知道群众在等她，这时克利斯朵夫非常神气地通知她上台演出。

他们俩用敌对的态度相对看了一眼。按往常惯例，克利斯朵夫应该挽着她的手臂出场，此时他竟把双手插在口袋里，让她自己上台。她气愤地走过去，他气冲冲跟随在后面。她一露脸，得了个满堂彩；大家松了口气，脸上显出神彩奕奕的神情，有了精神；所有的手眼镜都一齐瞄准。她对自己的魅力很有把握，开始唱起歌来，不消说是照她自己的方式，没遵从克利斯朵夫对她的叮嘱。为她伴奏的克利斯朵夫脸色很难看。这种捣乱他早已预料到了。一发觉她走腔，他马上敲着钢琴，气冲冲地说了声：

"怎么会是这样的！"

可是她不理会，他用沉重浑浊的声音再次提醒她：

"不是的！不是的！不应该这样唱。"

虽然台下听不见这些气愤的咕噜，但乐队里的人却句句听得分明：她一急，拼命把节奏放慢，不该停止的地方也停止了。他没有留意，自顾自地弹下去，最终歌和伴奏相差了一节。听众丝毫没觉得，他们早已认定克利斯朵夫的音乐既不会悦耳，拍子也不会准；但克利斯朵夫并不这样认为，他像疯了似的脸都扭做一团，最后终于爆发了。他停下来，喊道："得了吧！"

她控制不住自己，接着唱了半节，然后停了下来。

"得了吧！"他粗暴地又说了一遍。

全场的每一位观众都愣住了。过了一会儿，他又冷冷地说："咱们重新再来！"

她双手哆嗦着，惊讶地望着他，真想把乐谱向他头上扔过去，事后她竟不明白当时为什么没有那样办。但她想到克利斯朵夫的威严，只得再次开始。她把所有的歌唱完了，连一个拍子一个小地方也不敢变动，因为她认为克利斯朵夫定不会留情，而一想起又会受一次侮辱就吓得浑身发抖。

一首歌完毕之后，台下掌声经久不绝。他们并不是捧她唱的歌，——（要是她唱另外一首歌，也可以博得同样的掌声），——而是捧这位有名的老资格的女歌唱家：他们知道赞赏她是绝对正确的，同时大家还想补偿一下她受的侮辱。他们隐隐约约觉得她刚才唱错了，但认为克利斯朵夫当场给她指出来简直太不像话了。大家都喊"再来一次"时克利斯朵夫想也没想就把琴关上了。

她没有想到这也是一次侮辱，她心里非常乱，根本不想再来一次。她匆匆忙忙下了台，躲在化妆室里把胸中郁积着的恼恨与愤怒一齐发泄了出来：又哭又叫，把克利斯朵夫骂了足足有一刻钟……狂怒的叫声一直传到门外。探望她的朋友出来说，克利斯朵夫对她的态度就像对下等人一样。众人的议论在戏院中是传得很快的。因此克利斯朵夫再次踏上指挥台演奏最后一曲的时候，场子里颇有些骚乱的现象。这个曲子是奥赫《欢乐进行曲》而不是他的。听众喜欢这曲平凡的音乐，便不必嘘哄克利斯朵夫，就用极简单的办法来表达他们的不满：他们想替奥赫捧场，热烈鼓掌要求作者露面；奥赫肯定不会放过这次机会，而正当这时，音乐会结束了。

那些终日无聊而说短道长的内地人，对音乐会的情况当然很清楚，比如大公爵和宫廷方面的人和女歌唱家有交情的几家报纸，闭口不提那件不愉快的事，只一致恭维她歌唱的艺术，而在报导她所唱的作品的时候提起了那些歌。关于克利斯朵夫别的作品，只是很少的几行，所有的报纸全是大同小异的论调："……对位学很有功夫。风格特别烦琐。缺少发挥充分的想象力，没有旋律。纯粹是头脑的而非心灵的产生。缺乏真诚。只想别具一格……"以下的一段是讨论真正的独创，举出一些已故平凡的大师，"不求别的新，而是自然独创一格的"，如莫扎特、贝多芬、吕威、舒伯特、勃拉姆斯等等的作品就是最好的见证。然后又谈到了戏院最近要重演克莱采尔的作品，就顺便把那出"永远清新永远美丽的歌剧"长篇大论地评论了一番。

总之，对克利斯朵夫最欣赏的批评家，也不了解他的作品；而绝对不喜欢他的人自然更表现出阴沉的仇视态度；再说大众，不管是水平高的，还是差一点的都一声不吭。至于让大众自己去想的时候，他们就干脆不想了。

克利斯朵夫失望到了极点。

克利斯朵夫的失败已是人们意料之中的，他的作品不被听众所接受的原因不止一个，而是三个。第一，它们还不够成熟。第二，它们还是新生的不能叫人一下子就接受。第三，把这无法无天的青年教训一顿是大家都愉快的事。但克利斯朵夫头脑不够冷静，不肯承认他的失败在意料之中。一个真真正正的艺术家，长时期的被人误解以后，习惯了人们无法挽救的愚昧。他相信群众，相信自己的力量，以为那是一蹴而就的事情，既然他具备得天独厚的成功条件：这种幼稚的信心现在可是被彻底瓦解了。有敌人，他倒认为极其平常，可是一个朋友也没有他就觉得奇怪了。自从那次音乐会以后，凡他以为可靠的，对他的音乐感到兴趣的人从没有说过一句鼓励他的话。他想法去试探他们，他们总是有意躲避。他一再追问，要知道他们真正的思想，结果是最真诚的人把他从前的作品，早年的幼稚的东西，提出来作比较。有好多次，他听到人家拿他的旧作做标准，说他的新作不符标准，但在几年以前，他们拿出作标准的那些旧作还是新生事物的时候，他们也认为它们是不好的。新作就是不好的，这是一般人都知道的原则。只有克利斯朵夫不懂这一套，便大惊小怪地叫起来。人家不喜欢他也可以，他不但容许，而且还欢迎，因为他并不想做每个人的朋友。但是人家喜欢他而又不许他长大，硬要他一辈子做个小孩子，那可不像话了！在十二岁上能写出好的作品，到二十岁上便不行了；他不希望老是停留在那个阶段上，希望要变，变，永远地变下去……要遏制一个人的生命，让它停在一个点上，岂非混蛋！……他童年的作品所以有气势，并非在于它幼稚无聊，而是在于有股前程无限的力潜伏在那里！而这前程，他们竟想把它毁掉！……他们从来没有爱过他又怎会懂得他；他们所喜欢的只是他的平庸，只是他跟庸俗的人一样的地方，而并非真正的"他"，他们的友谊其实并非是友谊而是误解……

也许他把这些情形夸大了些。一般世俗的人不能爱好一件新的作品，但它有了二十年的寿命时，他们就会真诚的喜欢它，这是常有的现象。新生事物的味道太浓气势太冲使他们羸弱的头脑无法承受，在经过一段时间的冲刷之后才行。艺术品一定要成年累月地积满了油垢，才会有人了解。

但克利斯朵夫不容许人家不了解现在的他，而等他成为过去之后再了解他。他宁可人家干脆不了解他，在任何时间任何情形之下都不了解他，因此他气愤至极。他期盼有人了解，希望有人代表自己同别人争论，但这是枉费心机，那不是要把整个时代的口味都改过来吗？但他自信很强，决心要把德国人的口味彻底清洗一番，不管大家同意不同意。其实他无法做到这一点。要想说服一个人的意志决不是几次谈话所能做得到的，并且他说话的时候既没有合适的言辞，又用那种对大音乐家甚至对谈话对象极其狂傲自大、自以为是的态度，结果不仅没达到说服的目的，反而多结了几个冤家。他不懂得在说给别人听时应当先把自己的思想整理好，从从容容地讲给别人，才能迫使人听从他……

而他的星宿，他的命运，他的一切时机都给他创造了让他去说服人家的机会。

在戏院的食堂里他和乐队里的几个同事围着一张桌子坐着，他们被他的艺术批评吓坏了。他们的主张也并不一致，但对他狂傲的言论都不乐意接受。中提琴师老克罗斯是个忠厚的人，很好的音乐家，一向是真心喜欢克利斯朵夫的；他假装咳嗽，希望克利斯朵夫能注意他，从而等到机会说一句双关的笑话，把话题岔开去。克利斯朵夫完全没注意，反而越说越有劲，使克罗斯很沮丧：

"他为什么要说这些话呢？只有上帝晓得！一个人尽管心里这么想，可用不着说啊！"

最奇怪的是，他也"这么"想过，至少他对这些问题有过怀疑，克利斯朵夫的言论把他心里的许多疑惑提了出来，可是他却没有勇气承认，一半是怕得罪大家，一半是没有自信，不敢确定自己的主张。

吹短号的韦格尔可是一句话也不喜欢听，他只愿意赞美，不论什么东西，不论好的坏的，天上的星或地下的煤气灯都一律看待；他的赞美也没有什么等级，只知道赞美，赞美。他的赞美是无止境的，这是他生活不可缺少的条件，如果受到限制，他的生活就要痛苦。

可是大提琴师哥赫痛苦得更厉害：他真心实意地爱好低档的音乐。凡是被克利斯朵夫嘻笑怒骂的，痛加诋毁的，都是他的最喜欢的；他心中装满着浮夸的、动辄让人落泪的感情，这种本能使他欣赏那些最陈腐的作品。可是他崇拜一切虚伪的大人物，却完全出自真心。只有他自认为崇拜真正的大人物时才是扯谎，——而这扯谎还是无邪的。有些勃拉姆斯的信徒，他们在上帝身上能找到过去的天才们的信息，他们从勃拉姆斯身上爱着贝多芬。哥赫却更进一步，他爱贝多芬的却是因为勃拉姆斯的气息。吹巴松管的史比兹是对克利斯朵夫的怪论最为气愤的。他的音乐本能所受的伤害，还比不上他天生的奴性所受的伤害。某个罗马大帝是连死也要站着死的。他宁可伏倒在地下死也不要站着，伏在地下可是他天生的姿势；在一切正统的，大家尊敬的，成功的事物前面极尽崇拜，他觉得其乐融融；他最恨人家不许他顶礼膜拜。

因此，哥赫唉声叹气，韦格尔做着非常绝望的姿态，克罗斯胡说八道，史比兹大声叫嚷。但克利斯朵夫不慌不忙喊得比别人更带劲，说着最难听的话——对德国与德国人。

在一张桌子旁边，有一个青年听着克利斯朵夫吹捧言论捧腹大笑。他长着一头乌黑的鬈发，一对机灵美丽的眼睛，大鼻子到了快尽头的地方不知该往左边去还是往右边去，便同时往两边摊开了，底下是厚嘴唇；他神情闪烁，高雅脱俗。他听着克利斯朵夫的话，对每个字又同情又俏皮地留着神，笑得整个脸部到处都起皱来，有时还要浑身抽搐。他并不插嘴，可是每句话都听见了。克利斯朵夫的高论阔论说到一半，忽然僵住了，被史比兹奚落之下，更气得不知说什么，最后才找到了象块大石砂般的字儿把敌人击败：看到这情形，那青年特别高兴。而当克利斯朵夫冲动之下，越出了他思想的范围，说出一些乱七八糟的胡话，在场的每人都怪叫起来，邻座的青年更是乐得前仰后合。

最后大家都对这是非争论感到腻了，站起来都走了。剩下克利斯朵夫，就在他要走时，那个听得津津有味的青年向他走过来。克利斯朵夫自始至终都没有注意他。但那青年很有礼貌的摘下帽子，微笑着通报自己的姓名："弗郎兹·曼海姆"。

他对于自己偷听这件事深感歉意，所以把克利斯朵夫大刀阔斧勇敢对敌的胆略恭维了一番。想到这点，他又笑了。克利斯朵夫非常高兴地看着他，可是还不大放心：

"真的吗?"他问，"你不是拿我开玩笑吧?"

那年轻人坚决不承认。克利斯朵夫脸上登时有了光采。

"那么你认为我完全正确，一点没有错误，是不是?"

"老实说，我不是音乐家，我是外行的。我所喜欢的惟一的音乐，——

绝对不是恭维，——是你的音乐……至少这表示我的品德还是好的……"

"唔！唔！"克利斯朵夫即使还有点半信半疑，但究竟被捧上去了，"这还不能算证据。"

"哎，你也太苛求了吧……得了吧！……我跟你的想法是相同的：这算不得证据。所以你对德国音乐家的意见，我绝不敢擅自发表意见。但无论如何，你对一般的德国人，老年的德国人，批评得太诚恳了；那些糊涂的浪漫派，那种恶劣的思想；多愁善感的人，人家希望我们赞美的陈言俗套，真叫作'这不朽的昨日，永不败落的昨日，永久长存的昨日，因为它是今日的金科玉律，所以也是明日的金科玉律！……'"

他又读了一些席勒诗中的名言：

"……亘古常新的昨天，永远是过去的也永远会再来……"

"而他就是第一个该打倒的！"曼海姆又加上一句。

"谁?"克利斯朵夫问。

"编这些话的老古董了。"

克利斯朵夫不大明白他的意思。曼海姆继续说：

"第一，我希望过五十年大家都把艺术和思想都完全改变一次，只要是过去的东西，一样都不要。"

"那简直太过分了，"克利斯朵夫笑着说。

"五十年，简直太长了，应该是三十年或再少一点！……这才合理一点。谁会还继承祖宗的旧东西呢? 他们一死，我们就恭恭敬敬地把他们安排好放在一边，让他们去烂，还得堆上几块石头，使他们永远不得回来。软心的人也会放些花上去。那我同意，我也无所谓。只要他们不找我麻烦，我就不烦他们。活的和死的分界线分明：各管各的，互不打扰。"

"可是有些死人比活人更活！"

"不！不！换句话说有些活人比死人更死倒更接近事实。"

"可能是吧。不管怎么样，有些老人确实比较年轻。"

"如果他还年轻，我们能看得出，……可是我不信这种话。以前有用的，第二次绝不会再有用。必须要变。第一先得把老人丢开。德国的老人太多，都死了才好！"

克利斯朵夫认真地听着这些怪话，很费劲地发表议论；他对其中一部分的见解很同意，也有好多听着跟自己的一样，只是听到别人用这样的口吻说出来，听着有点刺耳。但由于他相信人家和他一样的严肃，所以觉得那些话或许是这个似乎比他更有知识更会讲话的青年依据了他的原则，依照逻辑推演出来的。很多人不能原谅克利斯朵夫的刚愎自用，其实他有时谦虚得有点孩子气，特别容易受一般教育程度比他高的人愚弄，尤其在他们并非是专门用来躲避讨论难题而拿自己的教育做挡箭牌的时候。曼海姆故意发表这些古怪的议论来作乐趣，一问一答，话越说越离谱，自己听了也在暗笑。他认为这人会把他的话认真来对待，现在看见克利斯朵夫认真地想讨论，甚至想弄明白他的胡说八道，心里乐得要命了；他一边嘲笑克利斯朵夫，一边由于克利斯朵夫对他能让人重视而感到可笑。

等他们分手时，已成了好朋友了；可是刚过了三小时，克利斯朵夫在戏院预奏会中看到了曼海姆在乐队的小门里伸出头来，笑嘻嘻地对他做着鬼脸，仍不免感到有点奇怪。预奏完毕，克利斯朵夫走上前去找他。曼海姆亲热地抓着他的胳膊热情地说：

"你现在有时间吗？……你听我说。我有个主意也许你会觉得是十分地无聊……你不想抽个时间，把你对音乐和对那些无聊的音乐家的想法全部写下来吗？你与其跟他们瞎混，还不如对大家当面有几句话好呢？"

"你说这个主意好吗？……我是不是愿意？……嘿，可是我写了文章寄到何处呢？你说的倒轻松。"

"我不是说过有个计划吗？……我跟几个朋友：亚达尔培·洪·华特霍斯，拉斐尔·高特林，亚陶尔夫·梅，吕西安·哀朗弗尔，——合伙共办了一份杂志。也是本地惟一有意义的杂志，名字叫做酒神——你大概也知道吧！……我们大家都很尊敬你，想和你合伙，不知你的意见如何？"

克利斯朵夫听了这话局促不安，很想立刻同意；他就是怕不能胜任。

"放心吧，我相信你会写好的。何况一旦你做了批评家，就完全可以为所欲为。用不着去考虑什么公众。你简直想不出他们有多蠢呢。做个艺术家算得什么！谁都可以斥责他。可是批评家有权利向大家说：'替我赶走这家伙！'场子里的听众，反正把思想这件麻烦事儿交给你了。你爱怎么办就怎么办，只要你看上去有那股劲。那些傻蛋只要有吃的，别的什么也不管。"

克利斯朵夫最后还是答应下来了，心里特别高兴。他只提一个条件，就是所写的内容不能限定。

"这当然喽，"曼海姆回答，"我给你全部的自由。"

等到戏散场之后，他又把他介绍给了其他几位朋友，他们对他表示欢迎。

他们几个只有华特霍斯是本地人，其余全不是了，但是他们却全是有钱人家的孩子。这些人的父亲全是老派的犹太人，勤奋而节约，永远保留着他们的民族精神，不惜一切地挣钱，而对自己的毅力比对财富更为自豪。但那些儿子似乎生来的任务就是把父亲挣来的家业毁掉；他们反对家庭的成见，取笑那种像蚂蚁一样辛勤劳作，惨淡经营的生活；他们整天拿着艺术家派头，假装不看重财产，把它从窗里扔出去都无所谓。其实他们根本没有多少钱财，尽管荒唐胡闹，但决不会昏了头，忘了所以然。并且做父亲的也很谨慎地把缰绳拉得很紧。花钱最浪费的是曼海姆，真心想把所有财产花个痛快；可是他一无所有，只能在背后大骂父亲小气，心里倒也从不在意，他知道父亲的办法是对的。归根结底，只有华特霍斯一个人财产全由自己支配，拿得出现钱，杂志便是由他出钱坚持的。他是诗人，写些亚尔诺·霍尔茨和瓦尔特·惠特曼一派的"自由诗"，长一句短一句的，所有的点，逗点，三点，横划，静默，大写字，斜体字，底下加线的字等等，都有一种极重要的作用，不亚于叠韵和重复的辞句。他用各国文字中的语言，各种没有意义的声音羼在诗里。他自作主张——（不知道为什么）——要在诗歌方面做一个塞尚纳。的确，他极富想象力，对枯躁无味的东西也能产生感觉。他喜欢把伤感与冷淡，纯朴与轻浮结合起来，再用那琢磨过的诗句合成各流派。在时髦人物心目中，他很可能是一名出色的诗人。可惜无论在杂志上，还是在沙龙里，这等诗人简直太多了；而他还想独特呢。他一味充做没有贵族偏见的王爷，其实他这种偏见比谁都要多，只是自己死不承认。他有心在他主持的杂志周围安排一批犹太人，为叫他的反犹太家属惊慌不安，同时向自己证明他的开明民主。他对诗人说话总很客气，对人也平等，骨子里却是一点也瞧不起他们。他明知被他们利用了，却只管让他们去做去高兴，他们越这样，他就越看不起他们。

　　但他们也看出了他的目的，瞧不起他任由他们摆布，其实他们只不过是互相利用而已。华特霍斯拿出姓氏和金钱；他们拿出能力和做买卖的经验，同时也带来一批顾客。他们比他聪明得多，如果论起个性来也许比他要少。但在这个小城里，好像不论哪都一样的，——因为种族的关系而孤立了几百年，尖锐的眼光给磨练得格外敏锐，——他们的思想很先进，对于陈旧的制度与落伍的思想总感到很可笑。可是他们的性格不像他们的头脑那样潇洒，所以尽管蔑视那些制度跟思想，可是为了从中渔利而并不希望改革。他们虽然自以为在思想观念上独往独来，实际和那名门显贵出身的华特霍斯同样是在冒充时代的朋友，都是游手好闲的花花公子，把文学当做消遣打趣的玩艺儿。他们总是装出一副刽子手的样子来，可是并不凶恶，拿来开刀的全都是些毫无关系的人，也有可能是他们认为对自己永远威胁不到利害关系的人。他们绝对没有能力去和一个社会过不去，知道自己总有一天要回到社会，跟大家过相同的生活，接纳他们从前极其厌恶的偏见；而当他们一朝有了勇气去对一个当时的崇拜者——已经在危境的偶像，——大肆批判的时候，他们也决不顾忌，为的是一有情况立刻可以逃脱，而且不问事情发生的结果如何，一场完了，一定会等好长时间才会再来一次。非利士人大可放心，那些新大卫派的党徒只要让人承认他们发起狠来十分可怕；——但是他们并不经常那样。他们喜欢和那些艺术家和演员们和睦相处关系融洽。

克利斯朵夫很快便厌恶了这种生活。他们最爱谈论的是女人跟马，而且讲得俗不可耐。他们都很呆板。华特霍斯说话太慢，声音清楚而没有感情，那种微小的礼貌显得他又乏味又讨人厌。编辑部秘书亚陶尔夫·梅是个特别胖的家伙，缩着脑袋，神气得厉害，老是认为自己都是对的：他事事武断，一向不听人家的回答，好似不但看不起对方的意思，而且压根儿就不值一提。艺术评论家高特林，有种神经性的痉挛，一刻不停地眨眼睛，戴着副大眼镜——可能为了模仿他来往的那些画家，故意留着长头发，一声不吭地抽着烟，咕咕唧唧地说个一言半语，永远没有完整的一句话，用大拇指在空中不知所以地指一会儿。哀朗弗尔是个没了头发的矮个子，脸上布满笑容，留着淡黄色的胡子，一张光滑而没有神采的脸，下垂的弯弯鼻子，他只在杂志上抄一些与时装和社交界有关的情况。他声音听起来没有一点力度，说些露骨的话；人很聪明，可是为人阴险狡诈，往往不择手段。——这些富家子弟全是眼里没有政府的人；那是再适合他们不过了：一个人不缺吃穿的时候来反对社会是最无聊的消遣，因为把从社会得到的好处忘得一干二净，正像路边的强盗把一个行人的东西抢完了，你已经没有用了，还不快走？

对这几个人，克利斯朵夫只觉得曼海姆还算差不多。当然他是五个人中最有幽默感最风趣的一个，他对无论自己还是别人的话都觉得好玩；他含糊不清嘻嘻哈哈地胡说八道，既不能有逻辑地讨论什么，也不清楚自己在想什么；可是他很现实没恶意，对谁都不抱怨。其实他并不十分诚恳，常常扮着一个角色，但不是故意，而且是与人不讲利害的。他会醉心于一切没理由的——往往是大发仁慈的——理想，但凭他先天精明的智力与玩世不恭的态度，他绝不能肯定；便是特别高兴的时候，他也能保持头脑清醒，永远不会只为了证明理论而找不愉快。但他需要有种东西让他着迷，那对他是一种游戏，时刻要变化无常。目前他着迷的是慈悲。不用说，他觉得只要做人做得和善是不够的，一定要尽力显得仁慈才行；他宣传慈悲为怀，同时又指指点点地加以实践。因为故意要闹别扭，反对家里的人那种旧式的生活，反对遗留下来的礼教，反对军国主义，反对凶狠霸道，所以他是托尔斯泰的忠实信徒，确信福音，尊崇佛教，——他自己也弄不明白究竟信些什么，——总之是宣扬一种柔顺的，没有尊严的，婆婆妈妈的，与人为善的道德观；它很愿意谅解所有罪恶，尤其是男女间的过错，并不回避对这一类罪恶的偏袒，可不能够容忍所有的不合理的品德，——这种道德所显示的简直是：有福同享，如有盟约彼此帮助，仿佛结成同伙，而最后还要放上一个看上去光辉灿烂的光环才觉得过瘾。这中间看上去很是虚伪，那味道在感觉太敏感的人是不大喜欢的，甚至还是讨厌的，如果拿它作真理的话。可是曼海姆并不拿这一套作真理，只是好玩而已。这种卑鄙无耻的基督教是随时都准备替换掉的，无论什么崇拜者都可以来取而代之：用蛮力也好，帝国主义也好，什么古怪的野兽也好。曼海姆是在作戏，真心地逢场作戏；在他没有像别人那样恢复木呆呆的犹太人形象和犹太精神之前，他把自己不具备的各种情操全都试过了。他是个既让人喜欢又令人讨厌的家伙。

在一段时间里，克利斯朵夫让他着了迷。曼海姆什么都顺从他，到处把他的话挂在嘴上，在家人面前把他说得完美无缺。据他说来，克利斯朵夫是个天才，是个很有前途的人，创作有价值的音乐，关于音乐的议论特别独到精辟，聪明好学，——并且一表人材：一张不大不小的嘴，一副整齐的牙齿。他还夸大一句，说克利斯朵夫很敬佩他。——终于有一晚他把克利斯朵夫带回来了。就这样，他的父亲和妹妹认识了克利斯朵夫。

他第一次到一个犹太人的家里做客。这个家族虽然在小城里人口很多，并且以它的财富、和睦和智慧，在当地占有相当重要的地位，但和其他家族很少往来。人们大多抱有陈旧的成见，暗中有点做对，有种近于侮辱的可怜，克利斯朵夫家里的人就存在这种偏见。当年祖父是不愿看见犹太人的；——不料上帝跟他开了一个大玩笑，他两个最好的学生——一个成了作曲家，另一个成了有名的演奏家——偏偏全是以色列人；这一下老人家可为难了：因为有时他真的特别喜欢这两位优秀的学生，但又忘不了他们曾经对耶稣实行残忍手段，无论如何也解不开这个结。最后他还是把他们接纳了，相信上帝看在他们共同的爱好份上会原谅他们的。——克利斯朵夫的父亲曼希沃自以为是自由思想者，绝不会为了挣犹太人的钱而心里有什么不开心，还认为这是完全应该的；但他有时也讽刺他们，看不起他们。——至于他的母亲，可不至于不承认她偶然替犹太人做做饭不是一桩罪过。他们对她很不礼貌，但她并不怀恨在心，她对谁也不抱怨，反而对这些被上帝打入地狱的可怜虫非常同情。当她每次去主人那里，看到他们一家人欢乐异常的时候，她难免会想：

"多么无辜的孩子，没有任何过错！……真可惜！……"

当她听说克利斯朵夫要去曼海姆家吃饭时，心里很难过。她以为人家说犹太人的不好是不该相信，——所有的人都爱谈论别人——但犹太人是犹太人，基督徒是基督徒，谁也不限定谁，那该多好啊！

克利斯朵夫则认为如果你一向反对一个种族，他们反而会对你感兴趣的。可是他对它并没清醒认识。他曾来往过的几个犹太人只是最庸俗的一批，只是些小商人和蜗居在莱茵河与大教堂旁边的几条街上的平民。他们凭着人类特有的群居本能，正在把那个区域变成犹太人生活区。克利斯朵夫有时也上那儿去闲逛，用一种充满好奇的目光，随便看看那些瘦瘦的女人，嘴唇和颧骨都很高，带着神秘的笑容，看上去有点不卖弄风骚，恬静的面部表情，不幸被粗俗的举止和野蛮的欢谈给破坏了。即便是在下层人群中，在这些脑袋好大，眼睛没有精神，神气昏昏沉沉，又矮又胖的人身上，在这最高贵的民族没出息的后代人身上，甚至在那些充满了污秽的渣滓中间，也有几丝微弱的光在那儿一闪一闪的，好似在沼泽上空出现的磷火：那是一些特别的眼神，灵光四射的智慧，从污泥深处发射出来的极小的电流，使克利斯朵夫看了有些上瘾，有些害怕。他想其中必有些高贵的人存在，必有些伟大的心灵想从污泥中挣脱出来；他很想见到他们，帮助他们；虽然没认识他们，而且心里还有些担心，他已经爱上他们了。尽管从未曾接触过上流社会的犹太人。

他对去曼海姆家吃饭充满了好奇，而把禁果送给他的夏娃使禁果显得更有滋味。一进门，克利斯朵夫眼里只看见于第斯·曼海姆一个人。她跟他到现在为止所认识的女人迥然不同。高大，轻灵，虽然长得健壮，身材却很苗条；脸庞四周的黑头发本不多，可是很浓密，部位很低，遮着太阳穴和瘦骨嶙峋的黄色脑门；眼睛有点近视，眼皮很厚，眼珠略微突出了一点，挺直的鼻子底下的鼻孔很大；腮帮清瘦可人，下巴很大，肤色相当滋润；美丽的倩影轮廓很分明，很有个性；正面的表情比较复杂不清；两只眼睛和两边的面颊不太对称。在她身上，你可以感觉到她生在一个很大的家族里，感觉到组成这个家族的复杂成分，是没有秩序的组合，有极美的，也有极恶俗的。她那略近视的眼睛吸引了克利斯朵夫。

对于女孩子流露出的这个民族特有的眼神，也只有像克利斯朵夫这种有阅历的人才能看清，明白一个女人的心声。在一对火辣辣的眼睛里面，他所看到的便是整个犹太民族的灵魂，只是她本人并没意识到。克利斯朵夫一见之下，可把自己弄糊涂了，直到过去很久，经常是在这种眼睛里陷进去以后，他才能在这个东方的辽阔大海上看出一点儿眉目来。

他觉得她的眼神里没有一丁点不安的成分，而那眼神似乎把他看穿一样。他觉得在她诱人的目光下面是刚强、清醒、冷静的性格，毫不客气地在那里研究他的内心；虽是毫不客气，可并没有恶意的成分。她只是一下子把他抓住了。有种善于卖弄风骚的女人对谁都要施展一下自己的魅力，于第斯可并不是这种样子的。论有风情味，她比谁都厉害；但她知道自己的能力，只让本能展露她的才能，——尤其对一个像克利斯朵夫这样轻而易举便可征服的俘虏，根本用不着多费气力。她更高兴的是要认识她的对手，——凡是男人，陌生人，对她都是敌视的，——以后遇到合适的机会也可能跟他们联手的。人生本是一个赌局，惟有聪明人才能胜利；所以第一要摸清敌人的牌而不能暴露自己的牌。能够做到这一步，她就感到临近胜利了。她并不看重胜利能否带给她什么好处。她这么做是为了快乐。她热心的对象是智慧，但并非那种抽象的好学，虽然她头脑相当敏锐，无论什么学问都可以轻而易举学会，要是她愿意的话，比她的哥哥更配管理银行家洛太·曼海姆的事业；然而她比较偏爱热闹好动的，对付人的那种智慧。她最喜欢研究一个人的灵魂，评价它的价值，——在这一点上，她和麦西的犹太女人研究金子一样认真——她靠着奇妙的感觉，能够在一瞬间看破别人的各种特点，从而找到了心灵的开门钥匙，把它抓住：这便是她对付人的方法之一。但她并不留恋她的胜利，也绝对不做对不住俘虏的事。好奇心与骄傲满足之后，她就会把俘虏放走的，然后注意别的目标去了。她这种精力完全是浪费。在一颗这么聪明的灵魂中有一股死气，既好奇又无聊。于第斯就是这样一个充满了矛盾的人。

因而，当克利斯朵夫看到她时，她也在研究他。她不用说话，但只要嘴角上露出一点似有非有的笑影，就把克利斯朵夫吸引住了。笑影掠过以后，又恢复了那副冰冷的面孔，淡漠的眼神；她招呼进餐，冷冷地向仆人下达命令，似乎不再听客人的话了。然而她什么也没有错过，并且全都了解。

她冷静地把克利斯朵夫和他哥哥做的描述相比较，怎么哥哥只会看事物的反面而夸大事实呢。但把克利斯朵夫认真观察之后，她也承认弗朗兹说的也不是完全不符合实际；而她一步一步研究的时候，发现克利斯朵夫还真有一种力，虽然还没稳定，还没成熟，但是很丰富很大胆。她看了很兴奋，因为她比谁都了解力量难能可贵。她有能力叫克利斯朵夫说话，让他自愿透露感想，显出他智力的全面。她要他弹琴。她其实不欣赏音乐，可也知道音乐，并且能听得出克利斯朵夫的音乐天赋，虽然毫不乐观。末了，她对他谈了几句很关心的话。

仅这些，他就很知足了，因为他认为她的评价是真实的。他毫不怀疑他有征服她的愿望，尽管他对三位主人都很欣赏，但他只对于第斯讲话，也只为了于第斯讲话；对其余两个，无暇旁顾，仿佛对他们视而不见。

哥哥看妹妹那种劲头真是又可爱又调皮。他跟父亲和妹子使了个眼色，不由得取笑她，但她却并不在意。

洛太·曼海姆是个健康结实的老人，长得很有个性有气魄，但神色有点傲慢。他装出老奸巨猾的仁善样子悄悄地研究克利斯朵夫，他也立刻发现这个青年的确"有点能力"。但他既不看重音乐，也不看重音乐家；那不是他所了解的，他一点不明白，而且非但不掩盖，还为此自以为很好：——像他这种人之所以承认有什么事不懂，只是为了显示傲慢。——克利斯朵夫很不客套而并无恶意，他清楚地表明用不着银行家先生陪，只要有于第斯小姐和他交谈就可以了；老人家听了觉得很感兴趣，于是坐在火炉旁边看报，心不在焉地充满挑剔地听着克利斯朵夫的无聊谈话和他古怪的音乐，想到还会有人知道这一套而觉得奇怪，不由得暗中发笑；后来他也不再注意他们的谈话，把研究客人的差事交给女儿了。而她也绝不会让别人失望的。

克利斯朵夫走了以后，洛太问于第斯：

"嗯，你居然让他说真话；你感到这个艺术家怎么样？"

她不屑地笑了，想了一会儿，得了个结论："他有点儿糊涂，可并不呆板。"

"对，"洛太接着说，"跟我的感觉一样。那么他会成功了？"

"我相信他会成功。他是个有魄力的人。"

"好，"只有对强者才有兴致的洛太用一种强者的观点回答，"那就该帮助他了。"

克利斯朵夫对于弟斯很有好感，却并没动心，这一点于第斯估计错了。一个是由于太敏感了，一个是由于本能（那在他是代替智慧与想象的），两人相互误会了。她那迷人的笑容和聪明的头脑，的确把克利斯朵夫吸引住了，但他并不喜欢她。他的眼睛和精神是受了吸引，心却没有萌动。——为什么呢？——说不清楚。是在她身上看到了近于暧昧或令人不相信的天性吗？但在别的情形之下，这倒是多了一个成就爱情的因素：一个人愿意自讨苦吃的时候，才是爱情胜利的时候。克利斯朵夫不喜欢于第斯，跟他们本人并没关系的。真正的原因，使他们俩都觉得有点不对劲的原因，是和最近一次的恋爱时间相隔太短。他并不是吃一堑，长一智。但他在恋阿达的时候浪费了多少的勇气，多少的精神，多少的想象，现在剩下来的根本不够培植新的爱情。要希望点燃另外一朵火焰，只要在心中另外烧起一堆火来：在旧火未灭，新火未燃的期间，只能迸发一些瞬间即灭的火星，那大火中留下来的剩余灰烬，发出一道耀眼而短促的火，因为缺乏激情而马上消失的。再过六个月，他也许会疯狂地爱上于第斯。可这会他只把她当朋友对待，——不过是一个不太一般的朋友；——他努力驱除这种诱惑，因为这会引起他对于阿达的痛苦的回忆。于第斯对他的诱惑力，是在于她跟别的女人不一样的地方，而不在于跟别的女人相同的地方。她是他见到的惟一的聪明女子。聪明，的确，她浑身上下都充满灵性。这是她的美，——她的举止，动作，面貌，嘴唇的线条，眼睛，手，清瘦高雅的身材，——也反映出她的聪明；她的一切就是靠聪明造就的，没有了聪明，她就其丑无比了。这聪明使克利斯朵夫非常喜爱。他以为她胸襟宽大，豁达洒脱，其实她还没达到这个程度；他还不知道她不对劲的地方呢。他希望能与于第斯倾心交谈，把自己的想法让她分担一些。他还没能找到一个关心他事业的人：得一知己是多么兴奋啊！他小时候常常抱怨没有姊妹，认为一个女孩应当比一个男孩更能理解他。见到了于第斯，从她身上，他看到了友谊，一个比爱情更具有吸引力的东西。

克利斯朵夫这种微妙的心理，于第斯不久就感觉到了，不禁大为气恼。她并没有爱上克利斯朵夫，而且被她所吸引的年轻人已经太多了，都是本地有钱有地位的子弟，假若克利斯朵夫对她倾心，也不见得会使她怎么得意。但知道他竟无动于衷，她心中不平衡了。看到了自己只能在理智方面对他发生作用。未免太委屈了；女人能够使男人丧失理智才更有光荣感，何况她并没用什么智慧去影响人家，都是克利斯朵夫心甘情愿，凭空造出来的。于第斯脾气很粗暴。她平素把她认识的一般青年的软弱的思想支配惯了，既然他们庸庸碌碌，她认为制服他们也没多大乐趣。对待克利斯朵夫可困难得多，所以也更有意义得多。她压根儿不理会他的什么计划，但很高兴去支配那个新奇的头脑，那股原始的力，使它们发展成长，——当然是照她的而不是遵从她不屑了解的克利斯朵夫的想法。但她立刻发现要做到这一步非经过一番努力不可；克利斯朵夫有的是不同的办法，有的是她认为过激而幼稚的思想，都是些无用的败草，她决意要拔除掉；可是一根都没消灭掉。她的自尊心一点没得到满足。克利斯朵夫对她既没产生爱情也没有屈服于她的思想。

她太生气了，下定决心不战胜他绝不吧休。克利斯朵夫那时虽然头脑清醒，也差点儿又做错事。男子只要有人安慰，使他的骄傲与尊严获得满足，就极容易受骗了；而富于幻想的艺术家更是容易受骗。于第斯不难把克利斯朵夫引到恋爱的陷阱，把他再毁一次，也许毁得更彻底。但是，过了不长时间，她觉得他根本不值得她这样去做，他是一个令人费解的人，让她腻烦的人。

她完全了解他的一面，但她永远无法了解他的另一面。再要往前，就不能仅凭她出众的聪明了，那同时还要一点热情，或者暂时可以刺激热情的幻想，就是说爱情。她很清楚克利斯朵夫对人对事的态度，认为他很有个性，相当单纯；她自己也不是没有想过。她所大惑不解的是，在实行这些想法时可能碰到麻烦的时候，为什么要把思想去影响自己的实际生活。克利斯朵夫对所有的人保持反抗态度终究没有结果的：他不会自命要改造社会吧？……那么是什么意思呢？……不是自己把脑袋送进去挨打吗？一个聪明人大可批判别人，暗地里嘲笑别人，看不起别人；但他的做法是跟他们相同的，仅仅略胜一筹吧了，这才是控制人的惟一的办法。思想是一回事，而行动是另一回事，为什么要做思想的殉葬品呢？思想要真实，可是干么说话也要真实呢？既然人类那么不可救药，担当不了真理，干么要强迫他们呢？忍受他们的不是，面上迁就，心里轻视，觉得自己毫无牵挂，你岂不得意？说这是聪明的奴仆的得意也可以。无论如何也免不了做奴隶，那么即以奴隶而论，不如凭着自己的愿望去做奴隶，不必做那些毫无意义的斗争。最不值得的是做自己思想的奴隶并为之牺牲。一个人不该自己欺骗自己。她清醒地看到，要是克利斯朵夫一意孤行，走一条与德国艺术德意志精神的偏见斗争到底的路，一定会使所有的人跟他作对，当然包括他的保护人在内，结果是一败涂地。她不懂为什么他要跟自己过不去，要把自己毁灭而后快。

其实他的目的不在于成功而在于信仰。他信仰艺术，信仰他的艺术，信仰他自己，把这些看成超乎一切的，而且是超乎他的生命的现实。她的批评使他感到无法忍受，他用一种幼稚的夸大的口气说出自己的道理时，她耸耸肩膀，并不把他所说的话当真。她以为他只是说说而已，像她哥哥那样，每隔一段时间总得宣讲一番又荒唐又伟大的决心而决不冒冒失失去实现的。所以当她看到克利斯朵夫并不像她想象的那样，她就不为他着迷了。

她渐渐恢复了本来面目，不再伪装自己，于是一个十足的德国女人出现了，比我们看到和她自己想象的更像德国人。大家误解了犹太人，说他们不同于每一个民族，在欧洲无论什么地方都拥有他们清一色的民族气息，不受当地民族的影响。事实并不是这样，犹太人比世界上任何一个民族都更容易感染土著的气息；法国犹太与德国犹太之间仍然存在着共同点，远不如他们从居留的国家得来的不同点多；他们接受异族的习惯特别快，并且接受的大多只是风俗。这些学来的习惯，在大多数人竟是得天独厚，所以说任何人根本就没有资格指责犹太人没有其民族特有的那种乱人心意的、浓烈的经久不散的魅力。克利斯朵夫看了特别奇怪。他在曼海姆家遇到那些姑母、堂表姊妹和于第斯的女朋友们。其中有几个虽然一看就特别不像德国人，热情的眼睛和鼻子离得很近，鼻子和嘴巴离得很近，轮廓鲜明，暗黄色的皮肤皮脂特别发达，虽然她们全部的外表根本不像德国女人，可是比真正的德国女人更彻底地德国化：谈话、举止、装扮都跟德国女人一模一样，甚至还要过火。于第斯比她们还要厉害；你如果一比较就能看出她的聪明有哪些过人的优势了，她身上几乎根本就没有自己修养得来的品性。可是却从别人身上学了很多的缺点，有些甚至更为严重。在思想方面她比别人灵活得多，差不多完全独自行事，但她的行事并不比人家更具冒险性；至少她实际的利害想法在这儿代替了她自主独立的精神。她相信社会，确信阶级，更相信偏见，因为通盘考虑之下，她觉得这些对她还是有好处的。她经常嘲笑德国风格，而她自己却不折不扣地追随着德国潮流。她明知道某个知名的艺术家很平凡，但照旧尊敬他，因为他是知名的；而假使她和他交往了，她更要顺从他，以满足自己的虚荣好奇。她讨厌勃拉姆斯的作品，曾疑心他是个二流艺术家；但他的知名度使她对他产生了尊敬；又因为收到过他五六封信，她更毫不犹豫地断定他才是当代最伟大的音乐家。克利斯朵夫的价值，副官长弗雷希的呆笨无知，都是她确认的事实；但弗雷希的追求是她的荣耀，比克利斯朵夫单纯的友谊使她更得意；因为不管他多么呆笨，一个军官毕竟是另一阶级的头面人物；而一个德国的犹太女子比其它女子更难走入这一个阶级。她并不赞同这些封建观念，也知道假使她嫁给副官长弗雷希，反而是她给了他尊严，然而她还是想方设法勾引他，不惜卑躬屈膝对这个傻瓜做着媚眼，拍马屁。就这样一个本来很有地位、身价的女孩，因为虚荣心而去学她一贯看不上眼的小布尔乔亚妇女的样子。

这一次的经历时间很短。克利斯朵夫对于第斯的幻想很快就没有了，差不多和幻想来的时候一样迅速。说句实在话，这是应该由于第斯承担的，因为她根本不懂让他保留幻想。像这种性格的女子一朝把你批判定了，把你在心中放开之后，你就不存在了，她心目中已经没有你这个人的地位了，会对着你毫无顾忌地暴露她的全部特色，并不以为不好，好似不怕在猫狗前面卖弄自己的风情一样。克利斯朵夫终于看清了于第斯的自私，冷酷，平庸。幸而时间还短，他没有彻底为她痴迷。但他的发现已经使他痛心，使他烦躁。他虽然并不爱于第斯，可特别喜欢于第斯可能成就的——应该造成的人物。她聪慧的眼睛使他感到一种无言的吸引，难以忘怀；虽然他现在知道了这双眼睛里面藏着一颗让人失望的心灵在那儿，他仍旧把它们幻想成先前所看到的、他梦想看到的那个样子。这是没有爱情的纯真的幻觉。一般艺术家不完全沉溺在自己作品里的时候，那种美好感觉在他们心中是占着重要的地位。无意中看到的一张脸就会使他们陷入某个境界；他们能看出她的美——为本人不觉得的，不以此自豪的；因是本性的自然流露，所以艺术家更爱这自然纯真的东西。他们总是爱一些不为所有人重视的东西。

他看错了，于第斯这个人很虚荣而且很浅薄。但是克利斯朵夫有一段时间相信她，信任她；这个感觉始终存在，所以他不能用客观的眼光去判断她。他觉得她所有值得记忆的地方都是她天性使然，她本身是完美的；她所有的俗不可耐，应当让德国与犹太这个双重的民族性去裁判，尤其是德国，因为他自己为了德国性格受过太大的痛苦。既然其他的民族他还不甚了解，他就把德国所特有的气质作为负罪的羔羊，把世界上所有的罪过统统算在它身上。于第斯身上的劣根性让他更痛恨德国气质。

这便是他和犹太民族初次接触的情形。他本来渴望在这个刚强而独立的民族中间找到一个奋斗的盟友，而今一切都幻灭了。热情冲动的直觉原是极不稳定的，经常使他从这一个极端跳到另一个极端；因此他立刻断定，犹太民族不是人们想象的那么孤傲、坚强，而接受外界影响也太容易了。它除了本身的不堪一击之外，还要加上它到处学来的陋习。他在这儿非但找不到支持他的艺术信念，反而有跟随它一同陷入沙漠里的危险。

他发觉了危险，自知没有冲过危险的把握，便突然不上曼海姆家去了。人家邀请他好几回，他都毫不犹豫地拒绝，也不说明理由。他一向是勤快得有点过分的，这过于明显的改变当然引起了别人注意，大家以为这是他的"怪僻"，但曼海姆一家三个人，却都认为一定跟于第斯有关；洛太和弗朗兹在吃饭时常常把这个话题作为取笑的理由。于第斯耸耸肩，说征服一个男人弄到这个局面也太妙了，接着又要求她的哥哥不要跟她开这种无聊的玩笑。可是她也没有放弃引诱克利斯朵夫回来的机会。她写信给他，只说有一个音乐问题向他请教，最后很亲切地询问他近来很少去而大家现在想见见他的话。克利斯朵夫很快回信，详细答复了她的问题，借口说事情忙，始终不去。他们在戏院里偶遇时，克利斯朵夫眼睛看着别处，而不去看曼海姆家的包厢；于第斯费心想给他一个最动人的微笑，他却装做根本不认识于第斯的样子。她无可奈何，只好做吧，她觉得这个艺术家不值得她如此花费心血。他要愿意回来，他自个儿会回来的！否则根本无所谓。

事情就这样过去了，没有他家里没有异样，但是于第斯开始恨他。她不把他放在心上，这很平常，他要为此不高兴也可以；但竟然要到绝交的程度，她觉得他简直是狂妄自大，自私透顶。——她有的缺点如果在别人身上发现了她就无法容忍。

从那以后，她对他更关注了。

她漫不经心地让他的哥哥去谈论克利斯朵夫，而她还含有讽刺地评论他几句。

在杂志创作中，他们合作得还是很好的。克利斯朵夫还没看出那些同事的庸俗，他们认为他是自己人而从不怀疑他是个天才。最初发现他的曼海姆还没拜读过他一个字，就已经在到处传播，说克利斯朵夫是个杰出的批评家，他当作曲家是走错了路，最近才由曼海姆把他发现了。他们在杂志上用许多的优美句子替他的文章做预告，大大地吸引了读者的好奇心。当他第一篇评论发表的时候，这个人心平静的小城里好像突然一块大石头掉在河水里。那文章的题目叫做《音乐太多了》！

音乐太多了，吃的东西太多了，喝的东西太多了！大家不饥而食，不渴而饮，不需要听而听，只是为了狼吞虎咽的习惯，和斯特拉斯堡的鹅没有区别。这些人都害了贪食症。随便给他一种音乐，瓦格纳的《特里斯坦》

也好，《赛金根的吹号手》也好，贝多芬也好，玛斯加尼也行，赋格曲也不错，军队进行曲也可以，阿唐、巴赫、普契尼、莫扎特、马斯涅都好。他们连什么是好艺术什么是坏艺术都不知道，只要有的听。甚至吃了也觉不出滋味。瞧瞧他在音乐会里的神气吧。有人居然说那是德国式的狂欢！其实他们根本不知道什么是欢乐："他们永远是兴奋的！他们的狂欢和他们的伤痛一样的随便：卑贱如泥土的欢乐，没有精神也没有感情。他们不知所云地笑着，几小时地吸收声音，声音，声音。他们一无所思，一无所感，只知去笑，真正的欢乐与痛苦以及生命力的泻泄决不会像桶里的啤酒般流上几小时。它掐住你的咽喉，使你惊心动魄地屈服于它，以后你不再想要别的：你已经完全被陶醉了！

"音乐实在是太多了，以至于无人去珍惜它。你们不珍惜自己是你们的事；可是千万不要亵渎音乐吧！你们糟蹋世界上的美，把圣洁的和声跟恶心的咏叹放在一起，把《帕西法尔》的《序曲》插在《连队女儿》的幻想曲和萨克管的四重奏中间，或是把贝多芬的温情跟美洲土人狂舞或雷翁加伐罗的无聊作品放在一起。你们自以为是世界上最庞大的音乐民族，你们自命为爱音乐，可是爱什么样的音乐呢？好的还是坏的？你们不论好坏都同样地拍手称赞。你们先挑一下行不行？究竟要哪一种？你们不知道，不愿意知道：你们怕揭露，怕闹笑话……你们这种虚伪小心，见鬼去吧！你们会说自己在偏见之外，是不是？其实你们是被压在一切偏见之下……"

最后他引用高特弗里德·凯勒的两句诗，——那是一个苏黎世的布尔乔亚，他光明磊落的人格，勇于战斗的态度，诗作中本地风光的辛辣气息，是克利斯朵夫非常喜欢的：

"得意扬扬自命为生活在偏见之上，
　　其实是被偏见压在身下。"

而且他还说："既然你们认为自己做得很好，那就不要怕一切被揭穿的东西，而应勇敢面对。把你们的本相拿出来，把你们灵魂上的不清不楚的胭脂花粉统统去掉，用水洗洗干净吧。你们多长时间没有在镜中照照这副丑像了呢？让我来照给你们看吧。作曲家，演奏家，乐队指挥，歌唱家，还有你们，忠诚的听众，你们可以清楚知道你们是什么样的人了……你们爱做什么样的人都可以，但至少要真！要真实，哪怕艺术和艺术家因之而受到损害也没关系！在艺术不能符合真理的情况下，还是让艺术见鬼去吧！"

人们对他这番血气方刚的话大叫。可是对于这篇包括每个人在内而没有一个人清清楚楚受到攻击的文字，谁也不认为是针对自己。每个人都自认为是真理的朋友，所以那篇文章的效果绝不致遭众人攻击。人家不过讨厌它的语气，一致认为有些过于偏激，尤其是出之于一个半官方艺术家之口。一部分音乐家开始骚动了，愤懑地提出了异议：他们认为克利斯朵夫绝不会这样就算了。当然另外也有一部分人对他称赞而其实对他的话也深感不安。

无论你说什么，赞成或是批判，结局都是一致的。克利斯朵夫已经冲了出去，什么都拦不住他了；而且像他早先说的那样，作家和演奏家都免不了受到攻击。

而克利斯朵夫又开始了新一轮的议论，第一就是换人指挥。他把附近的同事一一报出姓名，或者用着极明白的隐喻，令人一望而知说的是谁。例如，每个人都能知道那个没有冲动的官廷乐队指挥阿洛伊·洪·范尔奈，小心谨慎的老人，充满了荣誉感，什么都害怕，什么都要敷衍，不敢对乐师们有何指责，只知道俯首贴耳地跟着他作相同动作。除了二十年的声誉，甚至经过学士院的什么有权威的人物盖章的作品以外，他决不敢把新作随便排入节目。克利斯朵夫用讽刺的语气恭维他的大胆，暗讽他发现了加德、德沃夏克、柴科夫斯基；称赞他的乐队演奏优美：节拍正确无错，表现恰如其份；他提议在下次音乐会中用它来替代车尔尼的《速度练习曲》配成器乐来演奏，同时告诫他不要过于疲劳，过于热情，得保重身体。否则，克利斯朵就会直接攻击他了：

"轰啊！轰啊！给我炸死这些家伙就好了，……难道你们不知道什么叫战斗，什么才是对于人类的荒谬与野蛮的战斗，——你看那个一边欢笑一边把它们打倒在脚下的力吗？嘿，你们怎么会知道呢？它所要讲的就是你们！你们的无畏是在于能够听着，或强忍睡眠而演奏贝多芬的《英雄交响曲》，——（因为这个曲子使你们讨厌……为什么不老实说出来呢，说那个曲子使你们讨厌，厌烦得要死！）——你们的勇敢还有什么表现？或许是光着脑袋，驼着背，顶着烈风而迎接什么大人物吧。"

就这样，他还嫌这样不够呢。

"古典！这句话把什么都概括了。自由的激情，像学校的课本一样被删改修正了！生命，这片受着长风吹打的广袤的平原，——也给封闭在古典派的院子中间！一颗颤动的心的节奏，被缩成钟锤的摇动，安安静静的，规规矩矩的，按着四拍子前进，在重拍上加强一下！……如果把大海装入小玻璃缸，再放些金鱼就能鉴赏大海，那只有把生命扼杀之后才能懂得它的珍贵。"

这对他们看来似乎有点不讲情面，但对"马戏班骑师式的指挥则是严厉有加，爬在大名家的背上炫耀自己，把人尽皆知的作品搅得乱七八糟让人无从辨认。克利斯朵夫把他们看作故弄玄虚的老妇，走江湖的吉普赛人，或走钢丝的杂技演员。

演奏家也难逃他嘲弄。他批判他们玩弄技巧的音乐会时，把自己称作是外行，说这些机械的运动是归于工艺学院的功劳里的：时间的长短，音符的多少，耗费的精力等等，只有画成图表才能显示，才能看出它们的优势。杰出的钢琴家满面堆笑，头发垂到眼角上，在两小时的演奏中攻克了技术上最大的困难，克利斯朵夫却说他其实还不能把莫扎特的一曲简单的行板弹得有声有色。他并非不知克服困难的乐趣，他自己也品尝过：这是人生一大乐事，但是看见作品的另一方面，认为艺术上的所有价值就只有这一点，那他就觉得又丑恶又卑鄙了。什么"钢琴之狮"，"钢琴之豹"，他都无法接受。他对那些在德国很有名气的老学究也毫不客气，因为他们一心一意要保持名作的原文，便刻意压制感情的投入，提倡汉斯·冯·彪洛夫那样，把一阕充满激情的奏鸣曲演奏得好像是一堂朗诵台词的课程一样枯燥乏味。

歌唱家们也逃脱不掉，对于那粗俗而浮夸的声乐腔派，他早已忍无可忍。这不仅是因为他和那位蓝衣太太的纠纷对抗，而且许多的令人受罪的表演更增添了他的恨意。他不知道自己的眼睛跟耳朵谁更难受，因为舞台布景的恶俗，服装的俗艳，颜色的粗野等等，克利斯朵夫因为没什么可以比较，还不能充分地批评。他所无法容忍的，尤其在于人物、举动、态度的庸俗，歌唱的做作，演员的不能进入剧中人的精神情感，漫不经心地从一个角色转入到另一外角色，只要音域差不多。那些容光焕发、精神饱满、洋洋得意的妇人，也不分是唱伊索尔德还是唱卡门，只知道炫耀自己。安福太斯居然变成了费加罗！……但克利斯朵夫感觉得最清楚的还是歌唱的恶劣，尤其是以旋律为主的古典作品。德国几乎没人会唱十八世纪末期的那种动听的音乐，也没人肯耗费精力去研究了。格路克和莫扎特的爽朗明净的风格，与歌德的一样，好似渗着意大利的日光，到韦伯已经染上疯狂跳动的气息而开始改变了，到梅亚贝尔又给愚笨的漫画手法变得可怜而不可爱，而到瓦格吸引全世界的时候更是无可拯救了。尖声怪叫的女武神在希腊的天空飞过纳。斯堪的纳维亚的神话掩蔽了南国的明媚阳光。现在再没人去听音乐，只想到唱诗。细节的疏忽，恶心的音符，甚至错误的旋律，都被认为无关紧要，借口说只有作品的全体才重要，只有思想才重要……

"思想！既然如此，就谈思想吧。好像你们是知道思想的！……可是不管你们懂不懂，至少得尊重思想所选择的形式。首先得让音乐成其为音乐！"

德国人那种自以为是的精神、思想在克利斯朵夫看来简直猪狗不如。情感吗？思想吗？是的，他们到处乱用，——到处，而且是千篇一律的。一双羊毛靴子跟一座米开朗琪罗的雕像，他们同样的都会在其中找到思想，——不多也不少。无论演哪个作家的哪个作品都是陈辞老调，在他们看来音乐只要有音乐就可以了。德国人对音乐的兴趣，其实只是为了声带在运动以后的跳动而已。主要是尽量地鼓起勇气，尽量地高叫出去，要有音乐，要持久，要符合拍节。克利斯朵夫称赞某个有名的女歌唱家，说可以送她一纸健康证书。

在他批判歌唱家的同时也批判了听众。群众被他呵斥之下，觉得太可笑了。那真要叫人呼冤叫屈了，因为他们一向特别小心，不加入任何艺术的争论，小心谨慎地跟一切棘手的问题都脱离关系，而且惟恐自己成了罪人，所以对一切都赞不绝口。但克利斯朵夫认为拍手就是他们的罪恶证据！……对恶劣的作品要批判吗？那可是该受惩罚的！但是克利斯朵夫却说他们不该对此表示称赞。

"无知的玩艺儿！你们想教人相信你们竟这样热烈吗？……得了吧！这恰恰完全相反。要拍手，等一切结束时再热烈拍吧，那些段落就像莫扎特说的为'驴子耳朵'而作的。在这儿，你们尽管高兴吧：人家是准备你们大吵大嚷的，那也是音乐会中所经常有的。可是在贝多芬的《弥撒祭乐》以后鼓掌……简直是该死！……那分明是最后的荣誉。荣耀归主那一章，惊心动魄的气势像海洋上的狂风暴雨，大力士般的意志好比一阵旋风，忽然停在云端里，双手探向深渊，然后又使足力气向太空飞去……飞沙漫天。在最刺激的关头，突然来了一段其他曲子，一种发抖的声音透过乌云从天上直落到颜色惨白的海上，洒下一片金光。这是到了终止的阶段，灵魂忘情地飞翔冷不防停了下来，它的翅膀被三道闪电击中。周围的一切还在颤动，模糊的眼睛还没恢复，心还在怦怦地跳着，气息全无，四肢软弱……而最后一个音符还在振动的时候，你们已经在高兴了，兴奋了，你们叫着，笑着，胡言乱语，鼓掌！……没有丝毫的感受吗？一个艺术家的痛苦在你们看来只是一出戏，认为贝多芬临终的血泪被描写得非常动听！你们对耶稣上十字架大声叫着'再来一次！'这个超凡入圣的人被痛苦折磨了一辈子，结果却成了你们消遣的牺牲品太不值了……"

他无意之间诠释了歌德的两句名言；不过他没有达到歌唱那种清明高远的境界罢了：

"当你们把崇高伟大当游戏，那就连看一眼的勇气也没有了。"

说这些克利斯朵夫还觉得不够，他越过一切，直接指向了批评界，他把同行骂得狗血喷头。其中有一个胆敢攻击当时最有名望的作曲家，最前卫的代表哈斯莱。他写过了很多标题音乐，虽然有些偏激，究竟是才气充溢的作品。克利斯朵夫小时候就知道他，为了纪念当时的情形，始终对他很崇拜。现在看到一个不知好歹的愚蠢的批评家竟然教训这样优秀的人物，不由得气愤地狂叫起来：

"真是无法无天了！难道除了王法以外，不知道还有别的法纪吗？天才决不给你拖上庸俗的老路的。他创造世界，他的意志造就了艺术的规律。"

开场白过后，克利斯朵夫把那批评家批驳得淋漓尽致。

批评界的人被气坏了，大家一直很少惹事，他们知道克利斯朵夫的才能和性格，他们之中有几个公开表示，一个出色的作曲家脱离了本行去指责别人未免可惜。他们不论感觉如何（在他们能有个意见的时候），但还是承认他跟他们同样享有批评家的特权，但他可以评论一切而自己不会被批评。只因克利斯朵夫把同行之间的沉默破坏以后，他们马上把他当成了国民公众的敌人了。他们一致认为，一个青年胆敢冒犯那些为国家做出贡献的宗师真是没有道理，就开始对他进行猛烈的进攻。他们并不长篇大论来一套有逻辑的辩论（虽然新闻记者有这样的本领，也根本不用顾及对方的论证，甚至不值得一读，照旧能进行他的论战，此刻也不愿意跟一个实力充分的敌人在这种阵地上对抗）凭着多年的经验，他们清楚报纸的读者总是赞成他的作品的，报纸一有争议的口吻就会降低自己的声望；还不如直截了当地肯定一切，或更好地否定一切。否定比肯定更有力度。这可以从地心引力规律直接推测出来：把一颗石子从高处丢下来，不是比向上抛更容易吗？因此他们宁愿用一些阴险的，挖苦的，讽刺的短文，逐日刊登在报纸的显著地位，把傲慢的克利斯朵夫描写得可笑卑鄙，从来不明说他的姓名，但一切都描写得显而易见。他们把他的言论重新更改，弄得荒谬绝伦；大讲他的轶闻秘史，其中有一大半是凭空捏造的，而且编得非常巧妙，恰好能挑拨克利斯朵夫跟城里人，尤其是官廷方面的感情。他们还为他画了一幅漫画，因为他们认为人民明白他的话，一定认为他就是这个样子。

克利斯朵夫的同僚们对此满不在乎，因为他们的杂志在论战中没有挨打。其实这些进攻不过是种警戒；人家并不想把它牵入漩涡，而是有意把他和克利斯朵夫分开来看，但这份杂志却不怕因他的声誉受到影响未免让人奇怪；他们暗示，倘若它再不检点，就顾不得后果如何了，对编辑部其余的人也相同对待了。亚陶尔夫·梅和曼海姆开始受到的进攻，虽然并不猛烈，已经使巢里的人惊惶起来。曼海姆只是苦笑：以为他的父亲、伯叔、堂兄弟以及全家人一定会对他生气，他们自认对他的行为举止有监护的义务，一定为此而特别愤慨。但亚陶尔夫·梅把事情看得相当严重，指责克利斯朵夫连累了杂志。克利斯朵夫毫不客气地把他顶回去了。其余几个没被牵连进来的人，倒认为让夸夸其谈的梅代他们吃些苦也挺有意思。华特霍斯暗地里笑：不砍破几个脑袋就是战争。自然，他言外之意绝不是说砍破自己的脑袋；他总认为靠着他的门第与社会上的关系，处于绝对安全的位置，至于他的犹太朋友们吃些亏也没有什么。到现在为止还没轮到的高特林和哀朗弗尔可不怕进攻，他们俩会回敬的。让他们生气的倒是克利斯朵夫那种死脑筋，使他们跟所有的朋友，尤其是跟所有的女朋友弄得关系紧张。看到最初几篇文章，他们异常兴奋，他们觉得这玩笑开得很妙，他们喜欢克利斯朵夫说话的劲。而只有他们的一句话，他的怨气就会少一些。——可是事与愿违。克利斯朵夫什么话也听不进去，什么请求都视而不见，只像疯子一样地蛮干。要是让他搅下去，简直没法在地方上生活了。他们的好朋友已经哭哭啼啼，火气冲天地到社里来闹过几回，他们用各种手段劝克利斯朵夫笔下留情，克利斯朵夫完全不理。他们生气了，克利斯朵夫也恼怒了，但他的态度依旧。华特霍斯看着朋友干着急觉得好玩，丝毫不动心，并且故意偏袒克利斯朵夫使他们更加生气。他也许比他们更能赏识克利斯朵夫的无畏和蛮劲，佩服他也不为将来恐惧所变，只低着头见人便撞。至于曼海姆，对这番过于热闹的吵架看得高兴极了，他认为把一个疯子带到这规规矩矩的人里来确实是开了个大大的玩笑；亲眼看看克利斯朵夫跟人家你一拳我一脚，他笑弯了腰。虽然他受妹妹的影响，相信克利斯朵夫真有点疯头疯脑，他反倒更欣赏他；他需要在喜欢的人身上找出让人发笑的地方。有时他也难免护着克利斯朵夫。

他头脑很实际，虽然竭力自以为不实际；因此他认为替朋友着想，最好把他的利害关系和当地最一流的音乐团体的利害关系打成一片。

跟许多地方一样，这里也有一个专门反对保守派的会议。如今瓦格纳的声誉已被公认了，作品也引入了德国所有歌剧院的节目之中，替瓦格纳辩护当然不会有什么危险。可是瓦格纳的胜利是硬争取得来的，并不是由于人们的真心佩服；大众骨子里依然坚持地抱着保守心理，尤其在这一类的小城市，与新事物几乎完全隔绝，只知道依照古老的声名自以为是。德国这片古老的传统地方，人们对新事物总是很难接受的，对新的思想或潮流懒得去理会。虽然瓦格纳的作品已没有人敢批判了，但一切受瓦格纳思想感应的新作品，大家都不轻易地去接受，这就充分说明了上面所说的民族性。所以假如一切的瓦格纳友谊会能够真心保护艺术界最新的伟大的力量，那样它们很可以做些更有用的事。有时它们的确尽过这种责任，布鲁克纳与胡戈·沃尔夫就享受某些瓦格纳会的支持，但大宗师的自私冷酷往往被崇拜者所赞赏，那些欣赏拜罗伊特的小团体自然而然成为信徒们永远礼拜的小教堂。最多的，他们只在正殿旁边的小祭坛上供奉几个忠实信徒的神位，可是还得这些信徒对那位独有的、才华横溢的神明般的祖师才行。

本地的瓦格纳友谊会就是这样的。可是它还装点门面，想结交一批可为自己所用的有才气的青年，已经暗地里对克利斯朵夫注意了很久。它假装不知地向他表示好感，他根本不曾知道；因为他不需要跟人家交流的，他不懂为什么他的同胞一定要组成团体挤在一块儿，好像单枪匹马就一事无成了：唱歌、散步，喝酒，都是不可以的。他讨厌所有的社团。但比较起来，他对瓦格纳友谊会印象不错，至少它会办一些美妙的音乐会；而瓦格纳派的艺术主张，虽然他不完全同意，但终究比别的音乐团体跟他接近得多。就看它对付勃拉姆斯和勃拉姆斯党跟他一样热烈，似乎他和这个党派之间确实还能找到一些相同的地方。因此他就被人拉拢了。位于中间的是曼海姆，没有一个人不认识他。他虽非音乐家，却是瓦格纳会的会员。会中的领袖们早就注意克利斯朵夫在杂志上展开的讨论大战。他打击敌人的某些方法被认为很有力量，完全可以大加利用。虽然克利斯朵夫曾对他们神圣的偶像很不恭敬地攻击过几句，但他们装做看不见；这几下最初的，并不怎么激烈的攻击，他们并不放在心上，他们急于要趁克利斯朵夫没有作出更加猛烈的攻击之前加以笼络。他们很殷勤请他拿出他几支歌参加瓦格纳会主办的音乐会，克利斯朵夫听了非常得意，很爽快地答应了。他来到他们的会里，终因禁不住曼海姆的怂恿，立即加入了他们的会。

　　这个瓦格纳友谊会的领导有两人：一个是被公认最有权威的作家，另一个是有权威的乐队指挥。两人都是对瓦格纳信仰极坚的。作家名叫约西阿·格林，出版了一部《瓦格纳辞典》，使人们随时随地都能了解这位大师的思想，可知者无所不知，可解者无所不解，堪称是一部的伟大的作品。他在饭桌上能够完完全全地背诵出来，决不亚于法国内地的中产阶级熟读《毕赛尔诗歌》。他曾在《拜罗伊特公报》上发表过瓦格纳与亚利安精神的文章。他认为瓦格纳是单纯的亚利安典范，德国民族在亚利安种内是抗拒拉丁的塞米气息的中流砥柱，尤其能抵抗法国的塞米气息的坏影响。他宣布高卢族淫靡的恶习已经消失了，但他依然天天不断地拚命进攻，好像那个永久的敌人始终有如此威胁的力量。他只认准法国有一个大人物高皮诺伯爵。格林是个身材矮小的老人，很有品味，像处女一样腼腆害羞。会中另一个台柱名叫哀利克·洛贝，四十岁之前曾是一家化学厂的经理，后来放弃了一切去做乐队指挥。他能取得如此成就一半是靠他的意志，而另一半是靠他的金钱了。他是拜罗伊特的忠实信徒，传说他曾经穿朝圣的布鞋从慕尼黑一步一步走到拜罗伊特。让人难以相信的是，这位经历了很多波折的人，做过各种不同的行业而处处显出坚强个性的人，在音乐方面竟然是一只巴奴越绵羊一样盲从。他所有的那些出色的性格，在这方面却表现得比别人更无能。因为在音乐方面一无所知，不相信自己的能力，所以他指挥瓦格纳乐曲的时候，完全照搬拜罗伊特注册的艺术家和指挥的演奏法。无论从服饰还是场面都是为了符合瓦格纳小朝廷里的低级味而做的。他很像那种疯迷米开朗琪罗的人，由于霉点沾在神圣的作品上，由此也显得神圣起来，所以临摹画的时候把霉点都要摹下来。

　　这两个人物原来并没有让克利斯朵夫产生钦佩的感觉。但他们是交际场中的人物，十分和蔼可亲，没有什么架子，而且学识渊博，而洛贝只要谈到音乐以外的问题也显得有兴趣。再加他是个糊涂虫，而克利斯朵夫从不讨厌糊涂虫，觉得他们不像聪明人那么庸俗可厌。他并不知道天下最可厌的就是说废话的人，也不知在大家戏称为"怪物"的人身上，其本身具有的特点比其余的人更少。因为这些"怪物"其实只能算作是疯子，他们的思想与行动与钟表的动作非常相似，一样的机械，一样的缓慢。

格林和洛贝为了讨好克利斯朵夫，对他特别器重。格林写了篇文章把他吹捧了一阵；洛贝指挥他作品的时候一切都听从他的吩咐。克利斯朵夫对此尤为感动。但不幸的是这些殷勤并没有带来什么效果，只是被他们糟蹋了。他从不因为人家佩服他而对他们抱有幻想，他很苛求；别人佩服他的地方如果跟他的本人真实情况相反，他就不能接受；凡是不了解他而做他朋友的，他几乎会当做仇敌。所以他讨厌格林拿他当做瓦格纳的信徒，从他的《歌》和瓦格纳的《四部曲》中找相似之处，——实际上除了一部分音阶相同以外根本扯不上任何关系。他的作品给放在一个瓦格纳学者的无聊的仿制品旁边，——当他看到自己的作品两头总是少不了瓦格纳的作品时，克利斯朵夫心里非常不愉快。

没过多久他就感到呆在这个小团体里会让人喘不过气来。这又是一个学院，跟那些旧的学院一样狭窄，而且因为它在艺术上是个刚出生的婴儿，所以气势显得小些。克利斯朵夫对于艺术形式或思想形式的绝对价值，心里渐渐开始动摇了。至此为止，他以为伟大的思想传播到一处就光明一处，而今他发觉思想尽管在变化，人还是老样子，而且说到底，主要还在于人，有什么样的人，就有什么样的思想。假如他们与生俱来是庸俗的，奴性的，即便是天才经过他们的灵魂也会变得庸俗，奴性；而英雄拧断铁索所呐喊出解放的呼声时，也等于替他的后代签下了卖身契。克利斯朵夫禁不住把这种意思说出来。他批驳艺术上的拜物教，什么偶像，什么古典大师，一个都用不上；只有不迷信瓦格纳，敢把他踏在脚下，仰着头前进，永远往前看而不向后看，敢让该死的人死而跟人生保持紧密联系的人，才配叫做瓦格纳思想的继承人。格林的一派胡言惹恼了克利斯朵夫。他专门挑出瓦格纳作品中的错误或让人觉得发笑的地方，瓦格纳的信徒们当然会免不了说他这是妒忌他们的上帝，而且是愚蠢的妒忌。至于克利斯朵夫，他相信那些在瓦格纳死后不顾一切崇拜瓦格纳的人，一定就是他生前想把他除掉的人，这可冤枉他们了。像格林与洛贝一流的人，也有灵光光顾他们的时候；二十年前他们曾是前锋，然后像多数的人一样原地踏步不动了。人的力量太单薄了，上山只爬了第一段就停滞不前了，只剩下极少数的人留有充沛的体力继续向前攀登。

克利斯朵夫的态度使刚结交的那些新朋友很快跟他不来往了。他们的好感只是个交易：要他们站在他一边，他必须首先站在他们一边，而克利斯朵夫却连一点儿成见都不肯舍弃：他不愿意加入他们一伙。人家就对他不理睬了。他不乐意送给大小神明的谀辞，现在人家也不乐意送给他了。他的作品不像从前那样广受欢迎，有人还抗议他的名字在节目单上频繁出现。大家在背后不断地讥讽、嘲笑他，批评的话接着也多起来了，格林和洛贝并不加以阻止，似乎表示完全赞成他们的意见。可是会里的人还不想一下子就跟克利斯朵夫决裂，第一因为莱茵河畔的民族喜欢骑墙派的作风，喜欢用不了了之的办法使僵硬的局面尽量拖下去；第二因为大家还企图使克利斯朵夫就范，即使说服不了他，至少这疲劳战术会迫使他让步。

但他们已经没有这种时间了。克利斯朵夫一发觉人家对他抱着反感却不当面说明并承认，还想假惺惺地和他维持友好的关系，他就非要对方明白他是敌人不可。有一天晚上，他在瓦格纳友谊会中明确表示要退会。洛贝二丈和尚摸不着头脑，曼海姆则立刻赶到克利斯朵夫家里进行劝解。克利斯朵夫没听进几句话就开始大声叫起来：

"不，不！别再跟我提这些家伙。我不愿意再看见他们了……我受不了，受不了……对他们讨厌死了，我一个也不想再见到。"

曼海姆听了之后哈哈大笑起来，他已经忘了自己是来劝克利斯朵夫的，倒是来看热闹的：

"我知道他们的一些行为和思想是要不得的，"他说，"这并不是从今天开始的，难道又出了什么新鲜事？"

"没出什么事，我就是受够了……好，你笑吧，笑我吧：我不在乎，我是疯子。我做事情不像谨慎的人严格按照理性做事的，是一股冲动。我身上的电积累得太多的时候，就需要发泄，需要排遣；要是因此而让别人受到痛苦，就算他们倒霉！也算我倒霉！我不是过集体生活的人，从今以后，我只管我自己了。"

"难道你打算谁都不理，做一个孤家寡人？"曼海姆说，"你不能两手空空地演奏你的作品，你需要男女歌唱家，需要一个乐队，一个指挥，需要听众，需要啦啦队……"

"不！不！不！"克利斯朵夫大声叫喊着，听到最后一句他几乎要跳起来了："啦啦队！哦，你说这话时不感到害臊吗？"

"不是那种出钱收买的啦啦队，虽然老实说，要群众明白一件作品的价值还真不容易。可总得有人捧场，有个组织严密的小团体；别看不起这种作法，每个作家都有的，朋友的用处就表现在这地方。"

"我可不要这种朋友！"

"那么你得给人家嘘。"

"我愿意!"

这一下,曼海姆可乐开花了。

"给人嘘这种情形你也维持不久的。将来人家根本不演奏你的作品。"

"不奏就不奏!我不一定要成为名人。……是的,我曾经一度想要达到这个目的……现在想起来真是无聊!发疯!愚蠢!……仿佛满足了最庸俗的骄傲,就能补偿所失去的东西:烦闷,痛苦,羞愧,耻辱,卑鄙无耻,讨价还价,拿所有这些去收买光荣的代价!如果我心里还存有这种念头,我真是见了鬼了!别来这一套了!我不愿意再跟群众和舆论发生任何关系,宣传只是骗人的玩艺儿。我闭起门来,只为自己生活,做我自己喜欢干的事,为自己而活着……"

"对啦,"曼海姆用嘲讽的语气说,"每人都有自己的行业,你干吗不学做鞋子呢?"

"哎!要是我像那个妙人萨克斯一样是个靴匠的话,那我的生活才叫快乐呢!平日里是靴匠,星期日是音乐家,是个在小圈子里跟两三个知己玩的自娱自乐音乐家!这才是真正的好生活!……如果是浪费我的时间跟心血,仅仅是让那些混蛋指责我,我不是发疯吗?有几个实实在在的人喜欢你了解你,比叫一大群什么都不懂的人来听你,再让他们胡说一阵,吹拍一阵不是强上几百倍吗?……什么骄傲,什么成名的欲望,这些魔鬼甭想再抓住我了,这一点你要清楚。"

"我相信你说的每句话,"曼海姆嘴里说着,心里却在想:"过不上一个钟点,他便会说出与此相反的话的。"因此他若无其事地添上一个结论,说道:"那好吧,我得去处理瓦格纳友谊会的事了。"

克利斯朵夫听到这话后,愤怒地举起胳膊叫道:"我口干舌燥地跟你说了一个钟头,都没有用吗?……我告诉你,我不会再进那个会了!我讨厌这些瓦格纳会,所有的会。所有的羊圈,非得你挨着我,我挨着你,才能一起咩咩地叫。替我转告那些绵羊:我是一只狼,我有牙齿,我啃草根!"

"好,好,我会跟他们说的,只是克利斯朵夫,你别太激动,"曼海姆一边走一边觉得这个早晨过得挺有意思,心里想:"他是个疯子……疯的程度还挺深的,疯得该锁起来了……"

他连忙去告诉妹妹,她耸耸肩膀说:"他疯了吗?他要叫人家这么想就是了!……实际上他很蠢,并且行为骄傲得让人觉得不可思议……"

可是,克利斯朵夫在华特霍斯的杂志上没有停止发表他那措辞十分激烈的批评文章。他并不是觉得有什么趣,他讨厌批评这一行,而且还想将它扔掉。但因为大家拼命要他闭嘴,所以他有心跟他们作对,固执地不肯露出一丝让步的神气。

而华特霍斯显得有些不放心了。只要不侵犯他，他永远会毫无感情地站在云端里看双方的厮杀。但几星期以来，别的报纸似乎忘了他的立场，竟然开始将矛头对向他攻击起来了，而且攻击得很厉害；如果华特霍斯稍微精明一些的话，可以很清楚看出那是朋友在背后放的冷箭。的确，那些攻击是由哀朗弗尔和高特林两人暗地里教唆出来的：他们认为只有这样才能让他站出来阻止克利斯朵夫的笔战。果然是这样。华特霍斯立刻向外公开说克利斯朵夫的文章使他厌烦，接着也不偏袒他了。从此，杂志里的人就想方设法要他住嘴。可是要他住嘴，相当于想把口罩套在一头正在咬东西的狗嘴上，谈何容易！人家对他说的话大大刺激了他。他把这群人叫做胆小鬼，声明他是不会沉默的，他什么话都要说的，凡是他有权利说的都要说。他不会自动离开，尽管他们把他撵走了，也可以叫城里人都知道他们跟别人一样没种。

他们听了目瞪口呆，狼狈极了，埋怨曼海姆送了他们这样一件不能接受的礼物：一个疯子。老是在一旁嘻笑的曼海姆，夸下海口说他能够制服克利斯朵夫；他打赌从下一期起，克利斯朵夫就会往酒里掺些清水。他们表示怀疑，但事实证明曼海姆并没夸口。克利斯朵夫在下期的文章里，虽不怎么友好，可是对谁也没有说不客气的话了，曼海姆的方法其实挺简单，说明了，大家都纳闷以前怎么没想到。原来克利斯朵夫这个人从来不把他发表的东西再看一遍，看样校也很马虎，不认真。亚陶尔夫·梅曾多次用婉转的口气责备他，认为文章里有一个错字就是丢了杂志的脸。克利斯朵夫原来不把批评当一回事，便回答说挨骂的人会看得懂。曼海姆乘此机会说克利斯朵夫说得有理，校对是由印刷所监工负责的，他愿意督办。克利斯朵夫感激得有点不好意思了。但大家告诉他，这种办法可以避免浪费时间，倒是帮了杂志的忙。于是克利斯朵夫把校样交给曼海姆，请他校对。曼海姆自然不肯马虎，那对他简直是种游戏。开始他只是很谨慎地改动几个字，删掉一些让人看来不愉快的形容词。后来看到事情进行得很顺利，他便放开胆量，更进一步了：他改动整个句子，意思也跟着变了，着实改得有点本领。这玩艺儿是在于基本上留着句子的轮廓，保持克利斯朵夫特有的风格，同时把意思改得和克利斯朵夫的完全相反。曼海姆为了删改工作费的心机，远远超过他自己写一篇文章，他一辈子也没下过这样的苦功。但结果令他很是满意：一向被克利斯朵夫挖苦的那几个音乐家，看到他的态度慢慢缓和下来并且恭维他们的时候不觉大为吃惊。杂志里的人看到这种情形都欢喜极了。曼海姆把他呕尽心血的杰作高声朗诵，引得众人哄堂大笑。有时哀朗弗尔对曼海姆说："小心点儿，曼海姆！你这样做太过分了！"

"噢，没事的，没有危险的。"曼海姆回答。

于是他变本加厉地干下去。

克利斯朵夫丝毫都没觉察出来，他依然是将原稿丢在杂志社就不过问了。有时他还把曼海姆拉到一边说：

"这一回，我对他们比上次更凶，这些下流东西！你念吧……"

曼海姆便拿来念了。

"嗯，你认为写得怎样？"

"凶极了，朋友，简直让人站不住脚！"

"你想他们会有什么反应？"

"啊！一定是大叫特叫的！"

但是四周很平静。相反，在克利斯朵夫周围，人家的脸色反而好看起来；他痛恨的人居然在街上脱帽向他行礼。有一回，他眉头紧皱，叽哩咕噜地跑到杂志社里来，把一张名片丢在桌上，问："这是哪跟哪呀？"

这是最近被他痛骂了一顿的一个音乐家的名片，上面居然写着"感激不尽"四个子。

曼海姆笑着解释说："这可能是他说的反话啊。"

克利斯朵夫听了之后立刻松了口气："嘿！我还以为我的文章让他高兴呢，我的目的是让他高兴不起来的。"

"他气死了，"哀朗费尔说，"可是他不愿意表露出来，想装得满不在乎地一笑了之。"

"一笑了之？……混蛋！"克利斯朵夫愤慨地说。"让我再写一篇。最后笑的人才笑得痛快呢！"

"不，不，"华特霍斯听了克利斯朵夫的话很担心。"我不认为他是笑你。我看倒是屈服的表示，他是个虔诚的基督徒；人家打了他左耳光，他会将右边的主动送上来让人家打。"

"那更妙了！"克利斯朵夫说，"嘿！胆小鬼。既然他想要，我索性就成全他赏他一顿板子得了。"

华特霍斯还想说上几句，可是别人都笑起来了。

"就让他去吧……"曼海姆说。

"对，"华特霍斯忽然镇静了，"也不在乎多一篇少一篇！"

克利斯朵夫离开杂志社后，同事们捂着肚子狂笑了一阵。等到大家安静了一些，华特霍斯对曼海姆说："就知道笑，差点儿闯祸……我劝你还是小心些吧。要不你会让我们倒霉的。"

"噢，别急！"曼海姆回答，"日子还长呢……再说，我也替他挽回不少的交情。"

第二章

当克利斯朵夫的改革德国艺术经历到这个阶段时，一个法国戏班子出现在城里。那是一个由乌合之众组成的戏班子，成员照例是从各地搜出来的一群穷光蛋，和光顾演戏而不管被剥削的年轻演员。它是到德国做巡回演出的，由于路过这小省城就停下来演三天戏。

华特霍斯这伙人将此事炒得很是火热。曼海姆和他的朋友们熟悉巴黎的文坛和社交界，或自认为很熟的；他们把从巴黎报纸上看来的似懂非懂的谣言，逢人便说。在德国他们是法国派的代表，这就叫克利斯朵夫不想再费神去了解什么法国精神。曼海姆赞美巴黎的话已经使克利斯朵夫的耳朵起茧子了。他去过几次巴黎，那儿也有他的一部分家族；那是普及于整个欧罗巴的，他们每到一处，就能加入该处的国籍，并能谋到该处的高官厚爵：在英国有当男爵的，在比国有当参议员的，在法国有当部长的，在德国有当议员的，另外还有一个教皇册封的伯爵。他们以犹太人而论重视共同的根源，因此彼此都很团结，同时也安心地做了英国人，比国人，法国人，德国人和教皇的臣属；他们骄傲地认为自己所选择的国家是世界上第一个国家。惟有曼海姆喜欢发表奇谈怪论，有心把一切别的国家认为比他自己的更加美丽、可爱。所以当他一谈巴黎时就显得相当的热烈；但他称赞巴黎人的时候，总把他们形容成大叫大闹、满口胡言的疯子，不分白天黑夜地闹革命和寻欢作乐，从来就没看见过他们正经的样子。这个"拜占廷式的，颓废的，伏越山那一边的共和国"并没引起克利斯朵夫多大的兴趣。他想象中的巴黎，不像最近刚刚出版的德国艺术丛书中某一册卷首的插画：前景是巴黎圣母院的一个妖怪俯视着城中的屋顶，令人不禁想到那个传说：

> "永恒的肉欲，有如永不厌足的吸血鬼，
>
> 在伟大的都市上面，看着嘴边的食物馋涎欲滴。"

因为有着纯粹的德国人的性格，克利斯朵夫看不起那些放荡的法国人以及他们的文学；关于法国，他了解的只是一些粗俗的滑稽作品，只看过《哀葛龙》与《没遮拦太太》，还有的是咖啡店音乐会里的演奏小调。小城市里赶时髦的习气，没有一点艺术趣味的人到戏院去争先定座的情形，使

克利斯朵夫格外地冷落和轻视那个走码头的女角儿，他扬言绝不去听她的戏。加以票价贵得惊人，他也花不起，所以他说到做到了。

法国剧团带来的戏码，除了两三出古典剧以外，大部分是没有什么看头的、"专门用来出口的"巴黎货色：因为越是庸俗的东西越是国际化。第一晚上演的《多斯加》是克利斯朵夫很熟悉的；他以前看过翻译本的演出，照例带点儿德国内地剧院所能加在法国作品上的轻松趣味。所以当朋友们上剧院时，他冷冷地笑着说他可以独自清静不用再听一遍。但等到第二天他仍不免竖着耳朵听他们热烈谈论昨晚的情形，由于自己没有去，不了解情况，不能像往常那样同他们辨驳，把他给气坏了。

贴在外面的海报预告第二出戏是法译本的《哈姆莱特》。对于莎士比亚的戏，克利斯朵夫是向来不肯错过的。在他心目中，莎士比亚和贝多芬都是取之不尽的生命源泉。而在他最近烦闷彷徨的时期内，《哈姆莱特》更显得难能可贵。虽然怕对着这面神奇的镜子把自己的本相再比较一遍，他还是有点动心，在戏院的广告四周徘徊了好一阵子，很想去定一个座。可是他十分固执，怕因此朋友说他食言。如果不是碰到了曼海姆，他一定又会像第一天那样呆在家里。

曼海姆一看见他便抓住他的胳膊，神情十分的气愤。可是仍然很俏皮地告诉他，有个老混蛋的亲戚，父亲的姊妹，这时候带着大队人马撞了来，使他们只得留在家里招待她们。他想溜，可是父亲不让他在长辈面前显得如此的无理；而他这时候因为要从父亲那刮一笔钱，不能不尊从父亲，只有做出让步，不上戏院去。

"你们买票了吗？"克利斯朵夫问。

"怎么没有！那个包厢挺不错的；而此时我得奉献出来（我此刻就为这个出来的），送给那该死的葛罗纳篷，爸爸的股东，让他带着妻子女儿去摆架子。这才有趣呢！……但我得将他们挖苦一番。他们决不会绝在心上，只要我送了他们戏票，——虽然他们更为喜欢钞票。"

他突然停住，直瞪着克利斯朵夫：

"噢！……好了好了！……我现在有主意了！……"他哇啦哇啦地叫了几声。

"克利斯朵夫，我把票给你怎么样，你去看戏吧？"

"不去。"

"哦，去吧，算帮我一个忙。千万不要拒绝我。"接着把戏票塞到了他的手中。

"你疯了，你父亲盼咐你的事怎么办呢？"

曼海姆捧着肚子大笑："他一定要大发雷霆了！"

他擦了一下眼睛，说出他的想法：

"明儿一起床我就向他要钱，趁他还不知道这事时。"

"既然他会不高兴，我就不能接受。"克利斯朵夫说。

"没关系的，这事与你毫无关系，他要怪也只能怪我。"

克利斯朵夫瞄了一眼戏票："我一个人拿了四个座儿的包厢怎么办？"

"随你。你可以睡在包厢里，还可以跳舞，如果你高兴的话，还可以带些女人去。你总有几个吧？要不就向别人借几个。"

克利斯朵夫想了一阵子又把戏票递还给曼海姆："我不要，真的不要。你拿回去吧。"

"我才不拿回来呢，"曼海姆向后退了两步，"你要不想去，我也不强迫，可是我绝不收回。随你怎样处置这张票，你把票子烧掉也好，拿去送给葛罗纳篷也好，我可管不了。再见吧！"

说完，他转身就走了，让克利斯朵夫抓着票子呆站在街上。

这可把克利斯朵夫给为难住了。他想把戏票送给葛罗纳篷，可是没有这个劲头。他胡思乱想地回到家；等到想起来一看钟点，只剩下穿起衣服上戏院的时间了。浪费掉这张戏票当然太傻。于是他竭力地劝说母亲和他一块儿去，母亲却宁愿在家睡觉。因此他一个人出发了，心情像小孩子一样的高兴，可是独自一人享受这种快乐总觉得太孤单。对曼海姆的父亲和葛罗纳篷，他并没有觉得过意不去，只对于可能和他分享的人抱歉；对和他一样的青年，那不是天大的乐事吗？想思索了半天也想不出请谁一同去，而且时间也不允许他这么想下去了，快要迟到了。

当他走进戏院经过售票房时，看见紧闭的窗子上的牌子。好些人都神情沮丧地离开了戏院，只有一个姑娘不甘心就这样了，带着羡慕的神情看着进去的人。她穿着朴素的黑衣服，个子不算高大，一张瘦瘦的脸显得非常秀气。他没注意她的长相如何。他在她前面走过，忽然停下脚来，转过身，脱口而出地问："小姐，你没买到票吗？"

她的脸腾地一下红了，回答说："是的，没有，先生。"她说话带有外国口音。

"我这儿正好有一个包厢。你能赏脸和我一块去吗？"

她脸变得更红了，一边不停道谢一边表示不能接受。克利斯朵夫被她拒绝，心里也跟着慌起来，他马上道歉，同时又继续邀请，可是说来说去她就是不答应，虽然她心里其实很愿意。他着急起来，忽然下了决心说："好吧，我有个主意。你拿着这张票。这出戏我早已看过，——（那是夸口。）——我不在乎，你一定比我更需要这张戏票。请你拿着，我是诚心诚意。"

他的真诚感动了那位姑娘，差点儿连眼泪都涌上来。她结结巴巴地道谢，不忍心他作这样的牺牲。

"那不就是了吗？咱们进去吧。"他笑着说。

他是那么善良，那么坦白，她觉得刚才真不应该拒绝，便不好意思地回答说："那就谢谢你了。"

就这样他们进去了。曼海姆的包厢是在戏院的中央，突出在外面，没有什么遮掩的。因此他们一进场就被大家注意到了。克利斯朵夫让那少女坐在他的前面，自己坐得靠后面一点，免得她尴尬。她端端正正地坐好，羞得连头也不敢抬一下，心中后悔当初不该接受他的邀请。克利斯朵夫为了让她安定下来，同时实在找不出话题来说，便假装望着别处，但他不论做什么，都感到自己带着一个陌生女子混在漂亮的包厢客人中，旁人都不免感到惊奇的。他向大家瞪着眼睛，觉得他不打扰别人而别人老是借故来打扰他，真是太没道理了。他没想到无法解除的好奇完全是专对他的同伴，而众人对她的目光更是显而易见的。为了表示不把旁人的种种看法放在心上，他探着身子和她找话说。可是他一开口，她害羞得更厉害，觉得和他讲话真是件苦事；她低着头，好容易才吐出一言半语。为了不让她感到难堪，拘束，他不再理她了，幸好这时戏开演了。

克利斯朵夫根本就没兴趣看什么女名角。他像那些纯真的人一样，到戏院来完全是为了看戏而不是看人的。他根本不关心名角是扮奥菲利娅还是扮王后；并且即使要他猜，以两个剧中人的年龄来说，肯定猜她是扮王后，而出乎意料的是她竟扮哈姆莱特。一看她出现，耳听这个洋娃娃似的音色，他半天回不过神来……

"这难道真的是她吗？"他轻轻地问着自己，"总不能是……"

当他确定是她时，忍不住骂了一句，幸好女伴听不懂，可是左边包厢里的人听到了，斥责了他一声。他退到包厢的尽里头，痛痛快快地咒骂了一顿。他太生气了。要是他能冷静一点，对于化妆的技巧把一个六旬老妇变成英俊的青年男子，甚至还十分俊美（至少在大家眼里看来是这样的）的艺术上的精湛，可能会赞叹不已了。但他压根儿就讨厌"不真实的东西"，讨厌一切虚假违反自然的现象。他喜欢女是女，男是男（这种事情就现在讲也太困难了）。贝多芬的莱奥诺拉引人发笑的打扮，他已经觉得有点讨厌了。女扮男装的哈姆莱特更显得不伦不类了。一个长得结实，肥胖，苍白，易怒，念头又太多，不神不鬼的丹麦人竟是一个女子——说是女子也算不上，因为女人扮的男人就好像一个大怪物——把哈姆莱特打扮成太监，一个不雌不雄的家伙，……那真要说人们蠢到极点，批评界无能到极点，才会放任他在台上而不轰下去。女戏子的声音让克利斯朵夫愤怒得不得了。她那种烦人的歌声，念一个字像敲一下锤子似的道白，平板毫无感情的朗诵，似乎从香曼莱以来世界上只有最无诗歌感觉的民族才把它当做至宝。克利斯朵夫气得不知如何是好，干脆背对着舞台不去看她，怒容满面，朝着包厢的板壁，好似一个孩子受了委屈在生气似的。所幸他的同伴没注意这些，不然一定以为他有神精分裂症不可。

突然，克利斯朵夫的怒容不见了，他一动不动地倾听着什么。一种优美的富有乐感的声音，一个女性的恬静而温柔的声音响起来。克利斯朵夫集中全部注意力，一边听着台上的对白并迅速转回身来，好奇地看究竟是谁有这等天赋。原来是奥菲利娅。当然这奥菲利娅跟莎士比亚的奥菲利娅没有丝毫联系。她是个美丽的姑娘，高大、健壮，身材苗条，像希腊的雕刻一样，浑身上下都充满了灵性。为了角色她显得竭力压制自己，但是那股青春与欢乐的力仍在躯体里流淌着，那笑眯眯的深色的眼睛闪着光彩。看着她美好的样子，刚才还对于哈姆莱特的表演不禁愤懑的克利斯朵夫，这时却全然不觉得这个人物跟他意想中的奥菲利娅之间有什么不痛快了；而且他满不在乎地把自己想象中的奥菲利娅和这个台上的奥菲利娅合二为一了。和所有冲动的人一样，他并不是故意地自欺欺人，误认为剧中人贞洁而不安份的心头应当有这股青春的热情。而把他吸引住的还有她那神奇的声音，干脆，温暖，甜美，每个字都像一个动听的和弦；而在四面回荡的余音中，更有一种轻快的南方口音，活泼柔顺的节奏，好比一股茴香草杂着野薄荷的香味在空中散发着。一个南欧的奥菲利娅不是很奇特吗？……她带来了阳光般的灿烂和温馨。

克利斯朵夫不自觉地来到了包厢前，目不转睛地盯着她。可是在一般观众看来她不过是无名女戏子，完全没人注意她；而到了女扮男装的哈姆莱特一开口，他们才热烈地鼓掌。克利斯朵夫看到这些，生气地大骂所有的人都是"蠢驴"。

直到幕间休息，克利斯朵夫才记起他那一直羞怯不安的女伴来，都怪他动作太粗鲁了，把她给吓着了。——不过这年轻的姑娘，和他仅相交几个小时的少女，的确过于拘束了，刚才要不是在心情激动的情形之下，她肯定不会接受他的邀请。而她接受后就后悔了，恨不得找个机会摆脱掉他，更糟的是她成了众人关注的目标，而同伴在背后——（她连看他一眼都不敢）——低声咒骂，咕噜不已，越发使她害怕得厉害。她以为他会做出什么坏事来；当他坐到前面时，她简直吓得全身都凉了，知道他还有稀奇古怪的行动，她害怕极了，极力避开他。

可是就在休息时间听到他毫无恶意的说话，她又放下了心。

"我还是个不错的好同伴，是不是？如果有什么不妥之处，请你原谅。"

她看到他友好地笑着，就是这笑容刚才使她决意接受邀请的。

他继续说："我隐藏不住我的思想……只能怪她太不像话了！……这个女人，而且是那么一把年纪的女人……"

他脸上又露出了恶心的表情。

她微微地露出笑容，轻轻地说道："说是这么说，可是仍然很美的。"

他留意到她的外国口音，连忙问："你是外国人吗？"

"是的。"

"怎么，你是教员吗？"他看着她毫不起眼的衣服问道。

"是的。你怎么知道的？"她红着脸回答。

"那你是哪一国人？"

"我来自法国。"

他做了个惊讶的姿势："法国人？真没有想到。"

"为什么？"她胆怯的问。

"你看上去那样的端庄、严肃！"

她以为这句话在他嘴里说出来并不算恭维。

"像我这样的法国姑娘其实很多。"她说的时候脸都红了。

他瞧着她那张小小的清秀而又害羞的脸，光滑的脑门，挺直的小鼻梁，四周簇拥着栗色头发的瘦瘦的腮帮。对此他觉得很模糊，脑海里映出的全是那女演员的模样。

"怪了，竟然是个法国人……真的吗？你跟那个奥菲利娅是来自一个国家？这真是太巧合了。"

他停顿了一会儿又说："她多美啊！"

他这么说着，完全没感觉到这话把奥菲利娅跟这个女伴作了个不应该的比较；可是她却感觉到了，她并不怨克利斯朵夫，她自己也认为奥菲利娅的确很漂亮。他本想从她那得到有关奥菲利娅更多的消息，但遗憾的是她也不知道。

"听着台上说法国话，你一定很高兴吧？"他问。

这句话他是随口说的，歪打正着说到了她的心里。

"啊！"她那种流露真情的口气引起了他的注意，"我真高兴。在这儿我快给闷死了。"

这一回他可对她看了个清楚：她的手微微勾挛着，好似感到局促不安的样子。但她立刻想起这种话可能有伤害了他，连忙说道："噢！对不起，我不是故意的。"

他笑了："得了吧，不用感到不好意思！你说得很对。在这并不光你们法国人感到闷，嗯！"

他耸起肩膀叹了口气。

可是她觉得说出了心里的话而难为情，从此一声不吭了。同时她也看到，隔壁几个包厢里有人在偷听他们的谈话，他也发觉了，极为愤慨。他们俩就这样中断了谈话。看看休息的时间还没到，他便到戏院的回廊里去走走。少女的话还清晰地在他耳朵边回响，他心不在焉，脑子里浮现的全是奥菲利娅的形象。在以后的几幕中，她更把他完全吸引住了；等到奥菲利娅扮演疯子一场，唱着那一段爱与死的凄凉的歌，声音那么清脆感人，使克利斯朵夫心都痛了，泪水顺着面颊流下来。他恨自己这样软弱，他认为真正的艺术家是不应有眼泪的，——为了不让别人看到，他从包厢里走了出去。回廊里，大厅上，一个人影也没有。他匆忙地走下楼梯，不自觉地出了大门。他需要呼吸一下晚上凉爽的空气，在黑漆漆的冷清的街上信步走一会儿。不由地来到运河边上，把肘子靠在栏杆上，静静地望着一闪一闪的河水，看街灯的倒影在那里摇晃。他的心情也跟这水面一样：不能平静；除了一大片金光在表面上飘荡，什么都看不见。报告时刻的钟敲响了，他不能回到戏院去看戏剧的结尾曲了。去看福丁布拉斯的胜利吗？他现在提不起这兴致。谁还会仰慕这最后获胜的人？看够了人生的可笑与残酷，谁还愿意充当这个角色呢？整个作品是对人性残酷的无声控诉。不过剧中人物的生命力可谓强悍，使人感动。

克利斯朵夫慢慢地踱回家里，那个同伴早已被他忘了。

第二天一大早，他就去拜访那女演员了。剧团的经理把她和其余的伙伴安置在了一个三等旅馆里，而那个名角儿住在城里的一流旅馆。克利斯朵夫进去后被领到一间杂乱的小客厅，打开的钢琴上还放着没吃完的早餐，还有些夹大头针和脏兮兮的乐谱。奥菲利娅在隔壁屋子扯着嗓子唱，像个想用动静吸引来人的孩子。听到通报的时候，她停了一下，问话的声音特别响亮，克利斯朵夫听到：

"你说谁找我，哪位先生？他叫什么名字？……克利斯朵夫……姓什么？……克拉夫脱！克利斯朵夫·克拉夫脱？……真是从没听过的姓！"

她连续念了两三遍，念到 R 的时候还在尽力地卷舌头。

"听起来的确不像个姓，倒像个赌咒的字……"接着她真的赌了一个咒。

"你说他有多大的年岁？……讨人喜欢吗？你告诉他，说我这就过去。"

她的歌声又响起了：

　　　　再没有比我的爱情更甜蜜的了……

同时她在房里寻找，咒骂那支不知跑到什么地方去的贝壳别针。她烦透了，吼了几声，表示特别生气。克利斯朵夫虽然没有看见，却也不难想象出她隔壁的举动，不由地笑了。终于他听到脚步声，奥菲利娅怒气冲冲地打开了门，出现了。

只见她衣衫不整地站在那儿，美丽的深色眼睛，嘴巴，面颊，下巴上那个可爱的酒窝，一古脑儿地充满了笑意。她用歌唱般的声音，对自己的凌乱表示了歉意。她明知道用不着说对不起，客人肯定欢迎她这副打扮。她本来认为他是来访问的新闻记者，但听到他说是特意来看她，为她的声名而来的，她非但没有失望，反觉得特别兴奋。她心地很好，人也很勤快，最得意的是能够讨人喜欢，也不把这一点隐藏。克利斯朵夫的来访和热心让她感到幸福极了，——她还没给人宠坏呢。她的动作、态度都那么自然而不做作，连她小小的虚荣心和因讨人喜欢而高兴，看来也极为自然的，所以他一点不感到尴尬。两人立刻像老朋友一样。他说几句不合乎规律的法语，她说几句不伦不类的德语，仅用了一小时，两人把所有心里的话都说完了。她完全没有厌倦的意思。这个壮健快活的南方女子，聪明而又活泼，在那些无聊的伙伴中间，在这个互不通语言的地方上，要不是天生的性情愉快，早就闷死了；现在有个人谈天聊地，当然喜出望外。至于克利斯朵夫，跟本地小市民混腻了，遇到这个爽朗的、大方的、开朗的南方女子，也觉得说不出的舒服。他不知道这种性格还可以装出来，与德国人的区别是他们除了外在的表现，心中并没有什么，就连那些外在的表现也没有。然而她至少是充满活力的，有什么说什么，简洁明快；她看问题都有独特的视角，她身上有一种难以抗拒的魅力。她天分极高，没有教育，也不善于去想，对一切美好的东西随时随地都能感觉到，而且心灵触动很大，但也会独自发笑。她甚至可以说是喜欢作态，平时的打扮也十分露骨，很想迷住克利斯朵夫，但这纯粹是出于天性。她没有心计，更喜欢说说笑笑，跟人家随随便便的，自来熟，无拘无束也没有客套。她和他倾吐戏班子里的内幕，她的苦闷，同事之间无端的猜忌，意撒贝——她这样称呼那个名角儿——的耍手段，不让她出人头地。他和她说出对德国人的看法，她听了拍手称快。她心很好，不愿意说人长短，可是不能因之而不说；她一边取笑别人，一边深深自责，而说话之间又显出南方人独有的洞察力和幽默感；她克制不了自己，形容一个人的时候说话非常尖酸。她无比兴奋，张着苍白的嘴唇，露出一副小狗般的牙齿；胭脂取代了脸上的血色，剩下的只是黑眼圈下那对闪亮的眼睛。

他们猛地发觉已经聊了一小时，克利斯朵夫向高丽纳——她的艺名——提议下午重聚，带她到城里去逛逛。她听了很高兴，约好吃过午饭会面。

时间一到，他准时赴约。高丽纳坐在旅馆的小客厅里，捧着一个本子高声朗诵。她用含笑的眼睛招呼他，自顾自地念下去，念完了一句，才示意他挨着她坐在大沙发上：

"坐这儿，别讲话。我得仔细看看台词，要不了一刻钟。"

她用指尖点着脚本，由于性子急，所以念得虽快却不仔细。他建议她背一遍。她就把脚本递给他，站起来背了。她不是吞吞吐吐，就是念了上句记不清下句。她还摇头晃脑，把头发别针掉在地下。遇上一个固执的字不肯回到记忆中来，她的性子就变得急躁起来，说出古里古怪的诅咒话，甚至很粗野的字眼，——其中有一个很粗野的短句，是用来骂自己的。克利斯朵夫看她那么聪颖又那么孩子气，觉得很奇怪。她把音调控制得很准确，很动人；可是她聚精会神地念到一段，中间竟不知所云地胡诌起来。她背台词就像鹦鹉学舌，完全不问其中的意义，那时就变成可笑的胡言乱语了。她可一点不担心，一发觉就捧腹大笑。最后，她喊了一声"算啦"！便从他手里抢过脚本朝角落里一甩，说：

"放学了！时间到了！……我们走吧！"

他对她的台词有些不放心，问："你认为这样行了吗？"

"当然罗，"她肯定地回答。"不是还有那提词的人，要他干吗的？"

她到房里去戴帽子。克利斯朵夫在外等着，闲来无事，便坐在钢琴前面按了几个和弦。她在隔壁屋里嚷起来："噢！弹的是什么？你再弹呀！真动听！"

她跑出来，随手把帽子朝头上一套。他弹完了，她还要他弹，嘴里还吐出一阵娇滴滴的赞叹。那是法国女子的个性，不管是因为《特里斯坦》还是为了一杯巧克力。克利斯朵夫很开心，这对他的确又是一种感受，和德国人夸大其辞的派头迥然不同。其实是一样的夸张，不过是事物的两面罢了：一个是把一件小古董说得山那么大，一个是把一座山说得小古董那么小，同是一样可笑！然而他感觉还是后面的一种比较让人容易接受，毕竟是从她心爱的嘴里吐出来的。高丽纳问他弹的是谁的作品，当听说是他的大作，便喊了起来。他早上曾对她说过，他是个作曲家，但她根本没在意。她坐在他身旁，硬要他把全部作品弹一遍。散步的事给抛在了脑后。这不但表示她有礼貌，而且因为她对音乐的特殊爱好，她靠着奇妙的本能填补自身的缺陷。他先还不拿她当真，只弹些最浅显的曲子。但他不经意中奏了一段自己认为很拿手的作品而她居然更喜欢，虽然他并没对她说什么，他真是又惊又喜。德国人如果遇到懂音乐的法国人，那简直有些出人意料，克利斯朵夫当时的心情就是这样。

"怪了！想不到你的鉴赏能力这么强！"

高丽纳回报的是一声冷笑。

于是，他弹了几首越来越难懂的作品，想看看她究竟懂多少。可是大胆的音乐似乎并没有把她搞糊涂,在一阕不被德国人了解,连克利斯朵夫也抱怀疑态度的,特别新颖的曲调之后,高丽纳竟要求他重弹一遍,而且还站起身子背出调子来,甚至丝毫不差;那时克利斯朵夫的诧异更是无法形容了。他转过身来注视着她,感动得紧紧地握着她的手,叫道:"噢!你才是个音乐家!"

她笑着说,她早先在一个外省的歌剧院中唱过,后来有个剧团经理在跑码头的时候与她偶然邂逅,认为她在这方面有天赋,劝她改了行。

"多可惜!"他说。

"为什么?诗也有一种音乐的意境啊。"

她请他把歌的意义给说清楚,他又用德语把歌翻译一遍,她马上跟着学,像猴子一样容易,连他一些微小的动作也模仿得维妙维肖。后来她背着唱的时候可就没有那么乐观了,出了不少笑话,记不起的地方就随口造些古怪的声音凑合着,把两人都笑死了。她不厌其烦地要他尽管弹,他也毫不腻烦地听着她动听的声音;她还没有掌握歌唱这一行的诀窍,像小姑娘一样尖着喉咙,但自有一种说不出的清新动人的味道。她说话爽直,有什么说什么。虽然她没法解释为什么她有的喜欢有的不喜欢,但她的潜意识里的确有个理由。奇怪的是,逢到那些最规矩的,在德国最受赏识的作品,她反而最不感兴趣,只为了礼貌应付几句,但人家明明看出她不感兴趣。因为她音乐素质不高,所以不会像那些鉴赏家与艺术家一样,对"耳熟"的东西不知不觉地感到愉快,也不会在一件新的作品中去对前人的作品中爱好过的形式或公式产生兴趣。同时她并不像德国人那么喜欢优美悦耳的伤感曲调(至少她的感伤情调是另外一种,而克利斯朵夫还未意识到这一种感伤的缺点);在德国最受欢迎的靡靡之音,她不会为之倾倒;她完全不赏识克利斯朵夫作的一个最平庸的歌,而那正是克利斯朵夫恨不得毁掉的,因为朋友们认为好容易才有个吹捧的机会,老跟他提到这件作品。高丽纳天能控制一切戏剧情绪,她喜欢的作品是要能清清楚楚体现出一种积极的东西,而且表现得很率直的,这也正是他认为最有价值的东西。可是有些和声的生涩,克利斯朵夫觉得挺自然,她对之并无好感:那给她一个特别突出的感觉,使她唱不下去;她停下来问:"难道真是这样的吗?"他回答说是的,她就强制唱下去,但终于扮了个鬼脸,被克利斯朵夫看在眼里。这时她宁可不去唱那一节,而他却在琴上再弹一遍,问:"你难道不喜欢这个?"

她无可奈何地说:"我觉得它不自然。"

"为什么不自然?"他笑着说,"你想想它的意思吧,音乐是要用心去听的。"他指着自己的心窝说。

"也许是这样……可我还是觉得不自然。"她扯了一下自己的耳朵。

从极低突然转向极高的德国派朗诵，她都感觉很刺耳：

"他为什么要这样大声喊呢？又没有别人在这里，难道怕邻居听不见吗？他似乎有这种意思……对不起！你不会生气吧？……他犹如远远地招呼一条船。"

他并没有生气，反而开心地笑了，认为这种见解也有一定的道理。她的议论使他听了觉得有意思，从来没人和他说过这些呢。结果他们一致认为：朗诵如果用歌唱的形式来表达最容易把很自然的说话变得不成样子，像一条越来越大的虫。高丽纳要求克利斯朵夫替她写一阕戏剧音乐，用乐队来为她的说白作伴奏，偶尔来几段歌唱。他听了这个主意很高兴，虽然场面的安排极不容易，但他觉得为了高丽纳的歌喉试一次有必要也很有价值。于是他们就精心地策划起来。

等到他们动身的时候，已经快五点了。在那个季节里，天很早就黑的，散步已不是时候了。晚上高丽纳还要参加排戏，那是谁也不准参观的。所以他们约定，明天下午一起出去，实行商量好的计划。

第二天几乎和上一次差不多。他发现高丽纳骑在一张高凳上，吊着腿，对着镜子，正在摆弄一副假头发。旁边有服侍她上装的女仆和理发匠，她嘱咐理发匠要把一缕头发弄得略微突出一些。她一边照着镜子，一边望着站在背后微笑的克利斯朵夫，做了个鬼脸。理发匠拿着假头发走了，她便意犹未尽地对他说："你好，朋友！"

她把脸凑上去让他亲吻。他想不到她会有这种亲昵的举动，但认为这也是一个绝好的机会。然而，在她眼里这只是最为平常的见面礼。

"噢！我真开心！"她说，"今晚上可行了，行了。（她说的是假头发。）把我急疯了！要是你早上来，就可以看到我那副狼狈样子了。"

他问是什么原因。原来巴黎的理发匠包装的时候搞错了，为她准备了一副与她所扮的角色完全不适合的假发。

"完全是平的，笔直地向下垂着，难看死了。我一看就哭了，哭得死去活来。是这样吗，台齐莱太太？"

"我进来的时候，"那女仆接着说，"太太的脸色简直与死人差不多，我被吓坏了。"

克利斯朵夫笑了。高丽纳在镜子里看到了，生气地说："你觉得好笑吗，没心肝的！"然而她也禁不住笑了。

他问她昨晚排戏的情况怎么样。她说一切顺利，但她很希望人家把别的演员的台词多删掉一些，但不要删掉她的……两人谈得极为投机，不知不觉时间又过去了一半。她慢条斯理地穿着衣服，询问克利斯朵夫对她装束的看法。克利斯朵夫称赞她漂亮，天真的他用不三不四的法语说从来没见过比她还要"淫乱"的人。她先是呆若木鸡，然后噗哧一声笑出声来。

"我说了什么啊?"她简直笑弯了腰，"你说得正对。"

终于出门了。她花里胡哨的一身打扮以及没完没了的说笑，引来了路人的目光。她看一切都以那种淘气的法国女子的眼光，展现在别人面前的是一个最真的自我。看到时装店陈列的服装，卖画片的铺子里满屋都是样品，有的是一组浪漫的镜头，有的引人发笑或不堪入目的，有的是当地的妓女，有的是贵族，有穿红衣服的皇帝，穿绿衣服的皇帝，还有一身水手打扮的皇帝，把着"日耳曼号"的船舱傲视着蓝天。她简直要笑倒了。看着饰有瓦格纳那副生气模样的头像的餐具，或是理发店橱窗里的模特人头，她又高声狂笑。即使在表现爱国热情的纪念像前面，对着穿着旅行外套、头戴尖盔的老皇，前呼后拥的普鲁士、德意志各邦的代表，和全身裸露的战神，她也发出那种无所顾忌的哈哈大笑。路上碰到什么人，只要她认为有一丁点儿可笑的地方，都会成为她的笑料。被她挖苦的人看到她特有的那种狡黠的眼光就知道了一切。她猴子般的本能使她无所顾忌，不停地用嘴唇鼻子学他们或是缩作一团或是大张嘴脸的怪样子。她鼓起腮帮，学着随便听来的一句话，原因只是她认为那话可笑。他很高兴地跟着她笑，绝对不因为她放肆而感到不自然，他自己也不比她安分。所幸他的名誉已经没有什么可损失的了，否则这一次散步将会使他的形象在人们的心中大打折扣。

随后，他们一起去大教堂参观。高丽纳虽然穿着高跟鞋和长袍子，还是要爬上塔顶，衣摆在路级上拖着，挂在了扶梯的一只角上。她却没有丝毫的紧张，索性把衣服一扯，撕破了，然后毫无忌惮地把衣裙提得老高，继续往上爬。她差点儿把大钟都要敲起来。到了塔顶，她大声朗诵着雨果的诗句，克利斯朵夫一句也听不懂，又唱了一支通俗的法国歌。随后，他学着伊斯兰教祭司的模样高叫了几声。夜幕降临了，他们回到教堂里，浓厚的黑影正沿着高大的墙壁上升，正面的花玻璃像神幻的瞳子一般光怪陆离。克利斯朵夫瞥见那天陪他看《哈姆莱特》的少女跪在侧面的一个小祭堂里，她正在那里虔诚的祈祷，根本没有注意到他，但她痛苦而紧张的神情却被他看在眼里。他很想和她说几句话，哪怕只是随便聊两句，但他被高丽纳拉着根本没有这个机会。

他们不久就分手了。她要准备晚上的演出，按照德国的习惯，戏院是很早开场的。然而他刚回家，就有人按铃，原来有一张高丽纳的便条:

　　"好运气! 意撒贝病了! 停演一天! 万岁啊万岁! 朋友! 你来吧! 咱们一起吃晚饭! 别忘了多带些乐谱来!

　　　　　　　　　　　　　　　　　　　　　　　高丽纳"

他有些摸头不着脑。等到弄明白了，他的心情与高丽纳一样无比兴奋，立即到旅馆去了。他担心吃饭的时候要碰到所有的人，出人意料的是一个都没看见，就连高丽纳也失踪了。最后他听见屋子尽里头传来熟悉的声音，他寻声找过去，终于在厨房里找到她。她忽发奇想地要做一道口味独特的菜，放着许多香料，使满街满巷都闻到南方菜的味道。她和旅馆里的胖老板娘关系不错，两人咭咭呱呱说着一大堆谁也听不懂的话，又有德语，又有法语，又有野人话，也不知道是什么话。她们互相尝着两人的杰作，哈哈大笑。克利斯朵夫的出现使她们闹得更起劲了。她们不许他进去，他偏要进去，扮了个鬼脸，于是她说他是个德国蛮子，不必为他操心。

他们一起回到小客厅，饭桌已经摆好，只有他和高丽纳两个人的刀叉。他向她询问戏班子里的同伴去哪儿了。

"不知道。"高丽纳不假思索地回答。

"你们不在一起吃饭吗？"

"绝不是这样的！在戏院里碰见已经够瞧的了！还得一起去吃饭吗？"

这一点和德国习惯迥然不同，他听了又奇怪又羡慕。

"我以为你们是个善于交际的民族呢！"

"那么，"她回答说，"难道我不善于交际吗？"

"交际的实质就是过集体生活。我们这儿是要大家混在一起的！男的，女的，小的，从出生到老死，都是集体的一分子。什么事大伙儿都要在一块做：跟大家一起吃饭，一起歌唱，一起思想。大家打嚏，你也跟着打嚏；要是离开了大伙儿，我们连一杯啤酒都喝不下去的。"

"那可好玩喽，"她说，"干吗不在一只杯子里喝呢？"

"你认为这是一种友爱吗？"

"拉倒吧，友爱！是我喜欢的人我才表示友爱，并不是跟所有的人友爱……呸！这还像什么社会，简直是个蚂蚁巢！"

"像我这样跟你有同感的人，在这儿过着开心快乐的日子，你能了解吗？"

"可以去我们那儿呀！"

这句话说到他的心坎上了，他乘机问她关于巴黎和法国人的一些情况。她告诉他许多有关这方面的见闻，可并不都是她说的那样。除了南方人爱好吹牛的特性，她在潜意识中还想让听的人入迷。据她说，在巴黎到处都是民主的；并且巴黎人都很聪明，因此大家都运用自由而不滥用自由；你高兴怎么做就怎么做，高兴怎么想就怎么想，想信什么就信什么，想爱什么就爱什么，想不爱什么就不爱什么，绝没有人去干涉你。那儿，绝对是自由民主的，不用担心别人去探听你的隐私，或是管人家的思想。在那里，从事政治工作的绝不越出范围来干涉文学艺术，绝不把勋章、职位、金钱作为自己的资本去面对自己的朋友或顾客。那儿，绝没有什么团体来操纵人家的声名和成功，绝没有被人收买的新闻记者，文人也不相轻，也不互相吹捧。在那里，批评界决不会去打击无名的天才，绝不一味捧成名的作家。那儿，成功并不是人们的最终目的，一帆风顺也不一定就能受到众人的青睐。人情风俗都那么淳朴，那么亲切，那么真挚。人与人间没有一点儿隔阂，从来没有相互诋毁的事，大家都真诚地互相帮助。新来的客人，不论是谁，只要真诚，肯定能受到欢迎，摆在他面前的都是康庄大道。这些不计得失的，豁达大度的法国人心中，全是纯粹的爱美的情绪。他们惟一可笑是太理想主义化了，所以他们虽然头脑清醒，仍免不了上别的民族的当。

克利斯朵夫听着，连嘴都合不拢了，那的确让人听得出神呢。高丽纳自己也说得飘飘然，至于昨天向克利斯朵夫说她过去的生活如何艰苦之类的话，她完全记不起了，而他也一样的记不起。

高丽纳并不只是让德国人去崇拜她的国家，她同样关心的是要人家去接受她本人。假若一个晚上没有一些调情打趣的玩艺儿，她会觉得受不了。她免不了逗弄克利斯朵夫，可是白费，他丝毫没觉得，克利斯朵夫压根儿不懂什么叫做调情，他只知道爱与不爱，他不爱的时候无论什么也无法同爱情方面联系起来。他对高丽纳的感情只是出于一种友谊，他从来没领教过这种南方女子的特性，她的魔力，风度，快活的心情，敏捷的理解力，开旷的胸襟，对他来说是那么新奇，这些已经大大地超过了爱情的范围；可是爱情的到来是不可捉摸的，这一回它偏不来；至于没有爱情而尝试着去爱，他根本上没有想过。

高丽纳认为他正经得有趣。他在钢琴上弹着他带来的音乐，她挨在他身旁，把光着的手臂绕过克利斯朵夫的脖子，并且为了看乐谱，她身子略向前伸，几乎把脸贴在一起。他觉得她的睫毛掠在他的脸上，看见她眼梢里带着一丝俏皮，也看到那张可爱的脸撅着嘴唇笑着，等着——她是在等待。克利斯朵夫根本没往深处想，只觉得高丽纳有些妨碍弹琴，不知不觉地挣脱出她的胳膊，把座椅挪动了一下。过了一会儿，他回过头去想跟高丽纳说话，发觉她拼命想笑，她的酒窝似乎都在笑了，可还是竭力抑制着。

"你怎么啦？"他纳闷地问。

她望了他一下，禁不住又笑了起来。

他还是蒙在鼓里："这有什么好笑？难道我说了什么古怪的话吗？"

他越是这样，她越想笑。好不容易停住笑了，一看他那愣头愣脑的样子，她又大笑起来。她站起身子，顺势躺在屋里的大沙发上，把脸埋在靠枕里，让自己尽情地笑个够，她全身的肌肉因发笑而跟着不自觉地抖动。

他也被她引得笑起来，走过去拍着她的背。等到她确实感到笑够了，才抬起头来，抹着眼泪，对他示意着：

"哎啊！你真老实！"她说。

"不见得比别人更坏吧？"

她抓着他的手还是忍不住地发笑："是不是在你眼中法国女人不正经？"她极力模仿他古怪的法语读音。

"你这是嘲笑我啊。"他饶有兴趣地回答。

她的眼里充满着柔情，用力摇着他的手问："咱们是不是朋友？"

"当然！"他照样摇着她的手。

"高丽纳走了，你能记起她吗？你怨恨她吗？这个不正经的法国女人？"

"德国蛮子这么傻，你也不恨他吗？"

"我喜欢的就是他这种傻气……你能去巴黎看我吗？"

"一定的……你会跟我联系吗？"

"我可对天起誓……你也得同样起誓。"

"行，我就起誓吧。"

"不是这样的，得伸出手来。"

她一本正经的样子，显得很虔诚。她的要求是要他写一个剧本，一出通俗的歌剧，将来译成法语，她可以在巴黎上演。第二天，她就得跟着剧团走了。他约定后天上法兰克福去看她，剧团要在那边公演。他们又聊了很久。她送给克利斯朵夫一张近照，上半身差不多是裸体的。两人欢快的分手了，像兄妹似的亲热了一番。自从高丽纳看出克利斯朵夫很喜欢她而不是爱她以后，她真的很感动，也是把他当一个朋友看待。

他们都睡得挺香，一夜无梦。第二天早上他有预奏会，不能送她。可是第三天他把事情处理妥当，上法兰克福赴约去了。那只是两三个钟头火车的路程。高丽纳认为他并不一定说到做到；他却把约会看得很慎重，戏院开场的时候已经等候多时。他在休息时间上化妆室去找她，她一看见他竟惊喜地喊起来，搂着他的脖子。他来赴约使她非常感动。克利斯朵夫觉得不舒服的是，法兰克福很多聪明而有钱的犹太人，能够赏识她的美貌，料到她将来肯定走红，都争相捧她。时时刻刻有人上化妆室来，全是些眼睛挺有神而矮墩墩的家伙，用生硬的口音说些无聊的奉承话。高丽纳当然搔首弄姿地应付着；以后跟克利斯朵夫说话也改不了这种腔调，带着逗弄的口吻，使他大为扫兴。她毫无顾忌地在他面前化妆，他可一点不感兴趣；眼看她把胳膊、胸脯、脸搽脂抹粉，他只觉得恶心。他想等戏完了马上就走，不再来找她。他向她告别，带着一丝歉意说不能参加终场以后人家请她的宵夜，她非常真诚地表示难过，使他的决心动摇了。她叫人把火车时刻表拿来，证明他能够有足够的时间陪她。他当然很乐意，结果就顺水推舟地参加了消夜餐；他对于人们的胡闹跟高丽纳不论对哪种人都勉强应付的手段，居然也没有显示出太多的不快。因为她管不了那么多。那么纯洁的姑娘，没有什么道德观念，懒散而且欲望极强，喜欢玩儿，像孩子一样撒娇，同时又那么正直，那么善良，连她所有的缺点也是自然的，健康的，不仅能让人接受，而且会让人喜欢。她说话的时候，克利斯朵夫坐在她对面，望着她俏丽的脸，还有一双会说话的美丽的眼睛，显得有些臃肿的下巴，像意大利人那样的笑容，和善，细腻，却少了一分清秀和灵气：他这一下总算把她看清楚了。有些地方使他想起阿达：举动，目光，带点粗俗的卖弄风情的手段；女人总脱不了女人的天性！但他喜欢的是那种南方人的个性，慷慨豪爽，尽量施展她天赋的优点，绝对不去卖弄交际场中的漂亮和书本式的聪明，完全保存着最真的自我，她的身心好像生来就是与大自然融为一体的。他走的时候，她特意选了一个人少的地方和他道别。两人拥抱了一下，约定了下次见面的时间及方法。

分手后他一个人乘火车回去。在一个中间站上，对面开来的火车已经先等在那儿。克利斯朵夫在对方列车的三等车正对着他的车厢里，看见那个陪他看《哈姆莱特》的法国少女。她也看到了克利斯朵夫，双方都认出来了。两人都愣了愣，不声不响行了个礼，同时低下头去，连动都不敢动。可是他一眼之间已经看见她戴着一顶旅行便帽，旁边还放着一口旧提箱。他没想到她会离开德国，以为是出门几天。他不知道自己该怎么开口，犹豫了一会儿，心里盘算着怎么与她搭话，正当他要放下车窗招呼她的时候，忽然听到列车运行的讯号，就打消了说话的念头。列车开动之前又过了几秒钟，他们俩相对无言。彼此的车厢里都没有别人，他们把脸贴在车窗上，透过周围沉沉的黑夜，四只眼睛在悄无声息地进行着心灵对话。他们隔着两层玻璃，却能彼此看见对方。要是伸出胳膊，还可以拉拉手呢，真的是咫尺天涯。列车启动了，她一直望着他，在这个分离的瞬间，她不觉得胆小了。两人望得出了神，连最后一次点点头都忘了。她慢慢地远去了，不见了，他目视着她的列车在黑夜里消失。像两个流浪的星球一般，他们俩走近了一下，又在无垠的太空中拉开了距离，也许这距离永远也不会缩短。

直到望不见她了，他才感到自己心里给那道陌生的目光挖了一个窟窿，他不知道为什么，可是明明有个窟窿。半阖着眼皮，朦朦胧胧的靠在车厢的一角，他觉得自己的瞳孔里深深地印着那一对眼睛的影子；静下心来，让他仔细体会那个感觉。高丽纳的形象在心房外面转动，好比一只隔着玻璃的飞虫，只能静观它而不能进入。

好容易下了车，他呼吸着夜晚凉爽的空气，在万籁无声的街上信步之下，精神一振，仿佛又看到了高丽纳的影子。他忆起那个可爱的女戏子。一忽儿想到她亲热的举动，一忽儿想到她放荡的个性，暗自微微笑着，又高兴又生气。

他不想惊动在隔壁屋子里的母亲，悄悄地脱着衣服，一边自言自语地笑道：

"这些法国人真让人难以理解！"

可是那天晚上在包厢里听到的那句话又涌上他的心头：

"像我这样的有的是。"

他第一次跟法国接触就看到了它双重的个性，然而同所有的德国人一样，他从没有想要去解开这个谜。回想到车厢里那个少女，他似乎对自己说了句：

"她不像一个法国人。"

好像只有德国人才能证明是否是一个真正的法国人。

不管像不像法国人，总之，他不能忘记她；因为他醒来时心里总是一阵难过；原来他记起了放在少女身边的箱子，忽然明白那姑娘是再也能与他相见了。其实他早该想到竟忽略了这点。这一下他心中有一种深深的遗憾。但他在床上耸了耸肩想道："那跟我有什么相干？想它干吗！"于是又呼呼地睡去了。

第二天，他刚出门就碰到曼海姆，叫他勃罗希，问他可有意思去征服整个法兰西。他从这个有脚告示嘴里，意识到包厢的事闹大了，简直是曼海姆所没有想到的。

"你真是个大人物，"曼海姆嚷着说，"我甘拜下风了！"

"我又没做什么。"克利斯朵夫显得十分坦然。

"你真了不起！老实说，你简直让人羡慕。不仅抢掉了葛罗纳篷的包厢，还请了他们的法国女教师去代替他们，嘿嘿！简直太精彩了，我可想不出这招！"

"她是葛罗纳篷家的女教师吗？"

"对，你尽管装不知道，好像是无心的，我劝你最好这么办！……爸爸简直不肯罢休，葛罗纳篷一家都快气疯了！……可是事情很快就有了结果，他们把那姑娘给赶走了。"

"怎么！"克利斯朵夫叫起来，"他们把她辞退了！……因为我把她辞退了？"

"你难道不知道？她没跟你说吗？"

克利斯朵夫心里感到很委屈。

"好家伙，别烦恼了，"曼海姆说，"那也没什么。而且你早就应该想到的，一旦葛罗纳篷他们发觉……"

"什么？发觉什么？"克利斯朵夫大声地叫着。

"发觉她是你的情妇喽！"

"可是我连认识都不认识她，连她是谁都不知道。"

曼海姆带有一丝嘲弄的微笑，似乎是说："你把我当做傻子了。"

克利斯朵夫气恼之下，一定要曼海姆相信他。曼海姆说："那就更怪了。"

克利斯朵夫简直有些抑制不住自己的情绪，马上要去找葛罗纳篷，把事实告诉他们，替少女洗刷不白之冤，曼海姆劝他不必："朋友，你越跟他们解释，他们越认为你心里有鬼。何况也不是时候，现在那女孩子已经不知在哪儿了。"

克利斯朵夫感到十分心痛，惟一的办法是寻访女孩子的踪迹，再写信向她道歉。然而谁也不知道她的事。他上葛罗纳篷家去打听，碰了个钉子；他们不知道她上哪儿去了，并且也不关心这种事。克利斯朵夫一想到自己充当了一个坏人的角色，便悔恨不已。除了悔恨，还有那双眼睛的神秘的魔力，像一道光似的悄悄地温暖着他的心田。岁月的洪流，新的观念，似乎把那魅力与悔恨一齐淹灭了，可是它们暗中藏在他心底里。克利斯朵夫始终忘不了他所谓的牺牲者，他发誓要把她找到。虽然他知道这种可能极小，但他还是深信不疑。

与高丽纳分手后，她从来没给他写过信。三个月过去了，他不再存什么幻想了，忽然收到她一封四十字长的电报，用着很高兴的语调给他许多亲密的称呼，问"大家是否还相爱"。后来，杳无音讯的差不多隔了一年，又接到一封短信，像小孩子似的把字写得又大又潦草，明显带有一种贵妇人的口吻，一共只有几句话，都是亲热而让人捉摸不透的话。以后，又杳如黄鹤。她并没忘了他，只是她太忙，根本没有时间去想他。

在他眼中，高丽纳还是那么充满活力，他们商量的计划老在心中挥之不去，克利斯朵夫准备写一阕戏剧音乐让高丽纳去演，中间夹几段她可以唱的调子，——大概是一种诗歌体音乐话剧的形式。这一门艺术从前在德国备受青睐，莫扎特曾经热烈称赏；贝多芬，韦伯，门德尔松，舒曼，任何一位伟大的作曲家都来制作；自从瓦格纳派的艺术得势，以为替戏剧与音乐找到了相对稳定的公式之后，诗歌体杂剧就走向了低潮。瓦格纳派的学究，不单排斥一切新的杂剧，还要把以前的杂剧彻底清除。他们绞尽脑汁把歌剧中所有语体对白的痕迹删掉，替莫扎特、贝多芬、韦伯等补上他们别出心裁的吟咏体；他们很虔诚的把垃圾堆在杰作上面，自以为这样就可以与大师们的杰作同化了。

高丽纳的评价使克利斯朵夫对于瓦格纳派的朗诵体产生了反感，甚至是让人难以接受了；他甚至考虑在戏剧中把说白与歌唱放在一处，用吟咏体把它们强行组合，是否无聊，是否违反自然？因为那就如同把一匹马和一只鸟拴在同一辆车上。说白与歌唱的节奏各不相同，一个艺术家为了他所偏爱的一种艺术而舍弃另一种，那是可以理解的。但要在两者之间达到平衡，就非两败俱伤不可，结果是说白不成其为说白，歌唱也不叫歌唱。歌唱那壮阔的波澜，必将为狭窄单调的堤岸所限制；而说白的美丽的裸露的四肢，也得被迫裹上一层浓艳厚重的布帛，把手势与脚步都给束缚了。为什么不让它们尽情的挥洒呢？就好比一个美丽的女子，沿着一条小溪迈着欢快的步子憧憬着，给喁喁的水声催眠着，脚下的节奏不经意间与溪水的歌声达成了完美的统一。这样，音乐与诗歌就都有它的个性，而且是并肩前进，把彼此的幻梦融和在一起。当然不是任何音乐诗歌都能达到这种境界。一般粗制滥造的尝试和俗不可耐的演员，往往使反对杂剧的人振振有辞。克利斯朵夫也久已跟他们一样存着厌恶之心：演员们随着乐器的伴奏念那些语体的吟诵的时候，并不顾到伴奏，并不想把他们的声音融于伴奏，只想教人听到他们的声音：这种荒谬的情形的确是那些有音乐感觉的耳朵所不能接受的。可是自从他听到了高丽纳和谐的声音，听到了她流水似的，纯净的声音，像一道阳光照在水里那样在音乐中跳动，和每句旋律的轮廓化成一片，成为一种更自由更流畅的歌声，人似乎也与这种妙境融为一体了。

他也许没有看错，但这一类的艺术倘使要真有价值，可以说是所有的体裁中最难的，像克利斯朵夫那样没有经验的人去轻易尝试，决免不了危险。特别因为这种艺术有一个主要条件：就是诗人，艺术家，演员，三方面的努力必须协调。克利斯朵夫完全不理会这些，就冒冒失失地去尝试这种以他个人想象为基础的新艺术。

一开始他想根据莎士比亚的一出神幻剧或《浮士德》后部中的一幕来选配音乐。但戏院方面并不想去作这种尝试，认为费用既不低，而且没有价值。大家承认克利斯朵夫对音乐是内行，但看到他胆敢对戏剧也有一种近乎叛逆的思想，就觉得好笑而不把他当一回事了。音乐与诗歌，好似两个毫不相关而暗中互相仇视的世界。要与诗歌达成一致，克利斯朵夫必须和一个诗人合作；而这诗人他是没有选择余地的，连他自己也不敢有这种想法：因为他对自己的文学趣味还持有怀疑的态度。人家说他完全不懂诗歌，事实上他对于周围的人所赞赏的诗歌，的确他谈不上懂。凭着他那种老实与固执的脾气，他费了不少苦心去领略这一首诗或那一首诗的妙处，始终不能进入那种所谓的"最佳"状态，他为此而深感惭愧，承认自己没有诗人的素质。其实他很爱好某些个过去的诗人，这一点使他多少还有些安慰。但他爱好那些诗人的方式大概是不对的。他发表过奇特的见解，说惟有把诗译成了散文，甚至译成了外国文的散文而仍不失其为伟大的诗才算得上是杰作，又说文辞的价值全靠它所表现的心灵。朋友们回报他的都是一片嘲笑。曼海姆把他当做俗物，他也不敢争辩。只要听文人谈论音乐，就可知道一个艺术家一旦批评他外行的艺术就要出笑话。这种例子他实在见得太多，所以他决意持一种默认的态度（虽然心里还有点怀疑），自己对诗歌真是外行，而对那些他认为更在行的人的见解，就只好强迫自己去接受。杂志社里的朋友们给他介绍了一个消极派诗人，思丹芬·洪·埃尔摩德，说他写了出别出心裁的《伊芙琴尼亚》。当时的德国诗人和他们的法国同行一样，正张罗把古希腊的悲剧以另一种形象出现在观众面前。埃尔摩德的作品就是半希腊半德国式的那一种，把易卜生、荷马，甚至王尔德的气息搅和在一起，当然也没有忘记查看一下考古学。他所写的阿伽门农是个神经衰弱病者，阿喀琉斯是个软弱无能的人：他们互相怨叹自己的处境；而这种怨叹当然也毫无意义。全剧的重心都在伊芙琴尼亚一个人身上：她又是一个极为敏感的，歇斯底里的，古板呆滞的伊芙琴尼亚，训斥着那些英雄，狂叫怒吼，对着大众散布尼采派的厌世主义，结果在狂笑中走向了死亡。

这部狂妄的作品，充分地反映了一个穿着希腊装束的没落的野蛮民族，与克利斯朵夫的精神是格格不入的。但周围的人都异口同声地说是杰作。他变得懦弱了，也信以为真，其实他脑子里装满了音乐，念念不忘的是音乐而不是剧本。剧本只等于一个河床，被他用来宣泄热情的巨流。真正为诗歌配制音乐的作曲家必须懂得取舍，要学会放弃自己的个性，克利斯朵夫可绝对办不到。他只想到自己，没想到什么诗歌，而他还不愿意承认这个事实。他自以为了解诗人的作品，却不知他所理解的根本不是原作的意思。像小时候一样，他脑子里的脚本，跟摆在眼前的脚本根本就不是一回事。

只有到了排演的时候，他才能发现作品的真面目。有一天，他听着其中的一幕觉得荒谬透顶，以为是演员们弄错了；他不但当着诗人向演员解释剧本，还对那个替演员们辩护的诗人解释。作者不太理解，很不高兴地说他总该清楚自己所要表白的意思吧。克利斯朵夫一口咬定埃尔摩德完全不了解剧本，众人听了哄堂大笑，克利斯朵夫方才觉得自己闹了笑话。他不再说了，承认那些诗句毕竟不是自己写的。他终于看出了剧本的荒谬，大为沮丧，他不懂为什么会产生误解。他骂自己糊涂，扯着自己的头发。他想自我安慰，暗暗地说："好吧，我根本就不懂。别管剧本，只管我的音乐吧！"可是剧中人的举动，姿势，说话的无聊，装腔作势的激昂，不必要的叫喊，使他越来越难受，甚至在指挥乐队的时候连棍子都挥不动，恨不得躲进提示人的洞里。他太坦白，太难适应这个世故的社会了，无法掩藏自己的真实情感，使朋友、演员、剧作者，都对他整个人，甚至是他的内心世界也了然于心。

"是不是你对这个作品不感兴趣？"埃尔摩德不冷不热地问。

克利斯朵夫鼓起勇气回答："坦白说，我不喜欢。我不懂。"

"那么你写音乐以前，没把剧本看过一遍吗？"

"念过的，"克利斯朵夫毫不掩饰地说，"可是我误会了，把作品理解错了。"

"可惜你没有把你所理解的写下来。"

"唉！我要能自己写才好呢！"克利斯朵夫说。

诗人一气之下，为了报复也批评他的音乐了。他埋怨它繁重，使人听不到诗句。

诗歌与音乐是两个不同的概念，因此，诗人不会了解音乐家，在音乐家的眼里诗人也是一个难解之谜。演员们却对他们俩都不了解，而且也不想了解。他们只在歌词中找些零星的句子来显示一下自己的特长。他们绝对不想使自己的朗诵去适应作品的情调和节奏，他们虽然同在一个舞台，却各自为政，仿佛他们永远也不会把音唱准似的。克利斯朵夫恨得咬牙切齿，拼命把一个一个的音符唱给他们听，然而任凭他怎样叫喊，他们根本不去理会。

如果不是因为已经排演到这个程度，担心取消了会引起诉讼，否则，克利斯朵夫早就放弃这个戏了。曼海姆听到他灰心的话，不以为然地说：

"怎么啦？事情很顺当啊。是不是彼此不了解？噢！那有什么关系？除了作家本人，谁能真正懂得一件作品？作家自己能懂就算不错了！"

克利斯朵夫为了诗的荒谬感到有一种深层次的担心，他隐隐感到这样会连累他的音乐。曼海姆当然清楚那些诗不近人情，埃尔摩德也是个讨厌的家伙，可是他觉得无所谓，埃尔摩德请客的时候满桌佳肴，还有一个可人的太太，批评界对他还能要求什么呢？克利斯朵夫耸耸肩，说他没有时间去理会这种轻薄话。

"哪里是轻薄话！"曼海姆笑着说，"他们都是些本分人！完全不懂得人生中什么东西最珍贵。"

他劝克利斯朵夫不要把埃尔摩德的事放在心上，应该一心只想自己的事。他鼓励他做些宣传工作，克利斯朵夫却断然拒绝了。一个新闻记者问到他的身世，他压着满腔的怒火，没好气地回答："跟你有什么相干！"

还有一次，有人代表一个杂志来向他讨相片，他简直要跳起来，说谢谢老天，他没有做德皇，用不着把照片摆在街上大肆宣传。要他跟当地最有势力的沙龙有所联络根本办不到，他拒绝人家的邀请；即使是不得不接受的，临时也会忘了去，或是心绪恶劣地去，好像是借机发泄满肚子怒气似的。

更糟的是，上演的前两天，他和杂志的人闹僵了。

这种事情也许终究要发生。曼海姆继续篡改克利斯朵夫的文字，把批评的段落毫无顾虑地整行整行地删除，并写上一些刻意恭维的话。

一天，克利斯朵夫在某个沙龙里碰到一个演奏家，一个曾经被他痛骂过的小白脸式的钢琴家，露出雪白的牙齿向他道谢。他厉声回答说用不着客气。那钢琴家依旧没完没了地表示感谢。克利斯朵夫直截了当地打断了他的话，说假如他满意他的批评，那是他的事，可是写的人绝不是这个意思，说罢他转过身子不再理睬他。演奏家以为他只不过是心情不好，便笑着走开了。克利斯朵夫忽然想起不久前收到另一个被他痛骂的人的谢启，突然顿生疑虑，便到报亭里买了份最近一期杂志，找到他写的那篇文章读了一遍……当时他竟以为自己疯了。过了一会儿，他终于清楚了事情的原委，便窝着一肚子闷气跑到杂志社。

华特霍斯与曼海姆正在那儿跟一个相熟的女演员谈得兴起，他们用不着问克利斯朵夫的来意。他把杂志往桌上一摔，连气都没时间喘一口，就气势汹汹地对他们破口大骂，又是叫又是嚷，说他们是坏蛋，是无赖，是骗子，并随手抓起一张椅子朝他们几个身上使劲摔去。曼海姆还是嬉皮笑脸，克利斯朵夫飞起脚来踢他的屁股。曼海姆逃到桌子后面还是抑制不住大笑。华特霍斯却是一副不屑一顾、尊严沉着的气派，竭力在喧闹声中显示着自己的不满和难以接受，叫克利斯朵夫等他的消息，还把名片递给他。克利斯朵夫把名片朝他脸上一扔，吼道：

"摆什么臭架子！……用不着你的名片，我早知道你是什么货色了！……你是个流氓，骗子！……你想我会跟你决斗吗？……哼，你只配挨一顿揍！……"

克利斯朵夫的叫骂声传出老远，连走路的人都竖起耳朵来听。曼海姆连忙关起窗子。那女演员吓呆了，想溜，可是克利斯朵夫把房门堵住了。华特霍斯的整张脸都变了形，连气都透不过来；曼海姆还是死皮赖脸地笑着，两人嘀嘀咕咕地想跟他争论。克利斯朵夫却绝对不让他们开口，把所能想象到的最刻薄最损人的话都说尽了，直到再也想不出有什么骂的了才走掉。华特霍斯和曼海姆等他走了才有一线生机。曼海姆马上又活了，他挨了骂不过像鸭子淋了阵雨。可是华特霍斯却气愤到了极点，他的尊严受了伤害；而且当着别人的面受辱，他尤其不能忍受。同事们也跟着起哄。社里所有的同仁中惟有曼海姆对克利斯朵夫不怎么来气，他知道自己对克利斯朵夫也是够损的，认为听他几句粗话不算什么。那是怪有趣的玩艺儿，假使这种事临到他，他自己也会先笑的。所以他准备跟克利斯朵夫依旧来往，好像根本没那回事。克利斯朵夫可忘不了，不管对方怎样来迁就他，始终不领情。曼海姆也不放在心上，克利斯朵夫是个玩具，已经被他称心如意地玩够了；他又在进攻另一个傀儡了。从此他们渐渐疏远了。但曼海姆在别人提到克利斯朵夫的时候照样说他们是好朋友。也许他的心中确实把他当朋友看待的。

吵架过去了两天，《伊芙琴尼亚》公演了，结果是完全失败。华特霍斯的杂志把剧本吹捧了一番，对音乐只字不提。别的刊物可来劲了。大家哄笑，喝倒彩。戏演了三场就停了，众人的笑骂却此起彼伏，能有个机会说克利斯朵夫坏话真是太令人兴奋了，连续好几个星期，《伊芙琴尼亚》成为挖苦的资料。大家知道克利斯朵夫已没有自卫的武器，就尽量瞅准机会，惟一的顾忌是他在宫廷里的地位。虽然他跟那位屡次指责他而他置之不理的大公爵很冷淡，他仍不时在爵府里走动，所以群众认为他还有一定的官方势力——有名无实的支持——而他却要把这最后一个靠山亲手毁掉。

很显然，此事过后，他不会听到赞美声了。它不但针对他的作品，还涉及他那个新的艺术形式，那是人们不愿意接受的，可是要把它歪曲而使它显得不伦不类倒很容易。对于这种恶意的攻击，最好是置之不理，继续走自己的路：但克利斯朵夫还没有这点儿聪明。几个月以来，他养成了坏习惯，对一切不公平的攻击都要反抗。他写了一篇把敌人们丑化一顿的文章，送给两家正统派的报馆，都未被刊登，虽然退稿的话说得十分含蓄，但仍多少透露出一种讥讽的意味。克利斯朵夫认起真来，非要刊登这篇文章不可。他猛然想起城里有一份社会党的报纸曾经想拉拢他。他熟识其中的一位编辑，有时和他讨论过问题的。克利斯朵夫很高兴能找到一个人，可以无所顾忌地谈到当局、军队，以及一切压迫人的陈腐的偏见。可是谈话的题目也仅此而已，因为那社会主义者终究还是离不开马克思，而克利斯朵夫对他就没有多大兴致了。他觉得那个思想自由的人物，除了一套他不大喜欢的唯物主义以外，还有一套保守的教条主义，思想的专制，武力的崇拜，简直是另一极端的军国主义；他的这种自以为是的论调似乎在德国的大街小巷随处可见。

即使这样，走投无路的他惟一的希望还是在这位编辑及他办的报纸上。他很知道他的举动会骇人听闻：那份报纸素来反响极大，专门骂人，大家都没有好感；但克利斯朵夫从来不看它的内容，所以只想到那些激进的思想（那是他不怕的），而没想到它所用的卑鄙的口吻（那是他看了也要厌恶的）。并且其他的报纸会暗中联合起来诋毁诽谤他，使他无处发泄，所以即使他知道报纸的内容，也不见得考虑那么多。他要叫人知道要摆脱他没这么容易。于是他把那篇文章送到社会党报纸的编辑部，很受欢迎。第二天，文章就给登出来了，编者还加上一段按语，大吹大擂地说他们的报上今后将有一位热血的才子为那些勤劳的工人阶级的利益奔走呼号。

至于文章是否登出以及那些刻意加上的按语，克利斯朵夫还蒙在鼓里。那天是星期日，天没亮他就出发往乡下散步去了。他心情很好，看着太阳出来，又笑又叫，手舞足蹈。什么杂志，什么批评，一古脑儿丢开了！这是春天，大自然的音乐，一切音乐中最美妙的和弦，又奏起来了。黑洞洞的、闷人的、气味难闻的音乐厅，可厌的同伴，无聊的演奏家，都让它见鬼去吧！只听见窃窃低语的森林唱出奇妙的歌声；春的气息令人陶醉，春的力量是伟大的，它无法掩饰，它随处可见，它在田野中升腾。

他给太阳晒得懒洋洋地回家后，母亲递给他一封信，是他不在的时候爵府里派人送来的。信上用的是公事式的口气，通知克拉夫脱先生当天上午就得到府里去一次。上午是去不成了，时针已指向 1 点，克利斯朵夫却没有去的意思。

"今天太晚了，"他说，"明天去吧。"

可是母亲觉得不太合适："不行，亲王找你去，你得马上去，或许有什么重要的事与你商谈。"

克利斯朵夫抬抬肩："要紧事儿？那些人会有什么要事可谈吗？……还不是说他那一套关于音乐的见解，叫人受罪！……只希望他别跟西格弗里德·曼伊哀比本领，也写一曲什么《颂歌》，那我可不敢恭维了。我要对他说：你干你的政治吧！你在政治方面是主人，永远不会错的，可是艺术，你就少发那些见解吧！谈到艺术，你的头盔，你的羽饰，你的制服，你的头衔，你的祖宗，统统没有啦；……我的天！试问你没有了这些，你还剩什么？"

把什么话都会当真的鲁意莎举着手臂喊起来：

"怎么能这样说话！……你疯了！你疯了！……"

他看母亲信以为真，便故意跟她开着玩笑，尽量吓唬她。鲁意莎直到他越来越离谱了才省悟他在逗她，便转身去说："你太胡闹了，孩子！"

他欢快地拥抱了母亲，他心情好极了，闲逛时突发灵感，一个美丽的调子在胸中蹦呀跳呀，就像水里的鱼儿。他肚子饿得发慌，必须饱餐一顿才肯上爵府去。饭后，母亲监督着他换衣服，因为他又在耍孩子气，说穿着旧衣衫和沾满了灰土的鞋子，也没有什么不体面。但最终他还是换了一套衣服，把鞋子擦得锃亮，嘴里喊喊喳喳地打着嗯哨，模仿着各种乐器。穿戴完毕，母亲为他检查了一遍，郑重其事地替他把领带重新打过。他竟例外的很有耐性，因为他对这身打扮很满意，而这也不是常有的事。他走了，说要去拐走阿台拉伊特公主。那是大公爵的女儿，长得貌若天仙，嫁给德国的一个小亲王，此刻正回到母亲家来住几个星期。克利斯朵夫小时候，他俩关系一直不错，而他也特别喜欢她。鲁意莎说他爱她，他认为很有意思，也就玩儿起了爱情游戏。

一路上，他并不急于赶路，而是东瞧西看，看到一条像他一样闲荡的狗横躺在太阳底下打呵欠，就停下来给它挠痒痒。他跃过爵府广场外面的铁栏，里头是一大块四方形的空地，四面围着屋子，空地上两座喷水池有气无力地在那儿喷水；两个对称的没有树荫的花坛，中间铺着一条沙石小路，如同脑门上的一条皱痕，路旁是一溜种在木盆里的橘树；场子中央放着一座不知哪一个公爵的塑像，穿着路易·菲力浦式的服装，座子的四角供着象征德性的雕像。场中只有一个闲人坐在椅子上手里握着一张报纸在打瞌睡。府邸的铁栏附近，只是做个样子，根本没有人在守门。徒有其名的壕沟后面，两尊懒洋洋的大炮给人的感觉是两位老弱残兵，派不上什么用场。克利斯朵夫面对懒洋洋的一切扮了个鬼脸。

他走进府第，态度仍不严肃，虽然嘴里停止了哼唱，心却照旧哼着无声的小调。他把帽子往衣帽间的桌上一扔，毫不拘礼地招呼他从小认识的老门房。当年克利斯朵夫跟着祖父第一次到府里来看哈斯莱，他就是这儿的门卫。老头儿对于他嘻嘻哈哈的说笑一向不放在心上，这一回却是神色傲慢。克利斯朵夫毫不在意，径直朝里走去，他在穿堂里又碰到一个秘书处的职员，平素对他很亲热，似乎有说不完的话，这回竟急急忙忙地走过去，似乎害怕与他搭讪，克利斯朵夫觉得很奇怪。然而，他并没有想为什么会出现这种情况，只是一味往前走，要求门卫通报。

克利斯朵夫进去的时候，里头刚用过午餐。亲王在一间客厅里，斜倚着壁炉架，抽着烟和客人谈天。克利斯朵夫瞥见那位公主也在客人中间抽着烟卷，懒洋洋地躺在一张靠椅中，和那些军官高声谈笑。宾主都很高兴，克利斯朵夫进门就听到大公爵那爽朗的笑声。可是亲王一看见克利斯朵夫，笑声马上停止，他呶了一下嘴，猛地朝克利斯朵夫喊道：

"嘿！你来啦！你终于赏光到这儿来啦！你还想把我耍弄到什么时候？你是个坏东西，先生！"

克利斯朵夫被这当头一棒打得摸不着头脑，愣了老半天说不上话来。他只想着他来迟了些，那也不至于受这样的羞辱啊，他便不知所措地说："亲王，请问是怎么回事？"

亲王没有答理他，只顾宣泄他的怒气："住嘴！我决不让一个坏蛋来侮辱我。"

克利斯朵夫脸色一阵惨白，喉咙里哽咽着发不出声音，他挣扎了一下，嚷道：

"亲王，您既没告诉我事情的原委，也就没权利侮辱我。"

大公爵转身对着他的秘书，秘书马上从袋里掏出一份报纸。他发那么大的火，不仅是因为性子暴躁，血管里的酒精也有很大的刺激作用。他一下蹦到克利斯朵夫面前，像斗牛士拿着红布一般，抖开那张打皱的报纸拚命挥舞，简直是在怒吼着：

"瞧你这些玩意儿，先生！……你就配人家把你的鼻子揿在里面！"

克利斯朵夫这才看清那是社会党的报纸："我不觉得这有什么不对的地方。"他不卑不亢地说。

"怎么！怎么！你简直是叫无耻！……这份混帐的报纸！那班流氓天天侮辱我，说着最粗野的话侮辱我！"

"爵爷，我没看过这个报。"

"你不老实！"

"我不愿意您说我扯谎，"克利斯朵夫说，"我确实没看过这个报，我关心的只是音乐。并且，我有想在哪儿发表文章就在哪儿发表的权利。"

"你什么权利也没有，惟一的权利是闭紧你的嘴巴。以前我对你太好了。我给了你和你的家属多少好处，照你们父子两个的行为，我早该不跟你们来往了。我不想看到跟我捣乱的报上发表文章，并且以后在我没有许可的情况下，也不准你再写什么文章。你为音乐惹上的那些事非争端，我已看够了。凡是有见识有良心的人，真正的德国人所看重的东西，我不允许一个受我保护的人去加以攻击。你还是考虑一些高明一点的曲子吧，要是没这个能力，那么练习你的音阶也好。我不要音乐界里冒出一个社会党，搞些诽谤民族、动摇人心的小动作。谢谢上帝！我们知道什么是好东西，用不着你来告诉我们。因此，你还是别给我添乱，该干什么干什么去吧。"

肥胖的公爵正对着克利斯朵夫，一双怨恨的眼睛直视着他。克利斯朵夫脸都气紫了，他想说话加以反驳，张了张嘴唇，嘟哝着说："我不是您的奴隶，我想说什么就说什么，想写什么就写什么……"

他感觉自己快透不过气了，羞愤交加，几乎要哭出来，两条腿在不自觉地发抖。他抬了抬胳膊，却把旁边家具上的一件器皿碰倒了。他觉得自己或许很可笑，也的确听见有人笑着；他隐隐约约地看到公主在客厅那一头和几个客人在指手画脚，大有同情他和讥讽他的意味。从这时起，他几乎失去了理智，不知道自己干过些什么。大公爵狂叫着，克利斯朵夫嚷得更凶，可不清楚自己说些什么。秘书和另一个职员走过来要制止他，被他推得老远，他一边说话一边无意中抓着桌上的烟灰碟子乱舞。他听见秘书喊着：

"喂，放下来，放下来！"

他听见自己说着连自己也听不懂的话，把烟灰碟子往桌边上乱敲。

"滚出去!"公爵愤怒之极,大叫起来,"滚!滚!给我滚!"

那些军官走过来想劝公爵,他好像脑充血似的睁着一双血红的眼睛,嚷着要手下的官员把这个无赖轰出去。克利斯朵夫怒不可遏,差点儿伸出拳头去打公爵那张肥脸,可是一大堆矛盾的心理把他压住了。羞愧,忿怒,没有完全丧失的胆怯,日耳曼民族效忠君王的性格,传统的敬畏,在亲王面前素来卑恭的习惯,都在他心头集结在一起。他想说点什么却不能说出来,想动作而不能动作;他看不见了,听不见了,脑中只是一片空白,最后还是被人家推了出来。

他穿行在仆役中、他们默默地站在门外,把吵架的情形都看在眼中。走出穿堂的二三十步路,他好像走了一辈子。回廊越走越长,似乎永远也走不完!……从玻璃门里望见外边的阳光,对他如同救星一样,他踉踉跄跄地走下楼梯,忘了自己光着脑袋,直到老门房叫他才回去拿了帽子。他几乎用尽了全身气力才走出府第,穿过院子,回到家里。路上他把牙齿咬得咯嘣直响,一进家里的大门,他脸上的怒色跟哆嗦就把母亲吓坏了。他推开她,也不回答她的问话,走进卧房,关了门倒头躺在床上。他抖得十分厉害,竟没法脱衣服,气也憋在胸口,四肢也瘫痪了……啊!但愿不再看见,不再感觉,不必再支撑这个可怜的躯壳,不必再在这种险恶故的人生中沉浮,就这样无声无息地倒下去,不要再活,永远脱离世尘的纷扰!他费了好大气力才脱下衣服,胡乱地摔在地下,人躺在床上,被子把眼睛都盖住了。屋子里什么声音都没有,只有他的小铁床在地砖上发出摩擦声。

鲁意莎贴在门上听着,敲着门,轻轻地呼唤他:没有回音。她等着,听着房里寂静无声,她感到有些心疼,随即走开了。白天她来了一二次,晚上睡觉之前又来了一次。已经过去一整天了,屋子里始终没有一丝动静。克利斯朵夫忽冷忽热,浑身发抖,哭了好几回,半夜里他抬起身子对墙壁比划着拳头。清晨两点左右,发疯似地一阵冲动使他爬下了床,半裸着湿透的身子,想去杀死大公爵。恨与羞把他折磨得死去活来,他的身心受着火一般的煎熬。可是这场内心的暴风雨在外面一点也觉察不出来,没有一句话,没有一丝响动。他忍着巨痛把这一切都吞进了自己的肚中。

第二天,他和平常一样下楼,精神上受了过分的刺激,一声不出,母亲也不敢唠叨。她已经从邻居那里知道了事情的原因。他整天坐在椅子里烤火,跟哑巴一样,浑身发烧,驼着背像个老头儿。母亲不在的时候,他就默默地流泪。

夜晚,社会党报纸的编辑来找他。显然,他是为那件事前来打听细节。克利斯朵夫很感激,天真地以为那是对他表示同情,是人家认为给他带来了麻烦而来向他道歉。他要挣回面子,对过去的事一点不表示后悔,不觉把自己的心里话也掏出来了：跟一个像自己一样恨压迫的人畅快地谈一谈，他觉得松了口气。那编辑逗他说话，心里想即使克利斯朵夫不想动手去写，至少可以供给材料，到他手中就成了一篇骇人听闻的文章。他预料这位宫廷音乐家受了羞辱，一定会把他高明的笔战功劳，和他所知道的宫廷秘史（那是更有价值的），毫无保留地倾吐给社会党。他认为无需刻意的含蓄，便直截了当地把这番意思对克利斯朵夫讲明了。克利斯朵夫跳起来，声明他一个字也不会去写：由他去攻击大公爵，人家会认为他报私仇；过去他发表自己的思想是冒极大风险的，现在他一无束缚之后，反而需要慎重考虑了。那编辑完全不把这些顾虑放在心上，认为克利斯朵夫没出息，骨子里还是个吃公事饭的，他更认为克利斯朵夫是懦弱怕事。

"那么，"他说，"让我们来写，由我动笔，其它的你都不用管。"

克利斯朵夫求他不要写，但他没法强制他不写。而且对方告诉他这件事不仅仅和他个人有关，连报纸也受到侮辱，他们有权利报复。这一下克利斯朵夫没什么可说了，他最多也只能要求别滥用他的某些掏心话，那是拿他当做朋友而非当做新闻记者说的。对方一口应承下来。克利斯朵夫依然不大放心：他这时候才认识到自己的莽撞，可是为时已晚了。客人一走，他回想起说过的话不禁有些后怕，立刻写信给编辑，要求他无论如何不能和盘托出，可怜他在信里把那些话又重复了一部分。

第二天，他急不可耐地打开报纸，在头版上看到了他全部的故事。他上一天与记者所说的一切，经过新闻记者那种添油加醋的手段，当然被夸大得失去了原味。那篇文章用卑鄙而激烈的言辞把大公爵和宫廷骂得狗血淋头。其中一些细节只有克利斯朵夫知道，很可以令人疑心通篇是他的手笔。

这恶毒、卑鄙的一招，对克利斯朵夫无异于一支暗箭，正中他的心脏。他一边念一边冷汗淋漓，念完之后简直吓昏了。他想跑到报馆去，但母亲怕他闯祸——而这也不无理由——把他拦住了。他自己担心，觉得要是去了，说不定又会干出什么傻事来。于是他干等着，做了另外一件傻事。他写了一封措词激烈的信，痛责记者的行为，否认那篇文章里的事实，表示跟他们的党彻底断绝关系了。这篇更正并没登出来，克利斯朵夫只好写信去施加压力，一定要他们把他的信公之于众。后来有人把他发表谈话那晚的一封信抄了一份副本寄给他，问他要不要把这封信一起发表。他这才知道有把柄被他们抓在手中了。以后他在街上又遇到那位冒失的记者，少不得把他当面骂一顿。于是，第二天报上又登出一篇短文，说那些宫廷里的奴才，即使被主子赶出了门还是改不了奴性，再加上几句影射最近那件事的话，使看报的人心知肚明，只没有说出罢了。其实这也是从侧面诋毁克利斯朵夫。

人们一旦知道克利斯朵夫再也没有一个靠山的时候，他立刻感到自己的敌人多得不可想象。凡是被他直接间接中伤过的人，不管是个人受到批评的，还是思想与观点受他排斥的，都马上把矛头对准了他，加倍地报复。至于一般的群众，当初克利斯朵夫振臂疾呼，想把他们从那种麻木中唤醒过来的人，现在看着这个想改造舆论，惊扰正人君子的好梦的轻狂的青年受到教训，也不禁拍手称快。克利斯朵夫如同失足落水，而每个人都拚命把他的头按下去，不让他有丝毫喘息的余地。

他们并不是一齐动手的，先由一个人来试探虚实，看见克利斯朵夫不还手就连番出击。最后别的人跟着上前，然后大队人马蜂拥而来。有些人把这种事看作有趣的玩艺儿，好似小狗喜欢跑到漂亮地方放屁。那都是些外行的新闻记者，好比游击队，因为什么也不知道，只把胜利的人捧一阵，把失败的骂一顿，叫人忘掉克利斯朵夫。另外一批却站在自己的立场之上作猛烈的攻击，只要他们一出手，世界上就可以变得寸草不留。这是真正具有杀伤力的，杀人于无形的批评界。

好在克利斯朵夫是不看报的。几个忠实的朋友特意把诬蔑最厉害的几份报寄给他。可是他让它们闲在那儿，根本就不去理它。最后有一篇四周用红笔勾出的文字引起了他的关注，是描写他所作的歌犹如一头野兽的咆哮，他的交响曲是疯人院里的作品，他的艺术是歇斯底里的，他的抽风似的和声只是掩饰他心灵的空虚与思想的贫乏。那位颇有名气的批评家在结论里指出：

"克拉夫脱先生从前以记者的身分写过些东西，表现特殊的文笔与特殊的品味，在音乐界中成为笑谈。当时大家好意劝他还是作他的曲子为妙。他的近作证明那些劝告的人们虽然心存仁厚，可并不切实际。克拉夫脱先生就会写那种文章。"

这篇文章使克利斯朵夫整个上午都不能工作，他又去找别的骂他的报纸，预备把失意的滋味痛痛快快地饱尝一顿。可是鲁意莎为了收拾屋子，老喜欢把所有散在外面的东西丢掉，那些报纸早被她烧了。他先是很气愤，随后倒也想通了，把那份留下来的报纸递给母亲，说这一份也应该当垃圾烧了。

可是他遭受的侮辱并没有结束。他寄给法兰克福一个有名的音乐会的一阕四重奏，被人家取消了，而且并不说明原因。科隆乐队有意接受的一阕序曲，在他空等了几个月之后也给退回来，说无法演奏。但最难堪的打击是来自当地的某音乐团体。指挥于弗拉脱是个很不错的音乐家，但和多数的指挥一样，一点没有好奇心；他具备那种指挥的特有的惰性：凡是早已知名的作品，他可以没有终结地反复搬弄，而一切真正兴起的艺术品却被视为洪水猛兽，避之惟恐不及。他不厌其烦地组织着贝多芬、莫扎特或是舒曼的纪念音乐会。在这些作品里面，他只要让那些熟悉的节奏领着自己就是了。反之，现代的音乐就叫他受不住。但他不敢这么明说，还自命为是一个慧眼识才的伯乐，事实也是如此。假如人家给他一件仿古的作品，一件仿五十年前流行的作品，——他的确深表欢迎，甚至会努力去使大伙接受。因为这种东西对他的演奏没有丝毫影响，大众也不会对作品的接受产生障碍。可是一切足以危害这美妙的方式而要他费力的作品，他却是说什么也不会接受的。只要开辟新路的作曲家一天没有成名，他鄙薄的心就一天不会消失。假使这作家有成功的希望，他的鄙薄就一变而为憎恨，——作家成功了，他也就无话可说了。克利斯朵夫也很清楚自己离成功还有一段不短的距离。所以他间接知道于弗拉脱先生很想演奏他的作品，不禁感到十分奇怪。这位指挥是勃拉姆斯的好朋友，也是被克利斯朵夫在杂志上痛骂过的几个音乐家的朋友，因此克利斯朵夫更觉得他的行为超出他的想象。但他自己是好人，以为他的敌人也像他一样的胸襟宽广。他猜想他们是看到他受到攻击，特意要表示他们绝不属于那类小心眼。想到这点，他竟有些不能自己。他送了一阕交响诗给于弗拉脱，附了一封情辞恳切的信。对方叫乐队秘书复了信，虽然语气不很热情却也不失一种礼貌，声明他的曲子已经收到，但会按规矩行事，作品在公开演奏之前必须提交乐队先行试奏。章程总是章程，克利斯朵夫当然无话可说。而且这仅仅是种手续，也省去那些令人生厌的鉴赏家的说三道四。

大概过去了两三个星期，克利斯朵夫接到通知，说他的作品快要试奏了。照规矩，这种试奏是内部试演，连作曲家本人也不能旁听。事实上所有的乐队对作曲家的存在表示默许，他只是露面罢了。每个人都知道他在场，而每个人都装做不知道。到了那天，一个朋友来把克利斯朵夫带进会场，拣一个包厢坐下。令他感到奇怪的是，这个不公开的预奏会竟是全场爆满，只需看一眼楼下，大批的时尚青年、有闲阶级、批评家，都在那里交头接耳，显得十分活跃。乐队虽然看在眼里，对此也是睁一只眼闭一只眼。

首先亮相的是勃拉姆斯采用歌德《冬游哈尔茨山》里的一段所作的狂想曲，有女低音独唱和男声合唱，由乐队伴奏。克利斯朵夫早就反感这件作品的失真和情绪的消极，以为这或许是勃拉姆斯党一种挺客气的报复，因为他从前曾大肆地批评过这个曲子，特意强迫他听一遍。他想到这点不由得忍俊不住，而听到以后又紧接着被他攻击过的另两位作家的东西，他认为更有意思了，可见他没有猜错，他们的用意不是很清楚吗？他一边装着鬼脸，一边想这究竟是挺公平的竞争，他虽不欣赏那音乐，却很能欣赏这种玩笑。群众对勃拉姆斯和同一派的作品大加赞叹的时候，克利斯朵夫也俏皮地表示了一下子。

接下来是克利斯朵夫的交响曲了。乐队和听众之间都有人向他的包厢瞟几眼，证明大家知道他在场。他尽量将自己隐蔽起来，他等着，心跳明显加快。音乐像河水般悄悄地集中在一处，只等指挥的棍子一动就马上决破堤岸，在这个时刻，每个作曲家都会觉得惴惴不安。他自己也没有看到这个作品演奏的效果。他想象中的生灵究竟是什么模样呢？声音又是怎么样的呢？他觉得它们在他心中轰轰地响，他伴随着音响的震动浑身哆嗦，急于要知道听众的反馈。

　　演奏出来的却是一种难以名状的东西，一片不成形的混沌。明明是支撑高楼大厦的结实梁柱，出来的却是没有一组站得住的和弦，它们一个接一地瓦解，好似一座残破凌乱的建筑物，除了灰土瓦砾之外，别无他物。克利斯朵夫不敢相信演奏的是他的作品，从中找不到他思想的线条和节奏，甚至可以说找不到自己的思想。失意的克利斯朵夫嘟嘟囔囔，摇摇晃晃，好比一个扶墙摸壁的醉鬼，他感到无地自容，仿佛自己在别人的眼中是一个十足的醉鬼与小丑。他明知这与他的作品相去甚远，可又能怎样呢？一个荒唐的代言人把你的话经过乔装打扮篡改成了另一个模样，你自己也会不相信自己那双眼睛，弄不清你对这种荒谬的情形有没有责任。至于群众，他们可不理会这些，他们相信表演的人，歌唱的人，相信他们听惯的乐队，正如相信他们每天必读的报纸一样，他们是不可否认的；要是他们说了荒唐的话，一定是作者的责任。这一回群众尤其不会起疑，因为他们原本就认为作者是一个可笑的人。克利斯朵夫还以为指挥也觉察到这种混乱的情形，会叫乐队停下来重新演奏。各种乐器根本就谈不上协调，圆号插进来的时候，已慢了一拍子，又继续吹好几分钟，才漫不经心地停下来倒去口水。有几段双簧管的部分竟消失得无影无踪。哪怕是最精细的耳朵也找不出一丝音乐的美感，甚至不能想象它有什么线索可言。变化很多的配器法，幽默的穿插，都被恶俗的演奏弄得面目全非。作品显得荒唐离奇，简直是一个白痴、一个完全不懂音乐的人的恶作剧。克利斯朵夫扯着自己的头发，竟想跑下去阻止乐队的演奏；可是陪着他的朋友拼命把他拦住了，说指挥先生自会辨别出演奏的错误而给予及时纠正的，何况克利斯朵夫这个时候根本不适合出头露面，他的提议只会把事情弄得更糟。他把克利斯朵夫硬留在包厢里。克利斯朵夫只得任他摆布，不停地挥动拳头用力地擂自己的脑门。而每次听到那种不伦不类的表演，就又愤怒又痛苦地咕噜几声："造孽！造孽！"他一边呻吟，一边咬着手不让自己叫出声来。

　　剧场里除了错误的音符，群众也骚动起来，有了声音。起初不过是一种微小的波动，不久克利斯朵夫便听到他们在笑了。乐师只得给他们以示意，有几个竟不买帐，依然忍俊不禁。群众明白了作品真的可笑时，便捧腹大笑起来，全场顿时沸腾。赶到一个节奏很强的主题又在低音提琴上出现，而给表现得特别滑稽的时候，大家更是笑得前仰后合。只有指挥丝毫不为喧闹的听众所动仍然有力地挥舞着他的指挥棒。

曲子终于奏完了——世界上最得意的事也要结束的——那才轮到大众开口。他们简直是太兴奋了，以至一时静不下来。有的怪声嘘叫，有的大喝倒彩，更有甚者大喊着"再来一次"！花楼中有人用男低音摹仿那个可笑的主题，别的捣乱分子跟着起哄。还有人嚷道："欢迎作曲家！"这些风雅人士有一种久违的兴致。

等到沸腾的声浪稍微有所收敛，乐队指挥若无其事地把大半个脸对着群众，可是仍装做没有看见群众，——因为乐队是始终认为没有外人在场的，——向乐队打了一个手势表示要说话。有人嘘了一声，全场跟着安静下来。他又等了一忽儿，才用清晰、冷酷、斩钉截铁的语调大声说：

"诸位，我一定不会让这种东西演奏的，要不是为了把胆敢侮辱勃拉姆斯大师的那位先生让大家公断一下的话。"

说完了，他跳下指挥台，在一片欢呼声中走了出去。掌声持续有一两分钟之久，然而他竟不再出场。乐队里的人逐渐散去，群众也只得散场，音乐会宣告结束。

听众的心情蛮不错。

克利斯朵夫已经提前出了包厢，他一看见指挥走下台，便马上冲出去，快步奔下楼，想要打指挥几个耳光。陪他来的朋友在后面追着，想阻止他。克利斯朵夫把他推得几乎跌下楼梯，——他有理由相信这位朋友也是设这个圈套的一分子——不知是于弗拉脱的运气，还是克利斯朵夫的运气，总之后台的门被关死了，使再大的劲也无济于事。而群众已陆续退出了剧场，克利斯朵夫认为还是走为上策。

克利斯朵夫无法用语言来表达他当时的感受，他漫无目的地走着，舞动着手臂，骨碌碌地转着眼珠，自言自语活像精神病院跑出来的疯子，愤慨与狂怒的叫声越来越响。街上几乎没有人。音乐剧场是上年在城外新盖的，克利斯朵夫不知不觉穿过荒地，向郊外走去；荒地凌乱的分布着几所板屋和正在建造的屋子，四周都有围墙。他心中陡起杀机，竟想把那个侮辱他的人杀死……可是即使杀了他，那些百般耻笑他的人——他们笑声至今还是那么刺耳——会把兽性改掉一点吗？他们人数太多了，简直无法可想；他们在许多事情上观点都难达成一致，但在侮辱他压他的时候却结成了最好的联盟。那不仅是误解，而且还有一股深深的怨恨。他究竟在什么地方对不住他们呢？他心中的确藏着些美妙的东西，叫人愉快叫人幸福的东西；他想向人倾吐，让别人一同享受，以为他们也会像他一样的愉悦。即使他们不能欣赏，至少也得感激他的好意，退一万步说也可以用友好的态度指出他的缺点；但他们因之而怀着恶意取笑他，把他的思想歪曲、诬蔑、甚至踏在脚下，把他变成小丑而置之于死地，真是从何说起！他气愤之下，把人家的怨恨格外夸大了，过分地当真了，其实那群俗不可耐的观众压根儿没有什么当真的事。他失声痛苦并嚷着："我什么地方得罪了他们呢？"他屏住了呼吸，觉得自己完了，感觉在他的人生旅途中处处都是邪恶。

万念俱灰的克利斯朵夫朝周围和脚下看了看，原来他不知不觉已走到了邻近磨坊的小溪旁边，这正是几年前他父亲淹死的地方。投水自杀的念头立刻在他脑中浮起，他有一种自尽的冲动。

正当他犹疑于生与死的抉择的时候，一只很小的鸟悠然地落在树枝上开始唱起来，唱得那么婉转动听，充满生机。他静静地听着，水在那里窃窃私语，开花的麦秆在微风中波动，簌簌作响；白杨萧萧，打着寒噤。路旁的篱垣后面，园中看不见的蜜蜂发出那种馨香的合奏曲。小溪那一边，眼睛像玛瑙般的一头母牛在出神。一个淡黄头发的小姑娘坐在墙沿上，肩上背着一枝玲珑的藤蔓，如同天使张着翅膀，在那儿憧憬着什么，把两条白皙的小腿荡来荡去，哼着一个不知名的调子。远远的，一条狗在草原上飞奔，四条腿向后飞扬着……

克利斯朵夫靠在一株树上，听着春的声音，望着春回大地的景象，美好宁静的大自然又使他产生了活下去的欲望……他忘了一切烦恼……突然拥抱着美丽的树，把腮帮贴着树干。他扑倒在地下，把头埋在草里，忘情地笑了，快乐之极地笑了。生命的美，生命的温情，使他感到人活着真好。他想道：

"为什么你这样的美，而他们——人类——竟如此的丑？"

可是不管这些！他爱生命，觉得自己永远会爱生命，无论如何不会离它而去。他如醉如痴地拥抱着大地，拥抱着希望：

"我抓住了你！你是我的了！他们绝不能把你抢走，他们爱怎样就怎样吧！即便是要我受苦我也心甘情愿！……受苦，毕竟他还活着！"

克利斯朵夫生命的天空又充满了阳光。什么真正的文人，有名无实的文人，多嘴而不能生产的文人，新闻记者，批评家，艺术界的商人和投机分子，他都不愿意再去理他们。至于音乐家，他也不愿再浪费时间去纠正他们的偏见与嫉妒。他们不是讨厌他吗？那好！他也讨厌他们。他有他的人生，非实现不可。宫廷方面恢复了他的自由，他很感激。他感激那些敌人，是他们鼓舞了他的斗志与信念，这下他可以全身心地去设计自己的人生蓝图了。

鲁意莎与他的观点一致。她没有野心，没有克拉夫脱家族的脾气，她既不像父亲，也不像祖父，她完全不希望儿子成就什么功名。但是，他必须去争取钱和名望，她心里是喜欢的，假如名利要用许多的痛苦去换来，那她宁可没有这种想法。克利斯朵夫和宫廷决裂以后，她之所以感到痛心并不是为了那件事情本身，而是因为儿子的精神上受到了很大的打击。至于他和报纸杂志方面的人断绝来往，她倒很高兴。她对于报纸，像所有的乡下人一样可以说毫无兴致，以为那些东西不过是浪费时间，引发争端的祸害。有几回，她听到杂志方面的几个年轻人和克利斯朵夫谈话，她对于他们的凶恶面目十分害怕；他们诽谤一切，压制一切，而且坏话说得越多，他们越高兴。她极为讨厌这批人。毫无疑问，他们很聪明，很博学，可绝不是好人。所以克利斯朵夫和他们断绝往来使她多少有些安慰，她非常通情达理：他跟他们在一起能得到什么呢？至于克利斯朵夫自己，他是这么认为的：

"他们喜欢把我怎么说，怎么写，怎么想，随他们便；他们总不至于使我不成其为我。他们的艺术和思想，跟我有什么相干！我不敢苟同，我就是我！"

否认社会固然需要胆量与勇气，然而社会也不会按个人的意愿去发展，去改变。克利斯朵夫还抱着天真的幻想，没有真正看清自己。他不是一个修道士，没有远避尘世的耐性，更没有遁世的空灵。最初一个时期他还不感觉怎么样，因为他一心一意沉浸在创作里；只要活得充实，他就不会觉得有什么欠缺。但旧作已完，新作还没在心中蕴酿成形期间，精神上往往显得空虚无聊：他张徨四顾，不禁有一种孤苦伶仃的感觉。他问自己为什么要作曲。正在写作的时候是绝没有时间去考虑这些问题的：写作，就因为想去写，那不是挺简单吗？等到一件作品诞生了，摆在面前之后，一开始把作品从胸中释放出来的那个强烈的本能就没有反应了，而我们也不明白为什么要产生这件作品了，不大认得它了，几乎把它看作一件陌生的东西，只想它早点消失。可是只要作品没印出来，没演奏过，没有在世界上站住脚，我们就会想起它。因为在这个情形之下，作品还是个与母体相连的新生儿，连在血肉上的活东西；要它在世界上生存下去，必得把它分割开来。克利斯朵夫制作越多，越受这些从他生命中繁衍出来的东西的牵扯；因为它们无法生存，也无法死灭。谁替他来解放它们呢？一种隐约而又暧昧的压力在鼓动他那些思想上的婴儿：它们竭力想和他脱离，想散布到别的心中去，像活泼的种子乘着风势撒遍田野村庄。难道他得永远被封锁起来，无法生长吗？那他一定会被逼疯的。

既然所有的出路（戏院、音乐会）都已经被堵死，而他也无论如何不肯再低首下心去向那些拒绝过他的指挥们说情，那么除掉把作品印出来以外别无办法；但要找一个认同他的出版家，也不比找一个肯演奏他作品的乐队更容易。他试了两三次，手段都笨拙到极点，结果他觉得这也不是办法；与其再碰一次钉子，或是和出版商讨价还价，看他们那副德性，他宁可自己出钱印刷。那当然是胡闹。过去靠了宫廷的月俸和几次音乐会的收入，他略有积蓄；但收入的来源已经断绝，而要找到一个新的财源还得等一段时间，照理他应当小心谨慎地筹划这笔积蓄，来度过他刚踏进去的难关。现在他不仅没有这样做，反因为原有的积蓄不够对付印刷费而再去借债。鲁意莎一句话都不敢说，她觉得他已失去理智，同时也弄不清，为什么一个人为了要把姓名印在书上愿意付出如此高昂的代价。但既然这样他能老老实实地呆在家里，她也就没什么说的。

克利斯朵夫印刷出版的，并非他作品中比较通俗的，不费人家精神的那一类，而是一批最有个性也是他自认为最得意之作，都是些钢琴的曲子，间或也有几支歌，有的很简短，调子很通俗，有的规模很大，却也极具戏剧情调。这些作品放在一起是一组或悲或喜的印象，过渡贴切自然，有时用钢琴独奏来表现，有时用独唱或是钢琴伴奏的歌唱来表现。"因为，"克利斯朵夫说，"我幻想的时候，很难找到一种固定的形式，我只是痛苦，快活，无法用语言来形容；但忽然我觉得需要说话了，就毫无顾虑地唱起来；有时只是一些意义不大明确的字，断断续续的句子，有时是整篇的诗；然后我又陷入了无尽的遐想之中。日子便这样地过去了；而我的确想描写一天的心情。为什么一定要印一部纯粹是歌或纯粹是序曲的集子呢？那不是很勉强很不调和吗？让心灵自由遨翔不是更好吗？"因此他给集子题名为《一日》，其中又划分了几个小题目，简洁地指出心中的梦想也有先后之分。克利斯朵夫还加上神秘的献词，缩写的字母，这些只有他自己才能读懂，并能够回想起诗意勃发的情景或是心爱的面孔，如满面笑容的高丽纳，不胜懒散的萨皮纳，还有那不知名姓的法国女郎。

除了这些作品，他又选了三十阕歌，都是他所喜爱的，当然也是群众最不欢迎的。他绝对不选入他"最悦耳"的曲子，而选了最有个性的。一般老实人最怕有"特点"，凡是没有性格的东西，他们认为高明多了。

这些歌的词句都出自17世纪西里西亚诗人的作品；克利斯朵夫是在一部通俗丛书里偶然发现这些诗篇的，很喜欢它们的真诚与坦率。其中有两个作家尤其使他叹服，那是像两兄弟般的，都在三十岁上夭折的短命天才。有位是富有风趣的保尔·弗莱明，高加索和伊斯法罕一带的流浪者，在战争的残酷，人生的磨难，黑暗腐败的势力下，依然保持着一颗纯洁、慈悲、恬静的灵魂。另外一个是抑郁痛苦，沉湎酒色，玩世不恭的天才约翰·克利斯蒂安·冈特。克利斯朵夫取材于冈特的是反抗压迫的挑战呼声，是巨人被困时狂怒的呐喊，用雷电霹雳回击上天的怒吼；取材于弗莱明的则是像鲜花一样浪漫的情诗，像群星旋舞似的，清明欢悦的心的舞曲；他的一首悲壮而又静穆的十四行诗，题目叫做《自献》的，尤其成为克利斯朵夫的心曲。

虔诚的保尔·格哈特的旷达，同样使克利斯朵夫心驰神往，在悲哀之后灵魂有一种升华。他喜欢他在上帝身上看出来的大自然的迹象：新鲜的草原上，小溪在沙上流着，发出幽密的歌声，鹳鸟在百合花和白水仙中间庄严地漫步，燕子和白鸽在明净的空气中悠然而过，雨后的阳光显得明丽欢畅，明亮的天色在云层的空隙中露出笑脸，黄昏时一切都有股清明肃穆的情调，森林，羊群，城市，原野，都静静地睡去了。克利斯朵夫把这些至今还在新教教堂里唱着的圣诗谱成音乐，可并不保存原有的赞美歌特点，那是他最厌恶的。他给圣诗一种充满活力的表辞，例如流浪的基督徒之歌，某些段落被加上了高傲的气息；夏日之歌原来像平静的水波，此刻被异教徒式的狂欢一变而为汹涌的急流。这些改变是原作者格哈特想都不敢想象的。

乐谱终于可以正式印刷出版了，当然一切都进行得不是那么顺利。负责为克利斯朵夫印刷与销售的出版家，除了是个邻居以外，根本没有别的资格。他不可能胜任重要的工作，因此延误了好几个月，又花了很多钱修改错误。对这方面完全外行的克利斯朵夫让他宰了三分之一的帐，费用大大超过他计划的金额数量。赶到印刷完毕之后，克利斯朵夫捧着一册硕大无比的乐谱，不知该怎么弄。那出版家是没有什么客户的，也根本不去考虑怎么推销作品。虽然他做事无精打采，和克利斯朵夫的态度倒蛮吻合。为了良心上有个交代，他要求克利斯朵夫拟定策划一个广告词，克利斯朵夫回答说："用不着；假如作品是好的，那末它本身就是广告。"出版家完全尊重他这个观点，把印好的乐谱全部堆放在栈房的尽里头。要说保存，那真是太负责任了，因为六个月的时间中那些书一本也没动过。

在作品销售处于停滞状态时，克利斯朵夫不得不设法弥补亏空；而他也没有太高的要求了，因为除了还债，还得维持生活。他不但债务超出了预算，并且积蓄也没有他心中所想的那么多。是他无意之中丢了钱呢，还是把积蓄弄错了？大概是算错的可能性居多，因为他对数字的运算简直是不敢恭维。不管钱是少在哪里，总而言之是短少了。鲁意莎不得不拼着老命帮助儿子。他看了难过极了，只想不惜牺牲赶快把债务处理掉。尽管向人自荐和遭人拒绝是很没面子，他还是到处去找教课的差事。可是大家已经对他换了一副面孔了，而且很难找到学生。因此当他打听到某所学校里有个位置，他认为是老天对他的恩赐。

那是个宗教色彩浓厚的学校。校长为人精明，虽不是音乐家，却明白在目前的情形之下不用花多少代价就能把克利斯朵夫派作多少用场。他面上很客气，帐却算得挺精。克利斯朵夫怯生生地提出自己的想法，校长便满脸堆笑地告诉他，没有了官衔，他的报酬也只能这么多了。

工作并不很如意！人家没有让他教学生音乐，而是要让家长们以为他们的子弟会弄音乐，使学生也自以为会弄音乐。他最主要的任务是教他们能够在接待外宾的典礼中登台演唱，至于用什么方法那倒无所谓。克利斯朵夫对这些情形厌恶透了，照理一个人干好了本职工作总觉得自己做了些有益的工作；可是他连这点感受都没有，反而良心上受到谴责，仿佛干了什么自欺欺人的事。他想给孩子们一些切实的教育，使他们认识并且爱好纯正的音乐，但他们可不在乎。克利斯朵夫没有办法让他们听话，他缺少威严；其实他也不配教小学生。学生们结结巴巴地歌唱他不感兴味，想立刻给他们讲解乐理。上钢琴课的时候，他要学生和他一起在琴上弹一奏贝多芬的交响曲，那无疑是笑谈；于是他大动肝火，索性把学生从琴上拉下来，自己弹奏了半天。对于学校外面的私人学生，他也是同等对待，一点儿耐性都没有。譬如他对一个以贵族出身自豪的小姑娘说，她的琴弹得跟厨娘没有差别；要不就写信给学生的母亲表示不愿意再教了，说这样愚蠢的学生，要他再教下去，他会给活活气疯的。如此一来当然只会把事情办砸。仅剩的几个学生也跑掉了，他不能把一个学生留到两个月以上。母亲埋怨他，要他答应至少别跟学校闹翻，假若丢了这个位置，他简直不知怎么糊口了。所以虽然心里不高兴，他只能勉强克制自己，从来没有迟到早退的事。可是一个蠢得像驴子似的学生的一个错误，或是为迎接下次的音乐会拿一段无聊的合唱反反复复地教学生（因为人家不放心他的鉴别力，连编排节目的权也不给他），那他是怎么也掩饰不住心中的厌恶的。不用说他是了无兴致了。但他还是努力克制着自己，憋着气，眉头紧皱，冷不丁猛敲一阵桌面，使学生们吓得胆战心惊，算是发泄一下胸中的怒气。有时他觉得实在憋不住心中那口怨气，会无端拦住学生，吼道：

　　"得啦得啦！别唱了我还是来教你们弹一曲瓦格纳吧。"

　　而那些！学生正求之不得。等他一离开教室，他们就玩起纸牌来。结果总有一个学生去向校长告密，于是克利斯朵夫就得挨训，说他在这儿的任务并非教学生爱好音乐而是教他们唱歌。他气鼓鼓地听着这些教训，极力忍住了；因为他不愿意弄僵。几年以前，当他的生活中到处都是阳光、欢乐，而实际是一无成就的时候，谁又敢说三道四呢？而当等他的命运有了转机时却又要受这样的磨难？

　　在学校里担任教职而受到的许多屈辱中，对同事们必不可少的拜访也是件难以应付的苦事。他随便拜访了两个，心里就堵得慌，再没勇气继续下去了。那两位受到拜访的同事对他也并不满意，其他人则认为完全是一种态度轻慢傲然的示威。他们在地位上智慧上把克利斯朵夫看得比他们要矮一截，对他摆着一副老气横秋的架子。他们那种自我良好的感觉和把克利斯朵夫看透了的态度，使克利斯朵夫也对他们的判断深信不疑，觉得和他们比较，自己的确非常愚蠢，他能有什么与他们交流呢？他们三句话不离本行，根本不知道还有什么别的东西，他们不配做一个人。倘若是书本倒也罢了，充其量他们只能算是书本的注解，考据文字的诠释。

克利斯朵夫只好远远地避开他们，但有时候躲也躲不掉。校长按月招待一次宾客，时间定在下午，他要大家都到。第一次，克利斯朵夫规避了，连道歉的话也没有一句，只是无声无息地装死，还一厢情愿地期待他的缺席没有引起别人的注意；可是第二天他就给话中带刺地说了几句。下一回，因为母亲的一再叮嘱，他不得不怀着满腔的悲怆和愤恨去赴宴。

所谓的宾客也只是本校与外校的教员，一个个都拖儿带女，像赶集似的。大家挤在一间狭窄的客厅里，依着各人的职位分成几个小组，好像他根本不存在。邻近的一组正谈着教学法和食谱，这些教员太太都有一手烹调绝活，发挥得淋漓尽致。男人们对这些话题的兴趣也有增无减，差不多一样内行。丈夫钦佩妻子治家的才能，妻子钦佩丈夫的博学，彼此钦佩的程度恰好相等。克利斯朵夫站在一扇窗子旁边，靠着墙，有时不知所措，有时勉强挤出一丝微笑，有时沉着脸，眼睛发直，脸上的线条扭做一团，真是厌烦死了。离他不远，有个无人搭理的少妇坐在窗槛上，也和他一样的在那里百无聊赖。两人望着客室里的人物，彼此都没看到。过了一会儿，他们支持不住而转过头去打呵欠的时候，才互相注意到了。就在那一瞬间，两对眼睛碰在一起了，他们似乎看透了彼此的心思。他往前走了一步，她轻轻地对他说：

"你觉得这儿有劲吗？"

他背对着众人，望着窗外做个鬼脸。她大声笑了出来，忽然精神一振，暗示他坐在旁边。他们通报了名姓，原来她是本校生物学教员莱哈脱的妻子，最近上任，当地还没有一个熟人。她绝对谈不上好看，臃肿的鼻子，参差不齐的牙齿，皮肤有些粗糙，可是眼睛却出奇的灵动，老带着孩童一般的笑容。她像喜鹊一样的多嘴，他也兴致很好的和她对答；她的爽直叫人看了好玩，又会说些发噱的话；他们无所顾忌地交流着感想，全然不顾周围的人。而那些邻人，在他们孤独的时候偏不肯发发善心睬他们，这时却对他们侧目而视了：当着众人的面嘻嘻哈哈，大家认为太不合适。……但他们爱怎样想都可以，两个饶舌的人简直不把它当一回事，让他们说去吧，难道他们连言论的自由也没有吗？

谈话中，莱哈脱太太把她的丈夫介绍给克利斯朵夫。他的长相的确不敢恭维，简直可以算是一个丑中之最，一张苍白的、没有胡子的、阴森恐怖的马脸，然而神态却极为慈祥淳朴。他的声音好像不是从他的嘴里发出米似的，但说起话来出口成章，又清晰又明快，很有节奏感。

他们结婚虽然才几个月时间，夫妻俩却相敬如宾，十分和谐，在大庭广众之间，彼此的目光，说话，拉手，都以一种特有的方式表达，又可笑又动人。一个喜欢什么，另外一个也喜欢什么。他们马上约请克利斯朵夫在宴会结束后，去他家聚一聚。克利斯朵夫先是用说笑话的方式辞谢，说今晚最好是回家休息，大家都累死了，好像走了几十里路。莱哈脱太太却说，心里不快活就更不应该立刻睡觉，那是对身体有害的。克利斯朵夫终于让步了。他很高兴在孤独的环境中遇到这两个好人，他们虽然不是那么精明聪慧，却给人一种可以信赖之感。

莱哈脱夫妇对客人简直是客气之极，礼数太繁杂了，到处是标语。桌椅，器具，碗盏，都会招呼人，老是翻来覆去地表示欢迎"亲爱的来客"，问候他的起居，说着好多客气的和与人为善的话。硬邦邦的沙发上放着一个小小的靠枕，在那里怪亲热的，似乎在说：

"您再坐坐吧。"

人家端给他一杯咖啡，杯子又讲开了：

"再来一滴吧"

盘子、碟子里盛着各种佳肴，也借机会在客人面前显示自己。有的说："要有集体观念，否则你个人也得不到好处。"

有的说："亲热和感激招人喜欢，过河拆桥，恩将仇报最让人痛恨。"

克利斯朵夫虽然没有吸烟的习惯，但是还得想法去对付烟灰碟子的攻心战术：

"这儿可以让烧红了的雪茄稍作停留。"

他想洗手，洗脸架上的肥皂就说：

"请我们亲爱的客人使用。"

还有那文诌诌的毛布，似乎想的更体贴周到，尽管没有什么可说，也以为应当多少说一点，便说了句很有研究却不合时宜的话："应当早起享受晨光。"

最后克利斯朵夫竟不敢再在椅子上动一下，惟恐还有别的声音从屋子里的所有角落跑出来追逐他。他真想和它们说：

"住嘴吧，你们这些小妖怪人家连说话都听不见了。"

他不知为何竟然哈哈大笑起来，推说是回忆起了刚才学校里的集会。他无论如何也不忍心让主人难堪，并且他也不大容易发觉人家的可笑。夫妻二人和这些东西的好意，他听多了也就无所谓了。你有什么事不能原谅他们呢？他们人那么好，也不讨厌，就算他们缺少点儿雅趣，至少他们有了解人的聪明。

他们来到这儿时间不长，觉得很孤单寂寞。内地人往往有种可恶的脾气，愿意让外乡人不先征求他们的同意——那是规矩——就随随便便闯到地方上来。莱哈脱夫妇对于内地的礼法，对这种后来的人对先到的人应尽的义务，没有引起注意。最多，莱哈脱可能当做例行公事一般地去勉强应付一下。但他的太太最怕这些苦役，又不喜欢强迫自己，便一天天地拖着。她在拜客的名单上挑了几处比较算得上是喜欢的人家先去；其余的都被无限期地挂了起来。不幸，那些当地的要人就在这一批里头，他们对于这种不礼貌的行为大为发火。安日丽加·莱哈脱——她的丈夫叫她丽丽——态度举动挺随便，再怎么认真还是少了那种一本正经的口气。她会跟高级的人顶嘴，把他们气得脸红脖子粗；有时还要揭穿他们的谎言。她说话毫无遮掩，直来直去，非把心里想到的通通说出来不可，就是一些傻话也会不时从她嘴里唐突地冒出来，因此经常被人家在背后取笑；有时也说些挺刻薄的损人的话，把人当场给顶到墙上去，也给自己找了不少对头。快要说的时候，她咬着嘴唇，极力忍着想说的冲动，可是已经说出口了。她的丈夫可以算得最体贴、最谦逊的男人，对于这一点也怯生生的跟她提过几回。她听了就拥抱他，埋怨自己糊涂，认为他说的完全正确。但过了一会儿她又来了，尤其在最不该说的场合和最不该说的时候脱口而出。要是不让她说出来，她是会被活活憋死的。所以，她的个性与克利斯朵夫极为相似。

在那些不合时宜的胡话中，她时时刻刻要把德国怎么样法国怎么样作些令人发笑的比较。她本身是德国人，——而且是德国气息最重的，——可是生长在亚尔萨斯，和一帮法国籍的亚尔萨斯人打得一团火热，受着拉丁文化的熏陶；那是归并地带内的所有德国人都逃避的，连表面上最不容易感受拉丁文化的人也在无形之中受到了感染。也许因为安日丽加嫁了一个北方的德国人，一旦处在纯粹日耳曼式的环境中，就会有意突出自己，因此，她更难以逃脱这种无形的诱惑。

第一次遇到克利斯朵夫的那天夜晚，她就扯到老题目上来了。她称赞法国人说话毫无拘束，克利斯朵夫马上随声附和着。对于他来讲，法国便是高丽纳：一双清澈活泼的眼睛，一张永远开心年轻的嘴巴，洒脱随意的举动，清脆悦耳的声音。他一心希望多知道些法国的情形。

看到克利斯朵夫竟与自己的志趣如此的吻合，丽丽·莱哈脱简直有些欣喜若狂。

"遗憾的是那年轻的法国女朋友不在身边，"她说，"她也撑不下去了，已经走了。"

高丽纳的可爱身影马上消失得无影无踪，好似一支才熄灭的火箭使阴暗的天空突然迸出那些暗淡的星光，另外一个形象，另外一对眼睛出现了。

"谁呀?"克利斯朵夫急切地问，"是那个年轻的女教员吗?"

"怎么? 你和她熟悉吗?"

他们把她的外貌大致说了一说，结果两个人的描述完全一样。

"原来你们认识?"克利斯朵夫反复这么说，"噢把你所知道的有关她的情况统统告诉我好吗"

莱哈脱太太先声明她们是无话不谈的好朋友，但涉及细节的时候，她知道的就显得微乎其微了。她们第一次在别人家里碰到，以后是莱哈脱太太先去跟那姑娘套近乎，以她惯有的诚恳态度，邀她到家里去作客。她来过两三次，彼此谈过些话。好奇的丽丽花了不少心思才探听到一点儿法国少女的身世：她生性不爱说话，你只能零零碎碎把她的话逼出来。莱哈脱太太只知道她叫安多纳德·耶南，没有产业，全部的亲属只有留在巴黎的一个兄弟，那是她始终牵挂在心的。她时时刻刻想着他，惟有在这个话题上她才变得活跃起来。丽丽·莱哈脱能够得到她的信任，也是因为对于那位既无亲属，又无朋友，孤零零地待在巴黎寄宿中学里的年轻人表示怜悯的主要原因。安多纳德为了提供他的学费，才接受这个国外的教席。但两个可怜的孩子不能独立生存，天天都得通信；而信迟到了一点儿，两人都会神经过敏似的着慌。安多纳德老替兄弟担心：他没有勇气让这种灵魂的震颤在心间稍有停歇；每次的诉苦都使安多纳德感到撕心裂肺的疼痛；她一想到受苦受难的同胞兄弟就深感愧疚，并始终为他所诉说的都不是他的真实处境，肯定有所隐瞒。莱哈脱太太好几次埋怨她这种毫无理由的恐怖，她当时听了心中多少有一丝慰藉。至于安多纳德的家庭，她的境况，她的心事，莱哈脱太太却所知甚少。每当提到这种问题，那姑娘马上显得不知所措而一言不发。她很有学问，似乎过早地走向了成熟，她天真而老成，虔敬而没有丝毫妄想。她住在一个既没分寸又不厚道的人家里，她很烦恼。为什么会离开，莱哈脱太太不清楚事情的来龙去脉，人家说是因为她行为不检。安日丽加绝对不信，她敢打赌那纯粹是诬陷好人，惟有这个愚蠢而凶恶的地方才会给善良的人安上这些流言。可是不管怎么样，总是出了点乱子，是不是?

"是的。"克利斯朵夫埋着头低声地说。

"总而言之她走了。"

"她临走时向你交待过什么事情吗?"

"啊!"丽丽·莱哈脱说，"真不是时候。我正好上科隆去了两天，等我回来后……太晚了……"她停止话头对女仆这么说，因为她把柠檬拿来晚了，来不及放在她的茶里。

于是，她拿出真正的德国女子动不动把那鸡毛蒜皮的小事小题大作的脾气，文绉绉地补充了两句：

"太晚了，人生挫折，大多如此……"

不知道她说的是柠檬还是那打断的故事。

紧接着她又说道："我回来发现她留给我的一张便条，表示对我的感激之情。她说回巴黎去，却没有说任何的联络方式。"

"从此她再没写信给你吗？"

"没有。"

克利斯朵夫仿佛又看到那张因凄苦而变形扭曲的脸在夜色中渐渐消失，那双眼睛只在不经意之间闪了一下，就如同在隔着列车玻璃他俩相视的那奇妙一瞬。

法兰西这个谜团又重新笼罩在他的心头，更需要解决了。克利斯朵夫不停地向莱哈脱太太问这问那，因为她自认为对那个国家了然于心。她从没去过法国，可是仍能为他提供不少消息。莱哈脱是很爱国的，虽然对法国并不比太太看的真切，心里却充满着成见，看到丽丽对法国表示过分热心的时候，禁不住要插几句保留的话；而她反更坚持她的主张，莫名其妙的克利斯朵夫认为又是为她敲边鼓的时刻了。

对他来说，丽丽·莱哈脱的藏书比她的回忆更可取。她搜集了一部分法语书：有的是学校里的教科书，有的是小说，有的是平时买来的剧本。克利斯朵夫很想了解自己所不了解的法国的情形，所以一听到莱哈脱说他尽可以拿去看，竟比得了一件无价之宝还要高兴。

他从几本文选——几本旧的教科书入手，那是丽丽或莱哈脱从前上学用的。莱哈脱对他说，要想在这个完全陌生的文学里头弄点名堂，就该先从这些书着手。克利斯朵夫向来尊重比他博学的人的意见，便虚心地接受了他的建议，当晚就开始看书。他迫切希望望先将这本书浏览一遍。

他先认识了一大批法国作家，从知名到不知名的都有，尤其是不入流的占到绝大多数。他翻了翻诗歌，从拉辛、雨果、到尼凡诺阿、夏伐纳，一共有二十几家。克利斯朵夫在这个海洋中迷失了，便改道走进散文的领域。于是又来了一大批知名与不知名的作家，例如皮伊松、梅里美、玛德·勃仑、伏尔泰、卢梭、米尔博、玛萨特等。在这些作品中，克利斯朵夫读到德意志帝国的开国宣言；又读到一个叫做弗雷特烈·公斯当·特·罗日蒙的作家在描写德国人时说："德国人天生的适于过精神生活，而又像法国人那样轻佻而喧闹。德国人富有性灵，感情深沉而温婉，勤劳，做事有恒心。德国人是世界上最有道德和最长寿的民族。美术家和作家都有极高天赋。别的民族都以生为法国人、英国人、西班牙人自豪，德国人却对于全世界的人都一视同仁。而且以它位居中欧的地势来说，德国简直可以说是人类的中枢神经。"

克利斯朵夫觉得有些疲倦，又很诧异，便阖上书本思索着：

"法国人很有度量，但不是强者。"

他随手拿起另一本书。那是内涵深刻一点的东西，为高等学校用的。缪塞在其中占了 3 页，维克多·杜吕哀占了 30 页。拉马丁占了 7 页，蒂哀占了将近 40 页。《熙德》差不多（只删去了唐·第爱格和洛特里葛的对白，因为太长），朗弗莱因为尽量宣扬普鲁士而攻击拿破仑一世。所以在选本中所占的篇幅特别多，他一个人的文章竟超过了 18 世纪所有的名作。左拉的小说《崩溃》中描述的 1870 年普法之役法国惨败的情形，摘录了很多篇幅。至于蒙丹、拉·洛希夫谷、拉·勃昂伊哀、狄德罗、斯汤达、巴尔扎克、福楼拜，几乎是只字未提。反之，在别的书里看不到的巴斯加，本书里倒还占有一席之地，虽然不是那么醒目。所以克利斯朵夫无意中知道了这个 17 世纪的扬山尼派信徒"曾经进入巴黎近郊的保·洛阿依阿女子学院……"

克利斯朵夫再也耐不下性子了，他感觉自己如坠五里雾中，脑袋似乎被什么东西充塞得要爆裂，只觉得莫名其妙。他自语道："我或许永远也不会明白。"他无法理出一条清晰的思路，把书翻来翻去，几个小时过去了，不知道读什么好。他的法语程度原本就不高明，而等他将那文学理解透了才发现那些东西根本就没有什么价值。

可是这片混沌中间偶尔也会有一丝光明，击触的刀剑，暗含叱咤的字眼，激昂慷慨的笑声。他总算在混乱中总结到一些印象了，这也许是编者带有偏见的结果。那些德国的出版商，故意选择法国人批评法国而推崇德国的文章，由法国人自己来指出德国民族的优秀和法国民族的缺点。他们没有想到，在一个像克利斯朵夫那样独行侠般的人心目中，这种衬托的办法倒反显出法国人的个性，敢于质问自己，颂扬敌人。法国的史学家米希莱就很赞赏普鲁士王弗里德里希二世，朗弗来也颂扬特拉法尔加一役中的英国人，19 世纪的法国陆军部长夏拉赞美 1813 年的普鲁士。拿破仑的对手诋毁拿破仑的时候，还没有一个敢用这种严厉的措词。即使是神圣不可侵犯的东西，在这些刻薄的嘴里也免不了受辱。在路易十四时代，那些戴假头发的诗人也一样的肆无忌惮。莫里哀对什么都不客气。拉封丹对什么都要嘲弄一番。布瓦洛呵斥贵族。伏尔泰痛骂战争，讥讽宗教，谮弄祖国。伦理学家、作家、写讽刺文章的、骂人文章的，都在嬉笑怒骂上面用尽心机。那简直是无视一切。老实的德国出版家有时为之吓坏了，觉得需要一种心的宁静；看到巴斯加把士兵和厨子，小偷和流氓相提并论的时候，他们便替巴斯加辩白，在附注里说他要是见到了现代的高尚的军队，决不会说这样的话。他们又赞扬莱辛改编的拉·封丹《寓言》，原作中是乌鸦受了吹拍在得意忘形之际失却了嘴中的乳饼，而在莱辛的笔下却是另一码事，乌鸦不仅没有失去什么，反而制服了在他人看来最狡猾的狐狸。

"但愿你们永远只吃到毒药，不得好死的小人。"

真理就是真理，它犹如一束刺眼的阳光，会让你眼睛发痛，出版商所面对的就是那束阳光。克斯朵夫却觉得十分舒畅因为他喜爱光明。但他看到有些地方也会感觉，一个德国人无论怎样地天马行空，他都不会踏进法律的雷区，在他眼里，法国人那种毫无顾忌的放肆，的确有点目中无人的意味。而且法国式的挖苦也把他弄糊涂了，他把有些事看得过于认真，至于真正否定的话，他倒认为是不可思议的。可是诧异也好，吃惊也好，总之他是慢慢变成俘虏的。他不想再整理他的印象，只是随便从这个感想跃到另一个感想，生活不就是这样吗？法国小说的清新明快气息：夏福、赛瞿、大仲马、梅里美诸人的作品，使他异常开心，似乎有一阵大革命时期的粗犷与豪放从书中弥漫开来。

天刚刚放亮，睡在隔壁屋里的鲁意莎醒来，从克利斯朵夫的门缝里看见灯还亮着。她敲敲墙壁，问他是不是病了。过了一会儿，她的房门忽然被打开了，克利斯朵夫穿着睡衣，一手拿着蜡烛，一手拿着书站在她面前，做着庄严而好笑的姿势。鲁意莎吓得从床上跳起来，以为他疯了。他哈哈大笑，挥舞着蜡烛，朗诵着莫里哀剧本中的一段台词。没等说完一句又噗哧笑了出来，坐在母亲床脚下气喘吁吁，烛光在他手里摇晃。这时鲁意莎才放了心，善意地好像是自言自语：

"什么事呀？什么事呀？还不睡觉去……可怜的孩子，你怎么像发疯似的呢？"

他照旧满嘴胡说："你得听听这个。"

说着坐在她床头，把那出戏重新再念一遍。他仿佛看到了高丽纳，听到她那种夸张的语气。鲁意莎拦着他，大叫：

"去吧，去吧你要着凉了。讨厌别妨碍我睡觉"

他没有反应，还是自顾自地朗诵着，依旧是夸张的语调，而且晃动着手臂，把自己都逗笑了。他问母亲是不是很有意思，鲁意莎翻过身去钻进被窝里，双手捂在耳朵上说：

"讨厌。"

可是听到他笑，她也忍不住笑了。当克利斯朵夫念完了一幕，一再询问她意见而得不到回答的时候，俯下身子一看，原来她已进入了梦乡。于是他微笑着，给了她一个甜蜜的吻，径直走进了自己的卧室。

他再次到莱哈脱家去借书，所有那些凌乱的东西都被他消化殆尽。他多么渴望到高丽纳与无名女郎的国家，他心中异常丰富的激情有一个理想的突破口。即便是第二流的作品，也有寥寥数语使他呼吸到自由的空气。

他还加以夸张，尤其在满口赞成他的莱哈脱太太前面。她虽是毫无知识，也故意要把法国文化跟德国文化作比较，拿法国压倒德国，一来可气气丈夫，二来可让自己的抑闷、忧郁的心情有所释放。

莱哈脱听了深感不公。他除掉本行的学科以外，其余的知识只限于在学校里得来的一些。在他的眼中，法国人在实际事务上很聪明，很灵巧，很和气，会说话，但他们轻佻，好生气，傲慢，一点都不严肃，没有浓厚的感情，更不用说真诚。那是一个没有音乐，没有哲学，没有诗歌（除掉布瓦洛、贝朗瑞、高贝以外）的民族，是一个虚浮，轻狂，夸大，淫猥的民族。他觉得贬斥拉丁民族不道德的字眼简直是太少了点；因为没有更贴切的名词，他便老是提到轻佻两个字，这在他的嘴里，像在大多数德国人嘴里一样，是个极不招人喜欢的字眼。最后他又搬出颂扬德国民族的老调，说德国人是道德的民族（据赫尔德说，这就是跟别的民族大不相同的地方），纯朴善良的民族（其间包含着真诚、忠实、义气、正直等等的意思），卓越的民族（像费希特说的），还有德国人的力，它象征的是一个真理世间的正气，德国人的思想，德国人的粗犷豪放，德国人的语言，世界上最有特色的语言，和种族一样保持得那么纯粹的，德国人的女子，德国的美酒，德国的歌曲，"德国，德国，在全世界德国都是高于一切。"

对此，克利斯朵夫从心底里不能接受。莱哈脱太太在旁边不住的给他做思想工作。他们三个虽然喊声不断，争论不休，但还是很默契，因为他们知道自己代表着德国人。

克利斯朵夫经常去莱哈脱家聚会，吃饭，和他们一起进行室外活动。丽丽·莱哈脱很看重他，很高兴能在这个时候，为他做些很好的饭菜。庆祝克利斯朵夫生日的那天，她特意做了一块蛋糕，四周插着12支蜡烛，中央用糖浇成一个希腊装束的肖像，手里抱着一束花，代表伊芙琴尼亚。克利斯朵夫虽然表面上反对德国人，但内心里却是十足地道的德国人，对莱脱夫的真诚却有些俗气的款待甚是动情。

热心的主人还想到一些更浪漫的方法来证明他们真诚的友谊。只认识几个音符的莱哈脱，按照太太的吩咐，买了克利斯朵夫20本歌集——这是那出版家卖出的第一批货——分送给他各地教育界的同仁和朋友；他还寄了一部分给莱比锡和柏林两地的书店，那是他为了编教科书而认识的。这种瞒着克利斯朵夫所做的又动人又笨拙的推销工作，暂时并没有什么反馈。分散出去的歌集似乎能闯出一条生路来，但没有一个人提起它。莱哈脱夫妇眼睁睁地看着社会这样冷淡非常伤心，觉得幸而他们所干的一切克利斯朵夫还不知道；否则不仅不会安慰他，反而要加增他的痛苦。可是实际上什么事情都不会白干，人生有不少这样的例子，只要努力总多少总有收获。可能多少年的杳无音讯，忽然有一天你会发觉你的思想已经有了影响，克利斯朵夫的歌集就是这样地艰难前行，踏进了少数人士的心坎，他们孤零零地待在内地，或是出于胆小怕事，或是感觉到失意沮丧而没有对他说出他们的想法。

他收到一封信。在莱哈脱把集子寄出了三个月以后，克利斯朵夫收到一封挺客气的、热烈的、表示写的人非常感动的信，用的是老式书信纸，发信的地方是图林根邦的一个小城，落款是大学教授兼音乐导师彼得·苏兹博士。

这封信给克利斯朵夫带去了不少快乐，当他在莱哈脱家把搁在口袋里好几天的信拆开来读的时候，莱哈脱夫妇比他更愉快。他们一同拆阅。莱哈脱夫妇彼此示意着对方，克利斯朵夫根本就没有发现。他当时可是兴致盎然，可是他把信读到一半时却沉下脸来，没有继续看下去。

"嗯，干吗不念下去了?"莱哈脱问。

克利斯朵夫把信朝桌上一丢，生气地喊道，"嘿，岂有此理!"

"怎么回事?"

"你自己看吧。"

他转过身，独自生闷气。

莱哈脱和太太一起念着，看来看去全是些极尽恭维奉承之能事的语句。

"怎么回事? 我看不出呀……"

"你看不出? 你看不出?"克利斯朵夫简直是在大叫，拿起信来送到他眼前，"如果你认识字的话，你应该看出来他也是个勃拉姆斯党!"

莱哈脱现在发现那个音乐家在信里说，克利斯朵夫的歌像勃拉姆斯的一样美妙。克利斯朵夫自语说:

"哎，好不容易找到的朋友，现在又没了。"

别人把他跟勃拉姆斯相提并论，他非常生气。以他的性格，他会立刻回一封鲁莽信;最多在考虑以后，认为置之不理是最世故最有礼貌的应答。好在莱哈脱在笑他的同时上前拦住了，不让他发脾气。他们希望他写封感谢信。但这封信是他很不情愿写的，因此很冷淡很勉强。彼得·苏兹的热情没有改变，接着写了两三封特别真挚的信来。克利斯朵夫对书信一直不以为然，尽管发现对方的回心转意，他还是让他们停止回信。渐渐得不到苏兹的回应，克利斯朵夫倒也不提及他了。

这段时间他几乎天天遇到莱哈脱夫妇，有时一天可能见到三四次，晚上他们一直在一起。单独生活一天之后，他很想说些话，把心里想到的都说出来，不管人家清不清楚;也需要痛痛快快大笑一阵，不问笑得是否合适，他需要发泄，需要调节一下。

为了表达他对他们的谢意，他便弹奏很长时间的曲子给他们听。莱哈脱太太不会欣赏，强打精神，才不至于打瞌睡;但因为她喜欢克利斯朵夫，也就假装喜欢曲子。莱哈脱尽管也不懂，可对于某些音乐有种生理上的反应；那时他会受到强烈的共鸣，以至于眼泪都流下来；他自己以为这就是胡闹。在其他时候，可就没有兴趣了，他只听见嘈杂的令人心烦的声音。一般来说，他最喜欢的常常是作品中最朴素恬淡的文字，别人不喜欢的段落。夫妻俩一直以为很了解克利斯朵夫，克利斯朵夫对此也很相信。当然他常常故意地跟他们开玩笑，弹些随便的杂曲，让他们误认为是他的作品。等到他们奉承完了以后，他才说出他的恶作剧。因此他们开始谨慎起来，以后只要他用不可捉摸的表情弹奏一个曲子，他们就怀疑他在捣鬼，就尽量加以指责，克利斯朵夫听任他们说这种音乐庸俗无聊，然后哈哈大笑："哎，混蛋你们说得一点不错……这就是我的杰作。"

他因为要弄了他们而感到兴奋，莱哈脱太太感到不快，过来把他轻轻地打一下，但他那种孩童似的天真大笑使他们也跟着笑起来。他们反而以为自己是一定的。既然这也不好，那也不行，他们便分开进行丽丽·莱哈脱永远负责批评，她的丈夫永远负责恭维，这样一来，他们中有一个人肯定能符合克利斯朵夫的想法。

他们认为，克利斯朵夫的可爱并不因为他是音乐家，而是因为他诚实质朴，虽然有点傻气，可是诚恳对热情。人家说他的坏话倒增加了他们对他的喜欢；他们和他一样对小城里的气氛感到难受，也像他一样的豁达，凡事要自己作决定，因此他们认为他是一个不懂人情是非的孩子，吃了坦白的亏。

克利斯朵夫对两位新朋友并不并不指望什么，他想到他们不了解——永远不能了解自己最深刻的一方面，感到很失落。但他缺乏友谊和渴望得到友谊，因此他们能喜欢他已经让他无以报答了。最近一年使他感到不能再苛求。要是在两年以前，他不会有这种耐性。他回想起对待讨厌而听话的于莱一家那么不友好，不禁又后悔又好笑。啊他居然听话了他叹了口气，自言自语地说："这样能维持多久呢？"想起往事，他笑了笑，自己感到满足惬意。

他一直渴望友谊，渴望能有理解自己的、以诚相待的人做朋友；尽管他很年轻，对于社会已经有一定的阅历，知道这种想法是最不容易满足的，而他亦不能比以前的优秀的艺术家更满意。这一类人的经历，他已经了解一二。莱哈脱藏书中部分内容让他认识到17世纪德国音乐家的艰辛人生。那时战争不断，瘟疫盛行，家破国亡，整个国家受着异族的蹂躏，到处荒废，既没有奋斗的力量和热情，对任何东西都不想接触，只希望早死以求安息；在这样的岁月里，伟大的心灵——尤其是毫无畏惧的许茨——直追求他的理想。克利斯朵夫想道："看到这种人，谁还有抱怨的理由？他们没有群众，没有未来，只知道创作。今天写的明天可能被烧毁，可是他们坚持不懈地写着，他们并不气馁，什么都改变不了他们乐观的心情。他们有歌唱的机会就快乐了，只要能不死，能吃饱饭，能把他们的意志在艺术上表达出来，完满的爱他们，除此以外对人生就不再渴望得到什么。对于他克利斯朵夫，怎么敢有比他们更高的奢求呢？人生中最原始最简陋的向往能得到实现，但谁也没权力心存什么梦想，你想得到更多满足，就得由自己去努力，决不能向人家要求。"

认识到这个问题，他的心安静下来，更喜欢和质朴的莱哈脱夫妇交往了。没想到生活对他太残忍了，不久连最终的友谊也弃落了。

他不了解这里人的凶残，他们的怒火与仇视，因为是没有止境的，因而不会淡化。真有名目的报复，终有一天会满足贪婪，恨意就会慢慢地消失。但为了无聊而作恶的人是永远不肯放弃的，因为他们一无所知，而克利斯朵夫便成了他们消闲的牺牲品。他尽管失利了，但没有丧失信心的表现。他固然不再求别人，但也不把别人放在心上。他不指望别的什么，人家对他毫无办法。他和新朋友在一起很舒服，全然不理会别人对他有什么想法，有何议论。这种事叫人看了有气，但是莱哈脱太太更让人生气。她不顾及全城的纷议而一定要结交克利斯朵夫，也许是和她往常的态度一样有心触犯舆论。丽丽·莱哈脱对人对事都没有无中生有的意思，她不考虑他人，不征询别人的看法，但这种行为就是最可恶地挑衅。

人们一直注意他们的行动，他们却无从知晓。克利斯朵夫是放肆惯了，莱哈脱太太是不知所措，他们一同出去的时候，或是晚上靠在阳台上谈笑的时候，没有注意到周围环境，他们的举动行为非常热情，给人以错误的理解。

突然有一天，克利斯朵夫收到一封无耻的匿名信，他看完愣住了。他连跟她调情打趣的念头都没有了，他太规矩了，对奸淫像清教徒一样的咬牙切齿，甚至想到这种事就不能接受，无礼于朋友的妻子在他眼中是罪大恶极的行为；而对丽丽·莱哈脱，他尤其不可能发生这样的傻事：她长得一点儿不美，怎么可能让他春心荡漾呢？

他愁眉不展地拜访他的朋友，结果发现他们也很痛苦。他们每人收到了一封匿名信，却没有声张；三人暗中互相留神，同时自己也提防着，不敢为所欲为，也不敢说笑，拘谨慌张的一片寂静。如果丽丽·莱哈脱突然流露天真的本性，笑笑闹闹，信口开河，她的丈夫或者克利斯朵夫会怒视她，使她很不自在，马上想起匿名信的事而紧张起来；克利斯朵夫和莱哈脱同时害怕起来，各人都在思忖：

"他收到信没有？"

他们彼此缄默了，竭力想恢复以往平静的生活。

然而匿名信还是不停地来，而且内容越来越无耻，使他们慌乱不堪，简直无法忍受。他们收到后动也不动它，没有勇气拆看，只得原封不动地把它烧了。偶尔小心地把它拆开，心惊肉跳地展开信纸，当读到肉麻的字句，题目一样而内容略有变化的辱骂，存心捣乱的人编造的低级下流的谎话，便悄悄地哭了。他们想不出是谁在暗中不停地折磨他们。

终于，莱哈脱太太忍住不了，把她所受的迫害告诉丈夫；他饱含着泪水说他也受着同样的煎熬。要不要告诉克利斯朵夫呢？他们不想去告诉。可是总得通告他，但要选一个恰当的时机。这天，莱哈脱太太不好意思地说了一句，她非常惊愕地发觉，克利斯朵夫同时也收到那些匿名信。人心险毒到这种死不放松的地步，使他们害怕起来。莱哈脱太太认为——所有的人都在侮辱他们，但他们非但不彼此帮助，反而都软了下来，他们不知道应该怎么办。克利斯朵夫说一定要杀死那人。但他们不知道那个人是谁？而且也只能替造谣的人提供证据……若装糊涂又不可能了。他们的友谊已经发生变化。莱哈脱绝对相信太太和克利斯朵夫都是为人正派的人，也不应该猜疑。他觉得这种猜疑是不道德的，不应该的；他有心让太太和克利斯朵夫单独在一起儿。此时他毫无办法，这一点丽丽也能理解。

然而他们两人的情况也不好。她和克利斯朵夫一样，从没想到什么调情。然而那些谣言暗示她产生一种令人乏味的想法，以为克利斯朵夫说不准坚贞地爱着她；尽管他连一点儿都没有示意过，她认为至少应当注意一下，当然不是言行举止上有什么明白的表示，而是用一些庸俗的方法；克利斯朵夫开始还不懂，等到清醒过来，他被气坏了。那太荒唐了伤害这对他会爱上这个丑陋不堪的小布尔乔亚……而她竟信以为真……而他又没法解释，同时也不好向她的丈夫开口说：

"得了吧你们放心决不像他们想象的那样。"

不，他不能伤害这对善良的夫妻。并且他预感到，她所以被他爱上，骨子里就因为她有点儿爱他的意思；而这种根本不存在的情意源于那倒霉的信。

他们之间的关系出现了僵局。丽丽·莱哈脱只有说话的本事，而没有坚强的性格，面对当地人士的阴险不知所措了。他们想出种种理由来搪塞，什么"莱哈脱太太不舒服……莱哈脱很忙……他们外去旅游了……"等等，都是些笨拙的谎话，不经意间就会被人揭穿。

克利斯朵夫却直截了当，他说：

"咱们分手吧，可怜的朋友们已经没必要再坚持了。"

当时，莱哈脱夫妇痛苦流涕，泪流满面。但绝交之后，他们都觉得轻松起来。

城里的人总算满足了，克利斯朵夫真的孤立了。大家不让他呼吸到最后的一口气——这口气便是纯真的友情、爱情，不论怎么淡薄，缺少了就会感到渺茫。

第三章

　　他很痛苦，不知什么时候竟产生一个可怕的念头——要永远地消逝在这岁月的激流中。转念之间，又觉得很荒唐，生活本不是一帆风顺，失意和痛苦，就是人生前行发展的催化剂，没有痛苦，就不知道幸福的珍贵；没有失意，就不知真挚情愫的可贵。每想起过去的朋友、亲人，那一桩桩往事油然而起，不幸和失意填充着他的心啊！上苍，什么时候让我走出迷惘。

　　突然，脑海里浮现出哈斯莱的影子，他现在已是名人了。他想起那时哈斯莱答应过他的话，便立刻拿出最后的勇气想抓住这惟一的依靠。哈斯莱能够救他的，应当救他的！向他要求什么呢？不需要金钱，不需物质，只求他了解。哈斯莱像他一样经历过痛苦，与他是有相同经历的人，同病相怜，或许他能帮助他脱离痛苦。

　　他打定主意，就开始计划了。他告诉母亲要出门一星期，当夜就搭着火车向德国北部的大城出发，哈斯莱到那里以后担任乐队指挥，他不能沉默了。此时惟有奋斗才能走出生活的沼泽。

　　哈斯莱早就出名了，但他的敌人一直没有停止过捣乱，而他的朋友们却不知天高地厚说他是人类历史上最伟大的音乐家。其实拥护他的和否认他的都是一群无聊愚蠢的人。但是他没有坚强的性格，看到反对他的人就咬牙切齿，遇到捧他的人就得意起来。他拿出全部精神专门做些伤害那班批评家和使他们痛苦不堪的事，好比一个孩子喜欢搞些捣乱的游戏。但那些玩艺常常是最低级趣味的，他不但浪费天才在音乐上做些毫无意义的事情，使德高望重的人发指；而且还故意采用怪诞不经的题材，暧昧难堪的场面，总之只要是逆情背理的，损害礼教的，他就愿意做。中产阶级疾首蹙额的一叫起来，他就兴奋起来；而中产阶级永远不知晓其中奥妙。那个自以为博学喜欢冒充内行指手划脚评说艺术的德皇陛下，也把哈斯莱的负有盛名认为是社会的悲哀，时时处处对他的作品表示毫不在乎。哈斯莱看到帝王的轻蔑觉得哭笑不得，因为德国前进派的艺术界认为官方的反对就是自己的前进，所以更放肆不止。他闹一次令人恐怖的事，他就觉得很有面子。

　　哈斯莱的支持者，一般都是艺术家、评论家，即反动派——（它们在德国北部一向势力很雄厚）——在对虚伪的虔诚和国家习俗的斗争，在这方面他们当然是有功的；但斗争时候，他们傲慢不群的精神往往过于激烈，让人感到忍俊不禁的程度；因为他们之中即使有些人具有一定粗豪的才气，也显不出他们的聪明，而且知识与趣味尤其不高明。他们制造了虚幻的境界把自己禁锢了，不知所措；并且和所有的艺术党派没有区别，结果对实际的人生完全混浊不清了。他们为自己也为如此淳朴的众多读者，盲目的崇拜他们的傻瓜，写了条条框框。这帮人的吹捧对哈斯莱的伤害极大，使他过分的自得自满。他脑子里有什么想法，就不加考虑的接受；他认为即使他写的东西达不到自己的要求，但比别的音乐家已经高明多了。虽然他这种看法往往是正确的，但决不是一种充分的看法，同时也不能创造传世的作品。哈斯莱内心里不分敌友，认为谁都不如自己，从而对自己对人生也采取了这种轻视与冷嘲热讽的态度。因为他从前相信过不少浪漫与风趣，所以一旦失望，他更加朝生命阴暗的角落方向走。既没有勇气保护他的想法不像时间一点一滴地消失，也不能自欺欺人，他还鄙视自己早已不信的东西，于是他开始嘲笑自己过去的信念。他具有德国南方人的性格，懒惰、不坚强，担当不起极端的好运或厄运，成功与失败，他都受不了，他需要恬适的环境维持精神上的平衡。他不知不觉的只想懒懒地享受生活：好吃好喝，没有什么事可做，想些萎靡不振的念头。他的艺术也沾染了这种风格，虽然他才气十足，但是在迎合潮流的颓废作品中也锋芒毕露。他对自己的失意比谁都更清楚更了解。老实说，能感觉到的只有他自己；而那种情况是少有的，并且是他竭力不想要的。那时他就变得毫无生气，情绪恶劣，只想着自私的想法，担忧自己的健康——由此导致他对生活热情的冷落。

克利斯朵夫所要寻找的人是能给予他安慰的。在一个清爽宜人的清晨，他来到哈斯莱住的城里的时候，克利斯朵夫怀着极大的希望。他认为这个人物在艺术界是有独立思想行为的象征，希冀能从他那儿听到些善解人意与支持的话，使自己能继续那毫无收获而不可避免的斗争，那是所有真正的艺术家和社会的斗争，只要活着就决不休止地斗争。席勒说过："你和群众的关系，没有抗争是会后悔的。"

克利斯朵夫非常着急，很快就探问到哈斯莱的寓所。他住在离城区很远的郊外偏僻小镇上。克利斯朵夫啃着面包，跑向电车。快到目的地的时候，他不由得十分紧张和激动。

在哈斯莱所住的地方，奇形怪状的新建筑比比皆是；现代的德国尽可能在这方面运用自己的智慧，创造一种野蛮的艺术，以勾心斗角的人工来代替天才。在算不上什么风光的小镇上，在笔直的平坦的大街两旁，出其不意地矗立着埃及式的教堂，挪威式的木屋，花园式的回廊，有飞燕的堡垒，万国博览会会场式的建筑；肥硕的屋子不知深浅地埋在地下，死气沉

沉的面目，睁着一只巨大的眼睛，地牢式的铁栅，地狱式的门，窗的栏杆
上嵌着金字，大门顶上斜倚着怪诞的妖魔，周围铺着蓝珐琅的地砖，都是
出人意料的地方。色彩琳琅的碎石拼出亚当与夏娃的恋情，屋顶上盖着五
光十色的瓦；还有堡垒式的房屋，屋脊上砌着奇形怪状的野兽，一边完整
的墙，一边是一排很大的窟窿，方形的，正方形的，很不规则；一堵空无
所有的大墙，原始人的雕像支着惊人的阳台，上边只开一扇窗，阳台的石
栏杆内探出两个上了年纪的老头儿，鲍格林画上的人鱼似的。在这些四面
不见天日的屋子中间，有一个门口特制耀眼的裸体像，低矮的楼上，外边
还铸刻着建筑师的二行题辞：

   "前无古人，后无来者，
    艺术家们发挥才华的新天地！"

  克利斯朵夫一心只想着哈斯莱，对这些充满惊奇的建筑看了又看仍无
法理解。他找到哈斯莱的居住地，那是最简陋的一所屋子，古朴的加洛冷
式的建筑，但内部却装饰得十分俗气，楼道有一股发霉的味道；克利斯
朵夫不去坐那狭窄的电梯，宁可两腿酸疼着，心狂跳着，迈着细步慢慢走
上四楼，因为这样可以有充足的时间去考虑，怎么见这位名人。在这短短
的路上，从前和哈斯莱见面，童年时代的热情奔放，祖父的形象，都一一
像放电影似地重映于脑海之中。

  他到达的时候已经十一点了。来开门的是一个精神抖擞的女佣人，颇
像管家妇模样，很不礼貌地把他瞧了一眼，先是说："先生不见客人，因
为他很累。"随后，也许是因为克利斯朵夫脸上那种天真的沮丧神气使她感
动了，所以把他从头到脚又仔细打量了一番之后，态度缓和下来，让克利
斯朵夫悄悄进了哈斯莱的书房，说她尽量让先生见客。说完，无奈地眨着
眼睛走了。

  墙上挂了很多 18 世纪法国的风情画，也许他自认为很内行吧。这种不
伦不类的情调也可以从家具上看出来，一张特别讲究的路易五世书桌的周
围，摆着几张"新派艺术"的沙发，一张在东半球才见到的半榻，五颜六
色的靠枕堆得像山一样高。门上都挂满了镜子；壁炉架中央摆着哈斯莱的
裸体胸像，两旁的古董架上却又摆放着日本小古董。那独脚的圆桌上，在
一只盘里七凌八乱散着一大堆照片，有唱歌的，有他的女崇拜者，有朋友
们的，都写着些警句和措辞热烈的题款。书桌上也乱七八糟；钢琴敞开着；
屋里所有的一切都蒙上了层灰，地上扔着乱七八糟的东西。

  克利斯朵夫听到女佣在隔壁跟人吵架的声音，看来哈斯莱不愿意见他，
而女佣人非要他见客不可；她用没大没小的语气跟他顶撞，声音太响了隔着
一间屋还能听到。她埋怨主人的某些话使克利斯朵夫听了很不舒服，可主人

并不生气。相反，这种目中无人的态度仿佛使他觉得很有意思。他一边叽咕，一边故意逗那个女孩子，故意惹她发脾气。最后还是哈斯莱屈服了。

他终于进书房来了，克利斯朵夫感到一阵难过。他认出是他，怎么会忘得了呢？明明是哈斯莱，可又感觉不到哈斯莱。在那宽宽的脑门上依旧没有一道皱纹，脸上依旧没有一丝伤痕，像孩子的脸，可是头发已经掉光了，身子发胖了，皮色发黄了，全身上下没有一点精神的神气，下嘴唇有点松懈了，撅着嘴巴，好似还在生气。他驼着背，两手插在皱巴巴的上衣口袋里；脚下拖着一双旧拖鞋；衬衣在裤腰上面扭做一团，钮扣也没系好。克利斯朵夫不情愿地向他通名报姓，他却半睁半闭着眼瞧着他，简单的行了个礼，一声不出，对着一张椅子点头示意克利斯朵夫坐下。后来他叹了口气，在半榻上躺下去，把靠枕堆在自己周围。克利斯朵夫重复了一遍：

"我曾经很受尊敬……先生曾经对我热情异常……我是克利斯朵夫·克拉夫脱……"

哈斯莱埋在半榻里侧坐着，右腿的膝盖抬得跟下巴一样高，纤细的双手轻轻地放在膝盖上。他回答说：

"记不起来了。"

克利斯朵夫喉咙抽搐着，想唤起他对从前会面经过的回忆。要克利斯朵夫提到这些美好的回忆不是一件容易的事，而在这种情形之下特别让他受罪，他语无伦次，胡言乱语，自己觉得很不好意思。哈斯莱任他自言自语，只用着那双心不在焉的冷淡眼神盯着他。克利斯朵夫说完了，哈斯莱把膝盖摆摆了一会儿，好像预备克利斯朵夫再往下说似的。然后，他接着说：

"是呀……但是这些话并不能使我们轻松愉快呀……"

他站起身，打了个呵欠："对不起……没休息好……昨天夜里，在戏院里吃了宵夜……"他说着又伸了懒腰。

克利斯朵夫希望哈斯莱能记起他刚才提起的事，但哈斯莱对那些往事毫无兴趣，连一个字也没提，对克利斯朵夫的生活也没询问。他打完了呵欠，问：

"你什么时候到柏林的？"

"今天上午刚到。"

"是吗！"哈斯莱除了叫了一声，再没有别的问话表示，"你住在哪儿？"问完他却没兴趣听人家的回答，只懒懒地站起来，伸手去按电铃：

"不好意思。"他说。

蠢笨的女仆姗姗而来，满脸放肆的神气。

"凯蒂，"他说，"难道你今天不让我吃早饭吗？"

"您在会客，我怎么能叫你吃呢？"她回答。

"为什么不呢?"他一边说一边俏皮地用眼睛偷看了克利斯朵夫一眼。"他哺育我的思想,我填饱我的肚子。"

"当着人家面吃东西,像动物园里的野兽一样,你好意思吃吗?"

哈斯莱不但不生气,反而哈哈大笑起来,接着对她说:"应当说像日常生活中的动物……"他又接着说,"快去端饭来,我饿死了,什么难为情不难为情,我吃饱了再说。"

她赶紧退了出去。

克利斯朵夫看到哈斯莱根本不问他的工作,于是就设法把谈话继续下去。他说到自己的孤独,一般人的庸俗,思想的狭窄,自己的寂寞。他竭力想用自己心灵的创伤来打动他。可是哈斯莱躺到床上,脑袋倚着靠枕往后仰着,眯着眼睛,让他自言自语说着,仿佛并没有听;再不然他看他几眼,冷冷地说几句挖苦内地人的笑话,使克利斯朵夫没法再往下谈话。凯蒂端着一盘早餐进来了,无非是咖啡、蛋糕、火腿什么的。她一句话没说把盘子放在书桌上凌乱的纸堆里。克利斯朵夫等她离开,才继续向他说起不堪回首的往事。

哈斯莱开始用餐,接着用一种不冷不热又有点儿随便的语气,打断了克利斯朵夫的话:"你也来一杯吧?"

克利斯朵夫谢绝了,他只想把话说完,但越来越丧气,说得颠三倒四。注视哈斯莱吃东西,他的思路给弄迷乱了。对方端起碟子,像孩子似的拚命嚼着牛油面包,手里还拿着火腿。但是他坚持说他的事,说人家演奏过他为赫贝尔《尤迪特》所作的序曲。哈斯莱漫不经心地听着,忽然问:"你刚才说什么?"

克利斯朵夫不得不把刚才的话重新说了一遍。

"啊!对!对!"哈斯莱一边说,一边把面包跟手指一齐放到咖啡杯里。他再没有说什么。

克利斯朵夫失望万分,准备走了;但一想到这个没有收获的长途旅行,他又鼓起希望,嘟囔着向哈斯莱说他想弹儿阕曲子给他听。哈斯莱不等他说完就打断他的话:

"不用,不用,我对这个没有兴趣,"他说话之间含有挖苦和侮辱人的意味,"而且我也很忙。"

克利斯朵夫难过极了,可是他暗暗下定决心,没有听到哈斯莱对他的作品有所评价,绝不出去。他又小心谨慎地说道:

"对不起。从前你对我说要听我的曲子,我是特意从内地跑来的,你说什么也不能不听。"

从没见过这种场合的哈斯莱,看到这有点傻气的青年满脸通红,几乎要哭出来了，觉得挺开心，便心不在焉地耸耸肩，指着钢琴，用一种无可奈何的语气说：

"好吧！……你来弹弹吧！"

说罢他又倒在半榻上，好像睡着的样子，用拳头把靠枕捶了几下，把它们放在他伸长的胳膊下面，眼睛半睁着，看着克利斯朵夫从口袋里掏出来许多乐谱，然后他轻轻叹了口气，好像下决心听克利斯朵夫的曲子。

克利斯朵夫看到这种态度小心谨慎地开始弹奏了。哈斯莱不久便睁开眼睛，站了起来，像一个收藏家发现一件美妙而珍贵的艺术品时一样，不由自主地精神集中了。他先是一声不出，一动不动，但眼睛睁得很大，撅起的嘴唇也动起来了。一会儿他竟完全清醒过来，叽叽咕咕地表示吃惊和赞许，虽然只是些闷在心里的佩服，但那种声音绝对藏不了他的欣喜，使克利斯朵夫感到由衷的高兴。哈斯莱不再计算已经弹了多少，剩多少没有弹了。克利斯朵夫弹完了一段，他就嚷：

"没有了吗……没有了吗？"

他的话开始有人情味儿了：

"好，这个！好！……妙！……妙极了！……我真糊涂！"他嘟囔着，非常好奇地看着他，"这算什么呢？"

他不知所措，听到某些奇怪的和声，不由自主地伸出舌头，好像要舔嘴唇似的。一段意想不到的变调使他突然叫了一声，站起来，跑到钢琴前面挨着克利斯朵夫坐下。好像克利斯朵夫不存在，只注意着音乐。曲子弹完了，她抓起乐谱，把刚才那页又看了一遍，接下去又看了后面的几页，自言自语地表示赞美和惊讶，似乎屋子里没别人：

"怪了……他是怎么想出来的，这家伙！"

她觉得不满足，自己也想弹一会儿。在钢琴上，她的手指非常灵巧，又柔和，又轻灵。克利斯朵夫看着她保养得很好的细长的手，带点儿病态的贵族傲慢，跟他身体上别的部分不大一致。哈斯莱弹到某些和弦时停住了，接着又弹了几遍，眯着眼睛，卷着舌头发出惊叹，一边哼唱着乐器的音响，一边照旧插几个惊叹辞，流露出又高兴又遗憾；他不由得暗中气恼，有种不自然的嫉妒，而同时也感到非常快乐。

尽管他老是自个儿在说话，似乎没有别人的存在，克利斯朵夫却激动得脸红了，不免把哈斯莱的惊叹辞认为是对自己发的。他开始讲述曲子的旨趣，哈斯莱没在意他的话，只顾高声地随声议论；后来克利斯朵夫的话逐渐引起了他的注意，他沉默了，眼睛注视乐谱，一边翻着一边听着，神情又像并不在听。克利斯朵夫越来越兴奋，最终倒出了心里话：他幸福地充满希望地憧憬着未来。

哈斯莱很快安静了，又恢复了含讥带讽的态度。他让克利斯朵夫把乐谱拿回去，然后把肘子支在琴盖上，手捧着脑门，眼睛一动不动地盯着克利斯朵夫，听他凭着青年人的热心情与骚动演绎作品。于是他想着自己年轻时的岁月，想着当年的梦想，想着克利斯朵夫的希望和前进途中等着他的悲苦，不禁怅然若失了。

克利斯朵夫静静地站在那儿，开始不停地说着。哈斯莱的静默使他胆子大了些。他觉得对方在注视他，很认真地听着他；他们中间的阻隔似乎融化了，他的心放出光芒。说完之后，他腼腆地站立着，同时也很自信，抬起头来望望哈斯莱。没想到他看到的又是一双没有神的、讥讽的、冷酷的眼睛在注视他，心中泛起的那点儿激动，像生发太早的嫩芽一般突然被折断，他马上把话打住了。

默然相对了几分钟，哈斯莱开始毫无热情地说话了。这时他又摆出和刚才不一样的一种态度，对克利斯朵夫非常严厉，毫不客气地讥讽他的计划；嘲笑他的希望目标，好似自嘲自讽，因为他在克利斯朵夫身上看到了自己过去的艰辛岁月。他狠命地摧毁克利斯朵夫对人生的信念，对艺术的信念，对前途的信念。他不胜悲苦地拿自己做攻击的靶子，痛骂自己的近期所作：

"都是些没有价值的东西！因为那帮低俗污秽的人只配享受这种东西。你以为世界上喜爱音乐的人能有许多吗？唉，有没有一个都是值得怀疑！"

"我不是吗！"克利斯朵夫兴奋地回答道。

哈斯莱瞧着他，站起来，有气无力地回答说：

"你将来也会跟他们一样，只想往上爬，只想自己的生活享乐，跟别人一样……但是这个办法是很美好的……"

克利斯朵夫本想反驳他，但是哈斯莱打断了他的话，拿起他的乐谱，把刚才赞扬的作品加以苛刻的批评。他不但用难听的话指责青年作曲家没留意到的真正的缺点，曲作的缺点，趣味方面或表情方面的不完整；并且还说出许多不合理的言论，和让哈斯莱痛苦万分的、目光短浅的批评家说的一模一样。他简直不是批评，而是把全部都否定了，仿佛他从前的经历都不存在。

克利斯朵夫心不在焉，说不出话来。在一个你素来敬仰的人嘴里，听到那些令人难堪的荒唐话，你又什么可说呢？何况哈斯莱任何话都不愿意听。他呆呆站立在那儿，手里拿着阖上的乐谱，睁着迷惘的眼睛，一句话也没有说。末了，他好似一个在自言自语：

"啊！最最难熬的是没有一个人、没有一个人能理解你！"

克利斯朵夫激动不已，突然转过身来把手放在哈斯莱的手上，满含深情，说了一句："我理解你！"

但是哈斯莱的手像僵硬了心即使这青年的呼声使他的心颤动了片刻，但瞅着克利斯朵夫的那双失神的眼睛并没露出丝毫光采。讥讽与自私的心绪又冲斥着自己。他把上半身微微转动一下，滑稽地行了个礼，回答说："无限荣幸！"

他心里却说："哼！我才不管你说什么呢？难道没有你，我就不活了吗？"

他站起身来，把乐谱放回到琴上，拖着两条摇晃不定的腿，回到半榻上去了。克利斯朵夫懂得他的意思，感到了其中的酸楚，高傲地回答说，我用不着大家了解，有些心灵抵得上一个国家；它们在那里代替民族思想；它们所要求的一切，将来一定会由整个民族去感受。可是哈斯莱已经不听他的话了。他恢复了迷惑状态，内心世界黯淡无光的现象。身心健全的克利斯朵夫是不会理解这种突然之间的改变的，他只朦朦胧胧地觉得这一下是完全失败了；但在差不多已经成功的喜悦到来之时，他一时还不肯承认失败。他作着最后的努力，想让哈斯莱重新振作起来。他拿着乐谱，解释哈斯莱所挑剔的某些有欠缺的地方。哈斯莱却埋在沙发里，始终默默无言，他既不同意也不反对，只管他自己去说。

克利斯朵夫看到没有什么可说了，于是停下来。他卷起乐谱，准备离去。哈斯莱也跟着站起来。胆怯而惶恐的克利斯朵夫小声不知说什么表示歉意。哈斯莱向前走了一步用不友好态度伸出手来，冷冷的、绅士风度的，送他到大门口，没说一句欢迎他有空再来的客气话。

克利斯朵夫来到空旷的街上大脑一片空白。他往前走着，糊里糊涂走了一段距离，到了来时下车的站台，他搭上电车，根本不知自己是怎样上来的。他倒在凳上软瘫了，手臂、大腿、都像不复存在了。不能思索，也不能集中精神：他简直一片空白，他怕看自己的内心。因为内心世界荡然无存。在他四周，在这个世界上，到处都是空虚，他感到喘不过气来，雾气跟周围的建筑令他窒息。他只想逃，逃，越快越好，仿佛一离开这儿就能逃掉所经受的一切悲痛。

回到旅馆，还不到十二点半。他来到这个城市只有几个小时，刚来的时候他心里是何等高兴，现在一切都是失色的。

他没有吃中饭，也不进房间，只向店里要了帐单，付了一夜的租金，说要返回家去了。店主人听了很不理解，告诉他不用这么急，他要搭的火车还早着呢，不如在旅馆里等。他却执意要立刻上车站去搭最早的火车，不管是到哪儿的，他在这儿连一分钟也不愿意多待了。他花了很多钱老远跑来，原想好好轻松一下，除了访问哈斯莱，还想去参观博物院，听音乐会，认识一些朋友，而今他惟一的念头只有回家两个字……

他来到车站，正如人家告诉他的，他要搭的火车三点钟才开。而且那班车既非快车（因为克利斯朵夫只能坐最低的等级），路上停站很多；还不如搭晚开两小时但能中途赶上前一班的车。还要在这儿多留两小时，克利斯朵夫可受不了。他甚至在等车的期间也不想走出车站。多漫长的等待！在乱轰轰的候车厅上，迷糊一片，全是些不关痛痒的陌生面孔，慌慌张张，连奔带跑地进进出出，没有温馨、友善的脸。黯淡的天色黑下来了，被浓雾笼罩着的电灯，在黑暗中好似一斑斑的污渍，使阴暗显得更阴沉了。越来越闷塞的克利斯朵夫，等着开车的时间，心急如焚。他每小时要把火车表看上许多次，惟恐弄错了。他为了消磨时间，有时从头至尾再看一遍。忽然有一个地名引起了他的注意：他觉得这个地方是熟悉的，他记起那是给他写过许多亲热的信的苏兹的住处。他那时正不知干什么好，忽然想去拜访这位陌生朋友了。那地方并不在他回去的旅途中，而是要再搭一二小时的区间车，在路上呆一夜，倒两三次车，中途还不清楚要等多少时间。克利斯朵夫可完全不计较这些，立刻决定了。他太需要找些同情和安慰不可，便不假思索，发了一封电报给苏兹，通知他明天早上到。但电报才发出，他就后悔了。他很懊恼地笑自己总是幻想太多，干嘛再去找新的烦恼呢？什么都决定木已成舟，没办更改了。

　　在等车的最后几分钟时间，他收起了这些念头。车终于挂好了，他一马当先上了车；车子开了，从车门里望见小雨朦胧的天空下面，城市的影子慢慢在黑夜中隐退了，这时他才能痛痛快快地呼吸。他觉得要是在这里住上一晚的话，肯定会难受死了。

　　就在这个时候，下午六点左右，哈斯莱有封信送到克利斯朵夫所住的房间。克利斯朵夫的访问引发了他许多感触，整个下午都想着悲伤的往事，他对这个怀着一腔热情来看他，竟受到那么冷淡对待的青年，并不是没有好感。他后悔自己所做的一切。其实他常常这样莫明冲动时闹脾气的。为了挽回影响，他送了一张歌剧院的门票去，又写了简短的便笺，约他在完场以后见面。克利斯朵夫对这些事是无法知道的。哈斯莱空等了一晚：

　　"他生气了，那么就算了！"

　　他叹惜了一声，不再往下追究。第二天，这件事就给忘了。

　　此时，克利斯朵夫和他已经离得很远，远得终生不会相遇了。他们俩就这样永远地痛苦下去。

　　彼得·苏兹已经75岁。他身体极其衰弱，而且年岁是不饶人的。身材相当高大，背有点驼，脑袋垂在胸前，支气管很细弱，呼吸困难；气喘，鼻粘膜炎，支气管炎，老是和他纠缠在一起；那张没有胡子的瘦长脸刻画着痛苦的皱纹，很鲜明地显出他和病魔苦斗的记录，夜里经常需要在床上坐起来，身体向前倾斜，流着汗，拼命想给他快要报废的肺收些空气进去。他鼻子很长，下端有点儿肿大。浓密且深的皱痕在眼睛下面一道一道地从横里把腮帮分成两半，腮帮也因为牙床骨瘪缩而深深陷了下去。导致这张衰颓面孔的原因，还不只是年龄与疾病，人生的痛苦也有影响的。尽管如此，他并不忧郁。神态安详的大嘴巴表明他是个仁厚长者。老人的脸显得慈详可爱，特别是那双有神的淡灰眼睛，永远像在注视着你，那么安静，那么坦白，一切都呈现在你面前，你仿佛可以看到他的心。

他一生没有做过什么大事，独身已有多年，太太早死了。她性情不大好，人也有点愚笨，长得丑陋。每当想起她的时候，他心中都充满怀念之情。她死了25年了。25年来，他每晚睡觉以前，总得和她悄悄地作一番凄凉而温柔的谈话，他每天都像是还在和她一起生活似的。他没有孩子，那是他的终身憾事。他把感情移到学生身上，对他们的关切好像父亲对儿子。学生们并没有报答他。老人的心像年轻人的心一样，甚至自以为并不比他们更老，他觉得所差的年岁根本不是决定性因素。然而年轻人并不这样认为，他们觉得老年人是属于上一个时代的；并且他所操心的事太多了，本能地不愿去看自己忙了一辈子的可悲结局。偶尔有些学生，看到苏兹老人对他们的生活那么关心，不免生出感激之情，不时来看望他；离开了大学，他们还写信来问候，有几个在以后几年中一直跟他通信。后来，老人听不到他们的消息了，只能在报纸上知道这个有了发展，那个有了成绩，觉得非常自豪，他们的成就好像是他的成功。他也不埋怨他们不写信来，原谅他们的理由有的是；他一直相信人家的感情，甚至对自私的同学也有这种感情。

但他精神最好的港湾还是书本，它们既不会忘了他，也不会欺骗他。他在书本中的精神享受已经超越了时间的消磨，它们像阳光一样无私奉献给人们的爱，都是亘古不变，不会动摇的。苏兹是美学兼音乐史教授，他就像一片苍郁的森林，在心中千啼百啭的全是禽鸟的歌声。这些歌有的是廖若晨星般深邃，从遥远的天际传过来，更加增添其温柔与神秘。有的对他更熟更亲切，那是些真挚的伴侣。所有一切都使他想起悲欢离合的往事，所引发的生活有的是有目的的，有的是随意的——因为在太阳照耀的苍穹世界，还有被无名的光照着的别的方圆——最后还有些大家一直没听到过的，说着大家期待已久而一定要说的话。那时听的人就会敞开心扉来欢迎它们，像大地欢迎雨露一样。苏兹老人就是在寂寞的思绪生活中听着群鸟歌唱的森林，像古代隐士一般，被遥远的歌声催眠了，而岁月悠悠，缓缓地流泻着生命的余霞，可是他的心始终和年轻韶华时候一样。

他的爱好不仅是音乐，他也爱好诗歌，不分什么古人近人。他一直喜欢本国的诗，尤其是歌德的，但更爱好别国的。他很博学，通晓好几国文字。他意识里是和赫尔德与18世纪末期的"世界公民"同一个世纪的。他经历过1870年前后的艰难岁月的斗争，受过那个时代波澜壮阔的思想熏陶；但他虽然敬仰德国，却是一个谦虚的人。他像赫尔德一样认为："在所有骄傲的人中间，以自己的国家来炫耀的人特别荒谬无耻。"也像席勒那样认为："只为了一个民族而写作是最可怜的理想"。他的思想偶尔是懦弱的，但胸襟是宽大的，对于世界上所有美好的东西随时都能热心接受。他可能对庸俗的东西过于松懈，但他本能地喜欢最优秀的作品；要是他没有勇气批评舆论所捧的虚伪的艺术家，那就不能替那些公众不了解的有作为的人辩护。他往往受好心的累，惟恐对人不真诚；大家喜欢的作品，他要是不喜欢的话，一定认为错在自己，最终也会爱上那些作品。他觉得爱是世界上最令人心动的事。他精神上需要爱，需要钦佩，比他可怜的肺需要空气更强烈，所以只要给他一个爱的机会，他真是感激万分。克利斯朵夫万万想象不到他的歌集对他会有如此的作用。他自己作曲时的想象，还远不及这位老人所畅想的那么生动，那么感人。因为对于克利斯朵夫，这些歌是真情的倾诉，它还有别的东西要抒发；可是苏兹老人等于看到一个新天地，等待他去爱的新世界。这无垠的天地，无限的光明给他一次新感受。

由于身体健康状况不佳，他不能继续上课。正当他躺在床上休养病体的时候，书商华尔夫派人送来一些新到的乐谱，这里面就有克利斯朵夫的歌集。他单身居住，身边没有亲人，仅有的几个亲属早已死了，只有一个老仆照料起居。而且欺他身体不好，每样事都不征询他同意。几个和他一样老的朋友不时来看望他；但他们身体也不大行，气候不好的时节也不出门，很少来访问了。那时正是冬季，街上积满正在融化的雪，苏兹整天没看到一个人。房里很黑，窗上遮着白色的雾，挡住了视线；炉子烧得叫人热得受不了。邻近的教堂里，几百年前的古钟每刻钟奏鸣一次，用那种参差不齐，完全不准的声音唱着赞美诗中的一部分，快乐的气息听来非常勉强，尤其在你心情忧郁的时候。老苏兹背后垫着几个靠枕咳个不停。他拿着非常喜欢的蒙丹的集子想念下去，但今天没有往常那么有味，书本从手里掉了下去。他喘着粗气，呼吸异常困难，出神似地在那里幻想。送来的乐谱斜放在床上，他不想打开来，只觉得心里苍凉极了。终于他叹了口气，小心奕奕地解开绳子，拿起眼镜戴上，开始读谱了。但他的心一直在想往事，老想着排遣不开的逝去的岁月。

他随意看到一支古老的赞美歌，那是克利斯朵夫采用一个质朴深邃的诗人的辞句，采用一种新的表现手法，原作是保尔·格哈特的《基督徒流浪曲》：

希望吧，可怜的灵魂，

　　希望之外还得刚毅勇猛！

　　………

　　等待啊，等待，

　　你就会看到

　　欢乐的太阳！

　　尽管老苏兹很熟悉那些赞美诗的句子，却从来没有听见过这样的曲调……那已经不是单调到使你心灵迷惘昏睡的、恬淡而虔敬的情绪，而是像苏兹的心一样的淡泊，比他的更年轻更坚强的心，在那里煎熬痛苦，存着希望，希望看到美好的未来，而真的看到了。他的手颤抖着，大颗的泪珠从腮边一滴滴流下。他继续读着：

　　起来吧，起来！跟你的痛苦，

　　跟你的烦恼，说一声再见！

　　让它们去吧，一切烦扰你的心灵，

　　使你悲苦的东西！

　　克利斯朵夫把年轻的激情及青春的希冀渗透到思想中来，而在最后几句幼稚真诚的诗中，还有他豪迈气概的笑声：

　　统治世界、领导的

　　不是你，而是上帝。

　　上帝才是君王，

　　才能统治一切，统治法律！

　　还有一段诗句，是克利斯朵夫逗着年少的狂妄，从原诗中抄下来做他的歌的结尾：

　　即使所有的妖魔反对，

　　你也得镇静，不要怀疑！

　　上帝绝不会退避！

　　他所决定的总得成功，

　　他要完成的总得完成，

　　他会坚持到底！

　　……最后是一缕惬意的骚动，

　　战争的困窘，

　　又是古罗马皇帝胜利凯旋而来。

　　老人浑身发抖，兴奋地追随着那激昂慷慨的旋律，有如儿童被同伴拉着手向前飞奔。他心跳着，泪流着，含糊不清地嚷着：

　　"啊！我的上帝！啊！我的上帝……"

喜悦和激动充满胸膛，他幸福了，窒息了，忽然发生一阵剧烈的咳嗽。老妈子莎乐美跑进来，以为老人要死了。他继续哭着，咳着，嘴里叫着："啊！我的上帝！啊！我的上帝……"而在换气的瞬间，在两阵咳嗽的过渡期间，他又痛苦地尖声笑着。

莎乐美以为他疯了，等到她弄清楚了这次咳嗽的原因，就严肃地埋怨他说：

"怎么能为了这几张破纸而弄成这副模样！把它给我！让我收起来，不准再看。"

尽管老人咳嗽得厉害，但就是不把它交给莎乐美。她还想和他争，他勃然大怒，说什么也不行，闹得气都喘不过来。她一辈子也没看见他生这么大的气，敢和她这样对着干。她松了下来，不得不把手里抓着的东西放下了；但是她恶狠狠地把他数落了一顿，拿他当老疯子看，说她以前认为他是个有教养的人，现在才知道看错了。他居然发出不论什么人也要为之脸红的咒骂，眼睛差点儿从眼眶里爆出来，假如他有手枪的话，也许会要了她的命！……如果不是苏兹气得从床上抬起身子大叫一声"出去"，她恨不能这样地唠叨下去。可是主人那种毫不让步的口气，使她出去的时候把门大声使劲带了一下，说从此以后如果他不叫她，就是他死了，她绝不过来。

就这样，一点点黑起来的屋里又恢复原来的平静。钟声在平静的黄昏中又响起来，依旧是那种呆板的，可笑的声音。老苏兹对刚才的发怒有点不好意思，一动不动地仰天躺着，大口大口地喘着气，等心里的骚动平静下去，他满怀喜悦地把歌集拥入怀里，幸福地笑了。

连续好几天，他好像魂不附体。他再也不想他的内心伤痛，不想冬天，不想黯淡的日子，不想自己的孤独。所面对的都是爱，都是光明。在耄耋之龄，他觉得自己在一个从未谋面的朋友心中年轻了。

尽管他做出了种种努力，终究不清楚克利斯朵夫的模样。他把克利斯朵夫想象成自己喜欢的模样：淡黄的头发，瘦削的身材，蓝眼睛，声音很温柔，好像害羞似的，性格和平，温柔，胆小。但是不管他究竟长得怎么样，他总是预先把他理想化。他认识的周围的人：学生，邻居，朋友，仆人，他都把他们理想化。他的忠厚从不批评别人的脾气——可能也是故意的，因为这样才能减少烦恼——在身边造成了许多可爱纯洁的面目，像他自己的一样。那是他的善心的假设，没有它，他就活不了。但他也不受这些谎话的骗；夜里睡觉的时候，他往往叹着气想到白天众多事情，都是跟他的愿望不相容的。他明知莎乐美在暗地里跟邻舍街坊嘲笑他，在每周的账目上巧妙舞弊。他也知道学生们用到他的时候对他恭而敬之，利用完了就把他放到一边。他明知大学里的同事们早已把他完全忘了，他的后任不知廉耻地剽窃他的文章，或是提到他的名字、引用他的一句很随便的话，挑他的毛病——这种手段在批评界中是司空见惯的伎俩。他知道他的老朋友耿士不久又对他扯了一个大谎，也知道卜德班希米脱借去看的书根本没有打算还他——那对钟爱书本像珍爱人一般的人是痛苦异常的。还有许多别的伤心往事，都常常浮到他脑子里来；他不愿意去回忆他们，可是它们一直在那里，他清清楚楚地感觉到。那些往事有时竟使他伤心得心如刀割，在静寂的夜里悲伤着："啊！我的天！我的天！"然后，他把不快深埋心底，否认它们：他要保持自己的信心，要乐天知命，要宽容别人，结果他真的这样做了。他的幻象已经被无情的现实打碎了多少次！但他永远会萌发新的幻象，没有幻象对他来说是不能生存的。

从不相识的克利斯朵夫，在他的生活中成为新的希冀。克利斯朵夫给他的第一封毫无热情的复信，应当会使他难过的——也许他的确是难过的——但是他不愿意承认，反倒表现出像小孩子一样的快乐。他如此谦虚，对别人根本没有过高要求，只要得到人家一点儿热情就足够作他关心人家感激人家的理由。他从未梦想过能见到克利斯朵夫，他已夕阳西去，不能再到莱茵河畔去尽情享受；至于请克利斯朵夫到他家来，更是做梦也没想到的。

他正坐在家吃晚饭的时候，收到克利斯朵夫的电报。他先是弄不明白：发报人的名字很陌生，他以为是送错了电报；他仔仔细细看了好几遍，慌乱中眼镜也戴不上，灯光又不够亮，字母都在眼前跳动。等到明白以后，他简直激动得把晚饭都忘了。莎乐美一再提醒也没用，他不想吃一口东西。他把饭巾往桌上一丢，不像往常那样把它叠好，便颤颤抖抖地站起身子，抓起帽子和手杖就往外跑。善良的苏兹遇到一件这样快乐的事，第一个想法便是要把他的快乐与大家分享，把克利斯朵夫要来的电报告诉给他的朋友们。

他有两个像他一样喜爱音乐的朋友，因他的原因对克利斯朵夫产生了浓厚兴趣：一个是法官萨缪尔·耿士，另一个是牙医生兼著名的歌唱家奥斯加·卜德班希米脱。三个老朋友有空就在一起谈论克利斯朵夫，把所能找到的克利斯朵夫的作品统统演奏过了。卜德班希米脱深情歌唱，苏兹认真弹琴，耿士洗耳恭听。然后，三个人几小时地不停赞叹。他们无数次地企盼着："啊！要是克拉夫脱和我们在一起就太好了！"

苏兹想着即将到来的快乐，自个儿笑起来了。耿士住在离城不远的一个小村上。可是天色还不黑，四月的黄昏多么柔和，夜莺到处歌唱。老苏兹快活得心都醉了，呼吸异常畅顺，两条腿像年轻时候一样有力。他轻快地走着，全然不顾在黑暗中常常绊脚的石子。遇到车辆，他小心谨慎地闪在路旁，兴高采烈地和车夫打招呼，对方看到是他，感到很奇怪。

走到村口耿士家的小园子的时候，天已经完全黑了。他敲着门，大声喊耿士。耿士打开窗来，神色慌张地探出头，在暗中窥视，问："谁呀？找我有什么事？"

苏兹喘着粗气，兴高采烈地大声说道："克拉夫脱……克拉夫脱明天到……"

耿士不知发生了什么事，只听出了他的声音："苏兹！怎么啦？你刚才在说什么啊？"

苏兹重复了一遍："他明天到，明天早上！"

"谁呀？"耿士不知他在说谁。

"克拉夫脱！"

耿士把这句话仔细想了一下，忽然大声地叫了一声，表示他明白了。

"我就来！"他喊道。

窗子被关上。他从台阶上走下来，手里拿着灯，朝园子里走过来。他是个身材不高的老头儿，挺着大肚子，脑袋也很大，灰色头发，红胡子，脸上和手上都有褐斑。嘴里衔着一个瓷烟斗，不紧不慢地走着。这个和善而有点兴奋的老人，一辈子从来不为什么事着急的。苏兹带来的消息让他一反常态，兴奋起来；他那短短的手臂连同灯一齐舞动着，连声问："真的吗？他真到这儿来吗？"

"明天早上。"苏兹满面春风地扬了扬电报。

两位老朋友坐在一条长凳上，苏兹一直端着灯。耿士小心翼翼地展开电报，一字一字念着；苏兹也在他肩头上随声附和。耿士又看了看电报四周的小字，拍发的时间，到达的时刻，电文的字数。随后他把这张珍贵的电报还给了苏兹。苏兹得意地笑着，耿士侧着脑袋瞧着他说："啊！太好了！……啊！太好了！"

耿士思考了一会儿，吸了一大口烟吐了出来，随后把手放在苏兹膝盖上，说道：

"赶紧通知卜德斑希米脱。"

"我马上去。"苏兹说。

"我们一块儿去。"耿士说。

他进屋放下灯，一会儿出来。两个老人手挽着手快速地走了。卜德斑希米脱住在村子另一端。苏兹和耿士一路说着这件事，心里异常兴奋激动。忽然耿士站住了，用手杖在地上敲了一下："啊！真是湖涂！……他不在这儿！"

他猛然想起卜德希米脱傍晚到邻近的城里做手术去了，今晚要在那过夜不回来，而且还得待上几天。苏兹听了这话慌了，耿士也很着急。卜德斑希米脱是他们俩非常赞赏的人，他们很想拿他来撑撑面子。此时两人站在街上没了主意。

"有什么办法？有什么办法？"耿士问。

"一定叫克拉夫脱听一听卜德斑希米脱唱歌不可。"苏兹说。

他想了想又道："赶紧拍一个电报给他。"

他们马上到电报局，共同拟了一个措辞激动的长电，颠三倒四的措词简直令人弄不明白说的是什么。发了电报，他们回到家中。

苏兹考虑了一下："倘若他搭头班车，明天早上就能到这儿。"

但耿士认为时间已经已来不及了，电报可能要明天早上才送到。苏兹摇摇头，两人异口同声地说着："事情真不巧！"

他们俩在耿士门口分手了。耿士虽然和苏兹友谊那么真挚，可绝不能冒冒失失地把苏兹送出村口，然后独自在黑夜里走一段路，哪怕是极短的路。他们约定明天在苏兹家里吃午饭。苏兹望望天色，不大放心地说："明儿要是晴天多好呀！"

自认为精通气象的耿士，认认真真地把天色观看了一会儿，——因为他也像苏兹一样，非常希望克利斯朵夫来的时候能看到他们的小镇很美——自言自语道：

"明天一定是晴天。"

这样，苏兹的心情才轻松起来。

苏兹跌跌撞撞走回家。回家的道上他先到点心铺订了一种本地著名的饼，快到家的时候，又退回去到车站上问明火车到达的具体时间。到了家中，他和莎乐美把明天的饭菜商量了一阵子。做完以后，他才毫无力气地上床；但是他像圣诞前夜的小孩一样兴奋，整夜在被窝里不停翻动，一刻儿都没睡着。到半夜时分，他想起来应吩咐莎乐美，明天午饭最好做一盘蒸鲤鱼，这是她的拿手菜。结果他并没去说，而且也不想去说。但他仍旧起来了，把那间预备给克利斯朵夫睡的卧室整理一番。他异常地小心，不让莎乐美听见声音，免得发脾气。他提心吊胆，惟恐误了火车的时刻，虽然克利斯朵夫在八点以前不可能到。他很早就起床了，第一眼是看看天：耿士说得不错，果然是大好的晴天。苏兹小心翼翼走下地窖，他既怕着凉，又怕梯子太陡因此好久没下去了；他挑出最好的酒，来时，脑门在环洞洞顶重重地撞了一下，他提着满满的一篮爬完梯子，感到简直要背过气去了。随后他拿着剪刀到园子里去，毫不犹豫地把最美的蔷薇和初开的紫丁香迅速剪下。随后他回到卧室，慌忙地刮着胡子，不小心割破了两三处，穿扮得整整齐齐，动身往车站去了，这时时间还只有七点。尽管莎乐美劝说晚一点走，他连一滴牛奶都没来得及喝，说克利斯朵夫到的时候一定也没吃早饭，到时候一起吃吧。

他来到火车站，离火车到站的时间还有三刻钟。他耐心地等着克利斯朵夫，结果竟没等到。按理他应该在出口的地方等，而他却是站在月台上，结果被上车下车的旅客挤昏了头。尽管电报上写得清清楚楚，他却以为，天知道什么缘故，克利斯朵夫搭的也许是下一班车；并且他绝对想不到克利斯朵夫会从四等车厢里出来的。克利斯朵夫在出站口找了好久不见人，然后直接往他家里奔去时，苏兹还在站台上等。更不巧是，莎乐美上街买菜去了，克利斯朵夫到时发现大门上了锁。邻人受莎乐美的叮嘱，只说她很快就回来，除此以外，也没有别的解释。克利斯朵夫既不是来找莎乐美的，也不认识莎乐美，认为那简直是跟他开玩笑；他问到大学音乐导师苏兹家是不是住在这里，人家回答说是，可不知道他上哪儿去了。克利斯朵夫一气之下，独自走了。

老苏兹满脸愁云地回来，从也是刚回家的莎乐美嘴里知道克利斯尔夫走了，不禁大为伤心，差点儿哭出来。他认为老妈子太不会办事了，怎么没有托人家请克利斯朵夫等着。他非常愤怒。莎乐美跟他一样气嘟嘟地回答说，想不到他会那样的愚笨，竟然把特意去迎接的客人都错失了。老人不愿浪费时间和她争下去，立刻回头走下楼梯，按着邻人的描述和指点，去找克利斯朵夫了。

克利斯朵夫没有遇到主人，甚而连一张道歉的字条都没有，很是气愤。在等下一班火车出发之前，他不知道怎么办。看到田野美丽异常，便散步去了。这是一座古朴的小城，座落在一片柔和的山岗底下；房屋周围全是园子，樱桃树开满了粉红色花；有的是碧绿的草地，浓密的树荫，年代并不久远的废墟；青草丛里矗立着白石的柱子，上面放着王爵、公主们的胸像，脸上的表情那么和蔼，那么可爱。城的周围是葳蕤的草原与小山。野花怒放的灌木丛中，山鸟叫得非常欢畅，好比一组轻快响亮的木笛在尽情演奏。过了一会儿，克利斯朵夫恶劣的心绪消散了，把苏兹的事忘在脑后。

老人满街跑着，向往来路人打听，却一无结果。他匆忙爬到山坡高处的古堡尽头，正当他黯然伤心地走回来的时候，他那双看得很远的尖锐的眼睛，忽然发现在几株树底下有个男人躺在草地上。他没见过克利斯朵夫，无法确认那是不是他。那男子又是背对着他，半个头都埋在草里。苏兹绕着草地不停地走着，转来转去，心怦怦乱跳：

"一定是他了……噢，不会错的……"

他没有大声叫他，但是灵机一动，把克利斯朵夫歌里的第一句唱起来：

"奥夫！奥夫！……（起来吧！起来！）"

克利斯朵夫猛然间站起来，像条鱼从水里跳出来似的，动情地接唱下去。他兴高采烈地回过身来，红光满面，头上尽是乱草。他们俩互相叫着姓名，向对方跑过去。苏兹跨过土沟，克利斯朵夫跳过栅栏。两人紧紧握着手，大声说笑着一同回家去。老人把早上没接到他的事儿说了一遍。克利斯朵夫原想立刻搭车回家，不再去找苏兹，听了他的解释感觉到老人是那么善良那么纯朴，于是开始喜欢他了。经过一段距离的路程的谈话，他们已很熟识。

刚到家门口，他们就看到耿士；原来耿士听说苏兹出去找克利斯朵夫了，便来回踱步地在那儿等着。女仆端上咖啡和牛奶，克利斯朵夫说已经在乡村客店用过早点。苏兹听了大为不安。客人到了本地，第一顿饭竟在客店里吃，他觉得很不好意思；像他那样真挚的人是把这些小事看成大事的。克利斯朵夫懂得他的心理，暗中觉得有意思，并且也更喜欢他了。为了安慰主人，他说还可以再吃一点儿，而且他马上用事实来证明了。

克利斯朵夫所有的烦恼顷刻烟消云散，他感到遇到了真正的朋友，心里感到很幸福。谈到这次的旅行和失意的时候，他把话说得那么风趣，好比一个顺利通过考试的小学生。苏兹眉飞色舞，也觉得十分开心。

过了一会儿，谈话就转到主题上去了，他们谈着克利斯朵夫的音乐作品。苏兹渴望克利斯朵夫弹几阕他的曲子，但一直没好意思开口。克利斯朵夫一边谈话一边欣赏室内的装饰。他走近打开着的钢琴旁边，苏兹注意他的每一个动作，心里期望地停下来。耿士也是一样地注视着。果然，克利斯朵夫在说话的同时，不知不觉地在琴前坐下，眼睛望向远方，把手指在键盘上很自然地抚弄着；这时两位老人的心都激动不已。不出苏兹所料，克利斯朵夫试了几组琶音以后真的动了激情，一边谈着一边又按了几个和弦，接着弹奏了完整的乐句；这时他不作声了，正式弹奏起来。看到这里老人满意地微笑了。

"你们知道这个曲子吗？"克利斯朵夫随便问了一句。

"当然知道！"苏兹激动地回答。

克利斯朵夫畅快地弹着，忽然转过脸说了一句："对，你的琴不太好！"老人有点失望，赶紧道歉："是的，它太老了，使用的日子太久了。"

克利斯朵夫弹完曲子走过来，望着这个好像有点黯然神伤的苏兹，把他两只手紧紧握住，笑起来。他注视着老人天真的眼睛，说："噢！你，你比我还年轻呢。"

苏兹听了哈哈大笑，同时指出他近来身体也不行了。

"没什么！"克利斯朵夫紧接着回答，"那没什么大不了？你知道我的话很对。是不是，耿士？"

他已经省去"先生"二字了。

耿士连忙点头表示同意。

苏兹看到人家恭维他年轻，也让他的钢琴沾点儿光。

"是不是有几个音很好听呢？"他试着说。

他随手弹奏四五个相当明亮的音，在琴的中段，大概有半个音阶。克利斯朵夫清楚这架琴对他是个老朋友，便一边看着苏兹的眼睛一边很动情地回答：

"是呀，它的眼睛也很美。"

苏兹脸上红润起来，对旧钢琴说了些含糊的赞美话，可是看到克利斯朵夫重新弹琴了，就又缄默了。歌一支又一支地奏下去，克利斯朵夫用婉转的声音唱着。苏兹眼睛湿润了，对他的举手投足都留着神。耿士交叉着的双手按在肚子上，闭着眼睛细心地感受。克利斯朵夫不时满面春风地转过头来，对着两个很专注的老头儿说：

"嘿！世上最美的乐曲！……还有这个，你们认为呢？……还有这个……绝对优秀……现在我再给你们弹奏一个曲子，让你们顺心满意……"尽管他说话这么天真，两个老人却不会觉得他可笑。

他奏完一个梦境般的曲子，挂钟里的鹧鸪鸣叫起来。克利斯朵夫听了特别气恼。耿士被他吓了一跳，睁大的眼睛骨碌碌地乱转。苏兹开始弄不懂，直看到克利斯朵夫一边对着摇头摆尾的鹧鸪咆哮，还嚷着要人把这混账的鬼东西搬走的时候，苏兹才第一次觉得这声音的确刺耳，立刻拿来一张椅子，想上去把煞风景的东西亲自拿下去。他差点儿摔倒，被耿士劝了一阵不再爬。于是他叫来莎乐美。莎乐美像往常一样慢腾腾地走来，急不可耐的克利斯朵夫已经把挂钟卸下，放到她的怀里了。她抱着钟不知如何是好。

"怎样处置这只钟？"她问。

"随你便。拿去就是了，只是不要它了！"苏兹说，和克利斯朵夫一样地不耐烦。

他不明白自己对这厌物怎么会容忍了这么些年的。

莎乐美觉得他们真不可思议。

音乐重新开始，时间静静地流逝。莎乐美来报告说准备吃午饭了，苏兹轻声说等一会儿。过了十分钟，她又来了；等了一会儿，她又来了。这一回她气冲冲的，勉强装出镇静的神气，伫立在房中央，不管苏兹怎样暗示她先下去。她终于大声说：

"诸位先生喜欢吃冷菜也好，喜欢吃热菜也好，都没我的事，只要我说到就是了。"

苏兹对她这样没规矩办事很难为情，想把女仆教训一顿。可是克利斯朵夫爽朗地大笑起来。耿士也笑了，终于苏兹也跟着笑了。莎乐美发现自己的话起了作用很满足，转过身来走了，神气活像一个皇后赦免了她的臣下。

"她真直截了当！"克利斯朵夫离开了钢琴，转过身来说。"她也没错。音乐会中间闯进个把人有是不会有事的？"

他们开始用餐了。饭菜挺丰富挺有味道。苏兹激起了莎乐美的好胜心，而她也巴不得找个机会来展示一下自己的手艺，决不辜负这种场面。两位老朋友饭量尚好。耿士上了饭桌后简直变了一个人，眉开眼笑，笑容可掬，那模样大可以给饭店做个广告。苏兹对好酒好菜的胃口也不亚于耿士，可惜那病病歪歪的身子不能吃得太过量。但他有时也忽略了这一点，因此常常饭后痛苦不堪。即使那样他也绝对不抱怨，要是他病了，至少觉得不吃亏。和耿士一样，他也有家传的食谱。所以莎乐美很了解他的习惯。可是这一次，她把所有的杰作都拿来安排在今天一个节日上，仿佛是莱茵的展览大会，那是一种自然的，保存原味的烹调，用着各式各样草本的香料，浓酽酽的沙司，佐料丰富的汤，地道的清炖砂锅，特大的鲤鱼，酸咸菜烧腌肉，全鹅，家常饼，茴香面包。克利斯朵夫狼吞虎咽吃得饱饱的，得意极了。他跟父亲、祖父胃口一样好，一次可以吃掉整只的鹅。平时他能整星期地只吃面包和乳饼，而有机会的时候就尽情享受美味佳肴。苏兹又诚恳又周到，面带笑意地瞧着他，把他灌了许多莱茵名酒。满面通红的耿士见识到天下竟有如此能吃的人。莎乐美见主人客人如此态度。克利斯朵夫刚进门的时候，她有点儿失望。苏兹事先对她把客人说得如何如何，所以她想象中的克利斯朵夫是个大官儿一样的人物，官味十足。见到了客人的面，她暗里说道：

"原来也很普通！"

吃饭时，克利斯朵夫竭力表扬她。像他那样大为赏识她的本领的人，她有生以来第一次碰到。所以她一直站在饭厅门口，看着克利斯朵夫一边随意谈笑，一边吃个不停；她把拳头插在腰里，尽情欢笑。大家都兴高采烈，美中不足的是卜德班希米脱没有在座。他们不停地说："嘿！要是他在这儿就好了，他什么都比我们强呢！"

这一类夸赞的话简直说不完。

"假如克利斯朵夫能听到他的歌声那多好多妙啊！可能会听到的，因为今晚卜德米脱可以回来了。"

"噢！今天夜里我恐怕不在这儿了。"克利斯朵夫说。

苏兹兴奋异常的脸马上阴下来。

"为什么不在这儿？"他嗓声颤抖了，"你今天不会走吧？"

"不，会的，"克利斯朵夫高高兴兴地回答，"搭夜车走。"

这一下苏兹可伤心了。他原打算克利斯朵夫在他家里住几天的，于是吞吞吐吐地说："这可不行……"

耿士也顺着说："还有卜德班希米脱，他怎么办呢？"

克利斯朵夫看了看他们俩，两人友好的脸上的那种失望的表情使他感动了，就说："唉！你们太让我感动了！……那么我今天晚上不走了，可以吧！"

苏兹马上握着他的手："啊！太好了！谢谢你！谢谢你！"

他很少去考虑明天的事，像小孩一样把明天看得很远很远，远得根本就望不见。他只知道克利斯朵夫今天不走，到明早之前，他们都可以在一起，他要睡在他的家里：除此之外，苏兹不愿意想任何事。

大家又恢复了兴致。苏兹忽然脸色严肃地站起来，预备为远来的贵客敬酒，他用着感动而夸张的措辞，说客人肯光临小城，枉顾寒斋，对他是极大的荣幸和愉快；他祝愿他归途平安，祝愿他前程远大，祝愿他成功，祝愿他荣名盖世，也祝愿他享尽人世的幸福。接着他为"高贵的音乐"干杯——为他的老朋友耿士干杯——为春天干杯——最后还惦记着为卜德班希米脱干杯。耿士也站起来为苏兹和另外几个朋友干杯；克利斯朵夫为结束这些干杯起见，站起来为莎乐美干杯，把她羞得涨红了脸。接下来，他不等两位演说家致答辞，便唱起一支著名的歌，两个老人也随和着唱起来。一曲接着一曲，结束的是一支三部合唱的歌，大概的意思是歌颂友谊，音乐和美酒。笑声与碰杯声、歌声混成一片。

离开饭桌的时候已经三点半，他们头脑都有点昏昏沉沉的。耿士倒在一张沙发里，很想睡个午觉。苏兹经过了早上那种紧张的情绪，再加那些干杯，也受不了。两人都渴望克利斯朵夫坐下来给他们表演上几小时的琴。可是那怪脾气的年轻人精神百倍，兴致好得很。他按了两三个和弦，突然把琴关上，瞧了瞧外面，建议出去溜达半天。他觉得田野美极了。耿士表示不大热心，但苏兹立刻认为这主意妙极了，他本应当带客人去参观参观本地的公园。耿士没有赞美，但也没表示异议，因为他和苏兹一样想让克利斯朵夫欣赏一下本地的风光。

于是他们出去了。克利斯朵夫挽着苏兹的手臂走得很快，大大超过了老人的体力，他汗流浃背地跟着。他们很兴奋地谈着话。有人站在屋门口看见他们走过，都觉得苏兹教授今天的神气活像个年轻人。一出城，他们就直奔草原。耿士抱怨天气太热，一点不体恤人的克利斯朵夫却认为天气好极了。还算是两老运气，因为他们常常停下来讨论问题，而连绵不断的谈话也令人忘了路程的遥远。他们进了树林，苏兹背着歌德和莫里克的诗句。克利斯朵夫很喜欢诗歌，可一首都记不得，他一边听一边晃晃悠悠地幻想起来，终于，他进入了出神入化的境界，把诗完全给忘了。他佩服苏兹的记忆力，把他和哈斯莱比较一下，差别真是太大了！一个是又老又病，一年倒有一大半关在卧房里，差不多在这个内地小城中过了大半辈子，可是他精神多么活跃！一个是年轻有为，住在艺术中心的大都市，举行音乐会的时候跑遍了欧洲，可是他对什么都提不起兴趣，什么都不愿意知道！克利斯朵夫所了解的现代艺术的潮流，苏兹不仅熟知一切，还通晓那些音乐巨子的典故，这都是克利斯朵夫闻所未闻的。他的记忆仿佛是一口无底的蓄水池，凡是天上降下的甘霖都被它保存在里面。克利斯朵夫神情痴迷地听着他的描述，苏兹看见克利斯朵夫兴致这样浓厚，感觉遇上了知音。他偶尔碰到过一些殷勤的听众或温良恭顺的学生，可始终缺少一颗炽热的心来分享他多余的热情。

直到老先生说出他对勃拉姆斯的钦慕为止，他们俩是世界上最好的朋友。但一提到这个名字，克利斯朵夫立刻反目为仇，冷冷地生气了。他把苏兹的手臂放了下来，表情严肃地说，凡是喜欢勃拉姆斯的人不能跟他做朋友。那分明是在他们的快乐上面浇了一盆冷水。胆小的苏兹不敢与他争辩；可又因为自己的真诚不能克制，于是含糊地想说明一下。可是克利斯朵夫斩钉截铁的一句："别提了！"根本不容许对方再说下去。然后是一片尴尬的沉默。他们继续走着，两个老人低着头，彼此连望都不敢望。耿士咳了几声，想打破这沉默，谈了一些无关紧要的话题，但克利斯朵夫气恼之下，除了几个单字，根本不搭腔。耿士在这一方面得不到回答，便转过来向苏兹交流；可是苏兹喉咙哽咽着，竟没法开口。其实克利斯朵夫并没真正的怀恨，甚至觉得自己让可怜的老人伤心未免野蛮；但他滥用权力，不愿意立刻取消前言。所以直到走出树林，这时候，克利斯朵夫还没有改变局面的举动，两个垂头丧气的老人拖着沉重的脚步，克利斯朵夫轻轻地打着唿哨，只装着不看他们。忽然之间，他忍不住了，狂笑了几声，转身向着苏兹，伸出结实的手抓着他的胳膊：

"好朋友！"他热情洋溢地望着他说，"你瞧，这多美啊！多美啊！"

他说的是眼前的美景，但他笑眯眯的眼睛好像说：我错了，我错了。原谅我吧！我太爱使性子了。"

老人的心动了，好像日蚀之后又出了太阳。克利斯朵夫重新搀着他的手臂，格外亲热地和他谈着话；他一上劲，不自觉加快了脚步，没留意把两个同伴折磨得疲备不堪。苏兹并不抱怨，他满心欢喜，简直不觉得累。他知道这样过度劳累，事后一定要有代价的。可是，他想："喝，明天，别管那么多。反正他走了我完全可以好好休息。"

可是不像他那么高兴的耿士已经落后了十几步，显得不遗余力。终于克利斯朵夫也觉察了，不胜惶愧地道歉，提议在白杨底下的草坪上躺一会儿。幸而耿士替他记起了，或者他至少觉得这么一说，自己不必浑身大汗地去躺在凉快的草地上。他建议到附近的站上搭火车回去。大家立刻照办了。虽然很累，他们还得马不停蹄以免迟到；结果他们到站的时候，火车正好进站。

忽然，一个胖子冲到车门口，大声呼喊着苏兹和耿士的名字，还加上一大串他们的头衔和赞扬他们德性的话，舞动着手臂像个疯子。苏兹和耿士也叫嚷不停，挥舞着手臂回答他，一边扑向胖子的车厢。胖子在人堆里推呀撞地挤过来。克利斯朵夫身不由己地跟着跑，问："什么事啊？"

两人欣喜若狂地喊道："看，卜德班希米脱！"

这名字对他并没多大意思，他早已忘了饭桌上的干杯。卜德班希米脱站在火车的平台上，苏兹和耿士站在踏级上，高声喧嚷，闹得人耳朵都聋了，他们觉得这一次的巧遇真是上帝的安排。火车已经开动，他们赶紧爬上去。苏兹为他们作了介绍。卜德班希米脱行过礼，直立身子，没有表情地说了一大串客气话，而后，抓住克利斯朵夫的手臂死命地摇，接下来又大喊起来。

克利斯朵夫从他的叫喊声中感悟出来，他感谢上帝和他的本命星君使他能有这番奇遇。他这个从来不离开本城的人，恰恰在指挥先生光临的时候出了门。他看到苏兹的电报，早车已经开出好长时间了；送达的时候他还睡着，人家以为不该惊动他。他为此跟旅馆里的人闹了一个早上的别扭，即便是现在，他的气还没消呢。为了急于回来，他把就诊的预约主顾一古脑儿丢开了。不料这该死的车和干线上衔接的车脱了班，让卜德班希米脱在交叉站上等了3小时；等车时他把词汇中所有的惊叹词都用尽了，拿这件倒霉事儿向站上看门的和别的等车的旅客讲了几十遍。后来终于出发了。他一路提心吊胆，惟恐赶不上贵客……幸而，……谢谢上帝！谢谢上帝……！

他重新抓住克利斯朵夫的手，用他毛茸茸的大手掌狠命地捏。他胖得出奇，个子的高大也跟他的胖成为正比，方脑袋，红红的头发剪得很短，脸上没胡子，长着许多小疱，大鼻子，大眼睛，双叠下巴，厚嘴唇，短脖子，背脊阔得不同寻常，肚子像个酒桶，胳膊和身体离得老远，肥手胖脚，整个儿是一座山一般的肥肉，因为吃得过多，喝多了啤酒而变得不成样了，活像在巴伐利亚各乡各镇的街上摇来摆去，跟填鸭一样喂起来的那些胖子。因高兴也因天热，他浑身像一堆牛油似的发亮；两只手忽而放在分开的膝盖上，忽而放在邻人的膝盖上，他一刻不停地说着话，卷着舌头把所有的辅音在空中打转，像放连珠炮。有时，他笑得前仰后合，张着嘴巴，一连声地哈哈大笑，差点儿闭过气去。他笑得把苏兹和耿士都感化了，他们狂笑了一阵，看着克利斯朵夫，仿佛在问他："嗯，你觉得怎么样？"

克利斯朵夫一声不吭，只是惊异地想着："这个怪物竟然能唱我的歌吗？"

他们回到苏兹家里。克利斯朵夫极不愿听卜德班希米脱唱歌。虽然卜德班希米脱心痒难熬地想显本领而一再暗示，他可绝对含糊其辞。但苏兹和耿士打定主意，要拿他们的朋友来献礼，克利斯朵夫这关是避免不了。他没精打采地坐到钢琴前面，心里想："这家伙，真不知轻重呢；小心点儿！我是对什么都不留情的。"

想到等会儿要让苏兹伤心，不由得有点心软；但他认为避免让这个福斯塔夫糟蹋他的音乐，宁可让老人伤心啦。可是这一点倒毋须他过虑，胖子的声音美极了。刚开始，克利斯朵夫做了个惊讶的动作，眼睛老盯着他的苏兹吓了一跳，误认为他不满意，等到克利斯朵夫一边弹琴一边脸色开朗起来，他才放下了心。于是老人的脸也被克利斯朵夫的快乐映出反光来了。一曲完了，克利斯朵夫转过身来嚷着说，他第一次听到如此动听的歌声，那时苏兹的快乐简直无法形容；他的欢乐比克利斯朵夫的满意和卜德班希米脱的得意更甜蜜更深刻：他俩所感到的不过是自己一个人的快乐，而苏兹是把两个朋友的愉快都感到了。克利斯朵夫高兴得叫起来：他不懂这个又笨重又庸俗的家伙怎么会领会到并表达出他的歌的思想。这当然不是说一切细微的地方他都能确切地表达和表现出来，但是他有克利斯朵夫一直设法让职业歌唱家完全感觉到的那种激动和热情。他望着卜德班希米脱，心里想："难道他感情真这样丰富吗？"

胖子认为，他的热情也只不过是为了满足虚荣心，只有一股无意识的力在这个肥胖的身体中滚动。这股盲目的、被驱使的力，好比一队士兵在那里拼打，既不知道撕打原因，也不知道厮杀的结果。一旦给歌的精神吸住之后，它便欢欣鼓舞地任人宰割。如果让自己独自活动将会不知所然。

克利斯朵夫认为，上帝制造人的时候，大概也只是随心所欲而已，所以每个人都是被他用信手拈来的零件配成的；应该是一个人的每处部分，竟分配在好几个不同的人身上：脑子在一个人身上，心在别人身上，而适合这个心灵的身子又在第三个人身上；乐器在一边，奏乐器的人在另外一边。有些人好比稀罕的小提琴，如果没人会拉，就得永远关在匣子里头，而那些天生就配拉这种提琴的人，反倒一辈子抱着一些简陋的乐器。他所以会发出这样的感慨，尤其因为他自叹从来不能尽情地唱一个歌。破烂的嗓子，谁听了都烦。

可是，卜德班希米脱不知天高地厚，开始在克利斯朵夫的歌曲里"加点儿表情"，也就是说用他自己的表情代替原作的表情。克利斯朵夫发现自己的曲子不会就此而生色，便慢慢地沉下脸来。苏兹也看到这件事了。他是没有指责精神而只知道佩服朋友的，自个儿是不会发现卜德班希米脱的趣味恶劣。但他对克利斯朵夫的热情，使他感受到少年的思想中最难以理解的地方：他的心早已不在自己身上而在克利斯朵夫身上了；因此他对卜德班希米脱浮夸的唱法也感受不了，想阻止他这种危险的企图。可是要卜德班希米脱改变唱法也是件难事。他唱完了克利斯朵夫的作品，接着又想唱些叫克利斯朵夫一听名字就难受的、庸俗的歌曲，苏兹不知费了多少口舌才把他拦住了。

好在吃饭时间到了，一切都平静下来。一上饭桌，他又显示出另外一个本领。在这方面他是没有敌手的；克利斯朵夫刚吃过午饭，此刻懒得再和他竞争了。

时间过得很快。三位老朋友围着饭桌注视克利斯朵夫，把他的话默默记下来。克利斯朵夫很吃惊：在这个偏僻的小城里，和这些刚认识的老人怎么会相处得比自己的家人还亲热？他想：一个艺术家如果单凭自己的作品会在社会上交结到这些不相识的朋友，他将要感到多么自豪——他的心会多么温暖，增加多少发展的动力……可是事实往往不这样：各人都孤零零地生活着，孤零零地离开这个世界，并且感觉得越真挚，越需要互相倾诉的时候，越不敢把各人的感觉说出口。随便恭维人的庸俗之物，说话是挺简单的。可是爱到极点的人不受到强迫自己就不能开口，不能说出他们的爱。因此对于一般敢说出来的人，我们应当报答和感激他们在暗中帮助作者和他合作。克利斯朵夫特别感激苏兹。他决不把苏兹和其余的两位等同起来，感觉到他是这一小组朋友中的灵魂，是爱与慈悲的化身，其余两人不过是这化身射出的余霞罢了。耿士和卜德班希米脱对他的友谊是大相径庭的。耿士是自私的人，音乐给他的幸福，如同一只猫受到人家关爱。卜德班希米脱是一方面为了满足自己的虚荣心，一方面为了使嗓子有种生理上的快感。他们完全不想了解克利斯朵夫，惟有苏兹是忘我的，是无私的。

时间不早了，他们两位回家去了。屋子里只剩下克利斯朵夫和苏兹，他喜悦地走过来向老人说：

"现在咱们俩来弹琴吧。"

他坐在钢琴前面，像对着情侣那样地弹奏。他弹着最近的作品，老人听得忘记一切。他坐在克利斯朵夫身旁，眼睛盯着他，不敢大声呼吸。他那颗慈祥怜爱的心，连一点儿极小的幸福都不忍独享，他不由自主一遍又一遍地说："唉！可惜耿士离开了！"

克利斯朵夫听了有点儿不高兴。

一个钟点过去了，克利斯朵夫依旧弹着，他们相互默默无语。克利斯朵夫弹完了，他们还是没有说话。一切都很静，屋子，街道，沉静在夜的静谧里。克利斯朵夫转过身子，发现老人在哭泣，便站起来拥抱他。两人在恬静的夜里缓慢地谈着。隔壁屋里的时钟，似乎能听见滴滴答答的声音。苏兹轻轻地说着话，抱着手，身子往前伸了一点；因为克利斯朵夫问道，他便讲起他的一生，他的悲伤；他提醒着自己，惟恐流露出悲伤的语气，他心里想说："我错了……我不该诉苦的……大家都对我不错……"

现实中，他是一个很随意的人，只不过有时有种怅然的感触罢了。在痛苦的叙述中流露出某种很微弱很感伤的理想主义，使克利斯朵夫听了不快却不忍加以指责。其实，那在苏兹心中也不见得是一种坚定的信仰，只是需要信仰的一种企盼，一种虚无的希冀，是他当做水面上的浮标一般抓着不松手的东西。他瞧着克利斯朵夫，竭力想从他的眼睛中间找些坚定他信仰的安慰。克利斯朵夫注意到朋友的眼神是那么信赖，向他求援他给予支持，同时也希望听到他回答的暗示。于是克利斯朵夫说出了一番气势磅礴的话，正是老人所希望听到而觉得畅快无比的。一老一少忘了年龄的差别，如同忘年交的亲密兄弟一样亲近，彼此在交流中找到爱的真谛。

夜深了，他们各自都去休息了。克利斯朵夫明天应当起早，他要搭的车就是他坐着来的同一次车。所以他赶紧脱去衣服上床。老人把客房收拾得仿佛准备他住上半年似的。桌上花瓶里插着几支蔷薇和一支月桂。书桌上铺着全新的吸水纸，当天早上他教人搬了一架钢琴进去，又在自己最喜爱最珍视的书籍里挑了几册书摆在旁边的书桌上。没有一个小地方他没想到，可谓周到而详尽。可是一切都白费了：克利斯朵夫什么也没看见，他一上床就酣然入睡。

苏兹一直醒着。他再三回想着白天的快乐，同时已经在体验离别的伤感，他把彼此说过的话又回味了一次，想到亲爱的克利斯朵夫睡在他家里，跟自己的床只隔着一堵壁。他四肢无力，浑身瘫软，呼吸也困难了；他觉得在早上的时候着了凉，旧病快复发了；可是他只有一个愿望："再持续几个小时就好了"。

他惟恐忽然暴发咳嗽把克利斯朵夫打扰。他因为感激上帝，于是吟诵了一首诗，是《圣经》中西面的"主啊，现在你可以照你的话，让仆人安然去世……"那一段。他浑身是汗地坐了起来，坐上书桌把诗句记了下来，工整地打了一遍，又题上一段情意恳切的献辞，署了姓名，填了日子和时刻。等到上床睡的时候，不觉浑身哆嗦了。

天要亮了。苏兹无比感叹地想起昨天的一切。但他埋怨自己不该让这种想法把他最终的快乐给糟蹋了；他知道明天还要追悔今天这个时间呢；因此他一定不让自己浪费眼前这段时间。他伸着耳朵听隔壁屋子里的动静，但是克利斯朵夫声息全无。他睡的姿势是否依然是晚上躺下去的姿势。六点半了，他还没起床。要让他错过开车的时间很容易，反正他会一笑了之。可是老人没有得到对方允许，决不敢随便挽留一个朋友。他心里想：

"如果迟到了不是我的错，而且跟我一点关系也没有。只要我不起床就可以了。倘使他不准时起床，我们能再呆一天。"

转而他又回答自己说："不，不应该这样。"

于是他认为应该把他叫醒了，便去敲房门。克利斯朵夫还在酣睡中，又使劲敲几下。老人很伤心，想着："哎！他睡得多香呀！可以睡到吃午饭呢！"

终于传出克利斯朵夫很愉快的回答了。他一听钟点不由得叫了一声，接着就在屋子里折腾起来，乱哄哄地梳洗，唱着一段歌曲，还隔着墙和苏兹热情地招呼，说些傻话把悲伤的老人也逗乐了。然后他开门走出来，神采奕奕，一团高兴，根本没想到自己会使老人伤悲，其实没有重要的事需要他赶回去，多待几天对他也无所谓，而对苏兹却是特别的愉快。但克利斯朵夫没有这么想。而且他不管对老人抱着多少好感，也很想告别了。昨天一天的长谈，几位用最后一点热情抓着他的人物，已经使他受不了。何况他还年轻，以为以后还有机会见面，大家还有重新聚首的机会：他现在也不是去天涯海角一去不回。而那老人，明知不久就要到遥远的地方不能再来这里了，所以他瞧着克利斯朵夫的目光大有诀别的意味。他尽管筋疲力尽，还是把克利斯朵夫送到车站。天上静静地下着寒冷的小雨。到了站上，克利斯朵夫打开钱袋，发现钱已经不够买返回家乡的车票。他相信苏兹会非常高兴地借给他的，可他不希望……为什么？为什么不让一个喜爱你的人因为有个机会帮你的忙而兴奋不已呢？大概是为了不愿意烦累别人，或是为了自尊心，他把车票买到中途，决意从那儿走回家。

车进站了。他们在车厢的踏板上相拥告别，苏兹把夜里写的诗塞在克利斯朵夫手里，站在正对着他车厢的月台上。在已经告别而还没分手的情景之下，两人默默无语。苏兹一直注视克利斯朵夫，一直到看不见为止。

火车远去了。苏兹一个人踏着泥泞的路、拖着沉重的脚步回家，突然之间感到又累又冷，雨天的景色格外凄楚。他好容易走回家里，爬上阶梯。一进卧房，他一阵狂咳把气都闭住了。莎乐美闻声跑了来。他一边不由自主地哼着，一边不停地说："还好！……一切都还顺利……"

他觉得很难受，就睡下了。莎乐美跑着去找医生去了。一躺到床上，他的身子仿佛成了一堆破絮。他没法动弹，仅仅是胸部在那里翕动，好比炉灶的风箱。脑袋一片混浊，发着高热，他一直想着昨日的经历，一刻都不放过。他觉得无比惆怅，继而又责备自己，不该有了巨大的幸福以后再后悔。他幸福极了，感谢上苍给予的机会。

克利斯朵夫朝回家的方向看。经过了激动的一天，他心绪安定了，老人的热情款待恢复了他的自信。到了中间站，他兴高采烈地下了车。离家还有 60 公里，他从容自若，像小学生闲逛一样地走着。这时初春季节，田野里一切还没长成。树叶刚刚破芽而在苍黑的枝头绽开来；稀疏的果树开着花，嫩嫩的野蔷薇爬在篱笆上摇曳着身姿。光秃的树林抽着嫩绿的新芽；林后高岗上，毅然仡立着罗曼式的古堡。浅蓝的天空飘着朵朵白云，留下的影子在初春的田野中缓缓移动：春的信息回荡在肥沃的田野里。

克利斯朵夫怀念起高脱弗烈特舅舅，而且想了好一会儿；他好久没想起这没有依靠的人，为什么忽然念念不忘呢？他沿着波光粼粼的河边，在两旁种着白杨的路上缓慢向前的时候，舅舅的音容笑貌一直在他身边，以致到了一堵墙的拐角上，仿佛他就在眼前。

天转阴了，快要下雨。克利斯朵夫刚走近附近村子，看到一些粉红的门面和深红的屋顶，四周还有几株树。他加快脚步，奔到村口第一户人家的屋檐下去躲雨。冰雹下得很猛烈，打在瓦上稀里哗啦，掉在地下像铅丸似的滚出很远，车辙里的水直往四下里流着。暴雨过后，天渐渐转晴，一切又显的那么美好。

一个年轻的姑娘站在门口织毛线。她很热情地请克利斯朵夫到里面去，他跟着走进一间屋子，这也是做饭，吃饭，睡觉的地方。尽里头燃烧着一堆很旺的火，上面吊着一只锅子。有个女人在屋里摘着蔬菜，跟克利斯朵夫招呼了一声，请他走到火边去烘烤衣服。那姑娘找来一瓶酒给他暖和身体。她坐在桌子对面继续织着毛线，同时照顾两个在一起嬉戏的孩子。

她和克利斯朵夫交谈着。过了一会儿，他才发觉她是个盲人。她长得不漂亮，身材却很苗条，红红的脸蛋，雪白的牙齿，手臂很结实，可是面貌大不秀丽，她跟多数的瞎子一样说话热情而没有表情；也和别人一样，谈到什么人和什么事物的时候，仿佛是亲眼目睹一样。克利斯朵夫听她说今天田野景色盎然，他气色很好，不由得愣了一愣，怀疑她在胡说。他把瞎子姑娘和剥蔬菜的女人重又仔细瞧了一会儿，觉得她们都很正常。两个妇女很亲热地问他从哪儿来，到什么地方去。瞎子说话时好像有点吃力；她听着克利斯朵夫讲到路上和田里的情形，不由得插几句嘴，补充一点。当然，这些议论往往跟事实不相符，可是她定要让人相信她能看清楚。

家里其他人陆续回来了：一个 30 岁的健壮的农夫和他年轻的妻子。克利斯朵夫跟四个人东拉西扯地谈话，看了看晴朗的天色，准备回家。瞎子一边织着毛线，一边哼着一个调子，克利斯朵夫记忆的闸门忽然被冲开了。

"怎么！你也会唱这支曲子？"他说。

（高脱弗烈特从前教过他这个歌。）

他接着唱了起来，那姑娘笑了。她唱每句歌词的前半句，他唱后半句。他站起身子想去看看天气，在屋子里来回走了好几趟，无意之间把每个角落都注视了一下，忽然看到食器柜旁边有件东西，他不由得高兴起来。那是一根长而弯曲的拐杖，抓手部分很粗糙地雕着精美的图案。克利斯朵夫对这个东西可以说太熟悉了，在小的时候就常常拿它出去做游戏。他走过去抓住拐杖，哑着嗓子问：

"这东西是从什么地方弄来的？从什么地方弄来的？"

男人看了着，回答："是个朋友丢下的；我一个去世的好朋友。"

"是高脱弗烈特吗？"克利斯朵夫激动得叫起来。

"你是谁？"大家异口同声地问。

克利斯朵夫刚说出高脱弗烈特是他的舅舅，全屋子的人都紧张起来。瞎子猛地站起，毛线滚到地上去了；她踩着她的活儿，奔到克利斯朵夫面前再三问：

"啊，你是他的外甥吗？"

大家七嘴八舌地同时说话，乱成一团。克利斯朵夫却莫名其妙地问：

"可是你们……你们怎么认识他呢？"

"他就是在这儿死的。"那男人回答。

他们平静下来，叙述起与高脱弗烈特交往的往事。

他最后一次来是去年7月，他疲惫不堪地卸下了包裹，好一阵子没气力说话，可是谁也没留意，他每次来差不多都是这样的，大家知道他经常气喘。他从来不抱怨的，无论多么难受的事，他总会找出许多安慰自己的理由。倘使做着件痛苦不堪的工作，他会联想到晚上躺在床上该多么舒服；要是生了病，他又说病好以后该多么快乐……说到这里，老婆子补充了几句：

"可是，先生，一个人就不该老是知足。你自己不诉苦的话，别人也不同情你了。因此我经常诉苦……"

当时大家都觉得他气色很好，还同他开玩笑呢。摩达斯太——（那瞎子姑娘的名字）——帮他把行李放下，问他这样像年轻人一样忙碌烦不烦。他微微一笑算是回答，因为他气色不好，体质虚弱。他坐在门前的凳子上，家里人都做活去了：男人侍弄庄稼去了；母亲忙着做饭。摩达斯太站在凳子旁边，斜倚着门在打毛线，和高脱弗烈特说着话。他不回答她，她也不要他回答，只把这一段家里发生的事情讲给他听。他气喘吁吁地呼吸很困难；她听见他竭力想说话。她并没有在意，匆忙对他说：

"先安静一下，"你先好好地歇一歇，等会儿休息好再慢慢说吧……干吗费这么大的劲？"

于是他安静下来。她继续说她的故事，以为他听着。他叹了口气，彻底静下来。过了一会儿，母亲出来，看到摩达斯太依然在说话，高脱弗烈特在凳子上一动不动，脑袋往后仰着，朝着天，原来摩达斯太是在跟死人说话。她真是后悔极了，可怜的人临死以前想说几句话而没有让他说，像往常一样凄凉地笑了笑，一切都在平淡且凄苦的微笑中远离了尘世……

太阳出来了，媳妇照料牲口去了，儿子拿着锹在门前清理污泥淤塞的小沟，摩达斯太在母亲讲述时突然离开了。屋里只有克利斯朵夫和那个母亲，他感动得说不出话来。爱说话的老婆子耐不住长时间的静默，把她认识高脱弗烈特的经过又重复了一遍。那是年代久远的事了。她年轻的时候，高脱弗烈特爱着她，可是没有表示过。大家把这件事当作话柄；她取笑他，大家更拿这件事取笑，（他是到处被人取笑的）——但高脱弗烈特还是每年带着真诚来找她。他觉得人家嘲笑他是挺自然的，她不爱他也是顺理成章的，她嫁了人，跟丈夫很幸福也是应该的。她那时太幸福了，太得意了。不料从天上飞来横祸，丈夫暴病死了。接着她的女儿，苗条可爱、人人称羡的女儿，正要和当地一个富翁的儿子结婚的时候，却把眼睛弄瞎了。有一天，她爬到一棵果树上摘果子，梯子一滑，把她摔了下来，一根断树枝戳进了她脑门上靠近眼睛的地方。原来大家以为不会出什么大问题，哪想到她从此脑门上一直像针刺一般的痛，一只眼睛渐渐地失明了，接着剩下的另一个眼睛也看不见了，找遍名医也没治好。不必说，婚约是毁了，未婚夫什么也没说就回避了。以前为了争着要和她跳一次华尔兹舞而不惜打架的那些男子，没有一个愿意——（那也是很可理解的）——来娶这个残废的女子。于是，一向天真活泼的、老挂着笑脸的摩达斯太，丧失了生的欲望。她不吃不喝，从早到晚哭个不休，夜里还在床上抽咽不止。大家不知道怎样办，只能和她一起悲伤，而她哭得更伤心了。结果大家都厌烦了，狠狠地埋怨了她一顿，她就说要寻短见。这时牧师来看她，和她谈到仁慈的上帝，灵魂的永生，说她在这个世界上受的痛苦，可以在下一个世界上得到幸福，但是美好的话却安慰不了她。后来高脱弗烈特来了。摩达斯太对他一向是不喜欢的。不是由于她心地坏，而是因为他不值得她爱；再加她不用头脑，只是嘻嘻哈哈，她从没有好好对待过他。他一听说她的遭遇大吃一惊，可是对她没有表露出来。他坐在她身旁，一直不提那桩飞来横祸，只是平静从容地谈着话，跟以往一样。他没有一句可怜她的话，好像她没有瞎了眼睛。他也不提她看不见的东西，而只谈她能听到的或是能感觉到的。这些他都做得非常自然，好像他自己也看不见那些东西。她先是不听他的依然大哭。第二天，她比较肯听了，也和他谈论其他事了……

"真的，"那母亲接着说，"我也不明白他跟她有什么可说的。我们要去干农活，没空照顾她。等到晚上回来时，我们看到她心平气和地在那里说话。从这时起，她渐渐地高兴起来，似乎把痛苦给忘了。偶尔她还不免想起，她哭着，或者和高脱弗烈特谈些不幸的往事；但他只装做没听见，若无其事地专门挑一些使她镇静而她感兴趣的话。她自从瞎眼以后，不愿意再到外面走，后来居然被他劝得肯出去散步了。他先带着她在园子里走一圈，后来又带她到田野里去，走得远一点儿。现在她上哪儿都认得路，什么都分得出，好像亲眼看见一样。连我们没看见的东西，她也会觉察到。从前她什么都不大关心，现在对什么都有兴趣了。当时，高脱弗烈特待在我们家已很长时间，我们不敢多留他，可是他没有走，直到她比较安静的时候。有一天，我听见她在院子里笑了。那一笑给我的感觉，我简直说不上来。高脱弗烈特似乎也很兴奋。他坐在我的身旁，我们相互交换了眼色，我可以大大方方的地告诉你，先生，我和他拥抱了，而且诚心诚意地拥抱了。于是他对我说：'现在，我可以离开这儿了。这儿用不着我了。'我竭力挽留他，他回答说：'不，现在我一定要走。我不愿意多留了。'大家知道他像漂泊的犹太人，无法长住一个地方的，所以我们也不再劝他。他走了。可是从此以后，他经过这儿的次数比从前频繁了。当他来时，摩达斯太总是非常快活，她的精神越来越好。她重新操持家务；哥哥结了婚，她帮着照顾孩子；现在她和以前一样，神气老是那么快乐。有时我心里不由得想：她要是眼睛不瞎的话，是不是能像现在一样的快活。是的，先生，有些时候我觉得还是像她那样的好，由于看不见那些坏人那些坏事，世界日益丑恶，真是一天坏似一天……可是我很怕上帝把我的话当真；因为我呀，尽管世界那不好，还是想睁着眼睛看下去好……"

摩达斯太出来时，母亲又说其他的事了。天已经转晴，克利斯朵夫想回家；可是他们真诚挽留，非要他在这儿吃了晚饭过一夜再走。摩达斯太坐在他身旁，整个晚上都与他谈天说地。他同情她的遭遇，很想讲一些令她开心的话。可是她没有给他这种机会，她只向他询问高脱弗烈特的事。听到克利斯朵夫说出她所不知道的情形，她显得又快活又羡慕。她自己提到高脱弗烈特的时候，哪怕是只是小事，心里也老大的不高兴。让人觉得她有许多话藏着一直没说，或者说出来马上后悔。凡是关于他的回忆，她都当做自己的财富，不愿意跟别人分享。她这种感情跟那些把土地作为财富的人一样认真。想到生活中还有另外一个人像她一样地关心高脱弗烈特，她难过极了，而且也不信有这种事。克利斯朵夫看出她的这一想法，就让她去享受。他听着她的话，才清楚她虽然当初看得见高脱弗烈特的时候眼光很苛刻，但自从看不见后，她已经把他组成了一个与事实不同的形象，同时她心中残存的爱情向往，也都集中在这个幻想人物的身上。没有人能来阻挠她一厢情愿的事。她有种坚强的毅力会把自己看不见的事若无其事地编造出来，因此摩达斯太对克利斯朵夫说："你长得和他一样。"

这些年来她能够看见却不知道什么是美好，如今她学会了在黑暗里看世界，甚至把黑暗都忘了；倘使她的心中射进一道光明，说不定她倒会害怕。在断断续续的、无关紧要的谈话中，她和克利斯朵夫提到一大堆无聊的小事，都是跟他无关系的，使他听了很不痛快。他不明白一个受过这么多痛苦的人，竟没有在痛苦中磨炼出一点儿同情，而只想着些鸡毛蒜皮的小事；他经常想扯到比较正经的问题，都得不到答复；摩达斯太不能——不想谈论这样的话题。

深夜来临了。克利斯朵夫一直睡不着。他想着高脱弗烈特，竭力要从摩达斯太谈话里去找出他的相貌，可是这是困难的，不由得很气恼。想到舅舅客死他乡，遗体一定在这张床上放过，他觉得很难过。他拚命体会舅舅临死之前的状态：不能说话，不能使盲目的少女明白他的意思，他就溘然长逝了。克利斯朵夫恨不得看看舅舅的眼睛，瞧瞧那里头的思想，瞧瞧这个没有给人理解，或许连自己也没认识清楚就此长逝的灵魂，他所有的智慧是在于不求智慧，对什么都不用自己的意志支配，只是听其自然地忍受一切，爱一切。这样他才感染到万物的神秘的本体；而克利斯朵夫，瞎子姑娘，以及永远不会发觉的所有其他的人，所以能从他那里得到安慰，也是因为他不像一般人那样说些无聊的话，而只给你带来永远的和平、恬静和乐天安命的精神。他记起那个冬天的早晨，他万念俱灰的时候和舅舅在山岗上最后一次散步，不由得眼泪都涌出来了。他不愿意睡觉，他无意中来到这个地方，到处都是高脱弗烈特的灵魂；可是他听着急一阵缓一阵的泉声，尖锐的蝙蝠叫声，不知不觉被年轻人的困倦压倒了，他睡着了。

一觉醒来，太阳已经很高，农家的人都上工去了。楼下的屋子里只有那个老婆子和几个孩子。年轻的夫妇下了田，摩达斯太挤牛奶去了，没法找到她。克利斯朵夫不愿意等她回来，心里也不大想再见她，便推说急于上路，托老婆子对其他的人致意，随后动身了。

他走出村子，在大路的拐角儿上瞥见瞎子姑娘坐在山楂篱下的土堆上。她一听见他的脚声就站起身来，笑着与他打招呼说："我在这儿！"

他们穿过草原往上走，来到一片地势较高的空地，到处都是鲜花跟十字架。她把他带到一座坟墓前面说："就在这儿。"

他们一齐跪下。克利斯朵夫不觉回忆起当年和舅舅一同下跪的另一座墓前，他心里在默念着：

"下一个就该是我了。"

虽然他心里是这么想的，可没有一点感伤的意思。一片平和与祝福从泥土中升起。克利斯朵夫向墓穴倾着身子，默默地祈祷："希望你融入我的心里吧……"

摩达斯太合着手祈祷，默默地牵动着嘴唇。然后，她膝行着在墓旁绕了一圈，用手摸索着花跟草，像抚摩一般；她那灵敏的手指代替了她的眼睛，把枯萎的枝藤和凋零的紫罗兰轻轻地拔去。她用手撑在石板上想直起身子，克利斯朵夫看见她的手指偷偷地在高脱弗烈特几个字母上摸索了一遍，好像说："今天的泥土特别潮润。"

他们的手紧紧地握在了一起。她叫他摸摸那潮湿而温暖的泥土。他握着她的手不放松，彼此勾在一起的手指直插到泥里。他拥抱了摩达斯太，她给了他一个热吻。

他们站起身来，她把刚摘下的一束新鲜的紫罗兰递给他，把一些枯萎的放在自己胸口，抖了抖膝盖上的泥土，两人无言地出了墓园。云雀在欢快地鸣叫着。他们坐在一块草地上。村子里的炊烟向着雨水洗净的天空袅袅地升起。平静的河水在白杨丛中粼光点点，蔚蓝的水汽在草原与森林上面铺了一层绒毛。

静默了一段时间，摩达斯太低声讲着美好的天气，就如同亲眼看见似的。她半张的嘴唇深深呼吸着，留神万物的声响。克利斯朵夫也知道这种音乐的力量，把她想到而说不出的代她说了出来。他又把草底下或空气中细微莫辩的叫声和颤动，向她说明了几例，她心动地说：

"啊！你对这个也知道？"

他告诉她是高脱弗烈特教他的。

"他也教你吗？"她说话的神气有一丝失望。

他很想和她说："你别生气吧！"

然而他看见光明的世界在他们周围充满生机，他瞧着她那双失明的眼睛，觉得心里非常难过。他问："那末，你也是跟高脱弗烈特学的了？"

她回答说是的，又说她现在比以前更能感受到这一点。（她说以前，但避免提到失明二字。）

接下来是一段长时间的沉默。克利斯朵夫满怀深情地瞧着她，她也觉察了。他真想向她表示他的惋惜，希望她对他说些真心话。

"你以前有过痛苦吗？"他很恳切地问。

她一声不响地呆立着，拉下几根草放在嘴里乱嚼。过了一会儿，克利斯朵夫讲到他自己也有过痛苦，高脱弗烈特极力说服他，安慰他。他说出他的悲伤，苦难，像在那里自言自语。瞎子姑娘用心地留意着，阴沉的脸色渐渐开朗。克利斯朵夫仔细瞧着她，看见她预备说话了。她把身子挪动了一下想靠近他，向他伸出手来。他也往前挪动了一点，可是一刹那之间，她又恢复了先前那种麻木的神态，他说完以后，她只回答几句无关紧要的话。看她漠然的神情和乡下女人特有的固执，真的如同一块顽石。她说得回家去照看哥哥的孩子了，说话时表情很从容，还带着一丝笑意。

他问："你过得快乐吗?"

听他这么问，她感到无比快乐。她回答说是的，又把她觉得快乐的原因说了一遍；她努力要他信服，谈着孩子，谈着家庭……

"是的，"她说，"我十分幸福!"

两人话别的时候，语气十分轻快。摩达斯太的手在克利斯朵夫手里稍微颤抖了一下。她说："今天你上路，天气一定会非常好的。"

她又叮嘱他在前面的丁字路口处别走错了路。

他漫步走下山岗。在下面，他回首一看，她还站在老地方扬着手帕注视着他。

能坦然面对残废的现实是一种意志上的胜利，克利斯朵夫感动不已。他觉得摩达斯太既值得怜悯，又值得敬佩。可是要和她在一起呆两天，他却受不了。他飞快赶着路，两旁都是开满野花的眼睛，似乎面对着许多伤心事和难堪的现实不愿意看。

"他把她看成什么样啊!"他问自己。"我跟她想象中的我会有什么不同! 她见到的我，只是她心里想看到的。一切都像她自己的面目，像她一样的纯洁、高尚。看到世间的人生真相她还能受的住吗?"

他仿佛又见到那个姑娘，在黑暗里面而否认黑暗，定要相信有者为无，无者为有。

于是他从先前憎恨的德国人的理想精神里，看出它的伟大；以前他恨的是这种理想精神被一般庸俗的心灵拿去搞出虚假荒唐的事情。但是他看到，一种伟大的信念会让一个死寂的世界充满无限生机。他只想拥有生命，这才是真理。他不愿意做一个说谎的英雄。如果没有了这种美丽的谎言，一般弱者就无法生存；假如把支持那些可怜虫的幻象毁于一旦，克利斯朵夫也要认为是罪无可赦的暴行。可是他自己没法拿这个做借口：与其自欺欺人，他宁可去死……难道艺术不是一种幻想吗? 不，艺术一定不是幻想，应当是真理! 真理! 我们要吸取生命中的精华，勇敢面对世间苦难事实的真相。

转眼又是几个月。克利斯朵夫无法离开家乡，没有人愿意帮助他。至于苏兹老人的友谊，他刚刚拥有就马上失掉了。

回家后，他写过一封信去，紧接着接到两封很热情的来信，由于不善于写信，所以回信的日子一推再推。而当他决心写的时候，忽然接到耿士一封短信，说他的老友死了。听说苏兹从旧病复发的支气管炎变成肺炎，病中老想着克利斯朵夫，却不许人家告诉他。虽然他闹着多年的病，身体已经非常不好，临终免不了每日痛苦的折磨。他托耿士把自己的死讯通知克利斯朵夫，说他到死都惦记着他，感谢他给予他的幸福，只要克利斯朵夫活着，他就在冥冥中祝福他生活快乐。耿士没有说，他旧病复发、终致不起的祸根，就是从陪着克利斯朵夫的那天种下的。

克利斯朵夫偷偷地落泪了。他此时才真正感到亡友的价值，这才觉得自己原来多么爱他；和往常一样，他后悔没有把这一点和他说得更明白些，现在已经不可能了。他此刻还有些什么呢？仁慈的苏兹只出现了一刹那，而这一刹那反而使克利斯朵夫在朋友死后觉得更空虚更寂寞。至于耿士和卜德班希米脱，他们与苏兹那点儿相互的友谊，根本谈不到什么价值。克利斯朵夫和他们通了一次信，彼此的关系就告一段落。他也试着写信给摩达斯太，她教别人回了他一封很平淡的信，只说些无关紧要的话。他不愿意再继续下去了，他不愿意让平淡的信浪费时间。

静默如同一块大石压在他的心上，仿佛一切都成了灰烬，仿佛生命已经到了黄昏；而克利斯朵夫刚刚开始生活呢。他不会向命运低头！他还没到睡觉的时候，还要坚强地活下去……

可是他无法在德国生活下去。小城市的那种闭塞压抑着他的精神，让他感到一切都令人窒息。他的神经都暴露在外面，很容易被伤害。他像笼中的飞鹰一样受着非人的煎熬。克利斯朵夫同情的时候去瞧它们，打量着它们美丽的眼睛，看着那粗野而绝望的火焰一天天地黯淡下去。啊！还不如痛痛快快把它们一枪打死，倒是解放了它们呢！无论用什么手段，也比那些人的不理不睬，叫它们在不死不活的状态中要好一些！

克利斯朵夫最感压迫的，不是人们的敌意而是他们的善变的性格，永不定形的性格。他宁愿跟那些死心眼儿的、没有头脑的、对一切新思想都不愿意了解的老顽固打交道！硬来，可以硬去；即使是岩石也可以用铁钎去开凿，用火药去炸开。可是面前是一些看不见摸不着的东西，稍微一碰就会像肉冻似地陷下去而不留一丝痕迹的，让你一点办法都没有！一切的思想，所有的精力，掉在泥沼里都变得无影无踪，即使有块石头掉下去，泥沼的面上也不会泛起皱纹；嘴巴张开了，立刻闭上了。

他们不是敌人，真是差得远呢！这些人，在宗教上，艺术上，政治上，日常生活上，毫无勇气去爱，去憎，去相信，更没有勇气去怀疑；他们使用所有的精力，想把一成不变的事情加以固定。特别从德国胜利以后，他们更想来一套让人憎恶的把戏，在新兴的力量和旧有的规矩之间觅取妥协。古老的理想主义并没被人们遗忘，因为大家没有那个勇气敢坦坦白白地这样做，而只想把旧思想加以歪曲，来迎合德国的利益。就连伟大的黑格尔也在莱比锡与滑卢战后才把他的哲学观点和普鲁士邦沆瀣一气。这是一个明显的信号。——利害关系改变了，一切原则也同样改变了。

吃败仗的时候，人们说德国是热爱理想。现在胜利了，人们说德国就是人类的理想。看到别的国家强盛，他们就像莱辛一样说："爱国心不过是想做英雄的倾向，没有它也不妨事"，并且说自己是"世界公民"。如今自己抬起头了，他们便开始轻视"法国式"的理想了，对什么世界和平，什么博爱，什么和衷共济的进步，什么人权，什么天然平等，一律看不起。还说强大的民族有绝对的权利，而那些弱小可怜的民族，根本不可能有权利。它就是上帝，就是观念的化身，它的发展是用战争、暴行、压力来进行的。现在自己有了力量，力量便是神圣的。全部的智慧和理想都让力所代表了。

德国因为几百年来没有实力而吃了大亏，所以不能不承认至关重要的是力量。但是埃尔特与歌德的后人有这样的自白，其隐痛也能想到的。德国民族的胜利其实是德国理想的衰微与没落……连最优秀的德国人也倾向于服从，所以要他们放弃理想是最容易的。"德国人的特征是服从"，莫茨在一百多年前曾说过。而特斯塔尔的见解是："德国人是勇于服从的，他们会自圆其说地来解释世界上不合理的事情。例如对强权的尊重。把自己的恐惧说成心软，把尊重权力变成尊重强权。"

克利斯朵夫在德国每个人身上都发现了这种心理。席勒笔下的威廉·退尔，肌肉像挑夫一般，拿腔作调的布尔乔亚，是典型的一例，连那个直言的鲍尔纳也要批评他说："为了让荣誉和恐惧不相抵触，他一直低头走过奚斯莱的冠冕，表示他没看见冠冕不敬礼不代表抗命。"小而言之，老教授韦斯又是一个例子：在克利斯朵夫城中他是最让人爱戴的学者，可是在街上一见到什么少尉之流，会赶紧从人行道上闪到街心去让路。

克利斯朵夫看到日常生活中这些琐碎的奴性表现，不由得怒火中烧。他为之痛恨至极，仿佛卑躬屈节的就是自己。看见军官们在街上飞扬跋扈，心中非常气愤：他偏不让路，还直瞪着眼回敬他们。好几回他要闹事，就好像有心寻衅似的。虽然他比谁都明白这一类惹是招非的举动很危险，但他常有些理智不大清楚的时候：因为他老是压制自己，无处发泄的强壮的精力使他烦躁不堪。在那种情形之下，他随时可以闯祸，他觉得在这儿住上一年他一定会死去。他痛根强暴的军国主义，好似压在自己的心上；他也恨那些拖在街面上铿锵作声的刀剑，在营门口摆着的仪仗，和对着城墙预备开放似的大炮。揭穿各地军营里的腐败，把军官全描写成坏蛋，除了做个听人支配的傀儡以外，只懂得闲逛，喝酒，赌钱，借债，互相攻击，从上到下地欺负人。克利斯朵夫想到将来有一天要听命于这些人，他连气都喘不过来了。不，他一定受不了的。他怎么能委屈自己去向他们低头，被他们羞辱呢？……他不知道军人中间有一部分极高尚的人也在那里痛苦，看着自己的幻想破灭，多少人的精力，青春，荣誉，信仰，不怕牺牲的热情，都给糟蹋了，浪费了，剩下的只有职业的无聊。当人不再把牺牲当做目标时，他的生活将毫无意义了，摆着臭架子、仿佛没有信仰而整天念着经文一样……

乡土对与克利斯朵夫是太狭窄了，他如同飞鸟，到了一个季节，觉得浑身是力，便要到天南地北到处飞翔遨游。他发现自己不是死守家园的"大地之子"，而是扑向阳光的"太阳之子"。

他不知道到哪去，但他向往南方的拉丁国家。法兰西永远是德国人彷徨无主时的救星。已经有过多少回了，德国的思想界一边毁它，一边利用它；被德国大炮轰得烟雾弥漫的巴黎，即便是在 1870 年以后，对德国仍然有极大的魔力。各种各样思想和艺术，从最革命的到最落伍的，在那儿都可以轮流或是同时找到实际的例子或精神上的感应。像许多的德国音乐家在绝望的时候一样，克利斯朵夫远远地望着巴黎……关于法国人，他知道些什么吗？不过两个女性的脸和偶然看过一些书罢了。可是这已经足够使他想象出一个光明、愉快、豪侠的国家，甚至高卢民族自吹自擂的习气，也和他年轻而大胆的精神非常相符。他不仅相信，并且满心希望法国是这个样子的。

他决定要走了，但为了母亲他还是不能走。

鲁意莎老了。她爱自己的儿子，因为那是她惟一的安慰。而他也最爱自己的母亲。但他们互相折磨，使彼此痛苦。她不了解克利斯朵夫，并且不想了解，只知道一味地爱他。她头脑简单，胆子小，思路不清，心肠挺好，那种爱人和被爱的需要令人感动，也令人透不过气来。她敬重儿子，因为他很博学；但她的所作所为却让他感到呼吸十分困难。她认为他肯定会陪着她，永远住在这个小城里。两人一块儿住了多少年，她做梦也没想到这种生活方式会有所变化，既然她过得幸福，他又怎么会不幸福呢？她的梦就是他将来娶一个当地小康人家的女儿，每星期日在教堂里弹着管风琴，永远陪着她。她老是把他当作只有 12 岁，巴不得他永远不超过这个年龄。可是儿子已经长大成人，在这个小天地里没法呼吸，而她却叫他可怜地受着罪。

母亲不懂什么叫雄心，只知道天伦之乐，只要家人团聚就是人生最大的幸福。她这一套不假思索的哲学的确也有许多真理和伟大的精神在内。她那颗心是只知道爱不知有其他的。放弃人生，放弃理性，放弃逻辑，放弃世界，放弃一切都可以，却不能放弃爱！这种爱是无穷无尽的，带着恳求意味的，同时是苛刻的。她自己全都给了别人，要求人家也必须全部都给她；她为了爱而牺牲人生，便要求被爱的人也作出同样的牺牲。一颗单纯的灵魂的爱有巨大的力量！像托尔斯泰那样走入迷途的天才，或是衰老的文明过于纤巧的艺术，思考一辈子，经过了几世纪的艰辛，多年的奋斗而得到的结论，一颗纯洁灵魂，靠了爱的力量一下子便找到了！……在克利斯朵夫的胸中有另一个世界和另一个规则，当然需要另一种智慧和理解。

他真想把早已下定的决心告诉母亲。有两三次，他怯生生地露出要离家的意思，鲁意莎却认为他在开玩笑，或许是她假装如此，为的要使他相信他自己是说着玩儿的。于是他不敢再往下说了。但他拉长了脸，想着心事，一望而知有桩秘密压在心里。可怜的母亲虽然凭着直觉早已猜到这桩秘密，可老怀着鬼胎不想说穿。晚上他们俩四目相对，沉寂似水的时候，他突然觉得他要说出来了；她开始东拉西扯，把话说得特别快，连自己也不知道说了些什么，可是无论怎样也要阻止他开口。她本能地说起自己老了，手脚都浮肿了，说自己是个瘫子，完全不中用了。这些天真的手段又怎能瞒得过他？他无奈地望着母亲，似乎在埋怨她。过了一会儿，他站起身，说自己非常疲倦，独自回房睡觉了。

但是这些策略也不能把这件事拖更长的时间。一天晚上，她又用到那套法宝的时候，克利斯朵夫鼓足了勇气，把手放在母亲手上，说道："我有事跟你说，妈妈。"

母亲大吃一惊，却勉强一笑说："什么事呀，我亲爱的孩子？"她极力认为他是开玩笑，像平常一样设法把话往别处扯；但这一回他始终板着脸正经地说下去，样子的坚决和严肃使人没有丝毫怀疑的余地。于是她不作声了，血液停止了流动，浑身冰凉，眼睛呆呆地直瞪着克利斯朵夫。那副痛苦的表情把他噎得说不出话来，一时间他们俩都没有了声音。她刚透过气来，便断断续续地说："那怎么行呢？怎么行呢……"

两行泪水顺着脸颊慢慢地流下来。他无奈地转过头去，双手捧着脸，母子俩都哭了。呆了一会儿，他进了卧室，直躲到明天。他们不再提昨天的事，她努力叫自己相信他已经让步，可她却一直放不下心事。他再也无法忍受这种痛苦，不管说出来是怎么伤心也非说不可了。因为痛苦，他变得更加自私，同时也忘了自己所能给人的痛苦。他把话一气说完，躲着母亲的目光，惟恐打乱自己的心。他连动身的日子都定了，免得再费第二次口舌；他为今天的勇气自豪，而鲁意莎却嚷道："别说了……"

他坚定地按自己的主意一直说着，说完后她嚎啕大哭了，他握着她的手，想使她理解为了他的艺术，他的生活，到外地去是绝对必须的。她却哭泣着说，不行，不行，我真的不想让你离去。

说了半天一无结果，他走开了。可是第二天，他在饭桌上狠着心又提到那个计划的时候，她马上把嘴边的面包放下，用痛苦的语气说："难道你一定要折磨我吗？"

他心软了，坚持着说："妈妈真的，没有办法呀。"

"怎么没办法！……你这是要我痛苦……你简直疯了……"

他们都试着说服对方，可是彼此都很倔强，当争辩没用的时候，他抛开一切，公然做着出发的准备。

鲁意莎无论怎样哀求都不起作用，于是就变得垂头丧气，抑郁到了极点。她整天不出门，晚上也不开灯，不说话，不吃东西，深夜里躲在床上哭泣。他听了像受着煎熬一样，终夜在床上展转难眠，受良心责备，痛苦得几乎要叫起来。他爱她，为什么要让她痛苦呢。……难道命运故意让他完成愿望和某种使命时，一定要让他所爱的人受苦吗？

他心里想："要是我能自主，要没有专横的力量来逼我完成使命，否则我会羞愧死的话，那末我一定会使你们——我深爱的人们——幸福！先让我生活，奋斗，受苦；而后我将怀着更大的爱回到你们面前，我只希望能够爱，对，除了爱以外什么也不要……"

如果伤心的母亲有勇气把抱怨的话说出来，他一定会心软的。可是不够坚强的鲁意莎，就是藏不住心里的痛苦而说给邻居听，说给另外的两个儿子听。小兄弟俩发现了克利斯朵夫的错处，怎么能轻易放过呢？尤其是洛陶夫一向忌妒兄长，——虽然克利斯朵夫目前的情形没有什么可令人忌妒的——只要听一两句赞美克利斯朵夫的话就受不住，暗地里还怕他将来会成功；尽管他不敢承认有这种卑鄙的想法，但他的确担着心事。因为他特别聪明，感觉到哥哥的天才，而且怕别人也感觉到。所以洛陶夫此刻能凭着自己优越的地位来压倒克利斯朵夫，真是快乐极了。他明知母亲手头拮据却不帮助母亲，永远把全部的责任放在克利斯朵夫一人身上。

一听到克利斯朵夫的计划，他马上变成孝子。他对于哥哥离开母亲的行为愤慨异常，说他是自私自利的小人。他竟然当面责备克利斯朵夫，用长辈的口吻教训他，仿佛对一个该打的小孩子；他傲慢地提醒克利斯朵夫别忘了对母亲的责任，和母亲为他所做的种种牺牲。克利斯朵夫真的气坏了，把洛陶夫当做一个假仁假义的畜牲踢出了家门。洛陶夫气急败坏地煽动母亲。鲁意莎被他一激，以为克利斯朵夫真是个不孝的儿子。她听洛陶夫说克利斯朵夫没有离家的权利，觉得正是心中所想。哭原来是她最有力的武器，但哭哭啼啼她还不甘心，又说了许多难听的话埋怨克利斯朵夫，终于把他惹恼了。这些难听的话，反而让犹豫不决的克利斯朵夫下了决心，加紧做出发的准备。他知道邻居们哀怜母亲，一致认为他不是一个好儿子，但他仍旧咬咬牙，再也不改变主意了。

时光总是一天天流逝着，克利斯朵夫和母亲整日不言不语。他们非但不尽量享受这最后几天，反而生着无谓的气，把有限的时间虚度了，把真诚的情感糟蹋了，——两个相爱的人经常有这种情形。他们只在吃饭的时候见面，面对面坐着，彼此不瞧一眼，不吭一声，勉强吃着东西，不是为了吃而是为了免得发僵。克利斯朵夫费了好大的劲才从喉头讲出几个字，鲁意莎却置之不理；而等到她想开口的时候，又是他不做声了。母子俩都受不了这个局面，但这局面越延长，他们越无法忍受。难道他们就这样分手吗？此时鲁意莎意识到自己的笨拙；但她万分痛苦，不知道怎样留住她认为已经失去的儿子的心，不知道怎样去阻止他的远行。克利斯朵夫注视着母亲苍白虚肿的脸，心里难受得像受毒刑一样；他知道那是自己生死攸关的大事，所以已经下了必走的决心。

后天就是行期了。他们仍旧沉默地吃完了晚饭，克利斯朵夫回到卧室，手捧着头对着桌子坐着，一声不响什么都不能做，他只是独自沉思。夜深了，已经快到一点。他突然听见隔壁屋里响了一声，一张椅子翻倒了。他的房门被打开了，母亲穿着衬衣，光着脚，哭着扑过来抱住他的脖子。她紧紧拥抱着儿子，呜咽着说"别走了！你走了我会伤心死的……"

他心里一惊，拥抱着母亲说："好妈妈，我请求您安静些。"

但母亲接着说："我会伤心的，我现在只有你了。你一走，我怎么办呢？……我准会死的。我死也要死在你面前，你等我死了再走吧！"

这些话把克利斯朵夫的心都撕碎了，他努力地想说什么来安慰她。对这种爱与痛的发泄，讲理有什么用？他把她抱在膝上，亲吻着，说着好话。她稍稍安静下来，轻轻地哭着。看她比较安定了些，他就说："去睡吧，别着凉。"

她却不停地说："你别走呀！"

"我不走就是了。"他轻声答道。

她哆嗦了一下，用力抓住他说："真的吗？真的吗？"

他叹了口气转过头去："明儿，明天再告诉您……现在您去吧，我求您……"

她微笑着站起来，回到自己屋里去了。

早上，她想起半夜里好像病人发作感到惭愧，却又不知儿子会给他一个什么样的答复。她坐在屋子的一角等着，拿着毛线活儿，可是她的手不听使唤，让活计掉在地下。克利斯朵夫进来了，两人打了一声招呼，互相都不敢看一眼。他低沉着脸站在窗前，背对着母亲一声不吭。他心里很矛盾，可早已知道结果是怎么回事，故意想多等一些时间。鲁意莎不敢和他说话，生怕提起那个她想知道而又怕知道的答复。她勉强捡起活儿，低着头做着，把针都弄错了。外边下着雨。沉默了一会儿，克利斯朵夫来到她身边；她一动不动，心跳得很快。克利斯朵夫呆呆地望着她，然后突然跪下，把脸藏在母亲的裙子里，无言地哭了。于是她知道他不走了，心中的悲痛立刻减少了不少；可是她马上又后悔，因为她感觉到克利斯朵夫在为她牺牲；她这时的痛苦，和克利斯朵夫牺牲了她而决意出走时的痛苦有过之而无不及。她弯下身子吻着他的脸庞，他们俩一齐哭着，痛苦着，终于他抬起头来；鲁意莎望着他，想说"你走吧"，然而没有勇气。

这错综复杂的局势，母子俩都没法解决。她叹了口气，表示她爱到极点，悲伤到极点："唉，咱们要能同生同死才好呢！"这天真的想法把他感动了，勉强笑着说："咱们会同生同死的。"

她紧接着问："一定吗？你不走了吗？"

他站起身来回答："一言为定。"

是的，克利斯朵夫再也不说要走的话了，但是心里想不想可不是他自己能作主的。他虽然留在家里了，但忧郁的思绪使母亲对于他的牺牲付出很大的代价。笨拙的鲁意莎，明知自己愚蠢却老做着不该做的事，明知道他为什么抑郁，却偏偏要逼他讲出来。她用絮絮叨叨的、让人生气的、纠缠不清的感情去折磨他，使他想起他跟母亲的性情多么不同，而这一点原是他努力要忘掉的。他屡次想和她说些心腹话，刚想说的时候，他们之间忽然出现一道万里长城，使他马上把心事藏起来。她猜到他的意思，可是不敢或是不会去逗他说出来。她作这种尝试只会让他把极想说的话藏得更深。

还有许多小事情，以及她动不动就发火的脾气，也让克利斯朵夫心中不快，觉得和母亲格格不入。老年人都十分嘴碎，常常把街坊上的闲话没完没了地唠叨，或是用那种保姆般的感情，讲他幼年时期的无聊事儿，永远把他跟摇篮连在一起。"我们用了多少力量才使你从孩童长成大人，"就像朱丽叶的乳母抖出当年的尿布，讲那些幼稚的事情，让你想起那个混沌时代。

讲这些时，她的感情是那么投入、那么动人，仿佛面对一个小孩子，想把他软化了；而他也只能把自己当做一个小孩听凭摆布。

更糟的是他们俩在一起生活，和旁人没有联系。心中苦闷的时候，相互间爱莫能助，所以苦闷愈加强烈；结果两人都埋怨对方，到后来真的相信自己的悲伤应该由对方负责。在这样的情形下，反倒觉得独处是件好事。

母子俩每天都在受罪。如果不是出了件偶然的事，出了件表面上很不幸，而骨子里是大幸的事，把他们难堪的局面解决了的话，他们将永远跳不出这个互相对峙的苦海。

10月里的一个星期日，下午四点多钟，天气特别晴朗。克利斯朵夫整天待在家里沉思，品味着他的悲苦。

他实在忍不住了，想到郊外去走一走，消耗一点精力，用疲倦来冲淡自己的苦恼。

他跟母亲冷淡地不辞而别地出去了。可是到了楼梯上，他又想起这样地走掉，她独自在家，整个下午都会不快活的，便重新回到屋里，推说忘了什么东西。母亲的房门半开着，当他探进头看到母亲，虽然只短短几秒钟的功夫……可这几秒钟在他今后生命中占着非常重要的位置。

鲁意莎做罢晚祷回来，坐在平常最喜欢的窗前，对面一堵裂开的白墙挡着视线；但从她的右边可以看到邻居的两个院落，和院落那一边的一块像手帕大小的蔓藤，在斜阳中摇来晃去。鲁意莎坐在一张小椅子上，伛偻着背，膝上摆着本厚厚的《圣经》，她无心去看。她把两手——血管暴起，指甲坚硬，直直地向下弯着——平放在书上，温柔地看着蔓藤和蔓藤中露出来的天空。阳光照着绿叶，间接地映衬出她疲倦的脸，还有一些惨绿色的影子，白头发很细却并不多，半张的嘴微微笑着。她体味着这一短暂的悠闲恬适。那是她一星期中最快乐的时间，她沉浸在痛苦里，但觉得特别甜蜜，好似一颗半睡的心在低声细语。

"妈妈，"他说，"我想出去，上蒲伊那边遛遛，也许会晚一些回来。"

半梦半醒的母亲略微心跳了一下，转过头用慈祥的眼神看着他：

"好，你去吧，孩子。这主意不错，别误过了好天气。"

他们彼此相互笑着瞧了一会儿，接着点点头，眯了眯眼睛，算是告别了。

他把门轻轻带上。她渐渐地又回到她的幻想中去，儿子的笑容给她的梦境罩上一道明亮的光影，像阳光射在黯淡的五龙爪上一样。

他终于离开了她——永远地离开了她。

那天黄昏，太阳的颜色显出一种温和的淡黄色，田野懒洋洋地仿佛睡着了。各处村子上的小钟在原野里悠悠地响着，一缕缕的烟在宽阔的田间缓缓上升。一片淡淡的暮霭在远处飘浮，白色的雾铺在潮湿的地下，仿佛等着黑夜降临好往上升去……一条猎狗鼻子嗅着泥土在萝卜田里来回跑动。一只只乌鸦在灰色的天空中盘旋。

克利斯朵夫一边胡乱猜想，一边茫然地向着远处的一个目标走过去。几星期以来，他到城外散步以这个村子为中心，知道在那儿一定能碰到一个吸引他的漂亮姑娘。虽然只是一种吸引，但却十分强烈，有点乱人心意的吸引。要克利斯朵夫不爱什么人是不可能的，他的心难免会发虚，其中永远有一个是他崇拜的偶像。至于那偶像是否知道他的爱，他完全不以为然；他需要爱，如同鱼需要水一样。

他热恋的对象是个乡下姑娘，好像哀里才遇见利百加一样，也是在水边碰到的；但她不请他喝水，反倒把水撩在他脸上。她跪在小溪的堤岸缺口处，在两株杨柳中间，树根在周围盘成岩洞一般。她用力地洗着衣服，嘴巴跟手臂一齐动着，和对岸洗衣服的同村女伴大声说笑。克利斯朵夫躺在不远处的草地上，两手支着下巴看着她们。她们并不感到羞怯，照旧嘻嘻哈哈的，说话很放肆。他并不留意她们说什么，只听她们的嬉笑声，远处草地里的牛鸣声，目不转睛地看着女郎出神。不久，那些女孩子发现了他注视的对象，相互说着俏皮话；那姑娘也冷言冷语地刺激他。因为他老呆着不动，她就把洗干净的衣服、晾到对面小树上了，顺便把他看个仔细。走过他身边的时候，她故意把衣服上的水洒在他身上，还嬉笑着望着他。她高高的个子，很结实，尖尖的下巴向上翘起，鼻子很短，眉毛弯弯的，深蓝眼睛非常有神，带点儿凶相，嘴巴很好看，厚嘴唇微微往前撅着，像个希腊面具，金黄鬈发披在颈窝上，紫铜色的皮肤。她头抬得很高，无论说什么总带着讪笑的意味；走路像男人一样，太阳晒得乌黑的两手甩来甩去。她一边晾衣服一边用挑剔的目光睃着克利斯朵夫等他说话。克利斯朵夫也瞪着她，却没有意思跟她搭讪。最后，她朝着他哈哈大笑了一阵，回到同伴处。他一直躺着，一直到了傍晚时分，看着她们背着篓子，抱着胳膊，一路说说笑笑地往回走。

过了几天，他在城里的菜市上，在成堆的萝卜、番茄和青菜中又见到了她。他信步走去，看着那些女菜贩整整齐齐地站在菜篮后面；好像预备出卖的奴隶一样。税务局的职员一手拿着钱袋，向每个菜贩收一文小钱，给一张小票。卖咖啡的女人提着小咖啡壶过来走去。一个老虔婆，肥肥胖胖的，提着两只挺大的篮子，嘴里不停地老天爷长老天爷短地向人讨菜蔬，没有一点羞怯的样子。

大家叫叫嚷嚷，古老的秤托着绿色的篮，当当笃笃的不停在响，拉车大狗高高兴兴地叫着，为担当重要的角色而得意非常。就在这片喧闹声中，克利斯朵夫见到了他的利百加——真名叫洛金——她那金黄色的发鬈上有一张白里透绿的菜叶，好像一个齿形的头盔，面前堆着金黄的蒜头，粉红色的萝卜，碧绿的刀豆，鲜红的苹果。她坐在一只篓子上吃着苹果，一个又一个地吃，根本不在乎卖不卖，还不时拿围裙抹脖子和下巴，还用手撩头发，把脸或者鼻子挨着手背摩擦几下。再不然，就无精打采地抓着一把豌豆在两只手里倒来倒去。她东张西望，神情很悠闲，可是把四周的情形都瞧在眼里：凡是面对她的目光，她都不动声色地一一记在心里。她看到克利斯朵夫，便一边和卖菜的主顾说话，一边从他们的肩头上望出去，观察他。她脸上装得特别严肃，心里却在偷偷地笑克利斯朵夫。他的模样也的确很可笑：就像一个木头人一样走了几步后，就一直用眼睛盯着她，过了一会儿又一句话不说地走了。

他好几次到她的村子四周徘徊。她在院子里出出进进，他站在路上远远地望着她。他不承认是为她而来的，其实也差不多是无意中走来的。他一心一意作曲的时候，经常像害了梦游病一样，心灵中有意识的部分想着乐思，其它的部分便让另外一个不知意识的心灵占据了，只要他稍一分心就会控制他的。他对着姑娘，经常被胸中嗡嗡作响的音乐搞得昏头转向，眼睛瞧着她，心里依旧在沉思幻想。他不能说爱她，甚至想也没想过，只是喜欢看到她。他并不了解自己有一个想见到她的欲望。

他经常出现在村口，很快就引起了人家的议论。农庄上后来知道了克利斯朵夫的来历，把他当做笑柄。可是谁也不以为然，因为他并不侵犯谁，不说一句话，他不过像个呆子，而他自己也不在乎是否像呆子。

在一个村庄的节日里，儿童们掷着豌豆叫喊"君皇万岁"！关在牛棚里的小牛在叫，酒店里传出悦耳的歌声，母鸡在肥料堆中乱扒，风吹着它们的羽毛好似吹动女人的裙子一样。一头粉红色的肥猪舒服地睡在沙地上晒太阳。

克利斯朵夫面向一家叫三王客店的方向，一面小旗在屋顶上飘荡，门前吊着串串的蒜头，窗上缀着美丽的金莲花。他走进烟味浓烈的大厅，墙上挂的是发黄的石印图画，中间是皇帝的彩色肖像，四周是橡树叶子。大家都在跳舞。克利斯朵夫断定他漂亮的女朋友会在里面。果然，他第一眼看到的就是她。他挑了一个位置坐下，在那里可以看到跳舞的人。他虽然留着神不让别人看见，但是洛金很快就发现了他。她一边跳着华尔兹舞，一边从舞伴的肩头上向他丢了几个媚眼，并且为了挑逗他，故意和村里的少年谈笑风声，张着大嘴傻笑，大声说些无聊的话。在这一点上，她和一般舞场中的姑娘并没区别：被人家看一看，她们非当众嘻笑骚动一阵不可——其实她们并不见得有多傻，知道大家是瞧她们而不听她们的——克利斯朵夫肘子放在桌上，用手托着下巴，看着她装腔作势的样子，眼睛里露出热情与愤怒。他头脑还算清醒，不至于看不出她的诡计，但却不能清醒到不上她的当；所以他时而愤愤地咕噜，时而耸耸肩膀，自认为是受人愚弄。

此外还有一个人在注意他，那是洛金的父亲。矮胖身材，大脑袋，短鼻子，光头被太阳晒成了暗红色；四周剩下的一圈头发，从前是金黄的，如今变成一个个浓密的小卷儿，像丢勒画的圣·约翰；刚剃的胡子，神色非常镇静，嘴角上叼着一根长烟斗。他和别的乡下人说着闲话，眼梢里老注意着克利斯朵夫的表情，不由得在心中暗笑。他咳了一声，灰色的眼中闪出一道狡猾的光，他过来挨克利斯朵夫坐下。克利斯朵夫并不乐意地向他掉过头来，正好看到那双阴险的眼睛；老人却衔着烟斗，随便和他说些无关紧要的话。克利斯朵夫一向知道他，并且认为他是一个恶棍；但是对于女儿的好感使他对父亲也变得友好一些了，甚至和他在一起还有种异样的快感，奸刁的老头儿看清了这一点。他谈到了天气，把那些漂亮的姑娘做题目说了几句俏皮话，再说到克利斯朵夫不去跳舞，认为他这个办法特聪明，在桌子前把杯独酌不也舒服得很吗？说到这里，他毫不客气地向克利斯朵夫要了一杯。老头儿一边喝着，一边谈到他的小买卖，说生活艰难，天时不正，物价上涨等。克利斯朵夫听了并不感到有趣，只在鼻子里随便哼几声，眼睛一直盯着洛金。老人停了一会儿，等他回答；他置之不理，老人又不慌不忙地接着说。克利斯朵夫心里想，这家伙来跟他鬼混，说那些话是什么意思。很快他就明白了。老头说完了这些，话题一转，把他家里出产的菜蔬，家禽，鸡蛋，牛奶夸了一阵，突然问克利斯朵夫能不能把他们的出品介绍到爵府里去。克利斯朵夫听完大吃一惊，问，"怎么你会知道？你认识他吗？"

"当然，"老人说，"我什么都知道。"

他心里还有一句话没有说："……特别是我亲自出马探听的时候。"

克利斯朵夫笑着说，虽然你说"什么都知道"，但他们还不知道他最近跟宫廷闹翻，即使他的话在爵府的总务处和厨房里有一些作用，此刻也没有用了。老人听到这些，略微抿了抿嘴，过了一会儿，又问克利斯朵夫能不能替他介绍一些家庭，接着就讲出一些和克利斯朵夫有来往的人家，因为他在菜市上把一切都打听清楚了。要不是想到老人尽管那么狡猾难免上当，而不由得想笑出来，克利斯朵夫对这种勾当早就气得直跳了。但他万万料不到克利斯朵夫的介绍不会替他招揽几个新主顾，反而连老主顾都会保不住了。因此克利斯朵夫听凭老头儿枉费心机地去耍小手段，也不回答。但那乡下人还死盯住不放，最后竟来进攻克利斯朵夫和鲁意莎了，推销他的牛奶、牛油和乳脂；他早算好了，即使找不到别的主顾，这两个总是逃不掉的。他又说，克利斯朵夫是音乐家，每天早晚吞一个新鲜的生鸡蛋是保护嗓子的最好办法。他说能供给刚生下来的，最新鲜的蛋。克利斯朵夫听到老人把他误认为歌唱家，不由得大笑。老头儿借此机会要了一瓶酒。然后觉得在他身上得不到别的好处，便头也不回地走了。

天已经黑了，跳舞的场面越来越热闹。洛金完全不理克利斯朵夫，只忙着逗引村里一个富农的儿子，姑娘都争着讨他欢心。克利斯朵夫很关心她们这种竞争；女孩子们相互笑着，动手动脚，乐不可支。但洛金真的成功了，他又有些悲哀，马上责备自己。他既不喜欢洛金，那么她喜欢爱谁就爱谁，不是挺自然的吗？——他感到自己这样孤独也不见得有趣。那些人都为了要利用他才关心他，过后还得嘲笑他。洛金见把她的情人气坏了，格外快乐，人更好看了。克利斯朵夫叹了口气，望着她笑了笑，准备要走。现在已经九点了，进城还要走一段路。

他刚想站起身来，大门里却闯进了十几个当兵的。他们一出现，全场的空气顿时紧张起来。大家开始交头接耳。几对正在跳舞的伴侣停住了，不安地望着那些新来的客人。站在大门口的几个乡下人假装在和别人说话，虽然装做若无其事，却都慢慢地闪出一条路来。地方上的人和城市四周驻军已经暗斗了许多时候。大兵们烦闷得要死，经常取笑他们，还常拿他们乡下人出气，糟蹋他们，把乡间的妇女当做坏女人来看待。上星期就有一批喝醉的兵去骚扰邻村舞会，把一个庄稼人打得半死。克利斯朵夫了解一些情况，也和村里人一样愤怒，但他此刻，静等着有什么事发生。

那些大兵根本视而不见人群的怒视，硬挤在已经坐满人的桌子旁。大半的人让开地方。一个老头儿让得慢了些，被他们把凳子一掀，摔在地下，他们看了哈哈笑着。克利斯朵夫大为不平，站起来想过去干涉，不料老人费了很大的劲从地下爬起来，不但没有半句怨言，反而连连道歉。另外两个兵走向克利斯朵夫，他握着拳头冲他们过来，心里有些紧张。那不过是两个狐假虎威的脓包罢了，他们被克利斯朵夫威严的神气吓住了；他冷冷地说了声：“这儿有人……”他们赶紧道歉，缩在凳子另一头，惟恐惊动了他。他们听他说话颇有主子的味道，察觉出克利斯朵夫不是这个村里的乡下人。

他们的态度让克利斯朵夫愤怒的心稍稍平静了一些，观察事情更冷静了一些。他一眼就看出这些大兵的头是个班长，一个目光凶狠的小个子，卑鄙无耻的恶棍，上星期日闹事者之一。他坐在克利斯朵夫边上一张桌上，已经醉了。他凑到人家面前，说着不三不四的侮辱话，而那些受辱的人只当做没听见。他盯着跳舞的人，说长说短，全是脏话，引得他的同伴哈哈大笑。姑娘们的脸都发红了，而且快要落泪。年轻的汉子们都恨得咬牙切齿。这些恶棍仔细地把全场的人都扫了一遍。克利斯朵夫看见他的目光注视到自己身上，便抓起杯子，握着拳头，只要他们说出一句侮辱自己的话，他就用酒杯打这些恶棍。

“我疯了。还是走掉了的好。我会被他们打死的。再不然，被他们抓进牢里去，那可太犯不上了。趁现在他们没来惹我，我还是走了的好。”

但他的性格是不会让他走的；他不愿意让人们看出他有意躲避这些流氓。对方那双阴险凶狠的目光盯住了他。克利斯朵夫非常紧张，愤怒异常地看着。班长把他打量了一番，被克利斯朵夫的脸打动了，用肘子撞着同伴，一边冷笑一边叫他看克利斯朵夫，刚要张开嘴来骂，克利斯朵夫用了全身之力，准备把杯子摔过去了。正在千钧一发的时候，一件偶然的小事救了他。醉鬼刚说话，却被一对跳舞的冒失鬼一撞，把他的酒杯撞到地下。于是他怒不可遏地转过身去，把他们狗血喷头地大骂一顿。目标转移了，他完全忘了克利斯朵夫的存在。克利斯朵夫等了几分钟，看见敌人无意再向他寻衅，方始站起，慢慢地拿好帽子，向大门走去。他眼睛老盯着军官的桌子，要他了解他绝不怕他。可是已经没有人在注意他，醉鬼们更把他忘的平平净净。

他就要离开这个事非之地了，但命中注定他这一天不能太平地走出去。大兵们喝完酒，又要跳舞。但所有的姑娘都有舞伴，他们便把男的骂走，而那些男的也毫无办法地让他们驱逐。洛金却不答应。克利斯朵夫看中的那双大胆的眼睛和坚强的下巴，的确有些道理。她正发疯一般地跳着舞，可班长看上了她，过来把她的舞伴拉开了。

洛金跺着脚，叫着喊着，推开军官，说："我绝不和像你这样的坏人跳舞。"他追赶着她，对那些让她作为盾牌的人乱捶乱打。结果，她逃到桌子后面；当桌子把对方挡住的几秒钟内，她缓过气来骂他；看到自己的抵抗完全没用，她气得直跳，想出最难听的字眼，把他的头比做各种各样畜牲的头。他在桌子对面伸着脑袋，露出阴险的笑容，眼中闪出愤恨的火焰。突然他发作起来，跃过桌子，把她抓住。她拳打脚踢地挣扎，像一个放牛的蛮婆。他身子本来就不大稳，几乎倒下。愤怒极了，他把她推到墙上打了一个耳光。他准备打第二下，这时一个人反倒回敬了他一个耳光，并飞脚把他踢到人堆中。原来是克利斯朵夫推开了大家，在桌子中间挤过来把他扭住。这时军官反应过来，气疯了，拔出腰刀，但没有用上就被克利斯朵夫拿凳子打倒了。这一架打得那么突然，在场的众人没人干涉。但众人一瞧那军官像牛一样地倒在地下，立刻骚动起来。其它的兵都拔出刀奔向克利斯朵夫。所有的乡下人扑向他们，登时全场乱作一团。啤酒杯满屋飞，桌子都前后倒下。乡下人忽然觉醒了，内心的怒气发泄出来，大伙在地下打滚，发疯似地乱咬。原来和洛金跳舞的人是个长工，抓着刚才侮辱他的大兵的脑袋往墙上撞，洛金拿着棍子使劲地打。别的姑娘叫喊着离去了，两三个胆子大的却十分高兴。其中有个淡黄头发的姑娘，瞧见一个高个子的兵——早先坐在克利斯朵夫身边的——用膝盖压着敌人胸脯将一把灼热的烟灰撒在他眼里。他痛苦地挣扎，她可得意极了，看他受了伤，听凭乡下人痛打，不禁在旁边百般侮辱。最后，有的大兵顾不得躺在地下的两个伙伴，竟自己逃了。于是殴打蔓延到街上。他们闯到村民屋里，嘴里喊着杀声，恨不得捣毁一切。人们拿着铁叉追赶，恶狗也猛扑过来。第三个兵又倒下了，肚子上给戳了个窟窿。剩下的不得不抱头鼠窜，被乡人直追到村外。他们跃过田垄，大声叫喊说去找了同伴再来。

村民胜利之后，高兴地回到客店里；那是蓄意已久的报复，以前所受耻辱都洗雪了，但他们还没有想到这件事的后果。大家争着说话，大声夸耀自己的勇猛。他们和克利斯朵夫热情交谈，他能够和他们接近而非常高兴。洛金过来握着他的手，握了好一会儿，嘻嘻哈哈地把他取笑一番。她已经不觉得他可笑了。

最后大家把受伤的人点了一下。村民当中有的打落牙齿，有的伤了肋骨，都没有重伤。士兵方面却伤亡惨重，三个重伤：眼睛被烧坏的家伙，肩膀也被斧头砍去了一半；捅破肚子的一个，好像快死了；还有一个是被克利斯朵夫打倒的那个班长，他躺在炉子旁边。三个之中受伤最轻的班长睁开眼睛，满怀怨恨的目光把周围的乡下人看了好长时间。等他想起刚才的情形，便大骂起来，发誓要报复，把他们一起赶进监狱。他愤怒得气都喘不过来，恨不得把他们一齐杀掉。他们笑他，但是笑得很勉强。当中一个年轻的乡下人对他喊道：

"住嘴！要不然让你死！"

军官挣扎着想爬起来，愤怒的眼睛盯着那个说话的人：

"狗东西！你敢？我的部下要不砍掉你的脑袋才怪！"

他不停地乱喊，被捅破肚子的那个士兵像猪一样怪叫。

另外一个直挺挺地躺着不动，像死了一样。此刻村民的心都被一片恐怖围绕着。

洛金和几个妇女把伤兵抬到隔壁房间，班长的叫嚷和垂死者的呻吟都听得不太清楚了。乡下人一声不吭，站在老地方围成一圈，仿佛那些伤兵还躺在他们脚下；他们一动不动，面面相觑地吓坏了。最后，洛金的父亲说了一句："瞧，你们干的好事！"

随后，场上响起了一片无可奈何的唧唧咕咕的声音，大家咽着口水，然后同时说起话来。开始只是窃窃私语，像怕人在门外偷听似的；过了一会儿声音高起来，变得尖锐了，他们相互埋怨，他说他打得太凶，那个说这个出手太狠。争论变成口角，差不多要动武了。洛金的父亲把他们说和了，然后抱着手臂，向着克利斯朵夫，抬起手臂指着他说："可是这个人，他到这里来干什么呢？"

有人喊道："对啦！对啦！是他先打的！要不是他，绝不会出乱子的！"

克利斯朵夫愣住了，惊讶地说："难道你们不明白，我是为了你们。"

可是他们却反驳他："难道我们不会保护自己吗？要一个城里人来指挥我们怎么做吗？谁问过你了？谁请你到这儿来的？难道你不能在自己家里吗？"

克利斯朵夫不想和他们争辩，低头向大门走去。但洛金的父亲把他拦住，恶狠狠地嚷着：“你给我们闯下了大祸，就想一走了之，没门。”

乡下人一齐大声叫道：“不能让他走！他是罪魁祸首，什么事都得他来负责。”

他们磨拳擦掌地将他围在中心，克利斯朵夫看到那些骇人的脸越逼越近，恐惧让他们变得更加疯狂了。他一声不响做了一个鬼脸，把帽子往桌上一扔，坐到屋子最里面，背过身不再理他们了。

但是，打抱不平的洛金来到人群中，气得把漂亮的脸扭做一团，涨得通红，用手推开围着克利斯朵夫的人，喊道：“你们这些胆小鬼！畜牲！你们不知廉耻？你们想叫人相信什么都是他一个人干的！难道没有人看到你们是不是？你们可有一个不曾拚命乱捶乱打的？……要是有人在别人打架时不动手，我会唾他的脸，说他是胆小鬼！”

所有的人被她出其不意一顿大骂，呆住了，静默了一会儿，又叫起来：“要不是他，什么事都不会发生的。”

洛金的父亲竭力向女儿示意，可是她根本不听，她回答说：“不错，是他先动手的！而你们又有什么体面。要没有他，你们这些脓包，没骨头的东西，会听凭他们侮辱我们。”

她又大声对她的男友说：“还有你，只会挤眉弄眼，把屁股送过去给人家去踢；对啦，你还会道谢呢！你不脸红……你们都不感到脸红？你们真不是人！胆子像绵羊似的，连头都不敢抬！还要等到这城里人来给你们作榜样！——可现在你们把什么都推在他头上！那可不行，老实告诉你们！他是为了我们打架的。如果你们不放他走的话，就得和他一起倒霉，连我也不放过你们。”

洛金的父亲拉着她直嚷：“贱骨头，你还不住嘴！”

洛金把他的手推开，反而叫得越来越凶了。全场的人都直着嗓子叫，她比他们叫得更加响亮，尖锐的声音几乎震破耳鼓：“我先问你，你还有什么要说的？你刚才把藏在隔壁的那半死的兵乱踩我都看见啦！你伸出自己的手看看……还有血迹呢。我看见你拿着刀，我要把我自己看到的统统说出来，如果你们要伤害他的话。在审判的时候，我叫你们全都逃不了。”

那些乡下人非常生气地把脸凑近洛金，对着她吼叫。有一个好像还给她一个耳光，洛金的男朋友便和他互相扭在一起，准备大打出手了。一个年老者和洛金说：“我们被判了刑，你也好过不了。”

“是，我是逃不掉，但我不会像你们那样没种。”

于是她又嚣张起来。

他们不知如何办了，回头去看她的父亲：“你是否能让她住嘴。”

老先生明白，总是逼洛金不是个好办法。他对众人递了个眼色让他们冷静下来。好像只有洛金一个人在说，在没人跟她顶嘴的时候，自然她也就没脾气了。过了一会儿，父亲咳了一声，说道："哎，那么你要怎么样呢？总不能把我们断送吧！"

"我要你们把他放走。"她说。

克利斯朵夫呆呆地坐在那里，根本不去想其他的事，他对洛金的做法非常满意。洛金好像不知道他在这里，靠着他的桌子，带着仇视的目光看着那些抽着烟、眼睛盯着地下的村民。最后，她的父亲把烟斗在嘴里含了一会儿，说道："把他招出来也好，不招出来也好，把他留下来的这个结果已定了。那班长认识他，肯定不会放过他，他只能马上离开，到边境那边去。"

他思索的最终结果，觉得不管如何，克利斯朵夫离开对他们有好处：因为这样一来，就等于他把罪名承担了；而他又不能在这儿替自己申辩，他们能把案子推到他身上。这个想法，大家都表示赞同。他们心里都十分明了，一旦大家拿定了主意，便希望克利斯朵夫尽快离开。他们并不因为刚才对克利斯朵夫说过很多难听的话而觉得脸红，反倒走拢来对他表示种种关心。

"先生，一分钟都不能耽误了，"洛金的父亲说，"他们马上会来的。半个小时赶回营里，再加半个小时就能赶到……现在只有马上溜了。"

克利斯朵夫站了起来。他也想过了，如果留在这里，自己绝对是完了。可是走吧，不见母亲一面又怎么能行呢？他准备先回去一趟，等半夜里再走，还是可以越过边境的，可是他们都不同意。刚才众人拦着他不让离开，现在却因为他不离开而表示反对了。回到城里肯定是自投罗网，他还没有到家，那边先就知道了；他会在家里被捕的。他坚持要回去。洛金了解他的想法，便说："你要看你妈妈，我代你去好了。"！

"什么时候去？"

"今天晚上。"

"你肯定去吗？"

"肯定去。"

她用头巾把头裹起来："你写个便条我带去……跟我走，我给你钢笔。"

她把他叫到另一间屋里。到了门口，她又转过身来叫她的男朋友："你先去收拾一下，等会儿你带他上路。你得看他过了边境才能回来。"

"好啦，好啦。"他说。

他比谁都急，希望克利斯朵夫尽快到法国，如果可以的话，最好是更远一些。洛金和克利斯朵夫进到隔壁那间屋子里。克利斯朵夫有些迟疑不定。他想到从此再也不能与母亲拥抱了，十分痛苦。他不知什么时候还能见到她。她已经那么老，那么孤独，那么衰弱！这个新的打击她会受不了的。怎么办呢？……可是如果他不走，定了罪，坐上几年的牢，那又怎么办呢？那她不是更无依无靠了吗？现在不管走得多远，至少他还是自由的，还能照顾她，她也能上他那里去。他没有多余的时间把思想整理出一个头绪。洛金拉着他的手，在旁边瞧着他，他们的脸差不多贴在一起了。她用手臂搂着他的脖子，亲了一下他的嘴：

"快点儿！快点儿！"她指着桌子说。

他便不再多想，坐了下来。她从账簿上撕下一张印有红格子的纸。他写道：

"亲爱的妈妈：对不起！我要使您感到很伤心。我并不是故意的。我并没干什么见不得人的事，可是现在我必须离开您去异地他乡。送这张字条给你的人会把情况告诉您的。我本想亲自跟您告别，可是朋友们不允许，说我还没有回到家，就可能会被捕。我痛苦至极。我将越过边境，在没有接到您回信之前，我会在边境的附近等着；送信的人会把你的回信带给我的。请您告诉我该如何去做。不论您说什么，我一定依您。我一想到把您一个人丢下，就会感到很对不起您。您如何过日子呢？原谅我，我爱您，妈妈……"

"先生，迅速些啦，不然就赶不上了。"洛金的朋友催促着。克利斯朵夫很快签了名，把信给了洛金："你亲自去送信吗？"

"是的，我马上就送去。"

"明天，"她又说，"我带回信给你；你在莱登的车站月台上等我。"

"你得把情形都告诉我，她听了这个坏消息什么反应，说些什么，你都不许瞒我。"克利斯朵夫恳求道。

洛金对他说道："行，我都告诉你就是了。"

"并且，克利斯朵夫先生，我会常常去看她，把她的消息告诉你的，你放心好了。"他们不能再继续说下去了，洛金的朋友在门口看着他们。

她像男人一样使劲握了一下他的手。

"咱们走吧！"预备送他上路的乡下人说。

"走啦！"克利斯朵夫回答。

三个人一齐出门。他们很快在大路上分手了。洛金向这边去，克利斯朵夫和他的向导去了另外一边。他们彼此没有说过一句话。一钩新月蒙着水汽，正向树林后面沉下去，苍白的微光飘浮在田垄上，从低陷的土洼里缓缓上升起来，浓雾像牛乳一样白。萧索的树木沐浴在潮湿的空气里……走出村子不到几分钟，带路的人突然向后退了一步，并向克利斯朵夫示意停下。他们静静地听了一会儿，发觉前面路上有整齐的步伐声慢慢地向他们逼近。向导立刻跳过篱垣，向田野里走去。克利斯朵夫紧跟着他向耕种的田里跑去。他们听见一列士兵从这里走过。乡下人非常不满地挥挥拳头。克利斯朵夫觉得胸口被什么东西堵得满满的，自己好像一头被人追逐的野兽。然后他们又重新上路，尽量躲开村子和农庄，以免狗叫起来泄露他们的行踪。翻过了一个长满树木的山头以后，他们远远地瞧见铁路上的红灯。靠着这些灯光的指示，他们决定向最近的一个车站走去。那可不是一件容易的事。一走下盆地，他们就完全被大雾笼罩了。越过了两三条小溪，又闯进一大片长满萝卜的土地和无边无际的已被垦松的泥地。他们东闯西撞，以为永远走不出去了。地下高高低低的，随时都可能滑倒摔跤。两人被雾水浸泡得浑身上下湿淋淋的，摸索了半天，突然看到几步之外，土堆上面就挂着铁路上的信号灯。他俩便爬上去，竟然不怕被人撞见，沿着铁道走了，直到离车站一百米的地方才重新绕到大路上。到达车站的时候，离下一班火车的时间还有二十分钟。那向导竟不顾洛金的盼咐，急于要回去看看村子里的情形和自己的产业，丢下克利斯朵夫先走了。

克利斯朵夫买了一张去莱登的车票，在空无一人的第三候车室里等着。车到时，原来躺在长凳上打瞌睡的职员起来验过了票，打开了门。车厢里空无一人，整个列车都沉睡了。田野也沉睡了。只有克利斯朵夫，虽然累到极点，却一点睡意也没有。沉重的车轮缓缓地把他带近国界的时候，他忽然升起一股强烈的欲望，只想尽快逃出魔掌。再过一小时，他就可以自由。但这期间，只要一句话他就会被捕……被捕！想到这个，他整个身体都抗拒起来！受万恶的势力压迫吗……他简直要窒息了。什么母亲，什么故乡，都被抛到脑后了。自由一旦受到威胁，自私的心理使他只想拯救他的自由。是的，不管付出什么代价，无论如何要挽救！甚至为此而杀人放火也毫不在乎！……应该徒步越过边境才对，他不停地埋怨自己居然搭了火车。他原以为可以争取几小时的时间，哼！这才是羊入虎口呢！不会有问题，车站上一定有人等着他，命令已经传到了……他真想在到站之前跳下火车，可是太晚了，已经到站了。列车在站上停了五分钟，好像有一世纪那样长。克利斯朵夫躺在车厢的尽里头，躲在窗帘的后面，惊魂不定地看着月台：有个宪兵一动不动地站在那里。站长从办公室里出来，手里拿着份电报，向着宪兵立的地方急急忙忙走过去。克利斯朵夫想那一定是关于他的事了。他想找一个武器，可是除了一把刀子以外再没有其他的东西。他在衣袋里已经把刀子打开了。一个职员胸前提着一盏灯，和站长沿着列车迎面奔过来。克利斯朵夫紧紧地抓着刀柄，想道："这下可完了！"

他当时紧张的程度会在那职员胸口扎上一刀，如果他打开他的车厢的话。但职员仅在隔壁的车厢，查看了一个才上车的旅客的车票，火车便开动了。克利斯朵夫这才把不安的心跳压下去。他一动不动地坐着，还不敢相信自己已经得救。只要车子没有驶出边境，他就不敢这么想……天渐渐亮了，树木的枝干已经可以看得见了。火车奇怪的影子在大路上闪过，瞪着一只巨眼，丁丁当当地响着……克利斯朵夫尽量把脸贴在车窗上，努力辨认旗杆上帝国的徽号，那是统治他的势力完结的记号。他一直在曙色中窥探，直到火车长啸一声，驶进比利时境内的第一站。

他站起身，打开了车门，呼吸了几口清冷的空气。自由了！整个的生命显现在他面前了！生存是多么快乐啊！可是一片悲哀马上压在他心上，因为离开的和未来的一切而悲哀。昨夜兴奋过后的疲倦马上把他困住了，他躺在了凳子上，那时离到站的时间只有一分钟了。一分钟以后，站的上职员打开车厢，看见睡着了的克利斯朵夫。被人推醒之后，他竟然以为已经睡了一个小时。他步履蹒跚地下车，向着关卡走去。等到正式进入外国境内，不用再提心吊胆的时候，他倒在候车室里的一条长凳上，伸展着四肢美美地入睡了。

中午，他醒了。不到两三点钟，洛金是不会到的。他一边等车，一边在月台上来回走着，一直走到月台以外的草场上了。天色阴沉沉的，完全是冬天来临时的景色。阳光好像睡着了，四下里静悄悄的很是凄凉，只有一辆交班的机车停在那里。到了边界近旁，克利斯朵夫站住了。前面有个很小的池塘，一泓清水映出灰暗的天空，四周围着栅栏，种着两株树，右边有一株光秃秃的白杨在瑟瑟发抖。后面是一株大胡桃树，黑乎乎的光光的枝干似鬼怪一样。成群的乌鸦停在树上沉沉地摆动，枯萎的黄叶一张张飘落在平静的水塘里……那是过去常有的景象。仿佛时间有了一个缝隙，你不知道身在哪里，不清楚你自己是谁，不知道生在什么年代，也不知道这种景象已经有了多少年。克利斯朵夫觉得那是早已发生过的，现在的一切不是真实的，而是另一个时代的。他不再是他了。他从身外看着自己，从遥远的地方看着自己；站在这里的像是另外一个人。很多很多陌生的往事在他耳边嗡嗡作响，血液在血管里如万马奔腾：

"是这样的……是这样的……是这样的……"

这些陈年的旧事在他胸中翻腾……在他前面的多少克拉夫脱，都曾经受过他今天这样的折磨，体会过告别祖国的最后几分钟的悲哀。永远流浪的民族，为了独立自由，精神骚乱而到处受到驱逐，永远被一个内心的妖魔愚弄，使它没法长住一个地方。但它的确是个眷恋乡土的民族，尽管被人驱逐，它自己永远都不会轻易放弃那块土地……

现在却轮到克利斯朵夫来经历这些前人走过的道路。泪眼晶莹，他望着必须离别的乡土隐没在云雾里……早先他不是希望离乡的吗？但是一旦真的走了出来，又觉得肠断心碎。人非动物，不可能远离故土而无动于衷。苦也罢，乐也罢，你还是跟他一起生活过来了；乡土是你的爱侣，是你的母亲，你在她心中躺过，在她怀里睡过，深深地留下她的痕迹；而她也保留了我们的过去，我们的梦想，和我们爱过的人的骨骸。克利斯朵夫又看到了他以前的日子，留在那边地上地下的可爱的形象。他的痛苦和他的欢乐一样宝贵。弥娜，祖父，高脱弗烈特舅舅，萨皮纳·阿达，苏兹老人——一瞬间都在他眼前出现了。他总抛不开这些死了的人（因为他把阿达也算作死了）。想起他所爱的人中惟一活着的母亲，如今也被抛弃在那些幽灵中间，他简直非常痛苦。他认为自己的逃跑太可耻了，几乎想越回边境去。他已经下定决心：要是母亲的回信写得太痛苦的话，便毫无顾忌地回去。如果没有接到回信，或是洛金没有见到母亲，那么，他也会回去的。

他回到车站，无奈地等了一会儿，火车终于到了。克利斯朵夫很想看到洛金那张大胆的脸探出车门外面；因为他肯定她绝不会失约；但她却没有露面。他不放心地跑到每间车厢里去找，正在潮水般的旅客中撞来撞去的时候，忽然瞥见一张非常熟悉的脸。那是个十三四岁的孩子，矮身材，脸蛋很胖，红得像苹果，又短又小的鼻子向上翘着，大嘴巴，头上盘着一根粗辫子。他仔细一瞧，发现她手里拎着的一只提箱好像是他的。她也在那里像雀儿一样打量他，看到他正在注意她，便向他走近了几步，但到了克利斯朵夫跟前又停下来了，睁着耗子一样的小眼睛骨碌碌地看着他，没有出声。克利斯朵夫一下就认出来这是洛金家里放牛的女孩子。他便指着箱子问："这个是我的，对吗？"

小姑娘站着不动，呆头呆脑地回答："等一下。要先知道你是从哪儿来的？"

"薄伊喽。"

"那么，是谁把东西给你送来的？"

"除了洛金，还能有谁？好啦，快给我吧！"

女孩把箱子递给他："拿去吧！其实，我早就认得你。"

"那么你刚才等什么呢？"

"等你自己说出是你啊。"

"洛金呢？为什么她没来？"

小姑娘没有回答，克利斯朵夫明白她不愿意在人堆里说话。他们必须到关卡去验行李。验完了，克利斯朵夫把她领到月台的尽头。那时她的话多了起来：

"警察来过了。你们刚走就到了。他们闯到人家屋里，每个人都受到了盘问，沙弥那大叔，克利斯顿，还有加斯班老头都被抓去了。曼拉尼和琪脱罗特两个虽然没有，也被逮走。她们都哭了。警察还把琪脱罗特打了一个嘴巴。尽管大家说是你一个人干的也没用。"

"怎么会是我？"克利斯朵夫叫起来。

"当然啦，"女孩子无关紧要地回答，"反正你走了，这么说也无所谓，是不是？所以他们就到处找你，甚至还派了人追你呢。"

"那么洛金呢？"

"洛金当时不在家，她进城去了，过后才回来的。"

"她见到我的母亲了吗？"

"见到了。有信在这儿，她要自己来的，可是她也被抓走了。"

"那么你怎么能来呢？"

"是这样的。洛金回到村里时并没有被警察看到；她正想动身上这儿来的时候，被琪脱罗特的妹妹伊弥娜告发了，警察就来抓她。她看见警察来，急忙往楼上跑，叫着说换一件衣服就下来。当时我正在屋子后面的葡萄藤底下，她从窗子里面轻轻地喊我：'丽第亚！丽第亚！'等我上去后，她急忙把你的提箱和你母亲的信交给我，要我到这儿来找你，又嘱咐我快速地跑，千万不要让别人抓去。我就拚命地跑。这样我就到这里来了。"

"她没有别的话吗？"

"有的。她叫我把这块头巾交给你，证明我是被她派来的。"

克利斯朵夫认出那条昨夜被洛金裹在头上的绣有花边的小红豆花底的白围巾。她为了要送给他这件代表爱情的纪念物而想出来的借口，未免可笑，可是克利斯朵夫却笑不出来。

"现在，"那女孩子说："对面的火车已经到了，我必须回去了。再见罢。"

"等一等，你的路费怎么弄来的？"

"洛金给我的。"

"还是拿一些吧。"克利斯朵夫把一些零钱塞在她手里。

女孩子马上就走了，他再次抓着她的胳膊："还有……"

他弯下身子亲了亲她的脸，她好像非常不高兴。

"不要挣扎呀，"克利斯朵夫说，"那不是为你的。"

"噢！我知道，是为洛金的。"

其实他亲吻这个放牛女孩子的大胖脸不仅是为洛金，还有是为他整个的德国。

小姑娘一溜烟跑上将要开动的火车，在车门口对他挥着手帕，直到再也看不见为止。这个乡村信使给他带来了故乡和所爱的人的最后一丝消息，然后他又看着她走远了。

等到她的影子看不见了，克利斯朵夫完全是在孤独中，这一次是真正的孤独了，在这举目无亲的异国土地上。他手里握着母亲的信和爱人的围巾。他把围巾塞进怀里，想把信打开。但他的手抖个不停。里面写些什么呢？母亲会如何表示她的痛苦呢？……不，他受不了那些好像已经听到的母亲的责备，他必须回去了。

终于他拆开信来：

"可怜的孩子，不要为我难过。我会保重自己的。我被老天爷惩罚了。我不该自私地把你留在家里，你上巴黎去吧。也许这对你更好一些，不用管我，我一定会有办法的。重要的是你能够幸福。我拥抱你。

能写信的时候一定要写信回来。

妈妈"

克利斯朵夫忍不住坐在提箱上哭了。

车站上的职员正在招呼去巴黎的旅客。沉重的列车轰隆着进站了。克利斯朵夫擦了擦眼泪，站起身子，心里想："一定要这样不可了。"

他向着巴黎的方向望了望天色，阴暗的天空在那个方向似乎出其的黑，像一个灰暗的窟窿。克利斯朵夫十分悲伤，于是他在心里反复地念着："一定要这样不可。"

他上了车，把头伸在窗外继续看着远处阴暗的天色，想道："噢！巴黎，巴黎，快救救我吧，快救救我吧！快救救我的思想吧！"

雾越来越浓。在克利斯朵夫后面，在他离去的国土之上，沉沉的乌云中间露出了一角淡蓝淡蓝的天空，就像一双眼睛那么大，像萨皮纳那样的眼睛，凄然地笑着，渐渐消失了。火车开走了，天越来越黑，已经开始下雨了。

卷五

第一章

很快克利斯朵夫就到了法国，事情往往是出乎意料的。

在临近巴黎还有一个小时的时候，克利斯朵夫已经做好下车的准备了：他把帽子戴好，把外衣的扣子一直扣到了颈部，为的是预防那些传说在巴黎极多的扒手；他站起来坐下去重复了几十次，同样把提箱在网格与座凳之间重复了几十次，每次都笨手笨脚地把邻座的人撞着了，这使得他们很讨厌他。

列车快要进站的时候，突然停了下来，周围漆黑一片。克利斯朵夫把脸靠近玻璃窗上，什么都看不见。他回头看着旅客，渴望有个可以搭讪的对象，问问这里是什么地方。可是他们还在打瞌睡，或是装作打瞌睡的样子，极其不高兴和厌烦，谁都不愿多动一下，去追究火车为什么停下来。克利斯朵夫瞧着这种麻木不仁的态度很是纳闷：这些毫无生气又傲慢的家伙，和他设想的法国人一模一样！最后，他终于心灰意冷地坐在提箱上，随着火车的震动摇来摇去，很快进入了梦乡，直到打开车门时，才被惊醒……巴黎到了！……车厢里的人陆续下车了。

他被人群挤来撞去地走向出口，抢着替他提箱子的役夫一把把他推开了。像多心的乡下人一样，他感觉每个人都想偷他的东西。那口珍贵的提箱被他扛在肩上，也不理别人对他大声的招呼，他径直从人堆里往外挤，终于来到巴黎街上。

他心里惦记自己的行李，想马上得找个歇脚的地方，车辆却把他给包围住了，再也没有精神去向四处眺望。车站四周旅馆很多，煤气灯列成的字母照得很亮。克利斯朵夫尽量想挑一家最不漂亮的，可是没有一家是可以和他寒酸的钱囊搭配的旅馆。最后他在一条街上看到一个楼下兼设有小饭铺，叫做文明客店的小旅店，但却极其的肮脏。一个大胖子光身穿着衬衣，坐在一张桌子前抽着烟斗，瞧见克利斯朵夫进门便迎了上来。他听不懂他说的话，一看就知道是个愣头愣脑的没见过世面的德国人，不让别人碰他的行李，只顾讲一大堆不知用哪一国语言说的话。他领着客人走上气味难闻的楼梯，打开一间不通空气靠着天井的屋子。他免不了夸上几句，说这间屋子如何安静，一点儿外边的声音透不进来，结果要了一个很高的价钱。克利斯朵夫既没有听懂，也不清楚巴黎的生活，肩膀又被行李压坏了，很想安静一会儿，便一口答应下来。当那男人刚一出去，他就被屋子里肮脏的情形给惊呆了；为了排解郁闷，他用滑腻腻的、落满灰土的水洗了脸，赶紧出门，他尽可能地逃避，以免引起恶心。

他来到街上。十月的雾很浓很刺鼻，有种说不出的巴黎味儿，是城中污浊的气味和附近工厂里的气味混合起来的。十步以外就看不清。煤气街灯摇摆不定，好似快要燃尽的蜡烛。忽明忽暗中，行人好像两股相反的潮水拥来拥去。拥挤的车马，堵塞了交通，犹如一条堤岸。马蹄在寒冷的泥浆里打滑，马伕们的叫骂声，电车的铃声与喇叭声，闹得震耳欲聋。这些骚乱，这些喧闹，这股气味，把克利斯朵夫震住了。他停了一下，马上又被后面的人潮拥走了。他来到斯特拉斯堡大街，什么也看不清，只是跌跌撞撞地碰到路人身上。他从清晨就没吃过东西，处处都是咖啡店，看到里面挤着那么多人，他又觉得胆小和恶心了。他向一个岗警去询问，但每讲一个字都必须想老半天，对方没有耐心听完一句话，便掉过头去了。他继续像傻子似的走着。有些人站在一家铺子前面，他也下意识地站定了。那是卖相机与明信片的铺子，摆着一些一丝不挂姑娘们的像片和一些淫秽画报。年轻的姑娘和孩子们都像没事一样地看着。一个瘦瘦的红头发姑娘，看见克利斯朵夫在那里出神，便过来招呼他。他不知所措地看着她，她拉着他的手臂，呆头呆脑地笑了笑。克利斯朵夫挣扎着走开了，气得满面通红。鳞次栉比的音乐咖啡店，门口挂着庸俗的小丑广告。人越来越多，克利斯朵夫看到有这么多下流的嘴脸，涂脂抹粉而气味难闻的娼妓，形迹可疑的光棍，不禁吓坏了，心都凉了。疲惫，软弱，越来越厉害的恶心，使他头晕眼花。他咬紧牙关，加紧脚步。临近赛纳河的地带，雾气更浓，车马堵塞得水泄不通。一匹马滑倒了，横躺在地上；马伕狠命地鞭打它，要它站起来；牲口被缰绳纠缠着，挣扎了一会儿，又无奈地倒下，一动不动，像死了一样，让人可怜。这个极平凡的情形引起了克利斯朵夫很大的感触，大家麻木不仁地眼看着那牲口抽搐，他不禁悲从心生，感到自己在这人世上的空虚；在这一小时里，他对这些芸芸众生，这种腐败的氛围，努力压抑着心中的反感，此刻这反感往上直冒，把他的气都堵住了。他不由地呜呜地哭了出来。路上的行人瞧见这大孩子的脸因为痛苦而扭做一团，很是奇怪。他边走边看，也不想去抹一下腮帮上挂着的两行眼泪。人们停下脚步，目送他一程。这些被他认为心中藏有恶意的人们，如果他能看到他们的内心，也许会发现有些人除了爱嘲讽的巴黎脾气以外，还存有一点友好的同情；但是他的双眼被泪水蒙住了，什么都看不见了。

他来到一个广场，靠近了一口大喷水池。他用池水把手和脸洗了洗。一个小报贩好奇地看着他，讲了几句并无恶意的取笑的话，他还把克利斯朵夫掉在地上的帽子捡起来。冰冷的水让克利斯朵夫振作了些。他定一定神，向回走去，不敢再东张西望，再也不想吃东西，他不敢跟人说一句话，怕因为一点儿小事而流泪。他筋疲力尽，路都走错了，只是乱闯，他正以为完全迷失的时候，竟已经到了旅馆门口：原来他把那条街的名字给忘记了。

他身心麻木地回到了那令人作呕的屋子里，一动也不动地在椅子上坐了两个小时。最后他从恍恍惚惚的境界中挣扎出来，上床睡了。但他又陷入杂乱的昏迷状态，随时随刻地惊醒，认为已经睡了几小时。卧室的空气非常沉闷，他浑身在发烧，口渴得要死；荒诞的恶梦纠缠着他，即使在睁眼的时候也不能避免；痛苦像刀子一样直刺心窝。他半夜里醒来，悲痛欲绝，差点儿要叫了；他用被单堵着嘴巴，怕人听见，自认为发疯了。他坐在床上，点着灯，浑身是汗，想打开箱子找一块手绢，不料摸到了母亲放在他衣服中间的《圣经》。克利斯朵夫从来没看过这部书，可就在这个时候，他竟感到说不出的慰藉。那是传了好多辈子的遗物。书后有一页空白，前人都在上面签了名，记着一生的大事：结婚，死亡，生儿育女等等。祖父还拿铅笔用极其粗大的字体，记录他阅览或重读某章某节的日期；书中到处夹着发黄的纸片，写着老人幼稚的感想。当初这部书总是放在他床头高高的搁板上；大半夜里他都醒着，把《圣经》捧在手里，与其说是念，不如说是和它聊天。它跟他做伴，直到他死去，如从前陪着他的父亲一样。从这本书里，闻到了家里一百年来悲欢离合的气味。有了它，克利斯朵夫就不再孤独了。

他打开《圣经》，翻到最悲哀的几段：

"人生活在这个世界上是一场不会间断的战争，他过的日子就像雇佣兵一样……

"我快睡去的时候就说：我什么时候可以起来呢？起来之后，我又烦躁地盼着天黑，我万分苦恼地直到夜里……

"我说：我的床能够给我安慰，休息可以缓解我的怨叹；可是你又拿梦来吓我，用幻境来打扰我……

"你要到什么时候才肯放开我呢，你不可以让我喘口气吗？我犯了罪吗？我如何冒犯的你呢，噢，你这人类的保护神？

"结果是一样的：上帝使善人和恶人一样的痛苦……

"啊，让他把我处死吧！我永远对他存有希望……"

粗俗的心灵，不可能了解这种无尽的悲伤对一个受难的人的慰藉。只要伟大庄严的，都是对人有好处的，痛苦的终点便是解脱。打击心灵，压抑心灵，导致心灵于万劫不复之地的，不如平庸的悲哀，平庸的快乐，自私狭隘的烦恼，不敢放弃过去的欢娱，为了换取新的欢娱而甘心堕落。《圣经》中的那股肃杀之气把克利斯朵夫鼓舞起来了：西乃山上的、天边的荒漠中的狂风把乌烟瘴气一扫而空。克利斯朵夫身上的高热消退了，他平静地睡下，一直到了天明。他睁开眼睛的时候，天已经大亮。屋里的丑恶看得更清楚了，他感到自己很孤独，很苦闷，但他敢于真正面对了。低沉的情绪消失了，只留下一股凄凉意味的勃勃英气。他重复着约伯的那句话：

"神要处死就处死吧，我永远对他存有希望……"

然后他起床，开始了非常艰难的奋斗。

当天上午他准备作初步的奔走。在巴黎他只认识两个人，都是年轻的同乡：一个是他以前的朋友奥多·狄哀纳，在玛伊区和他的叔叔合开布店；一个是玛扬斯的犹太人，叫做西尔伐·高恩，克利斯朵夫不知道他的地址，只知道是在一家大书铺里做事。

他在十四岁的时候就和狄哀纳异常亲密，对他有过近似爱情的友谊。当时狄哀纳非常喜欢他。这个害羞的呆板的大孩子，对克利斯朵夫犷野不羁的性格着迷，很幼稚地摹仿他，使克利斯朵夫又得意又生气。当时他们曾有过惊天动地的想法。后来，狄哀纳出门学生意去了，至此两人再也没有见过面；可是克利斯朵夫经常会从当地和通信的人那里听到关于他的消息。

至于和西尔伐·高恩则又是另外一种关系了。他们是从小在学校里认识的。像猴子一样的他老是愚弄克利斯朵夫，克利斯朵夫上当以后就揍他。高恩从不反抗，被他打翻在地上，把脸埋在土里，假装哭一阵儿，然后又马上重来，没完没了的古怪花招直到克利斯朵夫认真地说要杀死他才害起怕来。

克利斯朵夫很早就出门了，在路上的咖啡店吃过早餐。他放下自尊心，决不放弃讲法语的机会。既然他必须住在巴黎，也许得几年，自然应该尽快适应巴黎生活，让自己那种厌恶的心理消失掉。所以他不仅要承受别人的嘲笑，还要装作不以为然，很是费力地一遍又一遍地讲一些四不像的句子，直到对方听明白为止。

吃过早饭，他便去找狄哀纳。他依旧抱着对周围视而不见的态度。在他的印象中巴黎是个市容不整的老城，他看惯了新兴起的德意志帝国的城市，古老而年轻，因为新生的力量而自豪；再看巴黎破旧的街道，拥挤的人群，杂乱的车马，驾着马匹的老式马车、蒸汽车、电汽车，形形色色。

人行道上的板屋，堆满穿有礼服的塑像的广场，放着旋转木马，供人观赏。总之，克利斯朵夫看着始终没有摆脱破衣服的中世纪城市，感到十分奇怪。昨晚的雾已变成细雨，虽已到了十点钟，大多数的铺子却仍点着煤气灯。

克利斯朵夫在胜利广场四周像迷宫一样的街上找了好久，才找到那间铺子。一进门，他仿佛看见狄哀纳和几个职员在铺子的尽里头整理布匹。因为有点近视，他不敢相信自己的眼睛，虽然它们的直觉很难出错。克利斯朵夫对招呼他的店员报了姓名，里面的人突然乱了一下；他们彼此小声地商量后，走出来一个青年人用德语说："狄哀纳先生出去了。"

"出去了？要很久才回来吗？"

"他刚出门，恐怕是的。"

克利斯朵夫想了想，说："好吧，我等他吧。"

店员禁不住呆了，赶紧补充："也许他要两三个小时才回来呢。"

"噢！没关系，"克利斯朵夫不紧不慢地说，"反正我也没事，哪怕等上一天也行。"

那青年看着他呆住了，认为他开玩笑。可是克利斯朵夫却把他忘了，慢慢腾腾地拣了一个角落坐下，背对着街，好像准备长时间呆在这里了。

店员回到铺子的尽里面，和同事们悄悄地说着话；紧张的神情十分好笑，他们在商量用什么办法才能把这个令人讨厌的家伙打发走。

大家耽误了一会儿，办公室的门开了，狄哀纳先生出来了。红润宽大的脸盘，腮帮和下巴上有条紫色的伤疤，淡黄的胡子，紧贴在脑袋上向头发在旁边分开，戴着金丝眼镜，衬衫上缀着金扣子，胖胖的手上戴着几只戒指。他拿着雨伞和帽子，装做没事似地向克利斯朵夫走过来。正在椅子上胡思乱想的克利斯朵夫不由得吃了一惊，立刻握住狄哀纳的手表示亲热，店员们的暗笑使狄哀纳脸红。这个严肃的人物自有不愿和克利斯朵夫重续旧交的理由，他决定第一次见面就拿出威风来使克利斯朵夫不能亲近。可是一碰到克利斯朵夫的目光，他感觉自己仍然是个小孩子，不由得又羞又气，急忙含含糊糊地说："到我办公室去吧……说话方便些。"

克利斯朵夫又见到了他小心谨慎的老习惯。

进了办公室，把门关紧了，狄哀纳并不急于让他坐，一味地站着，很愚笨地解释：

"高兴得很……我本来想出去……大家以为我已经走了……可是我必须出去……我们只有一分钟……我有个重要的约会……"

克利斯朵夫这才知道刚才店员是撒谎，而那个谎竟是和狄哀纳商量过了用来把他拒之门外的。他不由得怒火中烧，却在强忍着，冷冷地说："忙什么！"

狄哀纳往后一仰身子，对这种放肆的态度十分恼怒。

"怎么不忙！有桩买卖……"

见克利斯朵夫瞪着他又说："不忙！"

大孩子把头低了下去。他恨克利斯朵夫，因为自己在他面前竟然这样没用。他含糊其辞地说着。克利斯朵夫打断他的话："你知道……"

（一听到这个你字，狄哀纳就生气；他一开头用了客套的您字，用来表示疏远，竟是白费。）

"……你知道我为什么到这里来吗？"

"是的，我知道。"

（本国的来信早把克利斯朵夫被通缉的事告诉狄哀纳。）

"那么，"克利斯朵夫接着说，"你知道我是来逃命的，不是来玩儿的。我一无所有，得想办法生活。"

狄哀纳希望他提出要求。他一边接见他，一边感觉又兴奋又难堪：兴奋，因为能够在克利斯朵夫面前展示自己的优越；难堪，因为没有勇气让克利斯朵夫感受到他的优越。

"啊！"他神气威严地说，"那可是糟透啦。这里生活艰难，各种东西都贵得很。我们的开支很大，再加这么多的店员……"

克利斯朵夫感觉他很虚伪，打断了他的话："放心，我不向你要钱。"

狄哀纳慌了起来，克利斯朵夫接着说："你生意还好吗？顾客多吗？"

"是的，还不错，托上帝的福……"狄哀纳十分小心地回答（他提防着。）

克利斯朵夫恼恨地瞪了他一眼，又道："这儿的德国人，你认识的多吗？"

"是的。"

"那么，你告诉我他们是否喜欢音乐，我可以找一些给他们的孩子上课的事。"

狄哀纳非常为难。

"怎么啦？"克利斯朵夫问。"难道你认为我没有资格去教他们吗？"

明明是他需要人帮忙，可看起来却像他在帮别人的忙。狄哀纳如果不能让克利斯朵夫感觉欠了自己的人情，他是永远不会出一分力的，所以他决定不帮克利斯朵夫的忙。

"够！你真是大材小用了……可是……"

"可是什么？"

"可是事情是因为你的处境，事情是很难办的，你知道吗？"

"我的处境？"

"是啊……那件事，那个案子……要是被大家知道了……我可为难了，那对我是没有好处的。"

他看见克利斯朵夫变了脸色，赶紧解释："并不是为了我……我并不怕……啊！要是就我一个人就好办了！……可是我的叔叔……这铺子是他的，没有他，我没有一点办法……"

克利斯朵夫的脸色和压抑的怒气使他越来越恐惧，他赶紧补上一句（他心并不坏，小气和爱面子的心理在他心中交战，他很想帮助克利斯朵夫，必须是惠而不费的办法）："我给你五十法郎怎么样？"

克利斯朵夫脸变成紫色，他向着狄哀纳走过去，使狄哀纳立刻退到门口，开着门准备叫人了。可是克利斯朵夫只是满面通红地靠过去，大叫一声："畜牲！"

他一把推开了他，从许多店员中间挤出去了。走到门口，他十分厌恶地吐了一口唾沫。

他在街上大踏步地走着，直到淋到了雨才从气昏的状态中清醒过来。他并不知道自己将去哪里，他不认识一个人。在一家书店前，他停下脚步准备想一想，茫然地看着陈列在橱窗里的书，突然他注意到一本书封面上一个出版商的名字，他不懂为何要注意。过了一会儿，他才想起那是西尔伐·高恩工作的书店，便把地址记了下来……记了有什么用呢？他是不会去的……为什么不去？狄哀纳当初还是他的好朋友，尚且如此；现在面对这个以前受人欺负定会恨他的家伙，是没有什么希望可讲的，还去忍受那没必要的侮辱吗？一想到这些，心头便涌上一股怒气。可是基督教教育出来的悲观主义，反倒让他想彻底地领教一个人的卑鄙。

"我不能再有什么架子了。即使饿死，也必须把我所有的路都走过来。"

他心里又添上一句："并且我绝对不会被饿死的。"

他把地址又看了一遍，便去找高恩了。他决定如果高恩有一丝傲慢的神情，就把他的脸打烂。

克利斯朵夫来到玛特兰纳区的那家出版公司，走上二楼的客厅，说要找西尔伐·高恩。仆人回答说"没有这个人"。克利斯朵夫惊异之下，以为自己发音不清，便又重复了一遍；那仆人仔细听完以后，说公司里真的没有叫这个名字的人。克利斯朵夫十分狼狈，道过歉，准备离去。走廊尽头的门却打开了，正巧高恩在送一位女客。克利斯朵夫刚碰了狄哀纳的钉子，便认为大家都在戏弄他。他认为高恩在他进来的时候已经看见了，特意嘱咐仆人挡驾。这种欺人太甚的行为使他喘不过气来。他生气地往外走了，突然听见有人跟他打招呼。原来眼尖的高恩老远就认出他来，伸着手，带着笑跑了过来，异常亲热。

西尔伐·高恩是个胡子剃得精光，完全美国式的矮胖子，红皮肤，黑头发，小眼大脸歪嘴，却始终挂着呆板而狡猾的笑容。他穿着讲究，尽量把高肩膀、粗腰身这些身体上的缺陷给掩饰起来。他感觉美中不足的就这几点；至于别的部分，他非常满意，认为别人见到他就会着迷的。事情恰恰如此。这个矮小庸俗的德国犹太人，竟当起了巴黎的时装批评家和记者，只是写一些无聊又肉麻却自认为有趣的通讯。他一味鼓吹法国风格、法国时尚、法国风雅、法国精神的人，脑子里都是摄政王时代的轻薄浮躁的玩艺儿。大家嘲笑他，可他居然露了脸。只有不认识巴黎的人才会说："在巴黎，可笑是你的致命伤"。可笑不仅没害死人，有人还靠它生活；在巴黎，它能使你获得一切。所以西尔伐·高恩用那些肉麻的话得来的一切就不会希罕了。

他口音重浊，完全用尖细假嗓子说话。

"啊！真想不到！"他一边喊着，一边抓着克利斯朵夫的手使劲地摇，仿佛遇到了最要好的朋友。克利斯朵夫呆住了，心想高恩是不是在开玩笑。可是不是。高恩太聪明了，把克利斯朵夫当年的欺侮早已抛在脑后了，即使想起他也毫不在乎，倒很愿意展示他现在的地位和典雅的风度。他想不到克利斯朵夫突然会来访问。他是那么机灵，马上想到克利斯朵夫到这里一定是有目的的，非常愿意招待他，因为克利斯朵夫的求助就等于对他的权势表示了尊敬。

"你从家乡来吗？你妈妈身体怎么样？"那种平时克利斯朵夫十分讨厌的亲呢口吻，此刻在异国他乡听起来感到非常亲切。

"可是，"克利斯朵夫心里还在怀疑，"为什么刚才人家回答我说这里没有高恩先生呢？"

"这里确实没有高恩先生，"西尔伐·高恩笑着说，"我改姓哈密尔顿了。"

他突然说了声"对不起"，把话打住了。

有位太太从旁边走过，高恩笑着迎上去和她握了握手，随后回来说这是一个非常出名的专写性感小说的作家。这个风流的女人胸口缀着紫色丝带，很胖，有点儿发红的淡黄头发，庸俗的脸上带着得意之色，她用近乎男性的声音，说着一些夸大的话。

高恩对克利斯朵夫问长问短，提到所有家乡的人，故意表示谁都没有忘记。克利斯朵夫忘了反感，既诚恳又感激地告诉他每个细节，都是和高恩毫不相关的。高恩再次说了声"对不起"，克利斯朵夫的话被打断了，他去招呼另外一个女客。

克利斯朵夫问，"难道法国会写文章只有女人吗？"

高恩听完笑了，很平常地回答说："朋友，告诉你，法国是属于女性的。你要想成功，必须走女人的路子。"

克利斯朵夫根本没听这些解释，只顾讲自己的话。高恩为了能够结束他的话，问道："你为什么会到这里来呢？"

"嘿！"克利斯朵夫心里想，"他还不知道呢，难怪这么亲热。事情揭穿了，他一定会改变态度的。"

他为了自己的面子，把跟大兵的打架，当局的通缉，自己的逃亡的经过一并讲了出来。

高恩边听边笑弯了腰，嚷着："好啊！妙啊！真够劲儿！"

他亲热地拉着克利斯朵夫的手。任何跟官方开玩笑的事，他都会乐不可支地听；这里的很多角色是他熟悉的，显得更加有趣可笑了。

"听我说，已经过了十二点，你赏个脸吧……我们一起吃饭去。"

克利斯朵夫无限感激，暗暗地想："真是个好人。我误会他了。"

他们一同出去。克利斯朵夫边走边讲出了他的来意：

"你非常清楚我的处境了。我想在大家还不知道我的时候，在这里找份教音乐的工作，你能帮我介绍吗？"

"可以，随便一个都可以。这里我有许多熟人。你尽管吩咐就得了。"

他为能显示自己的声望而万分高兴。

克利斯朵夫连忙道谢，觉得心中的一块石头终于落了地。

因为他已经两天没有吃过东西了，在饭桌上一顿狼吞虎咽。他把餐巾系在脖子上，把刀伸到嘴边，这种贪吃和土气的举动使高恩·哈密尔顿厌烦极了。克利斯朵夫却没有注意到高恩口是心非的可恶。此时他打开了话匣子，感激之余，他罗罗嗦嗦地告诉高恩。克利斯朵夫随时都会因为感动而把手从桌子上伸过去握高恩的手，这使他非常手疼。德国式的碰杯，以及那些祝福故乡的人和莱茵河的话，简直是火上加油，使朋友极其恼怒。高恩见他唱起歌来，更加吃惊不已。邻桌的人正用嘲讽的目光瞧着他们。高恩立刻谎称有件要紧事儿，站了起来，却被克利斯朵夫死死地抓着，他想知道什么时候可以介绍他去见什么人，什么时候可以开始教课。

"我肯定想办法，白天不去，晚上准去，"高恩回答，"你放心，一会儿我就去找人。"

克利斯朵夫紧跟着问："什么时候可以听到回音呢？"

"明天……明天……或是后天。"

"好吧。我明天再来。"

"不用，不用，"高恩急忙说，"我会通知你的，不必劳驾你了。"

"噢！跑一趟算什么！……反正我没事。"

"见鬼!"高恩心里想着,再次大声地说:"不,这几天你不会找到我的,把你的地址告诉我吧,我宁可写信给你。"

克利斯朵夫告诉了他。

"好极了,我明天写信给你。"

"明天吗?"

"明天,一定的。"

他挣脱了克利斯朵夫的手,迅速溜了。

"嘿!"他自言自语,"讨厌死了!"

他回去嘱咐办公室的仆役,如果那"德国人"再来,必须挡驾。再过十分钟,克利斯朵夫就会被他完全忘了。

克利斯朵夫回到小旅馆里,十分激动。

"真是个好人!"他心里想,"我小的时候让他受了那么多委屈,他竟然没有恨我!"

他因此自责,想写信给高恩,说对于以前的误会感到很难过,请他务必原谅冒犯他的地方。但写信不像写乐谱那样简单,他咒骂着旅馆里的笔和墨水,写来写去,撕掉了四五张信纸以后,他终于忍不住把一切都扔了。

这一天时间过得真慢,克利斯朵夫由于昨晚没睡好,又奔走了一个早晨,疲惫不堪,在椅子上直打盹,直到傍晚才到床上睡觉,一口气睡了整整十二个小时。

第二天早上从八点起,开始等回音。他相信高恩肯定不会失约,恐怕他到办公室前来看他,便寸步不离地呆在屋里,午饭叫楼下的小饭铺给端了上来。

饭后依然等着,在屋子里来回地踱步,忽而坐下,忽而起来,一旦楼梯上出现脚步声,他便马上打开房门。他根本不愿意到巴黎城中去溜达,免得心焦。他躺在床上,无时无刻不在想着同样想他的母亲,世界上惟一想他的只有母亲了。他非常爱他的母亲,又因为把她一个人丢下而感到不安。可是他要等到找到工作的时候才能写信告诉她。母子俩如此地相爱,彼此都没把这些感情说出来。他躺在床上,一味地胡思乱想。卧室离街道很远,喧闹声照旧可以传进来,屋子里常会震动。天黑了,毫无消息。

又是一天,跟前一天一个样子。

克利斯朵夫把自己关在屋子里已经三天了,他感到闷得发慌,决定出去走走。从初到的那个夜晚起,不知为何他非常讨厌巴黎。他对任何事物都毫无兴趣,他太关心自己的生活了,再没心情去关心别人的生活,什么古迹,什么建筑,他都不在意。刚出门,他就感觉要命一样的无聊,所以决定去找高恩,竟一口气跑去了。

被嘱咐过的仆人说哈密尔顿先生因公事出门了。克利斯朵夫大吃一惊，嘀咕着问哈密尔顿先生什么时候能够回来。仆役随便说道："十天八天吧。"

克利斯朵夫非常失望地回去，什么工作也没法做，在屋子里呆了好几天。他突然感到母亲塞在他箱子底下的那点有限的钱迅速地减少，便尽量压缩，只有晚上才到楼下吃一顿饭。饭店里的客人很快就认得了他，背后叫他"酸咸菜"或是"普鲁士人"。他费了很大的劲，给他恍惚记得名字的几个法国音乐家写信。一个都死去了十年了。他在信里请求他们能听一下他弹的作品，信错字连篇，用了许多加着德国式的客气话的倒装句子。信的开头写着"送呈法国通儒院官邸"。那些收信人里仅有一个把信看了一遍，和朋友们笑了一阵而已。

一星期以后，克利斯朵夫又来到书店里。这一回挺走运的。他走到门口，高恩刚好从里面出来。高恩一看躲不了，做出个鬼脸；克利斯朵夫高兴极了，根本感觉不到高恩在躲他。他以那种令人讨厌的习惯握住了对方的手，高兴地问：

"你前几天出门了？旅行还愉快吗？"

高恩愁眉不展地说是的。克利斯朵夫接着又说："你知道我来过的，……人家是不是跟你说过了？……有什么消息？提起我了吗？人家怎样说？"

克利斯朵夫看他越来越无动于衷的表情很奇怪，他仿佛是换了一个人。

"我提过你了，"高恩说，"结果还不清楚，我太忙了，堆积如山的公事让我不知如何应付。太累了，我要病倒了。"

"你是不是身体不好？"克利斯朵夫关心地问。

高恩狡猾地看了他一眼："糟透了，这几天总是感觉不舒服。"

"天哪！你必须保重身体！对不起，我给你添了这么大的麻烦！老实告诉我，你到底哪里不舒服呢？"

他把对方的推辞当了真，高恩强忍着笑，竟被他的憨直感动了。犹太人最喜欢挖苦人（在巴黎有很多基督徒都是犹太人），他们不放过任何一个可以取笑的机会，因此他们对敌人都很宽容，看到克利斯朵夫如此关心自己的健康，他受到感动，决定要帮助他。

"我现在有个办法，"高恩说，"既然找不到学生，你可不可以先做音乐方面的编辑工作呢？

克利斯朵夫立刻答应了。

"那就好啦！"高恩接着说，"巴黎有个最大的音乐出版家叫但尼·哀区脱，跟我很熟。我介绍你去，你做什么事由他决定。我在这方面是外行。

哀区脱是个真正的音乐家，你们一定合得来的。"

他们商定第二天就去。高恩不仅帮了克利斯朵夫的忙，还把他摆脱了，十分开心。

第二天，克利斯朵夫和高恩在书店会合了，他照着他的吩咐，准备了几部作品给哀区脱看。他们在歌剧院附近的音乐厅里找到了他。客人进门，哀区脱没有起身相迎，高恩跟他握手，他只伸出两个手指；他根本没有理会克利斯朵夫非常恭敬的敬礼。直等到高恩要求，他才把他们领到隔壁，并不请他们坐下，靠着冰冷的壁炉架，望着墙壁。

但尼·哀区脱四十左右岁，身体高大，穿戴整齐，态度冷淡，一看便知是个精明、脾气却很坏的人。像古代的亚述王一样脸上总带有怒气，须发全黑，长胡子被修成了方形。他从不正脸看人，说话粗暴，寒暄也像跟人吵架似的。他傲慢无礼，因为他瞧不起人，一副手足无措的表情。大家讨厌他，这种强直的态度太目中无人，其实是他们精神与肉体发硬到了无可救药的地步，可是这种犹太人太多。

高恩夸张地有说有笑地吹棒地把克利斯朵夫介绍一遍。主人的招待把他窘住了，只顾拿着帽子和乐谱摇摆不定地立在那儿。哀区脱好像不知道克利斯朵夫在场，直到高恩讲了一会儿，才傲慢地转过身来，眼睛看着别处，说："克拉夫脱……克利斯朵夫·克拉夫脱……从来没说过这个名字。"

克利斯朵夫好像挨了一拳，被气得满面通红地叫道："你将来会听到的。"

哀区脱当做没有克利斯朵夫一样，继续冷冷地说："克拉夫脱？……没听见过。"

哀区脱这样的人，对一个陌生人是不会有好印象的。

他用德语接着说："你是莱茵河流域的人吗？……真怪，那边居然有这么多搞音乐的人自称为音乐家。"

这句并非侮辱的笑谈，使克利斯朵夫感觉到是另外一个意思，他想立刻顶回去，却被高恩抢着说："请您原谅，您必须承认我是外行。"

"你不懂音乐，我感觉很值得恭维。"哀区脱回答。

"如果并非音乐家你才喜欢，"克利斯朵夫冷冷地说，"很对不起，我不能遵命。"

哀区脱把头掉在一边，冷漠地问："你在作曲吗？写些什么东西？是不是歌呢？"

"有歌，还有两个交响诗、交响曲、四重奏、舞台音乐、钢琴杂曲。"克利斯朵夫很激动地说着。

"你们在德国写的东西真多。"哀区脱的话虽客气，却有点儿鄙视的意味。

但尼·哀区脱对这个新人一点也不信任，尤其是他并不知道他曾写过那么多作品。

"那么，"他说，"我可以给你一些工作，因为你是我的朋友介绍来的。我们正在编一部少年丛书，印一批浅显的钢琴谱。你可不可以把舒曼的《狂欢曲》编得简单些，改成四手、六手或八手联弹的钢琴谱吗？"

克利斯朵夫跳起来："你让我，我，做这种工作吗……"

这幼稚的"我"字使高恩大笑起来，哀区脱却生气了："我实在不清楚你为什么奇怪，那并非是件容易的工作，如果你高兴，那最好不过了！走着瞧吧，我相信你是出色的音乐家，可是我并不知道你。"

他暗中想道："听这家伙的口气，竟然比勃拉姆斯都高明。"

克利斯朵夫没有出声（因为他决定不让自己发作），把帽子一戴，准备走了。高恩笑着拦住了他说："别那么急呀！"

他又转身向哀区脱："他带来几部作品，准备让你看看。"

"啊！"哀区脱极不耐烦，"那么拿来看吧。"

克利斯朵夫默默地把稿本递给了他，哀区脱不经意地翻着。

"什么呀？啊，《钢琴组曲》……（他念着）《一日》……老是标题音乐……"

他看得很用心，却是一副冷淡的表情。他是个出色的音乐家，本行所有学识他都具备，却是到此为止的；最初的几个音符就让他明白作者是怎么样的人。他一脸瞧不起的神态默默地翻着作品，对作者的天分暗暗称赞；克利斯朵夫的态度又伤害了他生性傲慢的自尊心，所以他一点儿都没有表示出来。他静静地看完了，连一个音符也没放过，终于老气横秋地说，"写得还不错。"

克利斯朵夫无法承受这比尖刻的批评还刻薄的话。

他气恼地说："不需要你来告诉我。"

"我认为"哀区脱说，"你让我看作品，就是让我表示一下意见啊！"

"绝对不是。"

"那么，"哀区脱也生了气，"我搞不明白你向我要求什么。"

"我没有别的要求，只要求工作。"

"除了刚才说的，我没有别的事情可以给你做。这还不一定呢，只是或许可以。"

"你就不能分配给我这样的音乐家一些别的工作吗？"

"你这样的音乐家？"哀区脱挖苦说，"跟你一样高明的音乐家，都觉得这工作有损他们的尊严。我可以说出几个如今在巴黎很出名的名字来，对此还很感激我呢。"

"他们都是些窝囊废，"克利斯朵夫大声叫道，他竟会用法语的妙语了。"你居然错把我看做他们那一流人了。你想用你这种态度，不正面看人，说话含含乎乎地吓唬我吗？我对你行礼，你理都不理……你是什么人，竟这样对我？你也算一个音乐家吗？你有没有写过一件作品？而你竟敢教我，教一个把作曲看作生命的人怎样作曲！……看了我的作品，你除了让我篡改名作，编一些脏东西去教孩子们做苦工以外，竟没有其他好点的工作给我！……找那些巴黎人去吧，愿听你的教训是因为他们没出息，我宁愿饿死！"

他滔滔不绝地说着，简直停不下来。

哀区脱冷冷地回答："随你吧。"

克利斯朵夫把门摔得砰砰直响地出去了。西尔伐·高恩看着大笑，哀区脱无奈地对高恩说："他还会回来。"

他非常看重克利斯朵夫。他非常聪明，不仅有看作品的眼光，也有看人的眼光。他从克利斯朵夫那出言不逊的愤怒态度中，看到了一股在艺术界非常难得的力量。

但他的自尊心受挫了，无论如何也不会承认自己的错。他很想给克利斯朵夫一点儿补偿，却无法做到，除非克利斯朵夫向他屈服。

克利斯朵夫回到了旅馆，万分沮丧。他认为自己完了，连惟一的依靠也倒掉了。他认为不仅和哀区脱成了死冤家，连高恩也变成了敌人。在这个城市里，除了狄哀纳和高恩这两个冤家外，他谁也不认识，感到万分孤独。以前在德国认识的漂亮的女演员高丽纳，去美国演戏了，再也不是搭班子了，她已经出了名，成了主角，她的行踪经常可以在报纸上看到。被他无意中打破饭碗的那个女教师，他曾决定到巴黎寻访的女子，如今来到了巴黎，他却无论如何也想不起她的姓氏了，只记得名字叫做安多纳德。其余的只有慢慢地想，何况在茫茫人海里寻找一个女教师，并不容易啊！

目前必须设法维持生活，越快越好。克利斯朵夫只剩五法郎了，他必须压抑着讨厌的心情，去问旅馆的胖老板，街上是否有人请他教钢琴。老板原来就瞧不起这个讲德语、一天只吃一顿饭的顾客，现在知道他是个音乐家，越发看不起了。他是个传统的法国人，认为音乐家是贪吃懒做的人的行业，就挖苦道：

"钢琴？……你弄这个玩艺儿吗？失敬失敬！……真怪，竟有人喜欢干这行！我吗，我无论听什么音乐都像下雨一样……你教教我吧。喂，你们大家觉得怎么样？"他转身对一群正在喝酒的工人嚷着。

大家哄笑了一阵。

"这行手艺倒是怪体面呢，"其中有一个说，"又干净，又很讨女人喜欢。"

克利斯朵夫听不懂法语，对这些取笑的话不知该如何应付。老板的女人很同情他，对丈夫说："好啦，斐列伯，不要胡说八道。"她转身向克利斯朵夫，"会有人请教你的。"

"谁呀?"丈夫问。

"葛拉赛那个小丫头! 你知道家人为她买了一架钢琴呢。"

"啊! 你说的是他们，摆摆臭架子嘛，不过却是真的。"

他们告诉克利斯朵夫，说是肉店店主的女儿，她的父母想把她培养成大家闺秀，想让她学琴，哪怕只是招摇一下也是好的。旅馆的主妇答应替克利斯朵夫说去。

第二天，他告诉克利斯朵夫肉店的女主人愿意见他。他去了，看到坐在柜台后面的她，四周都是畜牲的尸首。那个皮肤娇嫩、装着媚笑的漂亮女人，知道他的来意后立刻板起一副俨然的面孔。她开口就说到学费，声明她不愿意多花钱，因为弹琴虽然是有趣的东西，但不是必须的，她每小时只给一法郎。她又不大放心地问他是否真懂音乐。直到知道他不仅会演奏，还会作曲时安心了许多，态度也殷勤了。她的自尊心满足了，决定告诉街坊们她女儿找到了一个作曲家做老师。

第二天，克利斯朵夫发现所谓的钢琴只是一件旧货店买来的旧货，声音像吉他；肉店里的小姐又粗又短的手指在键盘上扭来扭去，音与音之间的区别也分不出，却是极其不耐烦，几分钟后就打起呵欠；她母亲在一旁发表着对音乐及其教育的意见，克利斯朵夫委屈得连生气的劲儿都没有了。

他无精打采地回去，一连几晚连饭都吃不下。仅仅是几个星期的时间，他就到了这份光景，以后还有什么下贱的事不能做呢? 当初又何必愤愤不平地拒绝哀区脱的工作呢? 现在的事不是更丢人吗?

一天晚上，他禁不住流下泪来，无奈地跪在床前祈祷……祈祷什么呢? 他能祈祷什么呢? 他不再相信上帝了，只当没有上帝了……可还为自己祈祷。极平凡的人从来不会祈祷，他们不知道坚强的心需要在祭堂中默默修炼。白天受了侮辱之后，克利斯朵夫在纷乱的心中感觉到了他永恒的生命。悲惨生活的潮水在生命的底下涌动，但这生活跟他生命又有什么关系呢? 世界上的痛苦，摧毁一切的痛苦，碰到顽强的生命就粉碎了。克利斯朵夫热血沸腾，好像是一片翻腾的海洋，有一个声音不断地重复着：

"我永久的，永久存在的……"

他非常熟悉这声音，从久远的以前到现在他一直都听得见的。有时他会长时间地把它忘掉，想不起强烈单调的节奏；实际上他却知道那声音永远都存在，正如狂啸怒吼的海洋从来没停止过。如今又找到了他的毅力，就像沉浸在音乐中一样。他平静地站了起来。不，艰难的生活没有什么害羞的，他根本不需要脸红，该脸红的是那些逼他这样换取面包的人。承受吧！终有一天……

但是第二天又没有耐性了，虽然他尽力克制，最后还是在一次上课的时候，因为那放肆而混账的小丫头讥笑他的口音，故意捣乱而不听他的话时爆发了，他大发雷霆。克利斯朵夫咆哮着，小姑娘怪叫着，因为一个她出钱雇来的人竟敢冒犯她而大为恼怒。克利斯朵夫猛烈地摇了几下她的手臂，她就喊着他打了她。母亲像母老虎一样跑过来，狠命地吻着女儿，骂着克利斯朵夫。肉店老板也出现了，说他决不允许一个普鲁士流氓碰他的女儿。克利斯朵夫气得脸色发白，羞愤交加，一时竟不知道自己会不会把他们一家人一齐勒死，便在咒骂声中溜了。旅店的主人看他如此狼狈地回来，马上逗他说出经过，使他们忌妒的心借此痛快一下。可是到了晚上，街坊上都纷纷说德国人是个殴打儿童的野蛮人。

克利斯朵夫又去其他的音乐商那里询问了几次，毫无结果。他感觉法国人不容易接近，他们毫无头绪的忙乱把他都搞昏了。巴黎给他的印象是一个受着专制傲慢的官僚政治统治的混乱社会。

一天晚上，他因为毫无收获而沮丧地在大街上溜达的时候，突然瞧见西尔伐·高恩迎面而来。他一直认为他们早已闹翻了，便掉过头去，不想让他看见。高恩却招呼他："哎！你怎么啦？"他一边说一边笑，"我很想来看你，可是我却把你的地址给弄丢了……天哪，亲爱的朋友，那天我差点认不出你了，你简直就是慷慨激昂。"

克利斯朵夫望着他，既惊诧又羞愧："你不恨我吗？"

"恨你？干吗恨你？"

他居然不恨，还感觉克利斯朵夫把哀区脱训了一顿像玩笑一样，令他大大地笑了一阵。哀区脱和克利斯朵夫俩个，究竟谁是谁非，他根本不放在心上，他估量人是以他们给他的快乐多少为标准的，他感到克利斯朵夫会有更多的笑料供应的，便想尽量利用一下。

"你该来看我啊，"他接着说，"我总是等着你呢。今晚你有事吗？跟我一块儿吃饭去。这一下我可不让你走了。吃饭的都是我们自己人，半个月聚会一次的几个艺术家，你应该认识这些人。来吧，我给你介绍。"

克利斯朵夫用衣冠不整来推辞也推辞不掉，高恩把他拉起走了。

他们走到大街上的一家饭店，直上二楼。克利斯朵夫看见有三十来个年轻人，大约从二十岁到三十五岁，特别兴奋地讨论着什么。高恩把他介绍给大家，说他是从德国牢里逃出来的。他们全然不理会，只管继续他们激烈的辩论，初到的高恩也立即卷了进去。

克利斯朵夫见了这些优秀分子很害怕，不敢开口，只尽量伸着耳朵听。但他听不清滔滔不绝的法语，没法懂得讨论的到底是什么重大的艺术问题。他只听见"垄断"、"托拉斯"、"跌价"、"收入的数目"等等的名词，和"艺术的尊严"与"著作权"等等混在一起。终于他发现大家谈的是商业问题。一部分参加某个银团的作家，因为有人想组建一个同样的公司和他们竞争而气愤地表示反对。一批股东为了私人利益而带着全部道具去投靠新组织，更使他们怒不可遏。他们一片声地嚷着要砍掉那些人的脑袋，说什么"欺骗……失势……出卖……屈辱……"等等。

另一批不攻击活人而攻击死人，因为他们没有版权的作品充满市场。缪塞的著作最近才成为大众的产业，据他们看来，买他的著作的读者太多了。他们请求政府对从前的名著增加税收，以免它们低价发行。他们认为，已故作家的作品以廉价销售的方式跟现存艺术家的作品竞争是不光明的行为。

他们又停下来，听别人报告昨天晚上这一出戏和那一出戏的收入。大家对某个在欧美两洲出名的老戏剧家的幸运非常羡慕——他们瞧不起他，但忌妒的心尤甚于瞧不起的心——他们从作家的收入说到批评家的收入，说某个知名的文人，只要大街上某戏院演一出新戏——（一定是谣言吧？）——就能到手一笔不小的钱当作捧场的代价。据说他是个诚实君子，一旦价钱讲妥了，他总是履行条件的，但他最高明的手段——（据他们说）——是在于把捧场的文章写得使那出戏在最短时间不卖座而戏院不得不常排新戏。这种故事叫人大笑，但谁都不感奇怪。

这些议论中夹杂许多冠冕堂皇的词，他们讲着"诗歌"，谈着"为艺术而艺术"。这种名词和金钱混在一起，无异是"为金钱而艺术"。而法国文坛上新兴的风气，使克利斯朵夫尤其着恼。因为他对金钱问题根本不感兴趣，所以他们提到文学——其实是文学家——的时候，他已经不愿意继续听了。他们说完维克多·伯甫的恋爱之后，又说到乔治·桑的那些情人和他们的价值。那是当时的文学批评最为关切的题目：它把大人物家里一切都搜查过了，翻过了抽屉，看过了壁橱，倒空了柜子，最后还得搜查他们的卧床。批评家非学洛尚当年伏在路易十四和蒙德斯朋夫人床底下，或者类似于此的方法，才算无负于历史与真理——他们那时都崇拜真理的。和克利斯朵夫同座的一帮人都自认为真理狂：为探求真理，他们孜孜不倦。他们对现代艺术也利用这个原则，以同样渴求准确的热情，去分析时下几个最负盛名的人的私生活。奇怪的是，凡是平常绝没有人看见的生活细节，他们都知道得清清楚楚，仿佛那些当事人为了爱真理的缘故，自己提供出准确的材料。

发僵的克利斯朵夫，想跟旁边人谈些别的事，但谁也不理他。他们固然向他提出了几个空洞的关于德国的问题——但那些问题只使克利斯朵夫非常惊异地发觉，那些似乎博学的漂亮人物，对他们本行业以内的东西（文学与艺术）了解，一越出巴黎这个范围，就连最粗浅的知识也没有。充其量，他们只听见过几个大人物的名字，例如李勃曼，霍德曼，舒特曼，施特劳斯（是约翰·施特劳斯呢，达维特·施特劳斯呢，还是理查德·施特劳斯呢？），他们搬弄这些人名的时候非常小心谨慎，恐怕闹笑话。并且，他们询问克利斯朵夫也只是因为礼貌而并非为了好奇心，那是他们根本没有的；至于他的回答，他们根本就不大想听，急于回到那些让全桌人都开心的巴黎琐事上。

克利斯朵夫胆怯地想谈谈音乐，但是这些文人中没有一个音乐家。他们心里认为音乐是一种低级艺术，近年来音乐风行一时，不免使他们暗中苦恼；但既然它走了运，他们也就装做很关切。有一出最近上演的歌剧，他们能够谈得上劲，差不多认为有了这歌剧才有真正的音乐，至少也得说是开创了音乐的新时代。他们的愚昧无知与附庸风雅的脾气最适合接受这种思想，因为那可以使他们不用再知道下文。歌剧的作者是个巴黎人——克利斯朵夫第一次听到他的名字——有几个人说他把以前的东西整个儿推翻了，把音乐都革新了，重新创造过了。克利斯朵夫听得直跳起来，他巴不得真有天才出现。可是这种一举手能把"过去"推倒了的天才，好厉害的家伙！怎么有这样神通呢？他要人家给他解释。那些人既说不出理由，又对克利斯朵夫问个不休，就把他交给他们一群中的音乐家，那个大音乐批评家丹沃斐·古耶。而他立刻和克利斯朵夫谈到七度和弦九度和弦等等的名词。古耶懂的音乐实际和史迦那兰所懂的拉丁文差不多少。

"……你懂不懂拉丁文？"

"不懂。"

"Cabricias arcithuram catalamus singulariter……bonug bona bonum……"

一天遇到了一个"真懂拉丁文"的人，他也就小心谨慎地躲到美学中去了。在那个不可侵犯的盾牌背后，他把不在这公案以内的贝多芬，瓦格纳和全部的古典音乐都攻击得体无完肤（在法国，要恭维一个音乐家，非要把一切跟他不同的音乐家尽数击败，做他的牺牲品不可）。他宣布新的艺术已经诞生，过去的成规都给踩在脚下了。他谈到一种音乐语言，说是巴黎音乐界的哥伦布发现的；这新语言把所有古典派的语言取消了，因为一比之下，古典音乐变成了死语言。

克利斯朵夫一方面对于这个革命派音乐家暂且取保留的态度，准备看过了作品再作决定；一方面也对大家把全部音乐作牺牲而奉为音乐之神的家伙非常怀疑。他听见别人用亵渎不敬的语气谈论往日的大师，特别愤慨，可忘了自己从前在德国说过多少这一类的话。他在本乡自认为艺术叛徒，是为了判断的大胆与直言不讳而惹恼群众的，一到法国，刚刚听到几句话，就发觉自己头脑都昏了。他很想讨论，但讨论的方式不很高雅，因为他不能像一般绅士那样只提出论证的大纲却不加说明，却以专家的立场探讨确切的事实，拿这些来找人麻烦。他不但进一步地作技术方面的研究，而他愈说愈高的声音只能让上流社会听了头痛，提出的论据与支持论据的热情也特别可笑。那位批评家赶紧插一句所谓的俏皮话，结束了冗长却可恶的辩论，克利斯朵夫猛然发觉，原来批评家对所谈的问题基本上是外行。可是大家对这个德国人已经有了定论，认为他头脑发昏，思想落伍；不用领教，他的音乐已经被断定是可恶的了。但二三十个眼神带有讽刺的，最会抓住人家可笑的地方的青年，又回头来注意这个怪人，看他挥着瘦小的胳膊和巨大的手掌做出很多笨拙而急剧的动作，睁着一双愤怒的眼睛，尖声尖气地喊着。原来西尔伐·高恩特意要叫朋友们看看滑稽戏。

谈话已离开了文学，转移到女人的身上了，其实那是同一个题材的两个方面，因为他们的文学离不开女人，而他们口中的女人也跟文学或文人纠缠在一起。

大家正在谈论一位在巴黎交际场中非常出名的贞洁的太太，最近把女儿嫁给自己的情夫，借此羁縻他的故事。克利斯朵夫在椅子上扭来扭去，疾首蹙额地表示非常厌恶。高恩发觉了，用手肘碰碰邻座的人，说这个话题好像让德国人激动了，大概他很想认识那位太太吧。克利斯朵夫红着脸，嘟囔着终于愤愤地说这等女人真是该打。这句话马上引起了哄堂大笑；高恩却装着甜美的声音，抗议说女人是绝对不能够碰的，便是用一朵花去碰也不可以……（他在巴黎是个风流豪侠也是护花使者）——克利斯朵夫回答说，这种女子是条母狗，而对付那些下贱的狗只有一个办法，就是拿鞭子抽它。众人听完又大叫起来。克利斯朵夫说他们向女人假装献殷勤，往往最会玩弄女子的人才口口声声说尊重女人；他对于他们所讲的丑事表示深恶痛绝。他们回答说那无所谓丑史，却是挺自然的事；大家都一致同意，故事中的女主角不但是个极具风韵的女子，并且是有十足女人味的女子。德国人便又嚷起来了。高恩狡猾地问，照他的理想，“女人”应该是怎么样的。克利斯朵夫知道对方在逗他上当，但他生性暴躁，自信很强，照样中了人家的计。他对那些轻浮的巴黎人述说他对于爱情的观念。他有了意思没词语，非常为难的找着，终于在记忆中搜索出一些似是而非的名词，说了很多笑话叫大家乐死了；他可是不慌不忙的，特别严肃，那种满不在乎，不怕别人取笑的态度，也实在了不得：因为说他没有看见人家没皮没脸地耍弄他那是不可能的。最后，他在一句话中愣住了，怎样也说不出下文，便把拳头往桌上一击，不吭声了。

人家还想逗他辩论，他却皱着眉头，把手肘支在桌上，又羞又愤，不理睬了。直到晚餐结束，他一声不出，只顾着吃喝。他酒喝得很多，和那些沾沾嘴唇的法国人不一样。邻座的人不怀好意地劝着酒，把他的杯子倒得满满的，他却毫不迟疑，一饮而尽。虽然他不习惯饱餐豪饮，尤其在几星期来常常挨饿的情景之下，他还能支持得住，不至于像别人所希望的那样当场出丑。他只坐着出神；人们不再注意他了，认为他醉了。其实他除了留神法语的对话太费劲以外，听他们谈论文学也觉得厌烦——什么演员，出版家，作家，文坛秘史，后台新闻，好像世界上就只有这些事！看着那些陌生的脸庞，听着谈话的声音，茫茫然总是像出神的模样，慢慢地往桌子上扫过去，看着那些人而又似乎没看见。其实他比谁都看得更加清楚，只是自己不觉得罢了。他的目光，不像巴黎人或犹太人那样一瞥之间就能够抓住事物的片段，微小的片段，马上把它剖析入微。他是长时间的，默默的，如同海绵一样，吸收着各种人物的印象，将它们带走。他似乎什么都没看见，什么都想不起。过了很久，几小时，通常是好几天以后，他一个人观看自己的时候，才发现他原来把一切都抓来了。

当时他的神态只不过是一个德国人，惟恐少吃一口，只顾狼吞虎咽。除了听见同桌的人相互呼唤名字以外，他什么也没听到，只像醉鬼一样固执，为什么有这样多的法国人姓外国姓？又是德国的，又是法兰德的，又是犹太的，又是近东各国的，又是西班牙化的美国姓，又是英国的……

他没发现大家已经离席，自己坐在那里，想着莱茵河畔的山岗，大树林，水边的草原，耕种的田地和他的老母亲。有几个人还站在饭桌的另一头谈话，其余的人已经走了。终于他也决心站起，对谁都不看一眼，径自去拿挂在门口的大衣和帽子。穿戴完毕，他正想不辞而别的时候，忽然从半开的门里看见隔壁屋里摆着一件吸引他的东西：钢琴。他已经有好几星期没有碰过一件乐器了，便走进去，像看到亲人似地把键子抚摸了一会儿，径自坐下，戴着帽子，披着外套，弹了起来。他完全忘记自己在哪里，也没注意到有两个人悄悄地钻进来听：一个是西尔伐·高恩，极爱好音乐的，——天知道为什么，因为他根本不懂，好的坏的一律喜欢；另外一个是音乐批评家丹沃斐·古耶。他倒是比较简单，对音乐既不懂也不爱好，可是却着迷地谈着音乐。原来世界上只有一帮不知道自己所云的人，思想才最自由；不管这样说也好，那样说也好，他们都无所谓。

丹沃斐·古耶是个胖子，腰厚背实，肌肉发达，黑胡子，一簇很浓的头发卷儿挂在脑门上，脑门有一些粗大的皱痕，却毫无表情。不大端正的方脸好像在木头上极粗糙地雕刻出来的，短臂，短腿，肥厚的胸部，看上去如同木材商或者当挑夫的奥弗涅人。他举动粗俗，出言不逊。他投身音乐世界全部是为了政治关系，而在当时的法国，政治是惟一的进身之阶。他发现跟一个当部长的某同乡有点儿远亲，便投在他门下。但部长不会永远是部长的。看到他的那个部长要下台时，丹沃斐·古耶赶紧溜了，当然，凡是能捞到的都已经捞到，尤其是国家的勋章，因为他爱荣誉。最近他因为后台老板的劣迹，也因为他自己的劣迹，受到相当猛烈的攻击，使他对政治厌恶了，想找一个位置躲躲暴风雨；他要的是能跟别人找麻烦但自己不受麻烦的行业。在这种条件之下，批评这一行是再好不过了。刚好巴黎一家大报纸的音乐批评的职位空缺。前任是个颇具才华的青年作曲家，因为非要对作品和作家说他的老实话而被辞退。古耶从来没弄过音乐，全都外行，报馆却毫不踌躇地选中了他。人们不愿意再跟行家打交道；对付古耶是不用费心的：他绝不那么可笑，把自己的见解看做了不起；他是会听上面指挥的，要他骂就骂，要他捧就捧。至于他是不是一个音乐家，倒是次要的问题。音乐在法国是每个人都相当懂的，古耶很快学会了一些诀窍。其实方法挺简单：在音乐会里，只要坐在一个知名的音乐家旁边，最好是作曲家，想法逗他说出对某些作品的看法。这样学习了几个月，进步很快，小鹅不是也会飞吗？当然，这种飞决不能像老鹰一样。古耶大模大样地在报纸上编些胡话，简直是天晓得！不管是听人家的话，是看人家的文章，都一味地掺和，都被他蠢笨的头脑搅成一团糟，同时还要高傲地教训别人。他把文章写得自命不凡，夹杂许多双关语和盛气凌人的学究气，他的性格完全像学校里的舍监。有时他因此受到猛烈的反驳，便哑口无言装死。他颇有些小聪明，也是鄙俗的小人，忽而卑鄙无耻，忽而目中无人，看情况而定。他卑躬屈节地谄媚那班"亲爱的大师"，因为他们有地位，或者因他们拥有国家的荣誉（他认为衡量一个音乐家的价值，这是最可靠的方法）。其余的人，他都用不屑一顾的态度对付；他尽量利用那些饿肚子的音乐家，他为人确实精明。

他心里知道自己对于音乐毕竟是一无所知，也知道克利斯朵夫确实高明。他自然不愿意说出来，可是少不得有些敬畏。此刻他听克利斯朵夫弹琴，努力想了解，专心至致，好像很深刻，没有一点杂念；但在这片云雾似的音符中完全摸不着头脑，只顾装着内行的样子点头耸脑，看高恩挤眉弄眼，来决定自己称许的感情。

克利斯朵夫终于从音乐中浮起来，觉得背后有人指手划脚，转过身来，见到两位鉴赏家。西尔伐尖声地说他弹得出神入化，古耶装作学者说他的右手像鲁宾斯坦，左手像帕德列夫斯基。两人又一致说，这样一个天才决不能埋没；他们自告奋勇要叫人知道他的价值，但心中打算尽量利用他来为自己取得荣誉和利益。

第二天，高恩请克利斯朵夫到他家里去，特别殷勤地把自己从未用过的一架很好的钢琴给他使用。克利斯朵夫因为胸中积聚着许多音乐，非常烦闷，就老老实实接受了。

前几天一切都好，克利斯朵夫能有弹琴的机会快活极了；高恩也非常知趣，让他安安静静自得其乐。他自己也确实领略到一种乐趣。这是一种我们每个人都能观察到的现象：他既非艺术家，也非音乐家，而且是个最枯索，最无诗意，没有什么感情的人，却对于这些自己一无所知的音乐有浓厚的兴趣，觉得其中有种神秘的力量。不幸他没去静默。克利斯朵夫弹琴时，他非要说话不可。他像音乐会里附庸风雅的听众一样，用种种夸辞来加按语，或是胡说八道地批评一番。于是克利斯朵夫愤愤地敲着钢琴，说这样他是弹不下去的。高恩勉强让自己不出声，但那竟不由他作主：一忽儿他又呻吟，吹哨，嘻笑，唱着，拍手，哼着，摹仿各种乐器的音响。等到一曲终了，如果不把他的荒唐见解告诉克利斯朵夫，他会受不了的。

他是个古怪的混合品，有巴黎人的轻薄，有日耳曼式的多情，也有他自吹的天性。他一会儿酸溜溜的下些断语，一会儿不伦不类来一个比较，一会儿说出粗野的、淫猥的、不健全的、荒谬绝伦的废话。在称赞贝多芬的时候，他竟看到作品中有猥亵的成分，有淫荡的感觉、忧郁的思想，有浮华的辞藻。《升C小调四重奏》对于他是英武而可爱的作品。《第九交响曲》中那些崇高伟大的作品，使他想起羞答答的小天使。当他听到《第五交响曲》开头的三个音符，他就喊："不能进去！里面有人！"他非常叹赏《英雄的一生》里的战争描写，因为他在其中听出有汽车的声音。他会四处找出幼稚而不雅的词语形容，真不知他为什么爱好音乐，但他确实喜欢；对于某些篇章，他用最可笑最荒唐的方式去领会，同时也真的会流眼泪。但他刚受了瓦格纳的歌剧的感动，会立刻在钢琴上弹一段奥芬巴赫摹仿跑马的音乐；或是在《欢乐颂》之后立刻哼一段咖啡店式的滥调。这使克利斯朵夫气得直嚷了。高恩这样胡闹还不是最糟的，当他以哈密尔顿的面目出现时，在那种情形之下，克利斯朵夫对他怒目而视，用挖苦的话伤害他，往往不欢而散。第二天，高恩忘了，克利斯朵夫也后悔自己不应那样粗鲁，仍然回来。

高恩不约朋友来听琴，还没有什么关系。但他需要拿他的音乐家向人卖弄，所以请了三个小犹太人和他自己的情妇———一个浑身脂肪的女人，无比蠢笨，老说些无聊的话语，谈着她所吃的东西，自认为是音乐家，因为她每天晚上都在多艺剧院的歌舞中展出她的大腿。克利斯朵夫第一次见到这些人物，脸立刻变了。第二次，他直截了当地告诉高恩，说再也不到他家里弹琴了。高恩发誓说，以后决不再邀请任何人。但他照旧继续，把客人藏在隔壁房间中。自然，克利斯朵夫也发觉了，气愤地转身走了，这一次可真的不回来了。

即使这样，他还要敷衍高恩，因为他可以带他去各国侨民的家里，为他介绍学生。

过了几天，丹沃斐·古耶也到克利斯朵夫的小客店去拜访他。古耶见他环境如此差，一点也不吃惊，倒很亲切地说：

"我想请你听音乐，你一定感到高兴吧，我处处都有入场券，可以带你一起去。"

克利斯朵夫非常快乐。他觉得对方特别体贴，便真心地道谢。那天古耶好像变了一个人，和第一晚见到他时大不相同。跟克利斯朵夫单独相对的时候，他一点没有高傲的态度，脾气挺好，怯生生的，一心想学些东西。只有当着别人，他才会立刻恢复那种居高临下的粗暴与神气的口吻。此外，他的求知欲也老是有个实际的目标。凡是与眼下的时尚无关的东西，他一概不发生兴趣。现在，他拿一本乐谱来征求克利斯朵夫的意见，因为他不会读谱。

他们一起去一个交响曲音乐会，会场与一家歌舞厅共用。从一条通道走到一间没有第二出口的大厅，空气浑浊，特别烦人；座椅密密地挤在一起；一部分听众站着，把走道都堵塞了——法国人不讲究舒服！一个似乎特别烦恼的男人，在那里匆忙地指挥着贝多芬的一个交响曲，好像赶着奏完的神气。歌舞厅的音乐和《英雄交响曲》中的《葬礼进行曲》混在一起。听众总是陆陆续续地进来坐下，东张西望，有的才安顿好，已经预备动身要走了。克利斯朵夫在这样一个地方聚精会神地留意乐曲的线索，费了好大的劲终于找到了一些快乐的感觉——（因为乐队是很熟练的，而克利斯朵夫很久没听到交响乐）——不料听了一半，古耶抓着他的手臂说："我们走吧，去听另外一个音乐会去。"

克利斯朵夫皱一下眉头，跟着他的向导一言不发。他们穿过半个巴黎城，到了一间好像马房似的大厅，在别的时间，这儿是上演什么通俗戏剧与神幻剧的：——音乐在巴黎像两个穷苦的工人合租一间房一样，一个刚刚从床上起来，一个就钻进他的热被窝。当然谈不到空气，从路易十四起，法国人就认为这种空气不卫生；但戏院里的卫生与从前凡尔赛宫里的一样，是叫人绝对喘不过气来的那种卫生。一个老人像马戏班里的驯兽师一般，正在指挥瓦格纳的一幕剧：可怜的歌唱家好像马戏班里的狮子，对着灯发愣，直到要挨鞭子时才知道自己原来是狮子。一帮假装正经的胖妇人和小姑娘，笑容满面地观看着表演。等到歌唱家们把戏演完，乐队指挥行礼之后，人们拍了两下手，古耶又把克利斯朵夫带到第三个音乐会去。克利斯朵夫双手抓住了坐椅的靠背，告诉他再也不走了。从这里跑到那里，这里听几句协奏曲，那里听几句交响乐，他已够受了。古耶跟他解释说，批评音乐在巴黎是一种行业，并是一种看比听更重要的行业。克利斯朵夫说，音乐并非是马车上听的，而是需要全神贯注地去领会的。这种炒什锦似的音乐会使他恶心，每次只听一个就够了。

　　他对于这种漫无节制觉得很奇怪。像多数的德国人一样，音乐在法国占着很小的地位；所以他幻想中以为能听到分量少而质地精的东西。不料一开场，七天之内人家就让他有十五个音乐会。一星期中每个晚上都有，往往同时有两三个，在不同的地方举行。星期日一天共有四个，也是在同一时间内。克利斯朵夫对于这种其大无比的音乐胃口不胜钦佩。节目的繁重让他吃惊不小。他以前以为只有德国人听音乐才有这等雅兴，那是他从前在国内痛恨的；此刻却发现巴黎人的肚子还远胜于德国人。席面真是太丰富了：两支交响曲，一支协奏曲，一幕抒情剧，一支或二支序曲，而且来源不一：有德国的，有俄国的，有法国的，有斯堪的纳维亚国家的，仿佛不管是啤酒，是香槟，是葡萄酒，是糖麦水，他们能一同喝下，绝不会醉。巴黎那些小鸟儿的胃口竟然如此之大，克利斯朵夫真的看呆了。他们却若无其事的样子，好似酒桶无底，倒进东西却点滴不留。

　　很快，克利斯朵夫又发觉这些音乐其实内容只有一点儿。在所有的音乐会中他都看到相同的作家，听到相同的曲子。丰富的节目总是在一个圈子里打转。在贝多芬以前的差不多绝无仅有，在瓦格纳以后的也几乎绝无仅有。便是在贝多芬与瓦格纳之间，又有多少空白呢？好像音乐只限于几个著名的作家。德国五六名，法国三四名，自从法俄联盟以来又加上六个莫斯科的曲子。没有法国作家、意大利名家、十七十八世纪德国巨头、现代的德国音乐，只除掉理查德·施特劳斯一个，因为他比别人更有头脑，每年必定到巴黎来亲自拿出他的新作品，亲自指挥一次。更没有比利时与捷克的音乐了。但最奇怪的是也没有法国音乐。然而大家都用着神秘的口气谈着法国的音乐，仿佛是震撼世界的东西。克利斯朵夫希望能有机会听一听，他没有成见，抱着极大的好奇心，想认识新音乐，领会一下天才的杰作。但他虽费尽心思，始终没听到；因为单是那三四支小曲，写得非常细腻而过于雕琢、过于冷静的东西，不能引起他的注意，他也不会承认那就是现代的法国音乐。

他必须在表示意见之前，先向音乐批评界讨教一下。

这并非易事，批评界谁都有主张与理由。不但各个音乐刊物都以相互批评为乐，而且同一个刊物的文章也自相矛盾。要是把它们全部看过来，你会头脑发昏。幸而编辑只读自己的文章，其他一篇不读。但克利斯朵夫想对法国音乐界有个准确的概念，便一篇都不放过，最后他特别佩服这个民族的镇静功夫，在这种矛盾之中，还能够像鱼在水中一样悠然自得。

纷乱的舆论中，有一点使他非常惊奇，就是批评家们的那副学者面孔。法国人不是幻想家，也并非什么都不信。克利斯朵夫的所见所闻，比莱茵河彼岸所有的批评家的音乐知识都更丰富——即使他们一无所知的时候也同样如此。

法国的音乐批评家都要学习音乐了，有几个也真懂，那全是一些怪物；他们竟然花了番心血对他们的艺术加以思考，并且用自己的头脑去思考。不必说，这种人都不大知名，只能隐藏在几个小杂志里，只有一两个能踏进报馆。他们聪明，诚实，挺有意思，因为生活孤独有时也不免发些怪论，冥思默想的习惯使他们在批评的时候不会容忍，倾向于唠叨。至于其他的人，都急匆匆学了些初步的声学，就对自己新近得来的知识惊奇不已，跟姚尔邓先生学着语法规则的时候一样高兴得忘乎所以。

他们口中讲着主旋律与副主旋律，调和音与合成音，刀度音程的联系与大三度音程的连续。他们说出了乐谱上一组和音的名称，就得意洋洋地抹着额头的汗，自以为把整个作品说明白了，几乎认为那曲子是自己作的了。其实他们只像中学生分析西赛罗的文法一般，背了一篇课本上的名辞罢了。但是最优秀的批评家也不能把音乐看做天然的心灵的语言；他们不是把它当做绘画的分支，就是把它变成科学的附庸，只不过是一些拼凑和声的习题。像这样渊博的人物必然要追溯到古代的作品。于是他们挑出贝多芬的错误，并且教训瓦格纳，至于柏辽兹和格路克，更是他们公然嘲笑的对象。按照当时的风气，他们认为除了赛巴斯蒂安·巴赫与德彪西之外，什么都不存在。而近年来大家把巴赫捧起来，也开始显得老朽，迂腐，古怪。漂亮的人物正用着神秘的口吻称颂扬拉摩和哥波冷了。

学者之间还有强烈的争辩。他们都是音乐家，但所有音乐家的方式各不相同，各人以为只有自己的方式才对，别人的都是错的。他们相互抵毁为假文人，假学者；互相把理想主义与唯物主义，主观主义与客观主义，象征主义与自然主义，加在对方头上。克利斯朵夫心想，从德国跑到这里来再听一次德国人的争辩，岂不冤枉。按理说，他们应当为了美妙的音乐使大家可以有多种不同的方式去享受而表示感激，可是他们非但没有这种情趣，还不允许别人用不同方式去享受。当时的音乐界正为了新的争执而分成两大阵营，厮杀得异常激烈：一派是和声派，一派是对位派。一派说音乐是应该横读的，另一派说是应该直读的。直读派只谈到和弦，融成一片的连锁，温馨美妙的和声，他们谈论音乐，仿佛谈论糕饼铺。横读派却同意人家重视耳朵，他们认为音乐是一篇演说，像议院开会，所有发言的人都要同时说话，各人只说各人的，绝不理会旁人，直到说完为止；别人听不见是他们活该！他们只能在明天的公报上去细读，音乐是让人读的，并非听的。克利斯朵夫第一次听见两派的争论，以为他们都是疯子。别人让他在这两派之间决定自己的态度时，他照样用箴言式的说话方式回答：

"这两派我都仇视！"

别人还是不停地问："和声跟对位，在音乐上究竟哪一样更重要？"

"音乐最重要。把你们的音乐拿出来让我看看！"

提到他的音乐，他们的意见出现分歧了。这些勇士在好斗那一点上相互争胜的家伙，只要眼前没有盛名享得太久的古人被他们攻击，都能够为一种共同的热情——爱国的热情——而携手共进。他们认为法国是一个伟大的音乐民族，他们用种种的说辞宣传德国的没落。对于这点，克利斯朵夫并不生气。他自己早就把祖国驳斥得不成样子，所以凭心而论，他不能对这个断语有任何异议。但法国音乐的优越未免使他有些奇怪。老实说，他在历史上看不出法国音乐到底有多少成绩。然而法国音乐家一口咬定，他们的艺术在古代是特别美妙的。宣扬法国音乐的光荣，他们先恣意取笑上一世纪的法国名人，只把一个淳朴的大师除外，而他竟是比利时人。做过了这番扫荡工作，大家更加赞赏古代的大师了，他们都是被人遗忘的，有的是始终不知名直到今日才被挖掘出来的。在政治上反对教会的一派，认为什么都应当拿大革命时代作为出发点；音乐家却跟他们相反，以为大革命只不过是历史上的一个小小山脉，应当爬上去观察山后的音乐黄金时代。长时期的消沉过后，黄金时代又要来了，城墙快崩陷了；一个音响的魔术师正在变出一个百花怒放的春天；古老的音乐树已经长出嫩叶与新树；在和声的花坛里，奇花异草睐着眼望着黎明；人们已经听到淙淙的泉声，溪水的歌唱……那境界竟然像一首歌。

克利斯朵夫非常喜欢听这些话。但他注意一下巴黎各戏院的广告时，只看到古诺、梅亚贝尔和马斯涅的名字，甚至还有玛斯加尼和雷翁加伐罗，他便问他的那些朋友，所谓精神文明人的花园是否就是指这种音乐，这些使妇女们失魂落魄的东西，这些香粉铺，这些纸花。他们却非常生气地嚷起来，说那是旧时代的余孽，谁也不加注意的了。可是实际上《乡村骑士》正高踞在喜歌剧院的宝座，《巴耶斯》在歌剧院中傲视一切；玛斯奈和古诺的作品曾经风靡一时；《迷娘》、《胡格诺教徒》、《浮士德》这三位一体的歌剧全都声势浩大，超过一千场的纪录。但这都是无关紧要的例外，根本用不着去管它。一种理论如果遇到不客气的现实使它碰了钉子，最简单的方法就是否认现实。法国的批评家们以此来否认那些无耻的作品，否认那些吹捧作品的群众，并且用不着别人鼓动他们也要把喜剧抹煞了，在他们的心中，喜剧是一种文学作品，所以并不是纯粹的。

一切有所暗示，有所描写，有所表现的音乐，总之，一切都想说点儿什么的音乐都被加上一个不纯的罪名。可见每个法国人都有罗伯斯庇尔的气质，不论对什么人对什么东西，不戕其生命，就不能净化这个物或人。法国的大批评家只承认纯粹的音乐，其余的都是低劣的东西。

克利斯朵夫发见自己的趣味不高明，特别惭愧。但看到那些看不起音乐剧的音乐家都替戏院制作，都写歌剧，他又感到一些安慰。当然，这种事实仍不过是无关紧要的例外。他们提倡纯粹音乐，所以要批评他们是应该把他们的纯粹音乐作为根据的。克利斯朵夫开始寻找这样的作品。

丹沃斐·古耶把他带到一个法国艺术团体中去听了几次音乐会。一般刚出道的名家都是在这里经过长时间的锻炼与培育的。那是一个很大的艺术团体，也可以说是有好几个祭堂的小寺院。每个祭堂有祖师，每个祖师又有自己的信徒，而各个祭堂的信徒又相互菲薄。在克利斯朵夫看来，那些祖师根本就没有多大分别。因为弄惯了完全不同的艺术，所以他根本不了解这种新派音乐，而他却自以为了解。

他觉得作品永远在黑影之中，好像单色画，线条飘忽不定，忽隐忽现。在这些线条之中，有的是呆滞，僵硬，枯躁无味的素描，如同用三角板画成的，结果都成为尖锐的角度，好比一个瘦妇人的胳膊肘。也有波浪式的素描，像烟圈一般袅袅回旋，但这一切都是灰色的。难道法国没有太阳了吗？克利斯朵夫因为来到巴黎以后只看见雾和雨，禁不住要信以为真了；但如果没有太阳，艺术家的使命不就是创造太阳吗？不错，他们的确点着他们的小灯，但只像萤火一般，既不会令人感到暖意，也什么都照不见。作品的题目是经常变换的：什么中午，春天，生之欢乐，爱情，田野漫步等等；可是音乐并没跟着题目而变，而是一味的苍白，温和，贫血，麻木，憔悴。那时音乐界中典雅的人，讲究低声说话。那也是对的，因为声音一高，就跟叫嚷没有分别，高低声之间并没有什么中庸之道，如果要选择只有低吟浅唱与大声呐喊这两种。

克利斯朵夫几乎要睡着了，打起精神看节目，令他奇怪的是这些云雾，竟自命为表现确切的题材。因为，跟他们的理论相反，他们所作的纯粹音乐几乎全是标题音乐，至少都是有题目的。他们徒然诅咒文学，结果还得用文学做拐杖。好古怪的拐杖！克利斯朵夫发觉他们勉强描写的都是些幼稚可笑的题材，又是菜田，又是果园，又是鸡窝，真可谓是音乐的生物园。有的把卢浮宫的油画或歌剧院的壁画制作成交响曲或钢琴曲，把荷兰十七世纪的风景画家，动物画家，法国歌剧院的画家的作品，取为音乐的题目，加上许多注解，说明哪是神话中神明的苹果，哪是荷兰的乡村客店，哪是白马的臀部。在克利斯朵夫看来，这是一些小孩子的玩艺：喜欢画却又不会画，便信手乱划一阵，挺天真地在下面用大字写明，这是一株树，那是一所房子。

除了这些有眼无珠、以耳代眼的画匠以外，还有些哲学家在音乐方面讨论玄学问题。他们的交响曲是原则的抽象的斗争，是来说明某种象征或某种宗教的论文。他们也在歌剧中研究当时的法律问题与社会问题，什么公民权与女权等等。至于离婚问题，政教分离问题，确认亲父问题，他们都津津乐道。他们之间分成两派：就是反对教会与拥护教会的象征派。收旧布的哲学家，预言家式的面包师，做女红的社会学家，使徒式的渔夫，都在剧中唱歌。从前歌德已经说起当时的艺术家想"在故事画中表达康德的思想"。克利斯朵夫时代的作曲家却是用十六分音符来表现社会学的。尼采、左拉、梅特林克、巴莱斯、姚蕃斯、芒台斯、《福音书》、《红磨坊》等等，无一不是歌剧和交响乐的作者汲取大思想的文库。其中不少人士，看着瓦格纳的榜样兴奋起来，大声喊道："我吗，我也是诗人呀"于是他们非常自信地在自己的乐谱上写起那些有韵无韵的东西来，那风格不像小学生，如同颓废派的日报报刊。

所有这些思想家和诗人都拥护纯粹音乐，但他们对这种音乐喜欢议论而不喜欢制作。有时他们也写一些，但却是完全空洞的东西。不幸，他们竟然常常成功，可是内容却一无所有，克利斯朵夫认为是这样的。确实他也不得其门而入。

如想懂一种外国的音乐，首先要学习这国的语言，并且不该自以为已经掌握这门语言。克利斯朵夫可是像一切头脑单纯的德国人一样，自认为早就知道了。当然他可以原谅，便是法国人也有许多不比他更加了解。正如路易十四时代的德国人，因为竭尽全力说法语而忘掉了自己国家的语言，十九世纪的法国音乐家也早就忘了自己的语言，导致他们的音乐竟变成了一种外国方言。直到最近，才有一种在法国说法语的运动。他们并不都能够成功，习惯的力量太强大；除了少数的例外，他们说的法语是比利时化的或是日耳曼化的。难怪一个德国人要误会了，难怪他以为这只是不纯粹的德语，并因为他全然不懂而认为毫无意义。

克利斯朵夫的看法就如此。他觉得法国的交响曲是一种辩证法，用演算数学的方式把许多音乐主题对立起来，或是交错起来；其实，要表达这一套，可以用数字或字母来代替。有的人把一件作品构筑在某个音响的公式之上，让它慢慢地发展，直到最后一部分的最后一页才显得完整，而作品十分之九的部分都像不成形的小虫。有的人用一个主题作变奏曲，而这主题只在作品结尾，由复杂渐渐归于简单的时候才显示出来。这是极尽高深巧妙的玩艺儿，只有又幼稚又老的人才会感兴趣。作者对此所费的精力是惊人的，一支曲子要多少年才能写成。他们绞尽脑汁，去旧求新的和弦的配合，为的是表现……表现什么？管它呢！只要是新的词语就行了。人家说既然器官能产生需要，那末辞藻就会产生思想，最重要的是新。无论如何要新！他们最怕"已经说过的"这类辞句。所以最优秀的人也为之而变成瘫痪了。你可以感到他们老是在留意自己，准备把所写的统统毁掉，时刻问着自己："啊，天哪！这个我在哪儿见过的呢？"……有些音乐家，特别是在德国，喜欢把别人的句子东捡西拾地拼凑起来。法国音乐家却要逐句检查，看看在别人已经用过的旋律表内有没有同样的句子，仿佛拼命搔着鼻子，想使它变形，直到变得不但不像任何老友的鼻子，而且到根本不像鼻子的时候方才罢休。

这样的凄惨经营仍瞒不了克利斯朵夫。他们空运用一种复杂的语言，装出奇奇怪怪的姿势兴奋若狂，把乐队部分的音乐弄得动乱失常，或是堆起一些不连贯的和声，单调得可怕，或者萨拉·裴娜式的对白，唱得走音的，几个小时都嘟嚷不已，好似骡子迷迷糊糊地走在陡峭的坡边上。克利斯朵夫在这些面具之下，认出一些冰冷的全无风韵的灵魂，搽脂抹粉涂了一脸，学着古诺与马斯涅的声音，甚至还不及他们自己。于是他禁不住引用当年格路克批判法国人的一句不公平的话：

"由他们去吧。他们弄来弄去也逃不出那套老调。"

可是他们把那套老调弄得非常深沉。他们用民歌作为道貌岸然的交响曲的主题，像做博士论文一样。这是当代最时髦的东西。所有的民歌，不论是本国的还是外国的，都依次加以运用。他们可以用来做成《第九交响曲》或是法朗克的《四重奏》，但还有深沉得多。要是其中有一小句意思特别明显的话，作者便赶快插入一句毫无意义的东西，把上一句毫不留情地破坏掉。可是大家仍旧把那些可怜虫看成很镇静，精神非常平衡的人……

演奏这些作品的时候，这个年轻的乐队指挥，表里不一的人，费了很大的力气，模仿着来开朗琪罗画上的人物一样的姿势，好像要鼓动贝多芬或瓦格纳队伍一样。听众是一些不懂得欣赏的上层人物，认为听听这种音乐是有面子的事；还有一些自以为是的学生，因为可以把学校里的一套在此显示一番，在某段曲子中找些自己的新意而兴奋、热烈的情绪不逊色于指挥的姿势和音乐的喧闹……

"吓！那不是白日说梦话吗……"克利斯朵夫说。

巴黎的俗语要比巴黎的音乐易懂。克利斯朵夫四处张扬他的热情，跟一般的德国人一样，根本就不了解法国艺术：热情与不了解就是他判断的根据。可他毕竟是善意的，只要别人指出来他随时承认错误。他并不肯定自己的见解，准备让新的印象来改变自己的见解。

直到现在，他也承认这种富有才气的音乐，有很好的材料，节奏与和声方面是他独特的发现，仿佛各式各种美妙的布帛，柔软，光亮，五光十色，引人沉思。克利斯朵夫感觉很好听，便尽量吸取它的长处。所有这些没有知名度的小人物都比德国音乐家脑子灵活得多；他们也敢于离开大路，到森林中去探索，想叫自己迷失。但他们却是非常乖巧的小孩子，无论如何也不会迷路。有的走了一二十步，又重新走上大路。有的才走了一会儿就累了，无论什么地方就停下来。有的已经快摸到新路了，可并不勇于向前，而是坐在森林边际，在树下开始了遐想。他们最缺乏的是力量与意志；他们具备所有的天赋，——而强烈的生命是最缺少的。更可惜的是他们不珍惜自己的努力，全部消耗在半路上了。这些艺术家非常不容易意识到自己的天赋，难得会一直到底地把他们的精力配合起来去达到原定的目标。这是法国人胸无主见的最终结果：天才的意志都因为飘忽不定与自相矛盾而消耗了。他们的知名音乐家如柏辽兹，如圣·桑——只以现代的来说——能够不因缺少毅力、缺少自信、缺少精神上的引路灯而陷落沉覆的一个都没有。

克利斯朵夫与当时的德国人一样有着鄙薄的心，想道：

"法国人只知道浪费精力与物力去寻求新发明，却不会利用他们的新发明。他们自始至终需要一个异族的主宰，需要一个格路克或是拿破仑才能使他们的革命获得成功。"

他想到如果再来一次拿破仑式的革命该是怎样一个局面，禁不住笑了。

在这一片混乱之中，有一个团体极力想帮助艺术家将秩序与纪律恢复过来。一开始它叫了个拉丁名字，怀念一千四百年前高卢人与汪达尔人南侵时代享有盛名的一种组织。克利斯朵夫对为什么要追溯到这样久远而感到奇怪。一个人能够居高临下，不使自己陷于时代的局限当然好；而一座十四个世纪的宝塔难免会成为一座了望台，可以仰视天上的星辰却不能观看人间烟火。但是克利斯朵夫很快就放心了，因为他看见那些圣·格雷哥里的子孙从不待在高塔上，只在鸣鼓时才攀登。剩下的时间，他们都是在塔底下的教堂里。克利斯朵夫参加过几次他们的祭礼，最初认为他们属于新教的某个教派，后来才知道他们是基督旧教人。在场的都是匍匐膜拜的信徒，虔诚的、偏执的、喜欢攻击别人的信徒。带头的是个极纯粹极冷静的人，带着些许稚气和固执，在那里守护宗教、道德、艺术方面的观念，向极少数侵犯他的人用抽象的词句诠释他那部音乐的福音书，谴责"骄傲"与"异端邪说"。而他则把艺术上所有的缺点，和人类从古至今的邪恶都归罪于上面两点。文艺复兴，宗教的改革，以及今日的犹太人都被用了所谓艺人的鞭挞。惟有赛巴斯蒂安·巴赫这个人，倚仗上帝的面子，被定为"误入歧途的新教徒"而获免。

这座圣·雅各街的教堂做着开道之业，想要挽救人类的灵魂与未入正轨的音乐。他们有着系统的传授天才的规律。许多学生辛辛苦苦地将这些秘诀毫不含糊地付诸行动。他们好像想用今日辛苦与虔诚来赎渎祖先们曾有过的罪行，例如奥贝与阿唐之辈，还有那个与音乐同样疯狂的柏辽兹。现在人们以了不起的热情和虔诚，为那众所周知的大师竭力宣扬。十几年中间，他们的成就叹为观止；法国音乐的面目随之改变。不仅法国的批评家，就连法国的音乐家也开始学起音乐来了。从作曲家到演奏家现在都开始知道巴赫的作品了，他们正在努力破除法国人保守的常态。法国人平日总是躲在家里，轻易不肯出门；因此他们的音乐同样缺少新鲜空气，有着闭塞的、陈腐的、残废的气息。这与贝多芬那种田野的奔放、在山坡上勇敢前进举手共庆、吓跑了羊群的作曲方式截然相反。巴黎的音乐家一定不会像波恩的大熊那样，因为有了灵感而惊动邻居。他们创作的时候是在思想上加了一个弱音器，而且还挂着厚厚的帷幕，外面的声音根本透不进来。

学校的歌唱派竭力想更换空气，它将"过去"开了几扇窗子。但也只是对着"过去"。这是开向庭院却非临着大街的窗子，根本没有多大用处。况且窗子刚打开，百叶窗又关上了，好像怕受凉的老太太。从百叶窗中透进来的有一些中世纪的音乐作品，例如巴赫，例如帕莱斯特里那，例如民歌。但这又算什么呢？霉腐的空气仍在屋中徘徊。可他们觉得这样反倒很舒服的，对当代的大潮流怀有戒心。例如，他们知道的事情比旁人多，可是他们扼杀的也比旁人多。在这样的氛围中，音乐当然会染上一股不正之风，再也不是精神上的一种慰藉了；他们的音乐会有的类似于历史课，有的就是起到鼓励作风的范例。只要是进步的思想都会被变成学院化。众所周知的巴赫被他们供到庙堂以后，也变得墨守陈规了。他的音乐全部被一班学院派的头脑改了样子，正如温馨典雅的《圣经》让英国人的头脑改装过了一样。他们所赞扬的是一种贵族派的折衷主义，企图将六世纪至二十世纪中间的几个伟大音乐时代的特点集中起来。这个理想如果实现的话，那么其成绩肯定会像那个印度总督旅行回来一样，将在地球上各处搜刮来的财宝汇集成一个聚宝盆。但是以法国人的通情达理，结果并没惹出学究一般的笑话；大家一定不会执行他们的理论，而对付理论的方法就像莫里哀对付医生那样，拿了药方而并不服药，很有个性地走他们自己的路去了。

剩下的只做些繁杂的复习及深奥的对位学，称它为奏鸣曲、四重奏、或交响曲……"奏鸣曲啊，想要怎样呢？"它不要什么，只想成为一例奏鸣曲而已。作曲中的思想是抽象的，无名的，牵强放进去的，一点生气也没有的东西。就像一个公证人起草的文书。克利斯朵夫刚开始是为了法国人不喜欢勃拉姆斯而感到庆幸，如今却看到法国有着众多的小勃拉姆斯。所有这些引人注目的工人，既勤谨，又别有用心，真是具备了各种高尚的品德。克利斯朵夫从他们的音乐会里走出来，显得非常得意，但又异常地烦恼。

嘿，外边的空气多么清新啊

可是巴黎的音乐家里能有几个无党派的独立人士，只有这些人才会引起克利斯朵夫的注意，也只有这些人才能让你体会到一种艺术的生机。学派与社团所表现的只是一种表面的新潮或十分牵强创造出来的理论。深思熟虑的卓越人士，却有更多的机会能发现他们当代民族的真品质。但就因为这一点，一个外国人对他们比对旁人更不容易了解。

克利斯朵夫最初听到那个赫赫有名的作品的时候，就是这种情形。对那件作品，法国人不知说了多少毫无价值的见解，有一部分人说是十个世纪以来伟大的音乐革命。（世纪对他们是不值钱的但他们又不知天高地厚）……

丹沃斐·古耶和西尔伐·高恩将克利斯朵夫带到喜剧院去，让他听《佩莱斯与梅丽桑德》，他们将这一作品介绍给他觉得体面极了，就像他们自己写的一样，并且告诉克利斯朵夫，说他这一回一定会有新的发现。歌剧开幕了，他们仍旧喋喋不休地在旁边解释。克利斯朵夫制止了他们的讲话，伸着耳朵细细欣赏。第一幕演完，高恩兴高采烈地问：

"喂，老兄，你觉得怎么样？"

他却反问他们："以后还是这个样子吗？"

"是的。"

"那么根本没有什么东西可听。"

高恩叫了起来，认为他是不懂行。

"没有东西。"克利斯朵夫仍旧说。"没有音乐，没有发展。前后不能够衔接，简直站不住。和声太细腻，配器的效果有些太做作的花腔，格调很高。可是内容却空洞，空洞……"

他接着听下去，慢慢地作品展现出一点光芒了；他便开始在半阴影中发现了一点儿东西。对了，他看到作者一心追求典雅，一反瓦格纳那种企图用音乐的浪潮来覆盖戏剧的思想；可是他挖空心思追问：他们有着这样牺牲的理想，根本上是想把自己没有的东西埋葬。在这件作品里，他感到了一些好逸恶劳的意味，企图以最低限度的疲劳来获得最佳效果，因为懒惰而不愿意费力创造瓦格纳派的巨作。对于那些唱辞的单纯，简洁，朴素，声音的细赋，虽然他觉得空洞乏味，因为他是德国人而认为不切实际，但也同样感到惊讶（他认为歌辞越求真实，愈令人感到法国的语言不适宜谱成乐曲，因为它逻辑性太强合，太分明，轮廓太固定；本身的语言虽然完美，但没有办法与别的东西融和）这种尝试终归是有意义的，它一反瓦格纳派的虚夸成章，克利斯朵夫对此是高度赞扬的。那位德彪西好像很俏皮地讲究含蓄，想要用柔声细语来表达热情。爱没有欢呼，死没有哀号。只有旋律为之一振，乐队像轻抿嘴唇一样打个寒噤，你才会发现剧中人的心理波动。好像作曲家战战兢兢地怕流露出真情实感。他的艺术格调真是太高了——除非法国民族那种一向取悦感官、喜欢做作的想法在他胸中觉醒的时候。那时你便会发现那些黄得发枯的头发，鲜红的嘴唇，第三共和国之后的小女人所扮演的大情人。可这种情形是非常难得的，是作曲家过于抑制自己的反应，是精神放松的体现；整个作品的风格是一种过于精炼的单纯，一点也不单纯的单纯，刻意追求得来的单纯，是过去的社会的一朵精美而繁复的花朵。热情奔放的克利斯朵夫，当然不能欣赏这种所谓典雅的境界，他最讨厌那剧本，那些诗。他仿佛看到一个半老徐娘的巴黎女人，装成一个小孩子模样，让大人讲童话给她听。当然了这不是瓦格纳派的庸懒的角色，不是那既蠢笨又肉麻的莱茵姑娘；可一个法兰西与比利时的混血儿的庸懒的人物，装模作样的"沙龙"气派，叫着"小爸爸啊""白鸽啊"那一套给交际场中的太太们惯用的作派，也不很高明。巴黎女人却被这出戏吸引了，因为她们在这面镜子里看见了自己的多愁善感、无病呻吟的影子而频频流连。完全没有自己的意志，没有人知道自己究竟需要些什么。

"这不是我的过失"这些大孩子在台上呻吟着。全部的五幕——森林，岩穴，地窖，死者的卧室——都在黯淡的微光中演出，孤岛上的鸟儿根本没有挣扎。可怜的鸟美丽，纤巧……它们害怕太强的光明，太剧烈的动作，太激烈的言辞，它们害怕热情，害怕生命……生命并没有经过锤炼，你不能用戴着手套的手去抓握……

克利斯朵夫仿佛听见炮声响了，那濒临死亡的文明，那仅存的小小的希腊将要被轰垮了。

尽管这样，克利斯朵夫对这个作品还是抱着好感，或许是有些又鄙视又可怜的缘故，总之，他对这个作品的关注超过了他的嘴上表达。他走出戏院与高恩交谈的时候，尽管一再说"很细腻，很细腻，但是缺少热情，音乐不够"，心里却根本不把《佩莱阿斯》和其他的法国音乐同样对待。他被大雾中的这盏明灯吸引了。他还发现了别的亮光，很强的，很别致的亮光，在四处闪烁。这些磷火使他大为惊愕，很想上前去瞧瞧是什么样的光，但是却不易捕捉。克利斯朵夫因为根本不了解而更觉得惊奇的那些超然派音乐家，特别难以接近。克利斯朵夫所不可或缺的赞赏，他们完全不需要。除一二个名字之外，他们根本不看别人的作品，知道得很少，也不想了解。他们几乎全过着离群索居的生活，由于固执，由于骄傲，由于孤僻，由于厌世，由于冷淡，而把自己关在自设的樊篱中。这些人虽为数不多，却又分成对立的两伙儿，各不相容。他们的心里既不能容忍敌人和对手，也不能容忍朋友。——倘使朋友敢赞同另外一个音乐家，或是赏识他们而用了一种或是太冷淡，或是太火爆，或是太庸俗，或是太偏激的方式，要使他们同意真是太难了。结果他们只相信一个得到他们特别照顾的批评家，全身心地坐在偶像的脚下看守着，使你无法去碰这尊偶像。他们不希望别人了解，他们对自己也不怎么了解。他们享受奉承，被盟友的意见和评价所左右，终于对自己的艺术和才能也弄模糊了。凭着幻想曲的自以为是改革创新，纤巧病态的艺术家自命为与瓦格纳争雄。他们都在为抬高身价而埋没自己；每天都得飞跃狂跳，超过上一天的纪录，同时也要超过对手的纪录。不幸的是，这些跳高练习并不每次获得胜利，而且也只对几个同志稍有点儿感召力。他们既不理会人民，群众也不理会他们。他们的艺术是没有群众基础，只从音乐本身找素材的音乐。在克利斯朵夫的印象中，不论这印象是否对的，总觉得法国音乐最需音乐以外的依靠。这体态婀娜的蔓藤似的身条简直离不开支柱：首先离不了文学。它本身没有足够的生命力，呼吸短促，缺少血液，缺少心理因素，有如弱不禁风的女子需要男性安慰。然而这位拜占庭式的王后，柔若无骨，贫血，满身珠光宝气，被好友、美学家、谈论家、宦官包围了。这个民族不是一个喜爱音乐的民族，二十多年来大吹大擂地捧瓦格纳，贝多芬，巴赫，德彪西的狂热的场景，也仅仅限于一个阶级。接踵而至的音乐会，不惜任何代价兴起的、声势浩大的音乐潮流，并不是因为群众的趣味真正达到了这个程度。这是一种风起民从的时髦，影响限制了一部分优秀人士，而且把他们搅昏了头。真正爱好音乐的人仅有几个，而最注意音乐的人如作曲家、批评家，并不就是最喜欢音乐的人。在法国，真爱音乐的音乐之人实在是微乎其微

克利斯朵夫这么捉摸着，却忘了这种情形在各国都是一样的，真正的音乐家在德国也不见得多，在艺术上值得重视的并非成千成万一知半解的人，而是极少数真爱艺术而为之殚精竭虑的孤高虔敬人士。这类人，他在法国见到没有呢？不论是作曲家或批评家，最优秀的全都远离尘嚣而在静默之中工作，例如法朗克，例如那些最有天赋的人；多少艺术家过着默默无闻的生活，让以后的新闻记者争着以最先发现他们，以做他们的朋友为荣；还有少

数辛勤的学者，毫无野心，不求利益，一点一滴地把法兰西的光荣挖掘出来；另外一批则是献身音乐教育，为法兰西未来的光荣奠定根基。其中不乏聪明睿智之士，性灵的丰富，胸襟的阔大，兴趣的博大，一定能使克利斯朵夫思绪神往，要认识他们。他无意之间瞧见了二三个这种人物，而他所了解的，知道的，又是他们被人改头换面的精神。克利斯朵夫只看到作者的鄙陋，和那些摹仿的人和新闻机构的掮客抄袭而夸大的丑陋之处。

克利斯朵夫对音乐界的俗物感到特别恶心的，是他们的形式主义。他们之间只讨论形式。情操，性格，生命，等本质都绝口不提没有一个人想到真正的音乐家是存活在音响的宇宙中的，他的生命就等于音乐的旋律。音乐是他呼吸的空气，是他生存的空间。他的心灵内质便是音乐；他所爱，所憎，所惧，所希望，又无一不是音乐。一颗音乐的心灵热恋着一个美丽的肉体，就把那灵魂看作音乐。使他着迷的心爱的眸子，非蓝，非灰，非红，而是音乐；心灵看到它们，好像看到一个美妙绝伦的和弦。而这种内心的音乐，比之表现出来的音乐不知丰富多少倍，键盘比起心弦来真是差得太远了。天才是要用生命力的强度来衡量的，艺术这个残缺不全的工具也不过想召唤引导生命罢了。但法国有多少人想到这一点呢？对这个化学家式的种族，音乐好像只是配合声音的艺术。它把字母作为书本。克利斯朵夫听说要懂得艺术先得把人的问题丢掉，禁不住耸耸肩膀。他们却对于这个怪论非常得意，以为非如此不足以证明他们有音乐资质。像古耶这等迷糊蛋也是这样，他从来不懂一个人怎样能背出一页乐谱——（他曾经要克利斯朵夫解释这个神秘）——现在却向克利斯朵夫解释，说贝多芬伟大的精神和瓦格纳刺激肉体的感觉对于音乐，并不比一个画家的模特儿对于他所作的肖像画有更大的作用

"这就证明，"克利斯朵夫不耐烦地回答，"在你们眼里，一个美丽的肉体并没有艺术价值，一股伟大的热情也没有艺术价值。唉，可怜的家伙……你们难道没想象到一张风骚的脸为一幅肖像画所增加的美，一颗崇高的心灵为一阕音乐所增加的美吗？……可怜虫……你们只关心技术是不是？只要一件作品写得好，不必问作品表达些什么，是不是？……可怜虫……你们仿佛不知演说家的言辞，只听他的声音，只看着他的莫名其妙的手势，就认为他说得精彩极了……可怜的人啊……可怜的人啊……你们这些糊涂虫。"

克利斯朵夫所气恼的不是单一的理论，而是所有的理论。这些清谈，这些废话，口口声声离不开音乐而只会谈音乐的音乐家的论调，他听烦了。那真叫最优秀的音乐家深恶痛绝。克利斯朵夫有跟穆索尔斯基一样的念头，以为音乐家最好不时丢掉他们的对位与和声，去读几本绝妙的书，或者去获得点儿人生经验。光是音乐对音乐家怎么够，这种方式绝使他无法控制

时代，无法避免被漂渺虚无所吞噬……他需要体验人生，全部的人生什么都得看，什么都得见识。爱真理，求真理，抓住真理——真理是美丽的战神之女，阿玛仲纳的女王，亲吻她的人都会给她叼住不放。

有关音乐的讨论已经很多了，创造和弦的作坊也太多了。所有这些像厨子做菜一样制造出来的和弦，只能使他看到些妖魔鬼怪而绝对听不到具有生命力的新的和声。

于是，克利斯朵夫向这批想用蒸汽机孵化出小妖魔的博士们告别，跳出了法国的音乐氛围，想去访问巴黎的文坛和社会了。

跟法国人一样，克利斯朵夫是在报纸上认识法国文学的。他因为急于要认识巴黎人的思想，同时补习一下语言，便把人家说是地地道道的巴黎味的东西拿来用心细读。第一天，他在吓人的社会新闻里，读到一篇父亲和十五岁的亲生女儿睡觉的新闻：字里行间好像认为这种事情是极自然的，甚至还相当动人。第二天，他在同一报纸上读到一件父子纠纷的新闻，十二岁的儿子和父亲同睡一个姑娘。第三天，他读到一桩兄妹通奸的新闻。第四天，他读到姊妹同性恋的新闻。第五天……第五天，他把报纸扔到一边，对高恩说：

"嘿这算是什么新闻？你们都变得疯狂了吗？"

"这是艺术啊。"高恩惊疑地微笑着回答。

克利斯朵夫摇晃了一下身体："你这是跟我开玩笑了。"

高恩笑了，说："绝对不是的。你自己去看吧。"

他交给克利斯朵夫一本最近发行的《艺术与道德》的征文特辑让他看，结论是"爱情使一切都变得圣洁"，"肉欲是艺术的发酵剂"，"艺术没有不道德"，"道德是耶稣会派教育所提倡的一种成见"，"最重要的是火热般的欲望"等等。还有好些文章，在报纸上证明某一方面描写开妓院的风俗小说是纯洁的。执笔作证的人中颇有些鼎鼎大名的文学家和循规蹈矩的评论家。一个信仰旧教、提倡伦理的诗人，把一部描绘希腊淫风的作品赞扬之极。那些极有抒情气息的文章所蕴含的文字，尽量展现各个时代的淫风：罗马的，亚历山大的，埃及的，意大利和德意志文艺复兴时代的，路易十八时代的……简直是部完整的讲义。另外有一组作品以世界各国性欲问题为目标，言语精彩的作家们，像本多派教士一样耐心地研究着五大洲的艳色之源。在这些潜心研究性欲史的专家中间，有些竟是出众的诗人与优秀的作家。要不是他们学问渊博，旁人竟分辨不出他们与一般文人有什么两样。他们用一些精妙字词弘扬古代之淫风。

悲惨的是有些忠厚的文人和真正的艺术家，法国文坛上真正的权威，也在尽心尽力干这种非他们所长的工作。有些人还费尽心机写着猥亵的东西，让晨报拿去慢慢地刊载。他们这样有规律的生产，像鸡下蛋一样，每星期两次，成年累月地继续下去。他们生产，生产，再生产，到了山穷水尽，没有什么可写的时候，便搜索枯肠，制造些淫荡无耻的新花样。因为群众的胃里已经给塞饱了，佳肴美味都吃腻了，对最淫荡的思考也很快地觉得无味了。作者非得永远加强刺激不可，非和别人刺激竞争，和自己以前制造的刺激竞争才舒服；最后直到他们把心思都用尽了，叫人看了既可怜又可笑。

克利斯朵夫不知道这个悲惨职业的实际情况，即使他知道了，也不见得会对此表示赞成：因为他始终坚信，无论什么理由也不能宽恕一个艺术家为了金钱利益而出卖灵魂……

"即使为了供养他所亲所爱的人的生活也不能原谅吗？"

"不能，绝对不能。"

"这有些不近人情啊。"

"这不是人情不人情的事，主要是得做一个真真正正的人……人情……哼你们这套没有骨头的人道主义真是难以理解……一个人不能同时爱几十样东西，也不能同时侍候好几个上帝……"

克利斯朵夫一向过着躬身努力的生活，眼界超不过他那个德国小城，没想到巴黎艺术界这种腐败的形势，差不多在所有的大都市里都不可避免。德国人常常自以为"贞洁"，把拉丁民族看做是"不道德的"，这种遗传的偏见慢慢在克利斯朵夫心中苏醒了。高恩列出柏林的秽史，德意志帝国的领导人士的腐化，蛮横暴烈的作风比这种丑陋行业更要不得等等，和克利斯朵夫争论。但高恩并没有袒护法国人，他把德国的形势看得和巴黎一样平淡。他只是不以为然地认为："每个民族有每个民族的习惯"，所以他对法国民族的习惯也不以为奇。克利斯朵夫却只能认为是他们的民族个性。于是他难免像所有的德国人一样，把侵蚀各国知识分子的思想溃疡，看作是法国艺术特有的恶习和拉丁民族的恶劣本性。

同法国文学的初次接触使克利斯朵夫感到异常难过，后来花了很长一段时间才把它们忘掉。他并没有把那些令人肉麻的有趣的东西当做"基本娱乐"的著作，而是最美最好的作品，他完全看不到。因为它们不求高恩这样的人来赏识和拥戴；它们既不在乎这样的学生，这些读者也不在乎这种读物：他们都是你不知道我，我不知道你的。高恩从来没对克利斯朵夫提过这些内容的作品，他真心以为他和他的朋友们是法国艺术的代表，除了他们所承认的大作家之外，法国就真没有什么天才，没有什么艺术了。为文坛增光、为法国争荣的文人们，克利斯朵夫连一个都没听说。在小说方面，他只看到堆在无数庸品之上的巴莱斯和法朗士的几部作品。可是他语言基础太差，根本无法领悟到前者的思想分析和后者幽默而渊博的情调。他好奇地瞧了瞧法朗士花房里所培养的橘树样品，以及在巴莱斯心头孕育的娇弱的水仙。在意境高远而不免轻浮的才子梅特林克之前，他也呆了一会儿，觉得有股单调的、浮华的冷漠。他振作了一下，不料又被冲入浊流，被他早已熟识的左拉的糊涂的浪漫主义搅得昏头转向；等到他踊身跃出的时候，一波文学的激流又把他完全淹没了。

这片被水淹没的大平原上蒸发出一股女性气息。当时的文坛充斥着女性和女性化的男人。女人写作本应是很有意思的，因为她们能够真实地把任何男性都不明白的方面——女子隐私的心理——描写出来。可是只有几个女作家敢这么做，她们多半只为了引诱男子而写作，在书中如在沙龙里一样扯谎，搔首弄姿，与读者打情骂俏。自从她们没有忏悔师可以交谈她们的私情丑事以后，就把私情丑事公布于大众。这样便诞生了像雨点那么多的小说，撒野的，假惺惺的，文字如小儿学语一般幼稚，读了令人如入香粉铺，闻到一股难忍的香味与甜味。所有这类作品都有这个味。于是克利斯朵夫像歌德一样地想道："女人们要如何写诗、怎样写文章都可以。但男子绝不能学女人的样，那才是我最烦的。"淫荡的卖弄风情，存心为一般最无聊的人玩弄轻浮的情感，又是撒娇又是狂荡的风格，恶俗不堪的分析之后，叫克利斯朵夫看了不由得心生厌烦。

克利斯朵夫知道自己还不能下判断，市场上喧闹的声音把他的耳朵震聋了。悠扬的笛音也被市嚣掩住，没法听见。正如清朗的天空之下展开着希腊石像和惟美的线条，这些肉感的作品中间的确也有不少才气，不少美姿，表现一种生活的甜美、细腻的特点，像班吕琪和拉斐尔画中的不胜慵困的少年，半睁着眼睛，对爱情的梦幻微笑。这些，克利斯朵夫完全没看到，没有一点儿迹象使他能感觉到这股精神的浅水，即便是一个法国人也极不容易摸出头绪。他现在所能清清楚楚见到的，只有满坑满谷的出版物，泛滥洋溢，差不多成了大众的灾害。仿佛人人都在写作：男人，女人，孩子，军官，社交界的人物，剽窃抄袭的人，全都是作家。简直如一种感冒流行。

克利斯朵夫暂时不想表示什么意见，他觉得像高恩那样的向导只能使他越来越迷途。从前在德国和文学团体的来往使他有了戒心，对于书籍杂志都抱着怀疑的态度：谁知道这些出版物不是代表少数无聊的人的意见，甚至除了作者以外再没别的读者？戏剧才能使你对社会有个比较准确的看法。它在巴黎人的日常生活中占着多么重要的地位：就像一家巨人的饭铺来不及满足二百万人的食量。即使各地方的小剧场，音乐咖啡馆，杂耍班等等一百多处夜夜客满的场所全都不算，巴黎光是大戏院也有三十多家演员与职员的人数多得无法计数。四个国家剧场就有近三千的员役，每年需要一千万法郎支出。整个巴黎到处都挤满着各种角儿。他们的照片，素描，漫画，到处都是，令人想起他们装腔作势的鬼脸；留声机上传出他们咿咿呀呀的歌唱，报纸上披露他们对于艺术和政治的妙论。还有一些特别的报纸，刊载他们值得赞扬的经历或日常猥琐的回忆。在一般的巴黎人中，这些靠相互模仿过日子的大娃娃俨然是主子，而剧作家则是他们的扈从侍卫。克利斯朵夫要求高恩带他到另一个现实国土里去。

在这一点上，高恩也不见得比出版界高明。克利斯朵夫经他的介绍而对巴黎剧坛所得的第一个印象，使他厌恶的程度不亚于第一批读到的书籍。似乎到处都洋溢着精神卖淫的空气。

卖笑的和商人分两派。一是旧式的国粹派，全是粗野的不管不顾的诙谐，把一切的邪恶和畸形的身体，作为说笑打诨的材料；都是肉麻的，淫猥的，大兵式的调戏。他们却美其名曰"大丈夫的爽快"，自命为把放浪的行为与道德调和了，在一出戏里演过四场淫秽的丑闻以后，再把情节改动一下，使不贞洁的妻子依然回到丈夫的床上，只要法律得以维护，道德也就得救了。那种把婚姻描写得百般淫乱而在原则上仍旧尊重婚姻的态度，被大家认为就是高卢人派头。

另一派是新派，更纤细也更恶心。充斥剧坛的巴黎化的犹太人（和犹太化的基督徒），在戏剧中拿情操来耍花枪，那是落后的世界大同主义的特征之一。那帮为了父亲而脸红的儿子，尽力否认他们的种族意识；在这一点上，他们真是太成功了。他们把几千年的灵魂摆脱之后，剩下来的个性只能拿别的民族的知识与道德的长处拼凑，合成一种混合品而自鸣得意。在巴黎剧坛称雄的人，最拿手的本领是把猥亵与真情混在一起，使善带有恶的气息，把年龄、性别、家庭，感情的关系弄得一塌糊涂。这样，他们的艺术被一股特殊的气味所代替，香臭混杂，难闻极了；他们却称之为"否定道德主义"。

他们最喜欢多情老人，他们的剧本中很多这类角色的照片，使他们有机会把种种做妙的局面描写得精灵剔透。有时，六十岁的老头儿把女儿当作心腹，跟她谈着自己的情妇；她也跟他谈着她的情夫；他们相互发表意见，像朋友一般；好爸爸帮助女儿作奸；好女儿帮助父亲去哀求那个爱情不专的情妇，请她回来和父亲重续旧欢。有时，尊严的老人做了情妇的知心朋友，和她谈论她的情夫，怂恿她讲述淫荡的故事，听得头头是道。还有一大批情夫，都是名副其实的绅士，替他们从前的情人当经理，监督她们的交际与通奸的事。时髦女人朝三暮四。男人做着皮条客，女人谈着玻璃事业。而干这些事的都是上流社会，就是说资本社会，这个惟一值得重视的社会。而那个社会允许人家借了高级娱乐的名义，生产各种精神垃圾供应主顾。经过了粉饰，坏货色也很容易卖，把年轻的妇女与老年的绅士逗得笑逐颜开。但这中间总有些难闻的气息和娼妓的味道。

他们的戏剧风格之混杂不下于他们的感情。他们创造出一种杂揉的方言，把各阶段各地方迂腐而粗劣的口语，把古典的、抒情的、低下的、做作的、幽默的、胡言乱语的、不雅的、隽永的话，统统合在一处，好像带着外国口音。他们天生会挖苦人，滑稽唐突，可是很少情趣；但他们运用乖巧的手法，模仿着巴黎风气创造出一些情趣。即使宝石的光泽不大美，镶嵌未免笨重繁琐，放在灯光下面至少会发光，而只要有这一点就足够了。他们既聪明，观察又细致，却有些近视；几百年来在帷幕下累坏的眼睛借助放大镜来检验感情，他们把小事放大了好几倍，而大事却视而不见；他们因为特别喜欢假珠宝的光彩，因此除了暴发户心目中的所谓的品味之外，什么都不会描写。所以说是少数游手好闲的无耻之徒和阴谋家争抢盗窃窃来的金钱与美女。

这些犹太作家真正的本能，在不明所以的刺激下，会从他们陈旧的心灵深处迸发出来。那正是多少世纪多少种族的一种古怪的杂合物；一阵沙漠里的风，从海洋那边把土耳其杂货铺的腥臭味吹到巴黎人的床头，带来闪耀发光的沙土，奇怪的幻象，诱人的剧烈的神经质，毁灭一切的欲念——如同希伯莱的勇士撒姆逊，从几千年的长梦中突然像凶猛的狮子一般醒过来，夹着疯狂的怒气把庙堂的支柱搬倒了，压在他自己和敌人身上。

克利斯朵夫捂住鼻子，对高恩说：

"这里边有力量，但是散发臭气。够了，咱们去看看其他的东西吧。"

"你要看什么？"

"法国呀。"

"这难道不是法国吗？"高恩说。

"不是这样的，"克利斯朵夫回答，"法国不是这样的。"

"不是这样吗，难道不是跟德国一样吗？"

"我绝对不信。这样的民族坚持不了二十年的，此刻已经有股霉味儿了。一定还有其他的东西。"

"再没有更好的了。"

"肯定有的。"克利斯朵夫固执地说。

"噢，我们也有很崇高的心灵，"高恩回答，"也有适合他们胃口的戏剧。你要看这个吗？很多，很多。"

因此，他把克利斯朵夫带到法兰西剧院。

那天晚上，上演的是一部现代散文体喜剧，反映某个法律问题。

听到开始几句对话，克利斯朵夫竟不知道这剧情发生在哪个世界上。

演员的声音不同寻常的响亮，沉着，迟缓，做作，每个音节都咬得非常清楚，好像朗诵课文，又像永远念着十二缀音格的诗，夹着些悲痛的打嗝。姿势那么严肃，差不多跟教士一样。女主角披着古希腊大褂式的睡衣，高举着手臂，低着脑袋，活像神话里的女神，高声唱着美妙的低音歌喉，进出最深沉的音节，脸上永远挂着苦笑。傲慢的父亲踏着剑术教师般的步子，道貌岸然，带着阴森森的浪漫光彩。年轻的男主角尖着嗓子装哭声。剧本的风格内容是副刊式的悲剧，通篇都是难懂的的抽象字眼，概念化的说辞，学院派的语言。没有一个动作，没有一声出其不意的呐喊。从头至尾时钟一样呆板，只是在阐明问题，更像是剧本的雏形，一副空洞的轮廓，里边却毫无内容，只有一些公式化的词语。那些显得大胆的评论，其实只表示出一些无需过滤的思想，和那种自持自重的小市民精神。

剧中讲述了一个青年女子嫁给了一个无耻的男子，生了个孩子；她离了婚，又嫁给一个忠厚的老实人。作者想借此说明，在这等情形中，离婚不独为一般道德伦理所不许，抑或为人类本能所不容。要证明这一点是再简单不过了：作者煞费苦心安排前夫在某次意外的情形中和离婚的妻子团圆了一次。从此之后，那女的并不感到悔恨或羞惭。要说天性，这才是原始的规律。可是她反而更爱那个诚实的后夫。据说这是一种明智的选择，符合伦理的表现。法国作家对于道德实在是太生疏了：一提到它就会变得过火，令人无法相信。他们创造的尽是高乃依式的人物，悲剧中的帝王。百万富翁的男主人公，在巴黎至少有一所住宅和二三处宫堡的女主角，难道真是帝王吗？在这等作家眼里，财富竟是一种美，或者是一种德。

但克利斯朵夫觉得观众比戏剧本身更不可理解。不管是多么不合理的情节，他们看了都没什么反应。遇到可笑的地方，应该叫人哄笑的对白，由演员暗示大家准备的地方，他们便哄笑一阵。当那些悲壮的傀儡照着一定的剧情发怒，吼叫，或是晕过去的时候，大家便擤鼻涕，咳嗽，感动得流了泪。

"哼！居然有人说法国人轻浮。"克利斯朵夫离开剧场的时候说。

"轻浮和庄严需分不同场合，"西尔伐·高恩带着鄙视的口气说。"你不是要道德吗？你现在知道法国的理论了。"

"这不是道德而是狡辩。"克利斯朵夫嚷道。

舞台上的道德总是特别有理的。"高恩说。

"这是法庭上的规则，"克利斯朵夫说，"只要能狡辩就会得胜。我最讨厌律师了。难道法国就没有诗人吗？"

于是西尔伐·高恩带他去拜访诗剧。

法国也并不是没有诗人，也并非没有大诗人。只是戏院不欢迎他们而更喜欢音韵匠。戏院跟诗词的关系有如歌剧院跟音乐的关系，像柏辽兹说的变了样的"荡妇卖笑"的方法。

克利斯朵夫在这里看到的，有一些是以卖淫为荣的圣洁的娼妇，据说她们和上伐山受苦的基督一样伟大；——有一些为爱护朋友而诱奸朋友之妻的人；——有相待如朋的三角式的夫妇；——有成为欧洲特产的英勇壮烈的戴绿帽子的丈夫。——克利斯朵夫也看到许多多情的女孩徘徊于情欲与责任之间；依了情欲，应该跟一个新的情夫；为了责任，应该守着原来的情夫，一个供给她们金钱而被她们欺骗的老者。结果，她们很高尚地选择责任。——

克利斯朵夫觉得这种责任和卑鄙和利害关系并没分别，可是观众非常满意。他们只想听到责任二字，根本不在乎现实。俗语说得好：扯上一面旗，船里的东西便有了保障了。

这种艺术的极品，是用最奇特的方式把不道德的放荡与高乃依式的英雄主义融汇起来。这样就能使巴黎观众的荒淫的倾向，和表面上的道德同样得到满足。——可是我们也得说句公道话：他们对于荒淫的兴致还不及嚼舌的兴致。雄辩是他们最大的乐趣，只要听到一篇美妙的言词，他们就是给人抽一顿也是乐意的。不论是恶还是善，是翻天覆地的英勇的精神，是放荡淫秽的淫荡的习惯，只要像镀金似的加上些铿锵的音律，和谐的字句，他们便一概品尝。一切都是吟诗的内容，一切都是咬文嚼字的章句，一切都是游戏。当雨果打雷般怒吼时，他们立刻加上一个消音器，免得小孩子受到惊吓——在这种艺术里，你永远感觉不到自然的力量。他们把爱情、死亡，都变成浮华低微。像在音乐方面一样，——而且很厉害，因为音乐在法国还是一种幼稚的艺术，还很天真，——他们最怕"已经用过的"字眼。有才华的人很冷静地在独树一帜上下功夫。办法挺简单，只要选择一篇传说或神话，把它的内容颠倒过来就可以了。结果就有了被妻子殴打的红胡子，或是为了好心而自己挖掉眼睛，为阿雪斯与迦拉德的快乐而牺牲自己的卜里番姆。而这一切，主要的还在形式。但克利斯朵夫（他还不是一个内行的批判者）觉得，这些重视形式的剧作者也算不上高明，只是一般模仿改编之类的匠人，而非有独创风格、从大处落墨的作家。

如此诗的谎言出现在悲壮的戏剧中简直是荒诞不经，对于剧中的英雄有这样一种滑稽可笑的表演：

> "这是一颗美妙的心灵，
> 有一双鹰眸子，像门洞一样宽广高大的前额，
> 有一种坚韧不拔的精神，容光焕发而动人，
> 再加一颗经常抖动的心，一双充满着幻想的眼睛。"

居然有人相信这样的诗句是真的。在浮夸的语言，长长的翎毛，白铁的剑与纸糊的铠甲之下，我们看到的是沙杜一类人的无可救药的轻浮，把历史当做木偶戏的大胆的编剧演员。像西拉诺式的荒唐的英雄主义，在现实世界里表现些什么呢？这些作者从天上搅到地下，把帝王与平民，护教团与文艺复兴时期的冒险家，一切扰乱过世界的元凶大盗，从坟墓里掘出来；为的是让大家看看一个无聊的人，杀人不眨眼的暴徒，拥有残忍凶暴的军队，后宫全是俘虏得来的美人，忽然为了一个十几年前见过一面的女子心动起来；——要不然就是让你看到一个亨利四世为了失欢情妇而被杀害。

这些先生就是这样地玩弄着君王与英雄。这些诗人就这样描写着虚伪，怎么可能？与真理不相容的英雄主义……克利斯朵夫很奇怪地感觉到，自命为优雅灵巧的法国人竟不知可笑为什么东西。

最可笑的是宗教交了时髦运，在四月中，喜剧演员在快乐剧场用管风琴演奏，朗诵路易的《悼词》。犹太作家替犹太女演员写些关于圣女丹兰士的悲剧。鲍第尼剧院里演着《殉难之路》，滑稽剧场放映着《圣婴耶稣》，圣·玛丁戏院演着《受难记》，奥狄安戏院演着《耶稣基督》，教堂里高奏着基督受难的乐曲。

有个有名的专栏作家，讴歌淫欲之爱的诗人，在夏德莱戏院举办一次关于"赎罪"的演说。当然，在全部《福音书》中，这些时髦朋友所牢记在心的就是比拉德与玛特兰纳。而他们的马路基督，染上了当时的习气，特别爱说闲语。

克利斯朵夫不由自主地喊道：

"没有比这更糟的了！竟然说这样的谎话我透不过气来了。赶紧走吧"

但是在这个时髦的工业化社会中，伟大的古典艺术自始至终支撑着，好比现在的罗马，虽然满眼都是庸俗的建筑物，但还有很多古代庙宇的废墟遗址。可是除了莫里哀之外，克利斯朵夫没有能力咀嚼那些古典名著。他对于微妙的语言还不能理解，对于民族的特性当然也无从领悟到。他觉得最不可理解的莫如十七世纪的悲剧；在法国艺术中，这是外国人最难学会的部分，因为它是法国民族的头脑。他只觉得那种剧本冷漠，郁闷，枯躁，其虚假和做作的程度真是让人作呕。动作不是做作就是过火，人物的抽象就像修辞学上的论证，空洞无物有如时髦妇女的谈话。整个剧本只是一篇古代人物与古代英雄的小说，长篇累牍地介绍空洞理性，无聊妙语，心理分析，过时的文学。议论，议论，议论，永远是法国人的闲言碎语。克利斯朵夫暗藏讥讽的心理不愿意判断它美还是不美，他只觉得一点也没有趣味。《西那》里面的演说家所持的理由是怎么样的，最终是哪个饶舌的家伙取胜，克利斯朵夫一点儿也不理睬。

但是他发现法国人民并没有与他同样的想法。这不能消除他的误会，因为他是从观众的角度上去看这种戏剧；而他觉得此时的法国人的某些性格是古典的法国人遗传下来的，只不过是变了形。就像犀利的目光会在一个妖冶的老妇脸上发现她女儿脸上秀美的曲线，那当然不会使你对老妇产生什么爱情……法国人好像每天相见的亲人一样，绝不会发觉相互的类似。克利斯朵夫初次看见便怔住了，并且格外加以夸张，最后竟只看见这一点。当代的艺术只不过是那些伟大的祖先的漫画，而伟大的祖先在他心目中也显得像文章里的人物。克利斯朵夫再也分辨不出，高乃依和一般模仿者之间有何区别。拉辛也被低等的巴黎心理学家，整日的在自己心中掏来摸去的子孙们弄得互相混杂了。

　　所有这些幼稚的人从来走不进他们的古典作家的小圈子里。批评家老是拉扯不断地讨论着《伪君子》与《费德尔》，不觉得厌倦。一大把年纪却还在津津有味地搞着儿童时代心爱的玩艺。这情形可以延续至民族的末日。以崇拜列祖列宗的传统而论，世界上没有一个国家能和法国相提并论的，宇宙中其余的东西都不值得他们关注。除了路易时代的法国名著以外什么都不读也不愿读的人数不胜数，他们的戏院不演歌德，不演席勒，不演克莱思德，不演格里尔帕策尔，不演易卜生，不演史特森堡，不演洛波，不演嘉台龙，不演任何国家的任何巨人的名著，只有古希腊是特例，因为他们（如欧洲所有的民族一样）自命为希腊文化的接班人。他们偶然觉得需要演一下莎士比亚，那才是他们的试金石了。表演莎士比亚的也有两派：一是用布尔乔亚的写实手法，把《李尔王》当做莫里哀的喜剧那么演出的；一是把《哈姆莱特》编成歌剧，加进许多卖弄嗓子的花哨唱词。他们完全没想到生活中有很多情调，也没想到诗歌对于一般充满生机的心灵就是自然的语言。所以他们看了莎士比亚真过瘾，赶紧回头表演脱衣舞。

　　十几年中，也有人从事戏剧改革的工作；狭窄的巴黎文坛范围扩大了，它努力向各方面去尝试。甚至有两三次野外作战和夜生活，居然冲破了传统的束缚。但他们赶紧把裤子穿起来。因为他们都是些娇弱的老头儿，生怕看到事实的真面目。冲动的头脑，燥热的身体，精神上与形式上的墨守陈规，没有进一步的工作，使他们那个大胆的设想无法实现。最沉痛的问题是有时自己无能为力，最终将一切都归结到女人生理问题上去。易卜生的流氓式的无政府主义，托尔斯泰的《福音书》，尼采的无聊学说，一到他们江湖派的舞台上便只剩下粗鲁的东西，可笑而可怜

　　巴黎作家们费尽心机要表现出在思索一些新鲜玩意儿，骨子里他们全是放荡派。欧洲没有一派文学像法国文学那样普遍地跳不出一个牢笼；大杂志，大日报，国家剧场，电影院，到处都给"世界末日"控制着。巴黎的文

学，仿佛伦敦对于政治，防止欧洲思想趋于过激。法兰西学士院等于英雄的上议院。君主对新社会依旧提出它们从前的规章，革命分子不是被迅速地歼灭，就是被迅速地感化。而那些极端分子正是求之不得。政府即使在形式上采取社会主义的姿态，在艺术上还是无法摆脱学院派摆布。针对学院派的斗争，人们只用文艺社团来做武器，而且那种斗争也可怕得很。因为社团中人一有机会就立刻跨入学士院，并且变得比学院派的人更学院派。至于先头部队或是后勤人员，又老是做自己集团的奴隶，跳不出保守的思想。有的坚守学院派的原则，有的坚持革命的主张，总而言之都是井底之蛙。

为了让克利斯朵夫提提精神，高恩想带他到一种完全特殊的戏院去。在那里可以看到凶杀，强奸，疯狂，挖眼，破肚——凡是足以震动一下保守的人的神经，满足一下他们原始的兽性的景象一应俱全。这对于一般漂亮娘们和交际花尤其具有吸引力，——平时她们勇气十足地挤在巴黎法院闷人的审判庭上消磨整个下午，说说笑笑，嚼着口香糖，旁听那些骇人听闻的案子。但克利斯朵夫愤愤地拒绝了。他在这种艺术里越陷越深，觉得那股气息愈来愈浓，先是轻轻的，继而是经久不散的，猛烈的，最后则完全是死亡的气息。

豪华的外表，繁华的喧闹，背后掩藏着死神的影子，克利斯朵夫这才明白为什么自己始终对某些作品感到厌恶。他受不了的倒并非在于作品的不道德。道德一类名词根本没什么意义。克利斯朵夫始终没肯定什么理论道德；他所爱的古代的文学家、大音乐家，也并非墨守陈规的圣人；要是有机会碰到一个大艺术家，他绝不问他要悔过的事，而是问他："你是不是健康的？"

关键就在于这"健康"二字。歌德说过："要是文人病了，他首先要想办法治病。病好以后再写文章。"

不幸的是巴黎的文人都病了，即使有一个健康的，也要引以为耻，不让别人知道他健康，而装做得了某种重病。然而他们的疾病所反映于艺术的，并不在于欢愉快乐，也不在于孤僻放纵的思想，或是善于破坏性的评论。这些特点可能是健全的，可能是不健全的，看情况而定；但绝对没有死的倾向。如果有的话，也不是由于这些力量，而是由于使用力量的人，因为死的气息就在他们身子里。——享乐，克利斯朵夫也一样喜爱。他爱好自由，他忠实地表达他的思想的做法，曾经在德国惹起小城里人们的反感；如今看到巴黎人宣传同样的思想，他反而厌恶了。思想还是那些思想，可是听起来差异很大。以前，克利斯朵夫很不耐烦地逃避古代宗师的限制，攻击虚伪的美学，虚伪的道德，却不像这些漂亮朋友那样以游戏态度；他是严肃的，严肃得吓人；他的反抗是为了获得生命，追求丰富的，孕育未米种子的生命。但所有的人中,一切都归结到贫困的享乐。贫困,这就是病源的所在。滥用思想,滥用感官,而毫无成就。那是一种风光的,巧妙的,富有风情的艺术;当然是一种美的方式,美的传统,外边冲来的风沙淹没不了的传统———一种像戏剧的游戏,一种像风格的风格,一批熟练的作家,很能写文章的知识者;——是昔日很有力量的艺术与很有力量的思想,相当美丽的骨骼。但仅仅限于骨骼。铿锵的字眼,动听的句子,空空洞洞的互相抵触的观念,思想的游戏,肉感的头脑,善于推理的感官;这一切除了自私自利地供自己享乐以外,毫无用处。那简直是往死路上走。而这个景观,和法国人口骤减的情形一样,是全欧洲不动声色地看在眼里而私下偷着乐的。多少的聪明才智,多少的细致感觉,都浪费于无用之地,空耗于下流可耻之事。他们自己感觉不到,只嘻嘻哈哈地笑着。但克利斯朵夫以为存有安慰的也仅仅这一点:这些家伙还能够畅快地笑,还不能算根本没希望。他们装做正经的时候,克利斯朵夫倒越发觉得他们讨厌;他觉得最难过的,莫过于那些文人一边把艺术当做寻欢作乐的手段,一边极力宣扬一种没有利益思想的宗教。

"我们是艺术家,"高恩沾沾自喜地说。"我们是为了艺术而艺术。艺术永远是圣洁的;它只有贞操,无其他。我们在人生中游历,像游历家一般对什么都感兴趣。我们是探奇夺标的使者,是永远不辩喜恶美丑的唐璜。"

克利斯朵夫立刻反驳说:

"你们都很坏,原谅我这样说。我一向认为只有我的国家正是如此。我们德国人老把理想主义挂在嘴边,实际永远是寻求我们的利益;我们深信不疑地自命为理想主义者,其实是满脑子自私自利。你们更糟糕:你们不是用'真理','科学','知识','责任'等等来掩护你们的胆怯(就是说,你们只顾自命不凡地研究,而对于后果完全不负担责任),是用'艺术'与'美'来掩饰你们的荒淫。为艺术而艺术……喝!多么堂皇而又庄严的信仰!只有强者拥有信仰。艺术吗?艺术得把握生命,仿佛老鹰把握住它的俘虏一般,将它带到上空,自己和它一起飞入清新的世界……那需要锋利的爪,需要腾飞之云一般的双翅,还需要一颗坚强有力的心。可怜这里只有麻雀,找到什么一些枯骨便当众撕扯,还要你争我夺。……为追求艺术而艺术……可怜虫,艺术不是卑贱的人所享用的下等菜肴。不用说,艺术是一种至高的享受,所有享受中最迷人的享受。可是你只能利用不懈的奋斗去换得,等到'力'高歌胜利之时才有资格得到艺术的桂冠。艺术驯服了的生命,成为生命的主宰。想要做恺撒,先要有恺撒的气质。你们只是些粉装修饰过的帝王,你们扮演这种角色,但又不相信这种角色。就像那些以奇形怪状来哗众取宠的戏子一样，你们用你们的形体语言来缔造文学。你们沾沾自喜地繁衍你们民族的疾病，赞扬他们的好逸恶劳，喜欢享受，沉迷声色，喜欢莫须有的人道主义和一切即将麻醉的意志，成为一蹶不振的根源。你们是把民族带进鸦片馆的恶魔。结果只能是死亡：你们知道却始终不说。——那末，我来说吧：死神所在的地方根本没有艺术，艺术是高扬生命的。可是你们之中最虔诚的作家也懦弱得让人可怜，就是遮眼布掉下了，他们仍旧装作看不见，居然还恬不知耻地说：不错，这非常危险；里头有毒素；但是更多的是艺术。"

他像法官在轻罪庭上谈到一个无赖的时候说："不错，他是个十恶不赦的坏蛋；可是他却很有才华。"

克利斯朵夫心里奇怪为什么法国的批评界不起作用，这里缺少的不是批评家，正相反他们在艺术界异常活跃。人数之多，甚至覆盖了问世的艺术作品。

总体上讲，克利斯朵夫对批评这门科学是没有好感的。这么多所谓的艺术家在当今社会组成了第四等、五级的人物，克利斯朵夫开始不承认他们的作用，认为他们代表着一个时代的沉没，就连观察人生都交给别人代管，把感受也委托给别人。更为可恨的是，在这个社会想用自己的眼睛去看人生的倒影都不能，还需求助于媒介，求助于倒影之反影，就是说倚仗批评。如果这些倒影之反影是真实的倒也罢了，但批评家所反映的只是周围众人所表现的犹豫不定的心态。这种批评就像博物院里的镜子，让观众从下面看天顶上的油画，可是镜子所反射出来的除了天顶就是观众本身。

有一个时期，批评家在法国有极高的权力，群众谦恭地接受他们的批判，认为他们是更高层次的艺术家，是聪明的艺术家——（艺术家与聪明这两个字平时根本扯不到一处的）。以后，批评家以最快的速度繁殖起来：预言家实在太多了，他们那一行便受到影响。直到自称为"真理所在，只此一家"的人更多的时候，人们开始不相信他们了，就连他们自己也开始怀疑自己了。大家都变得失望，按照法国人的习俗，他们一夜之间就从这个极端迅速地转向另一个极端。从前自称为什么都知道的人，现在却表示什么也不知道了。他们居然认为一无所知是他们的光荣，他们的体面。勒南曾经告诉这些一蹶不振的种族说：要风雅，必须立刻否定你们刚才所肯定的，至少也得表示十分的怀疑。那便是如圣·保罗所提及的"惟惟诺诺"的一类人。几乎全法国的优秀人才都崇尚这个两栖原则。在这种原则之下，懒惰的精神、懦弱的性格都得到认可了。大家再也说不出来任何作品的好、坏、真、假、智、愚、高、低，只说：

"可能是这样……不可能那样……我不知道……我无法判断……"

要是有人演一出下流戏，他们也不说"这是猥亵的"，而只说："先生，你怎么这么说呢。我们的哲学只能让你对一切用犹豫不定的口气；所以你不该说这是下流的；只能说：我觉得……我看来是下流的……但也不能一定这么说。也许它是一部杰作，谁都不知它是不是杰作？"

在此之前有人认为批评家玷污了艺术，而今用不着这么说了。席勒曾经教训他们，不客气地把那些舆论界的小霸王叫做"奴仆"，说"奴仆的责任"是：

"立刻把屋子收拾干净，王后就要来了。努力把每个房间打扫干净。诸位，这是你们的责任。

"可是如果王后一到，你们这批奴才就得赶快出去。老妈子切不可大摇大摆地坐在夫人的座椅上。"

为这些奴仆说句公平话，他们不敢随便坐夫人的座椅。大家要他们做奴才，他们就真做了奴才，是那种挺要不得的奴才；根本不打扫房间，屋子脏极了。他们抱着手臂，把整理与清除的活计都让主人去做，让社会的主宰——群众去做。

从那个时候开始，就有了反对这种现象的运动。少数意志比较坚定的人正为公众的健康而奋斗，虽然他们的力量还很微弱。但克利斯朵夫为环境，所谓无法看见这批人。并且人家也不搭理他们，反而笑话他们。偶尔有一个正义的艺术家对虚无、病态、空洞艺术起而反抗，作家们就傲慢地回答说，既然群众不说什么，便说明作者也没有错。这句话尽可堵塞指摘的人的嘴巴。人们所发表的意见，就是艺术上绝对的法律。谁也没想到，我们可以回绝一般堕落的民众引诱，使他们堕落的人作有利的证人，没人想到应当由艺术家来指导民众却不是由民众来指导艺术家。数字——台下观众的数字和票房收入的数字——的宗教，控制了这个商业化的民主国家中的所有艺术思想。批评家跟在作家后面，顺从地没有异议地宣称，艺术品主要是讨人喜欢。社会的欢迎是它的重要的法律；只要票房收入高，就没有指摘的余地。所以他们非常关心娱乐交易所的市价涨落，看群众对作品的看法。可笑的是群众也留神着批评家的意见，看他们对作品是怎样评价的。于是大家你看我，我看你，只看到自己忧柔寡断的态度。

可到了今天，最缺少的就是那些能直言的批评家。在一个秩序混乱的国家，最有威势的是潮流，它不像一个保守派国家里的潮流，往后退不容易，它永远前进；那种虚伪的思想自由永远在变本加厉，差不多没有人敢反抗。群众没有披露意见的能力，心里很气愤，可没有一个人敢把心中的感觉说出来。假使批评家是一个强者，假如他们敢做强者，那么他们一定可以有极大的威力。一个坚强而有毅力的批评家（克利斯朵夫凭着他年轻专断的心理这样想），可能在几年之内，在控制群众兴趣方面成为拿破仑，把艺术界的疯子全部赶进疯人院。但是如今已经没有拿破仑了……那些批评家本身生活在乌烟瘴气的空气里，已经辨别不出空气中的酸臭味。其次，他们不敢说话。他们彼此都熟悉，都变成了一个集团，应互相辨护，他们绝对不是独立的人。要独立，就得放弃社交，甚至连友谊都不能要。但对此最优秀的人都在怀疑，为了坦率地批评而惹了一身臊是否值得。在这样一个毫无生机的时代里，又有谁敢这么做呢？谁又愿为了责任把个人的生活弄得一团糟呢？谁敢抗拒舆论和公众的愚蠢斗争？谁敢揭穿别人的疤痕，为孤立无助、受尽禽兽欺侮的无名艺人说话，以帝王般的意志勒令那些奴性的人服从？克利斯朵夫在一出戏初次上演的时候，在戏院走廊里听见几个批评家这样谈论着：

"嘿，台上演的什么呀？简直一塌糊涂"

第二天，他们在报纸的戏剧版上却称其为佳作，再世的莎士比亚，是古今的惊世杰作。

"你们的艺术不是没有才华而是没有个性，"克利斯朵夫对高恩说，"你们更需要一个大批评家，一个莱辛，一个……"

"一个布瓦洛，是不是？"高恩嘲笑着问。

"是的，也许法国需要一个布瓦洛胜于需要十个天才作家。"

"就算我们有了一个布瓦洛，但绝对没有人会相信他。"

"要是这样，那么他绝不是布瓦洛，"克利斯朵夫回答。"我向你保证：一旦我要把你们的真相坦白地说给你们听的时候，不管我说得好不好听，你们总会听到的，并且你们不听都不行。"

"哎哟，我的朋友。"高恩嬉笑着说。

那神情好似对于这种普遍现象非常满意，克利斯朵夫突然之间感到，高恩对法国比他这个初来者更不了解。

"不可能，"这句话是克利斯朵夫有一天从大街上一家戏院里不胜厌恶地走出来时说的。"一定还有别的东西。"

"那是什么呢？"高恩问。

克利斯朵夫固执地又说了一遍："我要看看法兰西。"

"法兰西，那就是我们啦？"高恩大笑着说。

克利斯朵夫直瞪瞪地看了他一会儿，摇摇头，又说出了那句话：

"还有别的东西。"

"好吧，朋友，你快去找吧。"高恩说完，又大笑起来。

不错，克利斯朵夫完全可以去找。只是他们把法兰西密封得的确太严实了。

第二章

　　正当克利斯朵夫把产生巴黎艺术的精神内涵慢慢琢磨明白的时候，他有了一个更加强烈的想法：就是妇女在这个国际化的社会中占有最高的，荒诞的，优越的地位。单单是做男子的伴侣已经不能使她们有所满足。即便是和男子平起平坐也不能让她们满足。她非要男子把她的享乐推崇为金科玉律不行，而男子竟欣然依从。一个民族衰老了，自会把思想，信念，一切生存的意义，甘心情愿地付予分配欢娱的主宰。男子创作文章，女人制造男子，——（假若不是像当时的法国女子那样也来创造文章的话）——与其说她们制造，还不如说她们在搞破坏更准确。当然优秀的女性对于出众的男子从来都是一种激励的力量，但对于那些普通人和衰退的民族，另有一种不朽的女性，老是把他们往泥坑里拖。而这另一种女性便是思维的主宰者，国家真正的帝王。

　　经高恩介绍，又靠着演奏的才能，克利斯朵夫才能够出入于一些聚会中。他在那些地方，很好奇地品味着巴黎女子。像多数的外国人一样，他把他对两三种女性的严酷的批判，推广于全部的法国女性之中。他所遇到的几种类型，都是些年轻的妇女，并不高大，没有多少青春的娇嫩，腰身柔若无骨，头发涂得五颜六色，可爱的头上戴着一顶漂亮的花冠，按身体的比例，头颅显得稍大了点，脸上的线条很清晰，皮肤微微浮肿；鼻子长得相当适宜，但往往很俗气，远远谈不到什么个性；眼睛活泼而缺少个性魅力，只是竭力要装得有神采，故意瞪得很大；秀美的嘴巴表示很能把握自己；下巴丰满，脸庞的下半部突出。这些漂亮人物的惟一想法：一边勾心斗角地谈感情，一边照顾到舆论，照顾到夫妇生活。人长得挺美，可不是什么高贵品种。这些时髦女人，几乎全都有一种腐化的布尔乔亚气息，或有着她们的谨慎，节俭，冷漠，实际和自私等等中产阶级的传统人格，迫切希望成为真正的布尔乔亚。生活空虚，只求享乐。而这种欲望并非由于生理的需要，只不过出于好奇。她们意志坚强，但意志的本身中并不高尚。她们穿得非常优雅，言谈举止都有一定的功夫。用手心或手背轻轻地梳理头发，按着木梳，坐的地方总是能够对镜自照而同时窥探旁人，不管这镜子是在身边还是在远处。至于出席晚餐或是茶会，对着闪光的羹匙、刀叉，银的咖啡壶，把自己的娇态随便瞅上一眼，她们更觉得其乐无穷。她们吃东西非常有规则，只喝水，凡是可能破坏她们认为理想的细腻的皮肤的食物，如雪白的菜叶，她们一概不吃。

与克利斯朵夫有交情的人之中，犹太人颇多；他虽然从认识于第斯·曼海姆以后对这个种族已经没有什么兴趣，仍不免受他们吸引。在高恩介绍的几个犹太沙龙里，大家很敬重他，因为这个种族一向是很聪明并爱聪明的。在聚会上，克利斯朵夫遇到一些金融家、工程师、报馆巨头、国际掮客、黑奴贩子等诸如此类的家伙——共和国的企业家。他们思维敏锐，很有毅力，旁若无人，挂着笑脸，貌似豪放，其实非常有心计。克利斯朵夫感觉到这些坐在充满鲜花与美人的餐桌四周的所谓的名人，温和的面目之下都隐伏着罪恶的影子，不管是从前的还是将来。几乎所有的男人都是丑陋的，女人大体上都很美丽，只要你离她不太近：脸上的线条与皮色缺少细腻。可是她们自有一种风采，显得物质生活相当充实；结实的肩膀在众目睽睽之下像花儿样绽开，把她的特有的姿色，甚至她的丑恶，当做男人的陷阱。一个艺术家看到了，一定会发现其中有些古罗马人的典型，尼罗或哈特里安皇帝时代的女人。此外也有巴玛岛民式的妖治身姿，淫荡的表情，肥胖的下巴埋在颈窝里，颇有肉感的美。还有些女人头发浓密，满头发鬈，水灵灵的眼睛，一望而知是精明的，尖刻的，无所不为的类型，比其余的女子更坚强，但也更妖媚。在这些女人中，零零散散地显出几个比较有灵性的。秀美的线条，其来源似乎比罗马更遥远，要推溯到《圣经》时代的希伯莱族，你看了会发现一种恬淡的诗意，冷漠的情趣。但克利斯朵夫走近去听希伯莱主妇与罗马皇后聊天时，发觉那些民族的后代也像其余的女人一样，不过是巴黎化的犹太女子，而且比巴黎女子更巴黎化，更虚伪，更若无其事地说些狠毒的话，一双圣母般的眼睛时刻准备揭露人类的丑恶与灵魂。

克利斯朵夫在喧闹的人群中间徘徊，显得有些格格不入。男人们提到捕猎的场面那么残忍，谈论爱情的口吻那么粗暴，惟有谈到金钱才恰到好处，抱之以冷静的，严肃的态度。他们还有在吸烟室里打听商情的习惯。克利斯朵夫见一个前胸上戴着勋章的小白脸，在太太们中间走来走去，瞻前顾后地用喉音说道："怎么难道他能逃脱法律制裁吗？"

两个太太在一个角落里谈着一个女艺人和一个交际花的恋情。有时沙龙里还举行音乐会，请克利斯朵夫弹上一曲。女诗人们喘着粗气，流着汗，朗诵苏利·普律东和奥古斯丁·陶星的诗。一个有名的演员，用风琴伴奏，庄重且严肃地朗诵一章"神秘之歌"。音乐与诗句之荒诞叫克利斯朵夫感到恶心。但那些女子竟听得出了神，露着不整齐但还算美丽的牙齿笑开了。

他们也串演易卜生的戏剧。一个小人物抵抗那些社会柱石的苦斗，被他们当成消遣的玩意儿。

而后，他们该谈论艺术了。真让人恶心。尤其是女妇们，为了调情，为了礼貌，为了无聊，为了卖弄，大谈易卜生，瓦格纳，托尔斯泰。一朝高谈阔论在这方面开了头，再也没法叫它停止，就像流感传播一样。银行家、掮客、黑人贩子，都来发表他们对于艺术的所谓高见。克利斯朵夫尽力避免回答，转变话题也是徒然：人家偏偏要跟他谈论音乐与诗歌。有如柏辽兹说的："他们谈到这些问题的时候，那种不紧不慢的态度仿佛谈的是美酒女人，或是旁的令人恶心的事。"一个神经内科的医生，在易卜生剧中的女主角身上发现他那个女病人的影子。更可气的是，有个工程师矢口认定《玩偶之家》中最值得同情的人物是被抛弃的丈夫。一个名演员——有名的剧作家——慢条斯理地发表他对于尼采与卡莱尔的高见；他告诉克利斯朵夫，说当他看到法拉士戈——当时最出名的画家——的画就会一串串的泪珠直往下淌。但他又坦白地告诉克利斯朵夫，虽然他把艺术看得极高，但是把人生的艺术——行动，看得更高。如果他能够选择一个角色来扮演的话，俾斯麦将是首选。有时，这种场合也会出现几个所谓高人雅士，他们的谈吐可也不见得如何高妙。克利斯朵夫常常把他们说的内容，和实际所做的对比一下，发现其中有很大距离。他们有时一言不发，脸上一副很深奥的笑容。他们是靠自己的声誉过活的，不会轻易拿名声做赌注。当然也有几个话特别多的，他们大多是南方人。他们无所不谈，可是一点没有价值观念，把一切都等量齐观。什么莎士比亚，莫里哀，耶稣基督，混为一谈。他们把易卜生和小仲马相比较，把托尔斯泰和乔治·桑并论；而这一切，自然是为表明法国已经无所不备。这些人一般不懂任何外文，但这一点对他们一点妨碍都没有。听的人根本不问他们说的是否对的，主要是说些有趣的事，全力去迎合全民族的自尊心。任何责任都可以扣在外国人头上，——除了当时的偶像：因为在格里格、瓦格纳、尼采、高尔基和邓南遮总有一个是潮流中的，但绝不会很久，偶像早晚会成为垃圾。

而现在的偶像是贝多芬。贝多芬竟成了流行人物，谁想得到？至少在上流社会与文人中间是这样：因为法国的艺术趣味是像天平秤一样忽上忽下的，所以音乐家们早已忘记了贝多芬。法国人要知道自己怎么想，先得知道别人的想法，以便决定采取跟他相同或不同的观点。看到贝多芬变得通俗了，音乐家中最高雅的一派便认为贝多芬已经不够高雅；他们永远自命为舆论的先驱而从来不尾随舆论，与其和舆论雷同，不如跟它背道而驰。所以他们把贝多芬当做粗喊大叫的聋驴子；有些人还说他或许是个值得尊敬的道德家，但却是徒有其名的音乐家。这类恶俗的笑话绝对不合克利斯朵夫的胃口。而上流社会的热心捧场也无法让克利斯朵夫感到满意。倘若贝多芬在这个时候来到巴黎，一定是个名人，可惜他死了一百年了。他的走运并不是靠他的音乐，而是靠他离奇的生活经历。那是被感伤派的传记宣扬得妇孺皆知的。粗犷的容貌，狮子般的脸，已经成为小说中人的面目。那些太太对他非常喜爱，意思之间表示如果她们认识了他，他绝不至于那么痛苦；她们敢这样坦白，因为她们知道贝多芬根本不会拿她们的话当真……这老头儿已经什么都不需要了。所以，很平常的演奏家，乐队指挥，戏院经理都对他带有崇高的敬意；并且以贝多芬的代表资格领受大家对贝多芬的敬意。要价高昂、规模盛大的纪念音乐会，使上流社会能借此表现一下他们的善良，——偶而也能使他们发现几阕贝多芬的交响曲。喜剧演员、上流社会、半上流社会，共和政府特派主持艺术事业的政客，组织着委员会，通告社会说他们要为贝多芬树立一个纪念碑：除了几个被作为通行证用的老好人以外，发起人名单上大多是社会上的混球——如果贝多芬活着，他一定会被踩在脚下。

克利斯朵夫边听边看边咬紧牙，以免说出难听的话。整个晚上，他全身紧张，四肢发抖。他不想说话，可又不能不说。并非为了兴趣或爱好，而是为了礼貌，为了非说些什么不可而说话，使他非常难堪。把真正的想法说出来罢，那是不行的；信口胡诌吧，又办不到。他甚至在不说话的时候也不会保持礼貌。倘若他望着旁边的人，就会目不转睛地瞪着人家，不由自主地研究对方，看了让人生气。如果他说话，准会语气太肯定，使大家包括他自己听了刺耳。他觉得自己与这一切格格不入；而且他既然相当的灵巧，能够感觉到自己把这个环境的和谐给破坏了，当然对自己的态度行动和主人们一样气恼。他恨所有的人，包括他自己。

午夜，他独自走上街头，心烦意乱极了，几乎没有力气回家；他差不多想躺在街上，好像小的时候在爵府里弹了琴回家的情形那样。有时，就算那一个星期的全部存款只剩了五六个法郎，他也会花五法郎雇一辆车。他急急忙忙地扑进车厢，希望赶快溜走；一路上在车子里轻吟不已。回到寓所，上床睡觉了，他还在呻吟……然后又猛地想起一句滑稽的话而放声大笑，不知不觉做着手势，把那句话又说了一遍。第二天，有时是过了好几天，独自散步的时候，他又像野兽一样咆哮起来……我为什么要去看他们？为什么要上那些地方去看他们呢？为什么勉强自己去模仿别人的一举一动，装模作样地去谈论那些毫无兴趣的事？——他真的不关心吗？一年以前，他根本不屑于跟他们来往的。如今他觉得他们又好气又好笑了。是不是他也被巴黎人一脸的不在乎所传染了，于是他有些怀疑自己的性格不及从前了？但事实恰恰相反：他倒是更强了。在一个陌生的环境里，他精神比较自由得多。他很自然地看着身边的人演出的人间喜剧。

其实无论他喜欢不喜欢，只要巴黎社会认可，就得延续过这种生活。巴黎人对作品的兴趣，要看他们对作者认识而定。如果克利斯朵夫想靠教书来生活，他首先要让人认识他。

再说每个人都有一颗心，而心是无论如何必须有所依赖的；如果一无依傍，它就会活不下去。

克利斯朵夫有个叫高兰德·思丹芬的女学生，她的父亲是个很有钱的汽车制造商，法国籍的比利时人；母亲是意大利人。她的祖父是英美的混血种，祖居在安特卫普，祖母是荷兰人。这是一个正宗的巴黎家庭。在克利斯朵夫看来，高兰德是个典型的法国姑娘。

十八岁的她有一双对男人很温柔的眼睛，像西班牙姑娘的双眸，总是水汪汪的，说话的时候，那个细长而古怪的小鼻子老是一动一动；乱蓬蓬的头发，一张可爱的脸，皮肤很光滑，轮廓粗糙，有点儿浮肿，懒洋洋的神气像要睡着的猫。

她个子矮小，衣着考究，迷人而又淘气，举止态度都带几分撒娇，做作，娇媚；她装出小女孩子的神气，好几个小时地坐在摇椅里摇来摇去；在饭桌上看到什么爱吃的菜，便拍着手尖声尖气地叫着："噢！真开心啊"……她燃着纸烟，在客厅里，当着男人面前特意跟女友们亲热得不得了，搂着她们的脖子，拉着她们的手，咬着她们耳朵，说些傻话，或是娇里娇气地说些凶狠的话，偶尔也会没什么事地说些挺放肆的话，或者挑逗人家说这种话，一忽儿她又扮起烂漫的憨态，眨着眼睛，厚厚的眼皮，既肉感，又狡猾，从眼角里看人，留神听着人家的闲话，很快地把粗鲁的部分听在耳里，然后设法吊男人进圈套。

这些像小狗般在人前卖弄的玩艺，假装天真的傻话，克利斯朵夫觉得很不是味儿。他没有闲功夫注意一个轻浮的小姑娘耍手腕，也不屑用好玩的心情观赏那些手腕。他得挣他的面包，把他的生命与思想从毁灭中救出来。他之所以关心客厅里的这些鹦鹉，是因为她们能够帮助他实现目的。他教她们弹琴，非常认真，眉头紧锁，全神贯注地工作，免得产生厌恶情绪，也省得被像高兰德·思丹芬一类轻佻的女学生的调逗分心。所以他对于高兰德，并不比对高兰德十二岁的表妹更关切；那是个文静的孩子，那么胆小，住在思丹芬家和高兰德一起学琴。

高兰德很聪明，她看出她的调情对他都是白费，但她非常敏感，轻易地就能迎合克利斯朵夫的心思。她根本不费什么劲儿，这是她的天性和本能。作为女人，她好比一道没有河道的水流。她所遇到的各种心灵，在她看来仿佛是各式各样的瓶子，她为了好奇，或是为了需要，而随意采用它们来装水。她要有什么格局，就得借用别人的。她的性格是不保持她的性格。她总是不断变换她的瓶子。

她被克利斯朵夫吸引的地方很多。首先是克利斯朵夫对她不感兴趣。其次因为他和她所认识的那些年轻人截然不同；像他这样粗劣的瓶子，她还没有用过。对于估量各种水瓶也就是各种人物的价值，她具有很高的天赋；因此她明白克利斯朵夫除少了些风趣之外，也很淳朴，那些公子哥们绝没有这一点。

同所有富家小姐一样，她也喜欢音乐；她为此花的功夫可以说很多，也可以说很少。这是说：她老是在学习音乐，而实际上对音乐几乎是一无所知。为了空虚，为了装腔，为了麻醉。她可以整天地弹琴，有时，她的弹琴像骑车一样。有时她可以弹得很好，有节奏感，有灵感（只要她设身处地的去学一个有性灵的人，她就变得有性灵了）。在认识克利斯朵夫之前，她喜欢玛斯奈、格里格、多玛。认识克利斯朵夫之后，她开始讨厌他们。如今她居然把巴赫和贝多芬弹得很像回事了（这倒不是恭维她）；但最奇怪的是她竟然喜欢他们。其实她并不是喜欢贝多芬、多玛、巴赫、格里格，而是喜欢那些音符，声响，在键盘上驰骋的手指，飞快地拨动着她精神的琴弦使之颤动，使她充满心神愉快的感觉。

她家的客厅里铺着淡色的地毯，中间放着一个画架，摆着思丹芬夫人的肖像，那是个时髦画家的作品，把她表现得弱不禁风，好比一朵缺水的花，奄奄一息的眼睛，身子像螺旋般扭曲成几段，好像如果不这样就不能体现这富婆尊贵的心灵；大客厅一面全是玻璃窗，可以看见挂满白雪的老树。克利斯朵夫发觉高兰德坐在钢琴前，反反复复地弹着几乎相同的乐句，听着几个柔和的但不协调的音节发呆。

"喂"克利斯朵夫一进门就大声叫道，"猫儿又在打盹了"

"你敢嘲笑我！"她笑眯眯地回答……

说着她伸出潮乎乎的手。

"……你听，这不是很好听吗？"

"美极了。"他冷淡地回答。

"你根本没有听……你听听不行吗？"

"我听到了……还不是老样子。"

"啊！你不是真正的音乐家。"她恼怒地说。

"你搞的这个是真正的音乐？"

"什么……那你说这是什么？"

"你自己很清楚我不好说，也很难说出口。"

"我偏要你说。"

"真的吗？……那是你活该了……你坐在钢琴前面干什么？……难道是在调情。"

"你说什么嘛！"

"你不懂吗？你对钢琴说：亲爱的钢琴，亲爱的钢琴，跟我说些情话呀，摸我呀，亲我一下好吗？"

"快别说啦，"高兰德奇怪笑着说，"你竟一点儿不顾体统。"

"我就是不顾体统。"

"你真是蛮不讲理……请问，如果这真的是音乐，难道它不是真正爱好音乐的方式吗？"

"噢！天哪，千万别把这些东西和音乐搅在一起。"

"可它的确是音乐啊！一个绝妙的和弦可与一个亲吻相提并论。"

"我可没这么说过。"

"难道不是吗？……你为什么耸肩膀？为什么要出鬼脸？"

"因为这种话令我讨厌。"

"你越说越有趣了。"

"听到有人用淫荡的口吻来谈论音乐我就要恶心。这并不是你的错，是这个社会的错。你周围那些无聊的人把艺术看做一种特殊的淫乐……算啦，不说这些了。把奏鸣曲弹一遍我听听。"

"请稍等一会儿。"

"我是来给你上课的……来吧，现在开始"

"你可真有礼貌！"高兰德不免有些气恼，心里却觉得这样碰一下钉子也痛快。

她十分认真地弹着曲子；因为心灵手巧，所以成绩还算过得去，有时竟然相当的好。旁边的克利斯朵夫暗里笑这个淘气的女孩子"居然这样灵巧，虽然对弹的曲子一无所感，弹得倒像真有所感。"他不免因此对她产生了好感。高兰德想方设法找机会跟他说话，因为聊天比上课有趣多了。克利斯朵夫婉转地拒绝，表示他不能回答，他害怕说出心里话而得罪她；她却总有办法把他的话引出来；而且他的话越不对头，她越觉得有趣；那是她的游戏。灵巧的姑娘知道克利斯朵夫最喜欢真诚，所以她大着胆子跟他一味顶撞，固执地和他争论。争论完了，却并不伤和气。

克利斯朵夫对这种友谊不存任何幻想，他们之间永远也达不到亲密的程度。有一天，高兰德或许出于勾引男人的本能，突然向克利斯朵夫说了许多推心置腹的话。

前一天晚上，家中来了许多客人，她又说又笑，像疯子一般拼命地卖弄着。第二天早上，克利斯朵夫上课的时候，她疲惫不堪，形容憔悴，脸色像一张白纸，头胀得厉害。她有气无力地连话都不愿意说，坐在那里无精打采地弹着钢琴，其中有几个段落都漏掉了，弹了几次也弹不好，她索性停下来说：

"我实在弹不下去了……对不起……等一会儿好吗？"

他以为她不舒服。但她回答说不是。他心里想：

"她不大对劲……她有时就是这样的……即使有些好笑，但也不能怪她。"

他建议改天再来上课，但她请他务必留下：

"只要一会儿……过一会就会好的……我很讨厌，是不是？"

他发现她的态度有些反常，可又不愿意问，故意把话岔开：

"也许是你昨天晚上太出风头了，你太辛苦了。"

她讥笑着说："嗯，对你倒是不能这样说。"

他笑了。她又说："你昨天好像一句话都没说。"

"不错。"

"可是有几个人很有意思呢。"

"啊，那些多嘴多舌的才子！这一类没骨气的法国人，真把我搞糊涂了；他们什么都懂，什么都会解释，什么都能体谅，可是什么也没感觉到。他们几个小时不停地谈着艺术啊，爱情啊，让人恶心不是吗？"

"你不喜欢讨论爱情，对艺术总该有兴趣呀。"

"艺术不用讨论，要亲手去做。"

"要是不能做呢？"高兰德撅着嘴说。

"那就让别人做。艺术可不是谁都能做的。"克利斯朵夫笑着回答。

"你认为爱情是这样的吗？"

"应该是这样。"

"我的天那！我们还能做什么？"

"管理家务啊"

"谢谢你啦"高兰德不耐烦了。

她把手重新放在琴上想再来一次，可怎么也弹不好；没办法她只好敲着键盘呻吟道：

"没有办法……我就像废物一样。你说得很对，女人什么事都做不了。"

"你能认识到这一点已经很不容易了。"克利斯朵夫回答。

她望着他，好像小孩挨骂了一样无精打采地说："别这么狠心啊。"

"我并不反感贤淑的妇女，"克利斯朵夫高兴地回答，"一个勤快贤惠的女人是……是人类的天堂……"

"不过，谁也没见过这种天堂。"

"我并不这样认为。我从来都没见过这种天堂，可是一定有的。只要有，我就会不顾一切地去寻访。这是很困难的，一个贤良女子和一个男人一样稀少。"

"除了他们以外，其余的男女都可有可无了吗？"

"相反社会只重视这一批。"

"可你呢？"

"对于我来说，这些人是有没有都一样。"

"噢，你多可恨。"高兰德说。

"不错，我有点儿可恨。但只要能对社会有些益处，应当有几个可恨的人……这个世界如果没有几颗净化过滤的石子的话，将会更加糟糕。"

"你说得很对，你很喜欢强者，"高兰德难过地说。"可是对那些不能成为强者的人，尤其是女人，你别太严肃了……要知道我们的弱点在不停地折磨我们。你看到我们调情取趣，玩弄些可笑的游戏，便以为女人的脑子里都是空的，瞧不起我们。要知道一般十五岁到十八岁中间的单纯小女人，在社会交际活动中出风头，——可是跳完了舞，说了很多废话怪论，发完了牢骚，当她们面对那些庸俗之辈，在每个人眼里找不到一线珍贵的光明时，夜里回家，关在静寂的卧室里，孤独难奈地扑在地下，啊！要是你能看到她们可怜的样子……"

"有这样的事吗？"克利斯朵夫惊讶地问。"怎么难道你们这样的痛苦吗？"

高兰德一句话也没说，眼泪却涌上来了。她勉强笑了笑，把手伸给克利斯朵夫。他激动地握着：

"可怜的孩子！既然你很痛苦，为什么不想办法改变这种生活呢？"

"我能有什么办法呢？简直无法可想。你们这些男人可以随心所欲改变生活，想怎么做就怎么做。我们将永远被世俗的道义、浮华享乐束缚着跳不出去。"

"谁阻止你们，不许你们像我们一样地生活，干一件你们喜欢而又能保障独立的事业，像我们一样？"

"像你们一样？可怜的克利斯朵夫先生！你们所谓的独立的保障也不见得可靠……可是那至少是你们喜欢并热爱的事业。我们又配做些什么呢？没有一件事情使我们感到满意。是的，我知道，我们现在什么都参加，假装关心那些跟我们没关系的事；我们多么需要能关爱一点儿什么我跟那些人一样参加团体，从事慈善事业，到巴黎大学去听课，听柏格森和于尔·勒曼脱的演讲，听古代音乐会，古典作品朗诵会，还做着笔记……我也不知该记些什么……这是自己欺骗自己，以为这就是我所热爱的，或者至少是有用的。啊！我明明知道不是这么回事，我对什么都不在乎，对什么都烦透了……我真实的思想告诉了你，你可不能瞧不起我。我并不比别的女人差。可是哲学、历史、科学，这些跟我有什么关系？至于艺术，你瞧，我乱弹了一下，东涂西抹，涂些莫名其妙的水彩画；难道这些就能使一个人的生活变得充实吗？我们一生只有一个目的：就是结婚。可是嫁给那些我跟你看得差不多明白的家伙，你有兴趣的吗？唉，我把他们看透了。我不像你们德国多情女子那样，会自己制造幻象……噢，太可怕了！看看周围的人，看看那些结婚的女子，看看她们所嫁的男人，想到自己也得跟她们一样，整个人变得同她们一样的庸俗……我敢说，没有艰苦奋斗的精神绝对忍受不了这种生活。而那种精神绝不是每个女子都能有的……光阴荏苒，岁月如梭，转眼青春就逝去了；我身上的美德，我的青春，只是永远不去利用，它们便会一天天地死灭，最终还得拿去送给我们瞧不起，将来会看不起我的蠢货……并且没有一个人能够了解你。人家说我们是一个谜。那些男人觉得我们乏味，古怪，倒也罢了。女人应该明白我们啊。她们是过来人，只要回想一下自己的情形就知道了……事实可不是这样。她们绝不给你一点帮助。我的妈妈也不理解我，也不真心想认识我们。她只打算把我嫁人。除此以外，死也罢，活也罢，都由你自己去安排。这个世界已把我们给忘了。"

"不要灰心，"克利斯朵夫说，"每个人的生活道路都得由自己去创造。如果你有勇气，一切都会相当顺利。想办法到你生活圈子以外去找找看，法国不可能没有正派的男人。"

"有是有，我也认识，可是他们十分令人讨厌……并且，我还得告诉你：我的环境虽然使我讨厌，可是我觉得，此刻我已经跳不出这个环境了。我已经习惯了。我要享受，相当高级的奢侈和交际，那不能单靠金钱得到，可也少不了金钱。这种生活不可能有意义，我知道。我很有自知之明，我是弱者……我向你讲了许多肺腑之言，你不要为此离开我。请你用慈悲的心肠听我说。跟你聊聊心里话，我多么高兴。我觉得你是强者，是个健全的人，我完全信任你。我们做个朋友，你愿意吗？"

"当然愿意，"克利斯朵夫说，"可是我能帮你些什么呢？"

"只要你听我说说心里话，给我一些忠告，给我一些勇气。我常常烦闷得要死。我对自己说：'奋斗有什么用？烦恼有什么用？这个或那个，与我有什么相干？不管是谁，不管是什么。'那真是一种可怕的陷阱。我不愿意掉进去。你帮助我吧！帮助我吧！……"

她垂头丧气，似乎老了很多；她用仁慈的，顺从的，请求的眼神，望着克利斯朵夫。他答应了她的要求。于是她又激动起来，笑了，快活了。

晚上，她照样有说有笑地卖弄风情。

从这天开始，他们之间亲密的谈话逐渐形成规律。他们单独在一起，她把心里的想法告诉他，他则费了点心思去了解她，提供意见；她听着他的劝说，必要时还得听他埋怨，那副严肃与小心的神气活像一个很听话的小女孩子，那对她是种消遣，甚至说是精神上的一种依靠；她用感激而挑逗的眼神表示谢意。但她的环境一点没有改变，只是增加了一点娱乐罢了。

她的生活陆续发生着连续不断的变化。她早上很晚起床，总在十二点光景，因为她夜里睡不着觉，要到天亮才睡熟。她每天都不做事，只迷迷糊糊的，反复不断地想着一句诗，一个念头的片段，一句音乐，一张她喜欢的脸等等。到了傍晚四五点钟，她才慢慢地清醒起来。在此以前，她总是厚厚的眼皮，面孔虚肿，噘着嘴，不胜困倦。要是来了一个像她一样喜欢饶舌，一样爱听巴黎谎言的知己，她便马上激动起来。她们喋喋不休地谈论着恋爱问题。对于她们，恋爱心理学和衣着打扮、秘史、隐情这几件事都是谈不完的题目。她们周围有一群花花公子，每天都要在她们的石榴裙边消磨二三个钟头。这些男人几乎可以穿上裙子：因为他们的思想谈吐简直跟少女一样。克利斯朵夫来的时间很有规律，一般是忏悔的时间，高兰德会变得严肃深沉。就如同英国的史学家包特莱所说的那种法国少女，在忏悔房间里"把她预备好的题意充分发挥，逻辑清晰，有条有理，对要说的话都安排得层次分明"。忏悔过后，她再拚命地寻欢作乐。经过白天的修整她越年轻了。傍晚她到戏院去，在场子里观看那几张永远不变的脸便是她的乐趣；因为上戏院去的目的，并不在于戏剧，而是在于了解演员，在于已经指责过多少次而再来指责一次的他们的臭习惯。这些到包厢里来访的熟人讲别的包厢里的人咨词，或是议论女演员，说扮傻姑娘的角色"声调像变了味的芥末酱"，或者说那个高大的女演员服装穿得"像灯罩一样"。有时约朋友参加晚宴，到那儿去的意义是炫耀自己，要是自己长得漂亮的话（但要看时间而定；在巴黎，一个人的美丽是最琢磨不定的）。还有是把对于人物、衣着、体格的缺陷等等评判修正一番。真正有意义的谈话是根本没有的。总是很晚才回家。大家都不能很快入睡（这是一天之中最清醒的时间），绕着桌子踱步，拿一本书翻翻，想起一句话或一个姿势就一个人笑笑。无聊透了，也苦闷透了，辗转反侧睡不着觉。

克利斯朵夫每天接触高兰德几个小时，对于她的变化只见到有限的几种，他已经莫名其妙了。他偷偷想，她究竟什么时候才是真诚的，是永远真诚的呢，还是根本就不真诚。这一点连高兰德自己也说不上来。她和大多数欲望无所寄托而无从发挥的少女一样，完全置身于黑暗里。她不知道自己属于哪类人，不知道自己要些什么，在她没尝试以前，根本无法知道自己要些什么。于是她按着她的方式去尝试，希望用最大程度的自己冒最小限度的危险，去模仿身边的人物，假借他们的精神，而且她也不急于要选定哪一种。她对周围的一切都很关注，准备随时可以充分利用。

但像克利斯朵夫这样的朋友是很难对付的。他可以允许人家讨厌他，允许人家喜欢他所不敬重甚至瞧不起的人，却不答应人家把他同那些人同等看待。每个人都有自己的口味，是的，至少得有一种味道。

令克利斯朵夫十分厌烦的是高兰德身旁聚集了一批他最看不上眼的狂妄少年，都是些令人作呕的流行人物，大半是有钱的，也是有闲的，再不然是在什么机关挂个空名的人，都是一丘之貉。他们都是作家，或自以为是作家。在共和制时代，写作变成一种无聊，一种满足虚荣的懒惰。在所有的工作中，文人的工作最难应付，但也最容易哄骗人。他们对于自己崇高的劳作只说几句很严谨、很庄严的话，似乎他们深知责任重大，颇有力不从心之感慨。开始时，克利斯朵夫因为不知道他们的作品和他们的姓名而觉得非常不好意思。他怯生生地打听了一下，非常想知道大家尊为文坛重镇的那一位写些什么。后来，他很惊奇地发现，那位伟大的剧作家只写过一幕戏，还是一部小说的改编，而那部小说又是用一组短篇创作连缀起来的，而且还不能算短篇，仅仅是他近十年来在同派的杂志上发表的一些随笔。至于别的作家，成绩也不见得可观：或有几幕戏，或有几个短篇，或有几首诗。有几位是靠了一篇杂志文章出名的、又有一些是为了"他们想要写的"一部书成名的。他们公然表示看不起长篇大著，他们所重视的好像只是语言修辞方面的事。可是"思想"二字却经常挂在他们的嘴边、不过它的意义好似与平常的不一样；他们的所谓思想是用在作风和品格的细节方面的。他们之中也有些是大思想家大诙谐家，在行文的时候把深刻微妙的词句全部写成斜体，使读者不致误会。

他们都有自我崇拜倾向，这是他们惟一的宗教。他们想教别人跟着他们去做，可是别人已经有了崇拜的目标。他们谈话，走路，吸烟，看报，举首，眨眼，行礼的方式，竟然还有人模仿他们。装模作样地做戏原是青年人的天性，特别是那些盲无目的而无所事事的人。他们花许多的精力是为了女人，他们不但对女人垂涎三尺，并且还要叫女人对他们垂涎欲滴。可是无论遇到什么人，他们就得像孔雀开屏一样：哪怕是一个过路人，对他们的卖弄只不明不白地瞪上一眼，他们还是要卖弄。克利斯朵夫碰到这种小孔雀，大多是画家，演奏家，青年演员，装着某个名人的样子：或是梵·狄克，或是伦勃朗，或是范拉士葛，或是贝多芬；要么扮一个角色：大画家，大音乐家，有名的工匠，坚固锋利的思想家，快活的伙伴，多瑙河畔的乡下人，野蛮人……他们一边走，一边用眼角东张西望，观察是否引起周围人的注意。克利斯朵夫看着他们渐渐地走近了，便特意转过头去望着别处。他们对此并不介意，没走几步，便开始对其他的行人卖弄风姿了。高兰德沙龙里的人们可高明得多。他们的虚伪是在思想方面：拿两三个人做榜样，而榜样本身也不是什么奇人。再不然，他们在行动之间表达某种概念：什么力量啊，欢乐啊，悲观啊，自由主义啊，社会主义啊，无政府主义啊，信仰啊，自由啊等等；对他们来说，这些抽象的名词仅仅是粉墨登场的时候用的面具而已。他们有本领把最高贵的思想变成玩弄于股掌之间的玩艺儿，把人类崇高的理念变成跟时行的领带一样的作用。

爱情是他们的专利。凡是享乐所牵涉的道德问题，没有他们不熟悉的；他们各显神通，想出各种各样新问题来解决。那永远是无所事事的人的行为；没有爱情，他们便"玩弄爱情"，任意发挥地解释爱情。他们的正文非常缺少内容，注解却非常丰富。最无聊的思想都加上社会学的美名，都掩盖在社会学的旗帜下。一个人在满足恶习的时候，倘使不能同时信任自己是为未来的时代工作，总嫌美中不足。那是纯粹的巴黎风，色情社会主义。

在那些专门谈恋爱的人们当中，争论最激烈的问题之一，是男女在婚姻与爱情中的权利平等。从前有一帮单纯的年轻人，忠厚得有些可笑地崇奉新教，——斯堪的纳维亚人或瑞士人——主张男女婚姻的平等：要求男子在结婚的时候和女子一样贞洁。巴黎的宗教道德学家却极力主张另外的平等，淫乱的平等，说女子结婚的时候可以和男子一样地沾满污点——这是情人权利的平等。巴黎人在理想与实际两个领域把这件事做得太滥了，逐渐感到平淡无味，于是文坛上又有人发明一种新玩艺儿——有规律的，普遍的，端方的，得体的，家庭化的，特别是社会化的卖淫。近一段时间出版的一部很有才气的书，便是关于这个问题的权威。作者在四百页的洋洋巨著中，以一种轻佻的学究口气，按照经验派的推理方法，研究"处理娱乐的最好的方式"。真可谓是男女情爱的最完美的教材：通篇都是典雅，体统，高尚，美，真，廉耻，道德的说教——可以说是甘愿堕落的少女们的宝典。这部作品简直是《福音书》，为高兰德和她周围的人增加了不少乐趣，同时作为她引经据典的材料。那些怪论里头也有正确的，阐述中恳的，或者合乎人性的部分；但信徒们的爱好是把积极向上的抛弃而吸收消极丑恶。在这个诱人的花坛中，他们所采的总是最有毒性的花，比如说"肉欲的嗜好一定能刺激你工作的嗜好"；"一个处女肉欲没有得到满足就做了母亲是最残酷的事"；"占有一个童贞的男人，对女人是形成贤淑的母性最理想的准备"；"母亲对于女儿的责任，应该是和保护儿子的自由同样细腻贴切的精神，培养她们的自由"；"一定有一天，少女们和情夫约会归来的态度，如同上了一堂课或是参加一个宴会一样自然。"

高兰德兴奋地肯定这些观点都是极合乎情理的。

克利斯朵夫抱着截然相反的态度，他把它们的重要性和害处都夸张了。其实法国人很聪明，决不会把纸上空谈付诸实践。他们假装想学做狄德罗，骨子里却是不近相同，在日常生活中跟布尔乔亚一样循规蹈距，甚至和普通人一样胆小。而且正因为他们在事实上那么胆小，才在思想上把行动推到极至。那是一种没有任何伤害的行为。

然而克利斯朵夫不是法国人，他不会附庸风雅。

在周围的年轻人中，有一个高兰德好像最喜欢，而在克利斯朵夫心目中却是最厌恶的。

他是暴发户的儿子，自以为是第三共和的贵族。他叫做吕西安·雷维·葛，双眼离得很远，眼神很锋利，鼻子下端往里勾，金黄的须修成尖尖的，像画家梵·狄克的模样，头发已经未老先衰地脱落，但跟他的尊容很相配，说话很甜美，举止潇洒，柔软纤细的手握在手里仿佛会融化。他始终装出一副很有礼貌、周到细腻的模样，即便是对心里恶心而恨不得推下海去的人也是这样。

克利斯朵夫在跟着高恩去参加的文人宴会上已经见过他，两人虽然没交谈过，但一听他的声音已经令人恶心，当时他说不出为什么，后来才渐渐知道。人与人之间有时会发生雷电那样突如其来的爱，也有雷电那样突如其来的恨，要么（为了不要使那些害怕一切热情和温柔的心灵恐惧，我们且不用这个他们不喜欢的"恨"字）是健康人的正常反应，因为感觉到遇见了敌人而自卫的本能。

在克利斯朵夫的眼前，他是那种讽刺与分化相结合的思想代表，他文文静静地，含而不露地分解正在消失的上一个社会里的一切尊严崇高的东西：分解家庭，婚姻，宗教，国家；在艺术方面是分解一切壮丽的，纯洁的，健全的，大众化的文明；除此以外还摇动大家对思想、情操、伟人的信仰，对一般人类的信仰。这种思想实际只是以解析为快乐，以冷酷的解剖来满足一种兽欲，侵蚀思想的需要，那是寄生虫的本能。同时又有一种女孩子的，尤其是女作家的瘾：因为到了他的手里，一切都是文学或变成文学。他的桃花运，他和朋友们的恶习，对他都是文学材料。他写了些小说和剧本，很巧妙地叙说他父母的私生活秘录，以及朋友们的，他自己的；其中有一桩事情是他跟一个最知己的朋友的太太的秘史：人物情节描绘地特别缠绵，那朋友、妇女和别的群众都被描写得非常逼真。他绝不能得到一个女人的青睐或听了她的知心话而不在书中批评暴露。照理，这种浪漫的举动应当使他的女友们怒火中烧。事实上可并不是这样：她们争议一下，遮遮面子；骨子里可并不发窘，还因为给人拿去批露展览而特别高兴呢；只要脸上留着一个面罩，她们就不感觉害羞了。在他那方面，这种说长道短的话并不代表他存心报复，也许连播扬丑史的用意都没有。他比不上一般人坏：以儿子来说不能说是更坏的儿子，以情夫来说不见得是更坏的情夫。在有些段落里，他无耻地揭露他父亲、母亲和自己情妇的隐私；同时又有些段落，他用富有诗意的热情谈到他们。实际上他是极有家庭观念的，但像他那等人不需要尊重他所爱的人；反之，他们倒更加喜欢自己始终瞧不起的人；因为他们觉得这样的对象才跟自己更有共同语言，更近人情。他们对于勇猛的精神比谁都不了解，高洁二字尤其无从领会。他们几乎要把这些德性看作谎言，或者是哆哆嗦嗦的表现。然而他们又深信自己比谁都更明白艺术上的英雄，并且拿出倚老卖老的态度批判他们。

他和一帮堕落的布尔乔亚少妇最投机。他是她们的一个伙伴，等于一个被腐蚀了的女仆，比她们更放肆更机灵，有许多事能够叫她们羡慕。她们对他毫不在乎，尽可把这个为所欲为的裸体的不男不女的人仔细研究探讨一顿。

克利斯朵夫不清楚一个像高兰德那样的少女，性情如此高洁，不愿意受生活折磨的人，怎么会乐此不疲地同这种人鬼混……克利斯朵夫不明白心理学。吕西安·雷维·葛可深通此道。克利斯朵夫是高兰德的知心人；高兰德却是吕西安·雷维·葛的心腹。这一点就表明他比克利斯朵夫更高明，一个女人最得意的是能相信自己在应付一个比她还弱的男子。那不但不是她的弱点，而是她的优点——母性的本能，可以得到了满足。吕西安·雷维·葛明白这一点：因为使妇人心动的最可靠的方法之一，就是去摆弄这根神秘的弦。再加上高兰德觉得自己相当懦弱，有些不甚体面但又不愿排除的本能，所以一听这位朋友自己的心情和思想轨迹（那是他有意识安排好的），她马上就相信别人原来跟她同样的没出息，因之她觉得很快慰了。这种欣慰有两方面：第一，她不必再把自己认为挺有意思的几种倾向加以控制；第二，她发觉这样的处置很恰当，一个人最聪明的办法是别跟自己过不去，应当对于实在没法克制的倾向采取宽容的态度。

在社会上，表面看似的文明和隐藏的兽性之间，永远能够对比，使那些能够用冷眼观察人生的人总觉得有股非常强烈的味道。一切的交际场中，吵吵闹闹的绝不能说是化石与幽灵，它像地层一般，有两层的谈话相互交错着：一层是大家听到的，是理智同理智的谈话；而另一层是很少有人能够觉察到的，是本能与本能、兽性和兽性的谈话。大家在精神上相互交换着一些陈词滥调，肉体却在那里说：欲望，怨恨，或者说是好奇，厌恶，烦闷。野兽尽管经过了数千年文明的教化，尽管变得像关在笼里的狮子一般呆呆发怔，心里却还念念不忘茹毛饮血的生活。

然而克利斯朵夫的头脑还没冷静到这个地步，那需要年龄大些，热情逝去后才能办到的。他把代高兰德当顾问的角色看得很认真，她求他援助，他却眼看她去冒险。所以克利斯朵夫再也克制不了他对吕西安·雷维·葛的反感了。吕西安·雷维·葛对他刚开始还很有礼貌，面带讥讽的态度。他也觉察到克利斯朵夫是仇人，但他并不担心。如果克利斯朵夫对他表示赞赏，他会很高兴，但他自己早就想到克利斯朵夫根本不会那么做。因此，吕西安·雷维·葛从完全抽象的思想的斗争，不由自主地转变为现实的，不动声色，暗渡陈仓，目标就是高兰德。

她非常赏识这两位朋友。她既欣赏克利斯朵夫的才能和品德，也欣赏吕西安·雷维·葛的极有风趣的聪明和不道德；而且心里还感到吕西安使她更高兴。克利斯朵夫总是直接教训她；她用可怜兮兮的神气听他说教，对他妥协。她本性还算不错的，但因为软弱，甚至也由于好心而不够坦诚。她一半是在演戏，假装和克利斯朵夫同样想法。她非常了解像他这种朋友的价值，但她不想为了友谊作任何付出；不但为了友情，而且为了无论何人何事，她都不想有所付出；她只挑最方便最快乐的路走。所以她把和吕西安经常来往的事瞒着克利斯朵夫。她同上流社会的女子一样凭着从小学到的本事，若无其事地扯谎；凭着这扯谎的本事，她们才能维持与所有男朋友的关系，使他们都很满意。她为了自己的清白、为了不让克利斯朵夫伤心才能这样做；其实，她不想和克利斯朵夫吵架，仍做她喜欢的事，当她想到很可能会和克利斯朵夫分离时，会使出女子的浑身解数来挽回僵局。但那是迟早要爆发的。在克利斯朵夫的气愤之中，不知不觉已经有些嫉妒的成分。高兰德甜言蜜语的笼络也已经有了一点儿，很少的一点儿爱的成分。可是这会使他们的分手来得更快。

一天，克利斯朵夫揭穿了高兰德的谎话，并要求她在他与吕西安之间作出选择。她先是设法回避这个问题，她认为有权保留这位好朋友。不错，她说得对；克利斯朵夫也觉得自己可笑；为了真心爱护高兰德，他必须认真。看到她不回答了，他就说：

"高兰德，你是想断决我们的关系吗？"

"不是的，"她说。"那样我会很痛苦的。"

"可是你为我们的友谊连一点儿极小的牺牲都不肯作。"

"牺牲？多不可思议的字眼！"她说，"干什么老是要为了一件东西而牺牲另一件东西？这是基督教的胡思乱想。你骨子里是个老教士，你自己没有感觉到就是了。"

"很有可能，"他说，"在我，总得选定一个。善与恶之间，绝对没有中间的地位。"

"是的，我明白，就为这我才喜欢你。我特别想告诉你，我的确很喜欢你；然而……"

"可是你也很喜欢另外一个。"

她笑了，用最柔和的声音说："还是跟我做朋友吧"

他几乎又要让步的时候，吕西安进来了，高兰德用同样甜蜜的媚眼、同样柔和的声音去迎合他。克利斯朵夫不声不响地看着高兰德演戏，然后他走了，打定主意和她分开了。他心里有些不好受，总是有种依依不舍之情，又觉得上人家的当，真是太蠢了

回到寓所，他心乱如麻地整理书籍，随便地抽出一本《圣经》，看到下面的一段文字：

"……我主说：因为锡安的女子骄横傲慢，仰首挺胸，挤眉
弄眼，俏步徐行，把脚上的银圈震动得丁当作响，所以主务必使
锡安的女子头上长秃疮，又使她们赤露着下体……"

读到这里，他回想高兰德的装腔作势，不由笑了出来；接着他又自认为跟巴黎腐败的风气已经同流合污到不可分离的程度，才会读着《圣经》安慰自己，觉得非常好笑。他已经再也想不到心中的郁闷，对于这样的事，他已经习以为常了。

他按照常规到高兰德家上课，只是逃避与她作亲密的谈话。她虽然表示非常难过、生气，要各式各样的花样、手段，但他始终固执着；两人都不高兴了；终于她主动想出原因来减少课程；他也找出借口来逃避思思丹芬家里的晚会。

他已经饱尝巴黎这个社会缺席的味道，再也忍受不了那种空虚，无聊，萎靡，神经衰弱，以及徒然腐蚀自己的、无目标、无理由、残酷的批评。他不明白，一个民族怎么能在这种空气中生存。可是这民族的的确确在那里，从前有过伟大的日子，此刻在世界上还非常威风；从远处看，它还能引起人家的幻想。它生存的意义是从哪儿找到的呢？除了寻欢作乐，它根本就没有什么信仰……

克利斯朵夫正想着这些问题的时候，在路上突然碰见一群嬉笑的青年男女，拉着一辆车，里面坐着一个老教士向两旁祝福。走过了一段路程，他又看到一些兵拿着刀斧捶打一所教堂的大门，门内是一群挂有国家勋章的先生挥舞着桌椅欢迎他们。这时他才发现了法国的信仰所在——虽然他不知道是什么信仰。人家告诉他说，政府与教会一起共存了一百年之后，现在要决裂了，可是宗教不甘心，政府便仗着它的权力与武力把宗教撵出门外。克利斯朵夫觉得这种办法难免有伤和气，但是巴黎艺术家的那种玩

票作风使他烦透了，所以遇到几个人为了什么公案——即使是极无聊的——而打得头破血流也觉得特别痛快。

在法国这种人为数还不少。政见不同的报纸互相抨击、争斗得像荷马史诗中的英雄决斗一样，天天发表大吹大擂内战的文字。固然这大不了是叫喊一阵，很少有人真会动手。但也并非没有天真的人把别人所写的原则一齐实行。于是就有怪里怪气的景象可以看到：什么某几个州府自称为脱离法国啦，几个联队闹兵变啦，州长公署被火焚烧啦，征收员征税要宪兵保护啦，乡下人保卫教堂啦，自由思想者攻击教堂啦，普渡众生的救主们去攻击酿酒省份啦……几百万人摩拳擦掌，喊得满面通红，结果真的动武了。共和政府先是奉承民众，然后又拔出刀来镇压他们。民众却把自己的孩子——军官与士兵——砍得头破血流。这样，各人都想向别人证明自己有理，证明自己更有力。从表面上看看，从报纸上看的时候，好像又回到了几个世纪以前去了。克利斯朵夫发现这不可思议的法兰西——事事怀疑的法兰西——竟然是一个偏激而疯狂的民族。但他不知道法兰西究竟在哪方面偏激，为了拥戴宗教呢还是反对宗教？为了拥护理性呢还是反对理性？为了拥护国家呢还是反对国家？简直各方面都是如此的矛盾，不可理喻。

一天晚上，他偶然有机会和思丹芬家碰到的社会党议员交谈。虽然他们不是第一次交谈，但他从来也没有想到这位先生的身分，因为他们总是谈音乐。这次他才发觉到这位社会活动家原来是一个政党的领袖。

亚希·罗孙不仅是个美男子，而且是一个带有粗野举止的人。由于天性和社会的薰陶，他的本性是诚实的或者说他只在有危险的时候是不诚实的。

他有个相当漂亮的妻子，身材均称婀娜多姿，身体也非常健壮，身腰很美，艳丽的服饰似乎太瘦小了些，把她丰满的身体暴露得太突出显眼；脸庞四周围着乌黑的秀发，又浓又黑的大眼睛；下巴略微往上翘起；胖胖的脸蛋很迷人，可惜被不停眨动的近视眼和阔大的嘴巴破坏了。她走路的姿态不大自然，颠颠簸簸，像跳动的麻雀；说话很做作，但非常勤奋，而且非常热情。她出身一个很有钱的商人家庭；思想保守，是那种所谓贤淑的女子：凡是上流社会的数不胜数的责任，她都像虔奉宗教一般的信守，家里有个沙龙，在平民大学里宣扬艺术，参加慈善团体或研究儿童心理的机构——可并不是那么爱帮助人，也没有很浓的兴趣——只是由于天生的慈悲心，由于赶时髦，由于知识妇女的那种天真的学究气，仿佛永远背着一项功课，非记得烂熟就有失尊严似的。

那位当议员的丈夫打心里看不起她，可是对她却非常好。他是为了自己的享乐与安宁而选上她的；从这一点来说，他的的确确挑得很好。她长得很漂亮，他为之挺得意，这就知足了，他再没别的要求；她对他也没其他要求。他爱她，同时也欺骗她。她只要他爱着她就心满意足了，也许对于他的私情还觉得相当舒服。因为她生性安静，温柔，完全是家庭妇女的性格。

他们有两个孩子，孩子被她母亲照顾得无微不至，那种专心致志所表示的亲切与冷静，恰好跟她注意丈夫的政治与活动，留意最新的时装与艺术表现的态度一样。

他们邀请克利斯朵夫到他们家去。罗孙太太是个优秀的音乐家，弹得一手动听优美的钢琴；手指灵巧而且纤细结实，小指头对准着键盘，两只手在上面重复踱来踱去，像小鸡啄食一样。她很有天分、修养，但对于音乐的深刻的意义，好像他完全不关心。这位朴实的，聪明的，可爱的，十分愿意帮助人的太太，对克利斯朵夫像对其他人一样的殷勤。可是克利斯朵夫并不是十分感激，对她也没多大好印象，根本不把她放在眼里。也许他还暗地里责备她，不该明知丈夫胡闹而甘心情愿地和那些情妇平分秋色。在所有的缺点中，卑躬屈膝任人摆布是克利斯朵夫最不能原谅的。

他和亚希·罗孙关系十分亲密。罗孙喜爱音乐，就像爱别的艺术一样，方式虽然庸俗，但做什么却很真实诚恳。他爱好一阕交响曲的时候，仿佛恨不得和它同床共枕。他只有一些很淡泊的修养，但运用得很恰到好处；在这一点上，他的妻子对他没有什么帮助。他对克利斯朵夫产生兴趣，正因为克利斯朵夫和他一样是个坚强而有魄力的平民。并且他很想仔细了解一下这个怪物，——观察人这件事，他永远不会厌倦的——打听一下他对于巴黎的印象。克利斯朵夫严厉直率的批评，使他觉得非常有趣。他看事情也采取着相当怀疑的态度，所以能承认对方的批评是毫无疑问的。他不因为克利斯朵夫是德国人而有所顾虑。

在亚希·罗孙家里，克利斯朵夫又接触到一些别的政客，过去的或将来的阁员。要是这些名人肯屈尊大驾，他倒很愿意和他们个别的交流交流。和流行的见解相反，他觉得跟这批政界人士比他熟悉的文艺界更有趣。他们头脑比较灵活，对于人类的热情和公众的利益更关切。他们能言善辩，非常风趣；就个别人来说，他们几乎和文人一样文雅。当然，他们惟一欠缺的是艺术方面的知识，尤其是关于外国艺术的；但他们自己都认为自己懂一些，而且往往很喜爱。有些内阁很像那些办小杂志的文会。他们都搜集印象派的画，看颓废派的书，有心惊世骇俗，对于跟他们的思想势不两立的派别很关注，同时特别欣赏极端贵族派的艺术。这些社会党或激进社会党的阁员，代表贫困阶级的使徒，居然对高级的享受自称为行家，使克利斯朵夫看了不大顺眼。当然这是他们的权利，但他觉得这种作风光明磊落。最奇怪的是，这些人物在私人谈话中是怀疑主义者，肉欲主义者，无政府主义者，虚无主义者，而一朝有所行动的时候立刻会变成偏激狂。掌握了强有力的中央集权的机构——那是当年最伟大的专制君主一手建立的——他们就抑制不住自己要加以滥用了。结果是油然而生一种共和政体的帝国主义，近年来又接种似的加上一种无神论的旧教主义。

在某段时期内，一般政客只想统治财产——物质——他们几乎不干涉精神方面的事，因为那是不可能变成货币的。

那些出类拔萃的人也不理会政治；不是政治不可依附他们，就是他们高攀不上政治；在法国，政治被认为是工商业的一支，生利的，然而不大正当的；所以知识分子看不起政客，政客也看不起知识分子。可是近来政客和一般腐败的知识阶层开始接触，最后终于勾结了。一个新的势力登了台，自称为对思想界有支配权：那就是些自由的思想家。他们和其他一批统治者勾结起来，而这另一批统治者也认为他们是专制政治的工具。他们主要的目的不在于推翻教会，而在于替代教会，事实上他们已经组建成一个思想开放自由的教会，和旧势力的教会同样有经典，有仪式，有洗礼，有宗教婚礼，有初领圣餐，有全国主教会议，有地方主教会议，甚至还有罗马的总主教会议。这些成千上万的可怜虫非成群结队就不能"自由的思想"，难道这不可笑吗！而他们所谓的思想自由，本意就是假理智之名不让别人的思想自由，因为他们的信仰理智，好像旧教徒的信仰圣处女，根本没有想到理智本身并不比圣处女更有意义，而理智真正的源泉是在它处。旧教教会有数不胜数的僧侣与会社，埋伏在民族的血管里散布毒素，把一切跟它竞争的生机一点都不给机会统统杀死。现在这反旧教的教会也有它的死对头，有虔诚的告密者，每天从法国各地组成秘密报告送至巴黎总会，由总会详细记载。共和政府暗中鼓励这些自由思想的信徒做间谍工作，让军队、大众、政府机关都充满着恐怖的心理；政府可不这么认为，他们表面上看上去好像为它出力，背地里却在慢慢地争夺它的地位，而政府也渐渐走上"无神论的神权政治"这条路，甚至比巴拉圭的那些耶稣会政权更值得羡慕。

克利斯朵夫在罗孙家曾经见过这一派的教会中人。他们都是一个比一个更加疯狂的拜物教徒。目前，他们因为把基督从神座上拉了下来而特别高兴。打碎了几个木偶，他们便认为已经摧毁了宗教。新教会中一个教士，和旧教会的信徒作战的将军，发表了一篇反教会的、赞扬高卢民族领袖范尔生依多利克斯的演说，同时一帮自由思想的人给这位平民英雄建造了一座雕像，认为他是法兰西对抗罗马（罗马教会）的第一人。海军部长为了整顿舰队，气气旧教徒，把一条巡洋舰命名为"欧纳斯德·勒南"。

还有一帮极端分子，要求把一切宗教音乐和教授宗教音乐的学校加以取缔。一个在当时那群不明白艺术的人中被认为欣赏力特别高的美术司长，竭力解释说，对于音乐家至少得教以音乐，因为"你派一个兵到军营里去的时候，你必须一步一步地教他如何用枪，如何射击。年轻的作曲家的情形也是一样，脑子里装满了思想，可是没什么方法安排"。然而这种解释是徒劳的：他对于自己的勇气也有点恐惧，所以每一句都有附注声明，"我是一个思想放纵的思想家"，"我是一个老共和党人"，才敢接下去说，"我不问班尔葛兰西的作品是歌剧还是弥撒祭乐；只问是不是人类艺术的产物"。——但对方一惯用着这个逻辑回答这个"老自由思想家"，"老共和党人"说，"音乐有两种：一种是在教堂外唱的，一种是在教堂里唱的。"前者是国家的理智与政敌，为了国家的利益，一定要铲除不可。

托尔斯泰曾经提到掌握宗教、艺术、哲学和科学的"传染病一般的影响"，这种"荒谬的影响，人们只有在逃脱之后才会发见它是那么的疯狂，在受它控制的期间内一直认为千真万确，简直毋庸讨论"。而理智的宗教也是这种疯狂之一。而且从愚昧的到有知识的，从众议院的兽医到大学里最优秀的思想家，全被这种疯狂所感染了。而大学教授的入迷甚至比愚夫愚妇的入迷更危险：因为这种疯狂在没有知识的人那里更容易和愚妄的乐天气息混合，从而大大降低疯狂的力量；知识分子的生命力一旦被疯狂束缚住了，同时偏激的悲观主义又使他们明白天性和理智是根本对立的东西，所以强烈的支持抽象的"自由"，抽象的"真理"，抽象的"正义"，顽强地跟恶劣的天性斗争到底。这种态度骨子里就是加尔文派、扬山尼派，雅各宾党的客观主义，就是那个古老的观念，以为人类的邪恶是不能挽留的，只能够也应当受到理智感应的——就是得到神灵启示的——选民，仗着他们的高傲来战胜那种邪恶。那真是地地道道法国人中的一种，代表聪明而不近人情的法国人。他像铁一般坚硬，像石子一般粗糙，什么都钻不进去；而他一旦碰到什么就破坏什么。

克利斯朵夫在亚希·罗孙家和这一类疯狂的理论家接触之后，完全给弄晕了。他对于法国的观念开始发生动摇。他依着流行的独道见解，以为法国人是个容易相处的、冷静的、宽容的、爱自由的民族。然而万万没有料到他随即发现了一批狂人，没头没脑的死抓着抽象的观念和逻辑，为了自己的任何一套三段论法，老是预备把别人作牺牲品。他们嘴里不停地说着自由，可是没有人比他们更不明白自由，更受不了自由的。不管你在任何地方，你找不到比他们更冷酷更残暴的专制脾气，而这种专制纯粹是为了理智方面的风靡一时，或者是为了要表示自己永远是正确的。

所有的党派都是这样。只要超出了他们政治的或宗教的即定程式，越出了他们的团体和他们狭隘的头脑，越出了他们的国家或省份，那就不管是在这方面的还是在那方面的，他们便统统加以反对。有一帮反对犹太人的并憎恨一切有钱人的人，因为恨犹太人，就把自己所恨的人都叫做犹太人。有一些国家主义者恨——逢到他们心地慈悲的时候是瞧不起——其他的国家，便在本国之内把跟他们意见不统一的人统称为外国人，卖国贼，叛徒。有些反对新教的人，相信所有的新教徒都是德国人或英国人，恨不得把他们一齐赶出法国。西方人，对于莱茵河以东的，不管什么都要排斥；北方人，对于卢瓦尔河以南的，不管什么都表示唾弃；南方人，把卢瓦尔河以北的都认为是野蛮；还有以属于日耳曼族为骄傲的，以属于高卢族为骄傲的；而全部疯子中最为疯狂的还有那些"罗马人"，以他们祖先的败北而引以为荣；还有布勒塔尼人，洛林人……总而言之，各人只承认属于自己的一套，"自己"就像是个贵族的头衔，绝对不允许别人跟自己不同。与这种民族是无法沟通的，你跟他们讲什么道理，他们都不予理睬；他们天生不是被别人烧死，就是要烧死别人。

克利斯朵夫心里默默地想着，这样一个民族幸好采用了共和政体，使那些小型的暴君能够我消灭你，你消灭我。假如其中有一个做了国王的话，恐怕没有多少自由空气可以呼吸了。

他不知道凡是多思想的民族自有一种德性挽救他们——就是矛盾。

法国的政客总是这样，他们的专制主义被无政府主义冲垮了；他们永远在两个极端之间摆动。要是他们在左边靠思想界的偏激狂作依傍，那么在右边一定靠思想界的无政府主义者作依旁。因此我们可以清楚地看到一大批玩票式的社会主义者，夺取政权的小政客，他们在作战没有打胜以前绝不作战，只是追随在"自由思想"的队伍后面，每当打了一次胜仗，便一齐扑在打败的人的身体上面。拥护理智的人并非为了理智而努力，"理智啊，这不是完完全全为了你"，乃是为那些国际化的渔利主义者；而他们高高兴兴地践踏本国的传统，摧毁信仰，也并非为了要代替另一种信仰，而是要把它们补充上去。

在这里，克利斯朵夫意外地遇到了吕西安·雷维·葛。他得知吕西安是社会党员的时候并不十分吃惊，只想到社会主义一定是有了希望，吕西安才会加入社会党。他却不知道吕西安特别有本领，在敌党中同样受到很好的待遇，并且跟反自由色彩、甚至反犹太色彩最浓的政客与艺术家成为好朋友。

"你怎么能容忍这等人物在团体里？"克利斯朵夫问亚希·罗孙。

罗孙回答说："噢！他多么有才识！而且他为我们工作，他善于破坏旧世界。"

"不错，他是在破坏，"克利斯朵夫说。"他破坏得那么严重，我不知道你们将来用什么来建设。你有把握提供足够梁木建造你们的新大厦吗?蛀虫已经完全钻进你们的建筑工地了。"

可是社会主义的蛀虫不仅仅吕西安一个。社会党的报纸上充满着这些小文人,这些"卖弄艺术"的家伙,装点门面的无政府主义者,把所有的进身之阶都包揽去了。他们拦着别人的路,在号称民众喉舌的报纸上,长篇大论地宣传他们那套已经过时的风雅论调,以及"为生存的斗争"。他们有了位置还不够,还得有荣誉,急急忙忙赶造出来的雕像,赞颂石膏天才的演说,其数量之多超过任何时代。一帮以捧场为业的人,按期举行公宴来祝贺自己党派中的伟人,不是庆祝他们的工作,乃是祝贺他们受到的奖赏:因为这才是让他们最感动的。美学家,超人,外侨,社会党的阁员也认为,获得拿破仑创立的勋位是应该庆贺的。

罗孙看到克利斯朵夫的惊奇不由得笑开了,他并不以为这个德国人把他党里的人批评得过于苛刻。他自己和他们单独相处时也从不客气。他们的狡猾与胡闹,他比谁都了解;但他照旧袒护他们,因为需要他们维护自己,他私下固然会用最轻视的辞句谈论民众,一登讲坛却立刻变了一个人。他放开了嗓子,高扬着声音,带点儿鼻音,每个字都绘声绘气地宣讲着,十分严肃,一忽儿用颤音,一忽儿哞哞地像羊叫,挥舞着大开大阖、有点颤抖的手势,像翅膀扇动一样,活脱脱个一流的戏子。

克利斯朵夫想弄个明明白白,罗孙对他的社会主义究竟相信到什么程度。很明显地可以看出,骨子里他根本不信,他怀疑主义的气息太重了。但他的部分思想是可信的,虽然他明知这不过是一部分——并且还不是顶重要的一部分——可他把自己的生活与行为都根据了这一点来调节,因为这样对他更方便,这信仰不但跟他的利益有关,并且涉及到他生存的兴趣,生存与行动的意义。他相信社会主义是把它看作一种国教的。他们的生命不是放在宗教信仰上,就是社会信仰上,或放在道德信仰上,或是纯粹实际的信仰上——他们的行业,工作,在人生中扮演的角色——他们都不能相信。

罗孙算不上一个顶尖人物。党内利用社会主义或激进主义作工具的人不计其数!可以说并不是为了野心,因为他们的野心也是急功近利的。那些人好像确信是会有个新社会。也许他们从前是确信的,但如今他们只趴在快要死去的社会身上,靠它来养活自己。短视的机会主义替享乐的虚无主义当差。未来的社会福利,为了眼前的私利而牺牲了。因为要博取选民的支持,人们把军队肢解了,还恨不得把国家分个四分五裂。他们所缺少的绝不是智慧:大家都知道应该做什么,只是因为太费力而不做。人人都想以简单的方式安排自己的生活。道德信条只有一个:花最少限度的气力获得最大限度的满足。这种不道德的道德，便是政治混乱的社会中惟一的纲领。政府的领导们作出无政府的榜样，政策是污七八糟的，如同同时追逐着十几只兔子，结果是一只也没有打着：外交部在作战，陆军部却在高唱和平，还为了肃军而破坏军队；海军部长挑拨兵工厂工人，军事教官宣传非战论；还有一些业余性质的军官，业余性质的革命党员，业余性质的推事，业余性质的爱国分子。政治风纪是普遍的涣散的。人人希望国家给他们养老金，勋位，职位；国家也的确很关照它的公民，把大家眼红的荣誉和差事赠送给当权者的儿子们，孙子们，侄子们，奴仆们。上面既然有了这榜样，下面就像凄厉的回声一般发生许多反常的现象：小学教员教人背叛国家，邮局职员焚烧信件，工人把砂土和金刚砂放在机器的齿轮里，造船厂工人捣毁工厂，烧毁船舶，工人大规模地破坏自己的劳动成果，他们在损害社会的财富，而不是损害有钱的人。

最后，那些优秀的知识阶级认为一个民族采取这样的方式自杀，于法于理都是不适宜的，因为人类爱怎样追求幸福就可怎样追求，那是他神圣的权利。病态的人道主义把善与恶的区别给排除得无影无踪，认为罪犯是"不必负责任的，并且是神圣的"，就该给以怜悯；对于罪恶完全表示让步，把社会交给它摆布。

克利斯朵夫心里默默地想：

"法国已被自由主义所陶醉了，发过一阵酒疯之后，现在已经不省人事了。当它醒过来的时候，恐怕已经被关在樊笼里了。"

克利斯朵夫对于这种笼络人心的政治，非常憎恶，那些最可恶的强暴的手段，竟是一帮胸无定见的人很冷静地干出来的。他们那种优柔寡断的性格，与他们所做的或允许人家做的粗暴的行为，实在太不相称了。他们身上有两种对立倾向：一方面是惶惑无主的性格，对任何事情都怀疑；一方面是喜欢推敲的理智，听不进别人的意见，而把人生搅得地覆天翻。克利斯朵夫弄不懂那些和气气的布尔乔亚，那些旧教徒，那些军官，怎么受尽了政客的侮辱而不把他们扔出窗外。克利斯朵夫是一个喜形于色的人，罗孙便很容易猜到他的思想。他笑着说："当然，要是遇到了我们俩，他们一定要被扔出去。可是跟他们，绝对没有这个危险。那都是些可怜的家伙，没有勇气和决心，惟一的本领只有通畅地回骂几句。那些意志衰退的贵族，在俱乐部里混得不明不白，只会向美国人或犹太人卖弄自己，并且为了表示时髦，对于小说和戏剧中给他们扮的那种可耻的角色，反倒觉得挺有意思，而且会把侮辱他们的人当做贵宾请去。至于喜怒无常的布尔乔亚，他们什么都不懂，什么书都不读，只会用尖酸刻薄的话语批评得一文不值，他们只有一种热情：就是躺在钱袋上睡觉，憎恨扰乱他们做好梦的人，甚至也憎恶那些作工的人；因为呼呼睡熟的时候有人工作，当然会破坏他们的梦境！……如果你充分了解这一类人，你就会发觉我们是值得同情的了……"

可是克利斯朵夫对这些人和那些人同样的十分厌恶；他不认为因为被虐待的人卑鄙无耻，所以虐待别人的人的卑鄙就可以得到谅解。他在思丹芬家经常遇到那种有钱有势而且无精打采的，正如罗孙所形容的布尔乔亚。

　　……愁容惨淡的心灵

　　没有诽谤，也没有赞许……

罗孙和他的朋友们清楚地知道自己能支配这些人，并且十拿九稳地觉得自己有充分权利对他们为所欲为，这一点克利斯朵夫是最明白不过的了。罗孙他们并不缺乏统治的工具，成千成万没有意志的公务员，闭着眼睛被他们指挥。尽情阿谀奉承的风气；徒有虚名的共和国；在社会党的报纸上看到别国的君主来访问就欢天喜地；十足的奴才精神，一见头衔、金钱、勋章就五体投地，要笼络他们，只需扔一根骨头给他们，或是给他们几个勋章挂挂就行了。要是有个国王肯把法国人全部封为贵族，法国公民都会摇身一变成保王党的。

政客们有很好的机会。1789年以来的三个政体：第一个被消灭了；第二个被废除，或被认为可疑；第三个志得意满地熟睡了。至于正在兴起的第四个政府，带着既嫉妒又威胁的神气，不难加以利用。衰败的共和政府对付它，就跟衰败的罗马帝国对付它无力驱逐的野蛮部落一样，用那收拢招安的方法，而不久他们也变成现政府忠实的走狗。自称为社会主义者的布尔乔亚阁员，很狡猾地把工人阶级中最优秀的分子吸引过来，并加以利用，把无产阶级党派搞成群龙无首、没有领袖的局面，自己则吸取平民的新鲜血液，再把布尔乔亚的意识灌输给平民算作回敬。

在布尔乔亚称霸的过程中，美妙而奇怪的是那些平民大学。因为那是所谓"无所不通"的科学杂货店。据平民大学教程所述，教授的"各学科知识，包括生物学，物理学，社会学，人类学，宇宙学，天文学，生理学，人种学，心理学，精神分析学，美学，语言学，地理学，伦理学……"种类繁多，就是毕克特·拉·米朗台那样机器一样的头脑也装不下。

初办平民大学的时候确实有一个很美好的理想，有个伟大而且充满幻想的愿望，让人们接受真、善、美；现在某些平民大学也还存在这个想实现而还没有实现的理想。工人们劳动了一天之后，跑来站在拥挤不堪的课堂里，充分体现了他们求知的欲望胜过了其他所有的一切：这是多么动人的场面。但人们又怎样地支配他们，除了少数聪明而富有人性的真正的信徒，除了一颗很好却不善于应付的淳朴的心以外，几乎全是一帮迷茫的，多嘴的，玩心眼的家伙，那些没有读者的作家，也没有听众的演说家，教授、牧师、钢琴家、批评家，他们的作品足以把民众淹没。所有人都在炫耀并推出自己的货物。最能引起人们注意的自然是那些卖狗皮膏药的，那些玄学大师，尽谈些人们听了生厌的废话，最后再归结到另一个社会的天堂。

那些富有争议的贵族唯美主义，例如颓废派的诗歌，版画，音乐，都在平民大学里找到了他们的门路。人们希望平民对那些所谓的"唯美主义"产生神奇的返老还童作用，促使民族的进步，然而人们一开始先把布尔乔亚所有巧夺天工的玩艺儿，像疫苗似的种在平民的身体里！而平民也不胜贪婪地把它们全部吸收进去，并不是因为热爱，而是因为那些都是布尔乔亚的财产。有一次克利斯朵夫陪同罗孙太太来到一所平民大学里，在迦勃里哀·福莱的美妙的歌声和贝多芬晚期的一曲四重奏弹奏之间，罗孙太太弹奏了德彪西的作品。他自己对贝多芬晚年的作品还是经过了许多年、趣味与思想起了许多变化后才开始了解的。这时他不禁怀着好奇的心问一个离他不远的人："你听得懂吗？"

那人立刻把胸脯一挺，像一只发怒的母鸡似地回答说："当然！我就不能像你一样了解吗？"

为了证明他了解音乐，他狂瞪着双眼而且摆出一副盛气凌人的神气望着克利斯朵夫，并且不时地哼着一段赋格曲。

克利斯朵夫不仅大吃一惊，赶快夹着尾巴逃跑了，心里想这些畜牲竟把民族的生机都害苦了；哪里还有什么平民可言！

一个工人对一个想创办平民戏院的热心人说："你才是平民！我嘛，我可是跟你完全一样而且没有丝毫不同的布尔乔亚！"

一个幽美而且暗淡的黄昏，暖烘烘的天空笼罩在黑洞洞的都城上面，像一张已经褪了色的东方地毯。克利斯朵夫沿着河滨大道从圣母院向安伐里特宫走去。在夜幕的暗淡耀映下，大寺上面的两座钟楼仿佛摩西在战争中高高举起的手臂。小圣堂顶上的金箭，带着神圣的荆棘，耸立在万家屋舍的房顶。河的对岸，卢浮宫的窗子在夕阳的照耀下闪出丝丝柔光，给灰暗的城市带来点儿生气。安伐里特广场的尽头，在威严的壕沟与围墙后面，在宽阔的空地上，阴沉的金色穹窿高悬在那里，仿佛一曲交响曲，纪念那些久远的胜利。雄伟屹立着的凯旋门，像英勇的斗士一样替帝国的军团行列开路。

克利斯朵夫忽然感觉到眼前的景物很像一个已经逝去的巨人，在平原上伸展着庞大的躯体。他心神不定地停了下来，怅然望着这些硕大无比的化石，想起那个已经灭绝的，地球上以前听见过它脚步声的传奇式的种族，安伐里特的穹窿好比它的冠冕，卢浮的宫殿好比它的腰带，大寺顶上数不清的手臂似乎想抓住青天，拿破仑凯旋门的两只威武雄壮的脚踏着世界，而现今只有一些侏儒在它的脚跟底下嚷嚷闹闹。

克利斯朵夫虽然自己不求名利，但在高恩和古耶带他去的巴黎交际场中却小有名气。他奇特的相貌，总是跟他另一个朋友在新戏初演的晚上和音乐会中出现，特别有个性的那种风格，人品与服饰的可笑，举止的没有礼貌，笨拙，无意中流露出不可思议的话语，诙谐直率涉及许多领域的机智与聪明，再加高恩把他和警察发生冲突而亡命法国的经历到处宣传得像小说一样，让他在这个国际旅馆的客厅中，在这一堆巴黎名流中，成为诸多无所事事的人注目的对象。只要他不言不语，冷眼旁观，听着人家谈话，在没有弄清楚以前不发表意见；只要他的作品和他真正的思想不让人了解，他可以得到人们相当的好感。他无法在德国生活是法国人非常高兴的事。特别是克利斯朵夫对于德国音乐的过分批评，使法国音乐家非常感动，仿佛那是对他们法国音乐家最好的祝愿（其实他的批判是很多年以前的事，多半的想法现在已经改变了：那是他从前在一份德国刊物上发表的几篇文章，被高恩把其中的怪论加以渲染而见人便说的）。大家认为克利斯朵夫很有意思，并不妨碍他人，又不抢谁的位置。只要愿意，他马上能成为文艺小圈子里的大人物。只要他尽量少写，或是不写作品，尤其不要让人听到他的作品，而只吸收一些古怪和古怪一流人的思想观点。他们都牢记着那句著名的格言，只是略微修正了一下：

> "我的杯子并不算不大；……可是我……在别人的杯子
> 里喝。"

坚强的性格所释放的光芒，特别能吸引青年人，因为青年是只重视于感觉而不喜欢行动的。克利斯朵夫周围就有不少这等人，一般都是些游手好闲的青年，他们没有生活目标，没有意志，没有生存的意义，怕孤独，怕工作，永远躲在安乐窝里，出了戏院，就泡在咖啡馆，想方设法不回家，免得自己看到自己。他们跑来，坐在那里，几个钟点地胡扯，尽说些飘渺的话，结果把自己搞得胃胀，呕吐，一会儿饥饿，一会儿饱闷，虽然对那些谈话觉得厌烦极了，同时又需要继续下去。他们围着克利斯朵夫，好像歌德身边的哈叭狗，也有如"等待时机的幼虫"，想抓住一颗灵魂，使自己不至告别生命。

如果是一个爱慕虚荣的糊涂蛋，受到这些寄生虫式的小喽罗的捧场也许会很高兴，然而克利斯朵夫不愿意做人家的偶像。并且这些崇拜他的人总是自作聪明，把他的行为看做古怪的用意，什么勒南派，两性派，尼采派，神秘派，使克利斯朵夫听了特别气愤。他把他们一齐都撵走了。他的性格不适合做被动角色。他一切都以行动为目标：为了观察而了解，为了行动而了解。他抛弃了成见，什么都想知道，在音乐方面研究别的国家别的时代的一切想法的形式和方法。只要他认为是真实的，他都拿过来。他所研究的法国艺术家心思灵巧地发明新形式的人，殚精竭虑，继续不终止地做着发明工作，却把自己的发明丢在半路上。克利斯朵夫的作风很特别：他的努力并不在于创造新的语言音乐，而在于把音乐语言变得更富有神奇的力量。他不求进取，只求自己坚强。这种富于热情而且刚毅的精神，和法国人细腻而讲中庸之道的天才恰恰相反。他看不起为风格而求风格。法国最著名的艺术家，在他眼里不过是有技艺的巧匠。在巴黎最完美的诗人中，曾经立过一张"当代法国诗坛工作表"，详列各人的"货物、出品或薪饷"，上面标着"水晶烛台，东方绸帛，古铜纪念章，金质纪念章，有钱的寡妇使用的花边，着色的塑像，印花的珐琅……"，同时指出哪一件是哪一个同业的产品。他替自己的写照是"蹲在庞大的文艺工场的一角，缀补着古代的地毯，或擦着好久没用过的古枪"。把艺术家看作只求技术完美的良工巧匠，不可以说不美，但却无法使克利斯朵夫满足。他一方面保持他职业的尊严，但对于这种尊严所掩盖的贫弱的生活非常看不起。最容易受法国人嘲笑的资料就是这个。

"我说的是事实，你说的是空话……"

克利斯朵夫有段时期经常把所有的一切精髓充分让自己尽量吸收，然后精神突然振奋起来，觉得应该创作了。和他格格不入的巴黎，对他的个性有种刺激的作用，使他的力量迅猛地增加了好几倍。在胸中泛滥的热情一定要表现出来，各式各样的热情都同样急切地要求发泄出来。他需要创作一些作品，把塞满心头的爱与恨一齐灌注其中；还有舍弃，还有意志，一切在他内心相碰击而具有同等生存权利的魔鬼，都得给它们一条求生出路。他写好一件作品把某一股热情解放出来（有时他竟没有耐性写完作品），又立刻被另外一股相反的热情冲击没了。但这矛盾不过是表面的：虽然他每分每秒地都在变化，精神却是始终如一。他所有的作品都是向着同一个目标走着不同的路。他的灵魂好比一座巍峨耸立的山峰，他沿着所有的山道缓缓地爬上去；有的是茂密的森林，迂回曲折的；有的是烈日当空，悬崖峭壁的；结果都走向那高踞山巅的神明。爱，憎，意志，舍弃，人类一切的力量兴奋到了极点之后，就和"永恒"融为一体了。所谓"永恒"是每个人心中都不可缺少的：不论是教徒，还是无神论者，是无处不见生命的人，还是处处否定生命的人，怀疑生亦怀疑死的人，还是怀疑一切，或者同时具有这些矛盾像克利斯朵夫一样的人。一切的矛盾都在永恒的"力量"中间交织融和了。克利斯朵夫认为重要的是在别人心中和自己心中唤醒这个力量，是抱薪投火，燃起"永不熄灭"的烈焰。在这艳丽的巴黎的黑夜中，巨大的烈焰已经在他心头喷发。他自以为逃出了一切信仰之外，却不知他自己就是一个信仰的火炬。

最容易受法国人嘲笑的资料就是这个。一个风趣优雅的社会最难宽恕的莫过于信仰，因为它自己已经失去了一切信仰。大半的人对青年的梦想，抱着无法言状的沮丧心态，因为他们也有过这种雄心壮志，却没有能实现。凡是心中孕育过一件作品而没有能完成，凡是否认自己的灵魂的人，总是想："我不能实现我的理想，他们怎么能实现呢？因为我不愿意让他们成功。"

像埃达·迦勃勒是世上独一无二的，他们暗中抱着何等的恶意，想消灭新兴的自由的力量；用的是何等巧妙的手段，或是不加理睬，或是使人灰心，或是冷嘲热讽，或是使人疲劳，或是在适当的时间来一套勾引诱惑的玩艺……

克利斯朵夫因为在德国碰到过这类角色，所以早已认识了。对待这一类的人，他是早有准备的。防御的方法很简单，就是先下手为强，后下手遭殃；只要他们来靠近他，他就对他们宣战，把这些危险的朋友变成仇敌。这种手段，为保卫他本人的尊严和人格很是有效，但对于他的前程却毫无益处。克利斯朵夫又拿出他在德国时候的他那一惯的做法。他简直身不由己地要这么做。和从前惟一不同的只有一点，他的心情已经变得麻木不仁。

听他说过话的人，都知道他的为人，他经常因为大肆攻击法国艺术而得罪人。他从不想给自己留个退步，像一般有心人那样去笼络一批党徒做自己的随从。他可以毫不费力地得到其他艺术家的赞许，只消他也称赞他们。有些竟可以先来钦佩他，惟一的条件是大家你来我往。他们把阿谀奉承这回事看做放债一样，必要的时候可以向他们的债务人，受过他们恭维的人要求清偿。这是非常安全的投资。但放给克利斯朵夫的款子可不是这样了。克利斯朵夫不但分文不偿还，批评那些阿谀奉承过他的人。如此一来那些人嘴上不说，心里却总想治他一把。

在克利斯朵夫做的许多大意的事中，有一桩是跟吕西安·雷维·葛的"争战"。对于这个性情温和，彬彬有礼，看上去完美无缺，显得比他更善良，至少比他更有分寸的家伙，克利斯朵夫没法收敛起厌恶的面容。他与吕西安交谈之际，不管题目如何，克利斯朵夫老是会突然之间把话锋变得尖酸刻薄起来，使旁边的人大吃一惊。好像克利斯朵夫想出种种方法要跟吕西安拼个你死我活；但他始终没有达到目的。吕西安聪明伶俐，即使在死亡即将来临之际，也会扮一个占上风的角色；他对付得那么从容不迫，显出格外从容大度。克利斯朵夫的法语说得很差劲，夹着粗鲁的话语，甚至还有相当粗野的字句，像所有的外国人一样虽然会说但用得不恰当，自然战胜不了吕西安的战术了。他用愤怒的烈焰同这个家伙软绵绵的冷嘲热讽来进行对抗。大家都认为他不行，因为他们看不出克利斯朵夫所隐隐约约感觉到的情形：就是说吕西安那种和善的面目是虚伪的，因为一遇到大势力就会使它窒息死去。吕西安不慌不忙，跟克利斯朵夫同样等着时机，不过他是等时机破坏，克利斯朵夫是等时机建设。他很轻松地使高恩和古耶对克利斯朵夫疏远了，就好像此前使克利斯朵夫慢慢地跟思丹芬家疏远一样。最后使他完全处于孤立状态。

其实克利斯朵夫也正往孤立的路上行走着。他让所有的人都对他不满意，因为他不属于任何党派，并且还反对所有的人。他讨厌犹太人，更不喜欢反犹太的人。这般懦怯的多数民族反对强有力的少数民族，不是因为这少数民族恶劣，而是因为它具有生命力；这种仇恨与妒忌的卑鄙的本能使克利斯朵夫深恶痛绝。结果是犹太人把他当做反犹太的；而反犹太的把他当做亲犹太的。艺术家则称他是他们中的敌人。克利斯朵夫在艺术方面表现得特别过火。和某种只求感官的效果而绝不动心的巴黎乐派截然相反，他所张扬的是非常强烈的意志，是一种健全的、阳刚的悲观气息。表现欢乐的时候不讲究格调的通俗优雅，一味地表现平民的狂乱与冲动，使提倡平民艺术的贵族阶层很是反感。他所用的形式是粗糙的，同时也是低沉的。他甚至矫枉过正，有意在表面上忽视风格，不求表面的形象，而那是法国音乐家非常看重的。所以他拿作品送给某些音乐家看的时候，他们不屑一顾，认为他是德国最后一批的瓦格纳派而表示瞧不起，因为他们是一贯讨厌瓦格纳派的。克利斯朵夫却毫不在乎，只是暗中庆幸，模仿着法国文艺复兴时期某个很有幽默感的音乐家的诗句反复吟诵：

············

　　算了吧，你不必惊慌，假如有人说。
　　这克利斯朵夫没有某宗某派的对位，
　　没有一样的和声。
　　须知我有其他人所没有的东西。

等到他真的想把作品在音乐会中演奏的时候，猛然发现大门被关闭了。人们为了演奏——或不演奏——法国青年音乐家的作品已经够忙了，哪里还有可能来安置一个不出名的德国人呢？

克利斯朵夫干脆不予理睬，他关起门在自己房间继续工作着。巴黎人听不听他的作品，他觉得无所谓。他是为了自己而创作，并非为了功名利禄而创作。真正的艺术家绝不考虑作品的前途。他像文艺复兴时期的那些画家，非常幼稚地在屋子外面的墙上涂抹绘画，虽然明知道十年之后马上会荡然无存。所以克利斯朵夫不声不响地工作着，等待好时机的到来。不料人家却给了他一个意想不到的帮助。

一心想写戏剧音乐的克利斯朵夫，不敢让自己的情感一下子倾泻出来，而需要把它限制在一些确定的题材中间。一个年轻的天才，还不能控制自己、甚至不知道自己的真实面目。能够制定一个界限，把那个随时会逃掉的灵魂关在里头当然是最好的。这是控制思潮不可缺少的水闸。可惜没有一个诗人帮助克利斯朵夫，他只能到历史或传说中去寻找属于自己的题材。

克利斯朵夫头脑中飘浮的《圣经》里的形象已经有几个月了。母亲给他《圣经》，不仅是他的逃亡伴侣，还是幻梦之源。虽然他不用宗教精神去诵读，但这部希伯莱民族的史诗自有神奇而强大的力量，更恰当地说是有股生命力，如同清澈透明的泉水，可以在薄暮时分把他抛在烟尘污垢中的灵魂洗涤一番。他虽不关心其中神圣何意，但因为他从中呼吸到旷野的大自然气息和原始人格的气息，这部书对他来说就是神圣的。中心颤动的山岳，诚惶诚恐的大地，热情洋溢的天空，勇猛坚毅的人类，高声唱着颂歌，让克利斯朵夫灵魂荡动。

少年时代的大卫是《圣经》中他最向往的人物之一，但他心目中的大卫并不是面带幽默的微笑的佛罗伦萨少年，或神情拘谨的悲壮的斗士，像范洛基沃与米开朗琪罗表现在他们的佳作上的：他从未见过这些塑像。他把大卫想象成一个富有诗意的牧人，童贞的心中蕴藏着英雄的气息，可以说是种族更优秀，身心更健康的南方的西格弗里德。巴黎的精神氛围是很有力量的，最倔强的性格也会被它感化，而德国人更无法抗拒：他从不拿民族的傲气来压人，实际上是全欧洲最容易丧失本性的民族。克利斯朵夫已经神不知鬼不觉地意识到拉丁艺术的中庸之道，明朗的心境，甚至多少懂得了一些塑造外形美观。

他想用交响诗的形式表现大卫和所罗王的相见。

在一片荒无人际的高原上，到处都是开着花的灌木林，一个英俊潇洒的年轻牧童躺在地下对着太阳发呆。早晨的余辉，使这个孩子萌生许多梦想。他在和谐恬静的气氛中慢慢地唱着歌，吹着笛子。歌声所表现的欢乐是那么纯真，那么安静，令人听了以后忘掉一切，只觉得应该这样的，不可能不这样的……然而突然之间，荒原被阴影笼罩了，空气也沉寂了下来，生命的气息好像退隐到地下去了，惟有笛声依旧。精神恍惚的所罗王在旁边走过。他失魂落魄的样子，像狂风在怒吼，烈火在燃烧。他觉得周围静得可怕，他对着它祈祷、辱骂、斗争。等到他喘不过气来倒下去的时候，那牧童轻悠悠的歌声又响起来了。所罗王抑制不了自己的情绪，悄悄地走近躺在地下的孩子，悄悄地看着他，坐在他旁边，把滚热的手放在牧童头顶上。大卫若无其事地转过身子，看着所罗王，把头枕在所罗王膝上，继续唱他的歌。黄昏临近了，大卫唱着睡熟了；所罗王哭了。满天繁星的夜里又荡漾起那个颂赞自然界复活的圣歌。

克利斯朵夫写这音乐并不是为了演奏，他只为了表达内心的感受，他期待有一天乐队肯接受他的作品的时候再在音乐会中演奏。

有一天晚上，他和亚希·罗孙提起这个曲子，在罗孙的要求下，在钢琴上弹了一遍，让他有个理性概念。克利斯朵夫吃惊地觉察到，罗孙对这件作品非常赞赏，说应该拿到一家戏院去演出，并且自告奋勇地说由他来办这件事。几天以后，罗孙居然很认真地干起来，使克利斯朵夫更觉得非常惊奇；当他得知高恩、古耶、甚至吕西安·雷维·葛都表示非常热心，他不禁更惊奇，简直就是给搅得糊涂了。这些人为了艺术甚至可以抛弃私人的恩怨，这是他万万也想不到的。在所有的人中，最不急于公开这件作品的倒是他自己。那本来不是为舞台写的，拿出去交给戏院不免有些荒唐。但高恩那么苦劝，罗孙那么恳切，古耶又说得那么十分肯定，克利斯朵夫最后也开始心动了。他没有勇气拒绝，他太想听听自己的杰作了！

有了罗孙，什么事都一帆风顺，经理和演员都争先恐后地巴结他。恰好有家报馆为一个慈善团体募捐想办个演艺大会。他们决定在演艺会上演出《大卫》。一个出众的管弦乐队很快组织起来了。至于唱歌吗，罗孙说已经物色了一个理想的人物来扮演大卫。

大家开始练习。乐队虽然摆脱不了法国风气，纪律松散些，可是第一次演出的成绩还算可以。唱所罗王的演员嗓子有点柔弱，却还过得去，歌技还挺有功底。表演大卫的是个高大肥胖、体格壮健的美妇人，但她声音嘶哑浑浊，还带有咖啡音乐会粗俗肉麻的作风。克利斯朵夫皱起了眉头，她才唱了几段，他已经得出结论她被排除了。乐队第一次休息的时候，他去找负责音乐会事务的经理，他和高恩一同在场旁听的。他看见克利斯朵夫向他走过来，便面带微笑地问："那么你是同意的了？"

"是的，"克利斯朵夫说，"没有什么问题。只有一件事不行，就是那个女歌唱家。非换一个不可，请你客气地转告她，她很不胜任，并且请你再找一个。"

那位经理脸上露出一副吃惊的样子看着他。

"噢！你这几句话不是真的吧！"

"为什么我这几句话不是真的呢？"克利斯朵夫反问。

经理跟高恩俩人互相递一个眼神，神气很狡猾："她的歌声多么有天分！"

"几乎一点天分都没有。"克利斯朵夫说。

"怎么没有！这样好的嗓子！"

"谈不到嗓子。"

"人长得又那么漂亮！"

"那跟我没什么关系。"

"可是也没什么碍事的。"高恩笑着说。

"我需要一个懂得歌唱艺术的大卫，不需要美丽的海伦。"克利斯朵夫气愤地说。

经理不慌不忙地挠挠鼻子："那很麻烦，很麻烦……可是她确确实实是个出色的艺术家，我敢向你保证。也许她今天没休息好，你再试一下看看。"

"好吧，"克利斯朵夫回答，"可是这不过是浪费时间罢了。"

练习重新开始，情况竟不如前次，简直无可救药。他几乎不能将曲子弹奏完，他非常气愤不留情面地指责着女歌手。她花了九牛二虎之力想使他满意，但丝毫没有改观。看到事情快要闹僵了，经理就很小心地走出来把练习会中止了。为了缓和一下克利斯朵夫留给人的不好的印象，他赶紧去和女歌手说好话，大献阿谀奉承之言；克利斯朵夫看了心里更加气愤，态度蛮横地向他示意叫他过来，说道：

"没有什么可商量的了，我不要这个人。我知道她心里不会好受，可是当初不是我挑选的。你们自己去想办法吧。"

经理面带尴尬之色，弯了弯腰，很不高兴地回答："我没有办法。请你跟罗孙先生去说吧。"

"跟罗孙先生有什么好说的？我不愿意为这些琐事去麻烦他。"

"他不会觉得麻烦的。"高恩面带微笑地说。

他指了指刚好从门外走进来的罗孙。

克利斯朵夫迎上前去。罗孙面带喜色地嚷着："怎么？已经完啦？我还想仔细聆听一下呢。那末，亲爱的大师，怎么样？满意不满意？"

"一切都非常好，"克利斯朵夫回答，"我不知道怎么向你道谢才好……"

"哪里！哪里！"

"只有一件事不行。"

"你说吧，说吧。"

"就是那个女歌唱家。不妨说句老实话，她简直糟得不能再糟了。"

满面笑容的罗孙一下子变得严肃起来，他沉着脸说："朋友，你这个话真怪。"

"她真的实在太糟了，"克利斯朵夫接着说，"没有嗓子，唱歌没有感情，没有歌技，简直就是一个歌盲。好在你刚才没听到……"

罗孙的脸色越来越不好看了，他打断了克利斯朵夫的话，声音很难听地说："我对特·圣德·伊格兰小姐很了解。她是个极有天分的歌唱家，我非常佩服她。巴黎所有风雅的人都跟我同样的见解。"

说罢，他转过身去，搀着女演员的手臂出去了。正当克利斯朵夫站在那儿发呆的时候，在一旁看得非常高兴的高恩，过来拉着他的胳膊，一边下楼一边笑着对他说："难道你不知道她是他的情妇吗?"

听了这句话，克利斯朵夫恍然大悟。这场演出的真正目的原来是为了她，而不是为了克利斯朵夫，难怪罗孙这样热心，这样肯花钱，他的狐朋狗友又这样卖力。她指望罗孙介绍她进歌剧院或喜歌剧院，罗孙也恨不得能为她做点什么，觉得《大卫》的这场表演倒是非常好的时机，可以叫巴黎的民众领略一下这位人才的抒情天分，反正这角色用不着什么戏剧的细节动作，不仅不会使她现眼，反而更能显示她身姿婀娜。

克利斯朵夫听完了这个故事哈哈大笑，最后他说：

"你们真叫我无法忍受。你们这些人简直都让我受不了了。你们根本不重视艺术，念念不忘的就是女人，女人。你们排一出歌剧完全是为了一个跳舞的，为了一个唱歌的，为了某先生或某太太的情人。你们只惦记你们的丑事。我不想责备你们，你们原本就是这一类人，只要你们喜欢你们可以随便混下去。看来咱们没有缘份，还是分开吧。"

他告别了高恩，回到寓所，写了封信给罗孙，要求撤回他的作品，同时也不隐瞒为什么撤回的动机。

跟罗孙和他所有的党羽彻底地分离了，后果是可想而知的。报纸对于这计划中的表演早已大肆渲染，这一回作曲家和表演者的不欢而散又给他们添了许多引起大众效应的资料。某个乐队的指挥，出于好奇心，在一个星期日的下午音乐会中把这个作品排了进去。这对于克利斯朵夫简直是个大大的厄运。作品已经演完了，可是得到的却是恰恰相反的效果。那个女歌唱家的朋友齐心合力要把这个傲慢的音乐家教训一顿；其他认为这阕交响诗很沉闷的群众，也乐于附和那些行家的指责。更糟的是，克利斯朵夫想展示自己的演奏才能，冒冒失失地在这场音乐会里用钢琴与乐队合奏了一阕交响乐。场中的喧闹声把克利斯朵夫气得火冒三丈，在曲子演奏到一半的时候突然停住，用着挖苦的神气望着静下来的观众，弹了一段玛勃洛打仗去了，然后趾高气昂地说道："这种曲子才配你们的口胃。"说完，便起身离开了。

会场里一下子乱哄哄地闹了起来，有人大声叫嚷着说："这是对我们的最大侮辱，他应该向我们大家道歉。"第二天，各报一致把高雅的巴黎人所贬斥的粗野的德国人训斥了一顿。

克利斯朵夫在多少次的孤独以后，在这个异地他乡的、对他充满敌意的都城里，比任何时候都更感到孤独了。然而他不再像以前那样耿耿于怀。他慢慢地觉察到这是他的命运，终身如此了。他不知道伟大的心灵是永不会破灭和孤独的，即使命运把他的朋友统统给带走了，他也永远会寻觅朋友；他不知道自己满腔的热情在四周发光放热，即便是在这个时候，他自以为孤独的时候，他所得到的爱比世界上最幸福的人还要丰富。

同时在恩丹芬家和高兰德一起学钢琴的还有一个年纪不满十四岁的女孩子。她是高兰德的表妹，叫做葛拉齐亚·蒲文旦比，颧骨带点粉红，皮肤黄澄澄的，脸蛋很平滑，像乡下人一样健康，小小的鼻子高高向上翘起，阔大的嘴巴线条显得很分明，老是半开半闭的，下巴又圆、又白，神色安详的眼睛流露着温柔的笑意，鼓得圆圆的脑门，四周围是一堆堆又长又软的头发，宽大的脸庞，沉静而美丽的眼睛，活生生就是安特莱·台尔·萨多画上的圣处女。

她是意大利人。父母几乎年年住在乡下，在意大利北部的一所大庄园里：那边有的是草场，平原，小河。从屋顶的平台上望下去，下面是一片片金黄的葡萄藤，中间零零散散地矗立着一些圆锥形的松树。远处是无穷无尽的旷野，四下里静极了，只听见牛叫的哞哞声和把犁的乡下人尖锐地叫喊声。

蝉在枝头歌唱，青蛙在水边鸣叫。夜里，皎洁的月光底下鸦雀无声了。不远处，不时有些看守庄稼的农民蹲在茅屋里放几枪，警告窃贼。对于睡意朦胧的人们，这种声音跟在远处报时报刻的钟声没什么差别。钟声过后，又是死一般的寂静包着你的心灵，好似一件衣褶宽大的软绵绵的大衣。

小葛拉齐亚周围的生命似乎睡着了。人家不大理睬她，她是在恬静的空气中无忧无虑地成长。那么从容，那么平静。她性子非常懦弱，喜欢东走走，西逛逛，或无头无脑地昏睡。她会在园子里躺下去几小时。她在寂静中飘飘荡荡，好似一只蜻蜓在夏日的溪水上玩耍。有时，她忽然没有什么原因地奔跑起来，跑着，跑着，像一只小动物，脑袋与胸脯略微向右侧倾斜着，非常机灵自然。她就像只小山羊，在草堆中翻腾打滚。她和小狗、树木、种田的人、野草、青蛙、院子里的鸡鸭，唠唠叨叨地谈话。她抚慰周围的一切小生物，也很喜欢大人，可是不像对小东西那么照顾得无微不至。她不大接触外界的人。村子离城很远，全都是孤零零的。大路上尘土飞扬，难得有个满面正经，拖着沉重脚步的农夫，或是一个眼睛放光、面孔紫铜色的、美丽的乡下女人，挺着胸，昂着头，步履蹒跚地走过去。葛拉齐亚在静悄悄的大花园里独自消遣着时光：一个人也不看见，没有什么烦恼，对任何东西也不怕。

有一次，一个流浪汉闯入冷落的田庄里想盗取一只鸡。他看见女孩子躺在草地上，一边唱歌一边口中咬着大面包，不由得吃了一惊。她安祥地看着他，问他做什么呢。他说："给我一些东西吃，否则我会吓着你的。"

她把手里的面包递给了他，眼睛微闭着说："你可别吓唬人啊。"

结果那盗贼走了。

妈妈刚刚过世。老爸爸心地善良，但很懦弱，是个出身世家的意大利人；他身体强壮，性情开朗，人很慈祥，就是有些孩子脾气，完全没能力管女孩子的教育。思丹芬太太来参加嫂子的葬礼，看见孩子那么可怜不由得很担心，决意带她到巴黎去住些时候，让她忘掉失去母亲的悲痛。葛拉齐亚哭了，老爸爸也一样哭了。可是思丹芬太太决定了什么事，大家只有服从的份儿，没有人能反对她。她是一家人中最果断的一个；她在巴黎自己家里掌管一切：她的情夫，她的丈夫，她的女儿；因为她待人富于热情，而且，对责任和快乐能同时兼顾得非常完美，并又特别喜欢交际，在外边非常活跃。

来到巴黎之后，葛拉齐亚对美丽的高兰德表姐一见钟情起来，使高兰德看了好玩。人们把这个温顺的小姑娘带到交际场和戏院，大家一直把她当孩子看待，她总是自认为自己是孩子，其实早已不是了。她暗中恋着高兰德，并且经常偷她一条丝带或一块手帕什么的；当着表姐的面，她往往一句话也说不出来；在等待的时候，知道快要看到表姐的时候，她又快活又焦急，简直浑身发抖。坐在戏院的包厢里，经常目睹美丽的表姐穿着裸露的晚礼服走进包厢，吸引了众人的赞赏目光，葛拉齐亚就满心欢喜地笑了，笑得那么谦虚，亲切，怀着满腔热忱；而高兰德和她一说话，她似乎心都要被融化了。穿着白色的长袍，美丽的黑发散披在皮肤暗黄的肩上，把长手套放在嘴里轻轻咬着，闲着没事地把手指向手套里伸进一点，她一边看戏一边回头看着高兰德，希望她对自己友善地瞧一眼，也希望把自己感到的乐趣分点儿给她，她不时用褐色的明净的眼睛暗示："我真的很爱你。"

在巴黎近郊的森林中散步时，她不离高兰德半步，坐在她脚下或是走在她前面，替她拨开伸在路中间的树枝，还在没法踏足的污泥中放数块石头。有天晚上，高兰德在花园里觉得冷了，向她借用围巾，她竟兴奋地叫起来，过后却又难为情，觉得不应该叫的，因为那等于她的爱人和她拥抱了一回，而围巾还给她的时候上面已留下了心爱的人的余味。

她有时偷着看些书，一些诗歌。她还喜欢听音乐，虽然人家说她还不能领悟，而她也自认为不能领会，她却被感动得脸色苍白，浑身冒汗，她的心情任何人都不知道。

她是一个性情温和的小姑娘，马马虎虎的，惰性很强，相当贪嘴，很害羞；有时几小时地不出声，有时唧唧呱呱地说个不休；容易笑，容易哭，会突然之间地嚎啕大哭，也会像小孩子般放声大笑。一点不经看的小事就能逗她一笑。她从不想装做大人，始终保留着儿童的天真。她尤其是心地善良，绝对不忍心叫人家难过，也绝对受不了别人对她有半句生气的话。她很谦虚，老藏在一旁；只要是她认为是善良的、美好的，她无不热爱，无不佩服；她往往以自己的好恶来判断人的好坏。

思丹芬家负责她的教育，她跟克利斯朵夫学琴就是这样开始的。

她第一次看见他是在姑母家某次大宴宾客的晚会上。跟无论何种客人都合不来的他，一味弹着一阕没有完的交响曲，把大家听得睡眼朦胧。思丹芬太太非常不耐烦，只是不好发作。高兰德却乐得要死了，觉得这可笑的局面太有意思了，也不怪克利斯朵夫感觉迟钝到这个地步；她只觉得他是一股力量，而那股力量使她很有好感，同时也认为很可笑，但绝不愿意为他辩护。惟有小葛拉齐亚被这音乐感动得眼泪都流下来了。开始她躲在客厅的一角，最后她溜走了，因为她不愿意让人家发现她的举动，也受不了大家在背后拿克利斯朵夫开玩笑。

几天之后，思丹芬太太在饭桌上说要邀请克利斯朵夫教她学琴。葛拉齐亚听了心里顿时惊慌起来，羹匙掉在汤盆里，把汤水溅在她自己和表姊衣服上。高兰德便讨厌地说她还得先学一学吃饭的礼仪和规矩。思丹芬太太立刻接着说，这就不能请教克利斯朵夫了。葛拉齐亚因为和克利斯朵夫一起受到议论，特别高兴。

克利斯朵夫上课了，她身体僵冷难奈，手臂粘在身上无法动弹；克利斯朵夫抓住她的小手校正手指的姿势，把小手指一只一只地按到键盘上的时候，她好像要瘫软了，她战战兢兢，惟恐在他面前弹错了。虽然练琴练得几乎得病，使表姐大叫起来。她当着克利斯朵夫的面总弹得不成样子；她喘不过气来，手指不是软如棉花，就是僵似木块；音阶弹乱了，重音也颠倒了；克利斯朵夫把她数落一顿，气哼哼地走了。那时她竟恨不得死掉。

他根本没有注意她，只关心高兰德。葛拉齐亚看见表姊和克利斯朵夫非常亲密很羡慕，虽然痛苦，但那颗善良的心也替高兰德和克利斯朵夫欢喜。在她心中认为高兰德远远胜过自己，所以大家的敬意归她一个人独占也非常合情合理。直到后来她在表姊与克利斯朵夫两者之间必须挑选一个的时候，她才觉得自己的心已经不向着表姊了。她凭着小妇人的直觉琢磨出来，克利斯朵夫看到高兰德卖弄风情和吕西安·雷维·葛的拚命追求非常难过。她根本不喜欢吕西安·雷维·葛；而自从她知道克利斯朵夫讨厌他之后，她也讨厌他了。她不懂高兰德怎么能把吕西安·雷维·葛放在和克利斯朵夫竞争的地位而自得其乐。她暗中用严厉的目光批判高兰德，一发觉她说些谎话，便突然对表姊改变了态度。高兰德虽然觉得异样，可不明白为什么，以为那是小姑娘的本性。可是葛拉齐亚对她已经失掉信心是毫无疑问的，高兰德从一件小事上可以感觉到这些。有天晚上，两人在园中散步，忽然下起了暴雨，高兰德想把葛拉齐亚裹在自己的大衣里面，免得她淋雨；如果几星期前，葛拉齐亚一定会为能够偎依在表姊怀里而感到说不出的喜悦，但是这一回她却冷冷地躲开了。当高兰德说葛拉齐亚弹的乐曲难听时，她还是照旧地弹，照旧地喜欢。

从此她只关心克利斯朵夫一个人。她的柔情使她有了一种奇妙的感觉，想知道他苦闷的原因到底是什么。而她用那种像小孩子一样的多愁善感的关切，把他的痛苦大大地夸张了。她以为克利斯朵夫爱着高兰德，其实他同高兰德的关系仅仅是友谊。她认为他非常痛苦，所以她也为他痛苦了。但是她好心竟没得到好报，克利斯朵夫被表姐气火了，她就得替表姊接受惩罚；他心绪恶劣，借小学生出气，在琴上纠正她的错误的时候极不耐烦。一天早上，克利斯朵夫对高兰德的作法十分不满，他坐在钢琴旁边的态度非常暴躁，她手足无措，他怒气冲冲地责备她把音符弹错，更把她吓昏了；他更生气了，拿着她的手乱摇，嚷着说她根本不能把一个曲子弹得像样，还是让她学烹饪去吧，她做什么都可以，可是天哪！千万不要弄什么音乐了，弹些错误的音叫人听了受罪！一说完，他掉转身子就走，连课也没上完。可怜的葛拉齐亚哭干了眼泪，那些难堪的话虽然令她伤心，但更伤心的是她尽自己最大的努力要使克利斯朵夫满意，结果不但没做到，反而使克利斯朵夫更加气恼。

后来克利斯朵夫再也不上思丹芬家，葛拉齐亚就更加痛苦了。她想回家乡去。这个连幻想都是那么纯洁的孩子，始终保持着朴实纯静的心，在大都市里跟骚动的巴黎女子生活在一起非常不习惯。虽然不敢说出来，她已经把周围的每一个人看得相当准确。但她依然像父亲一样因为心好，因为谦虚，因为缺乏自信心而很胆小，懦弱。结果只好听从霸道的姑母支配和惯于支配一切的表姊任意摆布。

她虽然按时给自己的父亲写充满亲情的信，但是她不敢提出让她的父亲把她接回去。

老爸爸虽然心里非常想把她接回来，但是也不敢接她回去。因为他胆怯地和思丹芬太太说过一回，思丹芬太太马上回答他说，葛拉齐亚在巴黎很好，比和他在一起时强得多，并且为她的前途，也应当让她留在巴黎。

但是终于有一天，这南国的小精灵再也受不了放逐的痛苦，必须要向着光明飞回去了。那天她和思丹芬一家都在场，眼看那些群众侮辱克利斯朵夫，她的心碎了。在葛拉齐亚眼中，艺术家就是艺术的化身，是生命中一切神圣的东西的化身。她想大哭一场，想离开这里。但她非要听完那些不堪入耳的话，看完那些不堪入目的事情不可；回到姑母家还要听令她气愤、恼火的话语，听高兰德一边冷笑，一边与吕西安交换些讥讽克利斯朵夫的话。她逃到房里，倒在床上痛哭了半夜，她自言自语地说着话好像与克利斯朵夫交谈，她亲切地安慰他，恨不得把自己的生命献给他，因为毫无办法使他幸福，所以非常痛苦。从此，她决定离开巴黎，于是她写信给父亲，让父亲接她回去。她说："我在这儿活不下去了，活不下去了，你如果再让我多呆一天，我就要死了。"

父亲接到信后迅速赶来了。虽然同固执的姑母对抗，对他们父女说是件非常难办的事情，但是这一回他们拿出最后努力，鼓足勇气把她顶住了。

葛拉齐亚回到自己的家，如同已融入大自然，不胜欣慰地跟她喜爱的自然界和生灵重新相聚。在她受过创伤的心里，溶进了北国带来的哀愁，仿佛一层薄雾，被阳光照着，慢慢地消散了。她只是偶然能想起苦恼的克利斯朵夫。躺在草坪上，享受大自然赐与她的幸福与快乐，听着熟悉的蛙声跟蝉鸣，或是坐在她的钢琴前面，她心中想到，并好像看到自己喜欢的朋友，她和他几小时的低声谈着话，觉得终会有一天他推开门走进来的，她已经找回了自己以往的快乐。

她写了一封不署名的信，迟疑了好几天，终于在一个早晨，她瞒着所有人，心扑腾扑腾地跳着，走到三里以外，在农田的另一边，丢到本村的信箱。那是一封亲切感人的信，劝慰他说他不是孤独的，劝他不要灰心，有人在想念他，爱他，在上帝面前为他祈祷。但是那可怜的信，如同曾经可怜的她，糊里糊涂地中途遗失了，他始终没收到。在这以后，这个远方的女孩儿依旧过着她简单而平静的生活。意大利那种恬静、平和、默想、安乐的精神，又回到那颗贞洁沉默的心中，可是克利斯朵夫的印象继续在她的心灵深处燃烧，像一簇静止不动的火焰永远不停地燃烧。

克利斯朵夫根本不知道有一种温情在遥远的地方关心着他，将来还要在他的生命中占据极重要的位置。他并不知道在他受辱的音乐会里，有一个女人将来会成为他的朋友，成为他亲爱的伴侣，成为与他携手共进，同舟共济的人。

他是孤独的，或者他自以为是孤独的。可是意志一点也没有消沉。他再也没有从前在德国时那种悲苦郁闷的心境。他比以前更强了，更成熟了，他自己知道应该是这样的。他对巴黎的幻想已经荡然无存了，人到哪里都是一样的；应该忍耐，不该一味固执，跟社会做无谓的斗争；只要心安理得，我行我素就行了。像贝多芬说的："要是我们把自己的生命力在人生中消耗了，还有什么可以奉献给最高尚最完善的艺术？"他清醒地知道并深深体会到了自己的性格，也体验到严厉批判自己的种族的痛苦。越受到巴黎这种社会环境的压迫，他越觉得需要回到自己的祖国，回到民族魂所在的诗人和艺术家的怀抱之中。每当他翻开他们的书，仿佛整个房间都是阳光灿烂的莱茵河水的波涛，满屋子都是那些被他遗弃的故人的亲切微笑。

在以往的日子中他对他们多么无情无义！他们那种朴实的慈爱，如同深藏地下的宝藏，他竟然没有早点儿发现呢！他想起自己从前在德国对他们说过很多偏激与侮辱的话，心中不胜羞愧。那时他只看见他们的缺点，笨拙而多礼的举动，感伤的理想主义，小小的谎言，小小的懦弱，但是却没有看见他们伟大的品格。这些缺点跟伟大的品德相比，真是微不足道了！可是他当初怎么对他们的弱点会那样苛刻呢？此刻他反而因此觉得他们更近人情，更动人了。在这个情形之下，现在最亲近、最吸引他的人便是以前被他用最蛮横的态度贬斥的人。对于舒伯特和巴赫，他有什么客气的话可讲呢！如今他觉得跟他们非常亲近。那些受过他的挑剔与讪笑的伟大的心灵，对他这个身在异国他乡，举目无亲的人，笑容可掬地说着：

"朋友啊，我们在这里。你勇敢一些吧！我们也受过非分的苦难！……可是到了最后我们还是达到了目的……"

他仿佛听见约翰·赛巴斯蒂安·巴赫的心灵像海洋一般地呼啸着：风狂雨骤，电闪雷鸣，掩盖生命的乌云被扫荡了，有快乐的，痛苦的，如醉如狂的人民，有慈悲与和平的基督在他们上空盘旋、萦绕；守夜的人叫醒了沉睡的城市，居民欢欣鼓舞地迎着神明走去，他们的脚步声把世界都震撼了；无数的思想，热情，乐观，英雄生活，莎士比亚式的幻想，萨伏那洛式的预言，牧歌式的，史诗式的，《启示录》式的幻象，蕴藏在这个歌唱教师身上！克利斯朵夫好像能够看到他这个人：下巴双叠，眼睛很小很亮，多褶的眼皮，往上吊的眉毛，性格沉默而又快乐，有点令人发笑，脑子里充满着讽喻和象征，人是老派的，易怒，固执，心性高远，对人生抱着热情，同时又渴念着死……在学校里，他是一个才华横溢的学者，而那些学生却又粗野又肮脏，生着疮疖，如同乞丐一般，唱歌的嗓子是哑的，他常常跟他们吵架，有时和他们扭打在一起……在家里他有二十一个孩子，十三个先于他死去，其中一个是白痴；其余每位都是优秀的音乐家，可以开办一个小小的家庭音乐会，……疾病，争吵，死亡，贫困始终围绕着她。同时，他有他的音乐，他的信仰，解脱与光明，还有预感到的，一意追求而终于把握到的欢乐。神明的气息锤炼着他的筋骨，吹拂着他的毛发，在他口中发出霹雳般的声音……噢！力！力！像雷霆一般欢乐的有力的声音。

克利斯朵夫把这股力吞下。他感觉在德国人心灵之中像泉水般流着的这种力的音乐对他大有益祥。这力往往是平庸的，甚至是粗俗的，可是这有什么关系？主要是有这股力，而且能浩浩荡荡地奔流不息。在法国，音乐好像用滤水器一点一滴地注在瓶口紧塞的水瓶之中。这些喝惯了无味淡水的人，一看到波涛汹涌的德国音乐，就要吹毛求疵，挑德国艺术家的毛病了。

"多么可怜的孩子！"克利斯朵夫这么想着，却忘记了自己以前也同样可笑。"他们竟然找出了瓦格纳和贝多芬的缺点！他们需要没有缺陷的天才。仿佛狂风暴雨在吹打的时候会特别小心，一点都不扰乱这个世界上完整的秩序……"

他走在巴黎的大街上，对自己的想法特别满意，心中非常高兴。无人了解的才是世上最好的，他可以更自由。天才生来的使命便是创造，是根据内心的法则创造一个崭新的有机体的世界，生活在这里，不能嫌孤独。可怕的是，自己的思想改变了，缩小了。一件作品完成之前，不必告诉别人；否则你会缺乏勇气把作品完成，只因心中思想并非自己的。

现在梦想不受外界影响，如同泉水一样从他心灵之中、从他碰到的石子中飞涌出来。他所生活的境界像一个能见到异象的人的境界。他所见所闻的一切，心中的事物与实际不同。他只要听其自然，就能发觉他幻想中人和物都在周围活动，那些感觉就会涌现出来。路人的目光，风中的语声，照在草坪上的阳光，树上的小鸟，修道院里的钟声，卧室中看见的苍白的天空一角，一天之内时时变化的声音与风光，这些他用幻想人物的心灵去体会。他觉得特别幸福。

但他的境况非常艰难。惟一的收入是钢琴课，现在那些差事都丢了。九月，巴黎人正在避暑，不容易找到新学生。他独一无二的学生是个工程师，在四十岁时突发奇想，要做个提琴家。克利斯朵夫的小提琴拉得也不怎么样，可比学生高明一些，所以在某个时期内，他每周上三次课可赚六法郎。半月后，工程师又发现自己的天赋是绘画，当他把想法告诉了克利斯朵夫时，克利斯朵夫哈哈大笑；笑完之后，把钱点一点，只剩下这个学生付的十二法郎了。他并不着急，现在要另谋生路了，又要去出版商那里。那当然不是好事……管他呢！为何烦恼呢？天气很好，不如上近郊的墨屯去散散心。

他想步行去，走路可获得音乐方面的灵感。他心中装满了音乐，他对着从心头嗡嗡作响的金黄的蜜蜂笑着。通常那是转调极多的音乐。节奏是蹦蹦跳跳的，反反复复的，能够让你白日做梦……喝！关在屋里迷迷糊糊的时候，你还能创造节奏吗？只能拼凑一些微妙而静止的和声！

他走得累了，就在树林中躺下。树木光秃秃的，天色像大海一样蔚蓝。克利斯朵夫站在那里恍惚出神，他的梦也渐渐染上从初秋的白云里透出的光彩。他的血在奔腾，他听到自己的思潮，它们从四面八方涌来：相互冲突的新世界与旧世界，以前的心灵片段，像一个城里的居民一般，像在他心头昔日逗留过的旅客。高脱弗烈特在曼希沃墓前说的话又浮现在脑海：他就是一座活的坟墓，多少死亡的人和多少不相识的人在其中蠢动。他看到这些生命，让这个几百年的森林像管风琴般地奏鸣他很高兴，其中有的是妖魔鬼怪，如同但丁笔下的森林。他再也不像少年时代那样怕它们了，因为他能够控制它们的意志。他最快乐的是挥鞭驱赶野兽，让自己感到心中的动物园比以前更丰富了。他不再孤独，也永远不会孤独。他一个人相当于一支军队，自古至今，多少代健全而快乐的克拉夫脱都集中在他身上。在仇视他的巴黎，与一个种族对垒时，他也请出另一个种族的所有人，双方相互对峙了。

他因租金太贵而放弃了那个寒伧的旅馆，在蒙罗越区租了一间阁楼，虽然不怎么样，穿堂风不断，空气却很新鲜。好吧，他本来就需要畅快地呼吸。在窗子里面可以看到一大片巴黎烟囱。一辆手推小车就可搬完家。克利斯朵夫自己推着走。最贵重的物品就是他的旧箱子和一个贝多芬画像。他把它包得非常仔细，好像是件极有价值的艺术品，他和它始终在一起。在巴黎，这是他歇身的岛屿，也是检验他精神的气压表。他心灵的温度，在那个画像上比在他的意识上还要更加清楚，一会儿是热情激荡的狂风，一会儿是庄严的宁静，一会儿又是乌云密布的天空。

他只得减少每天的食物，只在下午一点钟吃一顿。他买了一条粗大的香肠挂在窗前，每顿薄薄的一小片，加上一杯自己做的咖啡和一大块面包，就已经很丰盛了。他还想把这个量分作两次来吃。他恨自己胃口那么好，恶狠狠地骂自己比饿狗还瘦，但身体上半部分却很结实，骨骼像铁打的似的，头脑也特别清醒。

明天的问题他根本不用担忧，只要当天有收入，他就不愿意操心。等到有一天身无分文了，他才决定再去出版商那里转一转。但是每到一处都找不到工作，他回来时两手空空，路过一家音乐铺子，就进去了，完全忘记了曾经在不愉快的情况中到过这里。他一进门就看到了哀区脱，刚要退出来，却被哀区脱看见了，只得朝哀区脱走过去。根本不知该说些什么，只预备应付他一下，他以为哀区脱对他一定还是那样傲慢无礼。情况并非如此。哀区脱伸出手来，说了几句普通的客套话，问他的身体如何，并且不等克利斯朵夫要求，便指着办公室的门，请他进去。哀区脱对于这个已经不再期待的访问，心中暗暗欢喜，他表面上装得若无其事，但时刻注意克利斯朵夫；只要能听到他的音乐，他都不会拉下。那次演奏音乐会，他也在场，对于观众的反应，他一点儿不感到惊奇，因为他从来瞧不起观众，而且他的确能体会出作品的美。恐怕全巴黎没有一个人比哀区脱更能赏识克利斯朵夫的艺术特色了。可是他从来都不对克利斯朵夫说，不仅是因为克利斯朵夫曾经得罪过他，而且如果让他待人和蔼可亲根本不可能，因为那就是他天生的缺陷。他预备帮克利斯朵夫的忙，却绝对不肯主动表示，他等着克利斯朵夫主动上门来请求。现在克利斯朵夫既然已经来了，照理他可以借此机会消除他们以前的误会，不必让克利斯朵夫像原来那样委屈地向他开口；但他更想让克利斯朵夫把请求的话说一遍，并且决定要把克利斯朵夫曾经不愿做的工作交给他做，只做一次也好。他准备了五十页乐谱，想要他编为曼陀林跟吉他的谱子。哀区脱看到他屈服，就满足了，又把一些比较愉快的工作交给他做，可态度始终那么傲慢，令人无法感激。克利斯朵夫直到被逼迫得无路可走了，才会找他。话虽如此，他宁可靠这些工作糊口，不管是多么气人的工作，而不愿接受哀区脱的救济。哀区脱也曾经出于诚意地试过一次。克利斯朵夫已经察觉到哀区脱先要屈辱他一番，然后再帮助他的用意，他也愿意接受哀区脱这个条件，至少可以拒绝他的施舍，也愿为他而工作，清清楚楚地有来有往，决不欠他一点情。他不像为了艺术四处求人的瓦格纳，他绝不把艺术看得比灵魂更重，他咽不下去不是自己挣来的面包。有一回，他把做夜工赶出来的活儿送去时，哀区脱正吃饭。哀区脱看到他不由自主投向菜盘的目光，知道他没吃饭，就请他一起吃。用意虽好，但哀区脱非常容易令人感到他是看到了人家的落泊，因此他的邀请也像是施舍了，这是克利斯朵夫最忌讳的。他只得坐在饭桌前面，因为哀区脱有话跟他说，但一口都不吃盘中的菜，还连声说已经吃过饭，其实他饥饿难耐。

克利斯朵夫本不想找哀区脱，但别的出版商不如哀区脱。另外一般的有钱人，想出一点儿的音乐却不会写出来。就把克利斯朵夫叫去，对他哼着自认为得意的旋律，说道："快听，多么美妙啊！"

他们把这一点儿旋律交给克利斯朵夫，要他拿去尽情发挥，然后他们再以自己的名义拿到一家大出版商那里出版，上面堂而皇之地印有他们的名字。他们也认为这件作品确实是自己写的。克利斯朵夫曾经认识这样一个人，旧家出身，叫他"亲爱的朋友"，抓着他的手，和他说些胡话，他不时说什么贝多芬啊，范尔仑啊，奥芬巴赫啊，伊凡德·祁尔贝啊……他只让克利斯朵夫工作，就是不给酬报或只请他吃几顿饭，拉儿下手表示一下就算了。最后克利斯朵夫只得到二十法郎，但他竟然傻乎乎地为了交情还给了人家。而那天他口袋里的竟然一法郎都没有，但是还要买一张二十五生丁的邮票寄写给母亲的信。那是鲁意莎的命名节，克利斯朵夫不管怎样都要去邮信的，儿子的信对她来说太重要了，怎么也少不了。虽然写信对她是桩苦事，但最近几个星期她来信比往常多了些。她受不了孤独的痛苦，又下不了决心到巴黎来与儿子住在一起：她胆子太小，她怕出门。又舍不得她的教堂，她的小城，她的家；何况她即使想来，也没有路费。

让他非常高兴的是有一次洛金寄给他东西，克利斯朵夫跟普鲁士兵打架就是为了那个姑娘。她写信来说她已经结婚了，顺便告诉他妈妈的消息，寄给他一方喜糕和一篮苹果。这些礼物来得正是时候。那天晚上他没有吃饭，窗口上的腊肠只剩一根绳子了。收到这些礼物，克利斯朵夫自诩为一位隐士，由乌鸦把食物送到岩石上来，但那乌鸦大概忙着要给所有的隐士送粮，以后竟不再光顾了。

情况虽苦，克利斯朵夫仍然不减其乐。他在面盆里洗衣服时，擦皮鞋时，嘴里老是打口哨。他用柏辽兹的话安慰自己："我们应当超越人生的苦难，用轻快的声音唱那句欢畅的祈祷词：震怒的日子……"有时只唱几句，便停下来哈哈大笑，别人听后疑惑不解。

他过着严格的禁欲生活，正如析辽兹说的："情人生涯是有闲和有钱的人的生涯。"克利斯朵夫的穷困，艰难地谋生，极度节省的饮食，热情地创造，让他没有心绪与时间能够想到寻欢作乐。他不但态度冷淡，而且为了厌恶巴黎的风气，竟然变成了一个极端的禁欲主义者。他要求贞洁，痛恨淫秽的事，但并非说他没有情欲。在其他时候，他也放纵过。但他那时的情欲还是贞洁的，因为他所追求的并非是完全的肉体快乐。而当他发现不是那回事的时候，就不胜气愤地排斥情欲。他认为淫欲乃是毒害生命的大毒瘤。凡是心中尚存有基督教义和操守，没有被外来的沙土完全淹没的人，真心了解克利斯朵夫的人，是那些能感到自己是强健种族后裔的人。他瞧不起法国社会把享乐当做独一无二的目标与信条。当然，我们应当希望人类幸福，应当把基督教义二千年来积压在人类心头的悲观主义彻底清除。但我们必须坚定造福人类的信念，否则何言幸福？不是自私自利吗？少数的享乐主义者不管别人的死活去换取自己的快乐，这些我们已经领教过了。这种享乐主义只适于有钱人，对于穷人来说却是毒药。这是享乐主义者自己都明白的。

"有钱人才有享乐的生活。"

克利斯朵夫天生就不是有钱人，他挣钱就花在音乐上面，省下饭费去买音乐会门票。他买最便宜的座位，在夏德莱戏院最高的一层。他心中全是音乐，音乐可以替代他生活的一切。他那么容易满足，又那么渴望幸福，他根本不管乐队够不够标准。他能够参加音乐会，内心已充满了快乐，即便演奏的格调不高，音符出现错误，也只能使他泛起一丝宽容的笑意。因他为爱而来。在他周围，观众也像他一样地一动不动，在梦境中遨游。克利斯朵夫仿佛看见一群人蜷缩在一起，像一头巨大的猫，津津有味地培养着、体验着他们的幻觉。半明半暗的光线中，非常神秘地现出几张脸，那种无法形容的风度，悄然出神的姿态，引起了克利斯朵夫的同情和注意：他留恋它们，听着它们，终于与它们身心相融。有时那些心灵中也有所觉察，双方在音乐会形成一种共鸣，互相渗透到生命之中，直到音乐会结束时沟通心灵的洪流才会中断。这种境界是年轻而尽情沉迷的人所熟知的。音乐是由爱构成的，所以一定要在体验别人的心中才能体验到圆满；音乐会中常有人四处察看，总希望能找到一个朋友，来分享内心中的喜悦。

有一个在每次音乐会上都能遇到、特别吸引他的一个人，也是克利斯朵夫挑选结交的临时朋友。她是个女工，不懂音乐而极喜欢音乐。她的侧影好像一头小动物，一个笔直的小鼻子比她嘴和下巴只突出一点，眉毛很细，眼睛很亮，完全是不知忧愁的女孩子，在她那恬静的、淡漠的外表之下，有许多爱笑爱快活的神情。这个年轻漂亮的女工也许最能映出久已绝迹的清明之气，像古希腊雕像和拉斐尔画上所表现的。这种境界在她的生命之中不过是欢情觉醒的一刹那，很快就会凋谢的。但她总归是有过美妙光阴的。

克利斯朵夫望着这张可爱的脸非常高兴，非常舒服，他能从中汲取欢乐，只是欣赏而丝毫不动欲念。不必说，她很快就看见他，而他们之间鬼使神差般地有了一种神秘的交流。差不多在每次音乐会中他们都坐在老位置，两人不久便熟悉了。听到精彩片段，他们彼此互看一眼，如果特别喜欢某一句，就微微吐着舌头，如同舔嘴唇的样子。如果感觉某一句不对劲，就轻视地撇着嘴。这点小小的表情有一些无心的做作，这也是一个人知道自己被人注意的时候免不了的。有的时候听到严肃的作品，她就想露出庄严的神态，歪着头聚精会神，脸上挂着一丝笑意，用余光看他是否注意她。他们彼此已经成为好朋友，即使没有说过一句话，甚至也不想——至少在克利斯朵夫方面——在音乐会散场时坐在一起谈一谈。

在一次晚上的音乐会中两个人坐到相邻的座位上。笑容可掬地犹豫了一会儿，两人终于友好地交谈了。她说起话来很好听，关于音乐说出许多外行话，因为她根本不懂却装懂，但她的确非常喜欢。最好的和最坏的瓦格纳和马斯涅，她都喜欢，只有那些平庸的东西她才厌烦。她寻求音乐的感官刺激，她全身的毛孔都在吸收，好像达娜埃在吸收黄金雨。《特里斯坦》的序曲使她浑身发抖；《英雄交响曲》让她如亲临战场，非常痛快。她告诉克利斯朵夫贝多芬又聋又哑，虽然他奇丑无比，要是她认识他，她肯定会爱上他。克利斯朵夫分辩说贝多芬并不怎么丑，就这样他们就谈到了美与丑的问题，她说这要依个人的口味而定的。一个人认为是美的事物，另一个人则不一定会认为是美的，"人不是金钱，每一个人都喜欢那是不可能的。"但克利斯朵夫觉得，如果她不说话会更能让人感觉到她的内心世界。音乐会中奏到《伊索尔德之死》时，她把潮湿的手递给他，他也把潮湿的手递给他；他握着她的手，一直到音乐会结束。他们用连在一起的手互相感受音乐。

他们走出剧场的时候，两人一边谈一边向拉丁区走去；他挽着她，送她回家。到了门口，她正想让他进去，他却告辞了，根本没注意到她希望他留下的眼色。她当场不禁为之愕然，继而又大为气恼；过了一会儿，她想到他竟这么愚蠢又笑弯了腰，回到房中脱衣服时，她生气了，最后悄悄地哭了。她在下次音乐会中碰到他，很想装出冷淡、气恼、使性子的神气。看到他那么朴实，她的心又软了下来。他们谈起来，只是她的态度比较矜持些。他非常诚恳，同时极有礼貌地和她谈着，谈着美妙的事，谈着音乐与他们的感想。她留神听着，尽力要跟他一样思考。她根本猜不透他说话的意义，可照旧相信他。她心中怀着对克利斯朵夫感激的敬意，表面上却根本不露出来。也许是不约而同的心理，他们总是在音乐会场上谈天。有一回，他看见她和许多大学生在一起，他们俩很严肃地各自行礼。她从不向别人提起他，她心灵深处隐藏着这些纯洁的、美妙的、令人快慰的感情。

克利斯朵夫不必行动，就能让人心神安定，他走到任何地方都会留下内心的光，他自己却无法看到，生活在他身旁以及没有见过面的人，都在无意中感受到他的光辉。

最近几个星期，克利斯朵夫没听音乐会了，寒冬已到，他住在最高一层的屋子里，身体冻僵了，一动不动地坐在桌子前。于是他下楼到巴黎街上乱跑，想靠走路来取暖。他已经忘记周围人的存在，看到喧闹的街道上，冷月当空，或是红日喷薄而出，他感到市声登时消失，巴黎沉入了无垠的空虚，仿佛回到了几百年以前生活的缩影。平常人无以感知，只有克利斯朵夫能窥视其中全貌，这些现象，能使大地浩然之气冲出人类暖室吹在他的脸上，鞭策他的生命力把它鼓动起来。

他饿着肚子长时间散步，作着自己的梦，不与任何人交谈。饥饿与沉默更刺激了这种病态的倾向。夜里他老是梦见音乐与他纠缠不清。白天，他又与离别与亡故的人、亲爱的人、躲在他心中的人谈着话。

一个潮湿的下午，冰花覆盖草地，屋顶一片模糊，克利斯朵夫浑身发冷，为了让自己温暖一些，就走进了不熟识的卢浮宫。

在此之前，绘画从未感动过他，他只沉浸在自己的内心世界，根本不会去把握这些色与形。只有能与音乐共鸣的那一部分才能影响他，他也感觉到这种形式的和谐受规则的支配，这号称光明世界王后的法兰西，最动人，最自然的秘密，克利斯朵夫终没有发现。

克利斯朵夫不会接受这种不同视觉的世界，他与印象派相比，也许是个野蛮人，但是他却做着老老实实的野蛮人。所有那些裸体的玩艺儿在他心中，不过与一份专讲色情的报纸相仿。他完全没感觉到画上富丽堂皇的和谐。欧洲的古文明，有时也带点凄凉的梦境，对他更生疏。对于十七世纪的法国画，他也不能赏识繁文缛节的虔诚，讲究气派的肖像，几个最严肃大师的冷淡态度。

尼古拉·波生的严肃作品，和斐列伯·特·香班涅色彩不鲜明的人像上表现的灵魂，正是克利斯朵夫和法国古典艺术无法接近的。此外，他根本不认识新派艺术，就算认识，也会有错误的认识。在德国的时候他受到现代画家鲍格林的诱惑，但克利斯朵夫也不了解拉丁艺术，他所领会的是这位天才原始与粗野的气息。他看惯了生硬的颜色，也就不容易接受这些半明半暗的灰色调与柔和纤巧的和谐。

但环境会感染一个人，尽管你不去接受它，它也会改变你的。

那天晚上，在卢浮宫大厅蹓跶时，他就有所变化，又饿又冷又累，只有他一人，在他周围，那些睡觉的形象开始活动，他浑身冰冷、悄悄地在艺术品中间走过，觉得自己进入了神话世界，心头有些神秘与激动，人类的梦幻将他裹住……

走进色彩斑斓的书廊，简直是灿烂的果园，没有空气的图画之林，快要病倒的他，精神上突然受到极大震动。室内的温度与五光十色的图画把他搅得昏昏沉沉，他视而不见地走着。突突一阵头晕，他怕自己倒下，双手抓住前面的拦杆，闭眼呆了一会儿。当他睁开眼，看到那幅跟他脸贴得很近的画时，他被迷住了……

太阳落山了，在黑暗中沉没了。这时，困倦交加，正是精神出现幻觉的时候。一切悄无声息，心里一片凄凉、无法自主。……只希望有奇迹出现，他觉得它就要出现了……是的，它来了！

一道金光射到墙上，射到所有的画上，就有了神明的光辉。上帝亲自用他那双有力而仁爱的手搂着病弱、受难的人，那些蜂拥在窗下的畸形的脸，那些心怀恐惧、一言不发的生灵，紧紧抓着伦勃朗画上所有的可怜人。这是一群一无办法的人，受着束缚的微不足道的灵魂，可上帝在这儿，我们看不到他的形体，只看到他的光芒，和照在众人身上的光彩。

克利斯朵夫摇晃着走出卢浮宫，头非常痛，什么都看不见。在街上的水洼中穿行，他鞋子里灌满了雨水。天已近傍晚，塞纳河上空一片昏暗，心中却有一簇如灯似的火焰在那照射四方。克利斯朵夫的精神还在着魔的状态。他什么都感觉不到，走在街上，也许是在家里，心中做着梦，感到他已经不存在了……突然之间，他身子虚极了，他一阵眩晕，他紧了紧拳头，挺挺腿，马上撑住了身体。

意识从深渊中浮起的一刹那，他的目光冷不丁与一个似乎熟识的目光碰到一起，那凄凉冷静的目光仿佛在哪见过，天啊，他认出原来竟是那个被他砸了饭碗的法国女教师。她也在喧闹的人群中站住了，望着他。他不顾一切地冲过去，不料被一匹马撞了一下，差点儿被压死，等他到了对面阶沿上时，她已不见了。

他想去找她，可是头晕，只得作罢，明知病发作，还是不肯回去，反绕远往回走，真是自讨苦吃。好不容易才回到家中，上楼的时候，几乎透不过气来，只得坐在台级上歇一会儿。好容易进了卧室，坐在椅子上，脑袋发沉，浑身发冷，呼吸短促，昏然听着那些跟他一样困意的音乐。舒伯特的《未完成交响曲》的旋律在他耳边掠过，他写这个曲子时也是孤独的，神经恍惚，处于似梦非梦的状态。他坐在火边沉思遐想，懒洋洋的音乐在空气中飘浮，他沉浸其中，好像儿童为自己编故事，反复念着其中某一段，然后睡眠和死神一同降临……而克利斯朵夫也听见另外一段音乐在耳边飘过，好似一个十分憔悴堆着笑容的人，心中充满叹息想象那个解脱一切的死，那音乐便是巴赫的《大合唱》中第一段合唱：亲爱的上帝，我何时死……

他振作起来，排斥这种病态的思想。他站起身子想在房里走走，可是支持不住。他打着哆嗦，浑身颤抖只得躺到床上。他意识到这一回情形真的严重了，但他决不屈服，决不像其他受疾病摆布的人。他竭力挣扎，不愿意病倒，尤其是打定主意不愿意死。他想着妈妈，想着事业，绝不能被病魔害死。他咬紧牙关，积蓄着正在消失的意志，好像人与惊涛搏斗。他时刻往下沉，一堆杂乱的形象，一片吃语，回忆与乐章的纠缠，像马一样在那里打转。还有放出来的金光，黑暗中的面貌，然后是深渊，是黑暗。过了一会儿，他重新浮起，撕破那些妖形怪相的云雾，牙床与拳头在抽搐。他拚命抓着他所爱的一切人，抓住刚刚见过的女友的脸影，抓住他的妈妈，抓住他不会消失的本体，觉得那是大海之中的岩石："死神吞噬不了的"。可是岩石被海水淹没，灵魂被巨浪冲开了。克利斯朵夫挣扎着，说着胡话，他在指挥，在演奏，乐队做出演奏各件乐器的动作。可怜他郁积着的音乐在胸中翻腾，他像受着高压力的汽锅，快要爆炸了。某些纠缠不清的乐句像螺旋般钻进他的脑子，刺着他的耳膜，痛得他直嚷。高潮过后，他精疲力尽，上气不接下气。他在床前放着水瓶，偶尔喝几口水。隔壁屋子的声响，顶楼关门的声音，他都非常害怕。他在昏昏沉沉中痛恨四周的人物。但他的意志始终在奋斗，它吹起英勇的军号和魔鬼宣战："即使世上的妖魔吞噬我们，我们也不怕。"

他心中那翻滚不已的、火辣辣的、黑暗的海面上，出现一片平静的境界，透出一些光明，悠扬的琴声在低吟，号角在高鸣，他的心头也奏起一阕不屈不挠的歌，好像狂涛中的一堵巨墙，好像巴赫那高亢的圣歌。

当他与幽灵搏斗，胸部闷塞时，恍惚觉得房门打开了，有个女人走了进来。他以为又是一个幻觉，他不能说话，又晕过去了。一会儿，他清醒一些，觉得有人把枕头垫高了，脚上多了被子，背后又有些热的东西；睁开眼来，发现身边坐着一个似乎有些面熟的女子。接着他又看到旁边的另一个人，原来是个医生在为他看病。克利斯朵夫听不清他们的谈话，但知道要把他送医院。他想大声说不愿意去，宁可孤零零地死在这儿，可是他嘴里只发出呻呀的声音，但说不出话。那女人竟然懂得他的意思，代他拒绝了，尔后过来安慰他。他想知道她是谁。等到他好不容易说出一句清晰完整的话时，他就提出这个问句。她回答他说她是顶楼上的邻居，因为听到他的呻吟就进来了，以为他需要什么帮助。她请他不要耗费精神说话，他听从了。他只能躺着不动，已经筋疲力尽，瘫做一团，可是头脑在继续工作，拚命要把一些零散的回忆组装在一起。他在哪儿见过她呢？……终于想起来了：不错，他在顶楼的走廊里见过她，她是个佣人，名叫西杜妮。

他睁大眼睛望着她，她并没有发觉。她个子矮小，表情严肃，脑门鼓着，往后梳的头发把腮帮的上部和太阳穴都露在外边；颧骨很明显，短鼻子，淡蓝眼睛，眼神又温和又固执，厚嘴唇抿得很紧，皮肤有点儿苍白，神色很谦卑，还有点发呆。她热心地照顾着克利斯朵夫，不声不响，不表示亲密，忘不掉她仆人的身份与阶级的区别。

她既谦虚，又高傲。克利斯朵夫只知道她是布列塔尼人，还有一个父亲，她提到这里说话很小心。可是克利斯朵夫能猜到他是个酒鬼，只管剥削女儿；而她则毫无怨言地让他剥削，她把一部份工资寄给他，她心中可完全明白。她还有个妹子正在预备参加小学教师的测试，那是她引以为荣的。妹妹的教育费用几乎全都由她负担。因此她做活特别卖力。

"你现在的情况怎么样？"克利斯朵夫问她。

"我想离开。"

"对主人不满意吗？"

"不，他们对我很好。"

"那是工钱少？"

"也不是的……"

他想多了解她，便引她说话。但她只谈她的生活，她不在乎谋生的艰难，她不怕工作，那是好的乐趣，她的需要。她不说自己最苦闷的是无聊的生活。他只是猜到。由于深切的同情而引发的直觉，而这直觉因疾病而变得敏锐，使他联想到母亲生活中所受同样的苦难，他竟然能看透西杜妮的心事。他如同身临其境般看到这种不健康的，害人的反自然的生活，在布尔乔亚社会中，这种情况是当仆人的最普通的生活；他看到那些对此漠不关心的主人，除了差遣之外有时几天不跟她们说一句话。她整天坐在厨房里，一扇天窗被柜子挡着，只能看见一堵肮脏的白墙。所有的快乐就是主人们漫不经意地说一声饭菜做得还不错。这种生活没有空气，没有前途，没有一点欲望与希望之光，无论如何都没有乐趣。主人到乡下过假时，也是她最艰难的日子，因为经济原因不带她去，给了她工钱，却不给她回家路费，让她用自己的钱回去。她没有这个欲望与能力，于是她呆在差不多空无一人的屋子里，一连几天不出门，甚至也不跟别人聊天；她瞧不起她们，因为她们粗俗。她不出去玩儿，生性很俭省，又怕路上碰到坏人。她在卧室里坐着，从卧室望出去，除了烟囱之外，可以看见一株树的树顶。她不看书，勉强做些活儿，百无聊赖，迷迷糊糊的，烦闷得要死；她能无休无止地大哭，哭几乎成了她的一种乐趣。但是她的烦恼时候，连哭都哭不出来，心像结了冰一样。随后她尽力振作起来，或是自然而然地又有了生机。她想着自己的妹妹，听着远处的手摇风琴声，胡思乱想，默默计算工效，要多少天才能挣多少钱；她经常算错，便重新再算，终于睡着了。日子这样就过去了。

不特别消沉的时候，她也有像儿童般爱取笑的快活劲儿。她笑别人，也笑自己。她对于主人们的行为不是看不见，心里也并非不加批判，例如他们因无所事事而来的烦恼，太太的愤怒和发愁，所谓优秀阶级的正经事儿，对一幅画，一曲音乐，一本诗集的兴趣。她也有健全的判断力，既不像十足巴黎化的女仆那么时髦，也不像内地老妈子那样只崇拜她们不了解的东西；她对于弹琴，谈天，一切文雅的玩艺儿，不但认为没用而且非常厌恶，在生活中占着很大位置的事，都抱着敬而远之的轻蔑态度。她经常把自己过的现实生活，和这种奢侈生活的虚幻相比较，似乎一切都由烦闷制造出来的苦乐，偷偷比较一番。但她并不因此而气馁。世界就是这么回事。她忍受一切，忍受所有的人。她说："所有人在一起才能组成世界。"

克利斯朵夫以为她信仰宗教，可有一天，她提到更有钱更快乐的人时说："说到底，将来所有人都是一样的。"

"将来？什么时候？社会革命以后吗？"克利斯朵夫问。

"革命？我才不信这些鬼话呢，反正将来大家都是一样的。"

"什么时候呢？"

"死了以后，那不是谁都一样了吗？"

他对着这种唯物主义的看法非常惊诧，心里想："如果没有来生，一个人眼看别人比你更强，更幸福，是多么可怕呀！"

虽然他未说出意思，她也猜出来了，她很冷静地用听天由命、游戏人生的态度说："一个人总得认命。怎么能每个人都中头奖呢？我们是运气不好。"

她不想找多挣钱的地方，也不想离开本土到国外去。她说："石子都是一样硬的。"

她有自己的宿命论。她是那种法国乡下人，全无信仰，不需要什么生活的意义，生命力却非常的强盛；人很勤劳，对什么都很冷漠，对一切都不满意，但却服从；不爱人生，却又抓得很紧，也不用空鼓励来保持她的勇气。

克利斯朵夫从未见过这样的人，看到这个纯朴的少女竟然没有信仰，非常奇怪。他佩服她会留恋没有乐趣与目标的人生，尤其佩服她那坚强的意志。到现在，他所认识的法国平民只是从当代名人的理论与自然主义派的小说中看到的；这些人和十八世纪与大革命时代的风气相反，喜欢把没受过教育的人描写成无恶不作的野兽，以此来遮掩他们自身的罪恶……现在他才惊奇地发现了西杜妮这种诚实。这是本能与骨气的问题，而不是道德问题。她也有贵族式的骄傲。如果我们相信平民就是粗俗，那就大错特错了。平民之中也有贵族，正如布尔乔亚中有下等阶级一样。所谓贵族，是指那些具有比别人更纯洁的本能与更纯洁的血统的人；他们也知道，知道自己的身份而有不甘自暴自弃的傲骨的，这种人当然并不多见；这种人即使处于孤立的地位，大家仍然知道他们是第一流人物；只要有他们在，别人就会有所顾忌，只得拿他们做榜样，省、村子、集团它的面目多少是它的贵族的面目；这里的舆论严，那里的舆论松，要看各地方的贵族而定。虽然现在大多数人的力量过分地膨胀，这默默的少数分子的固有的权威还是没改变。最危险的是他们离开本乡，到遥远的大都市中去。虽然他们孤零零地迷失在陌生的社会里，优秀种族的个性却始终存在，周围的环境没有把他同化。克利斯朵夫所看到的巴黎的一切，西杜妮全然不知。报纸上的肉麻文学，和国家大事同样对她没有关系。她甚至不知道有平民大学；即使知道，她也不会比对宣道会更感兴趣。她做着自己的工作，想着自己的想法，没有意思就借用别人的，为此克利斯朵夫还夸了她几句。

"这有什么稀奇呢？我跟大家一样。难道您没见过法国人吗？"她说。

"我在法国已经有一年了，除了玩儿以外，或者学着别人玩儿以外，还能想到别的事情的，我连一个都没见过。"

"是的，"西杜妮说。"您见到的都是有钱人。有钱的人是到处一样的。其实您还有很多没有看见的。"

"好吧，"克利斯朵夫回答，"那么让我来从头看起。"

他第一次见到这种不朽的法兰西民族和他的土地合二为一，多少征服它的民族，多少一世英雄烟消云散，而始终无恙的法国民族。

他的健康慢慢地恢复。

他要做的第一件事是偿还西杜妮在他生病时支付的钱。既然还不能出门去找工作，他就给哀区脱写信，要求预支一笔钱。哀区脱那种冷淡又慷慨的古怪脾气，过了十五天才有回音，在这十五天里，克利斯朵夫折磨着自己，对西杜妮端来的食物几乎动也不动，被逼不过时，才吃一点牛奶和面包，因为不是自己劳动得来的，所以过后又责备自己。然后他从哀区脱处拿到了钱，没有附信，在克利斯朵夫生病的几个月里，他从不问他的病情。他的性格是，既帮了人家的忙又叫人家不感激他。因为他帮忙时没有一点爱心。

西杜妮每天下午和晚上都来为克利斯朵夫准备晚餐，一声不响地，很体贴的做她的事；看到他衣服破了，就拿去补好。他们之间增加了一些亲切的情分。克利斯朵夫讲着他的母亲，把西杜妮听得感动极了；她设身处地自认为是留在本乡的鲁意莎，对克利斯朵夫有着慈母般的温情。他跟她说话的时候也想满足他天伦的渴望，那是一个病人感到特别迫切的。和西杜妮在一起，他觉得非常像自己的母亲。他有时向她吐露一些艺术家的苦恼，她很温柔地抱怨，看他为了思想问题而悲伤也认为多此一举。这也让他回忆起他的母亲，觉得很欣慰。

她不像他那样喜欢发表议论，虽然他想逗她说话。他说笑似地问她以后会不会嫁人。她同样用着听天由命和看破一切的口气回答说："给人当差不能结婚，那会把事情弄得复杂化了。而这又不是容易的事。男人几乎都是坏蛋。看你有钱，他们就来把你的钱搜刮光了，然后就掉过头去不理你啦。这种人太多了，我还能去吃这个苦吗？"她没说出她已经有过一次失败婚姻，未婚夫因为她把钱都给父亲和妹妹，就将她甩了。看见她亲热地和邻居的孩子们玩耍，碰见邻人时很热烈地拥抱他们，克利斯朵夫不由得想起曾经认识的一位太太，感到西杜妮既不傻，也不比别的女子丑，倘使处在那些太太们的位置，一定比她们高明得多。多少生命被无声无息地埋没了，谁也不在乎。而地球上行尸走肉的人在光天化日之下窃取了别人的幸福。

克利斯朵夫根本不提防她。他对她很亲热，而且太亲热了；他像大孩子一样地招人怜爱。

有时，西杜妮精神状态不好，他以为是她太辛苦的缘故。有一回，两人正谈着话，她推说有事情，突然站起身来走了。又有一回，克利斯朵夫对她比以往亲热，她便几天没有来。再来的时候，她跟他的说话变拘束了。他以为是在什么地方得罪了她。向她询问，她赶快说没有；但她继续跟他疏远。又过了几天，她告诉他要走了，她已辞掉工作，离开这里了。她说些冷冷的不大自然的话，感谢他对她的这些好意，祝他和他的母亲身体康健，然后和他告别了。她走得这样突然，使他惊异到极点，一时竟不知说什么好；他问她为什么离开，她只是支支吾吾。他问她上哪儿去做事，她并不回答，甚至起身走了。在门口，他向她伸出手，她有些兴奋地握了握，却没什么表情；她就这样不明不白地走了。

他永远不会明白她为何而走。

漫长的冬季实在难挨，长时间的阴天。克利斯朵夫的身体虽然大有起色，可是没完全好。右边的肺老是有一处隐隐作痛，伤口在结疤，剧烈的咳嗽使他夜不能眠。医生不许他出门，甚至还建议他去回拿里群岛疗养。但他非上街不可，因为他需要吃晚饭。医生开的药他也买不起，因此他干脆不去看医生了，浪费钱的事不能做！并且在他们面前，他老是很难堪；他们彼此没法沟通，是生活在两个极端世界。医生们对于这个自诩一个人代表整个天地、而实际却像落叶一样被人生的巨流冲掉的穷艺术家，怀有一种带点讪笑与轻视的同情心。他被这些人拍着，摸着，看着，非常不舒服。他对自己病弱的身体好不惭愧，有时甚至想："真不如死了！"

克利斯朵夫仍然很有耐性地忍受着他的命运——忍受着孤独、贫穷、病痛和种种苦难的折磨。他从前一直没有这样的耐性，连自己都为之诧异了。疾病对于人也是有好处的，它折磨了肉体，却把心灵解放了，净化了，从来没害过病的人是不会完全认识自己的。

疾病使克利斯朵夫非常安静，他用比以前更灵敏的感觉，感受着那个富有神秘力量的世界，那是每人心中都有而被生活掩盖不见的。那天发着高烧在卢浮宫中见到的景象，连最细小的回忆都深深地刻在心头；从此他就置身于温暖，柔和，深沉的气氛中。那颗无形的太阳放射出来的光亮，他随时随地能感受到。虽然没有信仰，却感到自己并不孤独：神明在牵引着他，把他带到一个地方跟神相遇。他也很信赖它。

病痛之下他只得休息，这是很多年以来的第一次。发病以前过度紧张的精神使他筋疲力尽，至今还没恢复，所以就算是疗养时期的疲乏倦怠对他也是一种休息。克利斯朵夫几个月的担心，如今才渐渐松了下来。但他并不因之而脆弱，只是变得更近人情。天性中那股强大而有点畸形的生命力往后退了一点，他使自己和别人一样，性格中偏执残酷与无情都被消磨掉了。他再也不恨什么，再不想烦恼的事，即使想到也只是耸耸肩膀；他对自己的痛苦想得不多，而对别人的想得不少。自从西杜妮使他想起世界上到处都有谦卑的灵魂在受苦难的煎熬，无怨地奋斗，他就会忘了自己。一向不知什么是感伤的他，这时也不禁有些温情，那是一个病人心头绽放的花。晚上，靠着窗，听着黑夜里神秘的声音……有人在附近屋子里唱着歌，远远传来更显得动人，一个女孩子认真地弹着莫扎特……他心里想：

"你们，我虽不认识却深爱着的人，还没受过人生的烙印，做着些不可能的美梦，跟敌对的世界斗争着的人，我祝愿你们幸福！噢，朋友们，我知道你们一定在那里，我张着臂膀等你们……是的，我们之中有一道墙，我会一点儿一点儿地把墙拆毁的，我也消磨了自己，我们能再见面吗？另外一道死亡之墙筑起之前，我能否赶到前面？……只要我为你们工作，为你们造福，只要以后你们稍稍爱我，在我死了以后……"

克利斯朵夫在大病初愈后就这样吸吮着"爱与苦难"这两位保姆的乳汁。

在这种意志脆弱的情况下，他产生了接近别人的渴望。身体虽然虚弱，出门还不方便，他往往清早或傍晚出去，那正是上班或下班的高峰期。他要到人多的地方去感觉一下，吸取一些精神营养。他并不跟谁说话，也没有这想法。他只需看人家走过，猜他们的心事，观察他们。他既亲切又同情地瞧着那些匆匆赶路的工人，还没工作就已有了些困倦，瞧着这些青年人，苍白的脸色表现得很活泼，笑得却很奇怪；瞧着那些眼神可以看到欲望，忧患，游戏人生的心理，像潮水般流过；看着这些大都市里聪明的病态市民，他们飞快地走，男人们一边走一边读报，女人们一边走一边啃着月牙饼。一个乱发蓬松的少女从克利斯朵夫身旁走过，脸睡得有点虚肿，像山羊一般迈着小步，显得很烦躁，急促，克利斯朵夫恨不能牺牲自己一个月的寿命来使她多睡一两个小时。哎，要是真有人跟她这么提议，她肯定不会拒绝！他真想把那些没事的有钱的妇人，养尊的人从高卧的床上拉起来。看见这些可怜的孩子，他宽容了一切。

他常在河边大道上散步，遐想。在这里，他看到了心中思念的，给他童年时代一些安慰的大河。当然，这不是莱茵河，既没有气势，也没有广阔的平原，可以让他远眺。但是克利斯朵夫在这城里最喜欢的便是这条河；它一点儿一点儿地浸透了他的身心，不知不觉改变了他的气质。他认为这是最美的音乐。暮色苍茫时分，他长时间地在河边流连，有时走进古法兰西的花园，欣赏着里面的鲜花、雕像、建筑。

一天傍晚，他靠在圣·米希桥附近的石栏杆上，一边看着流水，一边随便翻着小摊上的旧书。他不自觉地打开米希著作中的一册单行本。他知道这是史家的著作：那种法国式的胡说八道，得意忘形的词语，过份起伏的句法，他不大喜欢。可是那一天，他才看了几行就被深深地迷住了。那是圣女贞德受审的最后一段情形。他曾经从席勒的作品中知道这个奥尔良的处女，始终认为她不过是个传奇式的女英雄，她的传奇是被大诗人杜撰出来的。不料这一次他猛然看到了现实，被它紧紧地抓住了。他往下读着，念着；慷慨激昂的描绘，悲惨的情节，他的心伤痛透了。读到贞德知道当晚就得被处决而吓死过去的时候，他的手发颤，眼泪涌上来，被迫停下。因为病后瘦弱，他的感情激动到可笑的程度，自己也很气恼。时间很晚了，他才把书给念完，书贩已经在收拾书箱。他决定买那本书，可是掏了掏口袋，只剩下六个铜子。穷到这种地步是经常的事，他并不焦虑；他刚才买了晚上吃的食物，计划下一天可以向哀区脱领到一笔抄谱的工资。但要等到明天太难受了！为什么用仅有的一点钱去买食物呢？如果书的价格能让面包和香肠给抵付了，该有多好。

第二天早晨，他去支工资，路过圣·米希桥时，竟不敢停下来。他在书贩的书箱里又找到了那本宝贵的书，花了两个小时读完了它。他为此错过了同哀区脱的约会，等了好长时间才见到他。最后，他终于洽谈好了新的工作，领到了钱，马上去把那本书买了来。他害怕别人买去。如果再找一本也很容易，但克利斯朵夫不知道是不是仅有一本；并且他要的是这一部而不是另一部。凡是喜欢书的人都有很多崇拜物。凡是激动过他们幻想的书不管是干净的或是污迹的，都是神圣的书。

在静寂的夜里，克利斯朵夫重读了圣女贞德那段历史，没有旁人在场，他不用再压抑自己的情感。他对这个可怜的女子充满着温柔、同情与无穷的痛苦，似乎看到她穿着乡下女子的红颜色的粗布衣服，高挑身材，胆小害羞，声音柔和，听着钟声出神（她和他都爱钟声），脸上堆着可爱的笑容，显得非常聪颖和慈祥，随时会流泪，为了爱，为了善，为了心而流泪。因为她同时具有男性的坚强和女性的温柔，是个圣洁而勇敢的少女。她把盗匪式的野蛮的军队给驯服了，镇静地运用她的头脑，用她女人的机灵，用她坚强的意志，在无助而被大家出卖的情况之下，独自面对那些野蛮的、狡猾的教会和司法界人士。

最感动他的是她的慈悲心，战斗胜利后，她为战死的敌人哭。他们受伤了，她去安慰；他们死去，她去祷告；即便是对出卖她的人也不怀怨恨；到了火刑台上，火在下面烧起来的时候，她只想着别人，只担心着安慰她的修士，叫他快走。"她在最激烈的打斗中还是温柔的，对最坏的人也是善良的，便是在战争中也是渴望和平的。战争当中，对上帝怀着无限虔诚，虽然战争结果是敌人胜利。"

克利斯朵夫看到这里，想起了自己："我打斗的时候就没有这种上帝的精神。"

他念诵贞德的传记家笔下最美的句子：

"不管别人怎样野蛮，命运怎样坎坷，你还得抱着善心……不论是如何激烈的争执，你也得保持温柔与善心，不能让人生的磨难伤害你这个内心的财富……"

于是他对自己说："我不慈悲也不善良，我真是有罪过，我太严厉。请大家谅解我吧。你们这些被我攻击的人，不要认为我是你们的敌人，我不能对你们做坏事，我愿意为你们祝福。"

他毕竟不是什么圣人，他一想到那些人，怨恨就又从心底浮出来。他最不能谅解的是，从他们身上看到的法国，就叫人无法相信这样美丽的花能从这块土地上长出来，这样悲壮的诗会从这个民族诞生。但是事实是的，谁敢说不会再有第二次呢？如今的法国，不见得比淫污盛行竟有圣女出现的查理七世时代的法国更糟。现在的庙堂遭贱踏，一半已经坍塌了。但是没有什么的，上帝曾在里面说过话。

克利斯朵夫为了爱法国，拼命找一个法国偶像以表达他对法国的感情。

当时已经是三月底了。克利斯朵夫不跟任何人来往，不接受任何人的信件，很长时间以来，除了老母每隔一段时间来几个字。他没把自己害病的事告诉她，她也不知道。他和社会的相处只限于上音乐铺子去拿他的活儿或是把做完的活儿送回去。他故意在哀区脱不在店中的时候去，他不想和他说话。其实这种提防是没有必要的，他碰到过哀区脱一次，但他对他的健康并不怎么关心。

当他这样独来独往的时候，他忽然收到罗孙太太的请柬，要他去参加音乐夜会。信写得非常客气，罗孙还在信末加上几行诚恳的话。他觉得那回和克利斯朵夫的吵架对自己并不怎么体面。特别是从那时起，他和那位歌女闹崩了，他自己也把她很严肃地批评过了。他是个爽直的男子，从来不怀恨得罪过他的人；如果他们不像他那么大度，他会觉得可笑的。他只要想和他们相见，就会很快地向他们伸出手去。

克利斯朵夫耸一耸肩，骂着说不去。但音乐会的日子一天天地临近，他的决心逐渐地动摇。不同人交谈，尤其是听不到一句音乐，使他窒息。虽然他反复说不再上这些人家了，但最后还是去了，对自己如此没志气很惭愧。

结果非常的糟糕。一旦重新走进这个政客与时髦朋友的圈子，他马上感到自己比从前更讨厌他们了，因为独居了几个月，他已经不能接受这些牛鬼蛇神的嘴脸。这儿简直没法听音乐，只是亵渎音乐。克利斯朵夫决定听完第一曲马上离开。

他向那些讨厌的人扫了一眼。在客厅的那一头，他遇到一对望着他而立刻避开去的眼睛。同全场那些呆滞的眼睛相比，这双眼睛里有一种说不出的纯真诚实的气息使他大为惊奇。虽然胆怯，但是清朗明确的、法国式的眼睛，看起人来那么率直，他自己既不掩饰，你的一切也没办法隐藏。克利斯朵夫似乎认识这双目光的，却不认识拥有这双眼睛的那张脸。那是一个年龄二十至二十五岁之间的小伙子，个子不高，有点儿驼背，看上去弱不禁风，没有胡子的脸上带着哀伤的面容，头发是栗色的，五官不漂亮但很细腻，那种不大对称的长相使他的神气不是骚动，而是惶惑，蕴含着一种奇特的魅力，好像与眼神的沉静不大一致。他站在门洞里，没有人注意到他。克利斯朵夫一直望着他，那双眼睛总是胆怯地、可爱地、笨拙地转向别处；克利斯朵夫好像在别人脸上见过这双眼睛。

他一向藏不住心中的感觉，便走向青年；他一边走一边想跟对方说什么好；他走一步停一下，东张西望，好像随便走去，没有目的。那青年也感觉到了，知道克利斯朵夫向自己走过来；一想到要和克利斯朵夫谈话，他变得非常胆小，竟想往隔壁的屋子溜；但是他非常蠢笨，两只脚仿佛给钉住了。两人面对面地站住了，相互对视一会儿，不知从何说起。窘迫尴尬，使他们以为自己在对方眼里显得滑稽。最后克利斯朵夫瞪着那个青年，也不说一句问候的话，便开门见山地笑着问：

"你好像不是巴黎人。"

那青年听到问话，一开始有些不安，继而笑着回答他确实不是巴黎人。他那种很轻的像蒙着一层什么的声音，好像一架易碎的乐器。

"原来这样。"克利斯朵夫说。

他看见对方听到这句古怪的话有些不解，便继续道："我这话没有批评的意思。"

但是那青年更加不安起来。

他们沉默了一段时间。那年轻人拚命想开口说话但嘴巴颤抖着，一望而知他有句话就在嘴边，只是没有下决心说出来。克利斯朵夫仔细打量着这张奇怪的脸，透明的皮肤下显然有微微的颤抖。他跟这个客厅里的其他人物有些格格不入：他们都是脸宽体笨，好像只是从脖子往下延长的一段肉；只有他异常聪明，全身上下充满着灵气。

他一直无法说话。克利斯朵夫为他解围，便继续说："你在这里，和这些人在一起干什么？"

他扯着嗓子大喊，人家讨厌的就是他那种无所顾忌。那青年窘迫之下，忍不住四周张望，看有没有人听见。这举动令克利斯朵夫非常不高兴。那年轻人没有回答他的问话，呆板又纯真地笑了笑，反问道："那么你呢？"

克利斯朵夫大声地笑了，那笑声带有一些野蛮。

"是啊，我来干什么？"他愉快地回答。

那青年突然有了主意，喉咙梗塞着说："我很喜欢你的音乐！"

他说完后，极力想克服自己的羞怯，可是没用。他的脸红了，而且越来越红，直红到耳边。克利斯朵夫微笑地望着他，甚至想走过去拥抱他。青年抬头说："我不能在这儿谈这些问题。"

克利斯朵夫抿嘴笑着抓住他的手。他觉得年轻人瘦削的手在自己的手掌中颤动，便不知不觉地很热烈地握着。那青年发觉自己的手被克利斯朵夫坚实的手亲热得紧紧地握着。客厅里只剩下他们两个人，他们觉得非常投缘，他们是真正的朋友。

但是一会儿的功夫，罗孙太太忽然过来用扇子轻轻拍打着克利斯朵夫的手臂说：

"哦，既然你们认识，我就不介绍了。这个大孩子今晚是专门为您来的。"

他们俩听了这话，都不安地退后了一些。

"他是谁？"克利斯朵夫问罗孙太太。

"您不认识他吗？他是个崇拜你的的青年诗人，文笔不错，也是个音乐家，弹琴非常棒。在他面前不能商讨您的作品，他非常喜欢您。有一天，他为了您差点儿跟吕西安·雷维·葛吵起来。"

"啊！不错的小伙子！"克利斯朵夫说。

"我清楚，您对吕西安有点儿不公平，但是他也非常地崇拜您呢！"

"啊！不要跟我说这些！他如果喜欢我，就表示我没出息了。"

"我向您保证……"

"不！不！我永远不用他喜欢我。"

"您的年轻人跟您完全相同，你们俩都一样的疯癫。上次吕西安正在跟我们谈论您的一件作品，他突然站起来，阻止吕西安谈论您。您看他多霸道。幸亏我在场，帮他解了围。"

"这个孩子！"克利斯朵夫很感动。

"他去什么地方了？"

他到处找他。可是那年轻人已经不见了。克利斯朵夫去找罗孙太太，问："他叫什么名字？请您告诉我。"

"谁啊？"

"您刚才跟我说的那个孩子。"

"奥里维·耶南。"

这个回答，非常美妙，这个姓氏连同一个少女的倩影在他眼前闪现。在回来途中，克利斯朵夫在街上走着，充耳不闻，他内心平静极了，因为他又有一个朋友了。